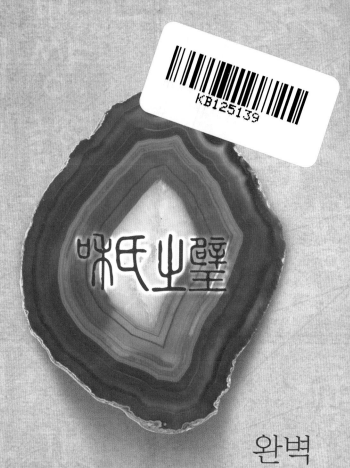

완벽

중국 춘추전국시대에 유명한 보석 '화씨의 벽' 때문에 생긴 말이다. 초나라 백성이 처음 발견한 이 '화씨의 벽'이 흘러흘러 조나라에 들어갔는데, 이를 탐낸 진(秦)나라 왕이 땅과 보석을 바꾸자고 꾀었다. 힘이 약한 조나라는 할 수 없이 인상여라는 사람에게 보석을 갖다 주고 땅을 받아오라고 했다. 하지만 진나라 왕은 보석만 받고 땅을 주지 않았다. 이에 인상여는 보석에 흠이 있다면서 달라고 하여 일단 돌려받은 다음, 진나라가 땅을 주지 않으면 보석을 땅에 던져 산산조각 내겠다고 왕을 위협했다. 그러고는 왕이 며칠간 목욕재계를 한 다음 보석을 인수인계하자고 하여, 진나라 왕이 목욕재계를 하는 동안 진나라를 탈출하여 옥을 빼앗기지 않았다. 이때 보석을 하나도 손상시키지 않고 원래 그대로 완벽(完璧)을 가져왔다고 하여 이때부터 쓰이기 시작했다.

개평

조선 중기부터 조선 말기까지 쓰이던 상평통보의 준말이 '평'이었는데 '평'은
곧 돈을 의미했다. 개평은 도박판에서 나온 말로, 딴 돈 중에서 낱돈을 주는
것이기 때문에 '낱 개(個)'자를 써서 '개평'이라 했다.

깍쟁이

조선 태조 이성계는 한양을 서울로 정한 뒤에 1394년 11월 21일에 천도했다. 그런데 이때 한양에 살던 사람들 중에서 범죄자를 다스리면서 얼굴에 먹으로 죄명을 새긴 다음에 석방하였다고 한다. 이들을 깍정이라고 불렀는데, 이들은 청계천과 마포 등지의 조산(造山)에서 기거하며 구걸을 하거나, 장사 지낼 때 무덤 속의 악귀를 쫓는 방상시(方相氏) 노릇을 해서 상주에게 돈을 뜯어내던 무뢰배가 되었다. 그러나 점차 그 뜻이 축소되어 이기적이고 얄밉게 행동하는 사람들을 일컫는 말로 쓰이게 되었다.

세도

조선 정조 때 홍상간, 홍인한 등 풍산홍씨 일가와 정후겸 등이 정조의 침실에 자객을 들여보낸 반역 사건이 있었다. 이때 홍국영은 이 사건의 전모를 밝혀내고 주모자들을 처단하는 일을 주도하면서 특별한 신임을 얻게 되었다. 그러자 정조는 '세상을 올바르게 다스리는 도리'인 세도(世道)를 실현하자는 이른바 세도정치를 홍국영에게 주문하였다

그러자 홍국영은 삼사(三司)로 들어오는 상소와 장계를 직접 관리해 스스로 취사선택하였고, 전국 팔도에서 올라오는 청원의 글 등을 모두 열람하여 자기 선에서 처결하였다. 이 때문에 삼정승과 육조의 판서까지도 그의 눈치를 보게 되고, 조정의 백관이 모두 그에게 굴종하였다.

조정이 이러할 때 지방 관리들도 마찬가지여서 팔도 감사나 수령들도 그의 말이라면 감히 이의를 제기하지 못하였다. 모든 관리들이 그의 허락을 받아야 행동을 하게 되었으므로 '세도(世道)'가 '세도(勢道)'가 되었다는 말이 이때 처음으로 생겨났다.

알아두면
잘난 척하기
따좋은
우리말어원사전

우리말사전

알아두면 잘난 척하기 딱 좋은
우리말 어원사전

1995년 1월 25일 1판 발행
2005년 9월 20일 2판 발행
2008년 10월 9일 3판 발행
2018년 12월 10일 4판 발행

5판 1쇄 발행 · 2024년 2월 24일

엮은이 이재운 · 박소연
펴낸이 이춘원
펴낸곳 노마드
기획 강영길
편집 이경미
디자인 블루
마케팅 강영길

주소 경기도 고양시 일산동구 무궁화로120번길 40-14 (정발산동)
전화 (031) 911-8017
팩스 (031) 911-8018
이메일 bookvillagekr@hanmail.net
등록일 2005년 4월 20일
등록번호 제2005-29호

ISBN 979-11-86288-68-9 (03810)

우리말사전

알아두면 잘난 척하기 딱 좋은 우리말어원사전

| 이재운 외 엮음 |

nomad
노마드

머
리
말

　우리말은 원래 알타이어계통으로 시작하여 만주어·몽골어·퉁구스어·일본어·터키어 등과 같은 갈래이지만, 불교와 도교 등의 수입으로 문자가 절실하던 삼국시대에 한자 한문을 문자로 도입해 쓰면서 엄청난 변화를 겪습니다. 순우리말도 발음이 비슷한 한자로 표기하거나 아예 말 자체를 바꾸는 일이 많았습니다. 땅 이름, 강 이름, 산 이름 같은 경우 거의 다 한자어로 바뀌었습니다.

　특히 신라 때 크게 발전한 한역(漢譯) 불교 경전 속의 새 어휘들이 생활 속으로 깊이 파고듭니다.

　게다가 몽골제국 원(元)이 전 세계를 지배하던 시절에 몽골 황실 공주들이 고려 왕실로 시집오고, 고려가 몽골의 부마국이 되면서 매우 많은 몽골어가 들어옵니다. 또한 몽골군이 개척한 실크로드를 따라 중앙아시아의 여러 나라와 중동과 동유럽의 어휘까지 들어옵니다. 이런 어휘들은 순우리말처럼 숨거나 또다시 한자로 표기됩니다.

　조선 말기에는 서구 열강의 통상 요구가 거세지면서 문명이 발달한 유럽의 어휘들이 쏟아져 들어오고, 일제강점기에는 일본어가 홍수처럼 밀려들어 말할 수 없는 큰 상처를 입습니다.

　그러잖아도 20세기에는 중국과 일본에서 서양 문명과 문물을 다투어 한자로 번역한 어휘가 밀려드는데, 일제강점 이전에는 중국어 위주로 들어오고 일제강점기에는 일본어 위주로 들어옵니다.

　광복 뒤에는 미군정이 실시되면서 영어 위주의 어휘가 또 한 번 밀려듭니다. 이처럼 우리말은 수없는 소통과 교류를 겪으면서 오늘날의 한국어가 되었습니다. 그러니만큼 어원이 또렷하지 않은 어휘가 대단히 많고, 뜻을 알 수 없는 말이 마구 쓰입니다.

　저희는 1994년부터 우리말 어원을 정확히 기록하는 일을 해왔습니다. 이 책을 만들면서 우리는 어휘가 언제 생겨나고 언제 소멸되었는지 반드시 적습니다. 세월이 아무리 흘러도 우리말이 언제 어디서 생겼는지, 어떻게 쓰였는지 우리 후손들에게 제대로 전하려는 욕심에서 그렇게 하고 있습니다.

　쉽지 않은 일이었습니다. 고고학자들이 탄소 측정으로 연대를 계산하는 것처럼 여러 문헌을 비교해가며 근거를 찾아가고, 유래를 확인해야만 어원으로서 정의될 수 있기 때문입니다. 어휘가 생기던 시대와 그 나라의 문화·역사를 알아야 하고, 문헌 조사가 필수적으로 뒤따라야만 겨우 어휘 한 개의 어원을 알아냅니다.

우리나라가 세계화되기 이전에 한자어나 우리말로 잘못 알고 있던 어휘가 요즘에는 국적과 출현 시기 등 올바른 어원이 밝혀지기도 합니다. 언어학자들의 연구도 활발합니다. 학계의 연구 결과도 활발하고 신속하게 반영하겠습니다.

세계화된 요즈음은 세계 여러 나라의 어원이나 어휘를 비교해나가는 과정에서 우리말의 속뜻이 새로 밝혀지기도 하고, 이동 경로까지 알아낼 수 있는 수준에 이르렀습니다.

이 책은 아마도 우리말이 살아 있는 한 계속 증보판이 나올 것입니다. 아무리 세월이 흘러도 저와 우리 대신 누군가가 계속 우리말 어원을 기록하게 될 것입니다.

증보판을 내는 일은 물리적으로 매우 복잡합니다. 그래서 5년이 될지 10년이 될지 저희도 알 수가 없습니다. 다만 증보판이 나오기 전에 새로 발견한 어원이 있으면 다음 포털의 블로그 '알탄하우스'에 올려놓겠습니다. 우리말 어원 정보를 갖고 계신 분께서는 이 블로그를 방문해 귀한 가르침을 주십시오. 기쁜 마음으로 살피겠습니다.

이 사전을 같이 만들거나 도움을 준 동지들이 있습니다. 박숙희, 유동숙,

조규천, 구태희, 박소연, 민병덕, 이기윤입니다. 독자 여러분도 우리말을 지키는 동지가 되어주십시오.

　더 열심히 하겠습니다.

2024년 2월 이재운(제1저자 및 저작권자)

부족국가~통일신라시대

광복 이후

부록

1. 기본 구성은 표제어, 생성 시기, 유래 순으로 했다.

2. 시기 분류는 아래의 일곱 가지로 했다.
   제1부 고조선시대(서기전 2333~서기전 108)
   제2부 부족국가~통일신라시대(서기전 108~918)
   제3부 고려시대(918~1392)
   제4부 조선시대(1392~1876)
   제5부 개화기(1876~1910)
   제6부 일제강점기(1910~1945)
   제7부 광복 이후(1945~현재)
   외국의 생성 시기를 밝힐 경우에는 우리나라 기준에 맞추었다.

3. 사물의 생성 시기와 그것을 지칭하는 단어의 생성 시기가 다를 경우에는 다음과 같이 했다.
   • 단어의 생성 시기가 명확하지 않은 경우에는 사물의 생성 시기를 기준으로 삼았다. (예: 가마_삼국시대)
   • 사물이 먼저 있었으나 단어의 생성 시기가 명확한 경우에는 현재의 이름을 가지게 된 시기를 기준으로 삼았다. (예: 숙주나물_조선, 성종)
   • 어휘가 처음 등장하는 책이 있을 경우 그 책이 편찬된 해를 생성 시기로 잡았다.

4. 생성 시기는 역사 시대, 서기 연도, 왕의 시호, 왕의 연호, 왕의 재위 연도나 연호 연도를 차례로 실었다. 다만 대한민국 정부 수립 이후는 대분류로 나누었을 뿐 역사 시대를 따로 적지는 않았다. 예컨대 생성 시기가 '대한제국, 1899년(고종 광무 3)'이라면 여기서 대한제국은 역사 시대를 가리키고, 1899년은 서기 연도, 고종은 왕의 시호, 광무는 고종의 연호, 3년은 광무 연호 3년째라는 뜻이다.

5. 어휘가 발생한 곳이 우리나라가 아닌 경우 본래 생성 시기와 우리나라에 이입된 시기를 함께 실었다. (예: 미국, 1981년/한국, 1987년 2월 23일)

6. '잘못 쓴 예'는 잘못 쓸 수 있는 경우를 보여주기 위한 창작이거나 실제 예문이다. 그러나 표제어에 관한 부분을 제외하고는 모두 역사적인 사실에 근거한 서술이므로 본문 설명을 참조해서 잘못 쓰인 곳을 찾아보자. 다만, 고조선시대에 생성된 단어는 역사적인 사실과 그 출발을 같이 하므로 잘못 쓴 예문을 생략했다.
   그 밖에 관용어로 굳어진 어휘는 생성 시기 이전이라도 굳이 예를 들지 않았다. (예: 조강지처, 을씨년스럽다, 모순, 빈축, 시치미를 뗄 때 다 등)

7. 책 끝에 가나다순으로 정리된 '찾아보기'를 실었다.

01

고조선시대

서기전 2333 ~
서기전 108

제정일치 사회였던 상고시대에는 주로 종교적 제의나 의식주에 관한 기본적인 말이 생겨났다.

중국은 하(夏)·상(商)·주(周) 시기에 해당한다.

▶▶ **결초보은(結草報恩)**

생성 시기 중국 춘추전국시대, 서기전 403년.

유 래 글자 그대로 풀을 맺어서 은혜를 갚는다는 뜻이다. 진(晉)나라 사람 위무자가 평소에 아들에게 이르기를, 자기가 죽거든 서모를 개가시키라고 일렀다. 그런데 막상 죽음에 임박해서는 서모를 순장시키라고 했다. 그러나 아들은 평소에 했던 아버지의 말을 따라 서모를 개가시켰다. 후에 아들이 전쟁에 나가 싸우다가 쫓기게 되었는데, 서모 아버지의 넋이 적군의 앞길에 풀을 맞잡아 매어 걸려 넘어지게 하였다고 한다.

이 이야기는 공자(孔子)의 『춘추(春秋)』를 해설한 노나라 사람 좌구명(左丘明)이 지은 것으로 알려진 『춘추좌씨전(春秋左氏傳)』에 나온다. 그러므로 이 어휘의 생성 시기를 이 책의 편찬 시기라고 볼 수 있는데, 현재 학자들은 『춘추좌씨전』이 전국시대(서기전 403~서기전 221) 초기 익명의 작가가 편찬한 것으로 본다. 따라서 전국시대 시점인 서기전 403년으로 생성 시기를 잡는다.

▶▶ **고수레**

생성 시기 고조선 단군왕검시대, 서기전 2333년경.

유 래 단군시대에 고시(高矢)라는 사람이 있었는데 그리스 신화에 나오는 프로메테우스처럼 그 당시 사람들에게 불을 얻는 방법과 농사짓는 법을 가르쳤다고 한다. 이 때문에 후대 사람들이 농사를 지어서 음식을 해 먹을 때마다 그를 생각하고 '고시네'를 부르며 그에게 음식을 바쳤다고 한다. 그것이 '고시레' '고수레' 등으로 널리 쓰이다가 '고수레'가 표준어로 굳어졌다.

이 어휘의 생성 시기는 단군 연호가 시작된 해로 잡는다. 단군기원은 1948년 9월 25일에 제정 공포한 '연호에 관한 법률 제4호' 및 1961년 12월 2일에 국가재건최고회의에서 제정한 '연호에 관한 법률 제775호'의 "단기 4295년 1월 1일을 서기 1962년 1월 1일로 사용한다."는 원칙에 따라 계산한다.

▶▶ **공주(公主)**

생성 시기 중국 주나라, 서기전 782년 선왕(宣王).

유   래 주나라 선왕(宣王) 때 처음 쓰였다. 선왕은 딸을 시집보내면서 이 혼례를 제후인 공(公)에게 맡겼는데, '공(公)'은 혼례를 주관한 사람을 가리키고, '주(主)'는 공(公)이 받들어 모신 주인(主人)이라는 뜻이다. 그러다가 나중에는 시집을 가는 왕이나 황제의 딸을 가리키게 되었고, 그것도 왕후 사이에 태어났느냐, 비빈 사이에 태어났느냐를 구분하여 공주와 옹주로 나누었다. 그러므로 옹주는 후궁이 낳은 딸이라는 뜻이다.

우리나라의 경우 삼국시대 이전부터 공주라는 말을 사용했다. 당시 공주로 불렸던 이만 보더라도 자명고의 주인공인 낙랑공주와 고구려의 온달에게 시집간 평강공주, 「서동요」의 주인공인 선화공주 등이 있다. 제도적으로 공주라는 호칭은 고려 문종 때의 관제에 따르면 정1품이었는데 법제화되지는 않았다. 공양왕 때 도평의사사의 건의에 따라 왕의 딸을 공주라 불렀으나, 조선 초기까지도 제도가 미비하여 공주, 왕녀, 궁주(宮主), 옹주(翁主) 등 여러 가지로 불렸으며 왕의 후궁도 공주라 칭했다. 성종 때에 『경국대전』「외명부조(外命婦條)」에서 제도화하여, 왕의 정실이 낳은 딸을 공주, 후궁이 낳은 딸을 옹주로 구별했다. 이 어휘의 생성 시기는 주나라 선왕이 사망한 서기전 782년으로 잡는다.

잘못 쓴 예 은나라에서 들어온 기자(箕子)는 정통성을 확보하기 위해서 단군

19

가문의 공주와 혼인을 했다.

▶▶ **교활**(狡猾)

생성 시기 중국, 서기전 2175년.

유 래 교활(狡猾)과 낭패(狼狽)는 상상의 동물 이름이다. 이 교활이란 놈은 어찌나 간사한지 여우를 능가할 정도인데, 고대 중국의 지리책인 『산해경(山海經)』에 등장하는 동물이다. 교(狡)라는 놈은 모양은 개인데 온몸에 표범의 무늬가 있으며 머리에는 소뿔이 솟아 있다. 이놈이 나타나면 그해에는 대풍(大豊)이 든다고 하는데, 이 녀석이 워낙 간사하여 나올 듯 말듯 애만 태우다가 끝내 나타나지 않는다고 한다. 한편 이 교(狡)의 친구로 활(猾)이라는 놈이 있는데 이놈은 교(狡)보다 더 간악하다. 이놈은 생김새는 사람 같은데 온몸에 돼지털이 숭숭 나 있으며 동굴 속에 살면서 겨울잠을 잔다. 도끼로 나무를 찍는 듯한 소리를 내는데 이놈이 나타나면 온 천하가 대란(大亂)에 빠진다고 한다. 이처럼 교와 활은 간악하기로 유명한 동물인데, 길을 가다가 호랑이라도 만나면 몸을 똘똘 뭉쳐 조그만 공처럼 변신하여 제 발로 호랑이 입속으로 뛰어들어 내장을 마구 파먹는다. 호랑이가 그 아픔을 참지 못해 뒹굴다가 죽으면 그제야 유유히 걸어 나와 미소를 짓는다. 여기에서 바로 그 '교활한 미소'라는 관용구가 생겨났다.

중국의 고고학자 동작빈(董作賓)의 연표학(年表學)에 따르면 『산해경』의 저자는 우(禹)와 백익(伯益)이라고 한다. 우(禹)는 서기전 2183~서기전 2175년까지 9년간 왕위에 있었으므로 서기전 2175년을 교활의 출현 시기로 잡는다. 전국시대 연나라의 음양오행학자 추연이 지었다거나 역시 춘추전국시대 무렵 초나라 사람들이 이 책을 지었다는 다른 주장도 있다.

▶▶ **군(君)/양(孃)**

생성 시기 왕실 존칭어_ 중국 주나라 창업, 서기전 1046년 이후.
　　　　　　　일반 존칭어_ 일제강점기, 1910년.

유　　래 주나라 때는 왕이 모후(母后)를 부를 때 양양(孃孃)이라고 호칭했
다. 군(君) 역시 왕자를 가리키던 궁중 용어였다. 우리나라에서 왕
실 존칭어로서 양(孃)의 소멸 시기는 정확하지 않으나 군(君)의 경
우 조선 말기까지 사용했다. 그 뒤 일본에서 일반 남성과 여성을
가리키는 존칭으로 사용하다가 일제강점기에 우리나라에 들어온
듯하다. 이 어휘를 일반 존칭어로 사용하기 시작한 때는 일제강점
기가 시작된 1910년으로 잡는다.

잘못 쓴 예 고종은 조정에 나온 유길준에게 말하기를 "유군, 유군이 지은 서유
견문록을 잘 읽어보았소."라고 말했다.

▶▶ **굿/무당**

생성 시기 고조선 단군왕검시대, 서기전 2333년경.

유　　래 굿에 관한 기록은 거의 없어서 그 역사를 정확히 파악하기는 어렵
다. 문헌으로 전하는 가장 오래된 종교적 제의로는 『삼국지』 「위지
동이전」에 전하는 부여의 영고(迎鼓), 고구려의 동맹(東盟), 예의 무
천(舞天) 등과 같은 제천의식이 있으나, 오늘날의 무당굿과는 차이
가 있는 것으로 보인다.
『주자어류(朱子語類)』에 따르면 '무'는 춤을 통하여 신을 접하기 때문
에 '공(工)'자의 양측에 두 사람이 춤을 추는 형상인 '巫'자를 쓰게 되
었다고 한다. 무당은 춤을 춤으로써 무아의 경지에 돌입하여 탈혼(脫
魂)의 과정을 거쳐서 신과 접하게 되고 신탁(神託)을 받게 된다. 그러
한 과정에서 무당은 인간의 소망을 신에게 고하고, 또 신의 의사를

탐지하여 인간에게 계시해주는 영매자(靈媒者) 구실을 맡게 된다.

우리나라에서는 고대 부족국가 때부터 무(巫)는 곧 '임금'인 동시에 신과의 교섭자였고, 그 활동은 초인적인 것으로 인식되었다. 이와 같은 무의 직능은 삼한 여러 나라의 천군(天君)이나 부여의 영고, 예의 무천 등 국가적 제천행사에서도 엿볼 수 있다.

무당에 관한 직접적인 기록은 『삼국사기』와 『삼국유사』에 전하는 '남해왕조(南海王條)'이다. 여기에서 신라 제2대 남해왕은 차차웅으로 불렸는데, 이는 방언으로 무당이란 뜻이었다고 한다. 남해왕이 시조묘를 세워 누이동생 아로(阿老)로 하여금 제사를 주관하게 했다는 기록이 있다. 또한 고구려에도 무당이 유리왕의 득병 원인을 알아내고 낫게 한 기록이 보인다. 『고려사』에는 무당들을 모아 기우제를 지낸 기록이 자주 보인다.

굿에 관한 가장 직접적인 기록은 이규보(李奎報)의 『동국이상국집』에 수록된 장시 「노무편(老巫篇)」을 들 수 있다. 무당이 신이 들려 공수를 내리고 펄펄 뛰는 등의 묘사가 오늘날 중부 지역의 무속과 상통하고 있어, 적어도 고려시대에는 무속의 제의 체제가 갖추어졌다고 볼 수 있을 것이다.

무당이 점을 치고 병을 고친 기록이 남아 있는 삼국시대에도 굿을 했으리라고 추정되고, 고고학 자료에서 오늘날 무당의 방울과 비교되는 제의용 방울이 출토된 것으로 미루어, 굿의 역사는 신석기시대까지 거슬러 올라갈 수 있을 것으로 보인다. 다만 이 어휘의 생성 시기는 단군 연호가 시작된 해로 잡는다. 단군기원은 앞의 '고수레' 항에서 밝힌 근거를 따른다.

▶▶ **금실(琴瑟, ――이 좋다)**

생성 시기 중국 주나라, 서기전 479년.

22

유　래　금(琴)은 거문고다. 거문고는 원래 중국의 일곱 줄 악기를 고구려의 왕산악이 여섯 줄로 변형해 만든 것이다. 슬(瑟) 역시 거문고나 왕산악의 거문고보다 크기가 크다. 열다섯, 열아홉, 스물다섯, 스물일곱 줄로 된 것 등 여러 종류가 있다. 그러므로 금슬(琴瑟)은 거문고와 큰 거문고 또는 비파를 아울러 일컫는 말이다.

이 어휘는 『시경(詩經)』 「소아편(小雅篇)」에 나온다. 바로 두 악기의 조화로운 음률처럼 화합하는 부부관계를 금실상화(琴瑟相和), 금실지락(琴瑟之樂)이라고 한 것이다. 거문고와 비파를 일컬을 때는 금슬이지만 부부 간의 사랑을 일컬을 때는 금실로 발음한다. 이 어휘는 『시경』 편찬 연도를 알 수 없어 편찬자인 공자가 사망한 서기전 479년으로 잡는다.

▶▶　**단오(端午)**

생성 시기　중국 춘추전국시대 초나라, 서기전 289년경.

유　래　초나라 회왕(懷王) 때 굴원[屈原: 본명 굴평(屈平). 서기전 343?~서기전 277?]이라는 신하가 간신들의 모함에 자신의 지조를 증명해 보이기 위하여 멱라수(汨羅水)에 몸을 던져 자살하였는데 그날이 바로 5월 5일이었다. 그 후 해마다 굴원의 영혼을 위로하기 위하여 제사를 지냈는데, 이것이 우리나라에 전해져 단오가 되었다고 한다. 멱라수는 지금의 후난성[湖南省] 창사[長沙] 부근에 있다.

조선 순조 19년(1819)에 김매순(金邁淳)이 지은 『열양세시기』에, 이날에는 밥을 수뢰(水瀨: 물의 여울)에 던져 굴원을 제사 지내는 풍속이 있으므로 '수릿날'이라고 부르게 되었다고 기록하고 있다. 민간에서는 이날 산에서 자라는 수리취[狗舌草]라는 나물을 뜯어 떡을 한다. 또 쑥으로도 떡을 해서 먹는데, 떡의 둥근 모양이 마치 수레바퀴와 같아서 '수리'라는 이름이 붙게 되었다고 한다. 수리란 우리말의 수레[車]인데 높다[高], 위[上], 또는 신(神)이라는 뜻도 있어서 '높은 날' '신을 모시는 날' 등의 뜻을 지니고 있다.

하백의 딸 유화는 수릿날 동무들과 창포로 머리를 감으려고 개울
로 나갔다.

▶▶ 도탄(塗炭, ――에 빠지다)

생성 시기 중국 춘추전국시대, 서기전 479년.

유 래 진흙탕이나 숯불 구덩이에 빠졌다는 뜻이다. 상나라를 세운 탕왕
(湯王)이 하나라 걸왕(桀王)을 토벌하면서 '도탄지고(塗炭之苦)'라고
한 데서 유래했다. 걸왕의 학정에 대해서는 『서경(書經)』 「상서편(商書
篇)」에 다음과 같이 기록되어 있다.

"하나라가 덕(德)에 어두워 백성이 도탄에 빠지거늘 하늘이 탕왕에
게 용기와 지혜를 주시고 온 나라에 바로잡아 나타내시어 우(禹)의
옛 땅을 잇게 하시니 이제 그 가르침에 따라 천명을 좇을지어다(有
夏昏德 民墜塗炭 天乃錫王勇智 表正萬邦 纘禹舊服 率厥典 奉若天命)."

따라서 이 어휘는 『서경』이 편찬된 시기로 잡아야 하는데, 편찬자인
공자는 서기전 551년에 태어나 서기전 479년에 사망했으므로, 사망
연도를 생성 시기로 잡는다.

▶▶ 면목(面目, ――이 없다)

생성 시기 중국 전한, 서기전 202년(고조 5).

유 래 『사기』 「항우본기(項羽本紀)」에 다음과 같은 고사가 나온다.

한나라 유방(劉邦)과 초나라 항적[項籍; 자는 우(羽)]의 쟁탈전이 막바
지에 이르렀을 무렵이다. 항적은 겨우 800명의 군사를 이끌고 죽을
힘을 다해 사면초가(四面楚歌)의 포위망을 뚫었다. 살아남은 군사
는 28명에 불과했다. 한나라 군사가 계속 쫓아오는 가운데 달아나

던 그가 부하에게 말했다.

"나는 그동안 70여 회의 싸움에서 한 번도 진 적이 없다. 내가 이처럼 곤경에 처한 것은 하늘이 나를 버렸기 때문이지 내가 싸움을 못해서가 아니다."

그러고는 적진에 뛰어들어 수백 명을 쓰러뜨리자 부하들이 모두 감탄하였다.

그렇게 도망가던 항적이 오강(烏江)에 닿았다. 오강 지역 사람들은 그에게 어서 배를 타고 강을 건너 강동(江東)으로 도망가 왕업을 이루라고 재촉하였다. 이에 항적이 웃으며 말했다.

"하늘이 나를 버렸는데 강은 건너 무엇 하리. 8년 전 나는 강동의 젊은이 8000명을 이끌고 이 강을 건너왔다. 그러나 지금은 한 사람도 살아 돌아오지 못했다. 강동 사람들이 나를 왕으로 추대한들 내가 무슨 면목(面目)으로 그들을 대하겠는가?"

그러고는 자결하였다.

이때부터 '면목'은 남을 대하는 낯, 체면의 뜻으로 쓰이게 되었다. 사람이 부끄럽거나 민망할 때 얼굴이 빨개지고 고개를 제대로 들지 못하며 상대방의 눈을 똑바로 마주보지 못한다. 얼굴은 사람의 체면을 가리키는 말로 자주 쓰인다. '면목이 없다'는 스스로 자기 잘못을 뉘우쳐 사람다움을 지켜 나간다는 뜻이 된다.

▶▶ **모순(矛盾)**

생성 시기   중국 춘추전국시대, 서기전 233년.

유   래   초나라에 창[矛]과 방패[盾]를 파는 장사꾼이 있었다. 그는 "내 창은 어떤 방패라도 다 뚫을 수 있다. 그리고 내 방패는 어떤 창이라도 다 막아낼 수 있다."고 했다. 그러자 구경꾼이 "그렇다면 그 창으로 그 방패를 뚫으면 어떻게 되나요?" 하고 물어 장사꾼은 할 말을 잃었다고 한다. 이때부터 말의 앞뒤가 안 맞는 것을 이 고사에 빗대어 말하기 시작했다.

이 뒤로 모순이란 말이 쓰이기 시작했는데, 이 어휘는 『한비자(韓非子)』「난세편(難勢篇)」에 처음 나온다. 따라서 생성 시기는 『한비자』의 저자인 한비(韓非; 서기전 280?~서기전 233)가 시황제에게 이 책을 바치고 죽은 서기전 233년으로 잡는다.

▶▶ **박사(博士)**

생성 시기   중국 전한, 서기전 124년(무제 원삭 5).

유   래   옛 관직의 하나로 교수의 임무를 맡아 보던 벼슬이다. 백제는 시(詩)·서(書)·역(易)·예기(禮記)·춘추(春秋)의 오경박사를 두고, 고구려는 태학에, 신라는 국학에, 고려는 국자감에, 조선은 성균관·홍문관·규장각·승문원에 각각 박사를 두었다. 경박사(經博士), 역박사(曆博士) 등으로 썼다.

박사는 본디 중국 전국시대에 노나라와 송나라에서 두었던 관직이었다. 그 뒤 최초로 천하를 통일한 진(秦)나라 시황제는 학식이 높고 고금의 사적에 두루 능통한 인물 72명을 뽑아 박사로 임명하여 국정의 고문으로 삼았다.

그러나 박사가 교육을 담당하는 관리로 임명된 것은 한나라 때부터다. 7대 황제 무제(武帝; 서기전 156~서기전 87) 때 '대책(對策)'을 지어 바친 동중서(董仲舒; 서기전 176?~서기전 104)는 승상에 올라 유학을 근간으로 정사를 폈다. 동중서는 서기전 136년에 유학을 국교로 선포하였고, 서기전 124년에는 국립대학인 태학(太學)을 세웠으며, 이때 오경박사와 50명의 박사제자원(博士第子員)을 설치했다. 따라서 이 어휘의 생성 시기는 서기전 124년으로 잡는다.

다만 진나라 때 중국을 통일한 시황제가 제자백가 중 유능한 학자 72명을 박사로 임명한 적이 있는데, 이때의 박사는 일종의 명예직이었다.

▶▶ **반지(斑指)**

생성 시기 초기 철기시대, 서기전 700년경.

유 래 손가락에 끼는 한 짝의 고리를 반지, 두 짝의 고리를 가락지라고 한다. 선사시대 유적지에서 조개껍데기로 만든 반지가 출토되어 그 착용 역사가 오래되었음을 알 수 있다.

대체로 반지는 금·은·동 등으로 만들었으며, 고대 그리스에서는 인장으로, 로마에서는 약혼 징표로 쓰였다. 중국에서는 전국시대 이후에 쓰였으며, 우리나라에서는 삼국시대, 특히 신라에서 성행했다. 지금까지 알려진 가장 오래된 반지는 평안남도 강서군 태성리 제4호 토광묘에서 발견된 초기 철기시대의 은반지로 지름 2센티미터, 두께 1.5센티미터이다.

▶▶ **백년하청(百年河淸)**

생성 시기 중국 춘추전국시대, 서기전 403년.

유 래 중국 칭하이성[靑海省]에서 발원하여 장장 5500킬로미터의 중국 대륙을 달려와 발해만으로 흘러드는 황하(黃河)는 예로부터 중국 문명의 상징이었다.

이 황하는 황토 고원을 통과하면서 흘러 엄청난 양의 토사를 실어나른다. 아득한 옛날 주나라 때부터 황톳물이었던 황하는 아직도 그 황토색을 거둘 줄을 모른다. 그러니 길어야 100년을 사는 인간이 어찌 황하가 맑아지는 것을 볼 수 있겠는가. 백년하청은 곧 중국의 황하가 늘 흐리어 맑을 때가 없다는 뜻이다.

이 어휘는 노나라의 학자 좌구명이 지은 것으로 알려진 『춘추좌씨전』에 나온다. 그러므로 이 어휘의 생성 시기를 이 책의 편찬 시기라고 볼 수 있는데, 현재 학자들은 『춘추좌씨전』이 전국시대(서기전

403~서기전 221) 초기 익명의 작가가 편찬한 것으로 본다. 따라서 전국시대 시점인 서기전 403년으로 생성 시기를 잡는다.

▶▶ 볍씨(벼, 쌀)

생성 시기 중국 춘추전국시대, 서기전 475년.

유   래 충청북도 청주시 흥덕구 옥산면 소로리에서 1만 2500년 전의 볍씨가 출토되어 세계 고고학계로부터 가장 오래된 볍씨로 공인받았다(2009년 미국 애리조나주립대가 수행한 볍씨의 연대 측정 결과). 그동안 중국 후난성에서 출토된 서기전 9000년경의 것이 가장 오래된 볍씨로 인정받았으나 2016년 고고학 개론서인 『현대 고고학의 이해(Archaeology)』 제7판에서 소로리 볍씨가 쌀의 기원이라고 명시한 것이다.

소로리 볍씨는 1998년과 2001년 10월 두 차례에 걸쳐 발굴되었으며, 2003년 10월에는 영국 BBC가 "중국 후난성 출토 볍씨보다 약 4000년이 앞선다."고 보도하였고, 2004년 1월 프랑스 파리에서 열린 세계문화유산회의에서 세계문화유산 등재 가치가 충분하다는 의논이 나오기도 했다.

다만 소로리 볍씨가 농사용이었는지에 대한 검증은 아직 이뤄지지 않았다. 농사용이 확실한 탄화미 조사 결과에 따르면, 경기도 여주 흔암리 볍씨가 약 2500~3000년 전, 경기도 고양 일산에서 출토된 볍씨가 4340년 전, 경기도 김포 통진의 볍씨가 약 3000~4000년 전, 평양 대동강가의 볍씨가 약 2500~3000년 전, 충청남도 부여에서 출토된 볍씨가 약 2600년 전, 전라북도 부안의 볍씨가 2200년 전, 경상남도 김해의 볍씨가 약 1900년 전의 것으로 추정된다. 따라서 볍씨의 어휘 발생 시기는 농사용 중 가장 오랜 고양 일산의 4340년으로 잡는다.

쌀은 씨알이 줄어든 말이라는 주장, 벼 원산지가 인도인 점을 들어 산스크리트어 '사리(Sari)'와 퉁구스어 '시라'가 어원이라는 주장이 있다. 벼는 인도어 '브리히'에서 온 말이며, 나락은 인도어 '니바라'에서 왔다는 주장이 있다.

▶▶ **봉건(封建)**

생성 시기　중국 주나라 창업, 서기전 1046년.

유　래　봉건은 중국 주나라 때 실시된 제도이다. 왕이 제후들에게 작위와 토지를 나누어주어 통치하게 하는 것을 말한다. 유럽에서는 영주가 가신(家臣)들에게 땅을 나누어주는 대신 그들에게 군역의 의무를 지우는 것으로 주종관계를 이루는 제도를 말한다.

봉건이란 토지를 봉(封)하여 나라를 세운다(建)는 뜻으로, 군주가 전국을 직접 지배하는 군현제와 대응되는 말이다. 봉건제도는 서기전 1046년 주나라 무왕(武王)이 상나라를 멸하고 수도를 산시성[陝西省] 호경(鎬京; 시안 부근)에 정하여 왕조를 건설하였을 때, 주 왕실의 일족과 공신을 요지의 제후로 봉하여 나라를 세우게 함으로써 왕실의 번병(藩屏)으로 삼았던 데서 비롯되었다. 이 제도는 시황제가 전국칠웅을 병합한 뒤 군현제를 실시하면서 사라졌다.

▶▶ **부인(夫人)/유인(孺人)/부인(婦人)/처(妻)**

생성 시기　중국 주나라 창업, 서기전 1046년 이후.

유　래　춘추전국시대에 왕이나 제후의 아내를 가리키는 말이다. 『예기(禮記)』와 『주례(周禮)』에 따르면 왕은 왕후 외에 그다음 직급으로 부인(夫人) 3명을, 제후는 왕후가 아닌 부인 1명을 두었다. 즉 왕의 아내는 후(后), 제후의 아내는 부인, 대부의 아내는 유인(孺人), 사(士)의 아내는 부인(婦人), 서민(庶民)의 아내는 처(妻)라고 했다. 제사 지낼 때 지방에 '유인(孺人) ○○○'라고 적는 것은 바로 대부의 아내를 가리키는 말에서 왔다. 이때의 왕은 천자(이후의 황제), 제후는 한나라 이후의 왕을 말한다.

이 어휘의 생성 시기는 『주례』와 『예기』의 편찬 시기로 잡기에는 어려움이 있다. 『주례』는 주나라 무왕의 넷째아들이자 문왕의 아우인 주공(周公) 단(旦)이 지었다는 설과 공자가 지었다는 설이 있는 데다가, 『예기』를 지은 후한의 유학자 대성(戴聖)이 자신은 전해 내려오는 자료를 편찬했을 뿐 새로 지은 것이 아니라고 밝히고 있어 기원을 자세히 알기 어렵기 때문이다.

주나라뿐만 아니라 그 이전에도 부인이 있었다는 기록도 있다. 황제(黃帝)는 4명의 비(妃)를 거느렸고, 순(舜)은 3명의 부인(夫人)을, 하나라를 세운 우왕(禹王)은 12명의 부인을 거느렸다고 한다. 그리고 하나라를 멸망시킨 상나라의 탕왕(蕩王)은 하나라의 12인제에 27명을 늘여서 39명의 부인을 두었다고 하며, 그다음 대인 주나라는 황후 1명 외에 3명의 부인(夫人), 9명의 빈(嬪), 27명의 세부(世婦), 81명의 어처(御妻)를 거느렸다고 한다. 그러나 주나라 이전은 논증할 수 없기 때문에 이 어휘의 생성 시기는 주나라를 창업한 서기전 1046년 이후로 잡는다.

▶▶ **북망산(北邙山, --- 가다)**

생성 시기 중국 주나라, 서기전 770년.

유   래 북망산(北邙山)은 중국 허난성 뤄양시 북쪽에 있는 낮은 구릉이다. 뤄양 뒤쪽으로 마땅한 산이 없기 때문에 산이라고 할 뿐이다. 뤄양이 동주(東周)의 수도가 된 이래 여러 왕조의 수도가 되면서 이곳에 무덤이 많이 생겼기 때문에 '북망산 간다'는 말이 곧 죽는 것을 의미하게 되었다.

뤄양이 도시로 발전한 것은 서기전 11세기에 주나라 성왕(成王)이 이

30

곳에 왕성을 쌓으면서부터다. 그 뒤 후한을 비롯한 서진(西晉), 북위(北魏), 후당(後唐), 위(魏) 등 여러 나라의 도읍지로 번창했다.

북망산에는 시황제가 중부(仲父)로 일컬었던 여불위, 백제 의자왕의 아들 부여융, 백제 말기의 장군 흑치상지의 아들 흑치준 등 수많은 왕족과 귀족이 묻혀 있다. 지금은 옛 무덤을 대대적으로 발굴하여 고묘(古墓)박물관으로 운영되고 있다.

▶▶ 분야(分野)/이십팔수(二十八宿)

생성 시기   중국 춘추전국시대, 서기전 238년.

유   래   고대에는 별자리를 특정 지역과 연결하여 생각했다. 중국 황하 유역을 중심으로 한반도는 천구의 동쪽, 양자강 등 중국의 남부는 천구의 남쪽으로 배속시켜 별자리와 지명을 일치시켰다. 이렇게 해서 별을 관측하고 해당 별자리에 속하는 국가나 지방의 흥망과 길흉을 점쳤다. 지역별로 나눈 별자리를 28분야(分野) 또는 28수(宿)라고 했다.

『서경(書經)』「요전(堯典)」에 각 계절의 중성(中星)을 설명하는 가운데 28수 중 조(鳥)·화(火)·허(虛)·묘(昴)의 네 별자리가 기록되어 있으며, 진한대(秦漢代)의 저작인 『이아(爾雅)』「석천(釋天)」에는 28수 중 17수가량이 기록되어 있다. 이후 시황제의 일통(一統) 이론을 개발한 여불위가 그의 저작 『여씨춘추』「유시람(有始覽)」에 비로소 각(角)에서 진(軫)까지 28수 명칭을 처음으로 모두 기록했다. 이 『여씨춘추』「유시람」에 언급된 28수 명칭이 한나라 무제 때 유안이 편찬한 『회남자』「천문훈」에 수록되었고, 같은 시기 사마천(司馬遷)의 『사기』「천관서」 '세성조(歲星條)'에서 관찬 견해로 수록되면서 표준화되었다.

따라서 분야(分野)와 28수 명칭의 생성 시기는 『여씨춘추』가 완성된 서기전 238년으로 잡는다.

▶▶ **비녀**

생성 시기 고조선 단군왕검시대, 서기전 2333년경.

유   래 조선 정조 때 발간된 『증보문헌비고』에는 단군이 나라 사람들에게 기다란 머리를 고정시키는 방법을 가르쳤다고 기록되어 있다. 이러한 과정에서 긴 머리를 고정시키기 위한 비녀도 발달하게 되었을 것이다.

삼국시대에는 성인 남자는 대개 상투를 틀었으며, 여자는 얹은머리·쪽머리 등 여러 가지 머리 모양을 했다. 이처럼 머리를 고정시키려면 비녀를 사용할 수밖에 없었을 것이다. 부녀자의 머리 모양은 고대 이후 고려시대까지 별다름이 없어서 고려의 여인들도 머리에 작은 비녀를 꽂았다.

조선 중기에는 가체를 얹은 머리가 유행했지만 값이 너무 비싸고 사치가 심해지면서 그에 따른 폐단이 많아지자 영·정조 때 이에 대한 금령이 여러 차례 있었다. 순조 중엽에는 얹은머리 대신 쪽머리가 일반화되면서 다양하게 발전했다. 이때부터 얹은머리에 치중했던 사치가 점차 비녀로 옮겨가면서 종류가 다양해지고 기교도 발달하여 당시의 공예미술을 대표하는 공예품의 하나가 되었다. 비녀는 관(冠)을 고정시키는 데도 사용되었다.

이 어휘의 생성 시기는 단군 연호가 시작된 해로 잡는다. 단군기원은 앞의 '고수레' 항에서 밝힌 근거를 따른다.

▶▶ **비단(緋緞)**

생성 시기 중국 주나라 창업, 서기전 1046년 이후.

유   래 한반도는 기후와 풍토가 양잠에 적합하여 일찍이 상고시대부터 오늘날까지 뽕나무를 심고 누에를 치며, 누에고치를 켜서 비단을 짜는 일이 발달했다. 비단을 짜서 옷감으로 사용한 지역은 우리나라와 중국이다.

우리나라에서는 기자(箕子)가 양잠과 비단 길쌈을 장려하여 백성에게 누에 치고 길쌈하는 일을 가르쳤다. 삼국시대에 이미 비단 직조가 성행하였고, 고려백금(高麗白錦)·고려금(高麗錦)·한금(韓錦)·조하금(朝霞錦)·조하주(朝霞紬)·어아주(魚牙紬) 등을 중국과 일본에 수출했고, 제직 기술도 전파했다. 통일신라시대에는 비단 생산과 제직 기술을 관장하는 직금방(織錦房)·별금방(別錦房) 등이 있어 금직(錦織)이 매우 번성했다. 고려시대에는 면주(綿紬; 명주)가 많이 생산되었고, 조선시대에는 잠실(蠶室)을 두어 양잠의 발전을 꾀하였고 『잠상집요(蠶桑輯要)』와 같은 문헌을 펴내 기술 지도를 했다. 왕비가 친잠례(親蠶禮)를 행하여 양잠을 장려하기도 했다.

중국에서는 양잠(養蠶)·제사(製絲)·직견(織絹)을 황제(黃帝)와 그의 부인인 서릉씨(西陵氏)가 가르쳤다는 전설이 있다. 중국의 비단은 한나라 이전부터 비단길이나 바닷길을 통해 유럽으로 전해져 비싼 값으로 거래되었다. 당나라 때는 과세의 일부로 징수했고, 송나라 때는 화폐 대신 쓰이기도 했다. 남북조시대에는 관영·사영의 직물공장이 각지에 생겨났고, 명나라와 청나라 때는 유럽을 상대로 한 비단 통상이 활발했다.

따라서 이 어휘의 생성 시기는 황제나 기자의 전설을 택하기에는 논증이 어려워 촉금(蜀錦) 등이 유명했던 주나라 창업 시기로 잡는다. 그러나 그 이전의 상(商)이나 하(夏) 왕조까지 더 거슬러 올라갈 가능성이 아주 높다.

▶▶ **빈축(嚬蹙, --을 사다)**

생성 시기	중국 춘추전국시대, 서기전 270년(?).
유 래	못마땅하여 눈을 찡그리는 것이 빈(嚬), 몸을 움츠리거나 얼굴을 찌

푸리는 것이 축(蹙)이다. 이를 합친 빈축은 『장자(莊子)』「천운편(天運篇)」에 다음과 같이 나온다.

춘추시대 월나라에 서시(西施)라는 아주 유명한 미녀가 있었다. 서시는 가끔 위장병으로 고통을 받는데, 증세가 나타나기만 하면 손으로 심장 근처를 누르고 눈살을 찌푸리곤 했다. 그런데 서시가 아픔을 참으려고 눈살을 찌푸리는 모습까지도 사람들은 아름답다고 말했다. 인근 마을에 동시(東施)라고 하는 아주 못생긴 여자가 살았는데, 어느 날 서시를 보고는 두 손으로 심장을 누르고 눈살을 잔뜩 찌푸린 채 마을을 돌아다녔다. 마을 사람들은 이 모습을 보고 놀라서 다들 달아나거나 숨었다고 한다.

따라서 이 어휘의 생성 시기는 장자(莊子; 서기전 365?~서기전 270?)의 사망 연도로 잡는다.

▶▶ **사대부(士大夫)**

생성 시기 중국 전한, 서기전 202년(고조 5).

유   래 숭록대부(崇祿大夫), 정헌대부(正憲大夫) 하는 식으로 대부(大夫)라는 작호가 붙는 종4품 이상의 관리를 가리킨다. 주나라의 지배 계급은 왕(王)·경(卿)·대부(大夫)·사(士)로 나뉘어 있었는데, 계급을 나타내던 이 어휘는 진한대(秦漢代) 이후에는 단순한 문관의 직위로 정착되었다. 그러면서 대부(大夫)와 사(士)를 합쳐 사대부(士大夫)라고 불렀다.

우리나라에서는 고려시대와 조선시대에 문관 관료를 총칭하는 말로 쓰였다. 특히 조선시대에 문관 관료로서 4품 이상을 대부, 5품 이하를 사라고 하였는데, 사대부는 때로는 문관 관료뿐 아니라 문무 양반 관료 전체를 포괄하는 명칭으로도 쓰였다.

따라서 이 어휘의 근간이 되는 사와 대부는 주나라를 창업한 서기전 1046년 이후라고 볼 수 있지만, 단순한 문관 관위로 정착된 것은 한나라 초기일 것으로 보아 생성 시기는 유방이 항우를 패사시키고 한나라를 건국한 서기전 202년으로 잡는다.

▶▶ **사면초가(四面楚歌)**

생성 시기 중국 전한, 서기전 202년(고조 5).

유   래 산을 뽑을 만큼의 힘과 기세를 지녔던 초나라 항우가 한나라 유방과 싸울 때의 일이다. 항우가 유방의 군사에게 포위되었을 때, 유방은 한나라 군사들에게 초나라 노래를 부르게 했다. 동서남북 사방에서 초나라 노래가 들려오자 항우는 초나라 백성이 모두 붙잡혀 포로가 되었다고 생각하여 전세가 돌이킬 수 없을 정도로 기울어졌음을 절감한다. 이때가 서기전 202년이다.

잘못 쓴 예 주나라 문왕의 공격으로 상나라 마지막 왕 주(紂)는 사면초가에 빠졌다.

▶▶ **사직(社稷)/종묘(宗廟)**

생성 시기 중국 주나라 창업, 서기전 1046년.

유   래 종묘(宗廟)는 왕실의 사당으로 역대 왕과 왕비, 추존 왕비의 위패를 모신 곳이다. 사직(社稷)은 나라에서 백성의 복을 빌기 위해 토지의 신인 사(社)와 곡식의 신인 직(稷)을 모신 단이다. 이때 제사 의식은 『주례』에 따르는 것이 원칙이라고 한다.
주나라 이후 천자는 7묘(七廟)로서 3소(三昭), 3목(三穆)과 태조(太祖)의 묘를 합해 일곱이다. 제후는 5묘(五廟)로서 2소, 2목과 태조의 묘를 합해서 다섯이다. 대부는 3묘로서 1소, 1목, 태조의 묘를 합해 셋이다. 사는 1묘이며, 서인(庶人)은 침(寢)에서 제사한다고 했다. 소(昭)와 목(穆)이란, 2세(二世)·4세(四世)·6세(六世)를 왼쪽에 두고 소(昭)라

하고, 3세(三世)·5세(五世)·7세(七世)를 오른쪽에 두고 목(穆)이라 한데서 온 말이다. 규모 면에서 천자의 나라인 중국은 7묘를 두었으며 조선은 제후국으로서 5묘의 원리에 따랐다.

사직은 곧 나라 또는 조정을 이르는 말이다. 위에서 언급했듯이 사는 '토지의 신'이고 직은 '곡물의 신'이다. 해마다 종묘와 사직에 제사를 지내는 일은 국가의 대사였기 때문에 '종묘사직(宗廟社稷)'이 국가를 상징하는 말이 되었다. 종묘사직에서 사직은 곧 사직단(社稷壇)으로, 이는 다시 사단(社壇)과 직단(稷壇)으로 나뉘며 국사신(國土神)은 사단에, 오곡신(五穀神)은 직단에 모셔 제사 지낸다.

조선은 좌묘우사(左廟右社)의 법도에 따라 주궁인 경복궁을 중심으로 왼쪽에 종묘, 오른쪽에 사직단을 두었다. 지방에서도 수령들이 사직단을 설치해서 제사를 올렸다. 종묘에는 매년 춘하추동과 섣달에 대제를 지냈고, 사직에는 2월과 8월에 지냈다.

이러한 제도는 주나라 때 처음 생겼다. 따라서 이들 어휘의 생성 시기는 주나라를 창업한 서기전 1046년 이후로 잡는다.

▶▶ **상인(商人)**

생성 시기 중국 주나라 창업, 서기전 1046년.

유 래 상(商)나라 사람이라는 뜻이다. 상나라는 하나라를 멸망시킨 탕왕이 건국한 나라로 은나라라고 불리기도 한다. 상나라는 뒤에 주나라에 의해 서기전 1046년에 멸망했는데, 이때 주나라는 상나라를 깎아내리기 위해 수도였던 은(殷)을 나라 이름으로 불렀다. 주나라가 선 이후 상나라 사람들, 즉 상인(商人)들은 정치에서 배제되어 하는 수없이 장사를 시작했는데 이때부터 상인은 곧 장사를 하는 사람이란 뜻이 되었다. 상업(商業)은 상나라 사람들의 직업이란 뜻으로 역시 장사를 의미했다.

▶▶ **서민(庶民)**

생성 시기	중국 주나라 창업, 서기전 1046년.
유 래	벼슬이 없는 몰락 양반이나 사회적인 특권이 없는 보통 사람들을 가리키는 말이다. 중국 주나라 때부터 천자, 제후, 대부, 사, 서민의 5계급 중 가장 낮은 계급이다.

이 어휘의 생성 시기는 주나라를 창업한 서기전 1046년 이후로 잡는다.

▶▶ **소설(小說)/소설가(小說家)**

생성 시기	중국 춘추전국시대, 서기전 270년(?).
유 래	『장자』「외물편(外物篇)에 소설이란 단어가 처음 보인다. "작은 이야기를 꾸며서 높은 칭찬이나 구하는 사람들은 큰 깨달음과는 거리가 멀다(飾小說以干縣令 其於大達亦遠矣)."라는 문장에서 이 어휘가 등장했는데, 요즘의 뜻으로 쓰인 것은 아니었다.

『순자(荀子)』「정명편(正明篇)에도 소설이란 말이 등장한다. "그러므로 지혜로운 사람은 도리를 말할 뿐이니, 어설픈 학자들이 기괴한 이야기로 바라는 것들은 모두 그 앞에 사라져버리게 될 것이다(故智者論道而已矣 小家珍說之所願皆衰矣)."라는 문장에서 '소가진설(小家珍說; 어설픈 학자들의 기괴한 이야기)'이 그것이다. 소가진설의 약어로 대가(大家)가 아닌 소가(小家)들이 주로 지은 진기한 이야기라는 의미로 소설이라는 말이 생겨난 것이다.

춘추전국시대를 지나 한나라 때는 환담(桓譚)의 『신론(新論)』에 소설이란 말이 구체적으로 등장한다. "소설가와 같은 무리는 자잘한 이야깃거리를 모으고 가까운 곳에서 비유적인 이야기들을 취하여 짧은 책을 지었는데, 그 가운데는 몸가짐을 바로하고 가정을 다스리는 데에 볼만한 말이 있다(小說家合殘叢小語 近取譬喻 以作短書 治身

理家 有可觀之辭)."라는 문장을 보면, 소설가는 잔총소어(殘叢小語), 즉 흩어져 있는 자질구레한 말들을 모으고 이것을 책에 기록하는 사람들이라고 적시했다. 이야기 수집가들이 곧 소설가라는 뜻이다. 그 뒤 반고(班固)는 『한서예문지(漢書藝文志)』「제자략(諸子略)」에서 "소설가라는 사람들은 대개가 패관으로부터 나왔다. 거리의 이야기와 골목에 떠도는 이야기를 듣고 꾸며낸 것들이다(小說家者流 蓋出于稗官 街談巷語 道聽塗說者之所造也)."라고 하였다.

반고는 같은 책에서 유가, 도가, 음가, 양가, 법가, 명가, 묵가, 종횡가, 잡가, 농가, 소설가 등 10가를 열거하면서 10가 중에서 볼만한 것은 9가뿐이다(諸子凡十家 可觀者九家而已)."라고 하여, 소설가를 제외한 나머지 9가만 인정했다.

따라서 이 어휘의 생성 시기는 장자(서기전 365?~서기전 270?)의 사망 연도로 잡는다.

▶▶ **수저(숟가락과 젓가락)**

생성 시기   숟가락_ 청동기시대, 서기전 1000년경.
           젓가락_ 백제, 523년(무령왕 22).

유   래   수저는 숟가락과 젓가락으로 한 벌을 이룬다. 우리나라에서 가장 오래된 숟가락은 청동기시대의 유적인 나진 초도패총에서 출토된 골제품(骨製品)이다. 젓가락은 공주 무령왕릉에서 출토되었다. 중국에서는 젓가락의 경우 전국시대(서기전 403~서기전 221)에 비로소 기록이 나오므로 숟가락에 비하여 늦게 발달한 것으로 추측된다.

우리나라에서 수저를 병용한 것은 삼국시대였으며 중국과 일본에서도 시기의 차이는 있을지언정 수저를 병용했다. 그러다가 중국과 일본에서는 점차 숟가락 이용이 줄어들고 젓가락이 주를 이루게 되었으며, 숟가락과 젓가락을 함께 사용하는 관습은 우리나라만의 독특한 관습으로 뿌리를 내리게 되었다. 이와 같이 숟가락과 젓가락을 함께 쓰면서 식사하는 관습이 전통을 이루게 된 것은 우리 일상식의 내용이 국물 음식과 국물이 없는 음식이 항상 같이 나오게끔 구성되었기 때문이다.

숟가락은 청동기시대(서기전 1000년경)의 유적에서 출토되었고, 젓가락은 공주 무령왕릉에서 출토되었으므로 어휘 생성 시기는 무령왕(462~523)의 사망 연도로 잡는다.

▶▶ **숙맥(菽麥)**

생성 시기 중국 춘추전국시대, 서기전 403년.

유   래 콩과 보리란 뜻이다. 이 말이 숙어가 된 것은 사서오경의 하나인 『춘추』의 주석서 『춘추좌씨전』에 나오는 '불변숙맥(不辨菽麥)'이란 어휘 때문이다.
당시 진(晉)의 여공(厲公)이 서동(胥童)을 편애하여 국권을 그에게 일임하자 난서(欒書)와 중행언(中行偃) 등이 먼저 서동을 잡아 죽인 다음 여공을 죽이고는 진양공의 증손인 주자(周子)를 제후로 내세우고 실권을 장악했다. 14세밖에 안 된 주자에게 형이 있어 수렴청정이 불가능하게 되자, 그들은 "주자에게 형이 있으나 지혜가 없어 숙맥(菽麥)도 분간하지 못하기에 제후로 세울 수 없다."고 했다.
그러므로 이 어휘의 생성 시기를 이 책의 편찬 시기라고 볼 수 있는데, 현재 학자들은 『춘추좌씨전』을 전국시대(서기전 475~서기전 221) 초기 익명의 작가가 편찬한 것으로 본다. 따라서 전국시대 시점인 서기전 403년으로 생성 시기를 잡는다.

▶▶ **심상(尋常, --치 않다)**

생성 시기 중국 춘추전국시대, 서기전 270년(?).

심상(尋常)은 고대 중국의 길이를 나타내는 단위이다. 심(尋)은 8자 길이를 뜻하며 상(常)은 16자 길이를 뜻한다. 우후죽순처럼 많은 나라들이 저마다 들고 일어나던 춘추전국시대에 제후들은 얼마 되지 않는 '심상의 땅'을 가지고 다투었다고 한다. 평수로 따지면 1평 남짓한 땅을 빼앗기 위해 싸웠다는 뜻으로 아주 작은 규모였음을 알 수 있다. 이렇듯 심상은 짧은 길이를 가리키는 말이었는데 이것이 곧 작고 보잘것없는 것을 가리키는 말에 비견되기도 했다.

이 어휘는 『장자』에 등장하는데, 장자는 배를 물에 띄우면 잘 나아가지만 땅에서 밀면 평생을 밀어도 심상만큼 나아가기도 힘들다고 했다. 따라서 이 어휘의 생성 시기는 장자(서기전 365?~서기전 270?)의 사망 연도로 잡는다.

당나라 때의 시인 두보(杜甫)가 지은 「곡강시(曲江詩)」에도 나온다.(부족국가~통일신라시대 '고희' 항목 참조)

가는 곳마다 외상 술값이 깔려 있지만(酒債尋常行處有)
인생 칠십은 예로부터 드물다더라(人生七十古來稀)

▶▶ **십간(十干)/십이지(十二支)**

십간: 갑(甲)·을(乙)·병(丙)·정(丁)·무(戊)·기(己)·경(庚)·신(辛)·임(壬)·계(癸)
십이지: 자(子)·축(丑)·인(寅)·묘(卯)·진(辰)·사(巳)·오(午)·미(未)·신(申)·유(酉)·술(戌)·해(亥)

중국 상나라, 서기전 1766년.

날을 나타내는 단위로 상나라 때 도입된 개념이다. 한 달은 음력으로 29.5일, 즉 30일을 열흘 단위로 끊어 초순·중순·하순으로 나누었다. 이 순(旬)을 갑(甲)·을(乙)·병(丙)·정(丁)·무(戊)·기(己)·경(庚)·신

(辛)·임(壬)·계(癸)의 십간(十干)으로 각각 표기했다. 3순이면 한 달이 되듯 십간이 세 번 지나면 한 달이 된다.

명리학에서는 태어난 날의 일진(日辰) 중 십간을 자기 자신과 동일시한다. 예를 들어 태어난 날이 갑신(甲申)일이면 갑(甲)이 자기 자신을 가리키는 아신(我神)이라고 한다.

상나라 때는 이름 대신 태어난 날의 십간으로 부르기도 하여, 왕의 이름에는 반드시 십간 중의 하나가 들어가 있다. 물론 죽은 뒤에 붙이는 것이다. 상나라를 건국한 성탕의 이름은 천을(天乙), 그의 아들은 태정(太丁)이다. 태정이 일찍 죽어 두 아들이 차례로 왕이 됐는데, 외병(外丙)과 중임(仲壬)이다. 손자는 태갑(太甲)이다. 5대 임금은 옥정(沃丁), 6대는 태경(太庚), 7대는 소갑(小甲), 8대는 옹기(雍己), 9대는 태무(太戊), 10대는 중정(仲丁), 11대는 외임(外壬), 12대는 하단갑(河亶甲)이다. 마지막 30대 임금 주(紂)는 이름이 신(辛)이다. 즉 뒤에 붙은 십간은 그들이 죽은 뒤에 붙인 십간으로, 그 십간의 날에 죽었다는 걸 나타낸다. 생전에는 십간을 뺀 게 그들의 이름이었다. 하지만 같은 이름이 중복되면서 주나라 때부터는 시호(諡號)를 쓰게 되었다.

한편 십이지(十二支)는 열두 달을 표기하는 데 사용했다. 상나라 때 유행한 갑골문에는 이런 간지가 자주 등장했다. 다만 십간과 십이지를 배합한 60갑자는 상당한 세월이 지난 뒤에 성립되었다고 한다. 이것으로써 연대를 표기한 것은 약 2000년 전으로, 한나라 때인 서기전 105년 병자년(丙子年)부터 시작되었다. 그 이전의 간지는 거꾸로 역산한 것이다.

십이지 중 자를 쥐, 축을 소, 인을 호랑이 등 동물로 배정한 기록은 후한의 사상가 왕충(王充: 30?~100?)의 『논형(論衡)』이 최초다. 이후 본격적으로 십이지를 동물로 표현하기 시작한 것은 한경(漢鏡: 한나라 때의 거울)에서이다.

십간과 십이지가 기록에 나타난 것은 상나라 초기부터지만 실제로는 하나라 때 이미 쓰였을 것으로 추정할 수 있다. 다만 기록을 근거로 할 때 생성 시기는 상나라가 건국한 해인 서기전 1766년이 된다.

▶▶ **쌀**

생성 시기 청동기시대, 서기전 1000년경.

유   래 쌀을 뜻하는 한자 '米'는 상형문자로서 벼이삭을 본뜬 것인데, 어떤 이는 쌀을 생산하는 데 88번의 손질이 필요하다는 뜻에서 '米'자를 '八八'로 파자(破字)하여 노동집약적이며 잔손질이 많이 가는 벼농사의 특성을 표현한 글자라고 풀이하기도 한다.

인류가 농사를 짓기 시작한 때는 약 1만 년 전으로, 이 무렵에 세계 각 지역에서 곡식을 재배하여 식량으로 삼기 시작했다. 쌀을 처음 재배한 곳은 인도 동북부 아삼에서 중국 윈난 지역에 이르는 넓고 긴 지대로 보고 있다. 연대는 약 6000~7000년 전으로 추정하는데, 이 지역에서 방사형으로 아시아 각 지역으로 전파되었다.

우리 선조들은 쌀을 주식으로 하기 전에는 지금 말하는 잡곡과 맥류가 주식이었다. 1977년에 경기도 여주시 흔암리에서 출토된 탄화미(炭化米)와, 그 후 평안남도 평양에서 출토된 탄화미는 그동안 발견된 고대미(古代米) 유물로서는 가장 오래된 것이다. 연대는 다같이 3000여 년 전으로 측정되었으므로 청동기시대에 이미 이들 지역에서 쌀을 생산하였다는 증거가 된다.

삼국시대에 들어 신라와 백제에서는 국가 규모로 쌀 생산을 장려하였고, 특히 통일신라시대에는 쌀이 주곡 중에서 1위를 차지하게 되었다. 조세(租稅)의 주 대상이 쌀이었으니 조(租)가 벼의 뜻으로 전용된 것으로도 그 사실을 알 수 있으며, 쌀농사에 관련된 세시풍속도 많이 생겨났고 논을 뜻하는 '답(畓)'자도 창제되었다.

▶▶ 아킬레스건(Achilles腱)

생성 시기 고대 그리스, 서기전 1250년.

유 래 고대 그리스의 전설적인 영웅 아킬레스의 고사(故事)에서 유래한 말로서 발뒤꿈치 위에 있는 힘줄을 가리킨다. 유일한 약점인 발뒤꿈치를 빼고는 불사신이었던 아킬레스가 트로이 전쟁 중에 적장 파리스의 화살을 발뒤꿈치에 맞고 죽은 데서 그곳을 아킬레스건이라 부른다. 오늘날 이 말은 반드시 발뒤꿈치 힘줄만을 가리키는 것이 아니라 사람마다 각각 다르게 가지고 있는 어떤 '치명적인 약점'을 가리키는 말로 쓰인다.

이 이야기는 소아시아 이오니아 태생의 방랑 가인(歌人)으로, 장님 시인으로 알려진 호메로스(Homeros)가 트로이 함락(서기전 1250) 300~400년 뒤인 서기전 8세기경에 쓴 서사시 『일리아드』에 나온다. 호메로스는 유럽 문학의 최고(最古) 서사시 『일리아드』와 더불어 『오디세이』의 작자로 알려져 있는데, 오늘날 그의 작품은 호메로스 혼자 썼는지 여러 사람이 오랜 동안 썼는지 논란이 되고 있다. 이 어휘의 발생 시기는 트로이가 함락된 서기전 1250년으로 잡는다.

▶▶ 여사(女史)

생성 시기 왕실 관직_ 중국 주나라 창업, 서기전 1046년 이후.
일반 여성에 대한 존칭_ 일제강점기, 1910년.

유 래 고대 중국에서 왕후(王后)의 예지(禮肢)를 관장하는 여자 벼슬아치를 말한다. 이것이 나중에는 황제나 왕과 동침할 비빈들의 순서를 정해주는 일로 확대되었다. 여사(女史)는 비빈들에게 금·은·동 등으로 만든 반지를 끼게 하여 황제나 왕을 모실 순서를 정했고, 생리 중인 여성은 양 볼에 붉은색을 칠하게 하는 등 비빈들의 건강

상태나 행동을 관찰하고 기록하여 실질적인 궁중 권력을 행사했다.
그러나 이 어휘는 왕조 시대의 종말과 함께 사멸되었다. 다만 일본
에서 결혼한 부인의 성씨 뒤에 존칭어로 붙이면서 우리나라에도 쓰
이게 되었다. 김씨일 경우 김 여사라고 부르는 것이다. 이럴 경우 사
용에 몇 가지 문제점이 따른다. 일부 여사의 어원을 아는 사람들은
한자를 여사(女士)로 바꿔 쓰기도 한다. 실제로 중국에서는 청나라
가 망한 뒤 여사(女史)는 술집 포주나 창녀 정도의 뜻으로 쓰이고
있으므로 사용에 주의해야 한다. 이 어휘가 결혼한 여성에 대한 존
칭어로 사용된 시기는 일제강점기가 시작된 1910년으로 잡는다.

▶▶ **오십보백보(五十步百步)**

생성 시기 중국 춘추전국시대, 서기전 289년.

유   래 위(魏)나라의 혜왕(惠王)이 당면 과제에 관하여 맹자에게 묻자, 맹자가
싸움에 져서 50보 도망간 자와 100보 도망간 자가 있다고 할 때 결국
도망가기는 마찬가지였다는 예를 들어 설명했던 데서 비롯된 말이다.
『맹자』권1 「양혜왕상(梁惠王上)」에 나온다. 양(梁)은 곧 위나라를 말
한다. 수도를 대량으로 옮긴 뒤 양나라로도 불렸다. 따라서 이 어휘
의 생성 시기는 『맹자』의 편찬 시기로 잡아야 하지만 그 시기가 불
확실하므로 맹자(서기전 372~서기전 289)의 사망 연도인 서기전 289년
으로 잡는다.

▶▶ **오징어**

생성 시기 중국 춘추전국시대, 서기전 475년.

유   래 오징어의 한자 표기는 오적어(烏賊魚)이다. 『본초강목』에 따르면 오적
어 외에도 오즉(烏鰂)·묵어(墨魚)·남어(纜魚)라 불렀다. 중국에서는

오적(烏賊), 일본에서는 오적(烏賊) 또는 오적어(烏賊魚)라고 쓴다. 우리나라에서도 오적어(烏賊魚)라고 적었다.

그렇다면 오적어라는 명칭은 언제부터 쓰였을까?

중국 양(梁)나라의 도홍경(陶弘景; 452~536)은 "이것은 복오(鸔烏; 물새)가 변해서 된 것이다. 갑오징어는 입과 다리가 함께 붙어 있기 때문에 오징어와 매우 비슷하다. 배 속에 먹물이 있어서 그것을 사용할 수 있으니 오즉(烏鰂)이라고 하였다. 오즉은 먹물을 뿜어 물을 검고 흐리게 만들 수 있어서 사람의 해로부터 자신을 지킨다."라고 설명했다.

명나라 약물학자 이시진(李時珍; 1518~1593)은 『본초강목』에서 "송나라 때의 학자 나원(羅願)은 『이아익(爾雅翼)』에서 9월에 날이 추워지면 까마귀가 물속에 들어가서 이것으로 변한다고 하고, 검은 무늬로 그것을 알 수 있다고 하여 오즉(烏鰂)이라고 명명한다고 하였다. 즉(鰂)은 즉(則)이다. 뼈의 이름을 해표초(海螵蛸)라고 하는데, 이것은 모양을 보고 붙인 명칭이다."라고 했다.

589년 중국 남북조시대의 심회원(沈懷遠)이 쓴 『남월지(南越誌)』에 "까마귀를 즐겨 먹는 성질이 있어서 날마다 물 위에 떠 있다가, 날아가던 까마귀가 이것을 보고 죽은 줄 알고 쪼려 할 때에 발로 감아 잡아서 물속으로 끌고 들어가 잡아먹는다. 그래서 오적(烏賊)이라는 이름이 붙었다."라고 하는 내용과 함께 오징어를 이때부터 '烏賊魚'로 표기했다고 주장한다.

조선 후기의 학자 정약전(丁若銓; 1758~1816)이 1801년(순조 1) 신유박해 때 전라도 흑산도에 유배되어 1814년(순조 14)까지 살면서 쓴 『자산어보』에 『남월지』를 인용해 "오징어는 까마귀를 좋아하는 성질이 있어 물 위에 떠 있다가, 날아가던 까마귀가 오징어를 보고 죽은 줄 알고 쪼려 할 때 발로 감아 잡아 물속으로 끌고 들어가 잡아먹는다."라면서 오즉어(烏鰂魚)에 관한 설도 소개한 뒤 "그러나 아직 실상을 보지 못하여 사실을 알 수 없다."는 견해를 밝히며, 속설을 믿지 않았다.

그러나 빙허각(憑虛閣) 이씨가 1809년에 쓴 『규합총서』에는 "물 위에 떴다가 까마귀를 보면 죽으므로 오징어를 오적어(烏賊魚)라 한다."라고 『남월지』의 설을 인용하고 있다.

이런 여러 가지 유래를 종합해볼 때 오징어가 까만 먹물을 뿜어내는 것을 보고 까마귀가 연상되어 까마귀 '오(烏)'에 물고기를 뜻하는 '즉(鰂)'자를 더하여 오즉어라 하였는데 이 이름이 전해지는 과정에서 음이 비슷한 오적어가 되고, 이 오적어라는 한자어에 맞추어 까마귀를 잡아먹는다는 이야기가 만들어졌을 것이다.

조선 중기의 유학자 이수광(李睟光; 1563~1628)은 저서 『지봉유설(芝峯類說)』에서 "오징어의 먹물로 글씨를 쓰면 해를 지나서 먹이 없어지고 빈 종이가 된다. 사람을 간사하게 속이는 자는 이것을 써서 속인다."라고 하였다.

조선 후기의 실학자 풍석(楓石) 서유구(徐有榘; 1764~1845)의 『임원경제지(林園經濟志)』 「전어지(佃漁志)」에는 오징어 잡는 방법을 인용, 소개하고 있다. "어부들은 동(銅)으로 오징어 모양을 만들고 그 수염(다리)을 모두 갈고리로 하면 진짜 오징어가 이것을 보고 스스로 와서 갈고리에 걸린다. 오징어는 사람을 보면 먹을 사방 여러 자까지 토하여 그 몸을 흐리게 하는데, 사람은 도리어 이로써 오징어를 잡는다."라고 하였다.

마른 오징어를 먹는 민족은 한국인, 일본인, 베트남인, 라오스인밖에 없다.

▶▶ 우물 안 개구리

생성 시기　중국 춘추전국시대, 서기전 270년(?).

유　　래　이 말은 『장자』 「추수편」에 나오는 이야기에서 유래한다. 우물 안에 사는 개구리가 동해에 사는 자라한테 다음과 같은 얘기를 했다고 한다. "나는 참으로 즐겁다. 우물 시렁 위에 뛰어오르기도 하고, 우물 안에 들어가 부서진 벽돌 가장자리에서 쉬기도 한다. 또 물에 들면 겨드랑이와 턱으로 물에 떠 있기도 하고, 발로 진흙을 차면 발등까지 흙에 묻힌다. 저 장구벌레나 게나 올챙이 따위야 어찌 내 팔자에 견줄 수 있겠는가? 또 나는 한 웅덩이의 물을 온통 혼자 차지해 마음대로 노니는 즐거움이 지극하거늘, 동해에 사는 자라, 자네는 왜 가끔 내게 와서 보지 않는가."

따라서 이 어휘의 생성 시기는 장자(서기전 365?~서기전 270?)의 사망 연도로 잡는다.

▶▶ **쟁기**

생성 시기 고조선시대, 서기전 1000년경.

유 래 쟁기라는 이름은 잠기에서 비롯되었다. 잠기는 본디 무기를 가리키는 잠개가 바뀐 말로, 예전에는 농기구를 무기로 썼기 때문에 두 가지를 같은 말로 적었다. 잠기는 19세기 초 장기로 바뀌었으며 오늘날의 쟁기로 정착된 것은 20세기 들어서이다. 쟁기의 가장 중요한 부분은 보습으로, 철제가 나오기 전에는 나무를 깎거나 돌을 갈아서 보습을 삼았다. 원시적인 형태의 쟁기는 서기전 1000년경의 유적인 평안북도 염주군 주의리에서 수레바퀴와 함께 출토되었는데, 이것은 소가 쟁기를 끌었을 가능성을 보여준다.

쟁기를 사용했다는 가장 오래된 기록은 『삼국유사』 '노례왕조'의 내용이다. 『삼국사기』 「신라본기」 '지증왕조'에도 502년 소가 쟁기를 끌도록 하였다는 내용이 있다. 그러나 이 기록들은 쟁기나 소 부림의 시초를 알리는 것이라기보다 쟁기의 장려와 보급을 강조한 것으로 보는 것이 마땅하다.

이 어휘의 생성 시기는 학술상 청동기시대가 본격적으로 열린 서기
전 1000년경으로 잡는다.

▶▶ 조장(助長, ――하다)

생성 시기 중국 춘추전국시대, 서기전 289년.

유   래 송나라의 고사에서 유래된 말이다. 어떤 농부가 곡식의 싹이 더디
자라자 어떻게 하면 빨리 자랄까 궁리를 하다가 급기야는 싹의 목을
뽑아주었다. 그러고는 집에 돌아와 그의 아내에게 이렇게 말했다.
"내가 싹이 자라는 걸 도와주고(助長) 왔소이다."
이 말을 들은 아내가 아무래도 미심쩍어 나가보니 싹이 모두 위로
뽑혀 있어 물을 제대로 빨아들이지 못해 시들시들하게 말라 있었다.
이 우화는 『맹자』 「공손추(公孫丑)」에 나온다. 맹자가 제자 공손추에
게 호연지기를 키우려면 마음을 도의(道義)의 성장에 따라 서서히
키워나가야 한다는 점을 송나라 농부의 우화로 비유한 내용이다.
이 어휘의 생성 시기는 맹자(서기전 372~서기전 289)의 사망 연도인 서
기전 289년으로 잡는다.

▶▶ 조카

생성 시기 중국 춘추전국시대, 서기전 637년.

유   래 형제의 아들딸을 일컫는 호칭인 조카의 어원은 춘추시대 진(晉)나라
사람 개자추(介子推)의 일화에서 비롯되었다.
개자추는 진나라 문공(文公)이 숨어 지낼 때 그에게 허벅지살을 베어
먹이면서까지 그를 받들던 사람이었다. 그러나 서기전 637년 왕위에
오른 문공이 개자추를 잊고 그를 부르지 않자, 이에 비관한 개자추
는 산속에 들어가 불을 지르고 나무 한 그루를 끌어안고 타 죽었다.

그때서야 후회한 문공이 개자추가 끌어안고 죽은 나무를 베어 그것으로 나막신을 만들어 신고는 '족하(足下)! 족하!' 하고 애달프게 불렀다. 문공 자신의 사람됨이 개자추의 발아래 있다는 뜻이었다.

여기서 생겨난 족하라는 호칭은 그 후 전국시대에 이르러서는 천자 족하, 대왕 족하 등으로 임금을 부르는 호칭으로 쓰였다가 이후에는 임금의 발아래에서 일을 보는 사관(史官)을 부르는 호칭으로 쓰였다. 그러다가 더 후대로 내려오면서 같은 나이 또래에서 상대방을 높여 부르는 말로 쓰이기 시작했다. 지금은 형제자매가 낳은 아들 딸들을 가리키는 친족 호칭으로 쓰인다.

▶▶ **차이나(China)**

생성 시기   중국 진(秦)나라, 서기전 221년(시황제 26).

유   래   코리아가 고려시대에 우리나라를 드나들던 서양 상인들에 의해 붙여진 이름이듯이, 차이나도 중국 최초의 통일 국가 진(秦)을 가리키는 말이다. 고려는 원나라 때 당시 중국식 발음이 '코리'였기 때문에 나라를 뜻하는 a가 붙어 코리아가 됐고, 진(秦)에도 a가 붙어 지나, 즉 차이나가 되었다.

외국에서는 중국을 진나라를 뜻하는 차이나로 부르지만, 중국인들은 자신들의 민족 정통성이 한나라 때부터 정립되었다고 믿어 한족(漢族), 한문(漢文), 한시(漢詩), 한의학(漢醫學) 등으로 쓰고 있다.

이 어휘의 생성 시기는 진나라가 전국(戰國)을 통일한 서기전 221년으로 잡는다.

▶▶ **팔등신(八等身)**

생성 시기   고대 그리스, 서기전 5세기.

미술 해부학에서, 키를 얼굴의 길이로 나눈 몫인 두신지수(頭身指數)가 8이 되는 몸이나 그런 사람을 가리키는 말이다. 팔두신(八頭身)이라고도 한다. 그리스어로 카논(canon)이라고 하는데, 일본에서 팔등신으로 번역하여 우리나라에 들어왔다. 여성 신체미의 기본으로 삼는다.

인체를 황금분할하면 배꼽이 중심점이 되고, 상반신을 황금분할하면 어깨선이 중심이 되며, 하반신은 무릎이 중심이 된다. 어깨 위를 다시 황금분할하면 코가 그 중심이 된다. 이러한 비율이 알맞을 때 가장 무난한 아름다움을 지니게 된다는 것이다. 그리스 밀로스섬에서 발견된 비너스상은 이 황금분할에 맞는 신체 조건을 갖추어 가장 아름다운 여성미의 전형으로 꼽힌다.

서기전 5세기 후반의 그리스 조각가 폴리클레이토스(Polycleitos)가 칠등신의 비례를 만들었는데, 올림픽 우승자를 모델로 했다는 「창 던지는 사람」이 그것이다. 이것을 카논(canon; 기준, 규범)이라 불렀다고 한다. 인체의 아름다움을 다룬 이론서인 『카논』을 저술했으나 전하지 않는다.

이후 서기전 4세기에 그리스의 조각가 리시포스(Lysippos)가 팔등신의 카논을 만들었고, 그 팔등신의 카논을 고대 로마 건축가 비트루비우스(Vitruvius)가 수학적인 공식으로 요약했다. 즉 발뒤꿈치에서 발가락 끝까지의 치수가 키의 7분의 1이고, 얼굴 길이는 키의 10분의 1, 손끝에서 팔꿈치까지는 키의 4분의 1이라야 이상적이라는 공식이다.

카논 연구는 다시 로마미술과 비잔틴미술로 이어졌고, 르네상스시대에는 레오나르도 다빈치와 알브레히트 뒤러 등이 인체 비례를 세밀하게 실측하였다.

▶▶ **황제(皇帝)/제(制)/조(詔)/짐(朕)/옥새(玉璽)**

중국 진(秦)나라, 서기전 221년(시황제 26).

| 유 래 | 서기전 221년 전국시대를 통일한 진(秦)나라 왕 영정은 다른 왕들처럼 왕호(王號)를 할 수 없다 하여 처음으로 황제라는 칭호를 자기 자신에게 붙였다. |

황제는 중국 고대 전설에 나오는 삼황(三皇)과 오제(五帝)에서 따온 말이다. 삼황에 대해서는 여러 가지 설이 있으나 대체로 복희(伏羲)씨, 여와(女媧)씨, 신농(神農)씨 세 사람의 지도자를 말한다. 오제는 황제, 전욱, 곡, 요, 순이라는 다섯 사람의 성군을 가리킨다. 따라서 '황제'라는 말에는 시황제 자신이 삼황오제의 덕을 겸비했다는 뜻도 포함되어 있다. 이때까지 하·상·주 3대에 이르는 동안 왕이란 칭호가 쓰였으나 시황제는 자신이 그들보다 더 특별한 왕이라 하여 새 제호를 만들어낸 것이다. 이 가운데 황(皇)은 태황(太皇)에서 딴 말이라는 해석도 있다. 한편 시황제는 황제 칭호를 쓰면서 이때부터 황제의 명(命)은 '제(制)', 영(令)은 '조(詔)'라 하고, 황제가 자신을 가리킬 때 쓰는 짐(朕)과 황제의 인장인 옥새(玉璽)란 말도 오직 황제에 한해서만 사용하게 했다.

우리나라에서는 왕권 강화에 심혈을 기울였던 고려 광종 때 잠시 황제 칭호를 쓰다가 그 후 몽골의 침입과 중국을 대국으로 섬기는 의식 때문에 쓰지 않았다. 그러다가 1897년 대한제국 수립을 선포하고 칭제건원을 통해 '고종황제'라는 칭호를 썼다.

| 잘못 쓴 예 | 강태공은 상나라의 주왕을 추방한 뒤 주나라 무왕을 황제로 옹립했다.(황제→왕) |

▶▶ 횡설수설(橫說竪說, ----하다)

| 생성 시기 | 중국 춘추전국시대, 서기전 270년(?). |
| 유 래 | 원래 '부처의 설법'을 가리킨다. 부처는 듣는 사람의 수준에 맞게 말을 하여 불교를 전파하였다. 이처럼 잘 설명하는 것을 횡설수설이 |

라고 한다. 즉 많은 지식을 가지고 여러 방향으로 설명하여 남을 깨우쳐주는 말이 횡설수설인 것이다. 중국은 지금도 이런 뜻으로 쓰는데 우리나라에서만 뜻 없는 말을 자꾸 늘어놓는다는 뜻으로 쓰인다. 따라서 이 어원은 채택하지 않는다.

『장자』「서무귀편(徐無鬼篇)」에 이런 이야기가 나온다. 위(魏)나라 왕 문후(文侯)의 신하 여신은 여러 번 진언했지만 칭찬을 듣지 못했다. 그러나 서무귀라는 사람은 몇 마디 나누지 않았는데 제후가 크게 웃으며 칭찬했다. 나중에 여신이 서무귀에게 물었다.

"내가 제후에게 횡(橫)으로는 유가의 경전을, 종(從)으로는 병가의 병설을 인용하여 종횡으로 말했지만 한 번도 웃질 않았소. 당신은 어떻게 말했기에 우리 주공이 단박에 웃으시는가?"

이 대화에서 횡설종설(橫說從說)이란 표현이 나오고, 나중에 횡설수설(橫說豎說)로 바뀌었다고 한다. 종(從)이 세로란 의미로 쓰였기 때문에 수(豎)로 바뀐 듯하다. 따라서 이 어휘의 생성 시기는 장자(서기전 365?~서기전 270?)의 사망 연도로 잡는다.

02

부족국가~
통일신라시대

서기전 108 ~
918

신분제도가 형성되고 국가의 형태를 갖추기 시작한 이 시기에는 생활, 문화 용구, 직업,

신분에 관한 말이 생겨났다.

중국은 진(秦)에 이어 한나라가 서면서 당 시대까지 이어진다.

▶▶ 가마

생성 시기   고구려, 326년(미천왕 27).

유　래　가마가 언제 생겨났는지 기록이 확실치는 않다. 그러나 신라시대 유물 중 바퀴 달린 차와 비슷한 무늬를 새긴 기와가 출토되었고, 고구려의 안악3호분 전실 서쪽 벽에 있는 「주인도」에 호화로운 가마에 앉아 있는 주인과 부인의 모습이 각각 그려져 있는 것으로 보아 삼국시대부터 쓰이기 시작한 것으로 짐작된다.

안악3호분은 황해남도 안악군 오국리에 있는 고구려 벽화고분으로 1949년 발견되었다. 묘의 주인공인 동수(冬壽)는 326년(미천왕 27)에 요동에서 고구려로 투항한 무장이다.

송나라 때의 문신 서긍(徐兢)이 쓴 『고려도경』에도 채여(彩輿)·견여(肩輿) 등을 비롯한 고려시대의 가마에 대한 표현이 나온다.

조선시대에는 관리들의 품계에 따라 수레나 가마에 차등을 두는 교여지제(轎輿之制)가 있었다. 이에 따르면 평교자(平轎子)는 1품과 기로(耆老), 사인교(四人轎)는 판서 또는 그에 해당하는 관리, 초헌(軺軒)은 종2품 이상, 사인남여(四人藍輿)는 종2품의 참판 이상, 남여(藍輿)는 3품의 승지와 각 조의 참의 이상, 장보교(帳步轎)는 하급 관원이 탔다.

이 어휘의 생성 시기는 안악3호분의 주인이 귀화한 326년으로 잡는다. 다만 이 시기보다 훨씬 더 오래전, 적어도 삼국시대 초기에 이미 가마가 사용되었을 것으로 본다.

잘못 쓴 예　환인과 웅녀가 혼인할 때 웅녀는 꽃가마를 타고 환인이 있는 곳으로 왔다 한다.

▶▶ 가시나

생성 시기	신라, 576년(진흥왕 37).
유 래	이 말의 유래에 대해서는 다음 두 가지 설이 있다. 첫째, 신라의 화랑제도에서 그 연원을 찾은 것이다. '가시'는 본래 '꽃'의 옛말이고 '나'는 무리를 뜻하는 '네'의 옛 형태에서 나온 것이다. 신라시대의 화랑을 가시나라고 하였는데, 가시나의 이두 표기인 '화랑(花郎)'에서 '花'는 꽃을 뜻하는 옛말인 '가시'에 해당되며 '郎'은 '나'의 이두 표기라는 것이다. 그러므로 가시나는 곧 꽃무리라는 뜻이다. 화랑은 처음에는 처녀들을 중심으로 조직되었기 때문에 처녀 아이를 가시나라고 부르게 되었다. 이 '가시'는 그 후 15세기까지 아내의 뜻으로 쓰였으며, 여기서 나온 말이 부부를 가리키는 가시버시이다. 둘째, 가시나의 옛말은 '가시나히'로서 아내를 뜻하는 '가시[妻]'에 아이를 뜻하는 '나히[胎生]'가 합쳐진 말이라는 설이다. 그러므로 이 말을 풀어보면 '아내(각시)로 태어난 아이'라는 뜻이 된다는 것이다. 두 가지 설 중 이 어휘가 원화(源花)에서 온 것으로 본다면, 이 어휘의 생성 시기는 진흥왕 37년인 576년으로 볼 수 있다. 이해에 진흥왕은 화랑의 전신인 원화를 두고 처녀 2명을 우두머리로 삼았다. 그러나 두 사람이 서로 질투하여 불상사가 일어나자 원화를 폐하고 남자를 지도자로 하는 화랑으로 고쳤다. 이 기록은 『삼국사기』와 『삼국유사』 등 많은 기록에 나온다. 다만 이 어휘가 옛말 '가시나히'에서 온 것으로 본다면 생성 시기는 크게 달라진다.

▶▶ 가야금(伽倻琴)

생성 시기	가야, 500년경.
유 래	『삼국사기』에 따르면 500년경에 낙동강 유역에 자리 잡았던 가야국

의 가실왕(嘉悉王, 嘉實王)이 악사 우륵(于勒)을 시켜 만들었다고 한다. 그러나 4세기 이전 것으로 추정되는 신라시대 토우에서 가야금이 발견되었고, 진(晉)나라 때 진수가 지은 『삼국지』「위지동이전」에 삼한시대에 이미 우리나라에 현악기가 있었다는 기록이 있는 것으로 보아, 삼한시대부터 사용된 민족 고유의 현악기가 가야시대에 더욱 발전되고 완성되었다는 것이 국악계의 정설이다.

금(琴)은 줄을 손가락으로 뜯어서 소리를 내는 악기를 일컫는 말이므로 가야금이라는 이름은 가야국에서 만든 현악기라는 뜻임을 알 수 있다. 한글 이름은 가얏고이며, '고'는 '금'의 순우리말이다.

가야금은 오동나무로 길게 만든 공명관 위에 열두 줄을 세로로 매어 줄마다 기러기발로 받친 것인데, 이것을 무릎 위에 올려놓고 왼손의 각 손가락으로 줄의 기러기발 바깥쪽 부분을 눌렀다 놓았다 하면서 오른손 다섯 손가락으로 줄을 뜯거나 튕기어 음의 높낮이를 조절한다. 정악(正樂)에 쓰이는 풍류 가야금과 산조(散調)에 쓰이는 산조 가야금의 두 종류가 있다.

이 어휘의 생성 시기는 어휘에 '가야'라는 국명이 들어가기 때문에 일단 가야시대로 잡았으나 훨씬 더 이전인 삼한시대에 생겼을 가능성이 많다.

잘못 쓴 예   곰이 웅녀로 태어나는 날, 하늘에서는 청아한 가야금 소리가 울려 퍼졌다.

▶▶   **가위/바늘**

생성 시기   신라, 634년(선덕여왕 3).

유   래   우리나라에서 발견된 가장 오래된 가위와 바늘(금과 은으로 만든 것)은 신라시대에 창건된 분황사 석탑에서 나온 원시형의 유물이다.

이 탑이 세워진 때는 분황사 창건 당시인 신라 선덕여왕 3년인 634년으로 추정되므로 이때를 생성 시기로 잡는다.

▶▶ **가지**

생성 시기 중국 남북조시대, 6세기 전반.

일본, 750년.

통일신라, 860년(헌안왕 4).

유 래 인도가 원산지인 가지는 중국을 거쳐 우리나라에 들어온 것으로 보인다. 조선 후기의 사서인 『해동역사(海東繹史)』에 당나라 때의 문헌인 『유양잡조(酉陽雜俎)』와 송나라 때의 문헌인 『본초연의(本草衍義)』에서 인용한 가지에 관한 기록이 있다. 의서인 『본초연의』에 "신라에는 1종의 가지가 나는데, 모양이 달걀 비슷하고 엷은 자줏빛에 광택이 있으며 꼭지가 길고 맛이 달다. 지금 중국에 널리 퍼져 있다."는 기록을 인용한 것이다. 『동의보감(東醫寶鑑)』에도 신라 때 가지를 재배하고 생산했다는 기록이 있는 것으로 미루어 우리나라에서는 삼국시대부터 재배했음을 알 수 있다. 『동국이상국집』에는 "집에서 가지를 재배해 날로 먹거나 삶아 먹는다."는 내용의 시가 있다.

중국에서는 6세기 전반에 북위(北魏)에서 편찬된 『제민요술(齊民要術)』에 가지의 재배와 채종에 관한 기록이 있다. 또한 『본초십유(本草拾遺)』(739)에 "당나라 이전부터 곤륜자과(崑崙紫瓜)라고 했다."는 기록이 있다. 곤륜이란 지금의 말레이시아를 지칭하는 말이므로 중국에는 5세기 이전에 원산지인 인도로부터 말레이시아를 경유해 들어온 것으로 추정한다.

일본에서는 750년 편찬된 고문서의 기록에 나타나 있으며, 우리나라를 거쳐 전래되었을 것으로 본다.

위에 인용한 『해동역사』는 1814년(순조 14)에 한치윤(韓致奫)이 편찬하기 시작했으나 완성하지 못하고 죽자, 조카 한진서(韓鎭書)가 1823년에 총 85권으로 완성했다. 『본초연의』는 송나라 때인 1119년 구종석(寇宗奭)이 지은 책이다. 『유양잡조』는 당나라 때 단성식(段成式)이 쓴 것으로 860년경에 완성했다.

따라서 이 어휘의 생성 시기는 인용 저서 중에서 가장 이른 『제민요술』이 편찬된 6세기 전반으로 잡는다. 다만 가지가 6세기에 중국에 전파됐다면 이 무렵부터 860년 사이에 이미 우리나라에 들어왔을 것으로 보인다.

잘못 쓴 예 한나라가 왕검성을 포위한 지 벌써 세 달째, 식량이 거의 바닥이 나자 왕검성 주민들은 가지, 호박 등으로 연명해 나갔다.

▶▶ **가톨릭(Catholic)/천주교/서학(西學)**

생성 시기 가톨릭_ 110년.
천주교·서학_ 중국 명나라, 1603년(신종 31).
조선, 1614년(광해군 6).

유   래 마르틴 루터의 종교개혁 이후 기독교는 구교인 가톨릭과 신교인 프로테스탄트로 나뉘었다. 기독교의 원류라 할 수 있는 가톨릭은 '보편적'이라는 뜻으로, 가톨릭의 교리가 어디에나 누구에게나 보편적으로 두루 통한다는 뜻에서 나온 말이다.

가톨릭은 더 정확히 말하면 로마 가톨릭이라고 한다. 그리스정교회(동방정교회)와 비교하여 부르는 말이자, 로마에 그 뿌리라고 할 수 있는 교황청을 두고 있기 때문에 불리는 이름이기도 하다.

기록상 가톨릭이라는 말이 공식적으로 처음 사용된 것은 2세기 초

안티오키아의 주교 이냐시오 성인(110년 순교)에 의해서이다. 이냐시오 성인은 스미르나 교회 공동체에 보낸 편지에서, "그리스도 계신 곳에 가톨릭교회가 있다."고 기술함으로써 그리스도교를 가톨릭이라는 말로 정의했다. 그 뒤 2세기 말 예루살렘의 치릴로 성인이, "이 땅에서 저 땅 끝까지 온 누리에 퍼져 있고, 모든 이가 알아야 할 모든 지식을 다 포함한 교리를 가르치며, 임금과 시민과 학자와 무식한 이 등 세상의 모든 이를 참 신앙으로 이끌기 때문에 가톨릭이라 한다."고 교리문답서에 정의함으로써 그리스도교회를 가톨릭이라고 부르게 되었다.

이탈리아의 선교사 마테오 리치는 1603년에 중국어로 『천주실의(天主實義)』를 저술했다. 이것이 가톨릭을 천주교로 표기한 최초의 사례다. 라틴어 Deus(영어의 God)를 천주(天主)로 한역한 것이다. 이는 동북아시아에 널리 퍼져 있던 상제(上帝)라는 어휘를 본뜬 표현이다. 그는 천주교 교리를 유교적 용어로 표현해 천주교 교리와 중국 문화의 융합을 꾀하면서 이질적인 두 문화의 갈등을 피하려 했다. 이 책은 이후 한자문화권에서 가장 많이 읽힌 천주교 교리서가 되었다.

조선 선조 때의 학자 이수광(1563~1628)은 저서 『지봉유설』(1614)에서 이 『천주실의』를 처음 소개했는데 여기 소개된 천주교는 종교가 아니라 서양의 학문, 즉 서학(西學)이었다.

현재 우리나라에서 가톨릭은 곧 천주교로 통하며, 일본에서는 가톨릭을 그 본래 의미를 살려 공교(公敎)로 부른다.

▶▶ **간장/된장**

생성 시기 고구려, 326년(미천왕 27).

| 유 래 | 고구려 고분인 안악3호분의 벽화에 우물가 옆 장독대가 보이므로 |

유 래 | 고구려 고분인 안악3호분의 벽화에 우물가 옆 장독대가 보이므로 여기에 간장과 된장을 보관했을 것으로 본다. 간장을 담근 뒤에 장물을 떠내고 남은 찌꺼기가 된장이기 때문에 함께 보관했을 것이다. 『삼국사기』에 683년(신문왕 3)에 왕비를 맞을 때의 폐백 품목으로 간장과 된장이 기록되어 있는 것으로 미루어 삼국시대에 이미 장류를 먹었음을 알 수 있다. 『고려사』「식화지(食貨志)」에는 1018년(현종 9)에 거란의 침입으로 굶주림과 추위에 떠는 백성 3만여 명에게 소금과 장, 쌀, 조, 된장을 내렸다는 기록이 있다. 굶주린 백성을 위한 구휼 식품에 쌀과 조 등의 곡물과 함께 장과 된장이 들어 있다는 것은 고려시대에 이미 장류가 필수 기본 식품으로 정착된 것으로 추정할 수 있는 자료가 된다. 조선시대에 편찬된 대부분의 조리서에는 간장 제조법이 기록되어 있다. 개화기 이후에는 일본 간장과 된장이 도입되었고, 1930년대에는 간장 제조회사가 설립되었으나 우리의 입맛에 맞지 않아서 각 가정에서는 여전히 전통적인 재래식 간장을 담가 먹었다.

이 어휘의 생성 시기는 안악3호분의 주인이 귀화한 326년(미천왕 27)으로 잡는다. 안악3호분은 황해남도 안악군 오국리에 있는 고구려 벽화고분으로, 묘의 주인공인 동수는 326년에 요동에서 고구려로 투항한 무장이다.

▶▶ **갓**

생성 시기 | 통일신라, 785년(원성왕 1).

유 래 | 갓의 역사는 멀리 고대까지 소급된다. 초기의 모양은 경주 금령총에서 출토된 입형백화피모(笠形白樺皮帽)와 고구려 감신총 벽화에 묘사된 패랭이 모양의 갓을 쓴 수렵인물에서 볼 수 있다.

문헌상으로는 『삼국사기』와 『삼국유사』에 신라 원성왕이 꿈에 소립(素笠)을 썼다는 기록이 있는 것으로 보아 삼국시대에도 갓을 썼음을 알 수 있다.

785년 선덕왕의 뒤를 이어 김경신(金敬信)보다 서열이 높았던 김주원(金周元)이 왕으로 추대되었다. 그즈음에 김경신은 복두(幞頭)를 벗고 소립을 쓰고 12현금을 들고 천관사 우물로 들어가는 꿈을 꾸었다. 그는 여삼(餘三)의 해몽을 듣고 비밀리에 북천의 신에게 제사를 지냈더니 큰비가 내려 알천이 넘치자 김주원은 입궐하지 못했다. 그 사이 백관들은 김경신을 왕으로 추대했으니 그가 곧 원성왕이다.

고려시대에는 갓이 관리들의 모자로 쓰였던 듯하다. 기록에 따르면 공민왕이 문무백관에게 갓을 쓰도록 명했다는 구절이 나온다. 그러나 이때까지만 해도 갓이 지금의 형태를 갖추었다고 보기는 어렵다. 이때의 갓은 조선시대의 챙이 넓은 검은 갓과는 달리 패랭이 모양에 좀 더 가까운 형태였을 것이라고 추측된다.

갓은 고려 말에서 조선 초기에 패랭이, 초립의 단계를 거쳐 지금의 모양과 같은 흑립(黑笠)으로 발전했다. 주로 양반들이 신분의 상징으로 쓰고 다녔던 갓은 갑오개혁 이후인 1895년에 천인들도 쓰는 게 허용됨으로써 의관으로 구분하던 귀천의 차별이 사라지고 모든 사람들에게 널리 일반화되었다.

따라서 이 어휘의 생성 시기는 『삼국사기』와 『삼국유사』에 기록된 원성왕 즉위 시기로 보아 785년으로 잡는다. 물론 금령총과 감신총의 벽화로 볼 때 이보다 앞섰을 가능성이 많다.

▶▶ **갓신**

생성 시기 북부여, 서기전 59년.

갓신은 가죽으로 만든 신으로, 문헌에 나타난 우리나라 최초의 갓신은 부여의 혁답(革踏)이다. 혁답은 신목이 짧으며 중국의 갓신과 비슷한 모양이다. 부여 강역은 유목 풍습이 있던 지역이므로 기마용 가죽신이 많이 쓰였을 것으로 보인다.

우리나라 문헌에 기록된 가장 오래된 신은 부여의 혁답 외에 마한의 짚신·초교·초교답 등을 들 수 있다. 이규경(李圭景)의 『오주연문장전산고(五洲衍文長箋散稿)』에는 한나라 환제(桓帝) 때 어측(於則)이 처음으로 이(履)를 만들었다고 기록되어 있다.

상고시대에 화(靴)와 이(履) 중 어느 것이 먼저 나타난 것인지 속단하기는 어려우나 역사적으로 고찰해보면 다음과 같다.

화(靴): 후당의 마고(馬稿)가 지은 『중화고금주(中華古今注)』에는 조무령왕(趙武靈王)이 신목이 붙은 화(靴)를 처음으로 신었다고 했으며, 우리나라에서는 고구려의 쌍영총 뒷방 북벽과 동벽 벽화에 화(靴)를 신은 인물과, 무용총의 벽화「무용도」에 백화를 신은 여인이 그려져 있는 것을 보면 당시 화(靴)가 일반화되어 있었음을 알 수 있다.

이(履): 『통전(通典)』「동이조(東夷條)」에 부여와 마한에서 짚신을 신었다는 기록이 있다. 고구려의 상류계급이 신었던 황혁리(黃革履), 백제 왕이 신었던 오혁리(烏革履), 신라시대의 고분인 경주 식리총(飾履塚)에서 발견된 포백(布帛)과 사제(絲製)로 만든 신, 통일신라 흥덕왕 때 진골에서 4두품까지 신었던 사(絲)·마(麻)·나(羅)·피(皮)로 만든 신, 고려시대 제관복(祭冠服) 가운데 있는 흑리 등이 있다.

삼국시대에 이(履)와 함께 북방계 수렵민족의 기마화가 전래되어 고구려와 신라에서는 이(履)와 화(靴)를, 백제에서는 이(履)를 주로 착용했다. 세 나라 모두 계층에 따라 색을 구별했다.

고려시대에는 왕과 왕비가 이(履)의 일종인 석을, 백관의 공복이나 일상용으로는 화(靴)와 이(履)를 착용했다.

조선시대에는 갓신의 종류가 매우 다양하여 흑피화·목화·협금화,

흑피혜·분투혜·태사혜·당혜·운혜 등 이(履)의 형태를 띤 혜(鞋)가 보편적이었다. 이때의 관원들은 관복에 흑피화와 흑피혜를 갖추어 신는 등 갓신이 상류층의 전유물처럼 사용범위가 정해져 있었으나, 그 뒤 이전(履廛)·화전(靴廛)·종루전(鐘樓廛)·이저전(履低廛) 등을 통해 일반에게 널리 유통되면서 가죽 품귀현상까지 일어나게 되었다. 이 어휘의 생성 시기는 부여의 혁답을 근거로 해모수가 북부여를 건국한 서기전 59년으로 잡는다. 그러나 유목과 수렵을 하던 당시 생활 특성상 갓신은 훨씬 더 일찍부터 사용되었을 것으로 보인다.

잘못 쓴 예   서기전 209년, 중국의 진(秦)나라에 내란이 일어나자 연나라와 제나라의 유민들이 조선으로 피난을 왔는데, 그들 중 대다수가 갓신을 신고 있었다.

▶▶ 거문고

생성 시기   고구려, 419년(장수왕 7).

유 래   거문고는 가야금과 함께 우리나라의 대표적인 현악기이다. 『삼국사기』 「악지(樂志)」에는 "진(晉)나라 사람이 칠현금을 고구려에 보내왔는데, 고구려 사람들이 '그 악기는 아나 그 성음과 타는 법'을 알지 못했다. 이에 나라 사람으로서 그 음악과 탈 줄 아는 자를 구하여 후한 상을 주기로 했다. 이때 제2의 재상인 왕산악(王山岳)이 그 본 모양을 그대로 두고 제도를 많이 고쳐 만들고 아울러 100여 곡을 지어 연주하였다. 이때 검은 학(玄鶴)이 날아들어 춤을 추었으므로 이름을 현학금(玄鶴琴)이라고 하였는데. 뒤에 학(鶴)자를 떼어버리고 다만 현금(玄琴)이라 했다."라고 기록되어 있다.

그런데 1932년 중국 지안현에서 발굴된 고구려의 무용총과 357년에 축조된 안악3호분에 거문고의 원형으로 보이는 악기의 그림이 발견됨에 따라 거문고는 진나라 이전의 고구려에 이미 그 원형이 있었다는 설이 있다. 또 거문고라는 명칭도 현학금에서 유래한 것이 아니라 고구려금, 즉 '감고(가뭇고)' 또는 '검고(거뭇고)'의 발음이 변한 것으로 보기도 한다. 거문고는 이후 신라에 전해져 옥보고(玉寶高)·속명득(續命得)·귀금(貴金)·안장(安長)·청장(淸長)·극상(克相)·극종(克宗) 등의 계보로 전승되었으며, 옥보고로부터 약 1세기가 지나 극종 이후로 세상에 알려져 널리 보급되었다.

이 어휘의 생성 시기는 고구려에 칠현금을 보낸 진나라가 서진(西晉; 265~317)인지 동진(東晉; 317~420)인지 이론이 분분하므로 이중 가장 늦은 420년으로 잡는다. 하지만 이보다 훨씬 더 오래되었을 것으로 추정한다.

잘못 쓴 예 치희는 타고난 거문고 연주 솜씨로 단번에 유리왕의 마음을 사로잡았다.

▶▶ **격구(擊毬)**

생성 시기 중국 당나라, 648년(태종 정관 22).

고려, 918년(태조 1).

유 래 격구(擊毬)는 두 패로 나뉘어 말을 타고 달리면서 긴 나무막대의 채로 공을 쳐서 상대방의 문에 넣는 놀이였다. 공은 나무를 깎아서 만들었으며 거기에 가죽을 씌우기도 했다.

격구의 발상지는 페르시아로 그 시기는 서기전 500년경까지 거슬러 올라간다. 페르시아에서 투르키스탄을 거쳐 티베트로 들어간 격구는 다시 인도로 전해졌고, 다른 한편으로 중국을 거쳐 우리나라로 들어왔다. 오늘날 세계 각국으로 퍼진 폴로 경기는 영국인들이 인도에서 본 경기를 바탕으로 규칙을 새로 정해 보급했다.

격구가 중국에 들어온 시기는 당나라 태종 때로 알려져 있으며, 그 후 급속도로 중국 전역으로 전파되었다. 당 고종의 아들인 이현의 벽화에 격구 그림이 그려져 있으며, 당 현종은 격구의 명인이자 격구를 무척 즐겼다고 한다. 명나라 때는 격구에 대한 열기가 많이 식었고, 청나라 때 이르러 완전히 사라져버렸다.

우리나라에 격구가 전해진 시기는 당나라와 맞서던 고구려 때로 추정된다. 일본의 문헌인 『일본서기』에 발해국의 사신이 일본 왕 앞에서 격구를 벌였다는 기록이 있다. 『고려사』에는 918년 적장 아자개(阿字蓋)가 고려에 투항하자 그를 환영하는 행사로 격구를 벌였다는 기록이 있다. 이후 여러 자료를 통해 격구장을 만들어 격구를 즐겼음을 알 수 있다. 고려 말기에는 5월 단오 행사로 굳어지면서 여성들도 격구를 즐겼다고 한다.

조선 초에도 왕들이 격구를 즐겼음이 『용비어천가』에 "공을 말의 앞뒤 두 발의 틈으로 쳐내는" 묘기를 보였다는 기록을 통해 알 수 있다. 세종 때에는 격구를 무과시험 과목에 포함시킬 정도로 중요한 무술의 하나로 자리 잡았다. 16세기 중종 이후부터는 격구에 관한 기록이 드물게 나타나다가 정조 이후로는 아예 사라진 것으로 보아 격구에 대한 인기가 점차 시들해진 것으로 보인다.

따라서 이 어휘의 생성 시기는 중국은 당 태종이 사망한 648년, 우리나라는 918년으로 잡는다.

잘못 쓴 예 삼한의 제천행사 때에는 여러 가지 놀이가 행해졌는데 남녀노소 할 것 없이 격구를 즐겼다.

▶▶ **고아(孤兒)**

생성 시기 신라, 28년(유리왕 5).

우리나라에서 고아 대책에 관한 최초의 기록은 『삼국사기』에서 찾아볼 수 있다. 신라 유리왕 5년인 서기 28년에 왕명으로 전국의 환과고독(鰥寡孤獨; 늙어서 아내 없는 사람, 늙어서 남편 없는 사람, 어려서 어버이 없는 사람, 늙어서 자식 없는 사람)에 처해 있던 사람들에게 급식을 제공하고 양육 보호를 실시케 하였다고 기록되어 있다.

우리나라에 근대적 의미의 고아보호제도가 도입된 것은 1888년 프랑스 선교사가 서울 명동성당에 설립한 천주교보육원이 시초이다. 이후 국가에 전란이 일어나거나 기근과 질병이 있을 때마다 고아에 관한 대책이 시행되었다. 1910년에는 조선총독부가 제생원(濟生院)이라는 수용시설을 설립했다. 1944년에는 '조선구호령'이라는 고아구호법령이 제정되었다. 그 후 미군정을 거쳐 6·25전쟁 이후 고아와 고아보호시설이 대량으로 늘어났다.

▶▶ **고희(古稀)**

생성 시기 중국 당나라, 758년(소종 건원 1).

유   래 두보(712~770)가 지은 「곡강시」에 나오는 '인생칠십고래희(人生七十古來稀)'에서 유래한 말이다. 사람은 예로부터 일흔 살까지 살기가 드문 일이라는 뜻이다.

> 조회에서 돌아오면 봄옷을 맡겨놓고(朝回日日典春衣)
> 날마다 곡강에 나가 취하도록 마시고 돌아온다(每日江頭盡醉歸)
> 외상 술값이야 처처에 깔려 있지만(酒債尋常行處有)
> 인생 칠십은 예로부터 드물다더라(人生七十古來稀)
> 꽃 사이를 맴도는 호랑나비는 보이다 말다 하고(穿花蛺蝶深深見)
> 물 위를 스치는 물잠자리는 유유히 나는구나(點水蜻蜓款款飛)

봄 경치여! 우리 모두 어울려(傳語風光共流轉)

잠시나마 서로 등지지 말고 봄을 즐기자(暫時相賞莫相違)

이 시는 두보가 47세에 지은 것이다. 두보는 47세가 되어서야 좌습
유(左拾遺; 정6품 간관) 벼슬에 올랐으나 어지러운 정국과 부패한 관
료사회에 실망해 매일같이 답답한 가슴을 달래기 위해 술이나 마
시면서 지냈다.

이 시의 무대인 곡강은 수도 장안 중심지에 있는 유명한 연못으로
풍광이 아름답기로 유명하다. 두보는 이 시를 쓴 뒤 안녹산의 난
이후 고통받는 백성들을 구제하기 위해 숙종에게 상소를 올렸으나
도리어 노여움을 사서 벼슬을 잃고 고향으로 돌아갔다. 그는 시에
서는 칠십을 논했지만 파란만장한 인생을 살다 59세에 생을 마감
했다. 따라서 이 어휘의 생성 시기는 두보가 47세였던 758년으로 잡
는다.

잘못 쓴 예 진(秦)나라 소양왕은 고희를 맞아 문무백관에 후한 상을 내렸다.

▶▶ **공양(供養)**

생성 시기 고구려, 375년(소수림왕 5).

유 래 공양은 불법승 삼보(三寶)에 대하여 공경하는 마음으로 공물을 올
리는 의식을 말한다. 일반적으로 부처에게 공양하는 것을 불공(佛
供), 부모에게 공양하는 것을 부모공(父母供), 스승에게 공양하는
것을 사공(師供)이라 한다. 이 공양의식은 고구려 소수림왕(재위기간
371~384) 때 불교의 전래와 함께 시작되었다. 특히 우리나라 사찰에
서는 식사하는 것을 '공양한다'고 하고 식사 시간을 공양 시간이라
하는데, 이는 누군가가 공양한 음식을 먹는다는 것을 상기시켜서

시은(施恩)을 잊지 않게 하려는 깊은 뜻이 숨어 있다.

372년 전진(前秦)의 승려 순도(順道)가 고구려에 들어와 불교를 전한 데 이어 374년 동진(東晉)에서 승려 아도(阿道)가 들어오자, 소수림왕은 이듬해인 375년(소수림왕 5)에 고구려의 수도 국내성에 처음으로 성문사와 이불란사를 세워 이들을 머물게 했다. 따라서 이 어휘의 생성 시기는 고구려에 불교가 전래되어 사찰이 건립된 375년으로 잡는다.

잘못 쓴 예   182년에 고구려에 혜성이 나타나자 고국천왕은 이를 불길한 징조라고 여겨 공양미 100석을 준비하여 절에서 재를 올리게 했다.

▶▶   **공화국(共和國)**

생성 시기   중국 전한, 서기전 91년(무제 정화 2).

유 래   서기전 841년 중국 서주(西周)의 군주 여왕(厲王)이 방탕한 생활로 쫓겨난 뒤 태자 정이 어렸으므로 재상 주공(周公)과 중신인 소공(召公)이 공동으로 정무를 보았는데 이를 '공화'라 한 데서 나온 말이다. 이 공화는 서기전 828년 선왕(宣王)이 즉위하기까지 약 14년간 계속되었다.

다만 '공화'라는 기록은 사마천(서기전 145?~서기전 86?)이 편찬한 최초의 기전체 역사서 『사기』에 나온다. 따라서 이 어휘의 최초 생성 시기는 실제 공화가 이루어진 서기전 841년보다는 『사기』가 완성된 서기전 91년으로 잡는 게 옳을 듯하다.

우리나라에서 본격적으로 이 어휘가 사용된 것은 구한말이다. 유길준의 『서유견문』 제20편 '厚蘭布土(프랑크푸르트)'에 공화정치라는 어휘가 나오고, 서재필의 『독립신문』에 공화국이라는 용례가 나타난다. 두 경우 모두 일본을 통해 들어왔다. 즉 『Satow』(1876, 개정판

1879), 『尺振八』(1884), 『棚橋一郎』(1885), 『Hepburn』(1886, 3판), 『島田豊』(1888) 등의 사전류에 이 어휘가 일제히 등장한다. 이때의 공화국이란 네덜란드어 republijk을 번역한 것이다. 이후 문세영의 『조선어사전』(1938)에 등재됨으로써 우리나라에서도 보편적으로 쓰이게 되었다. 『조선어사전』에는 다음과 같은 내용으로 등재되어 있다.

> 공화-국(共和國): 공화정치를 행하는 나라.
> 공화-정치(共和政治): 백성 속에서 대통령을 선거하여 일정한 연한(年限) 동안에 그 사람에게 그 나라의 정치를 맡기는 정치.

▶▶ **국수(國手)**

생성 시기 백제, 475년(개로왕 21).

유래 『삼국사기』 「백제본기」에 "고구려의 국수(國手) 도림(道琳)과 백제의 개로왕이 바둑을 두었다."는 기록이 있으므로, 이 어휘는 개로왕(재위기간 455~475)의 사망 연도인 475년으로 잡는다.

물론 국수의 어원은 중국어에서 비롯된 말이다. 중국 노나라의 좌구명이 지었다고 전하는 역사책인 『국어(國語)』에 보면 국수는 '상의의국 기차의인(上醫醫國 基次醫人)'이라 하여 명의(名醫)를 가리켰다. 따라서 바둑뿐만 아니라 각 분야에서 뛰어난 사람에게 붙이는 호칭이기도 하다.

우리나라에서는 조선시대에 바둑을 잘 두었던 유성룡(柳成龍)·김만수(金萬壽) 등이 국수라고 불렸다.

1956년부터는 동아일보사에서 '국수전'이라는 신문기전(新聞棋戰)을 주최해오고 있어 조남철, 김인, 윤기현, 하찬석, 조훈현, 서봉수, 이창호 등이 각각 국수를 차지한 바 있다. 한국기원에서는 일본의 명인(名人) 타이틀과 본인방(本因坊) 타이틀을 쟁취한 조치훈에게 종신 국수 칭호를 수여했다.

▶▶ **국어(國語)**

생성 시기   중국 북위, 386년(태조 1).

유   래   국어는 중국 노나라 사람인 좌구명이 쓴 역사책 제목이다. 그는 『국어』에 앞서 『춘추』의 해설서인 『춘추좌씨전』을 펴냈는데, 나중에 개정판으로 낸 것이 곧 『국어』이다. 그는 이 책에서 춘추시대의 종주국인 주(周)나라를 비롯하여 노(魯)·제(齊)·진(秦)·정(鄭)·초(楚)·오(吳)·월(越) 등의 450년 역사를 쓰고 '국어'라는 제호를 붙였다. 제왕이나 신하들의 좋은 말을 중심으로 엮었기 때문이었다. 따라서 좌구명의 '국어'라는 제호는 여러 나라의 역사라는 뜻이다.

386년에 선비족의 탁발규가 북위(北魏)를 세운 뒤 남조의 한족과 언어 소통에 어려움을 겪으면서 선비족 말을 표준어로 정해 '국어'라고 했다. 이때부터 오늘날과 같은 '나라말' 또는 '우리말'이라는 뜻으로 바뀐 것이다. 이후 원나라의 국어는 몽골어, 청나라의 국어는 만주어가 되었다.

이 어휘의 생성 시기는 북위(386~534)의 건국 연도인 386년으로 잡는다.

▶▶ **국화(菊花)**

생성 시기   백제, 390년(진사왕 6).

유   래   국화는 매화, 난초, 대나무와 함께 일찍부터 사군자의 하나로 여겨왔다. 뭇 꽃들이 다투어 피는 봄이나 여름에 피지 않고 날씨가 차가워진 가을에 서리를 맞으면서 홀로 피는 국화의 모습에서 우리의 선인들은 고고한 기품과 절개를 지키는 군자의 모습을 발견하였던 것이다. 그래서 국화를 일컬어 오상고절(傲霜孤節)이라고 한다.

중국에서는 한나라 고조 때에 편찬된 『서경잡기』에 국화주에 관한 기록이 있고, 당나라 때는 중양절(重陽節; 음력 9월 9일)에 국화주를 마셨다는 기록이 있다.

국화가 언제 우리나라에 전해졌는지 정확히는 알 수 없으나 『동사강목』에 따르면 백제 진사왕 때인 390년에 백제 사람 왕인이 일본에 갈 때 청·황·적·백·흑의 국화를 가져갔다는 기록으로 보아 그전에 이미 국화를 재배했음을 알 수 있다.

조선 세종 때 강희안이 지은 『양화소록(養花小錄)』에는 고려 충숙왕 때 중국의 황제가 국화를 선물했다는 기록이 있다.

고려 가요 「동동(動動)」 9월령에 '9월 9일애 아으 약이라 먹논 황화(黃花) 고지 안해 드니 새셔가만 ᄒᆞ얘라 아으 동동다리'라고 한 것을 보더라도, 중양절에 국화주를 담가 먹고 그것을 약주로 인식하고 있었음을 알 수 있다. 이로써 고려시대에 이미 우리나라에도 국화가 있었음을 알 수 있다.

잘못 쓴 예   병석에 누워 있던 선화공주가 오랜만에 자리를 털고 일어나 뜰 앞에 나와보니 노란 황국이 마당 가득히 피어 있었다.

▶▶   **군계일학(群鷄一鶴)**

생성 시기   중국 당나라, 646년(태종 20).

유 래   『진서(晉書)』 「혜소전(嵇紹傳)」의 '昂昂然如鶴野之在鷄群'에서 온 말이다. 중국 위(魏)나라 때 죽림칠현의 한 사람인 혜강이라는 훌륭한 선비가 있었다. 혜강의 아들인 혜소도 아버지를 닮아 매우 똑똑했다. 그리하여 혜소는 왕에게 벼슬을 받아 난생 처음 서울로 들어가게 되었다. 의젓하게 거리를 걸어가는 혜소의 모습을 본 혜강의 친구가 그 이튿날 혜강에게 이렇게 말했다고 한다. "혜소는 자세가 의젓하고 잘생겨서 마치 닭 무리 속에 한 마리의 학이 내려앉은 것 같더군."

『진서』는 당나라 태종의 지시로 방현령(房玄齡) 등이 펴낸 진나라의 정사(正史)로 646년에 130권으로 편찬되었다.

▶▶ **귤(橘)**

<table>
<tr><td>생성 시기</td><td>백제, 476년(문주왕 2).</td></tr>
<tr><td>유 래</td><td>우리나라에서 귤이 재배된 역사는 길어서 삼국시대부터 재배된 것으로 추측된다. 일본 야사(野史)인 『비후국사(肥後國史)』에 삼한(三韓)으로부터 귤(橘; Tachibana)을 들여왔다고 기록하고 있다.</td></tr>
</table>

1653년(효종 4) 편찬된 『탐라지(耽羅志)』에 따르면 백제 문주왕 2년(476) 탐라국에서 귤을 공물(貢物)로 받았다는 기록이 있다. 『고려사』 「세가」에는 1052년(고려 문종 6)에 탐라에서 공물로 바치는 감귤의 양을 100포(包)로 늘린다는 기록이 있다.

조선시대에는 더 많은 기록을 찾아볼 수 있다. 이 시대에 귤은 귀중한 진상품이어서, 제주에서 귤이 진상품으로 올라오면 이를 축하하기 위하여 성균관과 서울의 동·서·남·중의 4개 학교의 유생들에게 특별과거를 보이고 귤을 나누어주었다고 한다. 『세종실록』에 따르면 1426년(세종 8) 경상도와 전라도 남해안 지방까지 유자(柚子)·감자(柑子)를 심어 시험 재배하게 하였으며, 『탐라지과수총설(耽羅誌果樹總說)』에는 1526년(중종 21)에 제주목사 이수동(李壽童)이 감귤밭을 지키는 방호소(防護所)를 늘렸다는 기록이 있다.

이 어휘의 생성 시기는 백제 문주왕 2년인 476년으로 잡는다. 그러나 이보다 더 오래되었을 가능성이 아주 높다.

잘못 쓴 예   가야국의 왕비 허왕후는 귤을 무척 좋아해서 간식으로 즐겨 먹었다.

▶▶   **극락(極樂)**

생성 시기   중국 후진, 413년(홍치 15).

유 래   지금의 위구르 지역에 있던 쿠차왕국 출신 승려 쿠마라지바[鳩摩羅什]는 401년에 후진(後秦)의 황제 요흥(姚興)의 국사(國師)가 되었다. 요흥의 권고로 여인과 혼인하면서 환속한 그는 이때부터 경전 번역에 나서 35부 300권의 불경을 한역(漢譯)했다. 『고승전』에 따르면, 413년 쿠마라지바가 세상을 떠나면서 "내 번역에 틀린 것이 없다면 내 몸이 사라진 뒤에라도 내 혀는 타지 않을 것이다."라고 말했다. 불교의 방식대로 다비(화장)하였는데 정말로 다 타버린 시신 속에서 혀만은 타지 않고 남아 있었다고 한다.

극락(極樂)이라는 말은 그가 『아미타경』 등을 번역할 때 산스크리트어 수카바티(sukhāvatī)를 한자로 번역한 것이다. 수카바티는 서쪽으로 10만억 불국토를 지나면 있다는 이상향이다. 따라서 이 어휘의 생성 시기는 쿠마라지바의 사망 연도인 413년으로 잡는다.

▶▶   **기우(杞憂)**

생성 시기   중국 동진, 5세기.

유 래   『열자(列子)』「천서편(天瑞篇)」에 나오는 말로 기인지우(杞人之憂)의 준말이다. 기나라의 어떤 사람이 하늘이 무너지고 땅이 꺼질까봐 걱정하다가 급기야는 식음을 전폐하고 드러누웠다는 고사에서 유래한다. 기나라는 춘추시대에 주나라 무왕이 망한 하나라 왕실 제사를 받들라고 하나라 왕족에게 분봉해준 나라로, 허난성 기현에 있었다.
그러나 기우란 어휘가 생성된 시기를 잡기는 매우 복잡하다. 우선
출전인 『열자』를 지은 열자는 서기전 400년경 지금의 허난성인 정나
라에 살았다는 설이 있을 뿐 그 존재가 불확실한 인물이다. 『사기』
에는 전혀 전기가 보이지 않고, 『장자』「소요유편(逍遙遊篇)」에 "열자
는 바람을 타고 하늘을 날았다."라는 기록으로 미루어 본명이 열어
구(列禦寇)인 열자는 장자가 만들어낸 허구 인물이라는 설이 있다.
또 초기 노나라 사람이라는 설도 있다. 어쨌든 그의 저서 『열자』는
풍부한 고대 우화를 싣고 있어 『노자』, 『장자』와 더불어 도가삼서
(道家三書)로서 널리 읽혀왔다.
그런데 『열자』가 세상에 나타난 것은 동진(317~420)의 장담(張湛,
?~?)이라는 인물에 의해서다. 그가 편집해서 출간한 것이 세상에
퍼졌으므로 그의 저작이라고 보는 설도 있다. 어쨌든 장담이 『열
자』 주해를 낸 시기를 어휘 생성 시기로 보는 것이 타당할 듯하여
그가 살았던 5세기로 잡는다. 다만 기나라 시절로 잡는다면 어휘
생성 시기는 주나라 무왕 시기로 거슬러 올라갈 수는 있다.

▶▶ **대감(大監)**

생성 시기　신라, 549년(진흥왕 10).

유　　래　신라시대에 병부(兵部)·시위부(侍衛部)·패강진전(浿江鎭典)에 두었던
무관직을 일컫는 말이었다. 정원은 대당(大幢)·귀당(貴幢)에 각 5명,
한산정(漢山停)·우수정(牛首停)·하서정(河西停)·완산정(完山停)에 각 4
명씩 두었으며, 9서당의 각 부대에는 4명씩 모두 62명을 두었다. 549
년(진흥왕 10)에 처음 두었는데, 본래 대대감(隊大監)과 함께 대감에
서 분화된 것으로서 660년대 초까지는 구별하지 않고 대감이라 불

렀던 듯하다.

조선시대에 들어와서는 정2품 이상의 문무 관직에 있는 관원들을 부르는 존칭으로 쓰였다.

▶▶ **대구(大丘)/대구(大邱)**

생성 시기   대구(大丘)_ 통일신라, 757년(경덕왕 16).

대구(大邱)_ 조선, 1778년(정조 2) 5월 30일(음력 5월 5일).

유 래   대구의 원래 이름은 달구벌이라고 했다. 다벌(多伐), 달벌(達伐), 달불성(達弗城), 달구벌(達句伐), 달구불(達句火)이라고도 적었다. '달'은 넓다는 뜻이고, '불'과 '벌'은 평야를 뜻한다.

757년(경덕왕 16)에 통일신라는 당나라 제도를 본떠 주(州), 군(郡), 현(縣)을 설치한다면서 고유 지명을 모조리 없애버리고 중국식 지명을 갖다 붙였다. 이때 대부분 중국의 지명을 그대로 갖다 쓴 게 많았고, 경우에 따라 한자로 옮긴 경우도 있는데 대구가 그 예다.

대구는 처음에는 '大丘'라고 표기했다. 이후 1750년(영조 26)에 '丘'자를 다른 글자로 고치자는 유림들의 상소가 있었다. '丘'자가 유교의 시조인 공자(孔子)의 이름이므로 존경하는 의미로 이 글자를 피하자(避諱)는 것이 이유였다. 그러나 영조는 경망한 풍조의 소산이라며 이러한 유림들의 상소를 신랄하게 비판했다. 하지만 공자를 신처럼 떠받들던 유림들은 거듭하여 바꾸기를 요구했다.

문헌 기록을 살펴보면 『정조실록』 1778년(정조 2) 5월 30일(음력 5월 5일) 기사에 처음으로 대구(大丘)가 대구(大邱)로 표기되었다. 따라서 대구(大邱)라는 어휘 출현은 1778년 5월 30일로 잡는다. 다만 그 이전에 유림들이 공자 공구를 존경하는 마음으로 스스로 대구(大丘)를 대구(大邱)로 표기한 사례가 있다. 그렇더라도 국가가 공식적으로 적은 건 이때가 처음이므로 이날을 어휘 생성 시기로 잡은 것이다. 『정조실록』이 편찬된 순조 때는 순조의 장인인 김조순이 세도정치를 할 때이다. 하지만 이후로도 대구(大邱)와 대구(大丘)는 혼용되다가 철종이 즉위한 1850년부터 모든 기록문에서 대구(大丘)는 사라지고 대구(大邱)만 남게 되었다.

중국에서도 금나라 때 주공(周公; 旦)과 공자(孔子; 丘)의 이름을 피하도록 규정하여, 공자의 이름인 구(丘)자를 써야 할 때는 오른쪽 기둥을 일부러 빼서(丘) 적었다.

그다음 또 공자의 이름을 피휘한 것은 청나라 옹정제 때였는데, 이때는 구(丘)자의 기둥을 빼거나 쓰지 않는 대신 아예 다른 글자를 만들어냈다. 이때 만들어낸 글자가 '구(邱)'이다.

잘못 쓴 예 "전하, 일본군 선봉장 고니시는 단 사흘 만에 대구(大邱)를 점령했다 하옵니다."(大邱→大丘)

▶▶ **모란(牡丹)**

생성 시기 신라, 진평왕(재위기간 579~632) 때.

유　래 중국이 원산지로 신라 진평왕 때 들어왔다고 알려져 있다. 관상용으로 정원에서 키우며 때로는 약용으로 재배하기도 한다.

모란은 예로부터 부귀의 상징으로 여겼기 때문에 신부의 예복인 원삼이나 활옷에는 모란꽃을 수놓았고, 선비들의 소박한 소망을 담은 책거리 그림에도 모란꽃을 그려 넣었다. 왕비나 공주와 같은 귀한 신분의 여인들의 옷에도 모란 무늬가 들어갔으며, 가정집의 자수 병풍에도 모란은 빠질 수 없었다.

잘못 쓴 예 초여름으로 접어드는 어느 날, 백제의 왕인 박사는 안마당 가득히 피어 있는 모란을 바라보면서 일본으로 떠날 것인가 말 것인가를 고민했다.

▶▶ 무

생성 시기 삼국시대, 839년 음력 9월 28일.

유   래 원산지는 지중해 연안으로 알려져 있으며 실크로드를 통하여 중국에 전래되었다고 한다. 중국의 문헌에는 서기전 400년경에 무에 관한 기록이 보인다. 이런 까닭에 중국은 무의 도입 시기를 2400년전, 일본은 1250년 전으로 각각 추정하고 있다.

우리나라에서 언제부터 무를 재배했는지 확실하지 않으나 불교의 전래와 함께 들어와 삼국시대에 재배하기 시작한 것으로 추정한다. 이는 중국보다는 늦고 일본보다는 앞선 시기이다. 고려시대에 이르러 무는 중요한 채소로 취급되었다. 『입당구법순례행기(入唐求法巡禮行記)』 2권에 "廿八日. 始當院收蔓菁蘿蔔. 院中上座等盡出揀葉. 如庫頭無柴時院中僧等不論老少, 盡出擔柴去."라는 기록이 있다. 여기서 만청(蔓菁)과 나복(蘿蔔)은 무의 한자 표기이다. 이 기록은 839년 음력 9월 28일에 작성되었으므로 어원이 생긴 시기를 이날로 잡는다.

그 밖에 약재의 자급자족을 목적으로 간행된 『향약구급방』(1236)에 기록된 여러 채소 중 무의 다른 이름인 나복(蘿蔔)이 나오고, 『농상집요』(1372)에도 무가 기록되어 있다. 무를 나복이라고 표기한 것은 무의 원산지인 지중해 지방에서 무를 가리키는 라파누스 또는 라프스탄이라는 라틴어에서 온 것이라고 한다.

1907년에 궁중(宮重), 방령(方領), 성호원(聖護院), 연마(練馬) 등의 일본무가 도입된 이래 일본무가 계속 도입되었고 광복 이후에는 유럽계의 무가 도입되었다.

잘못 쓴 예 고조선시대에 우리나라 사람들이 즐겨 먹었던 음식은 웅녀가 먹었던 파와 마늘, 쑥을 비롯하여 배추, 무 등의 기본 채소류였다.

▶▶ 무색(無色, ――하다)

생성 시기 중국 당나라, 806년(헌종 원화 1).

유 래 당나라의 시인 낙천(樂天) 백거이(白居易; 772~846)가 헌종 황제와 양귀비의 로맨스를 노래한 서사시 「장한가(長恨歌)」에서 '무안색(無顏色)'이라는 표현을 쓴 데서 유래했다.

> (양귀비가) 한번 눈을 돌려 찡긋 웃으면(回眸一笑百媚生)
> 눈썹을 그리고 분을 바른 육궁의 미녀들 얼굴빛을 가렸다네(六宮粉黛無顏色)

양귀비의 아름다움에 눌려 다른 궁중의 미인들이 빛바랜 존재가 되었다는 뜻이다.
이 어휘의 생성 시기는 중국 당나라의 시인 백거이가 35세 때인 806년으로 잡는다.

▶▶ 백미(白眉)

생성 시기 중국 진(晉)나라, 297년(혜제 원강 7).

유 래 중국 삼국시대 때 촉나라에 마량(馬良)이라는 사람이 있었다. 그는 재주가 뛰어나 왕의 신임을 받아 높은 벼슬을 지냈으며, 어려운 일도 쉽게 처리하는 능력을 보였다. 마량의 형제는 오형제였는데, 모두 학문이 뛰어났지만 그중에서도 눈썹이 흰 마량이 가장 뛰어났다. 그래서 중국 사람들은 마량을 가리켜 '흰 눈썹', 즉 백미(白眉)라고 불렀으며, 어느덧 '백미' 하면 가장 뛰어난 사람이라는 뜻으로 통하게 되었다.

진수(陳壽)가 쓴 『삼국지(三國志)』 「촉지(蜀志)」 '마량전(馬良傳)'에 나오는 얘기다. 진수는 233년에 태어나 297년에 죽었으므로 편찬 시기를 말년으로 보아 297년으로 잡는다. 다만 마량은 187년에 태어나 232년에 죽은 것으로 알려진 인물이므로 생전에 백미란 어휘가 발생했을 가능성은 있다.

▶▶ **백성(百姓)**

생성 시기 신라, 540년(법흥왕 27).

유　래 자전(字典)의 의미로는 서민(庶民)이라는 뜻과, 서민에 대한 대칭으로서 백관(百官)의 부형자제(父兄子弟)라는 뜻을 모두 지니지만 보통의 경우에는 주로 후자의 의미로 쓰인다. 하지만 시대에 따라 그 강조하는 의미가 조금씩 달라진다.

신라 법흥왕 때 백성이란 일반적으로 피지배 공민(公民)을 의미하여 골품제에 의해 생활수준이 규제되었다는 기록이 있다. 이 골품제의 가장 낮은 등급이 백성이었다. 물론 시간이 지날수록 3두품, 2두품, 1두품도 백성에 포함되었으며 후대에는 4두품까지 백성으로 규정되었다. 이에 따라 이 어휘의 생성 시기는 신라 23대 법흥왕 김원종(金原宗)이 사망한 540년으로 잡는다.

고려시대에는 백성을 특정 신분층으로 보는 것이 일반적이지만, 그 구체적인 성격에 대해서는 촌락의 지배자인 촌장(村長)·촌정(村正)이라는 견해, 백성성(百姓姓)이라는 특정 성씨(姓氏)를 가진 사회집단이라는 견해, 인리(人吏)와 같은 신분이라는 견해 등 확실하지 않다. 하지만 이전 시기에 비해 고려 전기에는 백성의 의미는 더 확대되어 지방사회의 지배층을 포함한 용어로 사용되었다. 인리백성(人吏百姓)·향리백성(鄕吏百姓)·기인백성(其人百姓)·장리백성(長吏百姓)·서인백성(庶人百姓) 등이 바로 그러한 용례이다. 이는 지역공동체의 지배세력이 통일신라 말과 고려 초의 사회 변동기를 수습하면서 지역사회 내의 결속을 강화하기 위하여 지역 내의 민(民)과 그들을 백성으로 동일시한 데서 사용된 것이다.

물론 같은 백성이라 하더라도 이들은 향리 등과 서인으로 직역이 구분되었지만 고려 전기에는 출신 군현을 중심으로 동일한 군백성(郡百姓)이라는 결속의식이 강했던 것이다. 고려 후기에는 지배층의 토지 점탈(占奪) 등으로 농장(農庄)이 확산되면서 농민이 유랑하는 현상이 많이 일어났다.

이에 따라 지방사회 내의 결속의식이 약화되면서 백성은 피지배층 전체를 가리키는 것으로 일반화되었다. 지배층은 신분적으로 양인인 농민을 천인으로 삼아 토지를 경작하게 하였다. 조선 전기의 기록에 보이는 '고려판정백성(高麗判定百姓)'은 고려 말 양인 확보 정책의 일환으로 이들을 '백성'으로 판정한 계층이며, 따라서 신분적으로는 양인으로 인정받았지만 천인에 가깝게 인식되는 계층이었다.

조선 전기에 백성은 양반이나 인리·역리·사전·관노 등과 구별되면서, 벼슬자리에 나아가 양반 계열에 편입되는 것은 현실적으로 불가능하였지만 신분상 양인이었으며, 국가에 대하여 공역(貢役)을 부담하는 계층이었다.

즉 양천제(良賤制)라는 신분구조에서 백성은 양인에 속하였지만, 지배계급으로서의 양반과 구별되는 피지배계층 일반을 가리키는 용어로 정착된 것이다. 조선 후기 이후 반상의 구별이 심화되면서 백성은 양반에 대칭되는 상민으로서 이러한 경향이 고착되어갔다.

한편 중국에서는 백관(百官)이 벼슬 이름이었다.

이 밖에 백성이 백 가지 성씨를 가리키는 말로도 널리 알려져 있다.

백 가지나 되는 성씨란 그만큼 많은 사람이 모여 있다는 뜻이고, 그것은 곧 한 나라 안에 있는 국민 모두를 일컫는 말이다.

잘못 쓴 예　세종이 훈민정음을 만들면서 불쌍하게 여긴 백성 속에 양반도 포함되었다.(→양반은 백성이 아니었다)

▶▶　**보리**

생성 시기　고구려, 서기전 19년(동명성왕 19).

유　　래　보리는 서기전 7000년경에 이미 야생종이 재배되었다고 하며, 서기전 3000년경부터 아프리카 고대 왕조의 유적에서 육조종(六條種)이 발견되고 있다. 중국에서는 주나라 때 이미 보리가 널리 퍼져 있었다. 우리나라에는 중국을 거쳐 들어온 것으로 여겨진다.

우리나라 문헌에서 보리에 관한 첫 기록은 『삼국유사』 「주몽편」에 나온다. 주몽(동명성왕)이 부여의 박해를 피해 남하하였을 때 부여에 남은 그의 어머니 유화가 비둘기 목에 보리씨를 기탁하여 보냈다는 기록이 있다. 『삼국사기』에는 고구려 산상왕 25년(221), 신라 지마왕 3년(114)과 내해왕 27년(222)에 우박이 내려 콩과 보리의 피해가 많았다는 기록이 있다. 따라서 이 무렵에 이미 신라나 고구려에 보리가 보급되어 있었음을 알 수 있다.

이 어휘의 생성 시기는 고구려 주몽이 서기전 19년에 사망한 것으로 알려졌으므로 이해로 잡는다. 그러나 이보다 더 앞섰을 것으로 본다.

잘못 쓴 예　환웅이 태백산에 내려올 때 그가 가지고 온 곡식 종자 중에는 쌀, 보리, 콩, 수수 등이 있었다.

부처

생성 시기 고구려, 372년(소수림왕 2).

유   래 부처의 본래 발음은 붓다이다. 붓다(Buddha)는 산스크리트어로서 '진실하고 어진 사람'이란 뜻이다. 이것이 중국을 거쳐 오면서 한자식 표기인 불타(佛陀)가 되었고, 우리나라에 들어와서 불타, 부텨, 부처로 변이되었다.

이 말이 쓰이기 시작한 때는 불교가 전래된 시기로 볼 수 있다. 고구려에는 소수림왕 2년(372)에 전진에서 승려 순도가 불상과 불경을 전하면서 불교가 퍼졌고, 백제는 침류왕 원년(384)에 동진을 거쳐 들어온 고승 마라난타가 불교를 전했다. 신라는 이보다 늦은 눌지왕(재위기간 417~458) 때 고구려 승려 묵호자가 일선(지금의 선산) 지방 모례의 집에 들어와 전도한 뒤 소지왕(재위기간 479~500) 때 다시 고구려에서 승려 하도가 와서 전도했고, 법흥왕 14년(527)에 이차돈의 순교가 있은 후에야 비로소 공인되었다.

▶▶ **불야성(不夜城)**

생성 시기 중국 후한, 83년(장제 건초 8).

유   래 중국 한나라 동래군 불야현에 불야성(不夜城)이란 성이 있었는데 이곳은 밤에도 해가 지지 않아서 온 성내가 환히 밝았다고 한다.

이 어휘는 『한서』「지리지」에 처음 등장한다. 『한서』는 후한 건무 30년(서기 54)에 반고가 아버지의 유지를 받들어 사마천의 『사기』와 아버지 반표(班彪)의 『후전(后傳)』 등을 기초로 편찬을 시작하여 건초 8년(서기 83)에 이르러 제기(帝紀) 12권, 표(表) 8권, 지(志) 10권, 열전(列傳) 70권으로 완성하였다. 따라서 생성 시기를 『한서』가 편찬된 서기 83년으로 잡는다. 오늘날 불야성이란 어휘는 지명에서 비롯된 것이라기보다는 불야(不夜)라는 한자어에서 그 상징적 의미를 찾는다.

▶▶ **사(寺)**

생성 시기 중국 후한, 68년(명제 영평 11).

유   래 중국 후한의 명제(明帝; 재위기간 57~75)는 꿈에서 금인(金人), 곧
부처를 친견하고 채음과 진경이라는 사자를 인도에 보냈고, 이
후 인도 고승 섭마등(攝摩騰; Kasyapa Mataïnga)과 축법란(竺法蘭;
Dharmaratna)이 백마에 불경을 싣고 왔다. 이때 두 승려는 조정의 영
빈관 격인 홍려시(鴻臚寺)에 머물렀는데, 관청이 너무 좁아 이듬해
허난성 뤄양 교외에 새 건물을 지어주고는 역시 관청이라는 뜻으
로 백마시(白馬寺)라고 이름을 붙였다.
이때부터 백마시를 근거지로 불법이 전파되었고, 우리나라에 전래
되면서 시가 사로 읽혔다. 그래서 백마사는 오늘날에도 중국 불교
의 시원이요, 최초의 사찰이라고 알려져 있다.
『광홍명집(廣弘明集)』권1, 『낙양가람기(洛陽伽藍記)』권4에 따르면 후
한 명제 영평 10년인 67년에 인도 승려들이 뤄양에 도착했고, 백마
사는 이듬해인 68년에 건립되었다.

잘못 쓴 예 항우를 물리치고 한나라를 세운 유방은 절에 가서 불공을 드렸다.

▶▶ **씨름**

생성 시기 고구려, 6세기경.

유   래 삼국시대의 씨름에 대한 사료는 고구려 각저총 벽화인 「각저도」에
서 찾을 수 있다. 각저는 곧 씨름을 뜻한다. 그림은 심판관으로 보
이는 한 사람이 있고, 두 사람은 맞붙어서 씨름을 하는 모습이다.

각저총은 6세기에 축조된 것으로 알려져 있다.

조선 헌종 때 이규경이 쓴 『오주연문장전산고』에 따르면 중국 진(晉)나라 무왕 때 씨름이 시작되었다고 한다. 씨름은 한자로 각력(角力)이라고 하는데 바로 힘을 겨룬다는 뜻이요, 씨름이란 어원도 같은 뜻이다.

우랄 알타이어계인 퉁구스어로는 씨름을 '소림', 몽골어로는 '시렐'이라고 한다. 북한어 중에 힘겨운 일을 이루기 위하여 애쓴다는 뜻으로 쓰이는 동사 '씨루다'가 있는데 이것이 씨름의 어원이다.

『고려사』 「세가(世家)」 권36 '충혜왕 즉위년조'(1330)에는 "3월에 왕이 나랏일을 신하들에게 맡기고 매일같이 젊은 근시(近侍)들과 씨름을 하였는데 이때에 상하의 예의가 없어져버렸다."라고 기록되어 있다. 충혜왕이 폐위되었다가 복위한 뒤 '충혜왕후(後) 4년조'(1343)에도 "2월에 용사들을 거느리고 씨름놀이를 보았으며, 5월에는 밤을 도와 씨름놀이를 보았고, 11월에는 시가에 나가서 격구와 씨름을 보았다."라고 기록되어 있다.

▶▶ **야합(野合, ――하다)**

생성 시기   중국 전한, 서기전 91년(무제 정화 2).

유   래   사마천의 『사기』에 "숙량흘은 안씨 처녀와 야합하여 공자를 낳았다."는 기록이 있는데, 여기서 야합이 처음 등장했다. 야합은 정식 혼인을 통하지 않고 사사로이 교정하여 공자를 낳았다는 말이다. 혹은 짐승들의 교합을 가리키기도 한다.

이 어휘의 생성 시기는 『사기』가 완성된 서기전 91년으로 잡는다.

▶▶ **역사(歷史)**

생성 시기 중국 위·촉·오 삼국시대 오나라, 280년(사용은 되지 않음).

일본, 1800년대 말기(History를 번역).

중국, 1903년.

일제강점기, 1910년경 전후.

유   래 삼국시대 오나라 사람인 위소(韋昭)가 저술한 『오서(吳書)』에 처음으로 역사란 단어가 등장했다. 위소가 언제 태어나 죽었는지, 언제 이 책을 썼는지 명확하지 않아 오나라가 망한 280년을 이 어휘의 생성 시기로 잡는다. 물론 위소가 이 말을 쓰기 이전에 역사라는 의미의 사(史)는 매우 풍부하게 존재했다. 조선시대까지도 역사를 표현할 때 사(史)라고만 하는 게 동양의 전통이었다.

역사라는 단어가 지금처럼 쓰이기 시작한 것은 일본인들이 History를 번역하면서이다. 중국도 1903년 일본인이 쓴 역사 교과서를 번역하면서 처음 사용하기 시작했다. 우리나라는 일제강점기부터 이 어휘를 쓰기 시작했으며, 그 이전에는 사(史)라고만 했다.

▶▶ **연(鳶)**

생성 시기 신라, 647년(진덕여왕 1).

유   래 연은 동서양을 막론하고 오래전부터 있었던 것으로 추정된다. 우리나라에서는 신라 진덕여왕 1년(647) 비담과 염종의 반란이 일어났을 때, 월성에 큰 별이 떨어져 왕이 두려워하자 김유신이 허수아비를 만들어 연에 매달아 띄웠다는 기록이 있다. 이 시기에는 이미 연이 일반화되었으며, 주술적인 액막이 도구는 물론 전쟁의 도구로도 사용되었다.

잘못 쓴 예 우거왕(위만조선의 마지막 왕)은 한 무제에게 연을 띄워 그만 자기 나라로 돌아갈 것을 종용했다.

▶▶ **오리무중(五里霧中)**

생성 시기 중국 남북조시대, 445년(송나라 문제 22, 북위 태무제 태평진군 6).

유   래 중국 후한에 장해(張楷)라는 뛰어난 학자가 있었다. 그는 학문에 뛰어나 제자가 수백 명에 이르렀고, 유명한 학자들도 그를 만나보기 위해 모여들었다. 그런데도 장해는 한 번도 벼슬길에 나아가지 않은 채 고향에 있는 홍농산이라는 계곡에 들어가 혼자 살았다. 그러자 많은 학자들이 그를 뒤따라 홍농산 기슭에 사는 바람에 마을이 생길 정도였다. 그런데 이 장해는 학문만이 아니라 도술에도 뛰어나 5리까지 안개를 일으킬 수도 있었다. 그래서 나라에서 그에게 벼슬하라고 사신을 보내면 그는 5리까지 안개를 일으켜 그 속에 숨어버리곤 했다. 여기서 오리무(五里霧), 즉 '5리의 안개'라는 말이 생겨났다. 오리무중(五里霧中)은 이처럼 처음에는 오리무였으나, 오리나 되는 안개 속에(中) 길을 잃으면 방향을 전혀 분간할 수 없다는 데서 훗날 가운데 중(中)이 붙었다.

이 내용은 중국 후한의 정사(正史)인 『후한서』에 나온다. 후한서는 모두 120권으로 남북조시대에 남조에 해당하는 송나라 사람 범엽(范曄)이 저술한 책으로, 후한의 13대 196년간의 사실(史實)을 기록했다. 범엽은 398년에 태어나 445년에 죽었는데 이 책의 편찬 연도가 불확실하여 이 어휘의 생성 시기는 그의 사망 연도로 잡는다.

▶▶ **오이**

생성 시기 중국 전한, 서기전 126년(무제 원삭 3).

통일신라, 935년(경순왕 9).

유　래　원산지는 인도 북부이며, 인도의 히말라야 산기슭에서부터 네팔에
　　　　걸쳐 야생하는 채소이다. 1세기경부터는 서유럽에서도 재배했다.
　　　　오이의 학명은 'Cucumis sativus L.'이고, 영어명 cucumber이다. 한자
　　　　명은 호과(胡瓜), 황과(黃瓜), 왕과(王瓜), 자과(刺瓜) 등 여러 가지가
　　　　있다.
　　　　『본초강목』에 따르면 한나라의 사신 장건이 서기전 126년에 서역에
　　　　서 가져왔다고 하여 호과(胡瓜)라는 이름이 붙었지만, 후에 황과(黃
　　　　瓜)로 바뀌어 현재 중국에서도 황과로 부르고 있다.
　　　　『고려사』에 따르면 통일신라시대에 오이와 참외를 재배하였다는 기
　　　　록이 있고, 조선 정조 때 편찬한 『해동역사』(1823)의 기록 등으로 보
　　　　아 우리나라에 오이가 도입된 시기는 1500년 이전으로 추정된다.
　　　　다만 『고려사』 기록에 따라 통일신라 마지막 해인 935년으로 잡는다.

잘못 쓴 예　온달에게 시집간 평강공주는 매일 새벽 온달이 밭일을 나갈 때마
　　　　다 새참으로 먹을 주먹밥 한 덩이와 갈증을 덜어줄 오이 한 개를
　　　　챙겨주었다.

▶▶　　**옥편**(玉篇)

생성 시기　중국 양(梁)나라, 543년(무제 대동 9).

유　래　중국 양(梁)나라 사람 고야왕(顧野王)이 만든 자전의 이름으로 고유
　　　　명사이다. 이것이 당나라 시절 삼국에 수입되면서 흔히 자전(字典)
　　　　을 가리켜 옥편이라고 하게 되었다.
　　　　양나라의 무제는 학문에 심취하여 주흥사(周興嗣)로 하여금 천자
　　　　문을 만들게 하였는데, 그 후 10년이 지난 543년에 고야왕이라는
　　　　학자는 한자의 정확한 뜻과 음을 밝히기 위하여 자전을 펴내기로

했다. 그는 허신(許愼)의 『설문해자(說文解字)』에 근거하여 542개 부수와 16만 900여 자의 자전을 만들어 『옥편(玉篇)』이라고 이름 지었다. 서기전 1500년경의 갑골문에는 3500~4500자, 서기 100년경의 『설문해자』에는 9353자, 543년의 『옥편』에는 2만 2726자, 1716년의 『강희자전(康熙字典)』에는 4만 7035자, 1914년의 『중화대자전(中華大字典)』에는 4만 8200자, 1973년의 『중문대자전(中文大字典)』에는 4만 9905자, 1986년의 『한어대자전(漢語大字典)』에는 5만 6000자가 수록되어 있다.

잘못 쓴 예 여불위는 『여씨춘추』를 편찬하기 위해 문객들에게 『옥편』을 나누어 주었다.

▶▶ **완벽(完璧, --하다)**

생성 시기 중국 전한, 서기전 91년(무제 정화 2).

유   래 춘추전국시대에 유명한 보석 '화씨의 벽' 때문에 생긴 말이다. 초나라 백성이 처음 발견한 이 '화씨의 벽'이 흘러흘러 조나라에 들어갔는데, 이를 탐낸 진(秦)나라 왕이 땅과 보석을 바꾸자고 꾀었다. 힘이 약한 조나라는 할 수 없이 인상여라는 사람에게 보석을 갖다 주고 땅을 받아오라고 했다. 하지만 진나라 왕은 보석만 받고 땅을 주지 않았다.

이에 인상여는 보석에 흠이 있다면서 달라고 하여 일단 받아든 다음 진나라가 땅을 주지 않으면 보석을 땅에 던져 산산조각내겠다고 왕을 위협했다. 그러고는 왕이 며칠간 목욕재계를 한 다음 보석을 인수인계하자고 하여, 진나라 왕이 목욕재계를 하는 동안 진나라를 탈출하여 옥을 빼앗기지 않았다. 이때 보석을 하나도 손상시키지 않고 원래 그대로 완벽(完璧)을 가져왔다고 하여 이때부터 쓰이기 시작했다. 『사기』 「인상여열전」에 나오는 이야기다.

이 어휘의 생성 시기는 조나라 혜문왕이 '화씨의 벽'을 얻은 서기전 283년보다는 이 어휘가 『사기』에 기록된 서기전 91년으로 잡는다.

▶▶ **유리(琉璃)**

생성 시기   고구려, 32년(대무신왕 15).

유   래   고고학적 발굴 결과 가장 오래된 유리 제조는 서기전 4년경 메소포타미아 등지에서 이루어졌던 것으로 보인다. 동양에서는 중국 전국시대(서기전 403~서기전 221) 고분에서 발견된 유리구슬이 가장 오래된 것이다. 유리(琉璃)라는 어휘는 한나라 때부터 쓰였다.

같은 시대의 우리나라 평양 근교에 있는 낙랑고분(서기전 2세기~3세기)에서도 유리로 만든 이당(耳璫; 귀고리에 달린 구슬) 등 유리제품이 출토되었다. 이 무렵의 유리는 대부분 서역에서 수입한 것으로 추정한다.

본격적인 유리 제조의 시작은 유리 장신구와 유리잔이 출토된 삼국시대로 본다. 고려시대나 조선시대에는 도자기에 밀려 쇠퇴의 길을 걷다가 1902년 이용익이 러시아 기술자의 협력으로 국립유리제조소를 설립하면서 다시 일상생활에 쓰이기 시작했다.

따라서 유리가 등장한 시기는 『삼국사기』의 설명에 따라 낙랑 시기로 보며, 연대는 낙랑이 멸망한 서기 32년으로 잡는다.

잘못 쓴 예   왕검성 성곽 위에 서 있는 우거왕에게 다가가는 왕비의 귀에서 파란 유리 귀걸이가 달빛을 받아 서늘한 빛을 뿜어내고 있었다.

▶▶ **인삼(人參)/인삼(人蔘)/심**

생성 시기   인삼(人參)_ 중국 전한, 서기전 34년(원제 건소 5).

인삼(人蔘)_ 조선, 1392년(태조 1).

심_ 조선, 1610년(광해군 2).

유 래 전한 때 사유(史游)가 지은 『급취장(急就章)』에 '參'이란 문자가 처음
으로 나타난다. 후한(25~220) 때 장중경이 저술한 『상한론(傷寒論)』
에는 인삼을 배합한 21개의 약 처방이 기재되어 있는데, 이는 인삼
을 약의 조제에 이용한 최초의 기록이다. 또 후한의 허진(許愼)이
저술한 『설문해자』에 "인삼(人蔘), 상(上)에 난다."는 기록으로 미루
어 인삼은 오랜 옛날부터 약재로 쓰인 듯하다. 상은 산시성에 있는
지역 이름이다.

당·송 시대에도 산시성의 상에서 나는 인삼을 최고품으로 취급하
였고, 백제와 고구려에서 나는 인삼을 차품(次品)으로 여겼다. 즉
송나라의 구종석이 지은 『본초연의』에 "상에서 나는 인삼은 뿌리가
가늘고 길다. 원뿌리는 30센티미터 정도이며 10개 정도 나뉘어 있
다. 그 값은 은(銀)과 같다."고 기록되어 있다. 송나라의 소송(蘇頌)
등이 편찬한 『도경본초(圖經本草)』(1062)에 그려진 노주인삼(潞州人蔘)
이 바로 산시성 상에서 생산된 인삼이라고 되어 있다.

그러나 상에서 나는 인삼은 명나라 때 남획되고 생육환경이 변하
면서 거의 멸종되었고, 오늘날에는 한국 인삼이 가장 좋은 것으로
알려져 있다. 인삼은 쇼무[聖武]천황 천평(天平) 11년인 739년에 우리
나라에서 일본으로 전해졌다.

중국 양(梁)나라의 도홍경이 저술한 『명의별록(名醫別錄)』에는 백제
무령왕이 양나라 무제에게 인삼을 예물로 보내었음이 기록되어 있
고, 또한 고구려인이 지었다는 한시 「인삼찬(人蔘讚)」도 이 책에 기
재되어 있다. 이 책에는 "세 가지에 다섯 잎으로, 빛을 등지고 그늘
을 향하며 이를 구하고자 하면 자작나무 우거진 곳으로 가야 한
다."라는 내용이 나오는데 인삼의 모습과 생태적인 특성을 잘 표현하
고 있다.

특히 명나라 이시진이 1590년에 저술한 『본초강목』에는 삼국시대 인삼의 형태와 특성이 자세하게 기록되어 있다. 즉 "백제인삼은 희고 가늘며 단단하고, 고구려인삼은 뿌리가 굵지만 허하고 연하여 백제인삼만 못하다."라고 하였으며, 중국에서 사용하는 인삼은 모두 한반도로부터 수입하였다고 기록되어 있어 삼국시대부터 우리나라가 인삼의 주산지였음을 입증하고 있다. 『조선왕조실록』에도 인삼에 관한 국가시책을 비롯한 여러 가지 사실들이 자세히 기록돼 있다.

인삼을 나타내는 표기는 앞서 『급취장』에 나온 대로 처음에는 '參'으로 기록되어 있었다. 장중경의 『상한론』과 도홍경의 『명의별록』 등에는 '人參'으로 기록되어 있다. 명나라 이후의 문헌에도 대체로 '人參'이라 기록되어 있으나 청나라 때의 역사서와 법령 등에는 '人蔘'이 가장 많이 사용되었다.

우리나라의 고대 서책에는 중국과 마찬가지로 '人參'으로 표기되어 있으나 조선 이후에는 모두 '人蔘'으로 통일되어 있다. 인삼의 우리나라 고유의 이름은 '심'이다. 『동의보감』 『제중신편』 『방약합편』에도 인삼의 향명(鄕名)은 '심'이라 기술되어 있고 지금도 산삼을 채취하는 심마니들이 사용하는 어휘이다.

이 어휘의 생성 시기는 인용 서적 중 가장 오래된 것으로 보이는 『급취장』을 편찬한 시기로 잡아야 하지만 이 책의 정확한 편찬 연대는 알려져 있지 않다. 다만 저자인 사유가 전한 원제(재위기간 서기전 48~서기전 34) 때 인물인 것으로 미루어 서기전 34년으로 잡는다. 人參은 고려시대까지 쓴 말이고, 人蔘은 조선시대 이후부터 표기된 것으로 생성 시기를 1392년으로 본다. 중국에서는 명나라까지는 人參으로, 청나라부터는 우리와 같이 人蔘으로 썼다. 인삼을 나타내는 우리 고유어 '심'은 변함없이 쓰이고 있으나, 언제부터 심이라고 했는지는 광해군 2년인 1610년에 완성한 『동의보감』 외에는 기록이 없다.

자석(磁石)

생성 시기   신라, 669년(문무왕 9).

유 래   『삼국사기』「신라본기」에 따르면 문무왕 9년인 669년에 당나라 승려 법안이 신라에서 자석을 얻어갔으며(九年春正月 唐僧法安 來傳天子命 求磁石), 그해 5월에는 신라의 급찬 지진산이 자석 두 상자를 당에 가져갔다(遣祇珍山級等 入唐獻磁石二箱)는 기록이 나온다. 따라서 자석의 기원은 이보다 훨씬 오래되었을 것으로 추정한다.

▶▶ **장기**(將棋)

생성 시기   백제, 475년(개로왕 21).

유 래   중국에서는 원래 장기를 상희(象戲)라고 하였는데 장기가 지금과 비슷한 모습을 갖추게 된 것은 육조시대 이후라고 한다. 육조시대 이전의 것은 중국의 학자 유신이 지은 『상희부(象戲賦)』의 기록으로 미루어 지금의 장기와는 다른 것이다.

당나라 증증유(中僧儒)의 『현경록(玄經錄)』에 따르면 상희에는 금상(金象), 사장(士將), 천마(天馬), 보졸(步卒) 등이 있고 그 행마법(行馬法)도 지금과 비슷하다. 송나라의 유준촌(劉俊村)이 지은 「상혁시(象奕詩)」에 포(包), 상(象), 마(馬), 차(車), 사(土), 졸(卒) 등 지금과 같은 말의 이름이 보이는 것으로 보아 장기가 지금과 같은 모습을 갖춘 것은 송나라 이전일 것이라고 한다. 『잠확유서(潛確類書)』에는 서기전 1800년경 하나라의 마지막 왕인 걸왕(桀王)의 신하였던 오증(烏曾)이 장기와 바둑을 만들었다고 전하며, 『유원총보(類苑叢寶)』에 기록된 진(晉)나라 사람인 도간(陶侃)의 고사에 따르면 상나라의 마지막 왕 주왕(紂王)이 만들었다고 한다.

우리나라에서는 장기가 전래된 후 조선시대에 이르도록 양반 계급이나 고관들이 즐겼던 듯하다. 『삼국사기』에 따르면 백제 개로왕과 승려 도림(道琳)이 서기 475년에 바둑을 둔 얘기를 언급하면서 개로왕이 장기를 즐겼다는 말이 나온다. 조선 전기의 학자 서거정(徐居正)의 『필원잡기(筆苑雜記)』에는 세종의 중신 김석정(金石亭)과 김예몽(金禮蒙)이 상희대국(象戲對局)을 한 기록이 있다.

장기라는 명칭이 정착되기 전에는 혁기(奕棋), 상기(象棋), 상희(象戲) 등으로 명칭도 다양했다. 『세조실록』 등에 상희라는 이름 아래 장기에 얽힌 이야기가 기록되어 있고, 중종 때의 문신으로 삼도예찰사를 지낸 심수경(沈守慶)의 『유한잡록(遺閑雜錄)』(1560)에 비로소 '장기'라는 어휘가 나온다(象棋 用車包 馬象士卒 以木磨造 而刻字搏彩 …… 皆是消日之戲也). 조선시대의 문신 장유(張維)는 『상희지(象戲志)』에서 장기의 정의와 장기판의 길, 기물의 역할, 기물의 위치, 기물의 행마, 승부와 빅 등 장기 이론에 관해 상세히 서술하고 있다.

장기의 명수로는 『식소록(識小錄)』에 전하는 금강산 백전암의 지암(智巖), 『어우야담(於于野談)』에 소개된 종실 서천령(西川令)이 유명하다. 이 어휘의 생성 시기는 개로왕과 도림이 바둑을 둔 475년으로 잡는다.

잘못 쓴 예   김춘추와 김유신은 곧잘 장기를 두며 국사에 관하여 논하곤 했다.

▶▶   **점심(點心)**

생성 시기   중국 당나라, 865년(의종 함통 6).

          조선, 1404년(태종 4) 1월 11일(음력 1403년 윤11월 29일).

유　　래   불가에서 선승들이 수도하다가 시장기가 돌 때 마음에 점을 찍듯 간식 삼아 먹는 음식을 점심이라고 한다. 이처럼 점심은 간단하게 먹는 중간 식사를 가리키는 말이다. 점심을 가리키는 중식(中食)은 일본식 한자어이다.

이 말은 당나라의 선승 덕산 선감(德山宣鑑; 782~865)의 일화에 나온다. 덕산은『금강경』에 능통하여 세상에서는 덕산의 속성(俗姓)이 주(周)씨이므로 그를 주금강(周金剛)이라고 칭송했다. 그는 당시 남방에서 교학을 무시하고 오직 견성성불을 주장하는 선종 일파가 있다는 말을 듣고 심혈을 기울여 연구한『금강경소초(金剛經疏鈔)』를 가지고 그곳으로 향했다. 길을 가다가 점심때가 되어 배가 고팠는데 마침 길가에서 떡을 파는 노파를 만났다.

"점심을 먹으려고 하니 그 떡을 좀 주시오."

"내가 묻는 말에 대답하시면 떡을 드리지만 그렇지 못하면 떡을 드리지 않겠습니다."

"그러시지요."

"스님의 걸망 속에 무엇이 들어 있습니까?"

"금강경소초가 들어 있소."

"그러면 금강경에 '과거의 마음도 얻을 수 없고 현재의 마음도 얻을 수 없고 미래의 마음도 얻을 수 없다(過去心不可得 現在心不可得 未來心不可得)'고 하는 부처님 말씀이 있는데, 스님은 지금 어느 마음에 점심을 하시려고 하십니까?"

여기서 점심은 어느 마음에 점을 찍겠느냐는 뜻이다. 점심을 먹는다는 말을 빌려 노파가 교묘하게 질문한 것이다. 그러자 덕산은 묵묵부답, 아무 말도 할 수 없었다. 이 일화에서 점심의 생성 시기를 잡는다면 선감이 사망한 865년으로 잡을 수 있다.

우리나라 사람들이 하루 세 끼의 밥을 먹게 된 것은 극히 근세의 일로, 그 이전에는 아침과 저녁의 두 끼 밥이 관례였다. 우리나라 문헌에 점심이라는 어휘가 등장한 것은『태종실록』1404년 1월 11일 (음력 1403년 윤11월 29일)의 "各司之田, 蓋以備坐起日點心及紙地筆墨等事

也."라는 기록이 처음이다.

1406년 윤7월 6일에는 "해가 다하여 파하여도 점심이 없고 또한 사령(使令)도 없어서, 도리어 주군(州郡)의 향교만도 못하니."라는 기록이 나온다. 기록에 따르면 당시 심한 가뭄이 계속되자 임금은 급하지 않은 백성의 부역을 면해주고 각 관아의 점심을 폐하라고 전지를 내렸다.

사정이 더 나빠지자 1409년(태종 9) 윤4월 29일에는 대궐 안의 낮 점심을 없애라는 명을 내렸다는 기록이 있다. 이에 중앙 관서에서는 간단한 간식과 다시(茶時)라는 티타임을 가졌던 듯하나, 여염의 백성이 점심을 먹은 것은 근세의 일로 여겨진다.

정조 때의 학자 이덕무(李德懋)의 『앙엽기(盎葉記)』에 조선인은 아침저녁 두 끼, 한 끼 5홉씩 하루 한 되를 먹는다 하였고, 병조참판이던 정의양(鄭義養)의 「양식 비축을 상소하는 글」에서도 아침저녁 두 끼를 기준으로 잡고 있다. 순조 때 실학자인 이규경(1788~?)은 해가 길어지기 시작하는 2월부터 8월까지 일곱 달 동안만 점심을 먹고 해가 짧아지기 시작하는 9월의 추분부터 이듬해 정월까지 다섯 달 동안은 점심을 폐하고 조석 두 끼만 먹는다고 했다. 이규경은 평생 벼슬을 하지 않고 저술에만 힘썼는데 『무예도보통지(武藝圖譜通誌)』와 『청장관전서(靑莊館全書)』를 지은 규장각 학자 이덕무의 손자다. 그러므로 적어도 1700년대에는 일시적이나마 점심을 먹었던 게 확실하다.

1977년 충북 청주 순천김씨의 묘에서 출토된 '순천김씨묘출토간찰(順天金氏墓出土簡札)'에서 '뎜심'이란 표기를 볼 수 있다. 인천채씨 세보(世譜)에 따르면 순천김씨의 남편 채무역은 1537년에 태어나서 1594년에 죽었고, 그의 후처 순천김씨는 채씨 세보에 생몰연월일이 없으나 언간 내용으로 볼 때 부군보다 앞서 죽은 것으로 보인다.

시황제는 점심을 먹지 못하는 백성들을 위해 구휼 사업을 폈다.

▶▶ **조강지처(糟糠之妻)**

생성 시기 중국 남북조시대, 445년(송나라 문제 22).

유 래 전한을 찬탈한 왕망을 멸하고 한나라를 부흥시킨 후한 광무제 때의 일이다. 건무 2년(26) 당시 감찰을 맡아보던 대사공 송홍(宋弘)은 온후한 사람이었으나 황제에게 간할 정도로 강직한 인물이기도 했다. 어느 날 광무제는 미망인이 된 누나인 호양공주(湖陽公主)를 불러 신하 중 누구를 마음에 두고 있는지 의중을 떠보았다. 호양공주가 당당한 풍채와 덕성을 지닌 송홍에게 호감을 갖고 있음을 알게 된 광무제는 호양공주를 병풍 뒤에 앉혀놓고 송홍과 이런저런 이야기를 나누던 끝에 이런 질문을 했다.

"흔히들 고귀해지면 (천할 때의) 친구를 바꾸고, 부유해지면 (가난할 때의) 아내를 버린다고 하던데 인지상정 아니겠소?"

그러자 송홍은 이렇게 대답했다.

"폐하, 황공하오나 신은 '가난하고 천할 때의 친구는 잊지 말아야 하며(貧賤之交 不可忘), 술지게미와 겨로 끼니를 이을 만큼 구차할 때 함께 고생하던 아내는 버리지 말아야 한다(糟糠之妻 不下堂)'고 들었사온데 이것은 사람의 도리라고 생각되나이다."

이 말을 들은 광무제와 호양공주는 크게 실망했다고 한다.

이 내용은 중국 후한의 정사인『후한서』에 나온다.『후한서』는 모두 120권으로 남북조시대에 남조에 해당하는 송나라 사람 범엽이 저술한 책으로, 후한 13대 196년간의 사실(史實)을 기록했다. 범엽은 398년에 태어나 445년에 죽었는데 이 책의 편찬 연도가 불확실하여 이 어휘의 생성 시기를 그의 사망 연도로 잡는다.

▶▶ **종이**

생성 시기   중국 전한, 서기전 142년(경제 후원 2).

　　　　　고구려, 610년(영양왕 21).

유 래   종이는 서기 105년 중국 후한의 채륜(蔡倫)이 발명했다는 게 그간
의 정설이었다. 그러나 간쑤성에 있는 전한(서기전 206~서기 24)의 문
제와 경제 때(서기전 180~서기전 142)의 묘 부장품에서 방마탄지(放馬
灘紙)가 발견되면서 이 설은 무너졌다. 이후 채륜은 종이 제조법을
개량한 사람으로 의미가 정리되었다. 따라서 종이 발명 시기는 서
기전 142년으로 본다.

지리적으로 중국과 이어져 있어 고대부터 문물의 교류가 활발하였
던 우리나라에 일찍부터 직접 전래되었을 것으로 추정하기는 어렵
지 않으나 언제 전래되었는지는 확실하지 않다. 다만 낙랑채협총
에서 종이 두루마리를 넣어두었으리라고 추측되는 통(筒)이 먹가루
가 그대로 붙어 있는 벼룻집 등과 함께 발견된 사실로 보아 그 당
시 한나라의 문화권이었던 낙랑 지방에 이미 중국의 종이가 전해
졌고, 우리나라에서도 종이를 사용하고 있었다고 생각할 수 있다.

우리나라에 종이 제조 기술이 전해진 시기에 대해 몇 가지 견해들
이 있으나 모두 결정적인 근거가 없다. 대체로 불교의 전래에 따라
불경이 들어온 시기로 미루어 4세기 전후로 보는 견해와, 고구려의
담징(曇徵)이 610년(영양왕 21)에 일본에 종이 제조 기술을 전수한 사
실로 미루어 7세기 초로 보는 견해로 압축된다. 따라서 이 어휘의
생성 시기는 비교적 자료가 정확한 610년으로 잡는다.

종이라는 우리말은 종이의 원료인 닥나무를 뜻하는 한자 저(楮)를
'조이'라고 발음하면서 자연스럽게 종이가 됐다는 설이 있으나 검증
된 것은 아니다.

가야의 수로왕은 종이 두루마리에 쓰인 천신의 명을 받아 배를 타고 바다를 건너온 아유타국의 왕녀인 허황옥을 왕비로 맞이했다.

▶▶ 차(茶)

생성 시기　신라, 646년(선덕여왕 15).

유　　래　엄밀한 의미에서 차는 차나무의 잎을 의미하는 것으로, 일반적으로 말하는 인삼차·율무차 등은 탕(湯)에 속한다.

차는 7세기 전반 신라 선덕여왕 때부터 있었으나 성행한 것은 828년(흥덕왕 3) 김대렴(金大廉)이 당나라로부터 차 종자를 가져다 왕명으로 지리산에 심은 이후의 일이다. 이때부터 지리산을 중심으로 하는 영남과 호남 지방은 우리나라 차의 본고장이 되었다. 이 지방의 기후와 입지 조건이 차나무 재배에 적합한 때문이기도 했다. 한편 가야시대에 인도로부터 차가 전래되었다는 설도 있지만 이를 뒷받침할 만한 사료는 불충분하다.

선덕여왕의 재위 기간은 632~646년이므로 마지막 해를 생성 시기로 잡는다.

잘못 쓴 예　흰 눈이 떡가루처럼 흩뿌리는 날 아침, 낙랑공주와 호동왕자는 아무 말 없이 찻상을 마주하고 앉아 차의 향기와 맛을 음미했다.

▶▶ 차례(茶禮)

생성 시기　통일신라, 765년(경덕왕 24).

유　　래　신라의 승려 충담(忠談)이 매년 설이나 추석에 미륵부처에게 차 공양을 올린 것에 기원을 두고 있다. 조상에게 차를 정성껏 공양한다고 해서 차례(茶禮)라고 한다.

『삼국유사』「표훈대덕조(表訓大德條)」에 따르면 경덕왕이 즉위한 지 24년 되던 해인 765년 삼짇날(음력 3월 3일) 귀정문(歸正門)에 올라 승려 충담을 만났다.

"어디서 오는 길이오?"

"삼화령(三花嶺)에서 오는 길입니다."

"무엇 하고 오시었소?"

"저는 매년 3월 삼짇날과 9월 중양절이면 차를 달여서 삼화령의 미륵세존님께 드립니다. 오늘도 차를 드리고 오는 길입니다."

이 기록에 따라서 이 어휘의 생성 시기는 765년으로 잡는다. 이후 차례는 고려시대에 이르러 널리 성행하였고, 조선시대에도 명절에는 차례를 지냈다. 그러나 임진왜란 등으로 국가 경제가 피폐해지고 차를 담는 도자기를 굽는 도공들이 일본으로 잡혀가자, 백성들의 생활을 걱정한 영조가 왕명을 내려 '귀하고 비싼 차 대신 술이나 뜨거운 물, 즉 숭늉을 대신 쓸 것'을 지시한 후부터 차례에 술이 등장하게 되었다고 한다.

▶▶ **출신(出身)**

생성 시기	통일신라, 788년(원성왕 4).
유 래	벼슬길에 처음 나서는 사람 또는 과거시험의 합격자를 가리키는 말이다. 즉 과거에는 합격했으나 아직 벼슬에 나아가지 못한 사람, 특히 무과시험에 합격하고도 벼슬을 얻지 못한 사람을 말한다.

우리나라에서 과거제도가 시작된 것은 신라 원성왕 4년인 788년에 시행한 독서출신과(讀書出身科; 독서삼품과라고도 하였다)가 시초라고 할 수 있다. 여기에 이미 출신(出身)이라는 어휘가 등장했다. 독서출신과는 골품제도가 아닌 과거의 성적에 따라 인재를 등용하는 것

을 원칙으로 삼았지만 귀족들의 반대에 부딪쳐 제대로 실시되지 못
했다.

엄격한 의미의 과거제도는 고려 광종 때부터 시작되었다. 중국 후
주(後周)에서 귀화한 쌍기(雙冀)의 건의에 따라 광종 9년인 958년에
당나라 제도를 모방하여 과거제도를 마련하였는데, 무과가 실시되
지 않았다는 점에서 우문좌무(右文左武; 문무를 다 갖추어 천하를 다
스림)의 사상을 엿볼 수 있다. 처음에는 제술과(製述科; 진사과라고도
하였다)·명경과(明經科)·잡과[雜科; 의복과(醫卜科)]를 두었는데, 그중에
서도 제술과와 명경과는 조선의 문과에 해당하는 것으로 합격하면
문신이 될 수 있으므로 가장 중요시되어 보통 양대업(兩大業)이라고
했다. 그 뒤 과거제도는 더욱 발전하여 1136년(인종 14) 왕명에 의하
여 명산(明算), 명법(明法), 명서(明書) 등의 과목이 추가·정비되었다.
과거제도는 조선시대를 거쳐 1895년 갑오개혁 때까지 지속되었다.
이 어휘는 신라시대에 근원을 두고 있으므로 생성 시기를 788년으
로 잡는다.

▶▶ **퇴고(推敲, --하다)**

생성 시기　중국 당나라, 841년(무종 회창 1).

유　래　중국 당나라 때 무본(無本)이라는 승려가 말을 타고 가면서 「이응유
거(李凝幽居)」란 시를 지었다.

> 한가로이 지내니 이웃이 드물고(閑居隣竝少)
> 풀숲 오솔길은 우거진 동산으로 통하네(草徑入荒園)
> 새는 연못가 나무에서 잠자고(鳥宿池邊樹)
> 스님은 달 아래 문을 두드린다(僧敲月下門)

그런데 마지막 구절에서 문을 두드린다(敲)고 해야 할지 민다(推)고 해야 할지 고민이었다. 무본은 이 생각에 빠진 채 말을 타고 가던 중 마주 오던 고관의 행차와 부딪치고 말았다. 그 고관은 바로 대문장가인 한유(韓愈)였다. 당시 그는 경조윤(京兆尹; 도읍인 장안을 다스리는 으뜸 벼슬)이었다.

한유 앞에 끌려간 승려 무본이 시를 짓느라고 한유의 행차를 보지 못했다며, 시를 읊으면서 용서를 구하자 한유는 잠시 생각하더니 이렇게 말했다.

"내 생각엔 '민다(推)'보다 '두드린다(敲)'가 좋겠네."

이 사건 이후 두 사람은 아주 가까운 시우(詩友)가 되었고, 무본은 한유의 권유로 환속하여 본격적인 시인 생활을 했다고 한다. 그는 환속 후 본명인 가도(賈島; 777~841)를 되찾았다.

이 이야기는 『당시기사(唐詩紀事)』 40권 「제이응유거(題李凝幽居)」에 나온다.

이 책은 당나라 때 여러 시인들의 시와 시에 얽힌 이야기, 약전(略傳)·평론 등을 엮은 책인데 송나라의 계유공(計有功)이 편찬했다. 이 책에 언급된 시인의 수는 1150명에 이르며, 수록된 기사는 매우 광범위하다. 이 책을 통해 후세에 전해진 시인과 작품이 매우 많아 당시(唐詩)를 연구하는 데 중요한 자료가 된다. 정확한 편찬 연대는 알 수 없고, 판본으로는 1224년 남송의 왕희본이 가장 오래된 것이다. 따라서 이 어휘의 생성 시기는 시인 가도의 사망 연도인 841년으로 잡는다.

▶▶ **티베트**

생성 시기 티베트, 650년.

유   래 몽골어인 투베트(Thubet; 눈 위에서 사는 곳)에서 유래했다. 몽골어와 티베트어는 흉노 시절부터 교류가 많았다. 티베트란 표기는 티베트 왕 손챈감포 시대에 발생한 것으로 보인다. 즉 당나라 문헌에 손챈감포에 대한 기록이 나오고, 이때 토번(吐藩)이라는 한자어가 등장하는데 이 토번은 티베트의 한역(漢譯)이다.

손챈감포는 불교를 받아들이면서 산스크리트어 경전을 번역하기 위해 문자를 발명하고 당나라를 복속시켰으며 몽골과 교류하였다. 따라서 티베트와 토번이란 명칭은 티베트를 처음으로 통일하여 국가 체제를 갖춘 손챈감포가 죽은 650년으로 잡는다.

▶▶ **파죽지세(破竹之勢)**

생성 시기 중국 진(晉)나라, 280년(무제 태강 1).

유   래 중국 삼국시대의 위(魏)를 이은 진(晉)나라가 오나라를 병탄하려고 할 때 이야기이다. 당시 진나라의 장군 두예(杜預)는 오나라 공격에 나서 싸울 때마다 승리해 오나라 정복을 눈앞에 두게 되었다. 그런데 때마침 큰 홍수가 나서 강물이 크게 불어났다. 이에 부하들이 일단 후퇴하여 겨울에 다시 진격하자는 의견을 냈다. 그러나 두예 장군은 쩌렁쩌렁한 목소리로 이렇게 선언했다.

"지금 우리는 분명히 승세를 타고 있다. 마치 대나무를 쪼갤 때 칼을 대기만 해도 대나무가 쭉쭉 쪼개지는 그러한 상태인 것이다. 지금의 시기를 놓쳐서는 안 된다."

그러고는 군사를 몰아 그대로 공격에 나섰다. 아니나 다를까 진나라 군대는 연전연승, 드디어 오나라를 완전히 정복하였으며 천하통일의 대업을 이루게 되었다. 이때가 280년 음력 2월이었다. 이 이야기는『진서(晉書)』「두예전(杜預專)」에 나온다.

▶▶ **파천황(破天荒)**

생성 시기   중국 당나라, 850년(선종 4).

유　래   당나라 때의 과거는 시부(詩賦)의 창작 능력을 주로 한 진사과였다. 여기에 응시하려면 각 지방에서 성적이 우수하거나 선발시험에 합격하여 지방관의 추천을 받아야 했다. 특히 이 같은 시험에 합격한 사람을 '해(解)'라고 하였는데, 이는 '모든 일에 통달한 뛰어난 인재'라는 뜻이었다.

당시 형주(荊州)에서는 매년 뽑힌 사람을 장안으로 보내 과거시험을 보게 하였건만 급제하는 사람이 하나도 없었다. 그래서 형주에서는 이를 두고 천지가 혼돈하다는 뜻을 붙여 급제자가 하나도 없는 것을 '천황해(天荒解)'라고 불렀다. 그런 중에 어느 해에 시종(侍從) 유세라는 형주 사람이 중앙에서 실시하는 과거시험에 합격했다. 그 뒤 급제하는 사람이 없던 형주의 전통을 깼다고 하여 파천황(破天荒)이라고 일컫게 되었다(號曰天荒解 劉蛻舍 人以請解乃第 號爲破天流). 송나라 사람 손광헌(孫光憲; ?~968)이 지은 『북몽쇄언(北蒙鎖言)』「파천황해」에 나오는 이야기다.

그런데 이보다 앞선 당나라의 왕정보(王定保; 870~940)가 쓴 『당척언(唐摭言)』에는 유세가 급제한 것은 18대 황제 선종 4년인 850년의 일이라고 나와 있다. 이때 형주 지방관인 형남군절도사 최현(崔鉉)은 '파천황전'이라는 이름의 상금 70만 전을 유세에게 보냈다고 기록되어 있다. 따라서 이 어휘의 생성 시기는 당나라 선종 4년인 850년으로 잡는다.

▶▶ **한양(漢陽)/한성(漢城)/경성(京城)/서울/수이(首尔, Shǒu'ěr)**

생성 시기   한양_ 고려, 1308년(충렬왕 34).

한성_ 조선, 1395년(태조 4) 6월 23일(음력 6월 6일).

경성_ 일제강점기, 1910년 10월 1일.

서울(일반 수도)_ 신라, 서기전 57년(혁거세 거서간 1).

서울(한국 수도) − 미군정, 1946년 8월 15일.

수이(首尔, Shŏuěr; 서울의 중국어 표기)_ 한국, 2005년 1월 18일.

유 래 서울의 지명 변천사는 매우 복잡하다. 이를 연대표로 정리하면 다음과 같다.

서기전 18년(백제 온조왕 1) 건국과 함께 위례성(지금의 경기도 광주 부근)에 도읍함. 위례는 곧 우리말의 '우리' '울'의 한자 표기로 보는 학자들이 있음.

371년(백제 근초고왕 26) 한산(漢山).

475년(고구려 장수왕 63) 북한산주(北漢山州) 설치. 이 가운데 서울에 해당하는 위례성을 남평양(南平壤)이라고 함.

553년(신라 진흥왕 14) 이곳을 점령한 뒤 신주(新州)로 개칭.

557년(신라 진흥왕 18) 북한산주로 개칭.

568년 10월(신라 진흥왕 29) 북한산주를 폐하고 남천주(南川州) 설치.

604년(신라 진평왕 26) 남천주를 폐하고 또다시 북한산주 설치.

662년(신라 문무왕 2) 북한산주를 폐하고 다시 남천주 설치.

664년(신라 문무왕 4) 남천주를 다시 한산주로 개칭.

755년(신라 경덕왕 14) 한산주를 한주(漢州)로 개칭, 주(州) 아래에 한양군(漢陽郡) 설치. 이때 처음으로 한양(漢陽)이라는 지명이 등장.

940년(고려 태조 23) 양주(楊州)로 개칭.

1067년(고려 문종 21) 남경(南京)으로 승격.

1308년(고려 충렬왕 34) 한양부(漢陽府)로 개칭.

1395년(조선 태조 4) 6월 23일(음력 6월 6일) 한성부(漢城府)로 개칭.

1895년(조선 고종 32) 한성군으로 격하하였다가 이듬해 한성부로 개칭.

1910년 10월 1일 경성부로 개칭.

1946년 8월 15일 서울시로 개칭. 전문 7장 58조로 된 「서울시헌장」을 발표. 이 헌장 제1장 제1조에 경성부를 서울시라 칭하고 이를 특별자유시로 한다고 명문화함.

2005년 1월 18일 서울의 중국어 표기를 한성에서 수이(首尔)로 바꿈.

'서울'이라는 말의 연원은 삼국시대 신라 초기로 거슬러 올라간다. 『삼국사기』에 따르면 신라 시조 혁거세 거서간이 진한 6부 인민들의 추대로 나라를 세우고 국호를 서나벌(徐那伐)이라 하였다. 『삼국유사』에는 신라 시조 혁거세왕이 건국 후에 국호를 서나벌 또는 서벌이라 하였는데 혹은 사라(斯羅)·사로(斯盧)라 하였다고 기록되어 있다. 특히 『삼국유사』에서는 서벌에 대하여 "지금 우리말로 京의 뜻을 서벌이라 하는 것은 이 때문이다."라고 기록하여 신라 국호의 하나인 서벌은 한자 '京'과 같은 말이라고 했다. 이후 『삼국지』 등 중국 사서에 보이는 사로·사라·신노(新盧) 등의 국명도 그 음과 뜻으로 보아서 서벌과 낱말 뿌리가 같다고 볼 수 있다.

일반 수도로서 서울이라는 어휘의 생성 시기는 혁거세 거서간이 즉위한 서기전 57년으로 잡는다.

▶▶ **해어화(解語花)**

생성 시기 중국 당나라, 745년경(현종 천보 4).

유   래 당나라 황제 현종은 며느리 양씨를 745년에 귀비로 삼아 총애했다. 이 양씨가 바로 양귀비(楊貴妃; 719~756)이다. 하루는 현종이 양귀비를 데리고 궁중의 태액(太液) 연못에 나와 가득히 피어 있는 백련을 보고 좌우 사람들에게 양귀비를 가리키면서, "어떠냐? 연꽃의 아름다움도 말을 알아듣는(解語) 이 꽃에는 당하지 못하겠지!"라고 했다. 해어화란 곧 말을 알아듣는 꽃, 말을 하는 꽃, 그러니까 미인을 이르는 말이다. 오늘날에도 미인의 대명사로 쓰이고 있다. 『천보유사(天寶遺事)』에 나온다.

▶▶ **효시(嚆矢)**

생성 시기   중국 전한, 서기전 91년(무제 정화 2).

유　래   효시는 날아가면서 소리를 내는 화살로 주로 공격 신호용으로 쓰인다. 화살 끝단, 즉 촉 부위에 살촉 대신 소리 나는 물건을 달거나 촉의 중앙에 명적(鳴鏑; 우는살)을 달아 쏘면 명적에 뚫려 있는 구멍이 공기의 저항을 받아 우는 것 같은 소리를 내게 된다. 효시의 생명인 명적에는 뿔로 만든 각제와 청동제가 있다.

『사기』「흉노전」에 따르면 "흉노의 묵돌선우가 처음 만들었다."고 기록되어 있다. 그러므로 북방 민족들은 이미 그 이전부터 썼을 것으로 짐작된다. 우리나라에서는 이익(李瀷)이 지은 『성호사설(星湖僿說)』「인사문(人事門)」'오위'조에 나오는데, 이미 그 이전인 삼국시대와 고려 때도 사용되었다. 따라서 이 어휘의 생성 시기는 묵돌선우 시기보다 조금 늦기는 하나 『사기』가 완성된 서기전 91년으로 잡는 게 옳을 듯하다.

잘못 쓴 예   손빈이 효시를 날리자 제나라 군사들은 위나라 대장 방연을 향해 일제히 화살을 쏘았다.

03

고려시대

918 ~ 1392

오랫동안 원나라의 지배를 받은 고려시대에는 원나라를 통해 들어온 말이 많았으며,

각종 법제와 제도가 정비됨에 따라 새로운 사회·경제 용어가 나타나기 시작했다.

중국은 송과 원이 포함되며 명나라 초기이다.

감투

생성 시기 고려, 1387년(우왕 13).

유   래 감투는 한자로 '감두(坎頭)' '감두(甘頭)'라고 표기한다. 말총이나 헝겊 등으로 차양 없이 민틋하게 만든 관모의 하나이다.

고려 우왕 13년(1387)의 관복 개정 때에 낮은 계급이 쓰는 감두가 있어 고려 때에도 착용하였음을 알 수 있다. 조선시대에는 관리가 아닌 평민이 사용했다.

벼슬하는 것을 흔히 '감투 쓴다' 하여 감투를 벼슬의 대명사처럼 여긴다. 그러나 여기서의 감투는 관직의 표상인 탕건을 말하는 것으로 보인다. 하지만 머리에 뭔가 쓴다는 의미에서 발음이 강한 감투가 선택된 듯하다.

잘못 쓴 예 박제상은 일본에 볼모로 가 있던 미사흔을 본국으로 피신시키고 나서 곧바로 발각되어 일본군에 잡혀 피살되었는데, 그때 감투를 머리에 쓰고 있었다고 한다.

▶▶ **검열**(檢閱)

생성 시기 검열(벼슬)_ 고려, 1308년(충선왕 원년).
검열(제도)_ 대한제국, 1907년(순종 융희 1) 7월 24일.

유   래 언론, 출판, 예술 등의 분야에 대한 표현 내용을 공권력으로 검사·열람하는 행정제도를 일컫는 검열은 본래 고려시대 예문관과 춘추관에 두었던 관직명에서 유래한 말이다. 예문관에는 검열이라는 관직이 없었으나 1308년에 충선왕이 예문춘추관에 검열 2인을 두었다. 조선시대에는 예문관에 소속되어 있었다.

우리나라에서 최초로 검열을 법으로 규정한 것은 1907년 7월 24

일에 대한제국 법률 제1호로 제정·공포된 '광무신문지법(光武新聞紙法)'이다. 이 법 제10조에 "신문지는 매회 발행에 앞서 내부 및 관할 관청에 각 2부를 납부해야 한다."고 명시되어 있으며, 신문에 기재해서는 안 될 사항을 자세히 열거하고 있다. 광복 후 검열제도는 폐지되었으며 법에 따라 전시나 계엄령이 선포되는 비상사태 때에만 검열을 실시할 수 있게 되었다. 현행법상 검열을 규정하고 있는 법으로는 '임시우편단속법'과 '영화법'(1973. 2. 16) 등이 있다.

잘못 쓴 예 888년에 각간 위홍과 대구화상이 진성여왕의 명을 받아 편찬한 향가집인 『삼대목』은 왕이 직접 편찬을 명령한 책이어서 검열을 받을 필요가 없었다는 기록이 전해져 내려온다.

▶▶ **경기(京畿)**

생성 시기 고려, 1018년(현종 9).
조선, 1414년(태종 14) 2월 8일(음력 1월 18일).

유   래 경기도는 우리나라 중앙부의 서쪽에 위치하는 도이다. 서울특별시와 인천광역시를 둘러싸고 있으며 북은 황해도, 동은 강원도, 남은 충청도, 서는 서해에 닿는다.
고려의 태조 왕건이 개성에 도읍을 정하면서 경기 지역은 우리나라 역사의 중심 무대로 부각되었다. 경기라는 명칭의 지방 행정조직이 편제된 것도 고려시대였다. 995년(고려 성종 14)에 개경 주변에 6개의 적현[赤縣; 경현(京縣)]과 7개의 기현(畿縣)이 설치되었는데, 1018년(고려 현종 9)에 이들 적현과 기현을 묶어서 왕도의 외곽지역을 정식으로 '경기(京畿)'라 부르기 시작했다.
경기(京畿)라는 말이 합성 단어로 등장한 것은 당나라 때로, 왕도의 외곽지역을 경현과 기현으로 나누어 통치하였던 데서 기원한다.
한편 조선시대에는 1414년 2월 8일(음력 1월 18일) 태종 이방원이 관제를 고치면서 경기좌도와 우도를 나누지 않고 합쳐서 경기(京畿)라고 하였다. 즉 개경 중심의 고려 경기와 서울 중심의 조선 경기는 크게 다르다. 이 때문에 경기 어원을 고려와 조선으로 구분한다.

▶▶ **계(契)**

생성 시기   고려, 1165년(의종 19).

유   래   우리나라의 전통적 금융조직으로 가장 오래된 계(契)는 그 기원을 신라시대의 가배계(嘉俳契)나 향도계(香徒契)에 둔다. 가배계는 신라 초기 유리왕 9년(32)에 비롯된 부녀자의 길쌈 공동작업체였다고 한다. 『삼국사기』 유리왕 9년의 기록에 나온다.

기록에 따르면 유리왕은 육부를 둘로 나누어 왕녀 두 사람에게 부내(部內)의 여자를 거느리도록 하여, 7월 16일부터 날마다 육부의 마당에 모여 길쌈을 시작하고 오후 10시경에 파하게 하여 8월 보름에 이르러 한 달 동안에 걸친 성적을 심사했다. 진 편이 이긴 편에게 술과 음식을 마련하여 대접하며 노래와 춤으로 즐겼다. 이를 '가배(嘉俳)'라 하였는데 이것이 곧 오늘날의 한가위(秋夕)가 되었다고 한다. 이때 진 편의 여자가 일어나 춤추며 '회소(會蘇), 회소' 하고 탄식하는 음조가 매우 슬프고 아름다웠으므로 후세 사람들이 그 소리에 맞추어 노래를 지어 불렀다. 이것이 곧 「회소곡」이 되었다 한다.

한편 계와는 달리 궁중에는 점찰보(占察寶)·공덕보(功德寶) 등 기부 받은 금전과 공동 갹출한 재원 등으로 사회사업이나 대부(貸付) 등을 하는 조직이 존재했다.

고려시대의 보는 공공사업의 경비 충당을 목적으로 기본기금을 설치하여 그 이익금으로 각종 사업을 운영했다. 학보(學寶)·제위보(濟危寶)·금종보(金鐘寶)·팔관보(八關寶)·광학보(廣學寶)·경보(經寶)가 그것이다. 이때는 사찰이 운영하던 사설 금융기관인 장생고(長生庫)

도 있었다.

사교를 목적으로 한 계는 1165년(의종 19) 유자량(柳資諒)이 교계[交
契; 후에 경로회(敬老會)]를 조직한 데서 비롯되었다. 무신의 난이 일
어났던 의종 때에는 문무계 등이 조직되어 문무 간의 반목을 없애
고 우호적인 교제를 하였으며, 동년배끼리 동갑계를 만들어 친목
을 도모했다.

조선시대에 이르러 계는 보와 비슷한 성격을 띠는 한편, 다방면에
이용되어 여러 가지 역할을 했다. 조선 중기에 정여립(鄭汝立)의 대
동계(大同契), 이몽학(李夢鶴)의 동갑계 등은 비밀결사 성격을 띤 계
였다. 또한 친목과 공제를 목적으로 한 종계(宗契), 혼상계(婚喪契),
호포계(戸布契), 농구계(農具契) 등 많은 종류의 계가 있었다. 일제
강점기에 이들 계는 강제 해산되었으며, 8·15광복 후 다시 부활하
여 6·25전쟁 후에는 서민금융을 지배할 정도로 성행했다.

이 어휘의 생성 시기를 가배계가 생성된 유리왕 9년으로 잡기에는
무리가 있어 유자량이 사교를 목적으로 하여 교계를 조직한 1165
년으로 잡는다.

잘못 쓴 예　지금 주부들 사이에서 많이 행해지고 있는 계는 고구려에서 행해
졌던 가배계에서 비롯되었는데 당시도 주로 아낙네들의 참여가 많
았다고 한다.(고구려→신라)

▶▶　**『계림유사』에 등재된 우리말**

생성 시기　고려, 1103년(숙종 8) 8월 18일(음력 7월 14일).

유　　래　『계림유사(鷄林類事)』는 고려시대의 풍습, 제도, 언어 따위를 소개
한 책으로, 당시의 고려어 355개를 한자로 적어놓았다. 여기에는 주
요 어휘만 실었다.

왼쪽의 문자는 송나라 한자이고 콜론(:) 오른쪽에 적은 한자는 우리말을 손목이 송나라식 발음으로 옮겨 적은 것이다. 괄호 속에 우리말로 뜻을 적었는데 왼쪽이 고려 발음이고 오른쪽이 현대 발음이다.

天:漢捺(하늘:하늘)

日:契黑隘切(해:해)

月:姮(돌:달)

雲:屈林(구룸:구름)

風:孛纜(ᄇ름:바람)

雪:嫩(눈:눈)

雨:霏微(비:비)

雷:天動(텬동:천둥)

雹:霍(확:우박)

電:閃(셤:번개)

霜露皆:率(서리:서리)

鬼:幾心(귀신:귀신)

佛:佛(불:부처)

仙人:遷(션신:선인)

一:河屯(하단:하나)

二:途孛(두블:둘)

三:洒厮乃切(세:셋)

四:洒(네:넷)

五:打戌(다ᄉᆞᆺ:다섯)

六:逸戌(여슷:여섯)

七:一急(닐굽:일곱)

八:逸答(여듧:여덟)

九:鴉好(아홉:아홉)

十:噎(열:열)

二十:戌沒(스믈:스물)

三十:實漢(셜흔:서른)

谷:丁蓋(골:골)

泉:泉(심:샘)

井:烏沒(우믈:우물)

草:戌(플:풀)

花:骨(곳:꽃)

木:南記(남기:나무)

竹:帶(대:대)

栗:監銷(밤:밤)

桃:枝棘(복셩화:복숭아)

松:鮓子南(잣낡:솔을 잣나무로 잘못 적은 듯)

胡桃:渴來(가래:호두)

柿:坎(감:감)

梨:敗(배:배)

林檎:悶子訃(림금:능금)

漆:漆(칠:칠)

雄:鶻試(수ᄒᆞ:수)

雌:暗(암:암)

112

雞:啄(닭:닭)

鷺:漢賽(한새:황새)

雉:雉賽(치새:꿩)

鴿:弼陀里(비두리:비둘기)

鵲:渴則寄(가지:까치)

鶴:鶴(학:학)

鴉:打(→柯)馬鬼(가마귀:까마귀)

雁:哭利弓幾(그려기:기러기)

雀:賽斯乃反(새:참새)

虎:監蒲南切(범:호랑이)

牛:燒去聲(쇼:소)

羊:羊(양:양)

猪:突(돝:돼지)

犬:家稀(가히:개)

猫:鬼尼(괴:고양이)

鼠:觜(쥐:쥐)

馬:末(말:말)

乘馬:轄打平聲(말타[다]:말타다)

皮:渴翅(가지:가죽)

龍:稱/辰(미르:용)

蟹:慨(게:게)

客:孫命(손님:손님)

士:進寺儘切(선비:선비)

工匠:把指(바치:공인)

稱我:能奴台(나:나)

問你汝誰何(너는 누구냐):食妻箇(누구:누구)

祖:漢了秘(한아비:할아버지)

父:子丫秘(아비:아버지)

母:丫秘(아미:어머니)

男兒:丫姐(아달:아들)

女兒:寶姐(보달:딸)

父呼其子(아버지가 아들을 부를 때):丫加(아가:아가)

頭:麻帝(마디:머리)

面:捺翅(나시:낯)

眉:嫩步(눈섭:눈썹)

眼:嫩(눈:눈)

耳:愧(귀:귀)

口:邑(입:입)

齒:你(니:이)

舌:蝎(혀:혀)

面美(얼굴이 아름다운):捺翅朝勳(나시됴흔:낯이 좋은)

面醜(얼굴이 추한):捺翅沒朝勳(나시몯됴흔:낯이 못좋은)

胸:軻(가슴:가슴)

腹:擺(배:배)

手:遜(손:손)

足:潑(발:발)

洗手:遜時蛇(손시서:손 씻어)

白米:漢菩薩(한보살:흰쌀)

醬:密祖(며주:메주)

鹽:蘇甘(소곰:소금)

魚肉皆曰(물고기나 가축고기를 이르는 말):姑記(고기:고기)

飯:朴擧(밥:밥)

茶:茶(타:차)

熟水:泥根沒(니근 물:끓인 물)

冷水:時根沒(시근 물:찬 물)

金:那論義(→歲)(누른쇠:금)

珠:區戌(구슬:구슬)

銀:漢歲(하인쇠:은)

苧:毛施(모시:모시)

被:泥不(니블:이불)

鞋:盛(신:신)

針:板捺(바날:바늘)

斗:抹(말:말)

船:擺(배:배)

下:簾箔(아래:아래)

傘:聚笠(슈룹:우산)

齒刷(이닦기):養支(양지:양치)

匙:戌(술:숟가락)

硯:皮盧(비루:벼루)

紙:垂(죠희:종이)

墨:墨(먹:먹)

刀子:割(갈:칼)

鼓:濮(붑:북)

弓:活(활:활)

箭:蓬亦曰矢(살:화살)

畫:乞林(그림:그림)

問此何物(이 물건은 무엇인가):設(→沒)(므슴:무엇인가)

老:刀(→力)斤(늘근:늙은)

大:黑根(하간:큰)

小:胡根(호근:작은)

高:那奔(노픈:높은)

深:及欣(깁흔:깊은)

『계림유사』는 고려 15대 숙종 8년(1103)에 송나라 사신단의 서장관으로 따라온 손목(孫穆)이 1103년 7월 10일(음력 6월 5일)부터 8월 18일(음력 7월 14일)까지 고려에서 듣고 본 내용을 책으로 엮은 것이다. 따라서 이 책에 실린 고려어의 생성 시기는 손목이 고려에 머문 마지막 날인 1103년 8월 18일(음력 7월 14일)로 잡는다. 물론 기록상 연대일 뿐 훨씬 더 이전에 이용되었을 것이나 이 시기부터 사용이 확실하다는 의미로 여기에 적는다.

▶▶ **고량주**

생성 시기	중국 요(遼)나라, 1035년경(흥종 4).
유　래	고량주는 수수를 원료로 한 중국 전통의 증류주로서 만주 지역의

고량주는 수수를 원료로 한 중국 전통의 증류주로서 만주 지역의 중요한 주정음료이다. 예로부터 산둥, 톈진 등 동북 지역에서 제조되었으며 알코올 도수가 높은 것이 특징이다.

그동안 고량주는 원나라 때 처음 만들어졌다고 알려졌으나, 2014년 4월 13일 중국 지린대학교와 베이징대학교 고고학 전문가들이 지린 성 다안[大安]에서 고량주 제조 유역을 발견하여 탐사와 방사성탄소 연대를 측정한 결과 요나라 때 1035년경인 것으로 밝혀졌다. 연구진이 당시 자료를 토대로 재현한 고량주는 알코올 도수 54.5퍼센트였다. 이로써 기존에 알려진 고량주 제조 시기는 200년 정도 앞당겨졌다. 또한 이 발견으로 국내 학자들은 고량주가 고구려에서 만들어졌을 가능성을 주목하고 있다.

고량주는 제조법은 다음과 같다. 잘게 부순 수수를 끓이고 삶아 가루로 만들어 누룩과 혼합한 다음 적당한 물을 넣어 반고형 상태로 만든다. 이를 반지하로 된 발효조에 담가 그 위를 왕겨와 진흙으로 발라 밀봉하고 외부 공기를 차단하여 9~12일간 발효시켜 증류한다. 제조는 연중 계속할 수 있으나 원료 확보가 쉽고 발효가 순조로운 점에서 주로 겨울철에 많이 제조하며 여름철에는 제조를 중단할 때가 많다.

우리나라에서는 1960년대 동해, 수성, 동생, 복천, 풍년, 만수, 덕흥 등에서 생산했으나 현재는 수요가 크게 줄어들어 국내 생산을 중단하고 중국에서 수입하고 있다.

과거(科擧)

생성 시기 고려, 958년(광종 9) 6월 5일(음력 5월 16일).

유   래 중국은 일찍부터 능력에 따라 관리를 뽑는 과거제도가 발달했다.
우리나라는 중국보다 약 400년이나 늦은 958년(광종 9) 6월 5일(음력
5월 16일)에 과거를 처음 실시하여 조선시대까지 이어지다가 1894년
3월 28일 갑오개혁 때 폐지되었다. 그와 동시에 성균관은 근대적 교
양을 가르치는 학교로 개편되었다.

잘못 쓴 예 당나라에 유학하고 있던 최치원은 신라로 돌아와서 과거시험을 채
점하고 관리하는 일을 했다.

▶▶ **과자(菓子)**

생성 시기 조과(造菓)_ 고려, 1192년(명종 22).
과자(菓子)_ 조선, 1884년(고종 21).
한과(韓菓)_ 한국, 1986년.

유   래 우리나라에서 전통적으로 만들어오던 과자류는 과일을 모방하여
만들었다 하여 조과(造菓)라고도 하는데 그 종류는 유밀과, 강정,
산자, 다식, 전과, 엿 등 70여 종에 이른다.
『삼국유사』 「가락국기」에 따르면 수로왕 묘에 제사 지낼 때 과(果)
가 쓰였는데, 제수로 쓰인 과는 본래 과일이었다. 그러나 과일이 나
지 않는 겨울철에는 곡식가루로 과일 형태를 만들어 대신 사용했
으니, 이것이 과자의 시초가 되었다. 과(果)는 실과(實果)와 조과(造
果)로 크게 나눈다. 자연식품인 과실이 진(眞)이고, 그것을 본떠서
만든 것은 가(假) 또는 조(造)자를 붙여 조과라고 한다. 과(果)와 과
(菓)는 같은 것이다.

현존 문헌에서 확인할 수 있는 과자류의 역사적 상한 시기는 고려시대이다. 하지만 우리 음식을 원류로 한 것으로 알려진 일본 나라시대 음식에 맥병(貊餠)이란 과자류가 보이는 것으로 미루어, 삼국시대에 이미 타래과나 강정류가 있었을 것으로 추측된다. 맥(貊)은 고구려 민족을 가리킨다.

그 후 불교의 성행으로 육식을 금하고 차를 많이 마시게 됨에 따라 조과류도 급격하게 발달하여 고려시대에는 연등회와 팔관회, 왕의 행차, 혼례 등에 널리 쓰이게 되었다. 『고려사』에도 세자의 혼례에 참석하러 원나라에 간 충렬왕이 연회상에 유밀과(油蜜果)를 차렸더니, 그 맛이 입안에서 살살 녹는 듯하여 평판이 대단하였다는 기록이 있다. 이런 까닭에 원나라에서는 유밀과를 특히 고려병(高麗餠)이라 했다.

『고려사』의 기록을 보면 사치풍조를 억제하기 위해 여러 차례 유밀과 사용을 금지하였음을 알 수 있다. 1192년(명종 22)에 유밀과 대신 과일을 사용하되 작은 잔치에는 세 그릇, 중간 잔치에는 다섯 그릇, 큰 잔치에는 아홉 그릇을 넘지 못하게 하는 금령을 내렸다. 1225년(고종 12)에 연등회와 팔관회 때 상에 유밀과를 올리던 것을 다시 행하게 하였고, 1310년(충선왕 2)에는 공적인 연회나 사적인 연회에서 유밀과 사용을 금지하였다. 1391년(공양왕 3)에 사신을 접대하는 잔치 이외에는 유밀과 사용을 금지하였다.

조선시대에도 조과류는 혼례, 제향, 헌수 등 의례 음식에 꼭 쓰였다. 이 시기에 조과류는 상품으로 만들어지기도 하였으나 대체로 각 가정에서 직접 만들었으므로 이에 필요한 재료를 늘 갖추고 있었다.

서양과자는 1884년 조로수호통상조약이 체결된 뒤 손탁이 정동구락부를 개설하여 서양 음식을 소개하기 시작하면서 들어왔다. 당시 서울의 상류층은 서양과자를 주로 연말연시 선물용으로 썼다.

1920년대 초에는 우리나라 최초의 양과자점이 문을 열었으며, 1940년까지 서울에 140여 개의 양과자점이 생겨났다.

서양에서 과자를 만들기 시작한 것은 수천 년 전인 메소포타미아 시대로 이것이 그리스, 로마, 이집트로 전해지면서 1세기경에는 남부 유럽에서 과자의 제조가 크게 성행했다. 15세기 말 아메리카 대륙이 발견되어 다량의 설탕과 코코아, 커피 등이 유럽에 반입되면서 종류가 다양해지고 대량으로 생산되기 시작했다.

과자(菓子)라는 말은 구한말에 일본에서 들어왔으며 이때부터 조과라는 말은 쓰이지 않다가, 광복 후 외래 문물에 대해 우리 전통 문물에 한(韓)자를 붙여 부르면서(韓醫學, 韓服, 韓食 등) 전통 조과류도 한과(韓菓)라는 이름으로 불리기 시작했다. 따라서 조과의 생성 시기는 문헌상 고려 명종 22년인 1192년으로 잡고, 과자는 1884년, 한과는 민간에서 1980년대 이후 쓰기 시작한 말이므로 한의학 명칭이 정립된 1986년과 비슷한 시기로 잡는다.

잘못 쓴 예 "군란이 일어났던 임오년(1882)에 서양 오랑캐들이 가지고 들어온 과자를 몇 개 얻어 어머님께 드렸더니 그 맛을 못 잊으셨는지 나만 보면 과자 가져오라고 성화지 뭡니까."

▶▶ **국수**

생성 시기 고려, 1123년(인종 1) 8월 6일(음력 7월 23일).

유 래 통일신라시대까지의 우리 문헌에서는 국수라는 어휘를 찾아볼 수 없다. 『고려도경』에 "10여 종류의 음식 중 국수 맛이 으뜸이다(食味十餘品而麵食爲先)."라는 기록이 있고, 『고려사』에 "제례에 면을 쓰고 사원에서 면을 만들어 판다."라는 기록이 있는 것으로 미루어 고려시대에 국수가 있었을 뿐만 아니라 상품화되었음을 알 수 있다. 그러나 구체적인 자료가 없어서 고려시대의 국수(麵)가 어떤 것인지는 알 수 없다.

조선시대에는 많은 문헌에 관련 기록이 등장한다. 재료가 다양해지면서 국수 문화가 다채롭게 발전하였음을 알 수 있거니와 국수틀을 이용하여 만드는 법도 나온다. 이로 미루어 조선 중기 이후에 국수틀이 사용되었음을 알 수 있다. 국숫집에서는 국수틀로 만든 국수를 사리를 지어 싸리 채반에 담아 판매했다. 1900년대 이후에는 회전압력식 국수틀이 개발되어 밀가루 날국수를 말린 건조 밀국수가 보급되기 시작했다.

이 어휘의 생성 시기는 『고려도경』의 편찬자인 송나라 사람 서긍(徐兢)이 사신을 따라 고려에 들어왔다 돌아간 날인 1123년(인종 1) 8월 6일로 잡는다. 서긍은 1123년 7월 6일(음력 6월 12일)에 개경으로 들어와서 8월 6일(음력 7월 23일)에 개경을 떠났으므로 그의 저술에 나오는 고려 어휘나 풍속은 이 시기에 사용되거나 볼 수 있던 것들이다.

잘못 쓴 예　712년에 발간된, 일본에서 가장 오래된 역사서인 『고사기』에는 국수가 백제에서 전해진 것으로 기록되어 있다.

▶▶　**김치**

생성 시기　백김치_ 고려, 1241년(고종 28).

고추김치_ 조선, 1766년(영조 42).

유　래　현재 우리나라에는 삼국시대의 식품에 관한 자료가 하나도 남아 있지 않다. 하지만 우리 문화의 절대적인 영향을 받은 일본 문헌을 살펴보는 방법으로 그 시대의 식생활을 짐작해볼 수 있다. 일본의 『정창원문서(正倉院文書)』나 『연희식(延喜食)』 같은 문헌을 보면 소금,

술지게미, 장, 초, 느릅나무 껍질에 절인 김치가 나온다.

우리 문헌에 등장하는 최초의 김치는 고려 중엽에 이규보(1168~1241)가 지은 「가포육영(家圃六詠)」이라는 시에서 "무장아찌 여름철에 먹기 좋고 소금에 절인 순무 겨울 내내 반찬 되네."라는 구절에서 확인할 수 있다. 기황후가 원나라의 수도인 대도에서 고려식 김치를 담가주어 장수들 사이에 인기가 있었다는 기록도 있다. 고려 후기의 문신 이달충(李達衷: ~1385)의 「산촌잡영(山村雜詠)」이라는 시에서는 여뀌에다 마름을 섞어서 소금절이를 하였다는 구절이 보이는 것으로 미루어 야생초로도 김치를 담갔던 듯하다.

같은 시기의 학자 이색(李穡: 1328~1396)이 지은 시 「개성 사람 유순이 우엉, 파, 무와 함께 침채장을 보내다(柳開城珣送 牛蒡蔥蘿蔔 并沈菜醬)」라는 시의 제목에서 김치의 어원과 관련된 명칭을 확인할 수 있다. 여기서 '침채장'은 일종의 장김치로 보인다. 장김치란 조선 후기에도 유행했던 김치의 한 종류로 무·배추·오이 등의 채소를 간장에 하루쯤 절여 그릇에 담고 간장과 물로 국물을 만들어 담그는 김치다. 곧 침채장은 간장에 채소를 넣어 절인 장김치를 가리켰을 가능성이 많다. 이색의 이 시는 현재까지 '침채(沈菜)'라는 말을 최초로 사용한 문헌이기도 하다. '침채'란 말 그대로 채소를 물에 담갔다는 뜻이다.

조선 중종 때의 학자 최세진(崔世珍: ?~1542)이 쓴 『훈몽자회(訓蒙字會)』에는 '葅: 딤채 저'라는 항목이 나온다. 딤채는 침채의 고어로서 오늘날 김치의 어원으로 인정받고 있다. 서기전 10~서기전 7세기의 시 305편을 묶은 『시경』에는 "밭 속에 작은 원두막이 있고, 밭두둑에 외가 열려 있다. 이 외를 깎아 저(葅)를 담가 조상께 바치면 자손이 오래 살고 하늘이 내린 복을 받는다."는 내용이 나온다. 여기서의 저(葅)를 두고 『여씨춘추』, 『설문해자』, 『주례』 등에서는 "신맛

을 내는 음식으로 채소든 육류든 잘게 썰어서 절인 것과 통째 또
는 길게 찢어서 절인 것의 두 가지가 있다."고 했다. 곧 '저(菹)'란 소
금·장(醬)·식초 등에 절인 채소, 또는 젓갈·장조림 등을 일컫는 한자
이다.

조선 중기에 고추가 수입되었지만 1600년대 말까지만 해도 김치를
담그는 데 고추를 사용하지 않은 듯하다. 이 시기에 편찬된 것으로
추정되는 『요록(要錄)』이라는 문헌에는 11종류의 김치류가 기록되어
있는데 고추를 재료로 쓴 것은 하나도 없고, 무·배추·동아·고사
리·청태 등의 김치와 무를 소금물에 담근 동치미(冬沈)가 설명되어
있다.

1715년경에 편찬된 『산림경제(山林經濟)』에 기록된 김치류를 보면,
고추가 들어온 지 100년이 지났는데도 오늘날과 같은 김치는 보
이지 않고 소금에 절이고 식초에 담그거나 향신료와 섞어 만든
김치를 소개하고 있다. 50여 년이 지난 1766년에 나온 『증보산림경
제(增補山林經濟)』에 비로소 김치에다 고추를 사용한 기록이 나온
다. 이 책에 나오는 침나복함저법(沈蘿蔔鹹菹法)을 보면, 오이의 세
곳에 칼자리를 넣고 속에 고춧가루와 마늘을 넣어서 삭히는데
이것이 오늘날의 오이소박이이다. 그 밖에 동치미, 배추김치, 용인
오이지, 겨울가지김치, 전복김치, 굴김치 등 오늘날의 김치가 거의
등장하고 있다.

고추를 사용하지 않은 백김치의 생성 시기는 「가포육영」을 쓴 이
규보의 사망 연도인 1241년으로 잡는다. 고추를 사용한 김치의
생성 시기는 『증보산림경제』의 편찬 연도인 1766년으로 잡는다.

잘못 쓴 예 선화공주는 백제 무왕의 왕비가 된 뒤에도 신라의 김치맛을 잊지
못하여 자주 그 이야기를 하곤 했다.

▶▶ 나침반(羅針盤)

생성 시기 중국 북송, 1095년(철종 소성 2).

유 래 11세기 중엽 북송의 심괄(沈括; 1031~1095)이 쓴 『몽계필담(夢溪筆談)』에 "물에 띄운 나침이 북쪽을 가리킨다."고 기록되어 있고, 12세기 초 주혹(朱彧)은 『평주가담(萍州可談)』에서 "항해에 이미 나침을 사용하였다."고 기록하고 있다. 심괄은 『몽계필담』에서 명주실에 자침을 달아매어 사용하는 방법을 기술하고 있으며, 방향을 더욱 상세히 알기 위하여 24방위로 분할했다. 바다를 항해할 때 자침을 사용한 것은 심괄 이후라고 한다. 아라비아의 선원이 자침을 항해에 사용하는 이 기술을 유럽에 전하였으며, 이것을 계기로 전 세계에 보급되었다. 다만 나침반을 심괄이 발명한 것은 아니므로 기원은 훨씬 더 오래되었을 것이다.

서기전 4세기경 춘추전국시대의 문헌 『귀곡자(鬼谷子)』에 "정(鄭)나라 사람들은 옥(玉)을 가지러 갈 때 길을 잃지 않도록 지남기(指南器)를 가지고 간다."는 구절이 나온다. 후한 때의 사상가 왕충(王充)이 90년경에 펴낸 『논형』에는 "국자를 물에 띄워놓으면 남쪽을 가리키면서 멈춰 선다."는 기록이 있고, 4세기경 갈홍(葛洪)이 쓴 『포박자(抱朴子)』에는 "철로 된 바늘에 머릿기름을 발라서 가만히 물 위에 놓으면 바늘을 물 위에 띄울 수 있다."는 내용이 있다.

진(晉)나라의 최표가 엮은 『고금주(古今注)』에, 황제(黃帝)가 치우(蚩尤)의 군사와 전쟁을 벌일 적에 치우가 만들어 피운 연막에 고전하다가 남쪽을 가리키는 지남차(指南車)를 만들어 가까스로 패전을 면했다는 기록이 있다. 또한 주나라의 주공(周公)이 서기전 12세기경에 지남차를 발명했다는 주장도 있고, 그 밖에 중국의 여러 과학자와 기술자들이 지남차를 만들거나 개량했다는 기록이 있다. 다만 이것이 나침반과 관련이 있는지는 확실하지 않다.

유럽의 경우 12세기경에 편찬된 문헌에 "아라비아인들은 바늘같이 생긴 자석을 밀짚에 꽂아 물 위에 띄워서 북쪽을 알아낸다."는 기록이 있다고 한다. 중국의 나침반이 아라비아의 선원들에 의해 서유럽에도 전래된 것이다. 자침과 방위표를 하나로 만들어서 운반이 가능한 나침반은 14세기경에 이탈리아에서 처음 제작되었고, 오늘날과 같은 모양의 나침반은 19세기 후반 영국의 물리학자 윌리엄 톰슨(William Thomson; 1824~1907)이 만들었다.

나침반이 지구의 남북을 가리키는 이유를 정확히 설명한 사람은 16세기 영국의 물리학자인 윌리엄 길버트(William Gilbert; 1540~1603)이다. 그는 나침반이 항상 북쪽을 가리키는 이유는 지구가 자기적인 성질을 가지고 있기 때문이라고 해석하여 지구가 일종의 커다란 자석이라는 사실을 밝혔다. 그러나 나침반이 가리키는 자북(磁北)과, 지구의 자전축에 따른 실제 북극인 진북(眞北)은 상당한 차이가 있다. 현재 자북은 대략 북위 78°, 서경 69°의 지점에 위치하고 있으며 해마다 조금씩 위치가 바뀐다. 앞서 언급한 심괄의 『몽계필담』에도 자석의 바늘이 남북을 가리키지만 진북과 자북이 다르다는 사실이 기술되어 있다.

이 문제는 독일 사람인 헤르만 안쉬츠 카엠페가 1906년에 자이로컴퍼스(Gyrocompass; 전륜 나침반)를 발명함으로써 해결되었다. 고속으로 회전하는 자이로스코프의 축에 추를 달면 지구의 자전에 영향을 받아 이 축은 자동적으로 지구의 자전축인 진북 방향을 가리킨다. 자기 나침반과 달리 편차도 없고 주변 자력에도 전혀 영향을 받지 않아서 요즘은 자이로컴퍼스를 쓰고 있다.

이 어휘의 생성 시기는 비록 심괄이 발명하지는 않았더라도 그의 저술이 나온 이후부터 나침반을 항해에 이용했으므로 그의 사망 연도인 1095년으로 잡는다.

▶▶ **만두(饅頭)**

생성 시기 중국, 위·촉·오 삼국시대, 225년.

　　　　　 고려, 1343년(충혜왕 복위 4) 11월 12일(음력 10월 25일).

유　래　송나라 때의 문헌인 『사물기원(事物紀元)』에 따르면 만두의 기원은
다음과 같다. 위·촉·오 삼국시대에 제갈량이 남만을 정벌하고 돌
아오는 길에 심한 풍랑을 만났다. 함께 있던 사람들이 남만의 풍
습에 따라 사람의 머리 아흔아홉 개를 물의 신에게 제사 지내야
한다고 했다. 그러자 제갈량이 밀가루로 사람의 머리 모양을 한
음식을 빚어 그것으로 제사를 지내자 풍랑이 가라앉았다. 이때 이
이름을 속일 만(瞞)과 음이 같은 '만(饅)'을 빌려 '만두(饅頭)'라 했다
한다. 제갈량이 남만을 정벌한 것은 유비가 죽은 직후인 225년이다.
이에 대해 이 어휘 발생을 제갈량의 남정에 둔 것은 『삼국지연의』를
쓴 소설가 나관중이 14세기 말 중국의 교자(餃子) 제조법을 소설에
허구로 써넣은 것일 뿐이라는 주장이 제기되고 있다. 이것이 사실
이라면 이 어휘의 생성 시기는 14세기 말이 된다.

한편 『고려사』에 충혜왕 때인 1343년 11월 12일(음력 10월 25일)에 내
주(內廚)에 들어가서 만두를 훔쳐 먹는 자를 처벌했다는 기록이 있
는 것으로 미루어 고려시대에 이미 전래되었음을 알 수 있다.

중국에서는 밀가루를 발효시켜 고기나 채소로 만든 소를 넣고
찐 것은 만두 또는 포자(包子)라 하고, 밀가루로 만든 얇은 껍질
에 소를 싸서 끓이거나 기름에 지지거나 찌는 것은 교자(餃子)라
하는데, 『고려사』에 기록된 만두는 어느 것을 가리키는지 알 수
없다. 다만 고려가요인 「쌍화점(雙花店)」에 나오는 쌍화가 밀가루
를 발효시켜 소를 넣고 찐 음식으로 조리법이 중국의 만두와 같

은 것으로 미루어 만두는 고려 때 그 명칭이 바뀌어 수입되었음을 알 수 있다.

조선시대의 기록에 보이는 만두는 주로 밀가루나 메밀가루를 반죽하여 소를 싸서 삶아낸 것으로 교자에 해당한다. 조선 중기까지도 만두는 상화(霜花, 床花)로, 교자는 만두로 명칭이 바뀌어 전해져 내려오다가 지금은 '상화'라는 명칭은 사라지고 '교자'만이 만두라는 명칭으로 이어져오고 있다.

잘못 쓴 예   한강 유역을 쳐 후고구려를 세운 궁예는 그 싸움의 와중에서 죽은 원혼들을 위로하기 위하여 사람의 머리만 한 만두를 만들어 제사를 지내는 정성을 보이기도 했다.

▶▶   **모시**

생성 시기   고려, 1103년(숙종 8) 8월 18일(음력 7월 14일).

유 래   모시는 모시풀의 인피섬유로 짠 직물로 저마(苧麻)라고도 한다. 『계림유사』에 '저왈모저포왈모시배(苧曰毛苧布曰毛施背)'라고 기록되어 있어 일찍이 고려시대에도 저마 섬유를 '모', 저마포를 '모시배'라고 일컬었음을 알 수 있다. 특히 모시는 소박, 섬세, 단아, 청아함을 복식미의 극치로 여긴 우리 민족이 가장 선호한 직물이었다.

『계림유사』는 고려 15대 숙종 8년(1103)에 사신으로 왔던 송나라의 손목이 고려에서 듣고 본 내용을 책으로 엮은 것이다. 따라서 이 책에 실린 고려어의 생성 시기는 1103년 7월 10일(음력 6월 5일)부터 8월 18일(음력 7월 14일)까지 손목이 문서기록관인 서장관으로 고려를 다녀간 기간이므로, 그 마지막 날인 8월 18일로 잡는다. 물론 기록상 연대일 뿐 모시는 훨씬 더 이전에 이용되었을 것은 자명한 사실이다.

한편 세저, 문저포, 사저포는 고려의 특산 저포로서 섬세한 공력으로 제직된 것이다. 이와 같은 모시의 제직 기록을 통하여 고려 시대가 섬세한 모시 직물 제직의 최성기였음을 알 수 있다.

모시의 생산 지역은 충청도와 전라도 지역으로 국한되어 있었다. 특히 충청도 서천 지역의 모시가 품질과 제직 기술이 뛰어난 것으로 알려져 있는데 그중에서도 한산의 세모시가 유명하다. 한산의 세모시 짜기는 중요무형문화재로 지정되어 모시의 재배, 제사, 제직의 기능을 이어가고 있다.

잘못 쓴 예 제천행사 때 하늘하늘한 세모시로 만든 남색 쾌자를 입은 박수가 훌쩍훌쩍 뛰어오를 때마다 부여 사람들은 하늘에 대고 큰 절을 넙죽넙죽 해대는 것이었다.

▶▶ 목면(木綿)/무명

생성 시기 목면_ 백제, 567년(위덕왕 14).
무명_ 중국 원나라, 1296년(성종 원정 2).
고려, 1367년(공민왕 16) 음력 2월.

유 래 부여 능산리 절터에서 백제시대 면직물이 발견되어 우리나라 면직물의 역사는 이제 백제시대까지 당겨지게 되었다. 같은 유적층에서 출토된 '창왕명사리감'의 제작 연대가 567년이므로 이 면직물이 묻힌 시기도 같을 것으로 본다. 따라서 그 이전에도 백제에서는 면직물을 썼으리라고 추정하지만 역사 기록에 따라 그 발생 시기를 567년으로 잡는다.

신라의 경우 『삼국사기』 「신라본기」 '경문왕 9년(869)조에, 이해 가을 7월에 신라가 왕자이면서 소판(蘇判)인 김윤(金胤) 등을 당나라에 보내 사은(謝恩)하는 한편, 그 표시로 받들어 올린 물품 내역을 이

례적으로 상세히 공개한다. 이에 따르면 신라가 공물로 보낸 물품은 말 2필, 금 100량, 은 200량, 우황 15량, 인삼 100근, 대화어아금(大花魚牙錦) 10필, 소화어아금(小花魚牙錦) 10필, 조하금(朝霞錦) 20필, 사십승백첩포(四十升白氎布) 40필, 삼십승저삼단(三十升紵衫段) 40필, 사척오촌두발(四尺五寸頭髮) 150량, 삼척오촌두발(三尺五寸頭髮) 300량 등이다.

당나라의 장초금이 지은 『한원(翰苑)』에, 지금은 사라진 『고려기(高麗記)』라는 책을 인용해 고구려 사람들이 백첩포(白氎布)를 만들었다는 기록이 있다.

이에 대해 학자들은 문익점이 들여온 목화는 대량 생산이 가능한 인도종이고, 그 이전에는 아프리카에서 중앙아시아를 거쳐 들어온 품종이 재배됐던 것으로 추정한다. 따라서 무명의 역사를 백제시대로 올릴 수는 없고, 목면(木綿)과 무명의 어원을 따로 두기로 한다. 목면의 다른 이름인 무명의 어원은 다음과 같다.

문익점(文益漸; 1329~1398)은 1363년 서장관으로 원나라에 갔는데, 원나라는 그에게 공민왕을 끌어내리고 덕흥군(德興君; 충선왕의 셋째 아들로 공민왕 즉위 후 원나라로 달아남)을 옹립하라는 명령을 내렸다. 이 과정에서 3년간 중국에 머물던 그는 1367년 2월(음력)에 목화씨를 가지고 귀국했으나 덕흥군을 지지했다는 죄목으로 파직되어 낙향했다. 이때부터 그는 장인 정천익(鄭天益)과 함께 목화의 시험 재배에 나서 3년 만에 성공함으로써 우리나라 목면의 역사가 시작되었다. 문익점은 목면을 보급한 공으로 1375년(우왕 1) 전의주부가 되었다. 목화의 전래와 재배, 가공 등에 대한 내용이 『목면화기(木棉花記)』에 실려 있다.

목면을 '무명'이라 부르게 된 것은 문익점이 목화 재배에 성공한 뒤 왕이 "그 이름을 무엇이라고 하느냐?"고 묻자 문익점이 원나라에서 들었던 대로 '무미엔'이라고 했다는 것이다. 무미엔은 목면의 중국 발음이다. 이 '무미엔'이라는 발음을 그대로 받아들여 비슷한 발음이 나는 한자 '무명(武名)'으로 쓰게 된 것이다. 그러므로 '무명'은 오로지 소리만 의미가 있을 뿐 한자의 뜻은 전혀 없는 글자이다. 다른 어원으로 문익점의 손자 문영의 이름에서 비롯되었다는 설이 있는데 민간어원설일 뿐이다.

한편 무명은 『중국고대과학가전기』에 따르면 원나라 초기의 여성인 황도파(黃道婆)가 처음 개발했다고 한다. 황도파는 지금의 하이난성 야현에서 그곳에 사는 여족(黎族)으로부터 방직 기술을 배웠고, 1295~6년쯤 고향으로 돌아와 방직 기술을 발전시켰다고 한다. 이 지방에서는 일찍이 황도파를 '방직의 신'으로 모셨고, 1334년에 사당을 세웠다. 현재 상하이시 남구에 선면사(先棉祠)가 남아 있다. 이에 중국에서 무명이 나온 연도는 1296년으로 잡는다. 그러고 보면 면직 기술은 원나라에서 일어난 지 80여 년 만에 우리나라에 전래된 셈이다.

잘못 쓴 예 단군은 한겨울임에도 따뜻한 솜옷을 입고 신시 아래에 우뚝 서서 백성들을 향해 말했다.

▶▶ **물레**

생성 시기 고려, 1375년(우왕 1).

유 래 솜으로 실을 잣는 재래식 기구인 물레는 우리나라에 목화를 들여온 문익점의 장인 정천익이 처음 원나라 승려 홍원(弘願)에게 씨를 빼는 법을 배워 만들었다고 한다. 그러나 물레는 그 훨씬 이전인 김해토기에서부터 여러 가지 형태로 발견되고 있어 그 이전부터 존재했으리라는 추정이 가능하다.

문익점의 손자 문래(文來)가 목화에서 씨를 뽑는 기계인 씨아를 만들었기 때문에 그의 이름을 따서 물레라고 했다는 설도 있다. 다른 기록에는 문래가 정천익의 아들이라고도 하는데, 확인되지 않은 사실이다.

따라서 문익점과 정천익이 산청에서 목화 재배에 성공한 해를 그 시점으로 잡는다. 문익점은 이미 원나라에 3년간 머물 때 목화를 잣고 무명으로 옷을 짓는 기술을 직접 보았기 때문에 목화씨를 들여왔으며, 정천익이 원나라 승려로부터 그 기술을 배웠다는 기록으로 보아 어떤 형태로든 그들이 기구를 만들었을 것으로 보기 때문이다.

▶▶ **미장이**

생성 시기 고려, 1392년(공양왕 4).

유 래 옛날에는 '이장(泥匠)'으로 적었다. 미장이는 주로 석회, 모래, 진흙 따위의 반죽으로 담장이나 벽, 부뚜막을 바르는 일을 했다. 『고려사』 「식화지」 '녹봉조(祿俸條)'에 따르면 당시 10개 수공업 관청의 61개 업종과 96명의 상층 수공업자 가운데 미장이는 도교서에 딸려 있었다.

집을 지을 때 기둥을 세우고 지붕을 덮고 나면 미장이가 벽을 치는 공사를 시작한다. 흙체로 쳐낸 차진 흙을 물로 이겨서 흙손으로 중깃(벽 사이에 윗가지를 대고 엮기 위하여 듬성듬성 세우는 가는 기둥)의 안쪽을 바른다. 이를 초벽질이라 하며 바깥쪽을 바르는 일을 맞벽질, 이 맞벽질이 끝난 다음 안팎으로 하는 벽질을 재벽질이라 한다. 이 밖에도 집을 잘 지을 때에는 가는 모래가 섞인 진흙으로 사벽질을 한 다음 다시 회, 벽토, 가는 모래를 버무려 발라 마감한다. 능숙한 미장이는 큰 집 일을 마칠 때까지 한 점의 흙도 흘리지 않는 것을 자랑으로 여긴다.

『고려사』의 기록으로 미루어 이 어휘의 생성 시기는 고려가 망한 1392년으로 잡는다. 그러나 고려 전기까지 거슬러 올라갈 수 있다.

잘못 쓴 예 황룡사를 세울 때 온 나라의 내로라하는 석수들과 목수들, 미장이들이 동원되었는데, 그 수가 수백 명에 이르렀다고 한다.

▶▶ **바둑**

생성 시기 중국, 945년[후진(後晉) 출제 개운 2, 요(遼) 태종 8].

유 래 바둑이라는 말은 한자 '위기(圍碁)'와 순수한 우리말인 바돌·바독·바둑 등으로 불려오다가 광복 후부터 바둑으로 통일되어 오늘에 이르고 있다.

바둑의 유래는 매우 오래되었다. 중국 사료에는 문자가 생기기 이전인 4300여 년 전에 발생했다고 전해오지만 확실한 고증은 없다. 하나라 걸왕이 석주에게 명하여 만들었다고 하고, 요(堯)임금과 순(舜)임금이 아들의 지혜를 계발시키려고 바둑을 가르쳤다는 설화도 있다. 또 바둑판의 구조가 『주역』의 이치와 서로 통하므로 바둑의 기원이 『주역』의 발생과 때를 같이했으리라는 설도 있다.

바둑이 우리나라에 전래된 시기 역시 확실하지 않다. 그러나 우리나라의 바둑사는 삼국시대부터 더듬어볼 수 있다. 중국의 『구당서』「고구려전」에 "위기(圍碁)·투호(投壺) 등의 놀이를 좋아하고, 축국(蹴鞠)에도 능하다."는 대목이 있다. 또 『후한서』에는 "백제의 풍속은 말 타고 활 쏘는 것을 중히 여기며, 역사 서적도 사랑한다. 그리고 바둑 두는 것을 숭상한다."고 기록되어 있다.

우리나라에서는 광복 이전까지 순장(順丈)바둑이라는 재래식 바둑을 두었다. 이 순장바둑을 언제부터 두기 시작했는지는 문헌으로 기록된 것이 없어서 알 수가 없다. 순장바둑은 광복과 함께 자취를 감추었다.

이 어휘의 생성 시기는 『구당서』의 편찬 시기로 잡는다. 그러나 실제 도입 시기는 후한 삼국시대까지 거슬러 올라가는 것으로 추정한다. 『구당서』는 940년에 편찬을 시작하여 945년에 완성한 당나라의 정사로 이세민(고조)의 건국(618)에서부터 애제(哀帝)의 망국(907)까지 21제(帝) 290년 동안의 당나라 역사 기록이다.

잘못 쓴 예   옥저 사람들은 바둑 두는 것을 숭상하였다는 기록이 전해 내려온다.

▶▶   **배추**

생성 시기   고려, 1236년(고종 23).

유 래   본래는 줄기가 하얀 채소라고 하여 백채(白菜)라고 불렀다. 중국이 원산지이며 우리나라에는 고려시대에 들어온 것으로 추정된다.

배추의 기원은 중국 남북조시대에 순무가 분화 육성된 '숭(菘)'이라는 채소로, 당시는 잎이 벌어진 채소였다. 이 채소가 추위에도 소나무처럼 잘 견딘다고 하여 붙인 이름인 듯하다. 줄기가 흰색이어서 달리 백채로 불리다가 우리나라에 들어와서 '배추'로 정착되었다. 우리나라 문헌에는 1236년(고종 23)에 편찬한 『향약구급방』에 배추와 관련된 어휘인 숭(菘)이 처음으로 등장한다. 그 당시에는 채소가 아닌 약초로 이용되었다고 한다. 『훈몽자회』(1527)에는 숭채(菘菜) 관련 기록이 있다. 중국에서 들여온 무역품의 하나로 숭채 종자가 포함되어 있었을 것으로 추정되고, 그 후 중종 때(1533)와 선조 때에도 숭채 종자가 중국으로부터 수입되었다. 1610년 허균이 쓴 『한정록』 권17 「치농편」에 숭채와 함께 배추가 처음으로 등장하는데 7~8월에 파종한다고 기록되어 있다. 이 밖에 박세당(1629~1703)의 『색

경』, 박지원(1737~1805)의 『연암집』, 홍석모의 『동국세시기』 등에도 배
추에 대한 기록이 있다.

신라인들은 배추를 많이 심어 겨울이면 김치를 담가 먹었다.

▶▶ 보라

생성 시기　고려, 1231년(고종 18).

유　　래　순 우리말로 알고 있는 보라색은 그 어원이 몽골어에 닿아 있다.
몽골의 지배를 받던 고려시대에는 여러 가지 몽골 풍습이 성행했
는데 그중 하나가 매를 길들여서 사냥을 하는 매사냥이었다. 이때
사냥을 잘하는 매가 여러 종 있었고, 그중에 널리 알려진 것이 송
골매라 불리는 해동청과 보라매였다. 보라매는 앞가슴에 난 털이
담홍색, 즉 보랏빛이라 붙여진 이름으로 몽골어 '보로(boro)'에서 온
말이다.
따라서 몽골어가 들어온 최초 시기는 1231년(고종 18) 살리타이가 이
끄는 몽골군에게 개경이 함락될 위기 때 고려의 화친 제의로 몽골
군이 서경을 비롯한 서북면 지역에 72명의 다루가치를 설치한 시기
부터라고 할 수 있다.

▶▶ 복마전(伏魔殿)

생성 시기　중국 명나라, 1370년(홍무제 3).

유　　래　마귀가 숨어 있는 전각이다. 나쁜 일이나 음모가 끊임없이 행해지
고 있는 악의 근거지라는 뜻이다.
출전은 소설 『수호지』이다. 북송 인종 때에 온 나라에 전염병이 돌
았다. 이에 인종은 전염병을 물리쳐달라는 기도를 부탁하러 신주

의 용호산에 은거하고 있는 장진인(張眞人)에게 홍신(洪信)을 보냈다. 용호산에 도착한 홍신은 장진인이 외출한 사이 이곳저곳을 구경하다가 우연히 '복마지전(伏魔之殿)'이라는 현판이 걸린 전각을 보았고, 호기심이 발동한 홍신은 주위의 만류를 뿌리치고 문을 열고 석비(石碑)를 들추었다. 그러자 안에 갇혀 있던 마왕 108명이 뛰쳐나왔다는 것이다.

따라서 이 어휘의 생성 시기는 『수호지』의 저자인 시자안[施子安; 자(字)는 내암(耐庵)이다]이 원나라 말기에서 명나라 초기 사람이므로, 그가 죽은 1370년으로 잡는다. 시자안은 장쑤성 화이안[淮安]에서 태어나 35세에 진사가 되었으나 2년 후 관직을 버리고 쑤저우[蘇州]에 칩거하며 문학 창작에 전념한 것으로 알려져 있는 인물이다. 장사성의 난에 가담했던 것으로 알려져 있을 뿐 이력은 거의 알려지지 않았다.

▶▶   **불꽃놀이**

생성 시기   고려, 1377년경(우왕 3).

유   래   불꽃놀이는 7세기경 수나라 양제 시절부터 있었으나 본격적인 불꽃놀이가 시작된 것은 화약 제조술이 발전한 13세기에 이르러서라고 한다.

우리나라에서는 고려 때 화통도감을 설치해 화약을 독자적으로 제조한 1377년경부터 궁정에서 화산희(火山戲)라는 불꽃놀이가 행해졌다. 이후 화약무기가 발달했던 조선 태종 때에는 불꽃놀이가 성행하여 연례행사가 되기도 했다. 세종 때에는 화약 제조술이 명나라를 능가하여 기술 보안을 위해 불꽃놀이를 금지했다.

잘못 쓴 예   통일신라시대 경덕왕 대에 희명이라는 여인의 아이가, 난 지 5년 만

133

에 갑자기 눈이 멀었다. 하루는 그의 어머니가 아이를 안고 분황사 천수대비상 앞에 가서 아이에게 노래를 지어 부처님께 빌게 하였더니 드디어 광명을 되찾았다. 마침 그날 밤, 분황사에서 불꽃놀이를 한다는 이야기를 듣고 그 자리에 참석한 희명과 그의 아들은 오색이 영롱한 불꽃을 바라보며 감사의 눈물을 흘리면서 부처님의 은혜에 감사드렸다. (불꽃놀이→연등놀이)

▶▶ **사돈(查頓)**

생성 시기 고려, 1231년(고종 18).

유   래 혼인한 두 집의 부모나 항렬이 같은 사람끼리 서로 부르는 호칭이다. 만주어는 '사둔', 몽골어는 '사든'이다. 이로 보아 고려 때부터 써온 말인 듯하다. 따라서 몽골어가 들어온 최초 시기는 앞서 나온 설명대로 1231년(고종 18)으로 잡는다. 사돈은 중국에서는 쓰지 않고 우리나라에서만 쓰는 말이다.

잘못 쓴 예 김유신의 아버지인 김서현과 진평대왕의 사위이자 김춘추의 아버지인 김용수는 서로 "사돈, 사돈!" 하며 오갔던 기록이 전해진다.

▶▶ **상추**

생성 시기 고려, 1236년(고종 23).

유   래 고려시대에 간행한 한의서인 『향약구급방』에 처음 등장한 어휘다. 날로 먹을 수 있는 생채(生彩)의 발음이 상추로 변화된 것이라고 한다.
고려시대 중국 원나라에 팔려 갔던 고려 여인은 고향이 그리워 고려 상추씨를 심어 상추쌈을 즐겨 먹으며 향수를 달랬다고 했다. 본래 상추는 중국에서 고려로 들어왔지만 그 맛은 고려 상추가 월등

해서 값이 천정부지였다고 한다. 그런 까닭에 고려 상추는 천금채(千金菜)라는 별명을 얻었다고 한다.

잘못 쓴 예 계백 장군은 황산벌 전투를 앞두고 군량 보급이 용이하지 않자 농부들이 심어놓은 보리, 파, 상추 따위를 뜯어 먹게 했다.

▶▶ **샌님**

생성 시기 고려, 1147년(의종 1).

유   래 샌님은 생원(生員)님이 줄어서 된 말이다. 생원은 원래 과거의 소과(小科)에 합격한 사람을 일컫는 말이었는데, 후대로 오면서 나이 많은 사람을 대접하는 존칭으로 쓰이곤 했다. 생원은 대개 공부도 많이 하고 행실도 점잖은 경우가 많기 때문에 그같이 점잖은 사람을 가리켜 생원님이라 부르게 된 것이다.

생원을 뽑는 시험을 승보시(陞補試)라고 하는데, 고려 의종 때인 1147년에 처음으로 실시되어 이해 첫 생원이 배출되었다.

▶▶ **설렁탕**

생성 시기 고려, 1231년(고종 18).

유   래 고기를 맹물에 끓이는 몽골 요리인 '슈루'가 고려 때 우리나라에 들어와 설렁탕이 되었다고 한다. 『몽어유해(蒙語類解)』에는 고기 삶은 물인 공탕(空湯)을 몽골어로 '슈루'라 한다고 되어 있고, 『방언집석(方言輯釋)』에는 공탕을 한나라에서는 콩탕, 청나라에서는 실러, 몽골에서는 슐루라고 한다고 기록되어 있다. '실러' '슐루'가 설렁탕이 되었다는 것이다.

따라서 몽골어가 들어온 최초 시기는 앞서 '보라' 항목에서 설명한 대로 1231년(고종 18)으로 잡는다.

또 다른 어원설도 있다. 조선시대에 왕이 선농단(先農壇)으로 거둥하여 생쌀과 기장과 소와 돼지를 놓고 큰 제사를 올린 다음 친히 밭을 갈았던 행사가 있었다. 왕의 친경(親耕)이 끝나면 미리 준비해 둔 가마솥에 쌀과 기장으로 밥을 하고 소로는 국을 끓였다. 이렇게 끓인 희생 소고기국을 60세 이상의 노인을 불러 먹였는데, 선농단에서 행해진 행사에서 비롯되었기 때문에 이 국을 설렁탕이라 부르게 되었다고도 한다.

잘못 쓴 예　고려 태조 왕건은 평소에 설렁탕을 즐겨 먹었다.

▶▶　　**설탕**

생성 시기　고려, 1260년(원종 1).

유　　래　설탕은 당나라와 왕래가 잦았던 삼국시대나 통일신라시대에 전래되었을 것으로 추측되나 문헌상의 기록을 발견할 수 없다. 고려시대에 들어서 비로소 설탕에 관한 문헌 기록을 찾아볼 수 있다.

고려 명종 때 이인로(李仁老)가 지은 『파한집(破閑集)』에, 고려 때 승려 혜소(惠素)가 임금에게 화엄경을 강론하고 얻은 돈으로 설탕 100 덩어리를 사서 방 안에 쌓아두었다는 기록이 있다.

설탕은 후추와 함께 송나라로부터 들어왔으며, 그 당시에는 약재로만 사용되다가 점차 일부 상류층에서 기호품으로 이용했다. 우리나라에서 사탕무를 제당 원료로 사용한 것은 19세기 초부터이다. 그러나 오늘날에는 경제성이 없어서 생산이 거의 중단된 상태이다.

『파한집』은 1260년에 간행되었으므로 이해를 생성 시기로 잡는다.

잘못 쓴 예　고조선 때 곽리자고의 아내 여옥이 설탕을 나무 그릇에 담고 있는

데, 남편 곽리자고가 눈시울을 붉히며 집 안으로 들어와, 물에 빠져 죽은 남편을 위하여 공후를 연주하는 여자를 보았다는 이야기를 해주었다.

▶▶ **소주(燒酒)**

생성 시기   고려, 1231년(고종 18).

유   래   알코올류인 소주가 우리나라에 들어온 것은 고려 후기로서 원나라에서 처음 수입되었다.

알코올의 증류법은 원래 아라비아의 명의인 아비센나(Avicenna)가 발명했는데 원나라에서 이 증류법을 이용하여 소주를 만들었다.

우리나라 문헌에서 소주라는 말은 『고려사』 「열전」 권26 '최영조'에 처음 보인다. 『태조실록』에는 1393년 12월에 태조의 맏아들 방우(芳雨)가 소주를 매일 마셔 병들어 죽었다는 기록이 있다. 하지만 소주는 몽골에서 들어온 사실이 명백하므로 이보다 더 앞서는 시기로 잡아야 한다. 따라서 몽골어가 들어온 최초 시기는 앞서 '보라' 항목에서 설명한 대로 1231년(고종 18)으로 잡는다.

잘못 쓴 예   친아들에게 배반당하고 왕건에게 빌붙어 사는 신세가 된 견훤은 매일매일 소주를 마시며 화를 삭이곤 했다.

▶▶ **속담(俗談)**

생성 시기   고려, 1285년(충렬왕 11).

유   래   우리나라에서 '속담'이란 말이 처음 쓰이기 시작한 것은 조선 중기 『어우야담』이나 『동문유해(同文類解)』 같은 책이지만 실제로 속담이 쓰인 것은 그보다 훨씬 앞선 시기로 추측한다.

문헌에 나타난 최초의 속담은 『삼국유사』 권5의 '욱면비염불서승(郁面婢念佛西昇)'이라는 설화에 나오는 '내 일 바빠 한댁(大家) 방아 서두른다'는 속담이다. 자기 일을 하기 위해 어쩔 수 없이 남의 일을 먼저 서둘러 한다는 뜻이다.

따라서 이 어휘의 생성 시기는 『삼국유사』가 편찬된 1285년으로 잡는다. 다만 삼국시대에 이미 속담이 발생했을 것으로 추정한다.

잘못 쓴 예 삼국시대에는 이미 '가는 말이 고와야 오는 말이 곱다.' '윗물이 맑아야 아랫물이 맑다.'는 속담이 유행하였다는 학자들의 주장이 있다.

▶▶ **수라(水刺)**

생성 시기 고려, 1231년(고종 18).

유   래 임금의 진지를 가리키는 '수라'는 몽골어 '술런'에서 온 것으로 본다. 원나라의 지배를 받던 고려시대에 태자들이 원나라에 볼모로 잡혀 갔다가 돌아와서 왕위에 올랐는데, 이때 들어온 말로 보인다. 한자로는 '水刺'로 적는데, 이는 단지 '수라'를 한자식으로 표기한 것일 뿐 별다른 뜻이 있는 말은 아니다.

따라서 몽골어가 들어온 최초 시기는 앞서 '보라' 항목에서 설명한 대로 1231년(고종 18)으로 잡는다. 다만 수라 같은 궁중용어가 쓰이기 시작한 때는 몽골인 공주들이 고려 왕의 왕후로 오면서부터일 것으로 추정한다. 즉 원나라 세조 쿠빌라이의 딸 제국대장공주와 결혼한 충렬왕이 즉위한 1236년부터 상당수 몽골어가 궁중용어로 쓰이기 시작했을 것으로 본다.

잘못 쓴 예 저녁때가 되어 김유신이 궁에 들어오자 무열왕 김춘추는 수라를 함께 먹었다.

▶▶ **수박**

생성 시기 고려 1291년(충렬왕 17).

유   래 원산지는 열대 아프리카로 추정되며, 고대 이집트에서도 재배했다. 900년경에 중국에 전래되었고 우리나라에는 고려 때 들어온 것으로 추정된다.

조선시대의 문신 허균이 지은 『도문대작(屠門大嚼)』의 기록에 따르면, 고려를 배신하고 몽골에 귀화하여 고려 사람을 괴롭힌 홍다구(洪茶丘; 1244~1291)가 처음으로 개성에다 수박을 심었다. 이 때문에 수박이 들어온 초기에는 수박을 즐겨 먹는 사람이 드물었다고 한다. 따라서 이 어휘의 생성 시기는 홍다구의 사망 연도로 잡는다.

잘못 쓴 예 요석공주는 임신 초기에 입덧을 하면서 계속 시원한 수박만 찾았다.

▶▶ **시치미 떼다**

생성 시기 고려, 1231년(고종 18).

유   래 몽골의 지배를 받던 고려시대에 매사냥이 성행했다. 어느 정도였는가 하면 사냥매를 사육하는 응방이란 직소가 따로 있을 정도였다. 당시 궁궐에서부터 시작된 매사냥은 귀족사회로까지 번져나가 많은 이들이 매사냥을 즐겼다. 이렇게 매사냥 인구가 늘어나다 보니 길들인 사냥매를 도둑맞는 일이 잦아졌다. 이 때문에 서로 자기 매에게 특별한 꼬리표를 달아 표시했는데 그것을 '시치미'라고 했다. 이처럼 누구의 소유임을 알려주는 시치미를 떼면 누구의 매인지 알 수 없게 되어버린다는 데서 '시치미를 뗀다'는 말이 나왔다.

따라서 몽골어가 들어온 최초 시기는 앞서 '보라'항목에서 설명한 대로 1231년(고종 18)으로 잡는다.

약방(藥房)

생성 시기 고려, 990년(성종 8).

유　래 약방은 약사가 아닌 의약품 취급업자 중에서 약종상(藥種商)이 경영하던 영업소를 가리키는 말이다. 그러나 역사에 나타나는 약방은 오늘날의 개념과는 전혀 다르다.

고려 성종 8년(990)에 상약국(尙藥局)이 설치되어 충선왕까지 존속되다가 일시적으로 봉의서(奉醫署)로 개칭되었다. 이후 다시 상약국·전의시(典醫寺)로 바뀌었고, 1391년(공양왕 3) 전의시에 폐합되었다.

조선시대에는 전의감(典醫監) 소속 내약방(內藥房)이 되었으며, 1443년(세종 25)에 내의원(內醫院)으로 되었다. 내의원은 1894년(고종 31) 관제개혁에 따라 제거(提擧)·태의(太醫) 등을 배치하였다가 그 이듬해 전의사(典醫司)로 개칭하여 시종원(侍從院)에 소속시켰다가 1896년에는 태의원(太醫院)으로 개칭하고, 1910년 국권피탈 뒤에는 태의원을 폐하고 이왕직전의국(李王職典醫局)이 되었다.

잘못 쓴 예 1003년 제주도에서는 한라산의 화산이 분출하는 바람에 부상자가 속출하여 약방에 있는 약이 동나버렸다.

▶▶ **양반(兩班)**

생성 시기 고려, 976년(경종 1).

유　래 동반(東班)과 서반(西班)을 아울러 이르는 말이다. 문반(文班)은 주로 도성의 동쪽에 살고 무반(武班)은 서쪽에 살았다 하여 붙은 말이다. 관직을 얻으면 문반이나 무반 둘 중 하나에 속하게 되므로 벼슬아치라면 누구나 양반 중의 한 반이 된다. 그러므로 양반이란 벼슬아치를 나타내는 말이 되었다.

문반과 무반을 처음으로 구별한 것은 고려 경종 1년(976)에 실시된 전시과(田柴科)부터였다. 이 시기 전시과의 문반·무반·잡업의 구분은 전시 지급을 위한 편의적인 구분이었는데, 문반과 무반의 문자상 기원이 여기서 비롯되었다.

조선 초기까지만 해도 벼슬에 나아가는 것이 양반이 되는 기본 조건이었으나 16세기 이후부터 양반층이 확대되면서 모든 양반층이 다 4대조 내에 벼슬을 한 조상이 없는 경우도 있게 되었다.

구한말과 일제강점기를 거치면서 양반의 개념은 크게 변화하지 않을 수 없었다. 조선 후기에 이미 공명첩(空名帖), 관직 매매, 족보 위조 등을 통하여 양반의 수는 매우 늘어나게 되었다. 그리하여 같은 양반 중에는 대가(大家)·세가(世家)·향반(鄕班)·잔반(殘班)의 구분이 생기고, 이에 따라 나라에 공로가 없거나 벼슬을 하지 못한 양반은 대우를 제대로 받을 수 없었다.

이러한 현상은 구한말에 이르러 전통적인 신분체제가 붕괴되면서 더욱 심해져 양반이라는 칭호가 심지어는 '이 양반' '저 양반' 하는 대인칭(對人稱)으로 격하되기까지 했다. 그러나 이러한 대칭으로서의 양반 칭호는 양반의 본래의 개념이 아니었음은 물론이다.

잘못 쓴 예 신라 때, 김대성이라는 가난한 집의 아이가 있었는데 절에 큰 시주를 하고 나서 얼마 지나지 않아 죽고 말았다. 그런데 그날 밤, 서라벌에 사는 김문량이라는 양반집 하늘에서 "대성이라는 아이가 이제 너희 집에 의탁하려 한다."는 외침 소리가 들려왔다.

▶▶　**엽전(葉錢)**

생성 시기　고려, 996년(성종 15).

유　　래　우리나라에서 정책적으로 화폐를 만들어 쓰기 시작한 것은 고려

141

시대인 996년으로 거슬러 올라간다. 연대가 확실치는 않으나 고려시대에는 동국통보, 동국중보, 해동통보 등의 엽전이 유통되었다. 그러나 사회경제적 조건의 미숙 등으로 화폐 유통이 활발히 이루어지지 않았다. 이후 조선시대에 들어 임진왜란이 끝나고 상품 교환경제가 일어나는 17세기 초부터 다시 엽전의 주조와 통용이 활발해졌다. 1678년 (숙종 4)에 상평통보를 법정화폐로 주조해 유통시키면서부터 화폐경제의 확대와 보급이 급격히 이루어졌다. 조선의 유일한 화폐로 유통되어오던 상평통보는 1894년 주조가 중단되었다.

잘못 쓴 예 자식들한테 버림받고 말년에 창질에 걸려 쓸쓸히 죽은 견훤의 유품으로는 고리궤짝에 들은 엽전 한 꾸러미가 전부였다.

▶▶ **율무**

생성 시기 고려, 1078년(문종 32).

유　래 원산지는 동남아시아 또는 중국으로 알려져 있으며, 우리나라에는 고려 문종 때 송나라에서 들어온 기록이 있다. 임진왜란 때 가토 기요마사[加藤淸正]가 일본으로 가져갔다는 기록이 있는 것으로 보아 우리나라에서는 일찍부터 재배되었고, 조선 중기에는 더 많이 재배되었던 것으로 보인다. 과거에는 곡물로 이용되었지만 지금은 율무차 등으로 개발되어 가공식품으로 많이 쓰이고 있다. 각종 성인병 예방에 효과가 있어 한방에서는 의이인(薏苡仁)이라 하여 약재로 사용한다.

잘못 쓴 예 마의태자가 길을 떠나려 하자 스님 한 분이 율무로 만든 백팔염주를 건네주었다.

▶▶ **족두리**

<u>생성 시기</u> 고려 후기.

<u>유   래</u> 족두리라는 말은 고려 때 원나라에서 왕비에게 준 고고리(古古里)
가 와전된 것으로 추정된다. 이 족두리를 사용하기 시작한 것은 원
나라 왕실과 혼인이 많았던 고려 후기로 볼 수 있다. 고려시대의
족두리는 조선시대의 것보다 모양이 크고 높이도 높았던 것으로
추측된다. 조선시대에 와서는 그 양식이 점점 작아지고 위와 아래
가 거의 밋밋하게 비슷해졌다. 영조와 정조 시대에는 가체를 금지
하면서 족두리의 사용을 장려했다.

<u>잘못 쓴 예</u> 김춘추와 김유신의 동생 문희가 혼인하는 날 신부인 문희는 화려
한 활옷을 입고 연지곤지를 찍고 족두리를 했다.

▶▶ **중구난방**(衆口難防)

<u>생성 시기</u> 중국 남송, 1279년(위왕 상흥 2).

<u>유   래</u> 주나라 10대 여왕(厲王)은 폭군이었다. 정사를 비방하는 자가 있으
면 적발해서 죽였고, 더욱이 밀고자를 포상하는 제도를 만들어 충
신들도 많이 죽였다. 신하들과 백성들은 공포정치에 질려 말도 제
대로 할 수 없게 되었다.
사마천의 『사기』「주본기(周本紀)」에 소공(召公)이 충간한 이야기가
다음과 같다.
"어떻소? 내 정치하는 솜씨가! 나를 비방하는 자가 한 사람도 없지
않소."
소공은 기가 막혔다.
"겨우 비방을 막은 것에 불과합니다. 백성의 입을 막는 것은 둑으
로 물을 막는 것보다 더 어렵습니다. 물이 막히면 언젠가 둑을 무

너뜨릴 것입니다. 그렇게 되면 많은 인명이 상하게 됩니다. 따라서 제방을 쌓아도 그 물길만은 알맞게 열어두어야 하는 것입니다. 백성의 입을 막는 것도 같은 이치입니다. 제방의 물길을 어느 정도는 열어야 하듯이 백성을 다스리는 사람은 백성들이 마음 놓고 말할 수 있게 해야 합니다."

그러나 여왕은 소공의 충언을 듣지 않았다.

소공이 우려했던 대로 서기전 841년에 신하들이 반기를 들자 백성들이 호응하여 여왕을 체 땅으로 추방시켜 거기서 죽을 때까지 살아야 했다. 이렇게 해서 주나라는 소공과 주공(周公) 두 사람이 14년간 공화정을 폈다.

중구난방이라는 어휘가 직접 등장한 것은 『십팔사략(十八史略)』이 나온 뒤였다. 이 책에는 춘추시대 송나라의 화원이라는 관리 이야기가 실려 있다. 그는 성을 쌓는 일을 독려하고 있었는데 그가 한때 적국의 포로로 있다가 풀려났다는 사실이 알려지자 일꾼들이 그를 비웃고 비난했다.

그러나 그는 주나라 여왕의 고사(故事)를 잘 알고 있었기 때문에 화를 내지 않고 "여러 사람의 입은 막기 어렵다(衆口難防)."고 하고는, 아랫사람과 상의해서 공사를 진행하면서 자신은 일체 일선에 나서지 않고 작업장에는 얼씬도 하지 않았다. 이를 보고 사람들이 비로소 그의 인격을 인정하여 무난히 성을 쌓게 되었다는 이야기다.

또 다른 이야기도 전한다. 진(秦)나라 소양왕(昭襄王) 때 조나라 서울 한단을 치러 온 장수 왕계가 군심을 얻지 못했다. 그때 장모(莊某)라는 사람이 군심을 얻으라고 권하면서 한 말이다.

"세 사람이 합치면 호랑이가 나타난다는 헛소문도 참말이 될 수 있고, 열 사람이 합치면 단단한 쇠방망이도 휘게 할 수 있고, 많은 입(衆口)이 모이면 날개 없는 소문을 날려 보낼 수 있다. 여러 말(衆口)이 나오기 시작하면 막기가 어렵다(難防)."

『십팔사략』은 남송 말에서 원나라 초에 걸쳐 활약했던 증선지(曾先之)가 편찬한 중국의 역사서다. 원명은 『고금역대십팔사략』으로 과거 18종의 역사서를 보고 새로 만든 것이다. 증선지는 남송이 망하자 벼슬을 버리고 은둔했다(宋亡隱居不任)고 하므로 이 책의 편찬 시기를 알 수 없어 남송이 멸망한 1279년으로 생성 시기를 잡는다.

▶▶ **참깨**

생성 시기   고려, 1259년(고종 46).

유   래   참깨의 원산지는 메소포타미아, 인도, 열대 아프리카 등 여러 설이 있다. 대략 인도에서 시작해 스리랑카, 자바, 보르네오, 인도차이나, 페르시아, 메소포타미아, 소아시아, 이집트를 거쳐 유럽으로 전래된 것으로 보인다. 중국에는 아라비아 대상을 통해 전파된 것으로 추측된다.

중국인들은 5000년 전부터 참깨를 이용한 것으로 알려졌다. 중국에 참깨가 들어온 역사를 기술한 『본초강목』에는 "참깨는 지금의 유마이다. 옛날 중국에는 삼뿐이었는데 전한 무제 때 장건(張騫)이 대원국(大宛國; 현재의 우즈베키스탄 페르가나 지역)에 사신으로 갔다가 돌아올 때 참깨 종자를 가지고 왔다. 당시 대원은 호나라라고 불렸다. 따라서 참깨를 호마(胡麻)라 하여 본래부터 중국에 있던 대마와 구별했다."고 설명하고 있다.

그러나 장건보다 시대적으로 앞서는 서기전 3세기경의 『신농본초경(神農本草經)』에 벌써 호마라는 어휘와 함께 그 효능을 설명하고 있다. 이로 미루어 참깨의 전래는 장건이 활약하던 시대보다 앞선 것으로 추측된다.

도홍경의 『명의별록』에도 참깨의 영양과 의약적 효능이 수록돼 있다. 따라서 우리나라 삼국시대에도 으레 있었겠지만 이 시기의 구체적인 문헌은 아직 발견된 바 없다. 고려시대에 편찬한 『향약구급방』에 "호마를 일반적으로 임자(荏子)라고 하는데 맛이 달고 독이 없다."는 기록이 있다. 조선시대에 편찬한 『물명고(物名考)』에는 "호마는 종자가 검어 검은깨라 하며 거승(巨勝)이라고도 한다. 잎은 청양(靑蘘)이라 한다. 지마(脂麻)는 백참깨로 유마(油麻), 지마(芝麻) 등으로도 불린다."는 기록이 있다. 또한 『명물기략(名物紀略)』에 "유마가 바로 호마인데 흑백 2종이 있다. 옛날 중국에는 야소(野蘇; 들깨)가 있었는데 이것을 임(荏)이라고도 했다. 이것으로 기름을 짜면 질이 나쁜데 참깨로는 질이 좋은 기름을 얻을 수 있어 진임이라 적고 참깨라 부르게 됐다. 그리고 이 기름을 향유(香油)라고도 한다. 또 검은 참깨를 흑임자라고도 한다."는 기록으로 미루어 품종이 다양했음을 엿볼 수 있다.

따라서 참깨가 우리나라에 들어온 시기는 삼국시대까지 거슬러 올라갈 가능성이 높으나 『향약구급방』 기록에 따라 이 책이 나온 고려 고종 때, 그중에서도 고종이 사망한 해인 1259년으로 잡는다. 이 무렵 고종의 아들인 태자 원종이 중국에서 쿠빌라이를 만나는 등 오랫동안 머문 적이 있으며, 이때부터 고려와 원나라 사이에 교류의 물꼬가 크게 열렸다.

▶▶ **철면피(鐵面皮)**

생성 시기 중국 송나라, 968년(태조 개보 1).

유　　래 왕광원(王光遠)이란 진사가 있었는데 학식과 재능이 뛰어난 인물이기는 하였으나 지나치게 출세 지향적이어서 세도가에게 줄을 대기 위해 아부를 일삼았다.

하루는 어느 고관이 술에 취해 매를 들고는 "자네를 때려주고 싶은데 맞아보겠나?"라고 물었다. 그러자 그는 마치 기다리기나 했다는 듯 "대감의 매라면 기꺼이 맞겠습니다."라고 답했다. 이에 그 고관이 사정없이 왕광원을 매질하였으나 그는 조금도 화를 내지 않고 잠자코 매를 맞기만 했다.

이 광경을 지켜보던 그의 친구가 귀갓길에 왕광원을 질책하자, 그는 "높은 사람들에게 잘 보여서 손해 볼 것이 없지 않겠나."라고 대답했다.

이 말을 전해들은 당시 사람들이 왕광원을 비난하여 말하기를, "광원의 낯가죽은 두껍기가 철갑을 열 번 두른 것 같다(光遠顔厚如十重鐵甲)."라고 하였다. 이로부터 철면피라는 말이 생겼다고 한다.

송나라 사람 손광헌(?~968)이 지은 『북몽쇄언』과 선서(禪書) 『허당록(虛堂錄)』에 나온다. 따라서 이 어휘의 생성 시기는 『북몽쇄언』의 저자 손광헌이 사망한 968년으로 잡는다.

▶▶ **총(銃)**

생성 시기 고려, 1377년경(우왕 3).

유   래 우리나라에서 총을 처음 제조한 시기는 고려 후기인 1377년경으로, 화약무기 연구와 제작을 맡은 화통도감을 설립하여 중국의 것을 모방하여 만들어 사용하기 시작했다. 그 후 조선 초기까지 최무선과 그의 아들 최해산이 대를 이어 우리나라의 화약무기를 발전시켰으나, 중국의 총을 모방하여 만든 당시의 총은 성능이 좋지 못했다. 1447년(세종 29)에 이르러 우수하고 독창적인 우리 고유의 화약무기 체계를 갖추게 되었다.

임진왜란을 겪으면서 일본의 조총이 우리의 승자총통보다 성능이 좋은 것을 알게 되었고, 그 후 조총처럼 실에 불을 붙여 방아쇠를 당기면 탄력에 의하여 불이 붙은 실이 총의 약통 옆에 떨어져 약통 속의 화약에 불을 붙여주도록 개량된 화승총으로 발전되어 조선 말기에는 독립군의 중요한 무기로 광복 전까지 사용되었다.

잘못 쓴 예　강감찬 장군이 이끈 고려군이 귀주대첩에서 승리할 수 있었던 가장 큰 원동력은 그들의 사기가 크게 고무되어 있었기 때문이었다. 게다가 전술 면에서 이전까지 사용하던 총과는 차원이 전혀 다른 화승총을 사용하였다는 점을 지적할 수 있다.

▶▶　콩나물

생성 시기　고려, 1236년(고종 23).

유　　래　우리 민족이 언제부터 콩나물을 먹었는지 정확하게 알 수는 없으나 고종 23년에 편찬한 『향약구급방』에 대두황(大豆黃)이라는 이름으로 처음 등장한다. 조선시대 문헌에는 두아채(豆芽菜)라는 이름으로 조리법이 전한다. 『동의보감』에는 "콩나물은 온몸이 무겁고 저리거나 근육과 뼈가 아플 때 효과가 있고 여러 가지 염증을 억제하며 수분대사를 촉진하고 위의 울열을 제거하는 효과가 뛰어나다."고 기록되어 있다.

잘못 쓴 예　선덕여왕은 국사(國事)뿐만 아니라 부엌일에도 관심이 많아 콩나물, 미나리 등을 손수 기르곤 했다.

▶▶　태평소

생성 시기　고려, 1392년경(혜공왕 4).

유　　래　태평소는 날라리, 호적(胡笛), 새납(嗩吶)으로도 불린다. 날라리는 그 음색에서 온 이름이다. 호적은 그 이름에서도 엿볼 수 있듯이 서아시아(이란의 surna·sorna, 터키의 zurna)에서 발명되어 원나라를 거쳐 고려에 전해진 것이다. 중국에서는 '소나'라 부르며 동남아시아 여러 나라에서도 비슷한 발음으로 불리는데 우리나라에서는 중국식 표기의 한자 발음을 따라 '새납'이라 읽고 있을 뿐이다.

고려시대에 태평소는 처음에 군중(軍中)에서 무인들의 사기를 높이거나 승리를 알리는 악기로 쓰였는데 근래에는 대취타나 풍물놀이에서 유일한 선율악기로 사용된다. 국악기 중에서는 음량이 가장 큰 선율악기로 주로 야외음악에 쓰인다. 행진음악인 대취타와 종묘제례악 정대업 중 소무·분웅·영관 등에 쓰이기도 하고, 불교의식 음악의 연주에서도 들을 수 있으며 무속음악에도 쓰인다.

고려 말 원나라의 영향을 받아 해금과 함께 들어왔다. 들어온 시기는 조선 정조 때 정약용이 지은 『아언각비(雅言覺非)』의 기록을 근거로 정몽주의 사망 시기인 1392년으로 잡는다.

▶▶ 퇴짜(退字, ――를 놓다)

생성 시기 고려, 1389년(공양왕 1).

유 래 '퇴(退)라는 글자'를 뜻하는 말이다.

조선시대에는 조정으로 올려 보내는 물건들을 일일이 점고했다. 이때 물건의 질이 낮아 도저히 위로 올려 보낼 수 없으면 그 물건에 '退'자를 찍거나 써서 다시 물리게 했다. 그렇게 해서 돌려보낸 물건을 가리켜 '퇴자 놓았다'고 했다. 요즘의 쌀 수매 현장에서 품질을 나타내기 위해 찍는 도장과 비슷한 것이다.

당시 백성들은 세금과 함께 관청이나 궁궐에 각 지방에서 생산되는 특산물을 바쳐야 할 의무가 있었다. 이 세금을 공납, 바치는 물품을 일컬어 공물이라고 한다. 이 공물을 거두어들일 때 품질을 검사해서 합격과 불합격을 결정하는 최종 책임자는 호조의 판적사(版籍司)라는 관리였다. 이 관리는 각 지방의 특산물을 엄격히 심사해서 합격한 물건은 통과시키고, 품질이 낮아 불합격 판정이 난 물건에는 물러날 퇴(退)자를 찍어 돌려보냈다. 결국 퇴자(退字)는 불합격한 공물을 의미하는 것이니, 그 말에서 어떤 일이 거절당할 경우 '퇴짜를 맞았다'는 표현이 쓰이기 시작했다.

판적사가 소속된 호조는 고려시대에는 판도사(版圖司)라고 했고, 1389년(공양왕 1)에 호조로 개칭되어 조선에 계승되었다. 조선 초기에 호조는 단순한 실무 집행기관이었으나 1404년(태종 4) 관제개혁 때 정2품 아문으로 승격되면서 실무와 함께 정책 수립기관으로 강화되었다.

설치 초기에는 판적사·회계사(會計司)·경비사(經費司)의 3사로 나뉘어 업무를 담당했다. 판적사는 호구·토전(土田)·조세·부역 등 재부(財賦) 관계의 업무를 담당하였고, 회계사는 서울과 지방의 각 관청에 비축된 미곡·포(布)·전(錢) 등의 연도별 회계 및 관리의 해유(解由) 등을, 경비사는 국용의 제반 경비 지출 및 왜인(倭人)의 양료(糧料)에 관한 사무를 나누어 맡았다. 선조 이후 업무가 늘어나면서 방(房)·색(色)이 신설되어 정조 즉위 초 판적사에 5방, 경비사에 9방을 두어 3사 14방 체제로 정리되었다. 1894년(고종 31) 갑오개혁 때 폐지되어 탁지아문(度支衙門)으로 바뀌었다.

따라서 이 어휘의 생성 시기는 판적사의 업무 성격상 호조라는 명칭이 처음 생긴 고려 공양왕 1년인 1389년으로 잡는다. 다만 그 이전의 판도사에서도 판적사 업무는 했을 것으로 보이며, 이때 퇴(退)라는 글자로 공물을 불합격시키는 사례가 있었을 것이다.

▶▶ **파경(破鏡)**

생성 시기 중국 송나라, 978년(태종 태평흥국 3).

유   래 중국 남북조시대 남조의 마지막 왕조인 진(陳)나라가 망할 무렵 낙창(樂昌)공주는 태자사인(太子舍人) 서덕언(徐德言)의 아내였다. 그녀는 진나라 마지막 황제인 후주(後主)의 누이동생으로 미모가 매우 뛰어났다.

그런 중에 589년 정월에 수나라 대군이 양자강 북쪽에 이르러 진나라를 공격하기 시작했다. 서덕언은 늘 아내와 헤어질 것을 염려했다. 진나라가 망하면 미모가 빼어난 그의 아내는 필시 권력자의 손으로 넘어갈 것이 뻔했기 때문이다.

서덕언은 거울을 반으로 잘라 아내와 나누어 가졌고 후일 반드시 다시 만날 것을 약속했다.

"만일 우리나라가 망하면 당신은 황제의 여동생이니 분명 수나라 고관에게 끌려갈 것이오. 그러거든 내년 정월 보름날 수나라 서울 장안 시장에 나와 이 거울을 판다고 하시오. 내가 만일 그때까지 살아 있기만 한다면 반드시 당신을 찾겠소."

그 뒤 진나라는 결국 망했고, 서덕언의 아내는 끌려가 수나라 문제의 오른팔로 수나라 건국 제일공신인 월국공(越國公) 양소(楊素)의 첩이 되었다.

오랜 피난살이 끝에 장안으로 돌아온 서덕언은 마침내 정월 보름날을 기다렸다가 장에 나가 아내가 있는지 살폈다. 과연 그곳에는 깨어진 거울(破鏡)을 파는 하인이 있었다. 낙창공주가 보낸 하인은 깨진 거울 가격을 지나치게 비싸게 매겨 팔겠다고 했으므로 사람들은 이를 두고 저마다 비웃었다.

서덕언은 마침내 이 하인의 손을 붙들고 그간의 사정을 모두 털어놓았다.

"나라가 망한 뒤 나는 수나라 군사들에게 쫓겨 다니다 이제야 장안에 이르렀소. 우리 아내는 어디 있소?"

"낙창공주는 지금 수나라 월국공 양소의 첩이 되어 있습니다. 공주께서 소인을 시켜 해마다 장에 나가 이걸 비싼 값에 내놓으라고 하여 지금까지 계속해왔습니다."

서덕언은 아내가 이미 남의 첩이 되었다는 말에 몹시 탄식했다. 그
것도 양소 같은 세도가라니, 도저히 되찾을 길이 없었다. 그래도
그는 실망하지 않고 시 한 수를 지어 하인에게 주었다.
"이건 나머지 반쪽 거울이니 시와 함께 내 아내에게 전해주시오."

거울이 당신과 함께 떠났으나(鏡與人俱去)
거울만 돌아오고 사람은 돌아오지 못하는구나(鏡歸人不歸)
보름달 속 항아의 그림자는 돌아오지 않건만(無復姮娥影)
밝은 달빛은 속절없이 휘영청하구나(空留明月輝)

전남편 서덕언의 시를 받아 읽은 낙창공주는 구슬피 울면서 식음
을 전폐했다. 급기야 양소가 사정을 듣고 함께 슬퍼하며 서덕언을
불러 낙창공주를 되돌려주며 재물까지 주었다. 그 뒤 이처럼 이별
한 부부가 다시 결합하는 것을 파경중원(破鏡重圓)이라고 하고, 이
혼하는 것을 파경(破鏡)이라고 하게 되었다. 『태평광기(太平廣記)』 166
권 '본사시(本事詩)'에 나오는 이야기다.
이 책은 송나라 학자 이방(李昉) 등이 편찬한 설화집으로 977년에
『태평어람(太平御覽)』과 같이 칙명으로 편찬을 시작하여 이듬해인
978년에 완성했다. 신선·여선(女仙)·도술·방사(方士)에서 동식물에
이르기까지 92개 항목으로 분류하여 475개 이야기를 싣고 있다.
따라서 이 어휘의 생성 시기는 『태평광기』가 편찬된 978년으로 잡는
다. 다만 서덕언과 낙창공주가 파경을 맞춘 것은, 자료에 비춰볼 때
590년 1월 대보름날이었을 것이다.

▶▶　**해금(奚琴)**

생성 시기　고려, 1116년(예종 11).

152

유   래   해금(奚琴)은 몽골계 유목민족인 해(奚)족이 사용한 악기라 하여
해금이라고 한다. 해족은 9세기 무렵 거란에 통합되었다.

우리나라에는 고려 예종 11년인 1116년에 도입되었다. 명주실을 꼬
아 만든 두 가닥 줄의 한쪽 끝에 공명통이 있어서 활로 줄을 마찰
시키면 울리는 소리가 난다. 이 소리가 '깽깽'으로 들려 속칭 '깽깽
이'라고 한다. 중국에서는 경극에 많이 쓰인다. 비속어로 호남 사람
을 가리켜 '전라도 깽깽이'라고 하는 이유는 호남 사투리 억양과 해
금 음색이 비슷하기 때문이라고 한다.

▶▶ 호두나무

생성 시기   고려, 1290년(충렬왕 16) 9월(음력 9월 1일은 양력 10월 5일).

유   래   원산지는 지금의 이란으로 추정되고 있으며 두 갈래로 전파되어 나
간 것으로 여겨진다. 한 갈래는 이탈리아·독일·프랑스·영국 등을
거쳐 미국으로 건너가 캘리포니아 지방에까지 이르렀고, 다른 한
갈래는 동남아시아를 지나 중국을 거쳐 우리나라로 들어와 일본
으로 건너간 것으로 보인다.

우리나라에는 고려 충렬왕 16년(1290) 9월에 영밀공(英密公) 류청신
(柳淸臣)이 원나라에 갔다가 왕가(王駕; 어가)를 모시고 돌아올 때
호두나무 묘목과 열매를 가져왔다. 묘목은 광덕사 경내에 심고 열
매는 류청신의 매당리 고향집 뜰 앞에 심었다고 한다. 이곳이 우리
나라에 호두가 전래된 시초가 되었다 하여 현지에서는 이곳을 호
두나무 시배지라 부르고 있다.

잘못 쓴 예   통일신라시대에는 대보름날 잣·밤·호두 등의 부럼과 귀밝이술, 오
곡밥을 먹었다.

화약(火藥)

생성 시기 고려, 1375년(우왕 1).

유   래 화약은 중국에서 12세기 북송 때 전쟁터에서 사용되었다. 우리나라에서 화약이 중요한 무기로 인식되기 시작한 것은 14세기 전반 고려 공민왕 이전으로 추측된다. 그러나 화약 제조법을 알지 못하여 1373년(공민왕 22)에 명나라에 화약을 청하기도 했다. 그때로부터 2년 후인 1375년 마침내 최무선이 최초로 화약을 제조하는 데 성공했다. 오랫동안 노력한 끝에 그는 중국 사람 이원(李元)으로부터 흙에서 염초를 추출하는 법을 배우고, 1377년(우왕 3)에는 국가의 화약 제조소인 화통도감을 설치했다.

잘못 쓴 예 신라에는 매년 음력 2월이 되면 초 8일에서부터 15일까지 도시의 젊은이들이 다투어 흥륜사의 전탑을 돌며 복을 비는 풍속이 있었는데, 마지막 날인 15일 밤에는 탑돌이를 끝마치고 나서 화약으로 불꽃놀이를 하였다는 기록이 있다.

▶▶ **환갑(還甲)**

생성 시기 고려, 1296년(충렬왕 22) 3월 30일(음력 2월 26일).

유   래 자신이 태어난 해와 간지(干支)가 같은 해가 돌아오려면 만 60년이 지나야 한다. 이렇게 천지가 한 바퀴 돌 정도로 오래 산 나이인 만 60세를 환갑이라 일컫는데, 환갑잔치를 치르기 시작한 역사는 그리 오래지 않다.

『고려사』 '충렬왕 22년(1296)조에 "그때 왕의 나이 61세, 술자(術者; 무꾸리, 무당)가 환갑이 액년이란 말을 하기에 은혜를 베풀어 죄인을 풀어주고 용서했다."는 기록이 있다.

환갑 어휘는 우리 역사 기록상 최초인 충렬왕의 환갑일인 1296년 3

월 30일(음력 2월 26일)로 잡는다. 환갑잔치는 실제 생일보다 당겨서 한다.

환갑 의례가 중요한 행사가 된 것은 조선 영조 이후라고 한다. 환갑 의례를 하기 위해서는 우선 자식들이 사망하는 등 악사(惡事)가 있어서는 안 되고, 그리고도 생일보다 당겨서 해야 했다.

2000년 무렵부터 이 행사가 사라지기 시작했다. 평균 수명이 늘어나면서 일어난 현상이다.

잘못 쓴 예 김유신의 환갑잔치에는 문무왕 김춘추를 비롯해서 당대의 귀족들이 모두 모여 축하를 해주었다.

▶▶ **후추**

생성 시기 고려, 1220년(고종 7).

유 래 후추는 인도 남부가 원산지이다. 유럽에는 서기전 400년경 아라비아 상인을 통하여 전래되었다. 유럽에서는 후추를 불로장생의 약이라고 믿어, 후추 산지인 인도와의 사이에 위치한 아라비아의 아라비아 상인을 통하여 금이나 은보다도 비싼 값으로 구입했다.

중국에는 육조시대에 인도에서 들어왔다고도 하고, 한나라 때 서역의 호나라에 사신으로 갔던 장건이 비단길을 통하여 가져왔다고도 한다. 호초라는 명칭도 호나라에서 전래된 초(椒)라는 뜻이다.

우리나라에는 고려 때 이인로가 지은 『파한집』에 그 명칭이 보인다. 따라서 고려 중엽에는 이미 우리나라에 알려져 있었고, 송나라와의 교역으로 유입되었을 것으로 추정된다.

『파한집』은 고려 중기의 문신 이인로(1152~1220)가 지은 설화 문학집이다. 이 책은 저자가 69세로 사망하기 직전에 지은 것으로, 그의 사후 40년 뒤인 1260년(원종 1) 3월에 아들 세황(世黃)이 펴냈다. 따라서 이 어휘의 생성 시기는 이인로가 사망한 1220년으로 잡는다.

잘못 쓴 예   고려 태조 왕건은 후추를 불로장생의 보약이라고 믿었기 때문에
환을 지어 매일 열 알씩 먹었다.

04

조선시대

1392~
1876

임진왜란과 병자호란의 양대 전란을 치른 조선시대에는 일본과 명나라에서

들어온 문물이 많았다. 또한 고유문화가 축적되었던 이 시기에는 여러 방면에 걸쳐

어휘가 급격하게 증가한다.

중국은 명나라와 청나라 시기에 해당한다.

▶▶ 가게

생성 시기 조선, 1392년(태조 1).

유   래 이 말은 본래 한자어 '가가(假家)'에서 온 말이다. 가가란 제대로 지은 집이 아니라 임시로 지은 가건물을 가리키는 말이다. 조선시대 종로의 저잣거리로 유명한 종로통에 관청에 물품을 조달하는 지금의 도매상 격인 전(廛)과 조금 큰 상점인 방(房), 소매상 격인 가가들이 많았는데, 이 가가들은 번듯한 상점이 아니라 허름하게 임시변통으로 지은 가건물들이었기에 여기서 나온 이름이다.

그러나 반론도 있다. 원래 '가개'가 쓰이다가 '가가'로 바뀌고, 또 '가게'로 바뀌었을 때에 '가가'나 '가게'를 한자로 적으려고 그것을 취음하여 '假家'를 끌어다 쓴 것이라는 주장이다. '假家'는 '가게'라는 뜻보다는 임시로 지은 집이라는 본뜻대로 쓰이는 것을 20세기에 들어서 『조선어사전』(1938)에 '가게'의 뜻으로 쓰인다고 한 것이다.(정재도, 「국어사전 바로잡기」)

실제로 「농가월령가」 10월령에 양지에 '가가 짓고 짚에 싸 깊이 묻고'라는 가사가 나오고, 임진왜란 때 한양으로 돌아온 선조가 경복궁에 가가라도 지을 것을 명하였다는 기록이 있는 것으로 보아 어느 정도 타당성이 있는 주장이다.

잘못 쓴 예 신라가 삼국을 통일한 뒤 서라벌 거리에는 가게가 즐비하게 늘어섰다.

▶▶ 감자

생성 시기 조선, 1824년(순조 24).

유   래 남미가 원산지인 감자가 우리나라에 들어온 경로에 대해서는 북방

설과 남방설이 있다. 『오주연문장전산고』에는 1824년과 1825년 사이에 관북에 처음 들어왔다고 기록되어 있다. 『원저보(圓藷譜)』에는 감자가 북쪽에서 들어온 7~8년 뒤인 1832년에 영국 상선이 전라북도 해안에서 약 1개월간 머무르고 있을 때, 배에 타고 있던 선교사가 농민들에게 씨감자를 나누어주고 그 재배법도 가르쳐주었다고 쓰여 있다. 따라서 1820년을 전후로 비슷한 시기에 우리나라의 북쪽과 남쪽에 고루 퍼진 사실을 알 수 있다.

따라서 벽초 홍명희가 쓴 대하 역사소설 『임꺽정』 2권에 나오는 "꺽정이가 백두산에서 사냥을 할 때 요깃거리로 가지고 왔던 찐 감자를 나눠 먹었다."고 한 내용은 틀린 것이 된다. 임꺽정이 잡혀 죽은 해가 1562년이므로, 이때에는 우리나라에 감자가 들어오지 않았기 때문이다.

잘못 쓴 예 꺽정이가 백두산에서 사냥을 할 때 요깃거리로 가지고 왔던 찐 감자를 나눠 먹었다.

▶▶ **강냉이/옥수수**

생성 시기 중국 명나라, 16세기 초.
조선, 1593년(선조 26).

유   래 옥수수를 일컫는 강냉이는 임진왜란 당시에 명나라를 거쳐 우리나라에 들어왔다. 1592년 임진왜란이 발발하자 조선은 명나라에 원군을 청하여 1593년 1월경 이여송이 이끄는 본대 4만 3000명이 평양에 도착했다. 그런데 이때 들어온 명나라 구원군 중에는 양자강 유역에서 차출한 군대가 포함되어 있었는데, 이들이 군량으로 가져온 옥수수가 민간에 퍼지면서 우리나라에 전해졌다. 명나라에는 16세기 초 포르투갈인들에 의해 옥수수가 전해졌다.

강냉이라는 이름은 양자강 이남인 강남에서 들어온 물건이라 하여 붙여진 것이다. 반면에 옥수수는 그 알갱이 모양이 꼭 수수 알갱이 같고 옥처럼 반들반들하고 윤기가 난다고 하여 '옥 같은 수수'라 해서 붙여진 이름이다.

잘못 쓴 예 고려시대에 3차에 걸친 원나라의 침입에 끝까지 항거하던 삼별초들은 강냉이로 연명하며 원나라와의 싸움을 치러냈다.

▶▶ **개평**

생성 시기 조선, 1678년(숙종 4).

유 래 조선 중기부터 조선 말기까지 쓰이던 상평통보의 준말이 '평'이었는데 '평'은 곧 돈을 의미했다. 개평은 도박판에서 나온 말로서 딴 돈 중에서 낱돈을 주는 것이기 때문에 '낱 개(個)'를 써서 '개평'이라 했다. 상평통보는 1633년 인조 11년에 처음 발행되었다가 곧 사용이 중지되었고, 1678년 숙종 4년에 다시 발행되어 전국적으로 유통되었다. 이후 현대식 화폐가 나올 때까지 사용되었다.

잘못 쓴 예 임진왜란 직전에 조선 군사들은 왜적이 쳐들어온다는 사실을 까마득히 모르고 병영에서 투전이나 즐겼으며, 심지어 보초를 서야 할 군사들까지 빙 둘러서서 개평을 뜯었다.

▶▶ **개피떡**

생성 시기 조선, 1828년(순조 28).

유 래 개피떡은 흰떡, 쑥떡, 송기떡을 얇게 밀어 콩가루나 팥으로 소를 넣고 오목한 그릇 따위로 반달 모양으로 찍어 만든 떡이다. 만든 뒤에 서로 붙지 않도록 기름을 바른다.

『진작의궤(進爵儀軌)』(1873)에 경복궁 강녕전 재건을 축하하는 잔칫상에 개피떡이 올랐다는 기록이 있다. 『진작의궤』는 순조 2년인 1828년에 순조의 비 순원왕후(純元王后) 김씨(1789~1857)의 40세 생신을 축하하여 그해 2월 거행된 2차의 진작(進爵) 의식을 수록하여 합편한 책이다.

잘못 쓴 예 향단은 도련님을 따라나서는 방자의 저고리에 슬며시 개피떡 꾸러미를 찔러 넣었다.

▶▶ **객주(客主)**

생성 시기 조선, 1392년(태조 1).

유   래 객주는 객상주인(客商主人)의 준말로, 물건을 위탁받아 판매하거나 상인들이 필요로 하는 숙식과 금융의 편의를 제공하는 중간상인을 말한다.

객주의 발생 기원에 관해서는 아직 정설이 없고 신라설과 고려설 및 조선설 등이 있는데, 그중 고려설이 가장 유력하다.

신라설에 따르면, 신라시대에는 이미 항해술이 발달하여 국제 거래와 내외 상인의 왕래가 빈번함에 따라 여인숙까지 생긴 것에 비추어 객주제도가 발생하였을 것으로 보고 있다. 그러나 신라설은 그것을 고증할 만한 확실한 문헌 자료가 부족하다.

고려설은 객주의 일종인 여각(旅閣)에 해당하는 경주인(京主人) 또는 원우제(阮宇制)가 문헌에 나오는 점으로 보아, 이때 객주가 발생한 것이 유력하다고 보고 있다.

조선시대에는 이미 객주가 성황을 이루고 있었으므로 조선시대 발생설은 설득력이 희박하다.

따라서 이 어휘의 생성 시기는 비록 고려시대에 발생하기는 했으나 조선시대에 성행했으므로 고려가 멸망한 연도인 1392년으로 잡는다.

잘못 쓴 예   신라시대에 부산포에 거하고 있던 커다란 객주 집단이 처음으로 당나라와 신라의 교역을 트면서 정식 외교 수립의 첫발을 내딛었다.

▶▶   **거덜(-- 나다)**

생성 시기   조선, 1392년(태조 1).

유 래   거덜은 조선시대에 가마나 말을 맡아 보는 관청인 사복시에서 말을 돌보고 관리하던 하인을 가리키는 말이었다. 거덜이 하는 일은 궁중의 행차가 있을 때 앞길을 틔우는 것이었다. 이 때문에 말을 타고 길을 틔우는 거덜은 자연히 우쭐거리며 몸을 흔들게 되었다. 이에 사람이 몸을 흔드는 걸 가리켜 '거덜거린다' '거들먹거린다' 하고, 몹시 몸을 흔드는 말을 '거덜마'라고 불렀다.

사복시는 원래 고려 때부터 있던 관청이었다. 고려 후기에 여마(輿馬)·구목(廏牧) 등의 일을 맡아 보던 대복시를 1308년(충렬왕 34)에 상승(尙乘)·전목(典牧)·제목감(諸牧監)을 병합하면서 사복시라고 개칭했다. 1356년(공민왕 5)에 다시 대복시로 환원되면서 폐지되었다가 1362년 사복시로 다시 설치되었다. 1369년 대복시로 고쳤다가 1372년 또 사복시로 바뀌어 조선시대까지 이어졌다.

따라서 사복시 자체는 고려 후기까지 올라갈 수 있으나 여기 근무하던 하인을 거덜이라고 불렀는지는 확인할 수 없다. 이런 이유로 이 어휘의 생성 시기를 조선 건국 연도로 잡는다.

▶▶   **검시관(檢屍官)**

생성 시기   조선, 1442년(세종 24).

유 래	조선시대에 변사자의 시체를 검사하던 관원을 검시관이라고 한다. 조선시대의 검시법은 1442년(세종 24)에 정비되었다. 검시의 대상은 피살자 및 기타 변사자 외에 기결·미결 죄수로서, 옥중이나 취조 도중 혹은 귀양지에서 사망한 자들이 포함되었다. 검시관들은 구리로 만든 검시척(檢屍尺)과 은비녀를 휴대하여 검시의 정밀을 기하고 독살 여부를 판단했다.
잘못 쓴 예	자살한 것으로 추측되는 봉상왕(고구려의 왕)의 정확한 사인을 조사하기 위하여 검시관이 은비녀를 사용하여 주검을 살펴보았다.

▶▶ **경**(黥, -치다)

생성 시기	조선, 1392년(태조 1).
유 래	경(黥)은 조선시대에 행해졌던 형벌의 하나로서 오형(五刑) 외에 부가로 행해졌던 자자(刺字)를 가리키는 말이다. 자자란 고대 중국에서부터 행해졌던 형벌의 하나로, 얼굴이나 팔뚝의 살을 따고 흠을 내어 먹물로 죄명을 찍어 넣는 것을 말한다. 우리나라에서는 조선 영조 때까지 행해졌다. '경을 친다'는 것은 곧 도둑 등이 관아에 끌려가서 '경'이란 형벌을 받는 것을 가리키는 말이다.

경형, 즉 자자는 신체에 위해를 가하는 형벌이 아니라 얼굴이나 뺨 같은 신체의 일부에 글자를 박아 넣는 것이라서 가장 가벼운 형벌에 속한다. 그러나 일반인에게는 가장 수치스런 것이다. 이 형벌은 사사로이 행해지는 폐해가 많았던 듯하다.

『대명률(大明律)』에 따르면 경형은 팔목과 팔꿈치 사이에 글자를 각 1촌 5분의 네모 안에, 매 획의 넓이를 1분 5리로 하여 글자를 새겨 넣었다. 자자형을 부과하는 목적은 전과자임을 알려 수치심을 갖게 하는 동시에 요시찰로 관리하기 위한 것이다. 그런데 『대명률』에 따라 팔뚝에 자자를 하게 되면 외관상 바로 문신이 드러나지 않아 형벌의 성과를 거둘 수 없다는 이유에서 이마나 빰에 자자하는 제도가 생겼는데 이를 경면이라고 했다. 이와 같은 경면형은 도둑의 창궐을 막기 위한 방편으로 사용하였으나 실제 시행된 경우는 그리 많지 않았다고 한다.

『중종실록』 중종 20년(1525) 기록에 따르면 경면형으로 다스린 죄인은 다만 2명뿐이었다. 자자형은 평생 동안 전과자라는 낙인이 찍힌 채 살아야 하는 가혹한 처벌이었기 때문에 그 시행에 신중했던 듯하다. 영조 16년(1740)에 이르러 자자의 도구를 소각하고 다시 사용치 못하도록 전국에 명을 내림으로써 우리나라에서 이 형이 완전히 폐지되었다.

다음과 같이 경형의 사례가 몇 가지 전해온다.

중국 진(秦)나라 때 영포(英布)라는 사람이 법에 연좌되어 경형을 당했는데 그 뒤로 경포라고 이름을 바꾸었다. 이후 초한전 때 항우를 도와 구강왕(九江王)에 봉해졌으나 유방이 반간계를 써 한나라에 투항해 회남왕에 봉해졌다.

전국시대에 위(魏)나라 혜왕은 손빈을 옥에 가두었다. 방연은 손빈의 무릎뼈를 떼어 걸어다닐 수 없게 하고 얼굴에는 '사통외국(私通外國)'이라는 글자를 먹물로 새겨 넣게 했다.

고구려에도 사례가 있다.

당나라 세작이 고구려의 해라장(海羅長; 일종의 해군제독)에게 잡혔다. 해라장은 사신의 얼굴에 먹으로 글자를 새겼다. "해동 삼불제(三佛齊)의 얼굴에 자자(刺字)하여 내 어린아이 이세민(李世民)에게 이른다. 금년에 만약 조공을 오지 않으면 명년에 마땅히 문죄하는 군사를 일으키리라(面刺海東三佛齊 寄語我兒李世民 今年若不來進貢 明年當起問 罪兵)."라는 한시 한 편을 새기고 다시 "고구려 태대대로(太大對盧) 개소문의 군사 아무개 씀(高句麗 太大對盧 淵蓋蘇文 卒 某書)."

이라고 덧붙였다고 한다. 646년 연개소문이 살이(薩伊) 직책에 있던 아버지 연태조가 죽자 그의 직책을 이어받았으니 대략 7세기 후반의 일이다.

▶▶ **고구마**

생성 시기 조선, 1764년(영조 40) 7월 20일(음력 6월 22일).

유   래 영조 39년인 1763년 11월 10일(음력 10월 6일) 통신사 조엄이 일본에 건너갔다가 쓰시마섬에 들렀을 때 고구마를 보고 그 종자를 얻었다. 고구마의 보관 및 저장재배법을 배운 그는 이듬해인 1764년 7월 20일(음력 6월 22일)에 돌아올 때 고구마 종자를 갖고 와서 동래와 제주도 지방에 시험 삼아 심게 했다. 그래서 이해 8월에 동래부사로 부임한 강필리는 조엄이 가져온 고구마 종자를 받아 직접 재배하여 성공했으며, 이것이 우리나라 고구마 재배의 효시가 되었다. 쓰시마섬에서는 고구마를 '고코이모'라고 했는데, '고코'는 효행(孝行)의 일본말이다. 그리고 '이모'는 우리말의 감자에 해당한다. 쓰시마섬에서는 고구마로 부모를 봉양했다는 이야기에서 유래한 '고코이모'가 우리나라에 와서는 고구마라는 이름으로 불린 것이다.

고구마 전래일은, 통신사 조엄이 귀국한 7월 20일(음력 6월 22일)로 잡는다.

잘못 쓴 예 고구마는 임진왜란 당시 굶주린 백성들의 구황작물로 큰 몫을 했다.

▶▶ **고추**

생성 시기 조선, 1614년(광해군 6).

유   래 고추는 서기전 6500년경의 멕시코 유적에서 출토될 만큼 역사가 오

165

래된 작물이다. 서기전 850년경에는 널리 재배가 이루어졌다고 한다. 그러다가 1493년 콜럼버스 일행이 아메리카 대륙을 침략하면서 이 고추가 유럽에 전해지게 되었다. 콜럼버스를 따라 항해했던 쟌가라는 사람이 멕시코 원주민들이 '아히(aji)'라고 부르는, 후추보다 더 맵고 빛깔이 붉은 고추를 향신료로 사용한다는 걸 발견하고 이 종자를 유럽으로 가져갔으며, 이때 이것을 붉은 후추(Red Pepper)라고 불렀다. 유럽에서는 이 고추가 별로 인기가 없었으나 1542년 인도에 전파되면서 크게 인기를 끌었고, 비슷한 시기에 아시아에도 전해졌다.

일본과 중국에는 대략 16세기 중반쯤 고추가 전래된 듯하다.

일본 문헌인 『초목육부경종법(草木六部耕種法)』에 "고추는 1542년에 포르투갈 사람이 일본에 전했다."고 하며, 『다문원일기(多聞院日記)』(1593)에는 고추의 모양, 빛깔, 맛을 설명하는 내용이 나온다. 그러므로 일본에는 최소한 1542년 이전에 전래된 듯하다.

중국 문헌에는 1765년에 편찬한 『본초강목습유(本草綱目拾遺)』에 "고추가 요즈음 재배되어 이것이 시장에 많이 모여든다. 이 고추는 고추장을 비롯하여 넓은 용도로 쓰이는데 『본초강목』(1578)에는 이에 관한 설명이 없다."라고 기록되어 있다.

이로 보아 우리나라는 아마도 임진왜란 이후 전래된 듯한데, 문헌적으로는 이수광이 1614년에 편찬한 『지봉유설』에서 "고추에는 독이 있다. 일본에서 비로소 건너온 것이기에 왜겨자(倭芥子)라 한다."는 내용이 처음 등장한다. 또 1723년경 이익이 펴낸 『성호사설』에서도 "고추를 번초(蕃椒)라 적고 번초는 매우 매운 것이다. 우리나라에서는 이것이 일본에서 온 것이란 지식 외에는 아무것도 없기 때문에 왜초(倭椒)라 한다. 나는 최근 어떤 일본인이 지은 「번초」라는 제목의 시를 읽어본 적이 있는데 이 시에는 어떤 사람이 고추를 붓 대신 늘 사용하였다는 내용이었다."고 하였다. 1715년경에 편찬한

『산림경제』에서는 고추를 남초(南椒)라 하면서 그 재배법을 설명하였고, 1766년에 펴낸 『증보산림경제』에는 "고추 가운데서 짧고 껍질이 두꺼운 품종이 있어서 이것을 특히 당초(唐椒)라 한다."는 내용이 나온다.

이로 미루어볼 때 고추는 임진왜란 시기에 중국과 일본 양쪽에서 전래되었을 가능성이 높다. 임진왜란 때 구원군으로 들어온 명군은 이미 옥수수를 군량의 일부로 가지고 들어왔고, 그렇다면 고추도 가지고 들어왔을 가능성이 높다. 그래서 중국에서 들어왔다는 뜻으로 당신(唐辛), 당초(唐椒)란 말도 있었던 듯하다. 일본군 역시 전쟁 중에 고추를 들여왔기 때문에 왜겨자, 왜초란 단어가 나온 듯하다.

잘못 쓴 예   임진왜란이 시작된 해인 1592년, 이여송과 함께 평양에 머무르던 명나라 군사들은 고춧가루 양념을 한 우리 김치를 먹어보고는 모두들 그 매운맛에 혀를 내둘렀다.

▶▶   **곤장(棍杖)**

생성 시기   조선, 1746년(영조 22).

유 래   나무 봉으로 만든 곤장은 크게는 형벌을 의미하기도 하지만, 보통은 형구(刑具)를 의미한다. 곤장은 버드나무로 만든 곤(棍)과 형(荊)나무 가지로 만든 장(杖)으로 나누어진다. 곤에는 일반곤과 특별곤이 있는데, 특별곤 중에는 치도곤이 있다. 이 곤형(棍刑)은 중국에는 없으며, 조선 영조 때 제정된 『속대전(續大典)』에 나오는 것으로 보아 조선시대 고유의 형벌이었음을 알 수 있다. 장형(杖刑)이 처음 실시된 시기는 확실치 않으나 우리나라에서는 삼국시대에 이미 시행되었다고 한다.

이 어휘의 생성 시기는 조선 영조 때의 문신 김재로(金在魯; 1682~1759) 등이 왕명을 받아 『속대전』을 편찬한 1746년(영조 22)으로 잡는다.

잘못 쓴 예　고려시대에는 도적질을 한 죄인은 주로 곤장으로 다스렸다.

▶▶　## 기별(奇別, --하다)

생성 시기　조선, 1789년(정조 13).

유　래　조선시대에 왕명을 대신 내는 승정원에서 전날에 처리한 일을 적어 매일 아침마다 돌리던 관보를 「조보(朝報)」라고 했다. 이 「조보」를 승정원 소속의 기별서리(奇別書吏)가 적어 돌리면, 이것을 사대부나 지방관의 서울 대리인인 경주인(京主人) 등에게 기별군사(奇別軍士)가 배달했다.

기별군사로부터 「조보」를 받은 경주인과 영주인(營主人)은 이를 지방에 배포했다. 경주인은 전국 각 군현에서 서울에 둔 연락소인 경저(京邸)를 맡아 운영하는 사람이고, 영주인은 각 도의 감영에서 서울에 둔 영저(營邸)를 맡아 운영하는 사람이다. 경주인과 영주인들은 문서의 전달, 서울과 지방 지방과 지방 간의 연락, 지방의 상납물을 서울에 전달하는 등의 업무를 했다.

「조보」의 내용은 임금이 내리는 명령과 지시인 전교(傳敎)가 대부분이고, 그 밖에 관리의 임명과 해임, 관리가 임금에게 올리는 상주(上奏), 임금의 처결사항을 비롯하여 궁중의 동정과 지방 관리의 보고사항 등을 기록했다. 이런 과정에 기별서리가 적어 돌리고 기별군사가 배달한다는 의미에서 「조보」를 기별(奇別)이라고 불렀는지도 모른다.

이처럼 궁중에서 발행하는 공식 관보로는 「조보」·「저보(邸報)」·「통

문(通文) 등 세 가지가 있었는데, 이 가운데 「조보」는 고려시대부터
발행했다. 조선시대에는 1392년(태조 1)에 설치된 춘추관에서 발행
했고, 세조 때는 승정원에서 이를 담당했다.

기별이라는 어휘는 이의봉(李儀鳳)이 엮은 『고금석림(古今釋林)』(1789)
27권과 28권의 「동한역어(東漢譯語)」에 처음 나온다.

'조보'라는 어휘는 훨씬 더 오래되었다.

1178년(고려 명종 8) 이전부터 경저제도가 있었다 하며, 조선 중종 3
년(1508)부터 문헌에 기록이 나타나는 것으로 보아 그 이전에 국가
제도로 확립되었을 것으로 본다.

중국에서는 한나라 때 「조보」와 비슷한 「경보(京報)」 또는 「저보」가
존재하였다가 송나라 때는 「조보」가 국가제도로 확립되었고, 일본
에서도 17세기 초부터 「요미우리(讀賣)」 「카와라반(瓦版)」 등의 소식지
가 발행되었다.

우리나라에서 「조보」는 1883년 10월에 창간된 우리나라 최초의 신
문 『한성순보』와 『한성주보』가 발간되던 때까지도 존재했다. 그래서
「조보」의 기사가 이들 신문에 인용되거나 전재되는 일이 많았다. 개
화기에는 우리나라에 주재하던 외국 공사관에서도 「조보」를 구독
하여 궁중의 소식을 접했다. 「조보」는 외국인들이 조선의 정세를 이
해하는 데 중요한 매체가 되었던 것이다. 「조보」는 1894년 8월 초 조
선 정부가 정식으로 인쇄된 「관보」를 창간하면서 발행이 중지되었다.

잘못 쓴 예   정중부(1106~1179)는 김부식의 아들 김돈중이 자신의 수염을 촛불
로 태운 데 앙심을 품고 거사를 일으키기로 결심하고 궁중에서 나
온 기별을 살펴보며 왕의 행차를 확인했다.

▶▶   **기생(妓生)**

생성 시기   조선, 1392년(태조 1).

유   래 조선시대에는 관기(官妓)를 두어 여악(女樂)과 의침(醫針)을 담당케
했다. 따라서 관기는 의녀로서도 기능하여 약방기생이라 불렸고,
상방(尙房)에서 바느질도 담당하였으므로 상방기생으로도 불렸다.
그러나 주로 연회나 행사 때 노래와 춤을 맡았고, 거문고·가야금
등의 악기도 능숙하게 다루었다. 이러던 것이 성을 매매하는 여성
을 가리키는 용어인 기생으로 전이된 것이다. 관기는 지방관아에도
딸려 지방관의 위락(慰樂)의 대상이 되기도 했다. 여기서 바로 관기
들이 지방관에게 성을 상납한다는 의미로 수청 든다는 말이 생겨
났다.

기생에 앞서 몸을 파는 창녀(娼女)나 유녀(遊女)에 관한 기록은 훨씬
이전부터 보인다. 『주서(周書)』나 『수서(隋書)』 등에 일정한 남편이 없
는 고구려 유녀들에 대한 기록이 나온다. 고구려만 하더라도 노비
제도가 확립되지 않았기 때문에 유녀와 창기(倡妓)의 구별이 없었
다. 그러던 것이 고려 광종 7년(956)에 노비안검법이 제정되고 기녀
가 관아에 소속되어 여악의 담당자로 등장하게 되는데, 이때부터
관기와 유녀가 구분된 것으로 본다. 그 이후로 일제강점기에 공창
제도가 시행되어 유곽이라는 매음업체가 서울을 비롯한 대도시에
생겨났다.

이 어휘의 생성 시기는 조선이 건국한 1392년으로 잡는다.

잘못 쓴 예 고려 때 거란에서 오는 사신을 위해 압록강변의 의주에서는 관기
들에게 수청을 들도록 했다.

▶▶   **김**

생성 시기 조선, 1640년(인조 18).
유   래 자연 상태에서 암초에 달라붙어 자란 김을 뜯어 말려 먹은 기록

이 『삼국유사』에 처음 나오며, 조선시대에 편찬한 『경상도지리지』와 『동국여지승람』에 나온다.

하지만 양식 김의 역사는 훨씬 나중에 시작되었다.

전남 광양의 태이동에 살던 김여익(金汝翼)은 병자호란 때 의병을 일으켰으나 패한 뒤 태인도에 숨어 살던 중 1640년(인조 18)에 소나무와 밤나무 가지로 김을 양식하는 법을 개발하는 데 성공했다. 이후 그의 성을 따 김이라고 부르게 되었다. 1714년 2월 광양현감 허심이 쓴 '김여익공묘표'에도 이 기록이 남아 있다. 현재 광양시 태인동에 전라남도 기념물 제113호로 지정된 김 시식지가 있으며, 이곳에 김 양식 도구 32종 53점이 전시돼 있다.

일본은 한국보다 늦은 1688~1703년 무렵에 김 양식이 시작되었다. 오늘날 양식 김을 먹는 민족은 한국인과 일본인뿐이다.

▶▶ **깍쟁이**

생성 시기 조선, 1394년(태조 3) 11월 21일(음력 10월 28일).

유   래 조선 태조 이성계는 한양을 서울로 정한 뒤에 1394년 11월 21일에 천도했다. 그런데 이때 한양에 살던 사람들 중에서 범죄자를 다스리면서 얼굴에 먹으로 죄명을 새긴 다음에 석방하였다고 한다. 이들을 깍정이라고 불렀는데, 이들은 청계천과 마포 등지의 조산(造山)에서 기거하며 구걸을 하거나, 장사 지낼 때 무덤 속의 악귀를 쫓는 방상시(方相氏) 노릇을 해서 상주에게 돈을 뜯어내던 무뢰배가 되었다. 그러나 점차 그 뜻이 축소되어 이기적이고 얄밉게 행동하는 사람들을 일컫는 말로 쓰이게 되었다.

171

▶▶ **낙관(落款, ——을 치다)**

생성 시기 중국 명나라, 1573년(신종 1).

유 래 관(款)은 원래 종(鐘)이나 정(鼎), 금석(金石)에 음각한 글자를 말한
다. 그러다가 서화가의 도장을 가리키게 되었다. 이후 글씨나 그림
을 완성한 뒤에 저자의 이름, 그린 장소, 제작 연월일 등을 적어넣
고 도장을 찍는 것을 '낙성관지(落成款識)'라고 하였다. 줄여서 낙관
이라고 한다.

낙관이 보편화되기 시작한 것은 중국 송나라 이후의 일로 그 전에
낙관을 거론한 책은 거의 존재하지 않는다. 후한의 서화가 채옹이
영제의 명을 받아 「적가후오대장상도(赤家侯五代將相圖)」를 그리고
여기에 찬문(撰文)을 썼는데 이것이 화제(畵題) 또는 제시(題詩)의 시
초라고 할 수 있다. 이후 송나라 때부터 감상평이나 시문을 기록하
는 전통이 확립되기 시작하였고, 원나라 때 예찬이 긴 문장의 관기
(款記)나 화찬(畵讚; 작품에 대한 기록이나 찬사의 글)을 기록하고 자신
의 인장을 찍었는데 이후 화가들이 이 전통을 지켰다.

명나라 때 전각(篆刻)의 시조로 불리는 문팽(文彭; 1498~1573)이 낙
관용 전각에 관한 학술적인 논거를 처음으로 확립하여, 전각을 예
술적 기호 및 필수품으로 내세우면서 작품 완성 후 자신이 전각한
인장을 찍는 것이 형식화되었다. 이후 작자들의 사회적 지위 향상
과 애호가의 거래 및 소장을 위한 작품의 진위 분별 필요성이 증대
되면서 일반화되기 시작했다. 따라서 이 어휘의 생성 시기는 문팽
의 사망 연도로 잡는다.

잘못 쓴 예 백낙천은 당나라 현종과 양귀비의 사랑을 그린 시 「장한가」를 다
쓰고 나서 낙관을 쳤다.

▶▶ **낙동강(洛東江)**

<table>
<tr><td>생성 시기</td><td>조선, 1481년(성종 12).</td></tr>
<tr><td>유 래</td><td>낙(洛)의 동쪽을 흐르는 강이라는 뜻으로, 낙은 삼국시대에 가락국의 땅이었던 상주를 가리킨다. 조선시대에 이긍익이 지은 『연려실기술』「지리전고」에 "낙동(洛東)은 상주의 동쪽을 말한다."고 기록되어 있다. 오늘날 낙동강은 강원도 함백산에서 발원하여 경상북도와 경상남도를 거쳐 남해로 흐르는 강으로 길이는 525.15킬로미터이다. 고려시대 때 편찬된 『삼국유사』에는 낙동강을 황산진 또는 가야진이라 하였고, 조선 초기의 지리서 『동국여지승람』에는 비로소 낙수(洛水) 또는 낙동강이라고 하였다. 아울러 "낙동강은 상주의 동쪽 36리에 있다."고 기록되어 있다. 18세기에 이긍익이 지은 『연려실기술』에도 "낙동강은 상주의 동쪽을 말함이다."라는 기록이 있고, 김정호의 「대동여지도」에도 낙동강이라는 이름이 표기되어 있다.
따라서 이 어휘는 양성지(梁誠之)·노사신(盧思愼)·강희맹(姜希孟)·서거정(徐居正) 등이 성종의 명으로 『신찬팔도지리지』를 대본으로 『동국여지승람』 50권을 완성한 1481년(성종 12)으로 잡는다.</td></tr>
<tr><td>잘못 쓴 예</td><td>몽골군이 쳐들어오자 고려군은 낙동강을 지나 남쪽으로 후퇴했다.(낙동강→황산진 또는 가야진)</td></tr>
</table>

▶▶ **달라이 라마**

<table>
<tr><td>생성 시기</td><td>몽골, 1578년.</td></tr>
<tr><td>유 래</td><td>라마교의 겔룩파[格魯派]에서, 죽어도 거듭 태어나는 최고 지위의 승려를 가리키는 말이다. 일반 고승이 환생한 경우에는 린포체(Rinpoche)라고 부른다. 환생한 사람의 몸을 가리킬 때는, 즉 린포체보다 아래 단계에서는 툴쿠(Tulku)라고 한다.</td></tr>
</table>

원래 겔룩파를 조직한 겐둔 가초 승려가 세력 결속을 위해 티베트 토속신앙인 본(bon)교의 관습에 따라 환생자를 찾기 시작했다(본교는 티베트 왕은 죽어도 다시 태어난다는 설을 가장 먼저 만들었다. 불교가 들어가기 이전이다). 그러던 중 환생자로 인정받던 소남 가초에 이르러, 1578년 몽골을 통일한 알탄칸이 칭하이[靑海]로 소남 가초를 초청하고 여기서 처음으로 달라이 라마(Dalai Lama)라는 칭호를 올렸다(나중에 달라이 라마 3세로 공식 호칭됨). 달라이는 환생 승려의 성명인 '가초'가 큰 바다라는 뜻에서 이를 몽골어로 바꿔준 것이다. 달리 큰 의미는 없는데 당시 몽골군의 위력을 빌리기 위해 소남 가초가 이 명칭을 사용했다. 즉 '몽골의 위대한 지도자인 알탄칸이 바친 명칭'으로 이용된 것이다.

이후 최초의 달라이 라마가 된 소남 가초가 몽골 포교 중 사망하자, 겔룩파는 몇 년 뒤 소남 가초의 조카가 낳은 아들을 새로운 환생자인 린포체로 뽑았다. 새 환생자인 로산 가초, 즉 새 달라이 라마는 몽골 오이라트부의 구시한(한은 부족장이란 뜻)과 함께 티베트 정부를 멸망시키고 자신을 달라이 라마 5세로 선포하고, 이전 환생자들을 역시 달라이 라마로 추증하였다.

▶▶ **담배**

생성 시기   조선, 1618년경(광해군 10).

유   래   원산지는 남미의 고원지대이다. 1558년 스페인 왕 펠리페 2세가 원산지에서 종자를 가져와 관상용과 약용으로 재배하면서 유럽에 전파되었다. 현재는 북위 60도에서 남위 40도에 걸쳐 전 세계에서 재배하고 있다. 우리나라에는 1618년(광해군 10)에 일본을 거쳐 들어왔거나, 중국 베이징을 내왕하던 상인들이 들여온 것으로 추측된다. 이러한 사실은 우리나라 재래종의 품종명이 일본에서 도입된 것은 남초·왜초(倭草), 베이징에서 들어왔거나 예수교인에 의하여 도입된 것은 서초(西草)라 한 것으로도 입증된다. 이렇게 전래된 담배는 1921년까지 300여 년간 자유 경작을 하다가 그 뒤에는 전매제도로 바뀌었다.

잘못 쓴 예 1467년(세조 13), 한명회는 이시애의 난에 연루되어 신숙주가 심문을 당할 것이라는 소식을 듣고 애꿎은 담배만 피워댔다.

▶▶ **당근**

생성 시기 조선, 1798년(정조 22).

유   래 원산지는 중앙아시아 또는 소아시아이다. 우리나라에서는 16세기경에 재배되기 시작한 것으로 추측한다. 문헌상으로는 『재물보(才物譜)』와 『임원경제지』에 처음 나타난다. 과거에는 당근을 말의 사료로 여겨 사람들이 별로 즐기지 않았으나, 현재는 날로 먹기도 하고 누름적을 만들거나 각종 요리에 곁들이기도 한다.

『재물보』는 정조 22년인 1798년에 이일영이 썼고, 『임원경제지』는 순조 때 서유구(1764~1845)가 전라감사로 재직(1833년 8월~1835년 6월)하면서 기록한 도정(道政) 일기이다. 따라서 이 어휘의 생성 시기는 1798년으로 잡는다.

잘못 쓴 예 신라시대 진평왕 때의 처녀 설씨녀는, 기름진 음식을 오랫동안 먹지 않아서 얼굴이 쪼글쪼글해진 아버지에게 드리려고 텃밭에서 당근을 뽑아 깨끗이 씻어 곱게 채 친 다음 참기름을 두른 솥뚜껑 위에 올려놓고 볶았다.

▶▶ 대원군(大院君)

생성 시기 조선, 1569년 음력 11월(선조 2).

유 래 왕의 대를 이을 적자손이 없어 방계 왕족이 대를 이어받을 때 그 왕의 친아버지에게 준 벼슬이 대원군이다. 조선시대에는 선조의 아버지 덕흥대원군, 인조의 아버지 정원대원군, 철종의 아버지 전계대원군, 고종의 아버지 흥선대원군이 있었는데, 생전에 이 작위를 받은 사람은 고종의 아버지 흥선대원군뿐이다.

이 어휘가 생겨난 것은 선조의 아버지 덕흥군을 덕흥대원군이라고 부르게 된 데서 비롯되었다. 즉 생성 시기는 선조가 공식적으로 즉위한 1567년 8월 7일로부터 한참 뒤인 선조 2년 1569년 음력 11월이다. 이때 대원군 호칭이 왕명으로 내려졌다.

▶▶ 대책(對策)

생성 시기 중국 전한, 서기전 104년(무제 태초 1).
조선, 1519년(중종 14) 5월 11일(음력 4월 13일).

유 래 과거 응시자가 왕이나 황제의 물음에 대답한 치국(治國)에 관한 책략을 대책이라고 한다.

옛날에 종이가 없었을 때는 글씨를 비단이나 대나무쪽에 썼다. 그러나 비단은 너무 비쌌기 때문에 서민들은 주로 대나무를 쪼개어 썼다. 책(冊)이라는 글자도 글씨를 쓴 대나무쪽을 모아 대나무 위쪽에 구멍을 뚫고 끈으로 묶은 것을 형상화한 글자이다. 이처럼 대나무를 가느다랗게 쪼개어 사용한 것을 책(策)이라고 했다.

중국 한나라 때의 시험 방식은 매우 특이했다. 수험생들이 같은 문제를 놓고 푸는 것이 아니라 각자의 앞에 문제가 적힌 책(策)을 놓고 답을 써야만 했다. 그들은 책을 마주 대하고 정답을 궁리해낼 수밖에 없었던 것이다. 이렇게 보는 시험을 대책(對策)이라고 한 것이다.

이보다 앞서 대책이란 말이 기록으로 보이기는 동중서가 지은 「대책(對策)」으로, 한나라 무제가 이를 채택했다. 그는 서기전 176년쯤에 태어나 서기전 104년에 죽었다. 그러나 시험으로서 대책이 채택된 것은 수나라와 당나라 때이다.

우리나라에서는 1519년에 조광조 등의 권유로 중종이 과거시험 방법으로 채택하였는데, 왕이 참석한 자리에서 대책으로 시험하여 인재를 선발했다. 1519년 5월 11일 천보된 120명의 후보자를 근정전에 모아 시험한 결과 장령 김식, 지평 박훈 등 28명이 선발되었다.

잘못 쓴 예   조조는 효렴으로 추천을 받은 뒤 조정에 올라가 대책으로 시험을 보았다.

▶▶ **도루묵**

생성 시기   조선, 1647년(인조 25).

유   래   임진왜란 때 피난길에 오른 임금 선조가 처음 보는 생선을 먹게 되었다. 그 생선을 맛있게 먹은 선조가 고기의 이름을 물어보니 '묵'이라 했다. 맛에 비해 고기의 이름이 보잘것없다고 생각한 선조는 그 자리에서 '묵'의 이름을 '은어(銀魚)'로 고치도록 했다.

나중에 왜란이 끝나고 궁궐에 돌아온 선조가 그 생선이 생각나서 다시 먹어보니 전에 먹던 맛이 아니었다. '시장이 반찬'이란 말처럼 허기가 졌을 때 먹던 음식 맛과 모든 것이 풍족할 때 먹는 음식 맛은 다를 수밖에 없었을 것이다. 그 맛에 실망한 선조가 "도로 묵이라 불러라." 하고 명해서 그 생선의 이름은 다시 '묵'이 될 판이었는데, 얘기가 전해지는 와중에 '다시'를 뜻하는 '도로'가 붙어버려 '도

로묵이 되었다. 이리하여 잠시나마 '은어'였던 고기의 이름이 도로
묵이 되어버렸고, 이것이 후대로 오면서 도루묵이 되었다고 한다.
그러나 이는 민간어원설에 가깝다. 문헌상으로는 인조 때의 문신
이식(李植: 1584~1647)의 시에서 확인할 수 있다. 다음은 이식이 지
은 「환목어(還目魚)」, 즉 도로묵이라는 시다.

목어라 부르는 물고기가 있었는데(有魚名曰目)
해산물 가운데서 품질이 낮은 거라(海族題品卑)
번지르르 기름진 고기도 아닌 데다(膏腴不自潤)
그 모양새도 볼만한 게 없었다네(形質本非奇)
그래도 씹어보면 그 맛이 담박하여(終然風味淡)
겨울철 술안주론 그런대로 괜찮았지(亦足佐冬醨)

전에 임금님이 난리 피해 오시어서(國君昔播越)
이 해변에서 고초를 겪으실 때(艱荒此海陲)
목어가 마침 수라상에 올라와서(目也適登盤)
허기진 배를 든든하게 해드렸지(頓頓療晚飢)
그러자 은어라 이름을 하사하고(勅賜銀魚號)
길이 특산물로 바치게 하셨다네(永充壤奠儀)

난리 끝나 임금님이 서울로 돌아온 뒤(金輿旣旋反)
수라상에 진수성찬 서로들 뽐낼 적에(玉饌競珍脂)
불쌍한 이 고기도 그 사이에 끼었는데(嗟汝厠其間)
맛보시는 은총을 한 번도 못 받았네(詎敢當一匙)
이름이 삭탈되어 도로 목어로 떨어져서(削號還爲目)
순식간에 버린 물건 푸대접을 당했다네(斯須忽如遺)

178

잘나고 못난 것이 자기와는 상관없고(賢愚不在己)

귀하고 천한 것은 때에 따라 달라지지(貴賤各乘時)

이름은 그저 겉치레에 불과한 것(名稱是外飾)

버림을 받은 것이 그대 탓이 아니라네(委棄非汝疵)

넓고 넓은 저 푸른 바다 깊은 곳에(洋洋碧海底)

유유자적하는 것이 그대 모습 아니겠나(自適乃其宜)

또 『고금석림』에 따르면 "고려의 왕이 동천(東遷)하였을 때 목어를 드신 뒤 맛이 있다 하여 은어로 고쳐 부르라고 했다. 환도 후에 그 맛이 그리워 다시 먹었을 때 맛이 없어 다시 목어로 바꾸라 하여 도루묵이 되었다."고 전한다. 이 책은 조선 정조 때의 문신 이의봉이 엮은 40권 20책의 어학사전으로 1789년(정조 13)에 완성되었다. 이 같은 내용은 조재삼(趙在三; 1808~1866)이 철종 6년인 1855년에 저술한 14책의 백과사전인 『송남잡지(松南雜識)』에도 나온다. 다른 자료에는 고려의 왕이 아니라 조선의 인조가 이괄의 난으로 공주에 피신하는 과정에 있었던 일이라고 하는 전설도 있다.

『세종실록지리지』에 함경도에서 은어가 났던 것으로 기록되어 있고, 『신증동국여지승람』에는 강원도와 함경도에서 은어가 잡혔던 것으로 기록되어 있어 이 어휘를 만든 주인공이 선조일 가능성도 있다. 그러나 가장 이른 이식의 시를 전거로 삼아 이 어휘의 등장 시기는 시인이 사망한 1647년으로 잡는다.

도루묵은 조선시대까지는 그다지 많이 잡히지 않고 상품 가치도 낮았다. 광복 후에도 어장이 강원도 이남의 동해안 지방으로 한정되어 어획량이 줄었으며 해마다 변동이 심하다. 이 자료를 근거로 선조는 의주에 피난 갔을 뿐 동해안 지방에는 가지 않았다는 이유로 선조 어원설을 부인하는 학자도 있다.

바닷물고기인 도루묵은 강을 거슬러 올라오는 민물고기인 은어와는 다른 종류다. 도루묵은 농어목 도루묵과에 속하는 바닷물고기로 방언으로는 도로묵·도루무기·돌목어라고 하며, 학명은 Arctoscopus japonicus S.이다. 몸길이는 25~26센티미터 정도로 몸이 가늘고 길며 측편이 편편하다. 뒷지느러미가 배에서 꼬리 가까이 길게 발달하였고, 등에는 모양이 일정치 않은 황갈색의 무늬가 있다. 옆구리와 배는 흰색이고 옆줄과 비늘이 없다. 동해안의 중부 이북에 많으며, 평상시에는 수심 100~400미터의 해저 모래 진흙에 서식하며, 산란기인 초겨울이 되면 물이 얕고 해조류가 무성한 곳으로 모여든다.

잘못 쓴 예 마의태자는 금강산으로 들어가 살면서 동해안에 나는 도루묵을 즐겨 먹었다.

▶▶ **도무지**

생성 시기 조선, 1860년(철종 11) 9월 21일(음력 8월 7일).

유   래 도모지(塗貌紙)는 조선시대에 사사로이 행해졌던 형벌이었다. 물을 묻힌 한지를 얼굴에 몇 겹으로 착착 발라놓으면 종이의 물기가 말라감에 따라 서서히 숨을 못 쉬어 죽게 되는 형벌이다.

1860년 경신박해 때 체포된 오치문이란 사람이 울산 장대로 압송된 뒤 도무지형으로 죽었다는 기록이 있다. 천주교 기록에 "순교 당시 그는 얼굴을 한지로 덮은 채 물을 뿌림으로써 숨이 막혀 죽게 하는 백지사(白紙死, 일명 도모지) 형벌을 받았는데, 무의식중에 혀를 내밀어 물 묻은 한지를 뚫자 군사들이 그 구멍을 막아 질식시켰다고 전한다."고 되어 있다.

이 어휘 생성 시기는, 철종 이원범의 명으로 경신박해가 끝난 1860

년 9월 21일(음력 8월 7일)로 잡는다.

이보다 늦은 기록으로는 1866년 12월 8일 남한산성에서 순교한 천주교인들에게 당시 광주유수가 일명 도배형 또는 도모지라고 부르던 백지사(白紙死)형을 집행했다는 기록이 있다.

『매천야록(梅泉野錄)』에는 "대원군 시대에 포도청의 형졸들이 살인하기에 염증을 느껴 백지 한 장을 죄수의 얼굴에 붙이고 물을 뿌리면 죄수의 숨이 막혀 죽곤 했는데 이를 도모지라 한다."는 기록이 있다. 이 책은 황현(黃玹)이 고종 1년(1864)부터 융희 4년(1910)까지 47년간의 구한말 역사를 적은 책인데, 대략 이 시기에 사사로이 행해진 형벌인 듯하다. 다만 형벌의 성격상 가문에서 사형(私刑)으로 집행될 수 있는 것이어서 이 말의 발생이 꼭 1860년이라고 단정할 수는 없다.

끔찍한 형벌인 '도모지'에 그 기원을 두고 있는 도무지는 그 형벌만큼이나 '도저히 어떻게 해볼 도리가 없는'의 뜻으로 쓰이고 있다.

잘못 쓴 예   고려 문신들은 무신들을 천시하여 자그마한 죄라도 있으면 트집을 잡아 도모지형을 가했다.

▶▶ **동동주**

생성 시기   조선, 1404년(태종 4).

유 래   동동주는 찹쌀로 빚은 맑은 술에 밥알을 동동 뜨게끔 빚은 약주다. 개미가 물에 떠 있는 것 같다고 하여 부의주(浮蟻酒), 나방이 떠 있는 것 같다고 하여 부아주(浮蛾酒)라고도 하며, 녹의주(綠蟻酒)라고도 한다.

이색의 유고집인 『목은집(牧隱集)』에 기록이 보이는 것으로 미루어 고려시대부터 있었던 것으로 여겨지나 구체적인 제법은 『고사촬요

(故事撮要)』(1554), 『음식디미방』(1653년경), 『산림경제』(1715), 『양주방(釀酒方)』(1837) 등의 조선시대 문헌에 기록되어 있다.

『산림경제』에 나오는 제조법은 다음과 같다. 찹쌀 한 말을 쪄서 그릇에 담아 식히고 물 세 병을 팔팔 끓여 식힌다. 먼저 누룩가루 한 되를 물에 탄 다음 찐 지에밥과 섞어서 독에 넣어 사흘 밤을 재우면 이내 익게 된다고 했다. 맛이 달고 콕 쏘아 여름철에 구미를 돋우는 술이다. 덧술하지 않고 일차 담금으로 끝내는 약주로 누룩을 하룻밤 물에 담가두었다가 사용하는 점이 독특하다. 1984년 국세청에서 경기도 지방의 민속주로 지정한 바 있다.

이 어휘의 생성 시기는 이색의 『목은집』이 출간된 1404년으로 잡는다.

잘못 쓴 예 천관녀가 건네주는 동동주를 기분 좋게 들이켜던 김유신이 밤이 이슥해짐을 알고 일어서려는데 갑자기 정신이 아뜩해지면서 몸을 가눌 수가 없었다.

▶▶ **두문불출(杜門不出)**

생성 시기 조선, 1392년(태조 1).

유   래 두문동(杜門洞)은 경기도 개풍군 광덕산 서쪽 골짜기를 이르는 말이다. 고려 말기의 유신(遺臣)들이 조선 건국에 반대하여 벼슬살이를 거부하고 은거하여 살던 곳으로 유명하다.

이성계가 역성혁명을 일으킨 뒤 1392년 8월 5일(음력 7월 17일)에 공양왕의 선위 형식을 빌려 조선의 왕위에 오르자 고려의 유신 72명이 끝까지 고려에 충성을 다하고 지조를 지키기 위하여 이른바 부조현(不朝峴)이라는 고개에서 조복을 벗어 던지고 이곳에 들어와 새 왕조에 출사하지 않았다. 이때 조선 왕조는 두문동을 포위하고 고려 충신 72명을 불살라 죽였다고 전해지고 있다. 두문동에 관한 기록은 조선 순조 때 당시 72명 중 한 사람인 성사제(成思齊)의 후손이 그의 조상에 관한 일을 기록한『두문동실기(杜門洞實記)』가 전해지고 있다. '두문불출'이라는 말이 여기서 비롯되었다. 이들 외에도 당시 많은 선비들이 은거함에 따라 이를 두문동이라고 부르는 곳이 여러 곳에 남아 있다.

중국의『국어(國語)』와『사기』에도 두문불출이라는 어휘가 있는데 고사성어가 아니라 일반 문장이다. 즉 문을 닫아걸고 나오지 않는다는 뜻이다. 우리나라에서는 특별한 역사와 연결되어 집단적인 거부라는 의미로 쓰이기도 하므로 이 어휘의 생성 시기를 고려시대로 잡았다.

잘못 쓴 예 월명사는 죽은 누이동생에 대한 사무치는 그리움을 한 편의 향가로 지었는데, 그러고 나서 며칠 동안 두문불출했다.

▶▶ **두부(豆腐)**

생성 시기 조선, 1404년(태종 4).

유   래 두부의 '부(腐)'는 '썩다'의 뜻이 아니고 마치 뇌수(腦髓)처럼 연하고 물렁물렁하다는 뜻이다.

두부는 서기전 2세기경에 전한의 회남왕 유안(劉安; 서기전 178~서기전 122)이 발명했다는 기록이 있으나, 당나라 말기의 중국 문헌에 처음 나타나므로 한대 이후에 만들어졌다는 견해도 있다. 어쨌든 유안이 살았던 중국 안후이성 화이난시에서는 유안의 생일인 9월 15일을 중국 두부문화절로 지정하여 매년 성대한 축제가 열린다.

우리나라에 두부가 전래된 정확한 시기는 알 수 없으나 이색 문집인『목은집』에「대사구두부래향(大舍求豆腐來餉)」이라는 시에 처음 나오고 있는 것으로 미루어 고려 말에 교류가 가장 빈번했던 원나라로부터 전래되었을 것으로 추측된다. 권근의 『양촌집(陽村集)』에는 두부 만드는 모습이 묘사되어 있다.

두부는 주로 사찰음식으로 발전했으며 조선시대에는 불교 탄압에도 불구하고 왕릉 옆에는 능침사찰(陵寢寺刹)을 짓고 이를 조포사(造泡寺)라고 불렀다. 조포사란 제수에 준비할 두부를 만드는 절을 말하는데 정약용의 『아언각비』에도 나온다.

이 어휘의 생성 시기는 이색의 『목은집』이 출간된 조선 태종 4년인 1404년으로 잡는다.

잘못 쓴 예 『삼대목』이라는 향가집을 엮은 위홍과 대구화상이 한번은 주막에 가서 술을 마시는데, 주모가 금방 쪄낸 것이라며 김이 모락모락 나는 두부를 안주로 내주었다.

▶▶ **땅콩**

생성 시기 조선, 1780년(정조 4).

유 래 원산지는 브라질을 중심으로 한 남아메리카 대륙이다. 중국에는 명나라 말에 전해진 것으로 추측되고, 우리나라에는 1780년을 전후하여 들어온 것으로 추측된다. 1766년(영조 42)에 간행된 『증보산림경제』에는 땅콩에 관한 기록이 없는 데 비해 1780년경에 이덕무가 쓴 『앙엽기』에 "낙화생의 모양은 누에와 비슷하다."라는 기록이 처음 보이고 있기 때문이다. 그러나 개화 이전의 기록에는 땅콩에 관한 기록이 없는 것으로 미루어 본격적인 재배는 개화 이후에 시작된 것으로 여겨진다.

잘못 쓴 예 임진왜란 당시 왜군이나 명군을 통하여 여러 가지 문물이 들어왔는데, 그중에는 모양이 누에고치를 빼닮은 땅콩도 들어 있었다.

▶▶ **땅전**

생성 시기 조선, 1866년(고종 3) 12월 12일(음력 11월 6일).

유   래 1866년(고종 3) 12월 12일(음력 11월 6일)에 흥선대원군이 경복궁을 중
건할 때 당백전을 주조했고 이듬해에 당오전을 주조하여 통용하게
했다. 당백전은 3년간 통용되었는데 법정 가치는 상평통보의 100배
였으나 실제 가치는 5~6배에 지나지 않는 악질 화폐였다.

당백전은 돈의 부족과 물가 앙등으로 제구실을 못하게 되어 주조
를 중지하였으며, 1867년 청나라의 화폐를 수입함에 따라 거세되었
다. 이때 당백전의 '당'이 되게 발음되어 '땅돈'이 되었고 다시 '땅전'
이 되었다.

잘못 쓴 예 신라·고려 때 천민들은 부곡이라는 특수한 집단 부락에서 목축,
농경, 수공업 등에 종사하고 있었다.

"살아서도 땅전 한 푼 없는 우리들 신세는 죽어서도 서러운 신세일
거야."라는 말이 부곡 안에서 회자되었다.

▶▶ **땅추**

생성 시기 조선, 1544년(중종 39).

유   래 땅추는 조선 중기 이후 승려들이 모여서 조직한 비밀결사를 이르
는 말이다. 올바른 표기는 당취(黨聚)다. 조선시대 숭유배불정책으
로 인해서 승려의 지위가 땅에 떨어졌고, 성종 이후 도승(度僧)과
승과제도가 폐지되면서 보호장치마저 사라지자 억불정책이 더욱
심화되었다.

중종 때는 양반 세력가들이 절간에 들어가 누각을 뜯어가 정자를
짓거나 오래된 수목을 캐다 정원을 꾸미고, 비구니를 잡아다 첩을

삼고 비구를 잡아다 머슴으로 쓰는 일이 많아졌다. 그러자 승려들은 당취라는 비밀결사를 조직해 이들에 대항했는데, 이 당취가 땡추가 된 것이다.

인종 때 문정왕후가 일시적으로 불교 보호정책을 썼으나 그가 사망하면서 불교계를 이끌던 보우선사가 제주로 유배되었고, 이에 제주목사 변협이 보우를 때려죽이면서 당취들의 활동도 극성기를 맞게 되었다. 따라서 이 어휘의 생성 시기는 당취가 성행한 시기에 나라를 다스렸던 중종(재위기간 1506~1544)의 사망 연도인 1544년으로 잡는다.

잘못 쓴 예 서라벌 사람들은 머리를 기르고 세속적인 인연도 마다하지 않은 원효를 땡추라 불렀다.

▶▶ **막걸리**

생성 시기 조선, 1837년경(순조 30).

유   래 막걸리는 우리나라에서 가장 역사가 오래된 민속주로서 빛깔이 뜨물처럼 희고 탁해서 탁주(濁酒), 농주(農酒), 회주(灰酒)라는 이름으로 불리기도 한다. 알코올 도수는 6~7도로 각 지방의 관인 양조장에서만 제조되고 있다. 만드는 법은 찹쌀, 멥쌀, 보리쌀, 밀가루 등을 찐 다음 수분을 건조시키는데 이것을 지에밥이라고 한다. 여기에 누룩과 물을 섞고 일정한 온도에서 발효시킨 후 청주를 따로 떠내지 않고 그대로 걸러 짜낸다.

『조선양조사』에 보면 "중국에서 전래된 막걸리는 처음에는 대동강 일대에서 빚기 시작해 국토의 구석구석에까지 퍼졌다."고 기록되어 있으나 진위를 가리기는 어려운 형편이다.

막걸리는 문헌상 1837년경에 쓴 것으로 추정되는 『양주방』에 혼돈주(混沌酒)라는 이름으로 처음 등장한다. 이것은 쌀과 누룩으로 술을 빚은 뒤 숙성되면 술밑을 체에 밭아 버무려 걸러낸 것이다. 그러면 쌀알이 부서져서 뿌옇게 흐린 술이 된다. 그 후 구한말에 주세법이 제정됨에 따라 막걸리 빚기가 규격화되었다.

1964년부터 막걸리에 쌀의 사용이 금지되었고 밀가루 80퍼센트, 옥수수 20퍼센트의 도입 양곡을 섞어 빚게 되었다. 이처럼 밀가루를 사용하자 질이 떨어지게 되어 서민층은 소주를 많이 마셨고 중산층 이상은 맥주와 양주를 찾게 되었다.

그 후 쌀 생산량이 늘고 소비량은 줄어 쌀이 남아돌게 되자 1971년에 쌀막걸리를 다시 허가했다. 그러나 술 빚는 방법의 규격화 때문에 옛 맛이 나지 않고 값도 비싸서 1년 만에 사라지고 다시 밀가루로 빚은 막걸리가 주류를 이루었다. 오늘날은 막걸리 열풍에 힘입어 쌀막걸리가 사랑을 받고 있다.

이 어휘의 생성 시기는 『양주방』에 혼돈주라는 어휘가 등장한 1837년경으로 잡는다.

잘못 쓴 예 부여의 제천행사인 영고 때는 부족 구성원 모두가 한데 어울려 떡과 막걸리를 마시며 춤추고 놀았다.

▶▶ **망나니**

생성 시기 조선, 1392년(태조 1).

유   래 조선시대에 사형수의 목을 베는 사형집행수를 가리키는 말이다. 사형수의 목을 내리치기 전에 입에 머금었던 물을 뿜어내며 한바탕 칼춤을 춤으로써 겁에 질린 사형수의 혼을 빼놓던 사형집행수를 망나니라고 불렀다. 망나니는 도깨비의 일종인 망량(魍魎)에서 비롯된 말이다. 망량은 죄인의 목을 베던 회자수(劊子手)의 뜻으로도 전의되었고, 뒤에 망나니로 발음이 변하였다고 한다.

망량은 세살배기 어린애처럼 생겼으며 온몸이 검은데 붉은빛을 띠고 있다. 귀는 기다랗고 눈은 붉으며 머리칼은 검다. 사람 말을 배워 지나가는 사람을 잘 홀린다고 한다. 아마도 여기서 사형수를 홀린다고 하여 망량이라고 한 듯하다. 이후 망나니는 말과 행동이 몹시 막돼먹고 나쁜 짓을 일삼는 사람을 가리키는 말로 변했다.

이 어휘의 생성 시기는 조선 건국 시기로 잡았지만 훨씬 더 오래된 말일 수 있다.

▶▶ **메리야스**

생성 시기 조선, 1830년경(순조 30).

유   래 내의의 보통명사처럼 쓰이는 어휘인 메리야스는 개화기 때만 해도 양말을 가리키는 말이었다. 이 메리야스의 특징은 그것을 신거나 입은 사람의 대소(大小)에 따라 늘어나고 줄어든다는 데 있다. 이 때문에 중국에서는 메리야스를 한역(漢譯)할 때 크건 작건 아랑곳없다는 뜻으로 '막대소(莫大小)'라 했다. 메리야스의 원어는 스페인어 메디아스(Medias)로 추측된다. '디'와 '리'는 서로 곧잘 바뀌는 음이어서 메디아스가 메리야스로 전화된 듯하다. 메디아스는 스페인어로도 양말을 뜻했다. 그러나 현재는 그 뜻이 확대되어 면사(綿絲)나 모사(毛絲)로 신축성 있고 촘촘히 짠 직물을 말한다.

우리나라에 양말이 처음 들어온 것은 1830년대였다. 그런데 프랑스 선교사들이 가지고 들어온 이 메리야스는 아주 이색적인 용도로 쓰였다. 이 메리야스는 양말로 사용하기보다는 비신자(非信者)들에게 믿음을 심어줄 때나 믿음이 약한 신자들의 믿음을 다져줄 때 선교 도구로 널리 쓰였다고 한다.

1940년 조선총독부가 발간한 『조선물산안내』에 따르면 메리야스가 우리나라에 들어온 지 반세기 뒤인 1872년에 메리야스 제품이 생산되기 시작했다. 그러나 고승제(高承濟) 박사가 지은 『한국경영사연구』에 따르면 한국 최초의 메리야스 공장은 1906년 김기호(金基浩)라는 포목상이 일본에서 양말 기계를 들여와 세운 공장임을 알 수 있다.

잘못 쓴 예 병자호란이 끝나자마자 우리나라에는 만주에서 메리야스 양말이 들어와 여염집에서도 신게 되었다.

▶▶ **모내기**

생성 시기 조선, 1429년(세종 11).

유   래 조선 세종 때의 농서인 『농사직설(農事直說)』에 따르면 우리나라의 모내기는 15세기 이전에도 있었으나 그 보급이 미미하였던 듯하다. 이앙법에 따른 모내기는 써레질이 끝난 논에 못줄이나 못자를 써서 모를 심었다. 최근에는 이앙기로 모내기하는 경우가 늘어가고 있다. 모내기는 볍씨를 못자리에 뿌리는 일로부터 시작되는데 대체로 물길이 좋은 땅, 즉 '못자리 배미' 같은 곳에 해마다 뿌려서 한다. 이 어휘의 생성 시기는 오늘날 전하는 가장 오래된 농서인 『농사직설』이 간행된 1429년으로 잡는다.

잘못 쓴 예 꼭두새벽에 일어난 온달은 일찌감치 아침을 먹고 모내기를 하기 위하여 농구를 챙겨 들고 논으로 향했다.

▶▶ **목화(木花)**

생성 시기 조선, 1463년(세조 9) 11월 21일(음력 10월 11일).

목화(木花)는 우리나라에서만 쓰이는 한자어다. 문헌상으로는 『세
조실록』 31권 세조 9년 11월 21일(음력 10월 11일)의 기록에 보인다. 세
조 이유가 왕세자에게 이르는 말이다.

"네가 입은 목면(木綿)의 옷은 지극히 심히 질박(質朴)하고 누추(陋
醜)하나, 사람들이 부지런히 수고하여서 만드는 데는 이 의복과 같
은 것이 없다. 밭을 갈아 씨앗을 뿌리고 김을 매고 북돋우어서 목
화(木花)를 따고 베를 짜서 이를 만드니, 너는 마땅히 옷을 보거든
여자의 공력(功力)이 쉽지 않은 것을 생각하라."

『고려사』와 『태조실록』에는 모두 목면(木棉) 또는 목면화(木棉花)라고
나온다. 따라서 무명과 같이 이 어휘 도입 시기를 문익점이 씨앗을
가져온 1375년으로 잡아도 무리가 없겠지만, 목화라는 우리 고유의
어휘로 나타난 것은 『세조실록』 기록이 처음이므로 일단 다른 자료
가 나오기 전까지는 1463년(세조 9) 11월 21일(음력 10월 11일)로 잡는다.

잘못 쓴 예 서경 천도의 꿈이 무참하게 꺾일 위기에 처하자 묘청은 무명 홑바
지저고리 차림으로 밤길을 나섰다.

▶▶   **백색 테러(白色 terror)**

생성 시기 프랑스, 1795년.

유   래 프랑스 혁명 중인 1795년 혁명파에 대한 왕당파의 보복이 그 기원
이다. 백색 테러라는 명칭은 프랑스 왕권의 표장이 흰 백합이었기
때문에 붙은 이름이다. 따라서 이 말은 권력자나 지배계급이 반정
부 세력이나 혁명운동에 대하여 행하는 탄압을 가리킨다.

지금은 정치적 목적 달성을 위해 암살, 파괴 등을 수단으로 하는
테러를 가리키는 것으로 특히 극우파나 보수파가 저지른 테러를
말한다. 미국의 악명 높은 인종차별 테러 단체인 KKK단이 오늘날

의 대표적인 백색 테러 단체라 할 수 있다.

▶▶ 백일장(白日場)

생성 시기   조선, 1414년(태종 14).

유 래   조선시대에 유생들의 학업을 장려하기 위해서 각 지방의 유생들을
모아 시문(詩文) 짓는 것을 겨루던 일을 가리키는 백일장은 그 이름
의 유래가 두 가지로 전한다. 하나는 뜻 맞는 사람들끼리 달밤에
모여 친목을 도모하고 시재(詩才)를 견주어보는 망월장(望月場)과
대조적인 뜻으로 대낮(白日)에 시재를 겨룬다 하여 생겨난 말이라고
한다. 다른 하나는 유생들을 모아놓고 시재를 겨루던 장소(場)를
가리키던 말이라고 한다.

주로 지방 관청의 수령이 주재하여 유생들을 대상으로 시제(試題)
를 걸고 즉석에서 시문을 짓게 하여 장원을 뽑아 연회를 베풀고
상을 주었다. 벼슬길과는 관계없는 백일장은 과거 낙방생과 과거
지망생의 명예욕을 충족시켜주는 것이기도 해서 지방에서 성행하
였다고 한다.

직접적인 기원은 1414년(태종 14) 음력 7월 태종이 친히 성균관 학생
500명에게 시무책(時務策)을 시험한 데서 비롯하였다고 한다. 그러
나 조선 후기에는 일자무식꾼까지도 참가하여 남의 글을 빌려 시
험지를 내고 시험지의 심사에도 수령의 가족, 심지어 기녀(妓女)까
지도 관여하여 엉터리로 석차를 정하는 등 비리가 많아 난장판을
이루기도 하였다고 한다.

잘못 쓴 예   정몽주는 일찍이 열다섯 살의 어린 나이에 인근 고을의 선비들이
모여 학문적 기량을 겨루는 백일장에서 당당히 장원을 함으로써
그의 총명을 드러내었다.

▶▶ **보모(保姆)/유치원 교사**

생성 시기   보모(궁중 관직)_ 조선, 1485년(성종 16).

보모(유치원 교사)_ 독일, 1837년.

보모(유치원 교사)_ 일제강점기, 1915년.

유치원 교사_ 한국, 1990년경.

유   래   조선시대에 보모(保姆)상궁은 왕자와 왕녀의 양육을 도맡은 나인
들의 총책임자로 동궁을 비롯하여 각 왕자녀 궁에 1명씩 있었다.
『경국대전』과 『대전회통』에 따르면 궁중에서 왕자녀의 양육과 교도
(敎導)를 맡은 궁녀, 또는 남의 자녀를 길러주는 여인이라고 나온다.
세자의 경우 양육을 맡은 궁녀가 10명은 되지만 보모라고 일컬어지
는 궁녀는 보모상궁과 부보모상궁 두 사람뿐이다.

이들은 교대로 격일근무를 하였는데, 한 사람은 생활 전반을 보살
펴주는 자모(慈母)의 소임을 하였고, 다른 한 사람은 엄하게 보도
(輔導)했다. 보모는 유모보다 지위는 낮았으나 아보지은(阿保之恩;
조심해서 잘 키운 은혜)이 있다 하여 죽으면 극진한 제수를 내리고 지
문(誌文)을 써준 사례가 많다. 조선시대에 상궁은 정5품의 내명부
궁관에게 주던 품계이다.

고대 중국에서는 여러 첩 가운데 한 사람을 택하여 보모로 삼았
다. 보모의 자격은 반드시 너그럽고 인자하며 공경하고 조심하며
말수가 적어야 한다고 했다.

『경국대전』은 조선이 개국하면서 꾸준히 편찬작업을 행하여 1481년
에 마지막으로 설치한 감교청(勘校廳)에서 5차 『경국대전』을 완성하
였고 다시는 개수하지 않기로 하고 1485년 음력 1월 1일부터 시행했
다. 『대전회통』은 1865년(고종 2) 영의정 조두순, 좌의정 김병학이 편
찬한 법전이다. 궁중 관직의 하나인 이 어휘의 생성 시기는 『경국대
전』이 시행된 1485년으로 잡는다.

개화기 이후 보모는 유치원 교사나 아동복지시설 종사자를 가리켰다. 세계 최초로 유치원 교사가 등장한 것은 1837년 독일의 프리드리히 프뢰벨(Friedrich Fröbel; 1782~1852)이 세운 유치원(Kindergarten)과 같은 시기일 것이다. 우리나라에서는 1897년(고종 34) 3월 3일 부산에 사는 일본인들이 부산유치원을 처음 설립하였다. 학생은 20명이었다. 1913년에는 경성유치원이 설립되었는데, 조선인 고급 관리의 자녀만 입학할 수 있었다. 다만 이때 보모란 명칭이 쓰였는지는 알 수 없다.

1914년에 선교사들이 이화유치원을 설립하고, 1915년에는 이화학당 내에 유치원 보모 양성기관이 최초로 생겼다. 이후 이화보육학교로 이름을 바꾸었다가 1941년에 폐교되었다. 보모를 뜻하는 독일어는 타게스무터(Tagesmutter)이다. 조선시대 이후 궁중이 아닌 곳에서 보모 어휘를 쓴 것은 1915년 보모 양성기관이 생긴 시기로 잡는다.

우리나라에서는 1990년 이후 유치원 교사 또는 보육교사라는 이름이 이를 대신하면서 2000년 이후에는 잘 쓰이지 않게 되었다. 좋은 말임에도 불구하고 여스승이란 뜻의 모(姆)가 식모(食母)·유모(乳母) 등에서 쓰이는 모(母)로 오해된 탓이다. 다만 외국의 경우 유치원 교사와 보모의 역할이 서로 다르기 때문에 번역서 등에서는 여전히 쓰이고 있으므로 아직 사어(死語)로 보기는 어렵다.

잘못 쓴 예 갑오개혁 무렵 서양 선교사들로부터 교육을 받은 보모들이 유치원에서 어린아이들을 가르치기 시작했다.

▶▶ **보부상(褓負商)**

생성 시기 조선, 1392년(태조 1).

유   래 보부상은 보상(褓商)과 부상(負商)을 총칭하는 말이다. 보상은 상품을 보자기에 싸서 들고 다니거나 질빵에 걸머지고 다니며 판매했고, 부상은 지게에 얹어 등에 짊어지고 다니면서 판매했다. 이에 따라 보상을 봇짐장수, 부상을 등짐장수라고도 했다.

부상의 기원은 고대사회에서 비롯된 것으로 보이나 부상단(負商團)이 조직된 것은 조선 초기이다. 「혜상공국서(惠商公局序)」(1883. 11)에 "공양왕 때에 이르러 부상을 동원하여 황해도 영정포에서 소금을 운반하였다는 이야기가 있는데 그 내용이 서적으로 기록되어 있지 않고 강월정(江月亭) 담옹일기(澹翁日記)에 미약하게 저술되어 있으니 한탄스러운 일이다."라고 기록되어 있다.

조선 말기 고종 때 발행된 「혜상공국서」와 「완문(完文)」의 기록에 따르면 보부상들은 자신들의 시작을 기자조선 때 부상들을 동원하여 느티나무를 심게 한 데서 유래한다고 주장하고 있다. 위화도 회군 때 보부상의 회두인 토산인 백달원이 800여 명의 보부상 회원들을 동원해 군량미를 운반해줬는데, 왕이 된 이성계가 그들의 공로를 기억하여 각종 행상권을 전담시켰다고 한다. 그 후 그들을 단속하고 지원할 보부청(褓負廳)을 조선 조정이 설치하면서 공인이 된 것으로 알려져 있다.

따라서 보부상의 어휘 생성 시기는 공양왕 왕요가 실권을 빼앗기고 유배를 떠난 1392년으로 잡는다.

상점 점포가 발달하지 않았던 조선시대에 행상은 상품 유통의 주된 담당자였다. 장시(場市)가 없었던 조선 초기 행상은 촌락을 돌아다니며 물건을 팔았고 장시가 발생한 이후에는 점막(店幕)에서 잠을 자고 장날에 맞추어 장시를 순회하면서 물건을 팔았다. 객주가 발생한 이후로는 객주를 주인으로 삼고 긴밀한 유대관계를 유지했다.

보부상은 단체를 이루어 행상 활동을 조직적으로 영위하기도 했다. 보부상단은 거부(巨富)에 의해 조직되거나 영세한 행상들의 자

구적인 노력으로 조직되었다. 보부상 조직의 가장 큰 특징은 민주
적인 투표를 통해 임원을 선출하고 안건 심의를 위해 정기총회를
개최했다는 사실이다.

보상단은 1879년에, 부상단은 1881년에 정부의 주도로 전국적인 조
직을 결성하기에 이른다. 1883년에 정부는 통리군국사무아문에 혜
상공국(惠商公局)을 설치하여 보상과 부상을 완전 합동하여 관장
하게 했다. 1885년에는 혜상공국이 상리국(商理局)으로 전환되면서
부상단은 좌단(左團), 보상단은 우단(右團)으로 재정비되었다. 정부
가 이처럼 보부상단의 활동에 직접 개입한 것은 행상업을 관장하
고 장시세(場市稅)와 같은 상품 유통세를 징수하기 위해서였다.

보부상은 정부의 보호를 받음으로써 관리의 수탈을 피할 수 있었
고, 전국적인 조직으로 발전함에 따라 보부상의 지역 조직이 한층
강화되고 보부상단의 가입자도 증가했다. 그러나 1895년 상리국과
각 도의 임방을 폐지한 이래 보부상의 세력은 약화되었다. 이즈음
의 보부상 집단은 보수적인 색채를 띠어 동학농민운동 때에는 농
민군과 대립했는가 하면, 황국협회가 독립협회를 분쇄하는 데 관
여기도 했다.

잘못 쓴 예 묘청은, 여러 고을을 자유롭게 드나들며 각종 정보에 밝은 보부상
들을 연락책으로 이용했다.

▶▶ **봉사(奉事)**

생성 시기 조선, 1466년(세조 12) 1월 31일(음력 1월 15일).

유   래 조선시대 돈령부와 각 시(寺)·사(司)·서(署)·원(院)·감(監)·창(倉)·고
(庫)·궁(宮)에 설치된 종8품의 관직이다. 1466년(세조 12) 1월 31일(음
력 1월 15일) 관제개혁 때 처음으로 등장했다. 세조 때의 관제개혁은

대체로 그 이전보다 관직의 품격을 격상시키고 많은 하위관직을 증설하였는데, 봉사는 종래 이속(吏屬)으로 실무에 종사하던 녹사(錄事)·시일(視日) 등을 개칭하여 종8품직으로 승격시킨 것이다.

봉사 직책에 주로 시각장애인들이 기용되었기 때문에 그 후 벼슬의 한 직책이던 이 말이 시각장애인을 높여 부르는 말로 전이되었다.

잘못 쓴 예 공민왕은 전국의 봉사들을 궁중으로 초청해 음식을 내면서 이들을 위로했다.

▶▶ **빈대떡**

생성 시기 조선, 1677년(숙종 3).

잘못 쓴 예 사역원에서 1677년에 간행한 중국말 교본(최세진 인해본)인 『박통사언해(朴通事諺解)』에 '병저'의 중국식 발음인 '빙져'가 등장하는데, 이것이 곧 빈대떡이다. 이에 생성 시기를 1677년으로 잡았으나 실제 빈대떡이란 말이 민간에 쓰이기 시작한 것은 훨씬 이전일 것으로 추정한다.

잘못 쓴 예 고려시대에 기근이 계속되어 백성들이 헐벗고 굶주리게 되면 나라에서 빈대떡을 만들어 구휼했다.

▶▶ **사이렌(siren)**

생성 시기 프랑스, 1819년.

유 래 사이렌은 원래 그리스 신화에 나오는 마녀의 이름이다. 몸의 반은 새이고 반은 사람인 사이렌은 아름다운 노랫소리로 뱃사람들을 유혹하여 배를 난파시켰다. 호메로스가 쓴 『일리아드』와 『오디세이』에도 사이렌이 등장한다. 배를 타고 집으로 돌아가는 오디세우스가 사이렌이 활동하는 지역에 다다랐을 때 밀랍으로 선원들의 귀를 틀어막아 그 위험에서 벗어나도록 했다는 대목이 나온다.

오늘날과 같이 일정한 음높이의 소리를 내는 경보장치인 사이렌은 1819년 프랑스의 발명가 C. C. 투르가 사이렌이라는 이름을 붙인 데서 비롯되었다. 그리스 신화에 나오는 사이렌이라는 마녀가 소리로 사람들을 위험에 빠지게 한 데 착안하여, 소리로 위험을 알려주는 경보장치에 그 이름을 따다 붙인 것이다. 지금은 신화 속의 인물보다는 경보장치를 가리키는 말로 널리 알려져 있다.

▶▶ **색주가(色酒家)**

생성 시기 조선, 1450년(세종 32).

잘못 쓴 예 색주가는 조선 세종 때 생겨났는데 주로 사신으로 명나라에 가는 벼슬아치들을 위하여 주색을 베푸는 곳이었다. 홍제원에 집단으로 색주가가 있었다고 한다. 이후 조선 후기에 와서는 값비싼 기생집에 가지 못하는 부류들이 주로 이용하는 싸구려 술집을 가리키는 말로 변용되었다.

이 어휘의 생성 시기는 세종의 사망 연도인 1450년으로 잡는다.

잘못 쓴 예 방원은 아버지 태조 이성계가 자신을 제쳐두고 아우 방석을 세자에 책봉하자 끓어오르는 화를 풀 길이 없어 평소에 자주 드나들던 색주가로 향했다.

▶▶ **샌드위치(sandwich)**

생성 시기 영국, 1790년.

유   래 18세기 영국의 켄트주에 살던 샌드위치 백작(1718~1790)의 이름에서

197

유래했다. 그는 백작 집안의 4대손으로 태어나 30세에 해군 대장을 지내고 백작 작위를 이어받았다. 본명은 존 몬터규이다. 트럼프 놀이를 매우 좋아했던 그는 밤을 새고 노름을 하면서도 밥 먹는 시간이 아까워 두 조각의 빵에 버터를 바르고 그 사이에 고기, 야채 등을 끼워 먹었다고 한다. 여기서 오늘날의 음식 샌드위치가 나왔다. 오늘날 샌드위치는 간단한 서양식 간이식사용 빵을 가리킨다. 얇은 두 조각의 빵에 버터나 갖가지 소스를 바르고 그 사이에 햄, 달걀프라이, 좋아하는 야채 등을 식성에 맞게 끼워 넣어 먹는다. 또한 샌드위치는 무엇인가의 사이에 끼어 있는 상태를 비유적으로 이르는 말이기도 하다.

이 어휘의 생성 시기는 존 몬터규의 사망 연도인 1790년으로 잡는다.

▶▶ **샴페인(champagne)**

생성 시기 프랑스, 1663년.

유   래 샴페인이란 명칭은 프랑스의 샹파뉴(Champagne) 지방의 지명에서 유래한 것으로 철자까지 똑같이 쓰고 발음만 미국식으로 한다. 즉 샴페인은 샹파뉴 지방에서 나는 포도주라는 뜻으로 이 지방 이름을 붙여서 쓰던 것이 그대로 술 이름으로 굳어진 것이다. 17세기경부터 빚기 시작한 샴페인은 적포도주와 백포도주로 나누어지며, 거품이 일어나는 발포성과 거품이 없는 비발포성이 있다.

원래 샹파뉴 지방은 신맛이 강하면서도 감미로운 포도주가 생산되기로 유명한 지역이었고, 10세기경부터 주목을 받기 시작했다. 이 무렵에는 불완전한 상태의 발포성 포도주로서 악마의 포도주(Vins du Diable) 또는 병마개 날리기(Saute-bouchon) 등으로 불렸다고 한다. 저장 포도주에서 추운 겨울 동안 잠자던 효모가 따뜻한 봄이 되면서 활동을 시작하여 남은 당분을 발효시켜 탄산가스를 만들어내고, 마침내 병이 가스의 압력을 견디지 못해 폭발하는 경우가 많았기 때문이다.

이것을 보고 이 지방 오빌리에(Hautvilliers) 마을의 수도원 포도주 담당 수도사인 동 페리뇽(Dom Perignon; 1638~1715)이 포도주의 2차 발효에 관심을 갖고, 압력을 견딜 수 있는 두께의 병과 뚜껑을 철사로 붙들어 매는 방법을 고안해내면서 샴페인의 역사는 시작되었다고 한다.

1663년에는 영국에 망명 중이던 생 에브흐몽(Saint-Evremont) 후작의 소개로 영국에서 유행이 되면서 영어식 이름인 샴페인(Champaign) 또는 스파클링 샹파뉴(Sparkling champagne)라는 이름이 생겨났다고 한다.

19세기 말까지도 압력을 견디지 못한 유리병이 폭발하는 경우가 많아서 일꾼들이 철망으로 만든 안전 마스크를 쓰고 일을 하였다고 한다.

이 어휘의 생성 시기는 생 에브흐몽이 영국에 유행시킨 1663년으로 잡는다.

▶▶ **서커스(circus)**

생성 시기   영국, 1782년.
일제강점기, 1925년.

유 래   원래 서커스(circus)라는 말은 고대 로마시대의 전차 경주 경기장의 원형 울타리를 뜻하는 말이었다. 1768년에 영국의 한 말타기 곡예사가 원형 공연장 안에 관객석과 지붕을 설치해서 구경꾼들을 끌어 모아 곡예를 펼치기 시작했는데, 1782년에 소속 기수 중 한 사람이 '로열 서커스'라는 이름으로 독립해서 나가게 되었다. 이것이 서커스가 곡마단을 가리키는 말로 쓰이게 된 기원이다.

오늘날의 순회 곡마단, 곡예단을 가리키는 말이다. 고유명사와 같이 쓸 때는 몇 개의 도로가 모이는 광장을 가리키기도 한다. 예를 들면 영국의 '피커딜리 광장(Piccadilly Circus)' 같은 경우이다.

우리나라는 일제강점기에 일본 서커스 단원으로 활동하던 동춘(東春) 박동수(朴東壽)가 1925년 전라도 목포에서 한국인 30명을 모아 처음으로 '동춘 서커스단'을 창단했다. 따라서 한국의 서커스 어원을 1925년으로 잡았다.

잘못 쓴 예 고종 황제는 이따금 창경궁으로 나가 서커스를 관람했다.

▶▶ **선달(先達)**

생성 시기 조선, 1487년(성종 18).

유   래 고려시대에는 예부시(禮部試)에 급제한 사람을 가리키는 말이었다. 조선시대에는 문과 출신은 거의 다 벼슬을 받았기 때문에 이 어휘는 주로 무과에 급제하고도 벼슬을 받지 못한 사람들에게 쓰였다. 무과는 정원의 여러 배를 뽑기 때문에 벼슬을 얻기가 대단히 어려웠다. 조선왕조 500년간 문과 급제자는 모두 1만 4000명인데 무과는 한 번에 몇백 명 또는 1000명 넘게 뽑기도 했다. 숙종 2년(1676)에 발행된 교지 중 하나가 발견되었는데, 이 교지에는 무과 급제자 합격자 번호가 1만 1017번으로 기록되어 있다.

이처럼 선달은 주로 무과에 급제했으면서 벼슬하지 못한 사람을 가리키는 어휘로 굳어졌다.

이런 기록은 서거정(徐居正: 1420~1488)이 후세에 전할 만한 일화와 한담을 모아 엮은 『필원잡기』 권2에 보인다. 이 책은 성종 18년인

1487년에 간행되었다.

▶▶ **섭씨(攝氏)**

<u>생성 시기</u>　스웨덴, 1742년.

<u>유　래</u>　1742년 스웨덴의 천문학자인 셀시우스가 정한 온도의 단위이다. 중
국인들이 셀시우스의 이름을 섭이사(攝爾思)라고 번역하면서 한자
로 섭씨(攝氏)라고 표기한 데서 유래한다. 물이 어는점을 0도로 하
고 끓는점을 100으로 하여 모두 100등분한 단위이다.

▶▶ **세도(世道, 勢道)**

<u>생성 시기</u>　조선, 1779년(정조 3) 11월 4일(음력 9월 26일).

<u>유　래</u>　정조 1년(1777) 8월에 홍상간, 홍인한 등 풍산홍씨 일가와 정후겸 등
이 정조의 침실에 자객을 들여보낸 반역 사건이 있었다. 이때 홍국
영은 이 사건의 전모를 밝혀내고 주모자들을 처단하는 일을 주도
하면서 특별한 신임을 얻게 되었다. 그러자 정조는 '세상을 올바르
게 다스리는 도리'인 세도(世道)를 실현하자는 이른바 세도정치를
홍국영에게 주문하였다

그러자 홍국영은 삼사(三司; 사헌부, 사간원, 홍문관)로 들어오는 소
계(疏啓; 상소와 장계. 상소는 관원이 임금에게 정사를 간하기 위해 올리던
글이고, 장계는 감사나 암행어사들이 임금에게 올리는 서면보고이다)를 직
접 관리해 스스로 취사선택하였고, 전국 8도에서 올라오는 장첩(狀
牒; 청원하는 글) 등을 모두 열람하여 자신의 손에서 처결하였다. 이
때문에 삼공육경(삼정승과 육조 판서)까지도 그의 눈치를 보게 되고,
조정의 백관이 모두 그에게 굴종하였다.

조정이 이러할 때 지방 관리들도 마찬가지여서 팔도 감사나 수령들도 그의 말이라면 감히 이의를 제기하지 못하였다. 모든 관리들이 그의 허락을 받아야 행동을 하게 되었으므로 '세도(世道)'가 '세도(勢道)'가 되었다는 말이 이때 처음으로 생겨났다.

이 말이 생겨난 시기는 홍국영이 훈련대장이 되어 전권을 행사하다가 실각한 1779년(정조 3) 11월 4일(음력 9월 26일)로 잡는다.

▶▶ 소방서(消防署)/금화도감(禁火都監)

생성 시기 금화도감_ 조선, 1426년(세종 8).
소방서_ 일제강점기, 1922년 5월 23일.

유   래 우리나라 소방관서의 효시는 1426년(세종 8)에 설치되어 소방 업무를 담당했던 금화도감(禁火都監)을 들 수 있다. 이후 일제강점기 초기에는 경무총독부의 보안과 소방계에서 소방 업무를 담당했다. 1922년 5월 23일에는 경성소방조상비대(京城消防組常備隊)를 경성소방소(京城消防所)로 개편했다. 소방소장은 경기도 경찰부 보안과 수방주임경부로서 일했다. 이후 1925년 4월 1일에는 경기부에 경성소방서를 개설하였다. 소방서장은 경찰서장과 같은 급이 맡았다. 1947년 미군정 때에 이르러 근대적인 소방서 50개서가 설치되었다.

잘못 쓴 예 1038년, 개경 중부에 커다란 화재가 나서 800여 호의 가옥이 소실되었다. 만약 금화도감에서 잠시라도 지체하여 늦장 출동하였더라면 개경 중부 전역에 있는 모든 가옥이 전소되는 참화를 불러왔을지도 모른다.

▶▶ 숙주나물

생성 시기 조선, 1475년(성종 6) 7월 23일(음력 6월 21일).

| 유 래 | 숙주나물은 원나라 때의 문헌인 『거가필용(居家必用)』에 두아채(豆芽菜)라는 이름으로 등장한다. 녹두를 깨끗이 씻어서 물에 담가 불린 뒤 항아리에 넣고 물을 끼얹어서 싹이 한 자쯤 자라면 껍질을 씻어내고 뜨거운 물에 데쳐 생강, 소금, 식초, 기름 등을 넣고 무친다고 기록되어 있다. 그 방법이 우리나라의 숙주나물 무치는 법과 같으니, 우리의 숙주나물은 원나라와 교류가 많았던 고려 때에 들어온 것임을 알 수 있다. |

숙주나물이라는 이름이 붙은 것은 조선시대로 다음과 같은 내력이 전한다.

세조 때 신숙주(申叔舟: 1417~1475)가 단종에게 충성을 맹세한 여섯 신하를 고변(告變)하여 죽게 하자 백성들이 그를 미워하여 이 나물을 숙주라 하였다는 것이다. 그것은 숙주나물로 만두소를 만들 때 짓이겨서 넣기 때문에 신숙주를 나물 짓이기듯 하라는 뜻이었다고 한다. 따라서 이 어휘의 생성 시기는 신숙주가 사망한 1475년 7월 23일(음력 6월 21일)로 잡는다.

잘못 쓴 예   공민왕의 아내인 노국공주는 고향인 원나라에 대한 향수가 일어날 때마다 고향의 음식인 숙주나물을 즐겨 먹곤 했다.(숙주나물→ 녹두나물 *또한 몽골인은 채소를 먹지 않았음)

▶▶ **술래**

생성 시기   조선, 1392년(태조 1).

유 래   조선시대에 도둑이나 화재 따위를 경계하기 위하여 궁중과 사대문 안을 순시하던 순라(巡邏)에서 비롯된 말이다. 순라는 오늘날의 경찰에 해당한다.

통행금지 시간이 되면 좌우포청의 포교와 나졸들이 장안 428방을 샅샅이 순회하였는데, 이 순회를 순라라고 했다. 순라군은 고려시대에도 있었으므로 조선시대 한양 천도와 함께 실시되었다고 단정할 수는 없으나 편의상 건국 연도인 1392년을 '술래'의 출생 시점으로 잡았다.

잘못 쓴 예 통일신라 말기 후백제군의 공격이 잦아지자 경주 일대에는 순라군이 자주 돌아다녔다.

시계(時計)/자명종(自鳴鐘)

생성 시기 조선, 1631년(인조 9) 8월 9일(음력 7월 12일).

유   래 시간을 알려고 하는 사람들의 노력은 동서양을 막론하고 고대부터 이어져왔다. 이 때문에 물이나 모래 또는 해의 방향을 이용한 자연시계가 많이 발달했다. 『삼국사기』에 물시계에 관한 기록이 나오는데, 이로써 자연시계는 이미 삼국시대에도 널리 보급되었던 것으로 추측된다.

이런 시계 문화는 조선시대에 들어와 비약적인 발전을 보인다. 세종 때 장영실이 만든 자격루는 물시계 가운데 가장 정확한 표준시계라고 할 수 있다. 특히 이 자격루는 자동 시보장치가 달려 있어 사람들이 시계를 지키고 있지 않아도 시각을 저절로 알려주게끔 만든 시계였다. 이 밖에도 세종 때 만든 시계로 주목할 만한 것은 절기까지 알려주는 앙부일구라는 해시계이다.

기계식 서양 시계가 들어와 선보이기 시작한 것은 1631년으로, 명나라에 사신으로 갔던 정두원이 8월 9일(음력 7월 12일)에 귀국하면서 국왕 인조 이종에게 자명종을 바친 기록이 있다. 『인조실록』에 정두원이 바친 "자명종은 매시간 저절로 울고"라는 기록이 있다. 이후로 중국에 사신으로 갔던 사람들이 너도나도 자명종을 들고 들어오기 시작하였고, 이때부터 우리나라에서 기계식 시계를 만들려는 연구가 활발히 이루어졌다.

우리나라에서 정식으로 현대적인 시계를 생산한 것은 1959년 외국에서 부품을 들여와 조립·판매하면서부터이다. 그 뒤 국산화율을 높여가다가 1977년부터는 전자시계를 생산하기 시작했다.

잘못 쓴 예 허난설헌이 동생인 허균의 집에 다니러 가서 사랑채에 들어가보니 문갑 위에 자명종이 올려져 있었다.

▶▶ **시금치**

생성 시기 조선, 1527년(중종 22).

유　　래 원산지는 페르시아 지방으로 중국을 거쳐 우리나라에 전래된 것으로 추측된다. 우리나라 문헌에 1527년(중종 22) 편찬한 최세진의『훈몽자회』에 처음으로 등장한 것으로 미루어 조선 중기부터 재배된 것으로 여겨진다. 따라서 이 어휘의 생성 연도는『훈몽자회』가 출간된 1527년으로 잡는다.

잘못 쓴 예 삼별초 군사들은 원나라 군사들의 포위망이 한 달이나 계속 풀리지 않자 밭에 난 시금치를 날로 뜯어먹으면서 견뎠다.

▶▶ **시조(時調)**

생성 시기 조선, 1775년(영조 51).

유　　래 시조(時調)는 고려 말기부터 발달한 우리나라 고유의 정형시를 말한다. 시조라는 명칭이 언제부터 사용되었는지는 확실하지 않으나 조선 영조 때 비롯된 것으로 보인다.

영조 때의 문신 신광수(申光洙; 1712~1775)가 쓴『석북집(石北集)』중

'관서악부(關西樂府)' 제15에 "일반적으로 시조의 장단을 배(排)한 것은 장안에서 온 이세춘이다(一般時調排長短來自長安李世春)."란 글에서 '시조'란 어휘가 처음 등장했음을 알 수 있다. 여기서 '장단'은 고려 이래로 음악의 절주(節奏; 리듬)를 뜻하는 말이었다.

시조라는 명칭의 원뜻은 시절가조(時節歌調), 즉 당시에 유행하던 노래라는 뜻이었으므로, 엄격히 말하면 시조는 문학 부류의 명칭이라기보다는 음악곡조의 명칭이다. 따라서 조선 후기에도 그 명칭의 사용은 통일되지 않아서 단가(短歌), 시여(時餘), 장단가(長短歌), 신조(新調) 등의 명칭이 시조라는 명칭과 함께 두루 혼용되었다.

근대에 들어오면서 서구 문학의 영향으로 과거에 없었던 문학 부류, 즉 창가·신체시·자유시 등이 나타났기 때문에 그들과 이 시형을 구분하기 위하여 음악곡조의 명칭인 시조를 문학 부류의 명칭으로 빌려서 쓰게 된 것이다. 현재 통용되고 있는 시조라는 명칭이 문학적으로는 시조시형(時調詩型)이라는 개념으로, 음악적으로는 시조창이라는 개념으로 알려져 있는 것은 이러한 까닭이다.

이 어휘의 생성 시기는 출전 문헌인 『석북집』 출간 연대로 보아야 하나, 『석북집』은 신광수의 5세손 신관휴(申觀休)가 광무 10년인 1906년에 간행한 것이므로 이보다는 신광수의 사망 연도인 1775년으로 잡는다.

잘못 쓴 예 발해인들은 거란으로부터 귀화한 여진족에게 거주할 집을 지을 수 있도록 땅을 떼어주었다. 그때 집 짓는 것을 도와주던 고구려 유민들 중 얼굴에 굵은 주름이 많이 팬 사람이 대패질을 하면서 고구려에서 크게 유행하던 시조 한 수를 불렀다.

▶▶ **실루엣(silhouette)**

생성 시기 프랑스, 1759년.

206

| 유 래 | 18세기 말 루이 15세(1710~1774) 때의 프랑스 정치가 에티엔 드 실루 |

유　래　18세기 말 루이 15세(1710~1774) 때의 프랑스 정치가 에티엔 드 실루엣(Etienne de Silhouette; 1709~1767)의 이름에서 비롯한 말이다.

이 무렵 프랑스의 경제가 매우 어려워지자 정부는 1759년 이를 극복하기 위해 에티엔 드 실루엣을 재무장관으로 기용했다. 그는 취임하자마자 특권계급으로부터 5퍼센트의 세금을 거두려 했으나 고등법원으로부터 완강한 저항을 받았다. 그러자 세금이 될 수 있는 모든 것에 과세를 하도록 지시했는데, 그중에는 사람이 숨 쉬는 공기에 세금을 물린다는 계획도 있었다고 한다.

또한 그는 극단적인 내핍정책을 수립하고 몸소 모범을 보이기도 했다. 그 한 예가 초상화를 그릴 때는 검은색으로만 그려 물감을 절약해야 한다는 것이었다. 이 같은 혹독한 정책은 국민들의 반발을 불러 결국 재임 8개월 만에 장관직을 내놓아야 했다. 그 뒤 사람들은 그의 이름에다 지나가는 그림자를 가리키는 뜻을 곁들였고, 값싸고 형편없는 상품에 그의 이름을 쓰기도 했다. 즉 지나가는 그림자처럼 짧게 재임했다는 것을 나타내기도 하고, 검은색만으로 그림을 그렸다는 걸 나타내기도 한다.

▶▶　**아편(阿片)**

생성 시기　조선, 1610년(광해군 2).

유　래　중국에서는 이미 당나라 때 아라비아로부터 양귀비가 들어왔으나 약용으로만 사용해오다가 명나라 때 흡연에 의한 아편 중독이 문제되기 시작했다.

우리나라에서는 조선시대에 아편의 씨와 열매 껍질인 앵자속(罌子粟)과 앵속각(罌粟殼) 등이 약용으로 알려지기 시작했다. 우리나라에서 마약류에 관한 기록은 광해군 2년(1610)에 편찬된 『동의보감』에 아편, 즉 앵자속의 약효와 제법이 소개된 것이 최초다. 그러나 이때 앵자속은 명나라에서 수입했을 가능성이 많고, 재배와 흡연은 조선 후기부터다.

아편연 흡연이 주목받기 시작한 것은 조선 헌종 때 오주(五洲) 이규경이 지은 『오주연문장전산고』 중의 아편연변증설에서부터이다. 그래도 아편 흡연이 크게 퍼지지 못한 것은 엄격한 쇄국정책과 아울러 아편 흡연을 서교(西敎)와 결부시켜서 금지시켰기 때문이다. 그러나 임오군란을 계기로 청나라 군사가 우리나라에 주둔하면서 아편의 해독이 널리 퍼지게 되었다. 구한말에 이르러 아편 재배가 본격적으로 이루어졌고, 양대인이라는 중국인에 의해 아편 흡연이 남용되기 시작했다고 한다. 이때 아편을 '당연'이라고 하였고 그 이후로는 '양귀비'라고 명명하였다고 한다.

1890년대 말 호남 지방에 모르핀이 처음 유입되었고, 의사나 약사 또는 선교사들이 무책임하게 처방함으로써 많은 중독자가 발생했다. 헤로인도 이와 같은 시기에 들어와 이북 지방으로 점차 확산되어 전국으로 퍼져나갔다.

1912년부터 1914년까지 조선총독부가 아편을 단속하는 법령을 공포하였고, 1925년에는 총독부가 국내 소요량의 30배가 넘는 아편을 생산하여 대만, 만주, 광동 지역으로 수출하기도 했다. 일제는 아편을 전매작물로 허용함으로써 중독자가 많이 발생하게 되었고, 모르핀은 만병통치약이라는 선전에 힘입어 당시 유행했던 콜레라와 함께 전국적으로 확산되어 더욱 많은 중독자가 발생했다.

1945년부터 1950년에 이르는 기간에도 사회가 불안한 상황에서 아편 재배와 흡연이 성행하여 마약중독자가 크게 증가했다. 6·25전쟁 중에는 부상자를 치료하는 과정에서 마약이 진통제로 남용됨으로써 그로 인한 중독자들도 발생했다. 또한 이 시기에는 코데인 등 기침약으로 가장한 아편 주사약이 공공연하게 매매되어 감기 치료를 받다가 중독되는 경우도 있었다. 1960년대는 군대의 월남 파병에 따라, 군속에 의한 월남산 생아편이 대량 유입된 시기였다.

잘못 쓴 예　　고려 후기 원나라에서 인삼을 보내달라고 요구하자 왕실에서는 그 대가로 우리나라에서 구할 수 없는 아편을 보내달라고 했다.

▶▶　　**안경(眼鏡)**

생성 시기　　조선, 1593년(선조 26).

유　　래　　안경의 기원에 대해서는 정확한 연대가 밝혀진 것이 없으나 학자들에 따르면 11세기 말부터 자유 상업도시로 발전한 이탈리아의 도시 베네치아에서 처음 발명했다고 한다. 이후 1445년 독일의 구텐베르크가 금속활자를 발명하면서 안경은 유럽 각처로 전파되었고, 1400년대 후반에는 독일에서도 안경이 생산되기 시작했다.

동양에 안경이 전해진 것은 유럽에 안경이 전파된 시기와 거의 비슷하다. 중국에는 15세기 초에 아라비아를 통해 전해졌다고 알려져 있었는데, 최근 13세기 유물에서 안경이 나와 그 시대는 훨씬 이전으로 거슬러 올라가게 됐다.

이 밖에 1268년 영국의 베이컨이 처음으로 고안하여 썼다고도 하고, 동양에서는 벌써 그 이전에 몽골이나 중국 등지에서 만들어 사용하였다는 설도 있다. 그러나 대체로 13세기 후반 서양에서 안경이 본격적으로 쓰이기 시작했다고 한다.

우리나라에 안경이 언제 들어왔는지 알 수 있는 정확한 자료는 없다. 그러나 임진왜란 때 명나라의 심유경(沈惟敬)과 일본 승려 현소(玄蘇)가 연로한데도 안경을 낀 덕분에 글을 잘 읽어 사람들을 놀라게 하였다는 기록이 있고, 이 때문에 선조가 안경을 중신들에게 하사하였다는 기록이 있는 것으로 보아 적어도 임진왜란 무렵 이미 우리나라에 들어온 것으로 짐작할 수 있다.

그런 중에 1984년 우리나라 최초이자 최고(最古)의 안경이 발견되었다. 임진왜란 직전에 일본에 통신사로 다녀온 학봉 김성일(金誠一; 1538~1593)의 14대 후손 집에서 보관해오던, 김성일이 쓴 것으로 전해오는 안경이 그것이다. 그렇다면 김성일은 통신사로 일본에 다녀온 1590년에 이 안경을 구했거나, 아니면 그 무렵 중국을 통해 구했을 가능성이 크다. 따라서 이 어휘의 생성 시기는 우리나라 최초의 안경을 사용했던 김성일이 사망한 1593년으로 잡는다.

잘못 쓴 예 개화기(1876년 이후)에 일본을 통하여 들어온 안경은 개화당 인사들의 착용을 시작으로 해서 급속도로 보급되었다.

▶▶ **안성맞춤**

생성 시기 조선, 1608년(광해군 즉위년) 6월 18일(음력 5월 7일).

유 래 임진왜란 뒤 유민이 증가하여 징수 대상 호구가 줄어들었고, 전쟁 이전에 약 163만 결이던 전답이 약 30만 결로 줄어들자 세수가 턱없이 모자라게 되었다. 이 시기의 과세 기준은 호구 단위였기 때문에 땅이 많든 적든 관계가 없었다. 그러다 보니 임진왜란이 끝난 뒤 양반 지주들은 토지를 숨기거나 줄여서 신고하는 꼼수를 부렸다. 또한 수공업자들은 세금 대신 방납(防納)이라고 하여 정해진 물품을 생산해 조정에 바쳤는데, 여기서 방납 중개인과 지방 관리들의 횡포로 정해진 수량의 몇 배를 무는 폐단이 잇따랐다.

임진왜란 이전에 이이(李珥)는 1569년(선조 2)에 편찬한 그의 저서 『동호문답(東湖問答)』에서 대공수미법(貸貢收米法)을 주장했으나 실제 정책으로는 반영되지 못했다. 임진왜란이 끝난 뒤 국고 부족 현상을 타개하기 위해 유성룡이 대공수미법을 실시했지만 곧 포기했다.

이후 한백겸과 이원익이 대공수미법을 개량한 대동법, 즉 전답의 양에 비례하여 쌀로 세금을 내고 수공업자의 방납을 폐지하는 대신 필요한 만큼 조정에서 직접 사들이자고 주장했다. 그러는 중에 선조가 1608년 3월 16일(음력 2월 1일)에 세상을 뜨자 그 뒤를 이어 즉위한 광해군은 즉위한 지 며칠 뒤인 3월 29일(음력 2월 14일)에 대동법 주창론자인 이원익을 영의정에 임명했고, 선혜지법(宣惠之法)으로 불린 이 법을 시행하라는 지시를 내렸다.

이에 따라 1608년 6월 18일(음력 5월 7일)에 영의정 이원익은 조정에서 물가 조절과 기민 구제 업무를 맡고 있던 상평청을 확대·개편하여 선혜청을 창설함과 동시에, 경기도 대동법을 관할할 지역청인 경기청을 두어 선혜청과 경기청의 도제조를 맡으면서 이 법의 시행에 박차를 가했다. 다만 대동법의 과세 기준 변화가 혁명적인 수준이었기 때문에 양반 지주와 방납 중개인들이 격렬한 반대를 고려하여 전국 실시를 포기하고 경기도에 한해 시범 실시하게 되었다.

이 법이 실시되면서 경기도에 속했던 안성 유기점들은 방납을 바칠 필요가 없게 되고, 그 대신 조정과 관아의 주문을 받아 제품을 만들어 판매하기 시작했다. 방납이 사라지면서 조정이나 관아에서 필요한 물품은 직접 구매를 했기 때문에 품질이 좋기만 하면 얼마든지 팔 수 있게 되어 안성은 일약 수공업의 중심지로 떠올랐다. 이에 따라 맞춤형 안성 유기가 인기를 끌면서 '안성맞춤'이라는 말이 생겼고, 나아가 이 말은 만족스런 제품이란 뜻으로 발전했다.

▶▶ **어사화(御賜花)**

생성 시기	조선, 1525년(중종 20).
유 래	조선시대 과거에 급제한 사람이 합격증서인 홍패를 받을 때 왕이

어사화를 하사했는데, 실제로는 접시꽃 모양의 종이꽃이다. 과거 급제자는 이 종이꽃을 가늘고 긴 참대오리 두 가닥에 꽂아 복두에 꽂고 다녔다.

이 어휘의 생성 시기는 조선 초기라고 짐작하나 이 어휘가 성현(成俔; 1439~1504)의 저서 『용재총화(慵齋叢話)』에 나오므로, 이 책이 경주에서 발간된 중종 20년인 1525년으로 잡는다.

잘못 쓴 예 설총은 과거에 급제한 뒤 어사화를 받아 모자에 꽂은 뒤 말을 타고 집으로 돌아왔다.

▶▶ **어음**

생성 시기 조선, 1678년(숙종 4).

유   래 우리나라의 고유한 어음은 어험(魚驗) 또는 음표(音票)라고 했다. 조선 후기에 상평통보가 교환수단으로 널리 유통된 이후부터 신용을 본위로 하는 개성상인들이 쓰기 시작했고, 이후 점차로 객주에 의해 본격적으로 발행되어 통용되었다. 종이의 중앙에 '출문(出文) 또는 출전(出錢) ○○냥'이나 '출급(出級) 또는 출차(出次)'라고 기입했다. 출문 또는 출전은 얼마만큼의 금액에 해당한다는 것을 나타내고 출급 또는 출차는 지급하겠다는 것을 나타낸다.

1876년 개항 이후로 어음은 종래보다 훨씬 더 많이 통용되었으며 신용도가 높아서 우리나라는 물론 중국과 일본에도 통용되었다. 1906년 일제가 수형조례(手形條例)를 발포함에 따라 제도적으로 고유한 어음이 폐지되고 근대적인 어음이 도입되었다.

이 어휘의 생성 시기는 상평통보가 나와 유통된 해로 잡는다. 상평통보는 인조 11년(1633)에 김신국(金藎國), 김육(金堉) 등의 건의에 따라 상평청을 설치하여 주조하고 유통시켰는데 결과가 나빠 유통을 중지했다. 그 후 숙종 4년인 1678년 정월에 영의정 허적(許積), 좌의정 권대운(權大運) 등의 주장에 따라 다시 주조하여 서울과 서북 일부에서 유통되다가 점차 전국적으로 확대 유통되었다. 그러므로 숙종 4년(1678)을 어음이 본격적으로 쓰이기 시작한 때로 잡는다.

잘못 쓴 예 해상무역의 선구자인 장보고가 발행한 어음은 그 신용도가 당나라에까지 소문이 짜하게 퍼져 있었다.

▶▶ **영감(令監)**

생성 시기 조선, 1392년(태조 1).

유   래 조선시대에 정3품과 종2품의 당상관을 높여 부르던 말이다. 벼슬이 그 이상일 때는 대감(大監)이라고 불렀다. 그러던 것이 조선 중기에 80세 이상의 나이 많은 노인들에게 명예직으로 수직(壽職)이라는 벼슬을 주고 그들도 영감이라고 높여 불렀다.
이 어휘의 생성 시기는 조선의 건국 연도인 1392년으로 잡는다.

▶▶ **옹고집(雍固執)**

생성 시기 조선, 1800년(정조 24).

유   래 우리나라의 고전 소설 『옹고집전』의 주인공 옹고집에서 나온 말이다. 주인공 이름에서 그 특징이 바로 드러난다. 작자는 알 수 없으며 시기는 대략 조선 영·정조 연간으로 본다.
옹진골 옹당촌(擁堂村)에 사는 옹고집은 욕심 많고 심술궂어서 매사를 옹고집으로 처리한다. 옹고집은 또 불도(佛道)를 능멸하여, 탁발 나온 승려들에게 행패를 부리다가 도승의 노여움을 산다. 도승은 도술을 부려 짚으로 만든 허수아비로 옹고집을 하나 더 만든

213

다. 이 가짜 옹고집은 옹고집의 집을 찾아가 진짜 옹고집을 내쫓고 그의 아내와 같이 산다. 진짜 옹고집은 가짜에게 쫓겨난 후 갖은 고생 끝에 개과천선하고, 도승의 용서를 받아 다시 집에 돌아와 살게 된다는 내용이다.

『옹고집전』은 1권 1책의 국문 필사본으로 원래 판소리 열두마당의 하나였다고 하지만 판소리는 전해지지 않는다. 목판본이나 활자본은 발견되지 않고, 김삼불(金三不)이 1950년에 필사본을 대본으로 하여 주석본을 출간했다. 그때 사용한 필사본은 전하지 않는다. 그 밖에 최내옥본(崔來沃本), 강전섭본(姜銓瓏本), 단국대학교 율곡 기념도서관 나손문고본(구 김동욱본)의 필사본이 있다.

이 어휘의 생성 시기는 작품 발표 시기로 알려진 영·정조 시대, 즉 정조의 사망 연도인 1800년으로 잡는다.

▶▶ **원숭이/잔나비/납**

<u>생성 시기</u>   원숭이_ 20세기 초부터 쓰임.
잔나비_ 19세기까지 쓰임.
납_ 18세기까지 쓰임.

유   래   납을 가장 먼저 쓰기 시작하였고 그다음에 잔나비, 원숭이 순으로 말이 바뀌었다. 납이란 말이 쓰이기 시작한 때는 중국 남방이나 동남아시아, 일본, 유구 등과 교류를 시작한 삼국시대로 유추한다. 다만 잔나비는 훨씬 뒤에 쓰인 듯하다.

<u>잘못 쓴 예</u>   서울대공원에 새끼 잔나비 두 마리가 태어났다.(잔나비→원숭이)

▶▶ **이판사판(吏判事判)**

<u>생성 시기</u>   조선, 1392년(태조 1).

유 래   한말의 사학자 이능화(李能和)가 쓴 『조선불교통사』 하권 「이판사판 사찰내정」에는 다음과 같이 이판승과 사판승을 설명한다.

"조선 사찰에는 이판승과 사판승의 구별이 있다. 이판(理判)이란 참선하고 경전을 강론하고 수행하고 홍법 포교하는 스님이다. 속칭 공부승(工夫僧)이라고도 한다. 사판(事判)은 생산에 종사하고 절의 업무를 꾸려나가고 사무행정을 해나가는 스님들이다. 속칭 산림승(山林僧)이라고도 한다. 이판과 사판은 그 어느 한쪽이라도 없어서는 안 되는 상호관계를 갖고 있다. 이판승이 없다면 부처의 지혜광명이 이어질 수 없다. 사판승이 없으면 가람이 존속할 수 없다. 그래서 청허(淸虛)·부휴(浮休)·벽암(碧巖)·백곡(百谷) 스님 등의 대사들이 이판과 사판을 겸했다."

조선시대에 승려가 된다는 것은 마지막 신분 계층이 된다는 것을 의미하는 일이기도 했다. 조선은 불교를 억압하고 유교를 국교로 세우면서 승려들은 성안에 드나드는 것조차 금지되었다. 이 때문에 당시 승려는 이판이 되었건 사판이 되었건 천민이라는 계급을 벗어날 수 없었다.

이 어휘는 조선 개국 연도인 1392년을 생성 시기로 잡는다. 조선 조정이 개국과 함께 승려를 천민 계급으로 격하하여 이 어휘가 생겨난 것으로 본다.

▶▶ 잡동사니(雜---)

생성 시기   조선, 1791년(정조 15).

유 래   조선 후기의 학자 안정복(安鼎福; 1712~1791)이 엮은 잡기(雜記)인 『잡동산이(雜同散異)』에서 온 말이다. 책의 내용은 경사자집(經史子集)에서 문자를 뽑아 모으고, 사물의 이름이나 민간에서 떠돌아다니는 패설(稗說) 등 여러 분야의 다양한 내용을 기록한 책이다. 총 53

책이다.

정확한 출간 연대를 알 수 없어 일단 안정복의 사망 연도인 1791년
으로 잡았다.

▶▶ **전당포(典當鋪)**

생성 시기 조선, 1840년(헌종 6) 2월 23일(음력 1월 21일).

유   래 우리나라 역사상에 전당이라는 용어가 보이는 것은 고려시대부터
이나 근대적 전당업이 발생한 것은 조선 후기의 일이다.

서울대 규장각 소장 자료 중 헌종 6년 1840년 2월 23일(음력 1월 21일)
에 작성된 토지전당문기(道光貳拾年-庚子-正月二十一日趙允國前典當
明文)와 철종 1년 1850년에 작성된 토지전당문기(道光參拾年-庚戌-
十二月晦日車千益前明文)에서 전당포의 존재를 확인할 수 있다.

그 후 갑오개혁이 근대적인 전당업 발전의 계기가 되었다. 당시 군
국기무처의 개혁안이나 홍범14조의 개혁안 대부분이 전당업 발달
의 전제 조건이어서, 갑오개혁 이후 종래 대금업자와 상공업자의
겸업 내지 부업이었던 전당업이 분리·독립하는 경향을 띠었다. 1898
년 11월 전당업에 관한 모든 법규가 근대적인 법 체제를 갖추어 '전
당규칙'이 발포되었으며 잇달아 농상공부령 제31호로서 전문 6조
로 된 '전당포세칙'이 발포되었다.

전당포는 1961년 전당포 영업이 법적으로 허용되면서 1960~70년대
대표적인 사금융으로 번창했다. 1987년 전국 2350개 업소에 이르렀
던 전당포는 1990년대 들어 신용카드가 보편화되면서 급속히 사양
길로 접어들었다.

잘못 쓴 예 조선시대의 명필 한석봉의 어머니는 너무나 가난하여 아들을 서당
에 보내지 못할 형편이 되자, 가보로 내려오는 서책을 전당포에 맡

기고 돈을 마련했다.

▶▶ **족보(族譜)**

생성 시기 조선, 1412년(태종 12) 11월 30일(음력 10월 26일).

유　　래 동양에서 족보는 중국 한나라 때부터 있었다. 우리나라의 경우 『고
려사』나 고려시대의 묘지명 등의 사료에 따르면, 소규모의 필사(筆
寫)된 계보는 이미 고려시대 이래로 귀족 사이에 작성되고 있었음
을 알 수 있다.

한 동족 또는 한 분파 전체를 포함하는 족보는 조선 중기에 이르러
비로소 출현했다. 그 최초의 족보는 1423년(세종 5) 간행된 문화유씨
(文化柳氏)의 『영락보(永樂譜)』로 알려져 있다. 다만 태종 이방원 대
에 이미 왕실 족보가 편찬되고 있었으므로 이 족보의 어원은 태종
시기로 거슬러 올라간다.

『태종실록』 24권 1412년 11월 30일(음력 10월 26일) 기록에 "만약 혼
동하여 『선원록』에 올리면 후사(後嗣)는 어찌하겠는가? 마땅히 다
시 족보(族譜)를 만들어 이를 기록하게 하라."는 내용이 나온다. 즉
『선원록』을 족보라고 부르는 걸 알 수 있다. 따라서 족보의 어원은
1412년 11월 30일로 잡는다.

잘못 쓴 예 김유신이 한때 기생 천관의 집에 자주 들락거리자 그의 어머니는
족보에서 유신의 이름을 지워버리겠다며 불호령을 내렸다.

▶▶ **좌익(左翼)**

생성 시기 프랑스, 프랑스 대혁명 후인 1791년 10월 1일.

유　　래 프랑스 대혁명 이후인 1791년 10월 1일부터 구성된 입법의회에서 급

217

진 개혁파인 자코뱅당이 의장석에서 봐서 의장의 왼쪽에 자리 잡고, 보수파인 지롱드당이 의장의 오른쪽에 자리를 잡았던 데서 좌익과 우익이라는 말이 생겼다. 이로부터 자코뱅당의 정치성향인 급진적 체제개혁을 내세우는 과격한 정치세력을 좌익이라고 하고, 체제수호를 내세우는 지롱드당 같은 보수 세력을 우익이라고 한다.

▶▶ **주일학교(主日學校, sunday school)**

생성 시기 조선, 1840년(헌종 6).

유   래 우리나라의 주일학교는 천주교가 전래되면서 주일 미사 후에 교리 교육의 한 형태로 시작되었다. 그 후 개신교가 들어오면서 본격적으로 청소년 중심의 종교 교육의 형식을 갖추어 행해지게 되었다. 이 어휘의 생성 시기는 천주교의 전래 시기로 보면 1840년대로 소급될 수 있고, 개신교의 선교 활동을 시점으로 보면 1890년대로 소급된다.

▶▶ **지폐(紙幣)**

생성 시기 조선, 1402년(태종 2) 2월 7일(음력 1월 6일).

유   래 고려 말에 이르러 화폐제도의 문란에 따른 물가의 앙등과 상인들의 모리 행위로 유통계의 혼란이 극심했다. 종래 유통되었던 동전은 일찍이 기능을 상실했고, 은병(銀瓶)도 가치가 날로 하락하였으며, 현물과의 등가도 높이 형성됨에 따라 일반 백성에게는 도움을 주지 못했다. 또한 물품 화폐의 주종을 이루고 있던 베, 즉 포화(布貨) 역시 품질이 떨어져 유통 가치가 하락됨으로써 물가의 등귀를 초래하여 유통계에 나타난 경제적 혼란은 심각한 상태에 이르렀다.

그뿐 아니라 원나라의 보초가 국내에 유입되어 금은 등 귀금속과 함께 원나라와의 경제적 거래의 결제수단으로서 사용되었다.

이 같은 사회경제적 여건을 배경으로 1391년(공양왕 3)에 저질 베의 통용을 금지하는 동시에 종이 화폐인 저화제(楮貨制)를 채용하는 방안이 제기되어, 저화를 제작하여 사용할 것을 결정했다. 그러나 귀금속화폐의 유통 기반이 안정되어 있지 못하고 철전이나 동전 등 비금속화폐가 지속적으로 통용되지 못한 당시의 사회경제적 여건에서 한낱 종잇조각에 지나지 않은 저화가 국가에서 부여한 액면 가치대로 통용될 수는 없었다. 저화제는 당시의 미숙한 사회경제가 수용하기에는 적지 않은 문제점을 내포하고 있는 화폐제도였고, 또한 고려·조선 교체기의 과도기적 혼란이 겹쳐 저화는 제작된 뒤에도 통용되지 못하고 말았다.

이 어휘의 생성 시기는 단지 논의만 되던 1391년(공양왕 3)으로 잡기는 어렵고, 1402년(조선 태종 2) 2월 7일(음력 1월 6일)에 저화 2000장이 처음으로 발행된 시점으로 잡는다. 물론 이때에는 실제 발행되었지만 널리 유통되지 않았다.

잘못 쓴 예　고려 건국의 해인 918년 팔관회 때, 백성들은 아껴 마련한 돈을 깨끗한 지폐로 바꾸어 부처님 전에 올렸다.

▶▶　**채비(差備, ――를 하다)**

생성 시기　조선, 1414년(태종 14) 12월 24일(음력 12월 9일).

유　　래　채비(差備)는 원래 궁궐에서 잡역에 종사하는 남자 종인 차비노(差備奴)에서 유래한 말이다. 이들은 궁궐에서 물 끓이는 일, 고기 다루는 일, 반찬 만드는 일 등 여러 가지 일을 담당했다. 도성 안에는 궁궐 외에도 왕실과 종친들의 집과 중앙 각 관사가 집중하고 있었기 때문에 이들 각 관사에서도 잡심부름, 밥 짓기, 청소 등을 담당한 최하급 일꾼인 차비노를 두었다. 『경국대전』「형전(刑典)」에 따르면 경중각사(京中各司)에 속한 차비노의 정원은 390명이었다.

『경국대전』은 조선이 개국하면서 꾸준히 편찬 작업을 행하여 1481년에 마지막으로 설치한 감교청에서 5차 『경국대전』을 완성하였고 다시는 개수하지 않기로 하고 1485년 음력 1월 1일부터 시행했다. 다만 『태종실록』 28권 1414년 12월 24일(음력 12월 9일) 기록에 "아울러 각 차비노비(差備奴婢)를 10명 올봄까지 적전(籍田) 근처에 이거(移居)시키는 것이 마땅합니다."라고 나오는 것으로 보아, 이 시기를 차비노 어원 생성 시기로 잡는다. 차비노(差備奴)는 남성, 차비비(差備婢)는 여성이다.

▶▶ **청국장(清麴醬)**

생성 시기   조선, 1715년(숙종 41).

유   래   전쟁이 났을 때 단시일 내에 제조하여 먹을 수 있게 만든 장이라 하여 전국장(戰國醬), 청나라에서 배워 온 것이라 하여 청국장(淸國醬)이라고도 하며, 전시장(煎豉醬)이라고도 한다.

우리나라 문헌상으로는 홍만선(洪萬選; 1643~1715)의 『산림경제』(1715)에 '전국장'이라는 명칭이 처음 기록되었으며 만드는 법도 소개되어 있다. 그 뒤 유중림(柳重臨)이 영조 42년인 1766년에 쓴 『증보산림경제』에는 "대두를 잘 씻어 삶아서 고석(볏짚)에 싸서 따뜻하게 3일간을 두면 생진(生絲)이 난다."고 기록되어 있다.

잘못 쓴 예   중종의 장인 신수근이 연산군의 측근이었다는 이유로 박원종 등 반정 세력들은 중종에게 부인 신씨와 이혼하라고 요구했다. 이에 신씨 부인은 중종에게 청국장을 끓여 올리고 나서 친정으로 떠나갔다.

▶▶ **촌수(寸數)**

생성 시기   조선, 1405년(태종 5) 5월 8일(음력 4월 10일).

유   래   우리나라의 촌수제도가 언제부터 시작되었는지 확실하게는 알 수
없다. 기록상으로는 12세기까지 소급이 가능하다. 조선시대의 법전
인 『경국대전』에 종형제(從兄弟)를 4촌 형제로, 종숙(從叔)을 5촌숙
으로 기록한 것을 볼 수 있다. 왜 '촌'이라고 하였는지에 관해서도
자세히는 알 수 없다. 다만 '촌'이 우리말로는 '마디'이므로, 대의 마
디를 의미한 것이 친족 간의 멀고 가까움을 표시하는 등급으로 쓰
인 것으로 이해하는 정도이다.
『태종실록』9권 1405년 5월 8일(음력 4월 10일) 기록에 "노비를 친족
에게 전계(傳繼)하는 법에 의하여 한정(限定)된 촌수(寸數)에 한하여
분급(分給)하라."고 적혀 있다.
이 어휘 생성 시기는 1405년 5월 8일로 잡는다.

잘못 쓴 예   김유신의 아들 원술과 무열왕 김춘추의 아들 문무왕 김법민은 외
사촌 사이다. 문무왕의 어머니 문희는 김유신의 누이였기 때문이다.

▶▶ **취재(取材, ーー하다)**

생성 시기   취재(시험)_ 조선, 1458년(세조 4) 4월 5일(음력 2월 22일).
취재(기자의 뉴스 발굴)_ 조선, 1883년(고종 20) 10월 31일.

유   래   조선시대 예조에서 주관하는 과거(科擧)와 달리 이조, 병조, 예조에
서 실시한 낮은 단계의 시험이다. 인재(才)를 뽑는다(取)는 뜻이다.
취재는 선발 시험뿐만 아니라 특정 관직의 후보가 될 수 있는 자
격을 주거나 관직을 주는 시험으로 승급이나 기술 연마를 장려하
기 위한 것으로 이용되었다. 그러나 15세기 후반 이후로 관직이 부

족하고 인사가 적체되자 사실상 녹봉 지급자를 선정하는 방식으로 바뀌었다. 취재 시험은 16세기 이후 없어졌다. 이처럼 과거와 취재 외에도 음직[蔭職; 음서(蔭敍), 남행(南行)]에 의한 문음(門蔭), 이과(吏科), 도시(都試) 등이 있었다.

취재는 조선 건국 초기부터 실시하였으며 이 제도가 확립된 것은 『경국대전』 반포 이후다. 『세조실록』 11권 1458년 4월 5일(음력 2월 22일)'기록에 "'갑사(甲士)·별시위(別侍衛)는 하번 취재(下番取材)하라.' 하였으나, 하번(下番)에 임박한 4~5일 안에 시험을 마치지 못하면……"이라고 나온다. 따라서 이 어휘 생성 시기는 1458년 4월 5일로 잡는다.

근대적인 신문을 발행하면서 기사에 필요한 재료나 제재(題材)를 조사하여 얻는 뜻으로 취재를 쓰기 시작했다. 이러한 뜻의 어휘 생성 시기는 우리나라 최초의 근대 신문인 『한성순보』 창간일인 1883년 10월 31일로 잡는다.

▶▶　**쾌지나 칭칭 나네**

생성 시기　　조선, 1597년경(선조 30).

유　　래　　우리 민요의 후렴구로 널리 알려진 '쾌지나 칭칭 나네'는 임진왜란이 끝나던 1597년경에 나온 노랫말로서 '쾌재라, 가등청정이 쫓겨나가네'가 줄어든 말이다. 쾌재라(快哉-)는 '좋구나' '시원하구나'란 뜻의 옛말 감탄사이다. 조선을 침략했던 일본의 무장 가토 기요마사[加藤淸正]가 쫓겨 달아나는 모양을 노랫말로 표현한 것인데, 운율을 맞추자니 자연히 부르기 편하게 줄어든 것이다.

▶▶ **탄핵**(彈劾)

생성 시기	조선, 1403년(태종 3) 7월 6일(음력 6월 17일).
유 래	조선시대 사헌부와 사간원의 관원들이 관리의 비위를 논박하는 것

을 이르는 말로 대론(臺論)·대탄(臺彈)이라고도 한다. 탄핵은 시정
의 잘못을 지적하기보다 관원의 기강을 확립하기 위해 부정을 저
지르거나 법을 어긴 관원의 죄를 묻고 그 직위에서 물러나게 하는
경우가 많았다고 한다.

1578년(선조 11)에는 신진사류가 주동이 된 동인이 집권세력인 서인
을 탄핵한 사건이 있었다. 그러나 사실에 대한 확인 절차나 뚜렷한
근거 없이 소문에만 의지하는 풍문탄핵도 종종 이루어졌다. 이는
나중에 정적을 제거하는 수단으로 악용되는 등 많은 폐단을 가져
왔다. 탄핵을 받으면 그 관원은 지위고하를 막론하고 직무수행이
중지되고, 다시 직무를 보기 위해서는 제수의 절차를 거쳐야 하는
만큼 정치 경력에 치명적인 흠이 되었다.

조선 후기 탄핵 사례로는 사도세자가 있다. 그의 장인인 영의정 홍
봉한이 크게 세력을 떨치자 이를 몰아내려던 홍계희, 윤급 등이 사
도세자를 탄핵한 것이다. 이에 진노한 영조는 사도세자에게 자결
을 명령했으나 듣지 않자 뒤주에 가두었고 사도세자는 8일 만에
숨을 거두었다.

이 어휘의 생성 시기는 탄핵 어휘가 처음 등장한 『태종실록』 5권의
"근년 이래로 대성원(臺省員)이 세세한 일로 서로 탄핵하고, 보복을
두려워하여……"를 근거로 1403년 7월 6일(음력 6월 17일)로 잡는다.

▶▶ **탕평채**(蕩平菜)

생성 시기	조선, 1849년(헌종 15).

탕평채는 영조 때 여러 당파가 잘 협력하자는 탕평책을 논하는 자
리의 음식상에 처음 올랐다는 데서 유래한다. 탕평채는 녹두묵에
고기볶음, 미나리, 김 등을 섞어 만든 묵무침으로 봄가을에 입맛
을 돋우어주는 음식이다. 두견화전, 화면, 진달래화채, 향애단(쑥경
단)과 함께 삼짇날의 절식이기도 하다.

『동국세시기』에 탕평채라는 음식 이름은 조선 영조가 탕평책의 경
륜을 펴는 자리에 처음으로 올린 데서 비롯됐다고 기록되어 있다.
1724년 즉위한 영조는 당쟁의 폐단을 지적하고 탕평의 필요를 역설
하는 교서를 내려 탕평 정책을 펴고자 했다. 이 정책에 따르기를
거부하는 호조참의 이병태(李秉泰)와 설서(說書) 유최기(俞最基)를 파
면하고 노론의 홍치중(洪致中)을 영의정, 소론의 조문명(趙文命)을
우의정에 임명해 당파를 초월한 인재 등용의 의지를 드러냈다. 일
반 유생들에게는 당론과 관련된 상소는 올리지도 못하게 했다.

그럼에도 불구하고 당쟁이 가라앉지 않자 영조는 1762년 소론과 가
까이하려는 사도세자를 뒤주에 직접 가두어 죽이는 악수를 둔다.
아들까지 죽인 영조는 당쟁을 바로잡으려고 당파를 고루 등용하
는 탕평책을 실시하는데 그 대책을 내놓는 자리의 음식상에 바로
탕평채를 내놓은 것이다.

탕평이란 말은 『서경』 「홍범조(洪範條)」의 '왕도탕탕 왕도평평(王道蕩
蕩 王道平平)'에서 나온 말로, 왕은 자기와 가깝다고 쓰고 멀다고 쓰
지 않으면 안 된다는 인재등용 원칙이다. 그래서 영조가 만든 탕평
채에는 북인은 검은색이니 석이나 김가루를 고명으로 쓰고, 동인
은 푸른색이니 미나리를 쓰고, 남인은 붉은색이니 쇠고기를 볶아
서 넣었다. 주재료인 청포는 흰색으로 서인을 상징했다.

이 어휘의 생성 시기는 정조·순조 때의 학자 홍석모(洪錫謨)가 『동
국세시기』를 편찬한 1849년으로 잡는다. 서문을 쓴 이자유(李子有)
가 날짜를 1849년(헌종 15) 9월 13일이라고 적은 데 따른 것이다. 한

편 영조가 탕평채를 내놓은 시기는 1762년경으로 볼 수는 있으나 정확한 고증이 없어 일단 이 기록을 유예한다.

잘못 쓴 예 숙종 임금은 대소 신하들을 불러 향응을 베풀었다. 그런데 주안상에는 갖은 고명을 얹은 녹두묵이 있었는데, 임금은 녹두묵무침의 이름을 탕평채라고 부름이 어떻겠느냐고 신하들의 의견을 물어보았다.(숙종→영조)

▶▶ **토마토(tomato)**

생성 시기 조선, 1614년(광해군 6).

유　　래 원산지는 남아메리카이며, 16세기 초반에 멕시코에서 유럽으로 전래된 것으로 추정된다. 우리나라에 도입된 연대는 확실하지 않으나 1614년에 간행된 『지봉유설』에 남만시(南蠻枾)라는 이름으로 처음 기록이 나오므로 그 이전에 중국을 통하여 수입된 것으로 추측된다.

잘못 쓴 예 예로부터 우리나라에는 토마토가 자생해왔는데, 그 붉은색이 액운을 쫓아준다고 믿어 제사를 지낼 때 그 즙을 집안 곳곳에 뿌렸다고 한다.

▶▶ **판소리**

생성 시기 조선, 1754년(영조 30).

유　　래 판소리는 영·정조 연간(1724~1800)에 하한담(河漢潭; 1725~?), 최선달(崔先達; 1727~?), 우춘대(禹春大) 등의 선구자가 개척했다. 18세기 중엽에는 「춘향가」 「화용도」 「박타령」 「강릉매화가」 「가루지기타령」 「왈짜타령」 「심청가」 「배비장 타령」 「옹고집 타령」 「가짜 신선 타령」 「토끼타령」 「장끼 타령」 등 판소리 열두 마당이 완성되었다. 19세기 중엽에서 말엽에 이르는 동안 하나의 장르로 정립되었다.

한편 영조 30년인 1754년에 유진한(柳振漢)이 낸 문집 『만화집(晩華集)』에 타령을 듣고 썼다는 「춘향전」이 실려 있는 것으로 보아 하한담이나 최선달보다 더 이른 시기에 판소리가 발생했다고 보고 있다. 따라서 이 어휘의 생성 시기는 1754년으로 잡는다.

잘못 쓴 예 황진이가 「춘향가」 한 마당을 흐드러지게 불러대자 벽계수가 혼이 나간 얼굴로 듣고 있었다.

▶▶ **팔도(八道)**

생성 시기 조선, 1413년(태종 13) 11월 8일(음력 10월 15일).

유 래 팔도는 조선 초기인 태종 13년(1413) 11월 8일(음력 10월 15일)에 행정 구역을 여덟 군데로 나눈 데서 비롯된 말로 우리나라 전역을 가리키는 말이다.

팔도는 곧 함경도, 평안도, 황해도, 경기도, 강원도, 충청도, 경상도, 전라도를 이른다. 함경도는 함흥과 경성, 평안도는 평양과 안주, 황해도는 황주와 해주, 강원도는 강릉과 원주, 충청도는 충주와 청주, 경상도는 경주와 상주, 전라도는 전주와 나주 방면의 도라는 뜻으로 각 지방의 머리글자를 따서 붙인 이름이다. 그중 경기는 경성과 기내의 지방이란 뜻으로 경성은 서울, 기내는 서울 부근을 가리키는 말이다. 조선 말기인 고종 13년(1876)에는 팔도 중에서 경기도, 강원도, 황해도를 제외한 다섯 개 도를 남북으로 갈라 13도를 만들었다.

이 어휘는 고려 말부터 쓰인 기록이 있다.

『태조실록』 1권에 "우왕이 평양에 머물면서 여러 도(道)의 군사를 독려 징발하여 압록강에 부교(浮橋)를 만들고, 또 중들을 징발하여 군사를 만들고, 최영을 팔도도통사로 삼고……."라는 기록에 팔도란 어휘가 등장한다. 최영이 우왕에 의해 팔도도통사로 임명된 것은 1388년 5월 7일(음력 4월 1일)이다.

하지만 고려는 8도제를 쓰지 않고 양광도, 경상도, 전라도, 교주도, 서해도의 5도제를 썼다. 또한 『태조실록』은 태종 이방원에 의해 8도제가 실시될 무렵인 1413년 3월 22일에 1차 집필을 완료하고 1442년 9월에 편찬을 마쳤으므로, 이미 실시된 조선시대 8도제 어휘를 끌어다 썼을 가능성이 크기 때문에 1388년을 어원 생성시기로 잡지는 않는다.

잘못 쓴 예 공민왕은 신돈에게 팔도를 뒤져서라도 노국공주를 닮은 여인을 구해달라고 사정했다.

▶▶ **팥죽**

생성 시기 조선, 1404년(태종 4).

유   래 동짓날 팥죽을 끓여 먹는 풍속은 옛날 중국의 풍습에서 유래한다. 공공씨(共工氏)의 자식이 동짓날에 죽어 역귀(疫鬼)가 되었기에 동짓날 그가 생전에 싫어하던 붉은 팥으로 죽을 쑤어 역귀를 쫓았다 한다. 그러나 전래 시기는 알 수 없다. 다만 『목은집』과 『익재집』 등에 동짓날 팥죽을 먹는 내용이 있는 것으로 미루어 고려시대에 이미 명절 음식으로 정착되었음을 알 수 있다.

우리 조상들은 팥의 붉은색이 재앙이나 귀신, 병마를 쫓는다고 생각했다. 그래서 동짓날 팥죽을 먹기 전에 끓인 팥물을 대문이나 장독대에 뿌렸고, 이사하거나 새 집을 지었을 때에도 팥죽을 쑤어 집 안팎에 뿌리고 이웃과 나누어 먹는 풍습이 있었다. 병이 나면 팥죽을 쑤어 길에 뿌리기도 했다.

227

이 어휘의 생성 시기는 이색의 『목은집』이 출간된 조선 태종 4년인 1404년으로 잡는다.

잘못 쓴 예　신라 때에 승려였던 조신은 몰락하여 가족을 이끌고 다니며 걸식을 했다. 그런데 한번은 그가 부잣집 대문을 두드렸더니 그 집 하인이 팥죽 한 그릇을 내다 주었다. 그러고 나서 며칠이 지난 어느 날 열 살 되는 딸아이가 개에게 물리는 일을 당하였다.

▶▶　**푼돈**

생성 시기　조선, 1678년(숙종 4) 2월 14일(음력 1월 23일).

유　래　'푼'은 조선시대 화폐 상평통보의 단위로서 돈 한 닢을 가리키는 말이다. 한 냥 두 냥 할 때 한 냥의 10분의 1이 한 푼이다. 지금으로 얘기하자면 10원 정도이다. 이처럼 아주 작은 돈의 액수를 푼이라 하는데, 거지들이 손을 내밀며 "한 푼만 줍쇼!" 하는 것을 연상하면 쉽게 이해가 갈 것이다. 이 밖에 '무일푼'이라는 말도 자주 쓰는데 '무일푼' 또한 한 푼도 없는 경우를 가리키는 말이다. 여기에서 나온 '푼돈'은 곧 한 냥이 채 못 되는 정도의 아주 작은 돈을 가리키는 말이다.

상평통보가 숙종 4년인 1678년 2월 14일(음력 1월 23일)부터 통용되었으므로 이해를 '푼돈'이 생긴 때로 잡았다.

▶▶　**하나님**

생성 시기　조선, 1874년(고종 11).

유　래　스코틀랜드 출신의 장로교 목사 존 로스(John Ross)는 중국 선양에서 의주 사람 백홍준, 이응찬, 이성화를 만나 기독교를 전도하면서 이들과 함께 『성경』 번역에 나섰다. 존 로스는 이들을 통해 조선의 지배계층은 비록 한문을 쓰지만 일반 백성은 한글을 쉽게 배우고 익혀 일상생활에 쓰고 있다는 사실을 알았다. 서상륜, 김청송 2명이 더 가담한 이 의주 사람들은 「누가복음」을 시작으로 「요한복음」 「마태복음」 「마가복음」까지 차례로 번역하기 시작했다.

존 로스 목사는 1874년에 『한영회화집』을 만들고, 낱권으로 번역된 『성경』을 납활자로 각 3000권씩 찍어 이를 서간도(남만주) 일대 조선인들에게 배포했다. 이로써 서간도 조선인 75명이 기독교 신자가 되어 존 로스가 직접 세례를 주었다. 1887년에는 『신약전서』가 출판되었다.

의주 출신 조선인들이 최초로 번역한 이 『성경』의 영향으로 오늘날 세계에서 가장 독특한 'God'의 번역어인 '하나님'이 생겨났다. 원래 God는 중국에서 상제·천제, 일본에서 가미, 우리나라에서는 천주·신 등으로 번역되었지만 우리나라 최초의 『성경』 번역자들은 순 우리말인 '하ᄂᆞ님'으로 적었다. 이들은 누구하고 의논할 필요도 없이 자신들이 쓰는 평안도의 입말을 그대로 적은 것이다. 이 무렵 서울에서는 아래아(·)가 탈락되었지만 초기 번역에서 '하ᄂᆞ님'으로 표기되던 이 어휘가 나중에 음가에 가장 가까운 '하나님'으로 정리된 것이다. 최초의 『성경』 번역자들이 만일 유식한 한학자들이었거나 지식인이었다면 천주교가 그랬듯이 God를 천주로 번역했거나 중국이 그랬듯이 천제쯤으로 번역했을지도 모른다.

이 초기 『성경』 번역자들이 『신약성경』 27권을 번역한 데 이어 『구약성경』 39권까지 총 66권이나 되는 방대한 분량의 『성경』을 한글로 번역해낸 사실은 한글 보급 측면에서 보면 비할 수없이 막중한 역할을 한 것이다. 이 66권의 책에 1800년대에 쓰이던 거의 모든 한글 어휘가 총망라되었으니 초기 『성경』은 곧 우리말 어휘 사전집이나 다름없다. 또 초기 『성경』 번역본이 보급되면서 맞춤법과 띄어쓰기의 필요성이 생기고, 이후 우리가 쓰는 현대 한국어로 다듬어지는 계기가 되었다.

따라서 하나님 어휘 발생 시기는 첫 우리말 『성경』이 보급된 1874년으로 잡는다.

▶▶ 한글/훈민정음

생성 시기 훈민정음_ 조선, 1444년(세종 26) 1월 19일(음력 1443년 12월 30일),
한글_ 일제강점기, 1913년 3월 23일.

유   래 세종 이도가 1444년 1월 19일 한글을 창제할 때의 이름은 훈민정음, 곧 '백성을 가르치는 바른 소리'라는 뜻이다. 세월이 흐르면서 한글도 '언문' '반절(反切)' '암클' 등 여러 가지 이름으로 불리었으나 오늘날은 한글이라는 이름만 남았다.

1913년 3월 23일 일요일에 배달말글몯음 회원 24명이 박동(오늘날의 종로구 수송동)에 있던 보성중학교에 모여 임시총회를 열었는데, 이날 학회의 이름을 '한글모'로 바꾸었다. '배달말글'을 '한글'로, '몯음'을 '모'로 바꾼 것이다.

이들은 당시 '정음(正音)'을 '글'로 바꾸는 오류를 저지르는 바람에 오늘날 한글이라고 하면 우리말로 오해하는 사람들이 많이 생기게 되었다. 원래 명칭에 나오는 '배달말글'의 배달을 '한'으로, 말글에서 말을 빼고 글만 남기다 보니 정음(正音)의 뜻을 뒤바꿔버린 것이다. 훈민정음을 암클이라고도 부른 걸 보면 당시에도 글자와 글에 대한 구분이 없었던 듯하다. 글은 생각이나 일 따위의 내용을 글자로 나타낸 기록을 가리키는 말이다. 이걸 억지로 글자와 같다고 사전 정의를 덧붙인들 혼란은 어쩔 수가 없다. 차라리 훈민정음을 언문(諺文)이라고 표현한 것도 잘못이다. 문(文)이 아니고 자(字)여야 한다. 그럼에도 불구하고 1927년 7월 한글사에서 잡지 『한글』 7월호 판을 펴내면서 이 어휘는 널리 쓰이게 되었다. 이제는 어쩔 수 없이 글도 글이고, 글자도 글이 되어버렸다.

잘못 쓴 예 최무선은 화약 제조 기술을 좀 더 상세히 알아내려고 중국인 이원에게 한글 밀서를 보냈다.

▶▶ 한량(閑良)

생성 시기 조선, 1392년(태조 1) 8월 5일(음력 7월 17일).

유   래 고려 말과 조선 초기에 무과에 급제하지 못한 무반의 사람들을 가리키던 말이다. 그들은 무과에 응시하기 위해 무예를 연마한다면서 경치 좋은 데로 창칼이나 활을 들고 다니며 연습했다.

『태조실록』 1권부터 한량이라는 표현이 자주 나오는 것으로 미루어 조선 초기 또는 고려 말기에 한량이란 계층이 존재했음을 알 수 있다.

광해군 때 유교의 보급과 실천을 위해 왕명으로 유근(柳根) 등이 편찬한 『동국신속삼강행실도』(1617)에는 '한량과 할냥은 일정한 직사(職事) 없이 놀고먹는 양반 계층'이라고 적혀 있다.

다만 그 이전의 실록 기록에도 놀고 있는 한량이란 표현이 자주 나오는 것으로 보아 딱히 언제부터 오늘날과 같은 한량 의미가 생겨났다고 따지기는 어렵다.

이 어휘 생성 시기는 고려시대로 추정되나 가장 빠른 기록인 『태조실록』 1권 8월 5일(음력 7월 17일) 기록에 따라 이날로 잡는다.

▶▶ 함흥차사(咸興差使)

생성 시기 조선, 1806년(순조 6).

1398년 태조 이성계의 와병 중에 아들 방원은 사병을 동원해 세자 방석과 왕자 방번을 죽였다. 새 세자는 방원의 청으로 방과로 결정했다. 태조는 왕자들의 죽음에 몹시 상심하여 곧 왕위를 방과에게 물려주고 상왕(上王)이 되었다.

1400년(정종 2)에는 방원이 세자가 되었다가 곧 왕위에 오르자 정종은 상왕이 되고, 태조는 태상왕이 되었다. 이성계는 형제들을 죽이고 왕위에 오른 방원(태종)을 미워해서 서울을 떠나 소요산과 함주(지금의 함흥) 등지에 머물렀다. 특히 함주에 있을 때 태종이 문안사(問安使)를 보내면 그때마다 그 차사(差使)를 죽여버렸다고 한다. 어디에 가서 소식이 없을 경우에 일컫는 '함흥차사'라는 말은 여기에서 유래한 것이다. 태종에 대한 태조의 증오심이 어떠하였는지 보여주는 단적인 예이다. 결국 태조는 태종이 보낸 무학의 간청으로 1402년(태종 2) 12월 서울로 돌아왔다.

이 이야기는 조선 후기의 실학자 연려실 이긍익(1736~1806)이 조선의 야사를 모아 엮은 『연려실기술』에 나온다. 이 책은 저자가 부친의 유배지인 신지도에서 42세에 저술하기 시작하여 세상을 뜰 때까지 약 30년 동안에 걸쳐 완성하였다고 한다.

따라서 이 어휘가 처음 사용된 때는 태종 2년인 1402년으로 볼 수 있으나, 어디까지나 야사란 점으로 미루어 보아 오늘날과 같은 의미의 '함흥차사'의 생성 시기를 이긍익의 『연려실기술』이 완성된 1806년으로 잡는 게 옳을 듯하다.

신라의 아달라 이사금 때에 연오랑과 세오녀 부부가 살았는데, 연오랑이 바위를 타고 일본으로 가서 일본의 왕으로 추대된 뒤 소식이 없자 세오녀가 이렇게 한탄했다. "아이고, 우리 서방님 하룻밤 자고 오신다더니 어인 일로 이렇게 함흥차사이신고."

▶▶ **행주치마**

생성 시기   조선, 1517년(중종 12).

유 래   행주치마가 권율 장군의 행주대첩에서 나왔다는 설이 있으나 이는
행주라는 고장 이름에 연관 지어 후세 사람들이 지어낸 민간어원
설이다.

기록에 따르면 행주대첩 훨씬 이전인 중종 12년(1517)에 발간된 『사
성통해(四聲通解)』에 '힝ᄌ쵸마'라는 표기가 나오며, 1527년에 펴낸
『훈몽자회』 등 여러 문헌에도 '힝ᄌ쵸마'라는 기록이 나온다. 지금이
나 그 당시나 행주는 그릇을 씻어서 깨끗하게 훔쳐내는 헝겊이었으
므로, 행주치마는 부엌일을 할 때 치마를 더럽히지 않으려고 앞에
두르는 치마를 가리키는 말이었다.

이 밖에 행주치마의 유래에 대해 다음과 같은 얘기도 전해지고 있
는데 제법 개연성이 있다. 불법에 귀의하기 위해서 절로 출가를 하
면 계(戒)를 받기 전까지는 '행자'라는 호칭으로 불린다. 수행승인
행자가 주로 하는 일이 아궁이에 불 때고 밥 짓는 부엌일이었다. 행
자가 부엌일을 할 때 작업용으로 치마 같은 천을 허리에 두르고 했
는데 그것을 '행자치마'라 했다 한다. 여기서 나온 말이 바로 오늘
날의 행주치마라는 얘기다.

이 어휘의 생성 시기는 『사성통해』에 등재된 것을 기원으로 보아 이
책이 발간된 1517년으로 잡는다.

▶▶ **호로(胡虜, --새끼)**

생성 시기   조선, 1637년(인조 15) 8월 26일(음력 7월 7일).

유 래   호로(胡虜)는 오랑캐 또는 오랑캐의 포로라는 뜻이다.

1636년에 중국 청나라가 조선에 침입하여 병자호란을 일으켰다. 전

쟁에서 패한 조선은 청나라의 요구로 공녀(貢女)를 바쳤고, 이들이 돌아오자 사람들은 환향녀(還鄕女)라고 불렀다. 이 환향녀들 중에서 아이를 낳은 사람들이 있었는데, 이렇게 태어난 사람들을 '호로새끼' '호로자식'이라고 불렀다 한다. 이 무렵 청나라에 아첨하여 벼슬을 얻은 사람들을 낮추어 '호로새끼' '호로자식'이라고 했다고도 한다. 전쟁 포로들이 겪은 고통을 나누기는커녕 오히려 그들을 학대한 것이다.

1624년(인조 2) 종사관 신계영(辛啓榮)은 일본에 포로로 잡혀갔던 조선인 146명을 귀환시키고, 동부승지가 된 1637년에는 속환사(贖還使)로 청나라에 들어가 조선인 포로 600여 명을 데리고 돌아왔다. 당시 인질로 심양에 들어가 있던 소현세자가 쓴 『심양일기』 1637년 8월 26일(음력 7월 7일) 기록에, 속환사 신계영이 심양을 떠나 조선으로 돌아갔다고 적혀 있다. 따라서 이 시기를 이 어휘의 생성 시기로 잡는다.

▶▶ **호박**

생성 시기   조선, 1605년(선조 38).

유   래   호박의 원산지는 멕시코 남부와 중앙아메리카이다. 서기전 4000~서기전 3000년경에 널리 재배된 기록이 있다. 크리스토퍼 콜럼버스에 의해 유럽으로 전파되고, 이후 일본을 거쳐 우리나라에 들어왔다.

처음에는 호박을 승려들이 먹었다 하여 승소(僧蔬)라고 하였는데, 이후 민간에서도 재배하여 먹기 시작했다. 이로 미루어 임진왜란 때 승군을 이끌던 도총섭 유정대사가 강화 교섭 차 일본에 다녀온 1605년 봄, 도쿠가와 이에야스를 만나 조선인 포로 3000명을 구해 오면서 호박씨를 들여왔을 가능성이 높다. 당시 명칭은 남과(南瓜), 남과고(南瓜膏)였다.

이 근거는, 호박은 침략군인 일본군이 군량으로 휴대할 수 없고, 씨앗을 가져와 길러 먹기도 불편하며, 일본에 도입된 시기도 불과 1553~1554년이기 때문에 왜란 중에는 일본에서도 널리 보급되지 않았을 것으로 보인다. 이 때문에 유정대사가 포로 송환 때 들여와 당시 산성에 주둔하며 집단생활을 하던 승군이 먼저 재배했으리라고 추정할 수 있다.

허균이 1610년에 쓴 『한정록』 권17 「치농편」에 이 호박에 대한 기록이 있다. 최남선에 따르면 호박은 임진왜란 이후 일본을 통해 들어왔으며, 이춘녕(『한국식물명감』, 범학사, 1963)은 구체적으로 1605년이라고 연도를 특정하고 있는데, 이 주장과 승소라는 의미가 서로 통한다. 한편 한의사들이 종종 『동의보감』에 나오는 호박의 효능 운운하는 경우가 있는데, 그 호박은 광물인 호박(琥珀)이다. 허준은 호박을 본 적이 없다.

▶▶ **화냥년**

생성 시기 조선, 1637년(인조 15) 8월 26일(음력 7월 7일).

유   래 병자호란 때 오랑캐에게 끌려갔던 여인들이 다시 조선으로 돌아왔을 때 그들을 '고향으로 돌아온 여인'이라는 뜻의 환향녀(還鄕女)라고 부르던 데서 유래했다. 청나라에 포로로 끌려간 인원은 약 60만명인데 이중 50만 명이 여성이었다고 한다. 따라서 이들이 귀국하자 엄청난 사회문제가 되었다.

사람들은 적지에서 고생한 이들을 따뜻하게 위로해주기는커녕 그들이 오랑캐들의 성(性) 노리개 노릇을 하다 왔다면서 아무도 상대해주지 않았을뿐더러 몸을 더럽힌 계집이라며 손가락질했다. 병자호란 이전 임진왜란과 정유재란 때 일본에 포로로 잡혀갔던 여인들 역시 마찬가지였다.

이 환향녀들은 가까스로 귀국한 뒤 남편으로부터 이혼을 요구받았는데, 선조와 인조는 이혼을 허락하지 않았다. 특히 인조는 이혼을 허락하지 않는 대신 첩을 두는 것을 허용하여 문제를 해결하고자 했다. 이 무렵 영의정 장유의 며느리도 청나라에 끌려갔다가 돌아와 시부모로부터 이혼하라는 요구를 받았다. 처음에는 인조의 허락을 받지 못했지만 장유가 죽은 후 시부모에게 불손하다는 다른 이유를 내걸어 결국 이혼시켰다고 한다.

환향녀들이 이렇게 사회문제가 되자 인조는 청나라에서 돌아오는 여성들에게 "홍제원의 냇물(오늘날의 연신내)에서 목욕을 하고 서울로 들어오면 그 죄를 묻지 않겠다."고 선언했다. 그러면서 환향녀들의 정조를 거론하는 자는 엄벌하겠다고 했다. 하지만 이들에 대한 핍박은 그치지 않았다. 특히 환향녀의 남편들은 이혼은 왕명 때문에 하지 않더라도 다른 첩을 두고 죽을 때까지 돌아보지 않는다거나 갖은 핑계를 대서 스스로 나가도록 유도했고, 시집을 가지 않은 처녀들의 경우에도 자결하거나 문중을 더럽혔다는 이유로 쫓겨나는 등 수많은 환향녀들이 죽을 때까지 수모를 받았다.

1624년(인조 2) 종사관 신계영은 일본에 포로로 잡혀갔던 조선인 146명을 귀환시키고, 동부승지가 된 1637년에는 속환사로 청나라에 들어가 조선인 포로 600여 명을 데리고 돌아왔다. 소현세자가 쓴 『심양일기』 1637년 8월 26일(음력 7월 7일) 기록에, 속환사 신계영이 심양을 떠나 조선으로 돌아갔다고 적혀 있다. 따라서 이 시기를 이 어휘의 생성 시기로 잡는다. 이후로도 많은 포로들이 도망치거나 속전을 내고 귀국했다.

신라 때 화랑이 남자무당으로서 여자무당을 이리저리 찾아다니며 관계를 가졌다는 데서 이 어휘가 유래했다는 주장도 있으나 검증되지 않았다.

| 잘못 쓴 예 | 고려 고종 시절 대몽 항쟁이 끝난 직후 많은 여인들이 중국으로 끌려가서 강제 노역을 하다가 돌아왔는데, 사람들은 이들을 화냥년이라고 부르며 손가락질했다. |

▶▶ **화씨(華氏)**

| 생성 시기 | 영국, 1724년. |
| 유   래 | 1724년 영국왕립협회에서 발표한 온도 단위다. 물이 어는 온도를 32도로 잡고 끓는 온도를 212도로 잡아 이 사이의 온도를 180등분했다. 고안자는 독일의 다니엘 가브리엘 파렌하이트(Daniel Gabriel Fahrenheit)로 중국에서 파렌하이트를 화륜해특(華倫海特)으로 음역하면서 화씨(華氏)라는 말을 쓰기 시작했다. |

▶▶ **『훈몽자회』 수록 어휘들**

1527년대의 우리말을 엿볼 수 있는 어휘들로서 음가에 따라 현대 맞춤법으로 설명했다. 음가가 다른 경우에는 괄호 속에 해당되는 현대 어휘를 표기했다.(가나다순)

가람1:江(강), 河(강)

가람2:湖(호수)

가물다:旱

개:浦, 漵, 港(항구), 汊(물이 갈라지는 곳)

　예) 삼개(마포)

고개:峴

골:谷

구렁:壑(골, 골짜기, 도랑. 구렁텅이는 여기서 온 말)

그늘:陰

그믐:晦

기운:候

나루:津

나죄:夕(저녁)

날:日

날이 새다:曙

납향:臘(납일에 종묘에 지내는 제사)

낮:晝, 晌

내:川

노을:霞

누각:漏(구멍, 새다, 틈)

뉘누리:湍(여울, 급류), 渦(소용돌이)

눈:雪

달:月

땅:地, 壤

때:時

덥다:暑

돌1:礁(물에 잠긴 바위), 石

돌2:梁(들보, 징검다리)
    예) 울돌목

두던 :丘(언덕), 原, 皐, 阜

두둑:坡(둑), 阪, 陵, 陸

드르:郊, 甸, 坪(들)

마디:節

매:野(들)

모래:沙

못1:淵

못2:沼, 塘

뫼:山(산), 嶂(높고 가파르다)

묏골:峒(산굴)

묏기슭:麓(산기슭)

묏봉오리:峯

묏부리1:嶽(큰산)

묏부리2:岫(산꼭대기, 산봉우리), 崗(산등성이)

묏언덕:崖(벼랑)

무들개:垜(개밋둑)

무지개:虹, 霓, 蝃, 蝀

물꼬이다:澇(큰 물결)

뭉으리돌:礓(자갈), 礫(조약돌)

믓가:汀, 洲, 渚, 沚(물가)

믓결:濤, 浪, 瀾, 波(물결)

밀물:潮, 汐

바다:海

바람:風

바위:巖

밤:夜, 宵

번개:電

벼락:霹, 靂

별:星, 辰

볕:陽

보름:望

봄 여름 가을 겨울:春 夏 秋 冬

부르다:閏
비:雨
새배:晨, 曉(새벽)
샘:泉
서리:霜
섬:島, 嶼
쇠나기:涷(소나기)
시내:溪, 澗
아침:旦, 朝
안개:霧
어스름하다:昏
언덕:墩
여울:灘, 瀨
연애:嵐(산속에 생기는 아지랑이
같은 기운)
열흘:旬
오란비:霖(오래 내리는 비, 장마)
우레:雷
우물:井
이르다:早
이슬:露
작벼리:磧(냇가나 강에 돌이 많
은 곳, 서덜)
재:嶺
저물다:暮
집:宇, 宙

차다:寒
초하루:朔
하늘:天, 乾, 霄
해:歲, 年
햇귀:昜(그림자, 햇빛)
흙:泥(진흙), 土

▶▶ **흥청거리다**

생성 시기 음악가 흥청_ 조선, 1504년(연산군 10) 7월 3일(음력 5월 22일).
흥청거리다_ 조선, 1509년(중종 4) 9월 25일(음력 9월 12일).

유 래 흥청(興淸)은 운평(運平)에서 나온 말이다. 운평이란 조선 연산군 때
있었던 기생제도로 여러 고을에 널리 모아두었던 노래와 악기를 다
룰 줄 아는 기생들을 가리키던 말이다.

연산군이 1505년 1월 26일(음력 1504년 12월 22일)에 악공을 광희(廣熙)
라 부르고 기악(妓樂)을 흥청과 운평이라 일컬은 데서 '흥청망청'이
란 말과 함께 '흥청거리다'는 말이 나왔다. 궁에서 이 흥청들을 한
자리에 모아놓고 잔치라도 벌일라치면 그 요란하고 시끄러운 것이
대단하였기에 나온 말이다.

다만 이보다 이른 1504년(연산군 10) 7월 3일(음력 5월 22일)에 이미 "언
젠가는 밤에 술이 취하여 흥청 중에 재주 있는 자 수십 명을 뽑아
따르게 하고, 사람을 시켜 종이 등롱(燈籠)을 들게 하였다."는 기록
이 있는 것으로 보아 이전부터 이 어휘를 쓴 듯하다.

다만 흥청거리다, 흥청망청 등 부정적인 의미의 뜻은 중종반정 세
력이 『연산군일기』를 편찬한 1509년(중종 4) 9월 25일(음력 9월 12일)로
보는 것이 정확하다.

05

개화기

1876 ~ 1910

개항 이후 외국과의 교역으로 신문물이 들어오면서 새로운 말들이 생겨나기 시작했다.

또한 1894년 갑오개혁이라는 근대적 개혁을 통해 호칭이나 생활용어 등에 급격한 변화가

일어나기 시작했다.

▶▶ 가마니

생성 시기　대한제국, 1908년(순종 융희 2).

유　래　1909년 통감부에서 펴낸 제3차 『한국시정연보』에 따르면 한 해 앞서 일본에서 그네, 풍구, 낫, 괭이 따위와 함께 새끼틀 19대, 보통 가마니틀[普通製筵器] 495대, 마사노식 가마니틀[眞野式製筵器] 50대가 들어왔다는 기록이 있다. 이것이 가마니 제작의 시초가 되었으리라고 생각된다. '가마니'라는 이름도 일본말 가마스(かます)에서 비롯된 말이다.

가마니가 들어오기 전 우리나라에서는 곡식 따위를 담는 용도로 섬을 썼다. 섬은 날 사이가 성기어서 낟알이 작거나 도정된 곡물은 담지 못하고 오직 벼, 보리, 콩 만을 담았다. 섬은 가마니에 비하여 많은 양을 담을 수 있지만 그만큼 무거워서 한 사람이 들어 옮기기도 어려웠다. 그에 비해 가마니는 한 사람이 나르기에 적당하고 높이 쌓기에 편리하며, 날과 날 사이가 잘 다져져서 어떤 곡물도 담을 수 있었기에 전국에 널리 보급되었다. 가마니는 1970년대까지 널리 쓰이다가 1980년대 이후로는 서서히 비닐 포대에 밀리기 시작하더니 이제는 60킬로그램들이 비닐 포대에 그 자리를 거의 내주었다.

잘못 쓴 예　임진왜란 후 흉년이 계속되자 한 집의 1년 양식거리가 보리 한 가마니 정도밖에 되지 않았다.(가마니→섬)

▶▶ 가발/가채

생성 시기　가채_ 고구려, 357년(고국원왕 27).
　　　　　　가발_ 대한제국, 1902년(고종 광무 6) 12월 2일.

유　래　357년에 축조된 고구려시대의 안악고분 3호 벽화에 가채를 쓴 여성

그림이 등장하는 것으로 미루어 이때 이미 가채 형태의 가발이 널리 유행한 듯하다.

신라 성덕왕 22년(723) 음력 4월(음력 4월 1일은 5월 13일경)에 당나라에 사신을 보내면서 가채를 뜻하는 다리를 예물로 가져갔다는 기록이 『삼국사기』에 나온다. 다리는 머리숱이 적은 여인들이 숱이 많아 보이도록 덧넣었던 딴머리이다. 월자(月子)라고도 한다.

요즘 같은 가발은 1900년경인 개화기 무렵에 들어온 서양 연극과 무용, 오페라 등에서 극중 인물의 창조를 위해 사용되기 시작했다. 따라서 현대식 가발이 사용된 시기는 우리나라 최초의 유럽식 극장인 협률사(協律社)가 생긴 1902년으로 잡으며, 구체적으로는 그 첫 번째 유료 작품인 「소춘대유희(笑春臺遊戱)」가 공연된 1902년 12월 2일로 잡는다.

가발이 보편화된 것은 6·25전쟁 뒤인 1960년 무렵이다. 특히 박정희 대통령이 가발산업을 장려하면서 인모 형태로 수출되다가 1964년부터 우리나라에서 완제품을 만들어 수출하기 시작하여 미국 시장 점유율 1위를 차지하기도 했다.

잘못 쓴 예 임진왜란 당시 승려였던 유정은 자신의 신분을 감추고자 떠꺼머리 총각 가발을 쓰고 다녔다.

▶▶ **가방**

생성 시기 조선, 1883년(고종 20) 11월 20일.

유   래 가방이 우리나라에 언제 들어왔는지 확실하지 않다. 다만 1881년 신사유람단 또는 수신사 등으로 일본에 갔던 개화파 정객들이 양복을 처음 입었고, 1883년에는 민영익(閔泳翊)을 대사로 하여 11명이 미국에 다녀올 때 가방이 들어왔을 것으로 추측된다.

1883년 7월 15일 조선을 떠나 일본에 들른 다음 8월 15일에 샌프란시스코를 향해 다시 출항하여 9월 2일에 도착했다. 9월 18일에 뉴욕에서 미국 대통령 체스터 아서(Chester Alan Arthur)를 만나 국서를 전하고, 10월 12일에 백악관으로 가 귀국 인사를 하고, 홍영식 등 수행원은 바로 귀국하여 11월 20일에 고종에게 보고하였다. 다만 민영익 등은 유럽으로 건너가 여러 나라를 순방하고 1884년 5월 7일에 귀국했다. 나중에 유길준, 홍영식 등이 갑신정변에 참여하는 바람에 이들에 대한 기록은 어명으로 말살되었다. 따라서 가방이 우리나라에 알려진 시기는 홍영식 등 수행원들이 귀국한 1883년 11월 20일로 잡는다.

여성의 경우 1895년 단발령 이후 엄비(嚴妃)가 양장을 하였고, 1900년에는 양장을 한 여성이 간혹 있었으므로 손가방이 양장과 함께 들어왔으리라고 추측된다. 1900~1930년대 남학생들은 주로 보자기로 책을 싸서 들었고, 전문학교 남학생들은 가죽가방을, 여학생들은 헝겊가방이나 손가방을 들고 책을 옆에 끼고 다녔다. 뚜껑 있는 돼지가죽가방은 이화여자전문학교 학생들이 처음 들었다고 한다.

잘못 쓴 예   1780년, 박지원(朴趾源)은 사신 박명원(朴明源)의 수행원으로 청나라에 갔다가 귀국하는 길에 집필 중이던 『열하일기』 원고를 가방에 넣어 가지고 왔다.

▶▶   **간호부(看護婦)/간호원(看護員)/간호사(看護士)/의녀(醫女)**

생성 시기   의녀_ 조선, 1406년(태종 6) 4월 13일.
간호부_ 조선, 1891년(고종 28).
간호원_ 한국, 1951년 9월 25일.
간호사_ 한국, 1987년 11월 28일.

| 유   래 | 태종 6년(1406) 4월 13일(음력 3월 16일), 어린 여자 10명을 의녀로 뽑아 궁중이나 사대부가의 여성들을 진료하게 했다. 이들 의녀는 제생원에서 교육을 맡았는데 이들 중 7명이 정식 의녀가 되었고, 그 뒤로는 부정기적으로 선발했다. |

현대적인 의미의 간호는 1891년 처음 시작되었다. 우리나라 최초의 간호사는 영국 성공회 선교부에서 간호 사업을 위하여 파견한 에밀리(Emily)라는 여성이었다. 최초의 간호사 양성소는 1902년 미국 감리교회에서 파견된 에드먼즈가 보구여관에 설치했다. 교육 기간은 6년이었다. 우리나라에서 간호 교육이 정식으로 시작된 것은 1907년 대한의원에 산파 및 간호부 양성소가 설립되면서부터이다. 1910년에 대한의원 부속 의학교 안에 의학과, 약학과, 산파과 및 간호과를 두었다. 이것이 현재 서울대학교 의과대학의 전신이다.

1891년 이후 명칭은 간호부였으며, 6·25전쟁 중인 1951년 9월 25일 국민의료법이 마련되면서 간호원으로 바뀌었다. 이후 법령이 개정되어 1987년 11월 28일부터 간호사로 명칭이 바뀌었다.(법률 제3948호)

| 잘못 쓴 예 | 우리나라 최초의 양로원은 경성양로원인데, 이곳에서는 궁궐에 있던 약방 간호사들을 보호하고 있었다. |

▶▶ **갈보**

| 생성 시기 | '빈대' 의미_ 고려, 1103년(숙종 8) 7월 14일.
'창녀' 의미_ 조선, 1894년(고종 31). |
| 유   래 | 매음하는 여성을 갈보라고 부른 것은 19세기 말로서, 남성에게 몸을 파는 여자를 일컫는 말이다. 갈보의 '갈'은 사람의 피를 빨아먹어서 몸을 상하게 하는 갈(蠍)이라는 해충에서 따온 말이라고 한다. '보'는 울보, 째보, 곰보 등 천시되는 사람 뒤에 붙이는 접미사다. |

하지만 도종의(陶宗儀)가 지은 『설부』에 기록된 『계림유사』 초록에는 갈보가 빈대를 뜻하는 고려 말이라고 적혀 있다. 따라서 피를 빨아먹는 여성이라는 뜻으로 창녀를 갈보라고 불렀을 수도 있다. 『설부』는 송나라 사람 손목이 1103년 7월 10일(음력 6월 5일)부터 8월 18일(음력 7월 14일)까지 문서기록관인 서장관으로 고려를 다녀간 뒤 편찬한 『계림유사』를 원나라의 학자인 도종의가 재편집한 것이다. 여기에는 『계림유사』에 실렸던 고려의 역사와 풍속, 고려 말 355개 단어가 실려 있다.

따라서 갈보의 생성 시기는 문헌상 1103년 8월 18일(음력 7월 14일)로 잡고, 이를 창녀로 부른 것은 19세기 말 갑오개혁이 이루어진 1894년경으로 잡는다.

잘못 쓴 예 마을 사람들은 병자년 호란으로 남편을 잃고 홀몸이 되어 목숨을 부지하려고 궂은일도 마다하지 않는 순창댁을 일러 갈보라고 손가락질했다.

▶▶ **고무**

생성 시기 발견_ 아이티, 1493년.

지우개 이용_ 영국, 1770년.

타이어 이용_ 미국, 1839년.

한국 도입_ 일제강점기, 1916년.

유   래 우리나라에 고무 제품이 들어온 시기는 확실치 않다. 다만 1884년 우정국 시설이 가설될 때 전신용 고무 부품이 들어왔을 것이고, 경인선이 완성된 1899년에 기차용 고무 부품이 들어왔을 것이며, 고종의 전용 자동차(영국제)가 들어왔을 때에 고무 타이어가 장착되었을 것으로 짐작할 수 있다. 그러나 우리나라에서 고무 제품 사용이 본격화된 것은 1916년에 일본 고무신 산업의 중심지였던 고베의 상인들이 우리나라에 고무신을 들여와 팔기 시작하면서부터다. 3년 뒤인 1919년 서울에 대륙고무공업사가 설립되면서 우리 손으로 고무신을 제조하기 시작했다. 따라서 고무의 어휘 생성 시기는 고무신이 도입된 1916년으로 잡는다.

천연고무는 헤비아 브라질리엔시스(Hevea brasiliensis)라고 부르는 파라고무나무 껍질에 태핑(tapping)이라는 상처를 내어 흘러내리는 라텍스(latex; 수액)를 굳혀서 만든다.

콜럼버스가 1493년에 두 번째로 신대륙을 탐사하기 위하여 항해할 때 아이티섬에서 원주민들이 가지고 놀던 공을 보고 유럽에 돌아와 고무의 존재를 소개했다.

고무에 관한 문헌 기록은 1525년에 스페인 사람 앙기에라(Pietro Martyr de Anghiera)가 『신세계(De Orve Novo)』라는 책 제5권에서 고무공에 대하여 기술한 것이 최초이다. 1736년에는 프랑스인 콩다민(Charles Maria de Condamine)이 남아메리카 아마존 하구 파라 식민지에서 처음 '파라고무나무'를 발견하여 생고무 견본을 파리학사원에 보냈고, 조금 뒤에 같은 프랑스 사람인 프레스노(Fresneau)가 고무나무의 성질, 원주민의 고무 채취 방법, 고무 그릇 제조법을 콩다민에게 보고했다.

그 뒤 산소를 발견한 영국의 유명한 화학자 프리스틀리(Joseph Priestley)는 1770년에 고무를 지우개에 응용할 것을 주창했다. 이 문헌에서 고무(rubber)라는 명칭이 태어났다. 영어 rubber는 '문지르는 것'이라는 뜻이다.

1772년에 마젤란(Magellan)이 이 지우개를 프랑스에 소개했고, 1775년에 '검둥이의 가죽(Peaux de Regres)'이라는 상품명으로 문방구점에서 판매되었다. 이어서 고무 용액으로 처리된 방수포와 방수 제품이 만들어졌으나 강인하지 못하고 노화가 빨라서 판매에 실패했다. 1839년에는 미국 사람 굿이어(Charles Goodyear)가 우연히 황에 의한 가황법을 발견하고, 영국 사람 행콕(Thomas Hancock)도 1843년에 독자적인 연구로 가황법과 에보나이트 제조법을 발견하여 고무 제품의 품질이 급속도로 개량되었다. 프랑스 사람 미슐랭(Michelin)은 1890년대 세계 최초로 공기 주입 타이어를 생산하면서 고무 사용이 폭발적으로 증가했다.

천연고무의 수요가 날로 증가하자 브라질에서는 천연고무의 생산이 고갈상태에 이르렀다. 이때 영국의 탐험가 위컴(Henry A. Wickham)이 1876년 브라질의 수출 금지령을 깨고 고무 씨앗을 훔쳐 영국 왕립식물원에서 발아시켰고, 이 모종을 당시 영국의 식민지인 스리랑카, 말레이시아, 인도네시아 자바섬에 옮겨 심었다. 이어서 네덜란드가 인도네시아에, 프랑스가 베트남에 진출하여 재배를 시작함으로써 오늘의 동남아시아 고무산업의 기초가 세워졌다.

▶▶ **광고(廣告)**

생성 시기 조선, 1883년(고종 20) 11월 20일.

유   래 우리나라 근대 광고의 역사는 근대적인 언론의 생성·발전과 맥을 같이 한다. 1883년 우리나라 최초의 신문인 『한성순보』가 창간되어 근대 언론의 막을 올림으로써 이 땅에 근대적인 광고가 뿌리내릴 수 있는 기반이 조성되었다. 같은 해 11월 20일자 '회사설(會社說)'이라는 제목의 기사에서 "처음으로 회사를 설립하고자 하는 자는 주지(主旨)를 세상 사람들에게 광고하여 동지를 얻는다."고 하여 초보적이나마 광고의 개념을 소개하고 있다.

그 후 『한성주보』에 우리나라 최초의 근대적 광고가 실렸다. 1886년 2월 22일자(제4호)에 '덕상세창양행고백(德商世昌洋行告白)'으로 시작되는 순한문 광고이다. 1896년에 『독립신문』이 창간되면서부터는 신문에 광고란이 고정적으로 등장하기 시작했다.

잘못 쓴 예 1881년 미국인 코언이 원산에서 금광을 발견했다. 그는 곧바로 채

248

굴권을 얻어내어 광부를 구하는 광고를 신문에 내었다고 한다.

▶▶ 교복(校服)

생성 시기 여학생용_ 조선, 1886년(고종 23) 5월 31일.

남학생용_ 일제강점기, 1915년(그 이전은 바지저고리와 두루마기 같은 평상복).

유   래 우리나라 최초의 교복은 1886년 5월 31일 이화학당의 다홍색 무명 저고리였다. 머리는 길게 땋거나 트레머리를 하였으며, 외출할 때는 쓰개치마나 장옷을 썼다. 겨울에는 저고리 위에 덧저고리를 입거나 솜두루마기를 입었다.

양복을 가장 먼저 교복으로 채택한 학교는 숙명여학교였다. 처음에는 자주색 원피스를 입다가 1910년에는 이를 폐지하고 겨울에는 자주색 치마저고리, 여름에는 자주색 치마에 흰 저고리를 입었다. 본격적으로 양복을 교복으로 입기 시작한 것은 1930년대 초반이다.

이와 달리 남학생들은 1910년까지는 평상복대로 바지저고리 위에 두루마기를 입었다. 1915년경부터는 양복을 교복으로 입는 학교가 생겼으며, 겨울에는 바지저고리에 오버코트 또는 망토를 입기도 했다. 1920년대에는 많은 학교의 학생들이 양복을 교복으로 입었다. 이후 1983년에 교복 자율화가 이루어져 교복이 사라졌다가 1989년에 부활되었다.

잘못 쓴 예 검은 교복을 입고 어깨를 결은 배재고보 학생들이 을사조약 반대를 외치며 길거리로 나섰다.

▶▶ 교회(敎會)/성당(聖堂)

생성 시기 조선, 1892년(고종 29) 12월 2일.

유   래 천주교 박해 이후 정식으로 서양 선교사가 들어오고 기독교가 전
파되던 초창기에는 교인들의 가정집을 교회로 사용하는 일들이 많
았다. 그 뒤 교인의 수가 늘어나고 교세가 확장됨에 따라 교회 건
물을 신축하게 되었다.

1892년(고종 29) 12월 2일에 건립된 가톨릭교회 중림동성당은 우리나
라 최초의 서양식 교회로서 고딕 양식의 건물이다. 이후에 건축된
유명한 교회 건물로는 1892년에 착공해서 1898년에 완공한 명동성
당을 들 수 있다.

잘못 쓴 예 이벽, 이승훈 등 초기 천주교인들은 교회 건물 안에서 비밀리에 예
배를 보았다.

▶▶ 구두

생성 시기 조선, 1894년경(고종 31).

유   래 1880년대 개화파 정객들과 외교관들이 구두를 신고 들어오면서부
터 우리나라에 구두가 등장하기 시작했다. 그러나 우리나라에 서
양식 구두가 정식으로 들어오기 시작한 것은 1894년 갑오개혁이 일
어나고 단발령과 함께 양복이 공인되면서부터다. 이듬해인 1895년
부터는 상류 사회에서 구두를 신는 사람들이 늘어나기 시작했다.
서양 문물을 먼저 접했던 기독교의 전도사 부인, 해외 유학생, 외
교관의 부인 등이 구두를 신었다. 1905년 을사조약이 체결된 이후
서울에 최초의 양화점이 문을 열었다. 같은 해에 인천에도 삼성태
양화점이 애관극장 맞은편에 문을 열었다.

잘못 쓴 예 병자수호조약이 체결되던 해 수신사로 일본에 다녀온 김기수가 구
두를 신고 들어오자 주위 사람들이 그 모양을 신기해하며 모두들
한마디씩 했다.

▶▶　**극장(劇場)**

생성 시기　대한제국, 1902년(고종 광무 6) 12월 2일.

유　　래　우리나라에서는 개화기에 와서야 극장이 세워졌다. 고려시대에 산
대(山臺)라는 가설무대가 있었으나, 우리의 전통극이 야외놀이적
인 성격이 강했기 때문에 옥내 극장이 발전하지 못한 것이다. 본격
적인 옥내 극장 형태를 갖춘 최초의 극장은 1902년에 설립된 협률
사이다. 최초의 관립극장이기도 한 협률사는 1902년 12월 2일 처음
문을 열어 3년 반 만에 닫았다. 이 극장은 1908년 7월에 원각사(圓
覺社)라는 명칭으로 재개관하여 고전 예능과 창극을 주로 공연하
다가 국권 상실과 함께 2년여 만에 완전히 문을 닫았다.

잘못 쓴 예　개화당의 거두 김옥균은 난마처럼 뒤엉킨 머릿속을 정리하려고 판
소리 다섯 마당을 공연하고 있는 협률사로 발걸음을 옮겼다.

▶▶　**기자(記者)**

생성 시기　조선, 1883년(고종 20) 10월 30일.

유　　래　우리나라 최초의 기자는 1883년 10월 30일에 창간된 『한성순보』의
유길준(俞吉濬)이다. 『한성순보』 이후 순간(旬刊)·주간(週刊) 등 여러
형태로 많은 신문이 발간되었고, 1898년 4월 9일 최초의 일간지인
『매일신문』이 이승만(李承晚)·최정식(崔廷植) 등을 기재원이라는 칭
호로 채용하여 창간함으로써 본격적인 기자의 위치가 정해졌다. 그
후 많은 일간지가 창간되면서 기자의 위치는 확고해졌다.
1924년에는 최은희(崔恩喜)가 조선일보사에 초대 여기자로 채용되어
본격적으로 활약했다.

잘못 쓴 예　1876년 강화도조약이 강화도 연무당에서 조인될 당시 한일 양국의

고위급 관료들 외에 내외신 기자들의 참관은 허락되지 않았기 때문에 그들은 곧바로 정확한 사실을 송고할 수 없었다.

▶▶ 노다지

생성 시기 조선, 1897년(고종 34) 9월.

유   래 평안북도 운산금광은 우리나라 최대의 금광으로 조선의 금 생산량의 4분의 1을 차지하던 대규모 광산이었다. 그런데 고종과 가깝게 지내던 미국인 알렌은 왕실과 맺은 교분을 이용하여 운산금광의 개발권을 미국에게 넘겨주도록 고종을 설득했고, 결국 고종은 운산금광의 개발권을 미국인 자본가에게 넘겨주었다.

알렌의 중개로 운산금광 채굴권을 독점 계약한 미국 자본가는 1897년 9월 동양광업주식회사를 세우고 미국인 감독관, 일본인 기술자, 말레이시아와 중국인 노동자를 고용하여 운산금광을 본격적으로 개발했다. 이미 이곳에서 광산을 개발하던 조선인 광산 주인과 노동자들은 강제로 쫓겨났고, 이곳에 정착하여 농사를 짓던 조선인 농민들도 강제로 쫓겨났다. 이곳에서는 미국인 광산 관리인이 조선인 농민을 두 차례나 살해하는 일이 일어났지만 그는 처벌을 받지 않았다. 그리고 미국인 관리들은 조선인이 광산에 접근하면 금을 훔치려 한다고 하여 무차별 총질을 했으며, 이때 "No Touch!"를 외치던 말이 변하여 '노다지'가 되었다고 한다. 한편 조선인의 접근을 막기 위해 철조망에 'No Touch!'라고 써놓았는데, 이것이 금을 건드리지 말라는 뜻으로 와전되면서 노다지란 어휘가 생겼다고도 한다.

미국은 운산금광에서 막대한 이익을 얻었다. 당시 미국인 감독관이 밝힌 내용에 따르면 1897~1915년 사이의 금 생산액만 약 4950만 원이었는데 이 금액은 당시로서는 경이적인 금액이었다. 그 무렵 한강철교 공사에 든 비용이 약 40만 원이었고, 1910년 당시 조선 정부가 일본에 진 빚이 4500만 원이었으므로 얼마나 큰돈인지 짐작할 수 있다. 기록에 따르면 미국은 1897년부터 1936년까지 운산금광에서 총 900만 톤의 금광석을 채굴하였고, 당시 달러로 1500만 달러의 수익을 올렸다고 한다.

▶▶ **능금/사과**

생성 시기 능금_ 조선, 1527년(중종 22).
사과(沙果, 査果)_ 조선, 1660년(현종 1).

유   래 사과는 원래 임금(林檎)이라고 했다. 이 임금이 발음상 능금으로 바뀐 것이다. 중국이나 우리나라에는 열매가 아주 작은 임금이 자생했을 것으로 보인다. 일본의 경우에도 링고[林檎]라고 하여 우리 능금과 같은 열매가 있었던 것으로 보인다.

우리나라의 능금 기록은 고려 속요 「처용가」에 '머자'라는 어휘로 처음 등장한다. 머자는 '멎(柰)'의 호격으로 야생종 능금을 가리킨다고 한다. 또 고려 말 사신으로 왔던 송나라의 손목이 지은 『계림유사』에 임금(林檎)을 민자부(悶子訃; 머자배라고 부른 듯하다)라고 적었다. 손목은 고려 숙종 8년(1103)에 서장관으로서 사신을 수행하여 고려에 왔는데, 이 당시 고려의 조제(朝制)·토풍(土風)·구선(口宣)·각석(刻石) 등과 함께 고려어 약 355개 어휘를 채록하여 『계림유사』 3권을 펴내었다.

조선 전기 문헌에도 여러 품종의 능금이 기록되어 있다. 최세진의 『박통사언해』에서는 '빈파과(頻婆果)'를 능금과 비슷하나 더 크다는 의미를 가진 '굴근(굵은) 님근(능금)과'라고 적고 있고, 또 빈파과(頻波果)·상사과(相思果)·사과(沙果)라는 여러 명칭이 보인다. 최세진의 다른 저서 『훈몽자회』에는 "금(檎)을 속칭 사과(沙果)라고 부르며, 또 조그만 능금을 화홍(花紅)이라고 부른다."고 기록되어 있다.

『훈몽자회』는 1527년(중종 22)에 출간되었으므로 능금이란 어휘가 사용된 시기는 이때로 잡는다. 흔히 능금의 시작을 『계림유사』로 보는데 이는 옳지 않다. 『계림유사』는 송나라 사람이 쓴 책으로 여기에 나오는 임금(林檎)은 중국어일 뿐 당시에는 고려에서 쓰인 말이 아니다. 고려 말이나 조선시대에 이르러 원나라나 명나라와 왕래가 빈번해지면서 임금이란 어휘가 우리나라에 들어오고, 왕을 뜻하는 임금과 발음이 같아 능금으로 바뀌었다고 보는 것이 타당하다.

한편 한반도에서 사과나무가 본격적으로 재배되기 시작한 것은 이보다 훨씬 늦은 17세기로 조선 사신이 중국에서 사과나무 묘목을 도입하면서부터라고 볼 수 있다. 순조 재위 중에 나온 유초환(俞初煥)의 『남강만록(南岡漫錄)』에 자세한 기록이 나온다.

"사과(査果)는 능금과 같으나 크기가 몇 배이고, 또한 맛이 담담하고 달아서 쓰고 떫은맛이 없었다. 효종 갑오·을미 연간에 인평대군이 중국에 사신으로 갔다가 그 나무를 얻어 구하여 수레에 싣고 돌아왔다. 장차 열매가 맺으면 궁궐에 바치려고 했다. 무술년에 인평대군이 죽고, 을해년에 효종이 돌아갔다. 경자년에 이르러 열매가 맺자 인평대군의 자식들이 이를 바치니, 현종이 종묘 다례에 올리도록 명했다. 비로소 이 열매가 처음 들어왔다. 사람들은 모두 한번 먹기를 바랐으나 구할 수 없었다. 오늘날 나라 안에 널리 퍼졌다. 사과는 일명 빙과(氷果)이다."

이 기록에 나오는 효종 갑오년은 1654년이고 을미년은 1655년이다. 인평대군은 중국에 사신으로 모두 네 차례 갔다. 두 번째 사신행에서 사과나무 묘목을 구하여 우리나라 땅에 심은 것이다.

1658년(효종 9)에 인평대군이 죽고, 이듬해 효종이 죽었다. 1660년(현종 1)에 사과나무에 처음으로 열매가 열렸다. 인평대군이 중국에서 가져온 사과나무는 재배 가능한 개량종으로서 이것이 우리나라에 사과라는 어휘가 사용된 시작이라고 볼 수 있다.

개량종 사과는 당시 한반도에 자생하고 있는 능금보다 매우 크고 단맛이 나서, 그 당시 사람들이 누구나 한번 먹어보고 싶다고 소원할 정도였다. 그러나 개량종 사과는 생산량이 적고 매우 귀하여 궁궐에나 진상될 수 있었다고 한다.

순조 연간에 한필교(韓弼敎)가 사신 일행으로 중국 베이징을 오가면서 편찬한 『수사록(隨槎錄)』(1831) 권4 「문견잡지(聞見雜識)」에 다음의 내용이 나온다.

"빈과는 오늘날 사과라고 부른다. 우리 해동에는 예로부터 이 이름이 없었다. 효종 부마인 동평위 정재륜이 중원에 사신으로 갔다가 그 묘목을 얻어 돌아왔다. 비로소 나라 안에 성행했다."

정재륜은 헌종과 숙종 연간에 세 차례 중국을 다녀왔다. 그가 중국에서 사과나무를 가져온 시기는 인평대군의 사과나무 도입 시기보다 몇십 년 늦다.

정재륜이 가져온 사과나무는 빈과 계통의 새로운 품종으로 보인다. 이후로 우리나라에 사과나무가 널리 재배되었다. 순조 연간인 19세기 초에 유초환과 한필교가 모두 한반도에 사과나무가 널리 재배되었다는 사실을 증명해주고 있다.

개량된 사과가 도입되어 경제 목적으로 재배하게 된 역사는 그리 길지 않다. 1884년부터 외국 선교사를 통하여 각 지방에 몇 그루씩의 사과나무가 들어오기는 하였으나 성공한 예는 드물고 대부분 관상용으로 재배되는 정도였다. 1901년에 윤병수(尹秉秀)가 미국 선교사를 통하여 다량의 사과 묘목을 들여와 원산 부근에 과수원을 조성하여 좋은 성과를 거두었는데, 이것이 경제적인 재배의 시작이라고 할 수 있다.

잘못 쓴 예 이성계는 뜰 앞의 사과나무를 바라보며 열매가 맺히고 떨어지는 것이 꼭 우리네 인생과 같다는 생각을 했다.(사과나무→능금나무)

▶▶ **다방(茶房)**

생성 시기   차(茶) 중심의 다방_ 고려, 1002년(목종 5).

커피 중심의 다방_ 조선, 1889년(고종 26) 1월.

유 래   한말에 커피는 가배차·가비차·양탕(洋湯)이라 불리었으며, 커피와 함께 홍차도 수입되기 시작했다. 이러한 새로운 차들이 보급됨에 따라 다방(茶房)이 등장했다.

근대적인 기능과 형태를 갖춘 다방이 등장한 것은 3·1운동 직후부터이지만 개항 직후 일본인 호리 리키타로(堀力太郎)가 1889년 1월에 인천 중구 중앙동에 건립하여 최초로 커피를 판 대불호텔[1889년 1월에 발행된 잡지 『하퍼즈 위클리』에 실린 삽화에 호텔 다이붓이(Daibutsu; 大佛)가 등장]과 슈트워드호텔의 부속 다방이 우리나라 다방의 선구가 되었고, 1902년 10월 손탁이 정동에 지은 손탁호텔에는 서울에서 최초로 호텔식 다방을 두었다. 1923년을 전후하여 근대적 의미의 다방이 생겨나기 시작하였는데, 명동의 '후다미[二見]'와 충무로의 '금강산'이라는 일본인 소유의 다방이 최초라고 할 수 있다. 1927년에는 이경손이 관훈동 입구에 '카카듀'라는 다방을 개업했다. 이 다방은 우리나라 최초의 영화감독으로 「춘희」 「장한몽」 등의 영화를 제작한 이경순이 직접 차를 끓여 더욱 유명했다.

요절한 천재 작가로 불리는 이상(李箱)은 1930년대 초반에 종로에서 '제비' '식스나인' 등의 다방을 경영하기도 했다. 1930년대에는 소공동에 '낙랑파라'가 등장하면서 초기의 동호인들의 분위기에서 벗어나 영리 면에도 신경을 쓰는 본격적 다방의 면모를 갖추게 되었다.

다방의 어원은 이보다 훨씬 더 오래되었다. 고려 말 조선 초에 왕을 가까이에서 모시거나 궁궐을 지키는 관원인 성중관(成衆官)의 하나로 존재했던 것이다. 다방은 주로 궁중에서 소용되는 약을 조제하여 바치거나 궁중의 다례(茶禮)에 해당하는 일을 맡아 보았다. 조선

256

시대에는 차(茶)를 공급하였고 외국 사신들을 접대하는 일을 맡아 했다. 이 밖에도 꽃, 과일, 술, 약 등의 공급과 관리도 맡아 했다.

차를 사고파는 개념의 다방이란 어휘가 생겨난 시기는 고려 목종 5년인 1002년이다. 이 무렵 개성에는 백성들이 이용할 수 있는 다점(茶店)이 마련되었다. 다점에서는 차 이외에 달인 차를 판매하였고 낮잠도 자는 휴게소 구실을 하였던 듯하다. 여행자를 위한 휴게소 겸 숙박소인 다원(茶院)이 여러 고갯마루에 설치되었다. 조선이 건국되면서 차 문화가 쇠퇴했고, 그나마 영조 이후 차례(茶禮)마저 왕명으로 없어지면서 다방 또는 다점 문화가 단절되었다.

잘못 쓴 예 1838년 샤스탕 신부와 모방 신부는 명동다방에서 만나 앞으로 어떤 일이 벌어지더라도 믿음으로써 신도들을 이끌 것을 다짐하였으며, 천주께 용기를 달라고 간절히 기도드렸다.

▶▶ **대통령(大統領)**

생성 시기 조선, 1892년(고종 29).

유   래 대통령이란 말은 영어 'president'에 대한 번역어로서 중국 한자어가 아닌, 일본에서 생긴 조어(造語)다.

1881년 신사유람단의 일원으로 일본에 다녀온 이헌영이 여행보고서로 작성한 『일사집략(日槎集略)』에 이런 기록이 나온다. "신문을 보니 미국 대통령, 즉 국왕이 총에 맞아 해를 입었다고 한다(新聞紙見 米國大統領 卽國王之稱 被銃見害云)." 1881년 7월 2일 미국 대통령 가필드(James A. Garfield)가 총격을 당한 사건을 일본 신문이 보도한 내용이다. 하지만 우리나라에서 실제로 사용되지는 않았다.

1882년에 체결된 조미조약에는 '대조선국군주 대미국백리새천덕 병기상민(大朝鮮國君主 大美國伯理璽天德 並其商民)'이라고 하여 'president'의 중국식 표기인 '伯理璽天德'을 사용했다. 그러다가 1892

년부터는 '대통령'이라는 단어가 공식적으로 쓰이기 시작했다.

대통령이란 단어가 최초로 등재된 사전은 1938년으로 문세영(文世榮)의 『조선어사전』이다.

▶▶ **동물원(動物園)**

생성 시기   대한제국, 1909년(순종 융희 3) 11월 1일.

유   래   우리나라 최초의 동물원은 1909년 11월 1일 개원한 창경궁 동물원이다. 창경원은 본래 태종이 아들 세종에게 왕위를 물려주면서 자신이 거처할 궁궐로 지은 수강궁(壽康宮)에서 시작되었다. 그 후 1484년(성종 15) 수강궁 자리에 별궁인 창경궁을 건립했고, 임진왜란 때 화재로 소실된 것을 1616년(광해군 8) 다시 세웠다. 이 궁궐은 1907년 고종이 강제 폐위된 뒤 순종의 처소로 쓰였으며, 일제는 순종을 위로한다는 구실 아래 강제로 창경궁 안에 동물원과 식물원을 만든 다음 일반인들에게 관람시켰으며, 1911년에는 박물관을 짓고 이름을 창경원(昌慶苑)으로 격을 낮추어 불렀다.

1984년 창경궁 복원과 동시에 전시된 동물들을 서울대공원으로 이전하여 국제 규모의 동물원으로 만들었다.

잘못 쓴 예   명성황후는 모처럼 자녀들을 이끌고 창경원 동물원으로 나들이를 갔다.

▶▶ **두루마기**

생성 시기   조선, 1884년(고종 21) 7월 16일(음력 윤5월 24일).

유   래   두루마기란 '두루 막혔다'는 뜻이고, 한자로는 '주의(周衣)'라고 한다. 몽골어인 쿠루막치가 어원이라는 설도 있다. 그러나 몽골 옷과 비

258

슷한 점이 있다 하여도 그 원류에서 볼 때 고구려 이래의 우리 전통의 포제에서 나온 것이다.

고구려 포제에는 당시의 유행으로 선이 있고 띠를 둘렀는데, 오늘의 두루마기에는 선이 없고 고름으로 되었을 뿐 별 차이가 없다. 백제와 신라의 포 역시 두루마기와 비슷했을 것으로 본다. 백제 사신도와 신라 사신도의 인물들이 저고리보다 약간 길며 소매가 넓은 포를 입고 있어 삼국이 같았음을 알 수 있다.

고려에 내려오면 전기에는 포 중에서 백저포(白紵袍)를 주로 입었다. 여기에도 띠를 두르고 있어 옛 흔적을 지니고 있는데, 중기 이후 몽골의 의복이 일반 백성에게 강요되자 전기의 백저포가 약간 변용되었으리라 추측된다. 당시의 유물은 동국대학교 소장 「서산문수사불상복장포(瑞山文殊寺佛像腹藏袍)」를 보면 알 수 있다. 전체적인 형태는 우리 두루마기에서 많이 벗어나는 것은 아니며, 양쪽 겨드랑이 밑에 다른 폭으로 만든 무가 대어 있어 활동하기에 편리한 것이 특징이다. 이것과 비슷한 포형이 조선 초기에는 직령포(直領袍)의 형태로 발전하였는데, 이 직령포가 두루마기의 원형이 된 것으로 보인다.

오늘날의 두루마기는 이와 같은 경로를 통하여 1884년(고종 21) 음력 윤5월 24일의 갑신의복개혁 때 일반화되었는데, 갑자기 시행된 이 의복개혁은 국민들의 맹렬한 반대를 불러일으켰다. 그러나 10년 뒤에는 사람들이 통상 예복으로 착용하게 되었고, 1895년 을미개혁으로 관과 민 모두 검은색 두루마기를 착용하게 하여 두루마기 일색이 되었다. 구한말 왕비 평상복에 관하여 적어놓은 글에도 주의(周衣)가 나오고, 양반 부인이나 기생의 사진 등에도 이를 입고 있는 모습이 많이 보이는 것으로 미루어 우리나라 전통 포가 마지막 포제인 두루마기로 이어져 완성되었음을 알 수 있다. 일제강점기에도 예복의 개념에 두루마기가 들어가고 준용되어 왔음을 볼 수 있다.

개화기 / 동물원 · 두루마기

동물원 · 두루마기

문익점은 목화씨를 넣은 붓두껍을 두루마기 소매 속에 넣어 가지
고 돌아왔다.

▶▶ **레미콘(remicon)**

독일(발명), 1903년.
미국, 1913년.
일본, 1949년.
한국, 1965년 7월.

레미콘은 시멘트와 자갈 등을 물에 섞어 공사 현장으로 싣고 가는
콘크리트를 말한다. 원래 'ready-mixed concrete'였는데, 일본의 한
시멘트 회사가 영어 어휘 중 앞부분 're-mi-con'만 따서 '레미콘'이
란 어휘를 만들어냈다. 우리말로는 '(양)회반죽'이라고 한다.
레미콘은 1903년 독일의 건설업자 마겐스에 의해 최초로 제조되었
으며, 미국은 1913년에 최초로 레미콘을 덤프트럭으로 운반해 썼
다. 일본은 1949년에 레미콘을 도입하여 이 무렵 '레미콘'이라는 어
휘를 만들었고, 우리나라에서는 1965년 7월에 국내 최초의 레미콘
공장인 대한양회 서빙고 공장이 건설되었다.

1957년 김포공항을 국제공항으로 확장하기 위해 어마어마한 레미
콘이 이용되었다.(레미콘→시멘트)

▶▶ **레코드(record)**

미국(발명), 1887년.
대한제국, 1908년(순종 융희 2).

레코드 탄생의 기원이 된 것은 1877년 미국의 에디슨이 축음기를

260

발명한 데서 비롯된다. 이때 소리를 기록한 것은 지금과 같은 동그랗고 납작한 원반이 아니고 원통이었다. 이후 1887년 베를리너가 원반형의 음반을 발명하였고 이것이 곧 오늘날과 같은 음반의 효시가 되었다. 우리나라에 소리를 재생시키는 축음기가 들어온 것은 1887년 선교사 알렌에 의해서였다. 순수한 우리나라 음악을 담은 음반이 나온 것은 1908년 미국의 빅타 레코드에서 취입한 것이었다. 초창기에는 SP 레코드였으며, 1950년대 후반부터 LP 레코드가 나오면서 SP 레코드는 자취를 감추었다. 1982년에는 CD가 나와서 LP 시장을 순식간에 잠식했다. 지금은 보는 효과와 듣는 효과를 한꺼번에 만족시키는 LD가 나와서 레코드업계에 지각변동이 일어나고 있다.

잘못 쓴 예 우리 민요를 담은 레코드를 사러 막 대문을 나서는데 고보(高普)에 다니는 동생이 급하게 뛰어 들어오면서 이준 선생이 헤이그에서 자결을 했다는 소식을 알려주었다.

▶▶ **마고자**

생성 시기 조선, 1887년(고종 24) 10월 3일.

유   래 마고자는 1917년 순종의 의발에서 처음 보이지만, 그에 앞서 흥선 대원군이 청나라 보정부(保定府)에 유폐되었다가 풀려 돌아올 때인 1887년 10월 3일(음력 8월 25일)에 입고 온 바 있다. 마고자는 만주족의 복식 마괘자의 발음이 변한 것이다. 『청회전(淸會典)』에 따르면 청나라 옷에는 포와 괘가 있는데, 괘는 포보다 옷 길이가 짧은 예복의 일종이었다.

잘못 쓴 예 조선 인조 때, 척화를 주장하여 청나라에 압송되었던 김상헌이 귀국하는 길에 마고자를 입었다.

▶▶ **마누라**

생성 시기 궁중 용어_ 고려, 1231년(고종 18).
일반 어휘_ 조선, 1880년대.

유 래 마누라는 조선 말기 세자빈에게 쓰였던 존칭인 마노라에서 온 말
이다. 마노라는 조선 중기에는 마마와 별 차이 없이 함께 불리다가
말기에는 마마보다 한 급 아래의 칭호로 쓰였다. 그러다가 늙은 부
인이나 아내를, 그나마도 낮춰 일컫는 마누라로 전락한 것은 지난
100년쯤 사이에 생긴 새 풍속이다. 당상관 벼슬아치에게만 쓰이던
호칭인 영감이 마누라의 상대어가 된 것도 이 무렵으로 추정된다.
원래 마누라는 고려 후기 몽골에서 들어온 말로 조선시대에는 '대
비 마노라' '대전 마노라'처럼 마마와 같이 쓰이던 극존칭이었다. 따
라서 존칭어로서 마누라라는 몽골어가 들어온 최초 시기는 앞서
설명한 대로 1231년(고종 18)으로 잡는다.

잘못 쓴 예 조선 초기의 재상 황희 정승은 매우 청빈한 생활을 해서 자신의 임
종 때 "마누라, 내가 죽고 나면 딸아이들이 입을 상복이 한 벌밖에
없으니 그 한 벌을 찢어서 나누어 입게 하시오."라는 말을 남겼다
는 일화가 있다.(마누라→부인)

▶▶ **미역국을 먹다**

생성 시기 대한제국, 1907년(순종 융희 1) 8월 1일 오전 11시.

유 래 1907년 8월 1일 오전 11시, 서울 동대문 밖 훈련원에 맨손 훈련을
한다고 병사들을 집합시켜놓은 상태에서 갑자기 군부협판 한진창
이 '군대해산 소식'을 낭독했다. 일본 헌병들이 중무장한 채 주위를
둘러싸고 있는 상황이었다. 조선 병사들은 그 자리에서 계급장을

떼고 약간의 돈을 받은 뒤 강제 해산되었다.

이 소식을 들은 황실 근위부대 제1대대장 박승환 참령은 격분하여 권총 자결했다. 격분한 병사들은 무기고를 열어 총을 들고 남대문 밖 일본군 주둔지를 공격했다. 그러나 일본군의 공격으로 도리어 78명이 전사했다. 조선군 부대는 완전 해산되어 국내외로 의병이 되어 흩어져버렸다.

이때 해산(解散)이란 말이 아이를 낳는 '해산(解産)'과 소리가 같아 해산 때에 미역국을 먹는 풍속과 연관 지어서 이 말을 하게 되었다고 한다. 이를테면 해산하라는 명령에 "그럼 우리더러 미역국이나 먹으란 말이냐?"는 식의 자조 섞인 말투였을 것이다. 요즘에는 직장에서 해고되거나 시험에 떨어졌을 때 쓴다.

▶▶ **바가지 쓰다**

생성 시기   조선, 1894년(고종 31) 갑오개혁 이후.

유 래   갑오개혁 이후의 개화기에 외국 문물이 물밀듯이 들어오면서 각국의 도박도 여러 가지가 들어왔는데, 그중 일본에서 들어온 화투와 중국에서 들어온 마작·십인계(十人契) 등이 대표적인 것이었다.

십인계는 1에서 10까지의 숫자가 적힌 바가지를 이리저리 섞어서 엎어놓고 각각 자기가 대고 싶은 바가지에 돈을 대면서 시작하는 노름이다. 그러고 난 연후에 물주가 어떤 숫자를 대면 바가지를 엎어 각자 앞에 놓인 바가지의 숫자를 확인하고 그 숫자가 적힌 바가지에 돈을 댄 사람은 맞히지 못한 사람의 돈을 모두 갖는다. 손님 중에 아무도 맞히지 못했을 때에는 물주가 모두 갖는다. 이렇게 해서 바가지에 적힌 숫자를 맞히지 못할 때 돈을 잃기 때문에 손해를 보는 것을 '바가지 썼다'고 표현하게 되었다.

박물관(博物館)

생성 시기 대한제국, 1908년(순종 융희 2) 9월.

유   래 박물관을 뜻하는 영어 뮤지엄(museum)은 그리스 신화에 나오는 뮤
즈(muse) 여신에게 바치는 신전 안의 보물창고인 무세이온(museion)
에서 유래하며, 이것이 세계 최초의 박물관이다.

우리나라 최초의 근대적 형식의 박물관은 1908년 9월 순종이 창경
궁 안에 '이왕가박물관'을 세워 삼국시대 이래 미술품을 수집하고,
1909년 창경궁을 공개함과 동시에 이 박물관을 공개함으로써 이루
어졌다.

국립박물관이 생겨난 것은 1945년 광복이 되면서 총독부 박물관을
인수하여 개편하면서부터이다. 이왕가박물관은 그 후 덕수궁으로
옮겨 덕수궁미술관으로 이름을 바꾸었다. 1986년 국립중앙박물관
이 구 중앙청 건물로 이전하면서 역사, 미술, 민속 분야에서 본격적
인 박물관 활동이 본궤도에 오르게 되었다.

잘못 쓴 예 우리나라 최초의 박물관인 이왕가박물관은 광복 후에 국립중앙박
물관으로 이전되었다.(국립중앙박물관→덕수궁미술관)

▶▶ **백화점(百貨店)**

생성 시기 대한제국, 1906년(고종 광무 10).

유   래 백화점의 기원은 19세기 초 작은 상점으로 출발한 파리의 '봉마르
셰'이다. 우리나라에 백화점이 처음 등장한 것은 1906년 일본의 미
쓰코시백화점이 서울에 지점을 설립하면서부터이다. 비록 백화점
이라고 부르지는 않았지만 민족 자본에 의한 백화점은 1920년 봄
에 종로에서 문을 연 동아부인상회(東亞婦人商會)라고 할 수 있다.
이 동아부인상회는 부인들의 일용품과 일반 가정용품, 서적, 학용

품을 팔았다. 동아부인상회는 이런 잡화들을 팔았을 뿐만 아니라 고층 건물을 지어서 여러 가지 상품을 한곳에 모아 전시·판매했다. 그 뒤를 이어 1931년에 화신백화점(和信百貨店)이 문을 열었다. 원래 종로 네거리에 있던 화신상회는 지금으로부터 약 100년 전에 서울 태생의 신태화(申泰和)가 설립한 가게였다. 1922년에 이르러 화신상회는 양복부를 설치하고 장사가 잘되자 일반 잡화까지 취급하면서 차츰 백화점 형식의 근대화 작업을 하기 시작했다. 이때 나타난 사람이 평남 용강 출신의 박흥식(朴興植)으로서, 그는 화신상회를 매입해서 주식회사를 만들고 근대식 경영법을 도입해서 화신백화점을 창설했던 것이다. 그때부터 '화신 앞'이라는 말은 종로 네거리의 대명사가 되었다.

잘못 쓴 예   1929년, 나는 성탄절 미사에 늦을 것 같아 마포에서 택시를 타고 명동까지 가는 도중 종로 거리를 지나게 되었는데, 화신백화점 앞은 아직 오전인데도 사람들로 붐볐다.(화신백화점→동아부인상회)

▶▶   **변호사(辯護士)**

생성 시기   대한제국, 1905년(고종 광무 9) 11월 8일.

유   래   조선시대에는 거래를 하거나 소송을 할 때는 모두 문서를 작성하여 행했다. 그런데 그 문서의 형식이 상당히 복잡하여 소송 당사자는 관아 주변에서 소송을 유도하는 것을 업으로 하는 자를 고용하여 대리 소송하는 일이 있었다. 이것을 고용대송(雇傭代訟)이라하는데 1478년(성종 9) 8월에 이 제도를 금지했다.

이후 오랜 세월이 흐른 1903년 5월에 공포한 『형법대전(刑法大全)』에 의하여 금지가 완화되었다. 이리하여 소송을 교도하거나 소장(訴狀)을 작성하는 것을 직업으로 하는 자가 생기게 되었는데, 이것이 변호사 제도의 계기가 되었다.

1905년 11월 8일에 법률 제5호로 '변호사법'이, 같은 달 17일에 법부령 제3호로 '변호사시험규칙'이 공포되어 비로소 우리나라에 '변호사'라는 명칭이 소개되었다. 이때 법무령 제4호 '변호사등록규칙'에 의하여 1906년 홍재기(洪在祺), 이면우(李冕宇), 정명섭(鄭明燮) 3인이 각각 1·2·3호의 인가증을 수여받아 등록함으로써 최초의 변호사가 되었다. 그 후 변호사 시험을 쳐서 합격한 자에 한하여 영업하게 한 것은 1922년이었다.

잘못 쓴 예 우리나라에서 전차는 1899년 음력 4월 초파일에 개통되었다. 많은 사람들이 신기한 전차의 등장에 환호하였지만, 그 과정에는 몇 가지 불상사도 없지 않았다. 개통 직전인 1월에는 약 12미터의 송전선 절도 사건이 일어나자 그 범인으로 지목된 두 사람이 재판에 회부되었다. 그런데 재판 과정에서 그들은 변호사를 대어 결백을 주장하였으나, 결국 참형에 처해지고 말았다.

▶▶ **병원(病院)**

생성 시기 조선, 1876년(고종 13) 11월 13일.

유   래 오늘날 우리들이 알고 있는 병원은 그 기능면에서 볼 때 20세기 이후 본격적으로 나타난 사회적 산물이라 할 수 있다. 법적으로는 입원 환자 20명 이상을 수용할 수 있는 시설을 갖춘 기관을 병원이라 하고, 이에 미치지 못하는 기관을 의원(醫院)이라 하여 구분하고 있다. 근대적 의미의 병원은 의료 기술의 개발과 함께 나타나는데 세계적으로도 19세기 들어 본격화, 대중화되기 시작했다.

1876년 강화도조약이 체결되면서 일본인들이 일본 거류민들을 보호한다는 구실 아래 서울과 부산 등지에 병원을 설립하고 의료사업을 실시했다. 일본은 이때 부산에 거주하는 일본인들과 군속들의 치료를 위하여 군의관 야노[失野義徹]를 보내 1876년 11월 13일 일본 해군과 육군에 의하여 운영되는 관립 제생의원(濟生醫院; 지금의 부산의료원)을 설립했다. 비록 일본이 지은 병원이지만 이것이 우리나라 최초의 서양식 의료기관이다.

1885년 2월 선교사 알렌이 서울 재동에 세운 왕립병원인 광혜원(廣惠院)이 그 뒤를 이었다. 이곳은 1885년 3월에 제중원(濟衆院)으로 이름을 바꿔 개원하였으며, 이후 세브란스병원이 된다.

잘못 쓴 예 작년 임오군란(1882) 때 입은 총상의 후유증이 아직도 가시지 않은 김갑석은 열흘에 한 번씩은 꼭꼭 신식 병원인 제중원에 들르곤 했다.

▶▶ **보육원(保育院)**

생성 시기 조선, 1885년(고종 22) 3월 15일.

유 래 우리나라 역사상 고아원은 삼국시대 국친사상(國親思想)에서 그 기원을 찾는다. 즉 나라님이 친히 고아의 어버이가 되어 그들을 보호하도록 했다. 고려 때는 지역 책임제로 고아를 보호하도록 했다. 조선시대에 와서는 수양제도(收養制度)를 통하여 고아를 보호했으나, 피수양자를 키워서 노비로 삼는 폐단을 막기 위하여 중앙에는 아동을 임시로 보호할 수 있는 유접소(留接所)를, 지방에는 진장(賑場)을 두어 고아를 수용했다.

현대적 의미의 고아원은 프랑스 선교사가 1885년(고종 22) 3월 15일 지금의 명동성당 뒤뜰에 설립한 천주교보육원에서 비롯되었다.

잘못 쓴 예 임진왜란이 끝난 후, 부모를 잃은 고아들은 나라에서 운영하는 보육원에서 보호했다.

▶▶ 보이콧(boycott)

생성 시기 영국, 1879년 9월.

유   래 영국 육군 대위 출신의 찰스 C. 보이콧(Charles C. Boycott; 1832~1897)
은 한 아일랜드 백작의 재산관리인이었다. 그는 1879년 9월 소작료
25퍼센트를 깎아달라는 아일랜드 토지연맹의 요구를 거부했다. 소
작인들이 이에 맞서 소작료를 납부하지 않자 보이콧은 이들에게
퇴거영장을 발부했다.

그러자 소작인들은 그와의 거래를 중단하는 집단 저항으로 맞섰
다. 보이콧 집안에서 일하던 하인과 하녀가 철수하는 것은 물론 그
의 가족에겐 생필품도 팔지 않았고 우편배달도 거부했다. 마침내
추수까지 못하게 되자 자원봉사대와 군인들이 동원돼 어렵게 수
확을 마치긴 했으나 보이콧은 마을을 떠나야 했다. 이로부터 보이
콧은 불매(不買), 배척, 제재(制裁), 절교를 뜻하는 일상어가 됐다.

오늘날에는 불매운동이라는 본래의 뜻과는 달리 어떤 세력가나 국
가에 제재나 보복을 가하기 위해 공동으로 배척하는 일을 가리킨다.

▶▶ 보험(保險)

생성 시기 조선, 1880년(고종 17) 1월.

유   래 1876년 강화도조약을 계기로 조선의 문호가 개방되자 여러 나라와
체결한 통상조약에 의거하여 외국의 금융기관과 상사(商社)가 앞다
투어 우리나라에 진출했다. 이들 대부분이 본국 보험회사의 대리점
구실을 겸하였고, 특히 1880년대 이후 영국과 일본이 주류를 이루
어 인천과 부산을 중심으로 활동했다.

한편 생명보험 사업은 1880년 1월 동경해상보험주식회사가 제일은
행 부산지점에 대리점을 개설하면서 시작되었다. 우리나라 사람이

설립한 생명보험회사는 1921년 한상룡 등이 설립한 조선생명보험주식회사다.

잘못 쓴 예 신식 교육을 받은 서재필은 우정국 거사 한 달 전에 김옥균, 박영효 등을 설득하여 함께 생명보험에 들도록 했다.

▶▶ **봉(鳳, −잡다, −이냐)**

생성 시기 대한제국, 1906년(고종 광무 10) 8월 18일.

유   래 1906년 6월 28일~8월 18일까지 『황성신문』에 「봉이 김선달전」이 소설 형식으로 연재되었다. 한문 현토소설(懸吐小說)인 『신단공안(神斷公案)』의 네 번째 이야기 '인홍변서봉 낭사승명관(仁鴻變瑞鳳 浪士勝名官)'이 그 최초의 예인데, 이로써 그 이전인 19세기에 이 이야기가 널리 유포되었다는 것을 알 수 있다.

내용은, 평양 출신의 재사(才士) 김선달이 자신의 경륜을 펼치기 위하여 서울에 왔다가 서북인 차별 정책과 낮은 문벌 때문에 뜻을 얻지 못하여 탄식하던 중 세상을 휘젓고 다니며 권세 있는 양반, 부유한 상인, 위선적인 종교인들을 기지로 골탕 먹이는 여러 일화로 이루어져 있다.

주인공 김선달이 봉이라는 별호를 얻게 된 데에는 다음과 같은 내력이 있다.

김선달이 하루는 장 구경을 하다가 닭전에 이르렀다. 마침 닭장에는 유달리 크고 모양이 좋은 닭 한 마리가 있어서 주인을 불러 "혹시 봉(鳳)이 아니오?" 하고 물으니 주인은 아니라고 했다. "아무래도 수컷 봉황인 봉이 확실한데? 이게 정말 평생 볼까 말까 한 귀한 짐승인데 이런 닭전에 나와 있다니……" 하고 김선달이 거듭 관심을 보이자 닭장수는 비싸게 팔 작정으로 그 수탉이 봉이 맞다고 대답했다. 김선달은 즉시 비싼 값을 주고 닭을 사서 고을 관아로 갔다.

269

김선달이 사또에게 봉을 구했다면서 장닭을 바치자, 사또는 수탉 한 마리로 자신을 능멸한다고 생각해 즉시 잡아 볼기를 때렸다. 김선달은 닭장수에게 속았다고 우기자 사또는 닭장수를 잡아 대령시켰다. 김선달은 잡혀온 닭장수를 붙잡고 수탉을 봉으로 속여 팔았다고 따져 볼기 한 대에 5냥씩 모두 60냥, 그리고 처음에 준 봉값 5냥까지 합쳐서 모두 65냥을 받아냈다. 이때부터 김선달은 봉이라는 호까지 얻었다는 것이 소설의 줄거리다.

비록 설화를 짜깁기한 소설이지만 '봉이 김선달 설화'는 홍경래의 난 이후 좌절에 빠진 평안도 백성들에게 선풍적인 인기를 끌었다. 이때부터 '봉이냐?' '봉 잡았다' 등의 말이 나왔다. 따라서 이 숙어는 봉이 김선달 이야기가 『황성신문』에 연재 완료된 1906년 8월 18일로 잡는다.

▶▶ 비누

생성 시기 조선, 1880년(고종 17) 전후.

유   래 가장 원시적인 형태의 비누는 잿물로서 우리나라뿐 아니라 세계 여러 나라에서 사용되어왔다. 유럽에서는 동물의 기름과 잿물을 섞어 만들었으며, 중국에서는 석감이라 하여 잿물에 여뀌의 즙과 밀가루를 넣어 만들었다.

석감은 우리나라에서도 사용된 듯한데, 비누가 널리 보급된 1930년대에도 비누를 석감이라고 했다. 잿물 이외에 팥으로 만든 가루비누인 조두가 있었다. 이것은 고급 세정제로 신라 때부터 한말까지 사용되었다. 조두는 세정과 미백 효과가 있어서 왕비도 이를 애용하였다고 전한다. 특히 정월 첫 돼지날에 조두로 세수하면 얼굴이 희어진다는 속신이 있어 이날 1년분을 만들어 박 속에 저장하여 두고 쓰기도 했다. 조두를 만들 형편이 못 되는 집에서는 콩깍지를 삶은 물을 사용하였고 고운 쌀겨를 무명 주머니에 담아 문지르기도 했다.

개항 이후 현재 사용하는 비누가 전래되기 시작하면서 전통적으로 써오던 조두와 잿물이 사라지게 되었다. 유럽에서 사용된 비누는 올리브기름과 해초를 구워 얻은 알칼리성으로 8세기경 이탈리아의 사보나 지방에서 만들기 시작했다. 유럽에 비누가 퍼진 것은 11세기경으로 주로 프랑스의 마르세유에서 제조되었으며, 현재와 같은 비누는 18세기 초에 완성되었다. 이 비누가 처음으로 우리나라에 알려진 것은 네덜란드인 하멜에 의해서였으며, 본격적으로 이용된 것은 조선 말 개항 이후부터이다.

잘못 쓴 예 채제공(1720~1799)을 따라 청나라에 다녀온 역관이 갖다 준 비누를 자랑하던 계향은 한 번 써보지도 못하고 기생어미에게 빼앗기고 말았다.

▶▶ **사상의학(四象醫學)**

생성 시기 조선, 1894년(고종 31).

유   래 사상의학은 이제마(李濟馬)가 1894년에 그의 저서 『동의수세보원(東醫壽世保元)』에서 처음 창안 발표한 체질의학이다. 본래 사상(四象)이라는 말은 『주역』에 나온 것으로, 태극은 음양을 낳고 음양은 사상을 낳는다고 한 데서 유래된 것이다. 사상은 태양(太陽), 태음(太陰), 소양(少陽), 소음(少陰)으로 분류되어 이를 체질에 결부시켜 태양인, 태음인, 소양인, 소음인으로 구분했다. 그래서 각기 체질에 따라 성격, 심리 상태, 내장기의 기능과 이에 따른 병리, 생리, 약리, 양생법과 음식의 성분에 이르기까지 분류하였는데 후대 사람들이 이를 일컬어 사상의학 또는 사상체질의학이라고 부르고 있다.

잘못 쓴 예 『동의보감』에 보면 사상의학으로 치료하는 80가지 처방이 수록되어 있다.

271

사이다(cider)

생성 시기   대한제국, 1905년(고종 광무 9).

유   래   오늘날 우리가 마시는 청량음료의 하나인 사이다는 원래 '사과즙을 발효시킨 술'을 일컫는 말이었으나, 이를 처음 만든 일본인이 탄산음료에 사과향을 섞었다고 해서 빌려와 붙인 이름이다. 사이다가 우리나라에 들어온 해는 1905년으로, 일본인들이 '금강사이다' '미쓰야사이다' 등을 들여온 것이 처음이다. 이후 사이다라는 상표는 우리나라에서 색깔이 없는 무색 탄산음료를 가리키는 일반명사로 굳어지게 되었다.

잘못 쓴 예   코카콜라와 함께 미국에서 들어온 사이다의 원래 이름은 탄산소다수인데 우리나라에 와서 사이다라는 이름으로 바뀌었다.

▶▶ **사진(寫眞)**

생성 시기   프랑스, 1827년 6~7월경.

              조선, 1863년(고종 원년) 3월 18일(음력 1월 29일).

유   래   지금까지 남아 있는 세계 최초의 사진은 1827년 6~7월경(1826년이라는 기록도 있는데 두 가지 중 어느 것도 정확하지는 않다) 프랑스의 조제프 니세포르 니엡스(Joseph Nicéphore Niepce)가 촬영한 풍경사진이다. 자그마치 8시간이나 노출한 끝에 얻은 사진이라고 한다. 또 다른 자료에는 20시간 노출이란 평가도 있어서 분명하지는 않다.

        그의 사진은 '태양으로 그린 그림'이라는 뜻으로 헬리오그래피(Heliography)라고 불렸고, 오늘날 사진을 가리키는 영어 포토그래피(Photography)는 1839년 영국의 천문학자 허셜(Sir John Herschel)이 만든 것으로 알려져 있다. '빛으로 쓴 글씨나 그림'이라는 뜻이다.

        1863년 3월 18일(음력 1월 29일) 베이징에 들어간 연행사(이항억, 이의익 등)들이 사진을 찍은 기록이 있다. 이 사진들은 2008년에 일반에 알려졌다.

황철은 1882년 집안에서 운영하던 함경도의 한 광산에서 사용할 기계를 사들이려고 중국에 갔다가 중국인 좌소인(左紹仁)으로부터 사진을 익히고 사진기를 구입하여 귀국하였다. 황철은 1883년 대안동 집의 사랑채를 고쳐 촬영소를 만들었는데, 이것이 우리나라 최초의 사진관이고 이때부터 우리나라 사진의 역사가 시작되었다.

1884년 2월 14일자 『한성순보』에, 저동에 사는 김용원(金鏞元)과 마동에 사는 지운영(池運永)이 촬영국을 설치하고 일본에 가서 배워 온 기술로 사진을 찍는다는 기사가 실렸는데, 이때는 사진이 널리 알려진 듯하다.

잘못 쓴 예 "병인박해(1866) 때 흥선대원군의 탄압을 피하여 이리저리 도망 다니던 천주교 신자들이 서양 신부와 함께 찍은 사진을 보십시오."

▶▶ **상수도(上水道)**

생성 시기 대한제국, 1908년(순종 융희 2) 9월 1일.

유   래 우리나라 상수도의 역사는 1908년 서울에 설립된 상수도를 기점으로 잡지만, 부산에 이보다 앞선 상수도 시설이 있었다. 개항 이후 일본인의 거류가 늘어나면서 단순하게 물을 받아 전달하는 식의 상수도 시기를 거쳐, 1894년 6월부터 보수천에 집수댐을 축조하여 이를 지금 약 15센티미터의 토관으로 연결하는 공사를 1895년 1월에 마치고 급수를 시작했다. 하지만 자연정수라는 점에서 상수도로 보지 않는다. 이런 자연정수 형태는 일부 사찰에서 높은 우물에서 나는 물을 대나무 등으로 연결해 사용하는 것과 같기 때문에 상수도로 보지 않는 것이다.

1903년 고종이 미국인 콜브랜(C. H. Collbran)과 보스트윅(H. R. Bostwick)에게 상수도 부설 경영에 관한 특허를 허가했다. 1906년 8월 초 뚝도정수장의 완속 여과지 공사가 시작됐고, 1908년 8월 공사가 마무리됐다. 준공 직후인 1908년 9월 1월부터는 사대문 안과 용산 일대에 하루 1만 2500제곱미터의 물이 공급됐다. 한국상수도회사(Korean Water Works Co.)는 서울에 220전(栓)의 공용수도를 설치하고 수상조합과 계약을 맺어 이들 물장수들이 여기에서 물을 받아 배달하고 물 사용료를 회사에 납부하도록 했다. 그러나 이 물장수들이 물값을 제때 납부하지 않고 체납하는 사례가 늘어나자 다음 해 10월 말부터 이러한 제도를 회사 직영으로 바꾸었다. 그러나 물장수들이 이에 반발하자 1910년 1월부터는 다시 종전처럼 수상조합을 통해 물을 공급했다. 수상조합은 1914년에 폐지되었지만 8·15 광복 전까지만 해도 각 호구에 대한 개별 급수는 드물었고 공용수도에 의한 물장수의 급수가 일반적인 형태였다. 그러나 6·25전쟁 후 상수도가 널리 보급되면서 물장수는 사라졌다.

잘못 쓴 예 1902년 독일 여인 손탁이 정동에 손탁호텔을 건립하였는데, 그때 우리나라 최초의 상수도 시설이 설치되었다.

▶▶ **상표(商標)**

생성 시기 대한제국, 1908년(순종 융희 2) 8월 13일.

유 래 상표의 기원은 아주 오랜 옛날부터 수공업을 하던 장인(匠人)이나 공인(工人)들이 자신의 생산품에 이름이나 표지를 붙였던 데서 찾아볼 수 있다. 그러므로 상품 교환경제가 발달하기 전부터 상표가 이미 일종의 신용 표시나 상품 출처의 표시로 사용되고 있었음을 알 수 있다. 그러나 당시의 상표는 원시적인 형태의 것으로 오늘날의 것과는 그 의미나 성격이 매우 달랐다.

근대적인 의미의 상표가 등장하기 시작한 것은 '상표법'에 의하여 상표제도가 사회경제적으로 확립되면서부터이다. 우리나라의 상표제도는 1908년 8월 13일에 공포된 내각고시 제4호에 의한 '한국상표령'에서 시작되었다. 그 후 1946년 11월 28일에 '상표법'이 법률 제71호로 제정, 공포되었다.

잘못 쓴 예 장안에 내로라하는 갖바치인 피한조는 꼭 제가 만든 물건에는 광목 쪼가리에 소나무를 그려 넣은 상표를 달아 내보냈는데, 그 상표를 단 것은 다른 가죽제품보다 두 배나 높은 값을 받았고 어전에도 진상되었다.

▶▶ **서대문교도소**

생성 시기 대한제국, 1908년(순종 융희 2) 10월 21일.

유   래 1907년 경성감옥을 지어 1908년 10월 21일 문을 열었다. 1912년 서대문감옥(경성감옥은 공덕동에 신축 이전), 1923년 5월 5일 서대문형무소, 1945년 11월 21일 서울형무소, 1961년 12월 23일 서울교도소, 1967년 7월 7일 서울구치소로 명칭을 바꾸었다. 1987년 11월 15일 경기도 의왕으로 교도소를 신축 이전하면서 서울구치소 명칭을 쓰지 않게 되었다. 1988년 2월 20일 사적 제324호로 지정, 1992년 8월 15일 서대문독립공원, 1998년 11월 5일 서대문형무소 역사관이 되었다.

잘못 쓴 예 유관순 열사는 서대문형무소에서 옥사했다.(서대문형무소→서대문감옥)

▶▶ **서양음악(西洋音樂)/찬송가**

생성 시기 조선, 1886년(고종 23).

우리나라의 서양음악은 1885년 기독교 선교사들이 가르친 찬송가
에서 비롯되었다. 1886년 배재학당에서 처음 창가(唱歌)라는 과목
으로 찬송가를 가르쳤고, 1893년 선교사 언더우드가 『찬양가』를 출
간했다. 이후로 신학문 교육기관이 늘어감에 따라 서양음악은 급
속도로 전파되기에 이르렀다.

잘못 쓴 예 창가를 부르며 걷는 고보(高普) 남학생 서너 명 때문에 앞길이 자꾸
가로막히자 거사를 치르기 위하여 우정국으로 향하는 김옥균의
마음이 초조해졌다.

▶▶ **서점(書店)**

생성 시기 조선, 1883년(고종 20).

유   래 외국어 교육을 담당하던 통리아문 동문학(同文學)의 부속기관으로
재동(을지로 2가 168번지)에 설립되었다. 1883년(고종 20) 8월 17일 김옥
균·서광범·박영효 등의 노력으로 설치된 박문국에서는 일본으로부
터 신식 인쇄기를 수입하여 책을 찍어냈고, 광인사(廣印社)가 창설
된 다음 민간 출판사가 줄을 이어 설립되었다. 이에 따라 많은 서
점들이 출현했다. 당시 대표적인 서점으로는 고제홍(高濟弘)의 회동
서관을 비롯하여 김기현(金基鉉)의 대동서시, 지송욱(池松旭)의 신
구서림, 주한영(朱翰榮)의 중앙서관, 김상만(金相萬)의 광학서포 등이
있으며 이 밖에 20여 개소의 서점이 더 생겼다.
이러한 서점들은 초기에 출판 사업도 겸했으나 도서 출판을 전문
으로 하는 출판 인쇄소가 많이 설립됨에 따라 점차 쇠퇴했다. 오
늘날의 서점은 거의 모두가 1945년 이후에 생겨났으며, 그 이전부
터 있던 서점으로는 고서점인 통문관(通文館)이 있을 뿐이다. 한편
이전에는 인쇄와 판매를 겸하는 서방(書坊)이나 서사(書肆), 방사(坊
肆), 서포(書蠰)가 있었다.

잘못 쓴 예   순조의 뒤를 이어 헌종이 즉위, 순원왕후 김씨가 수렴청정을 하게 되자, 추사 김정희는 다시 10년 전의 일에 연루되어 1840년부터 1848년까지 9년간 제주도로 유배되었다가 헌종 말년에 귀양에서 풀려 돌아왔다. 추사는 집에 돌아오자마자 종로에 있는 서점으로 가서 청나라 학자 옹방강의 『양한금석기』를 샀다.(서점→서사)

▶▶   **선교사(宣教師)**

생성 시기   조선, 1884년(고종 21) 9월 20일.

유　래   우리나라에 처음 들어온 선교사는 1884년 9월 20일에 도착한 알렌으로 미국 북장로교 선교부에서 파송된 의료 선교사였다. 1885년 4월에는 북장로교의 언더우드와 북감리교의 아펜젤러, 스크랜턴 등이 입국했다. 선교사들의 신앙 유형은 대개 청교도적인 엄격한 보수주의 신앙으로 경건주의, 정교분리, 성서 지상주의를 기본 특징으로 하고 있다. 전체적으로 볼 때 우리나라에는 복음 위주의 미국계 선교사 진출이 두드러졌으며, 이 때문에 신학이나 교회론이 발전하지 못했다. 이들이 우리 전통문화나 우리나라 근대사에 끼친 영향은 긍정적으로나 부정적으로나 자못 지대하다고 할 수 있다.

잘못 쓴 예   1876년 개항 이후, 공식적인 기독교 박해가 끝났다고 생각한 구미 각국에서는 외교적인 채널을 통해 수교하면서 별도로 그들의 이미지를 관리하기 위하여 선교사를 파견했다.

▶▶   **성냥**

생성 시기   조선, 1880년(고종 17) 9월 28일.

유　래   우리나라에서는 성냥이 들어오기 전에는 부싯돌을 사용하다가 얇게 깎은 소나무 끝에 황을 찍어 말린 것에 불씨를 붙여서 발화시키는 방법을 사용했다. 1880년 9월 28일 개화승(開化僧) 이동인(李東仁)이 일본에 수신사로 갔던 김홍집과 함께 서울로 돌아올 때 성냥을 들여왔다.

성냥이 생활용품으로 대중화되기 시작한 것은 1910년대로 일본인들이 인천, 군산, 수원, 영등포, 마산, 부산에 성냥공장을 설립하여 생산·판매하면서부터이다. 그러나 우리나라 사람에게는 공장 설치도 일절 허가하지 않았거니와 기술도 배우지 못하게 하여 시장을 독점하고는 1통에 쌀 1되라는 매우 비싼 값으로 판매했다.

8·15광복 후 처음 우리나라 사람 손으로 인천에 대한성냥을 비롯하여 전국 각지에 소규모 수공업공장을 세웠다. 1970년대부터 자동화 시설에 따라 업체의 수는 줄어든 반면 업체 규모는 대형화되었으며 수출도 이루어졌다. 그러나 자동점화장치의 발달, 라이터 보급의 증가로 수요가 점차 줄어들어 사양길로 접어들고 있다.

잘못 쓴 예　오경석은 박규수에게 당시의 민비 정권으로서는 군함 다섯 척을 끌고 온 일본하고 무력으로 대결하여 승산이 없다고 걱정하면서 성냥불을 켜서 담배에 불을 붙였다.(성냥불을 켜서→부싯돌을 부딪쳐서)

▶▶　**승용차(乘用車)**

생성 시기　대한제국, 1903년(고종 광무 7).

유　래　1890년대에 외국의 외교관이나 선교사가 들여온 차가 있다는 설이 있지만 실물이 확실히 들여온 기록은, 고종 이재황의 즉위 40주년 기념으로 미국 공관을 통해 승용차(포드 A)를 수입한 것이다. 포드 자동차는 1903년 6월 16일에 설립되었는데 이 차종은 포드의 첫 모델이며, 모두 1750대가 생산되었다.

278

당시 탁지부대신(지금의 재정경제부 장관) 이용익이 주도하고, 미국 공사 호러스 알렌이 자동차 수입을 섭외했다. 이 자동차는 고종의 조선 국왕 즉위 40주년을 기념하여 들여오기로 했는데 실제로 칭경식은 열리지 않고, 칭경식 예정일에서 4개월 뒤에 들어왔다는 기록이 있다.

고종 이재황의 즉위 40주년 칭경식은 원래 1902년 가을에 치르려다가 전염병 발병으로 1903년 음력 4월 4일(양력 4월 30일)로 미뤄지고, 또 궁중에서 영친왕 이은이 천연두에 걸리는 바람에 음력 8월 2일(양력 9월 22일)로 연기되었다. 하지만 러일전쟁으로 이마저도 실제로는 갖지 못하였다.

[고종 이재황의 51세 생일은 1902년 음력 11월 4일(양력 12월 3일)에 외진연을 중화전(中和殿)에서 열고, 음력 11월 8일(양력 12월 7일)에 내진연을 관명전(觀明殿)에서 열었다. 즉위 40주년 행사인 칭경식을 함께 하려고 했지만 결국 하지 못했다.]

이때 승용차는 원래 칭경식 예정일인 음력 4월 4일에 맞춰 들어올 예정이었으나 수송 지연 등으로 4개월이 지난 뒤에 들어왔다고 한다. 다른 기록에 따르면, 이 승용차가 들어오기는 했으나 변속기가 주저앉고 엔진이 쉽게 과열되는 등 문제점이 많아 실제 탑승하는 데는 어려움이 많았다고 한다. 게다가 이 승용차는 러일전쟁 중에 사라져 기록조차 보이지 않는다. 따라서 1903년까지는 확실하지만 날짜는 특정하기가 매우 어렵다.

그러다가 국권을 빼앗긴 1911년에 고종이 윗덮개가 없고 앞바퀴가 뒷바퀴보다 큰 영국제 다임러 리무진을 탔다는 기록이 있다. 우리나라 최초의 운전사는 윤권으로 이탈리아 대사관에서 운전 기술을 익힌 뒤 황실의 운전사가 되었다고 한다. 1913년에는 순종 이척이 탈 자동차가 수입되었다. 현재 두 차량은 그대로 남아 있는데 등록문화재 318호와 319호로 국립고궁박물관에 있다.

1910년대 중반에 이르러서도 승용차가 서울의 상류층에 널리 보급되지 않은 것은 도로 사정이 나빴던 데다가 한강인도교조차 없어서 필요성이 절실하지 않았기 때문이다. 그것은 인도교의 가설 이듬해인 1918년에 212대로 불어난 것으로도 충분히 짐작할 수 있다.

잘못 쓴 예 갑오개혁 이후 우리나라에는 미국산 포드 승용차의 수입이 시작되었다.

▶▶ **시멘트(cement)**

생성 시기 조선, 1897년(고종 34) 3월 29일.

유   래 우리나라에서 시멘트가 언제부터 사용되었는지 알 수 있는 정확한 기록은 없다. 그러나 1899년 9월 16일 경인철도가 준공된 것으로 미루어 그보다 앞선 시기에 수입되어 사용된 것으로 추정된다. 따라서 이 어휘의 도입 시기는 미국인 J. R. 모스에 의해 경인선 공사가 처음 시작된 1897년 3월 29일로 잡는다.

우리나라에 처음 세워진 시멘트 공장은 1919년에 건립한 승호리 공장이다. 이후 천내리, 고무산, 해주, 마동, 삼척 등지에도 공장이 세워졌다. 이들 공장은 일본의 시멘트 업체들이 건설하여 운영했다. 8·15광복 이후 시멘트 산업은 국가의 기간산업으로 성장하였으며, 1960년대 들어 비약적으로 성장했다.

잘못 쓴 예 1882년 민겸호의 집을 하사받은 묄렌도르프 외무고문은 시멘트를 사용하여 이 집을 양옥으로 개조했다.

▶▶ **신문(新聞)**

생성 시기 독일, 1650년.

조선, 1883년(고종 20) 10월 31일.

유   래   최초의 신문에 대한 견해는 매우 다양하다. 신문의 개념과 요건을
어떻게 규정하느냐에 따라 기원이 달라지기 때문이다. 그러나 일반
적으로 로마시대에 최초의 신문이 탄생한 것으로 본다. 즉 로마공
화국 시대(서기전 510~서기전 31)의 「악타푸블리카」라는 관보적 성격
의 필사 신문이 그것이다. 동양에서는 중국의 한나라, 당나라 때부
터 중앙과 지방의 군신 간의 의사소통 수단으로 「저보(邸報)」라는
신문이 있었다.

17~18세기에 들어오면서 우편제도가 발달하고 신문 기업이 대규모
로 성장하면서 마침내 일간신문이 나오게 되었고 진정한 의미의 근
대적 신문이 성립되었다. 세계 최초의 일간신문은 1650년 독일의 라
이프치히에서 발행된 『라이프치거 자이퉁(Leipziger Zeitung)』으로 알
려져 있다. 그 후 구미를 비롯한 세계 각국에서 질적, 양적인 면에
서 비약적으로 발전하여 오늘에 이르고 있다.

우리나라에도 인쇄된 근대 신문이 발간되기 전부터 관보의 성격을
띤 필사 신문인 「조보(朝報)」가 있었다. 하지만 이것이 직접 근대 신
문으로 발전된 것은 아니었다. 우리나라의 근대 신문은 1883년 10
월 31일(음력 10월 1일)에 창간한 『한성순보』에서 비롯되었다.

잘못 쓴 예   조미수호조약(1882)이 맺어졌다는 신문기사를 읽은 박영효는 곧바
로 서재로 들어가 김옥균에게 편지를 쓰기 시작했다.

▶▶ 아까시/아카시아(acacia)

생성 시기   조선, 1890년(고종 27).

유   래   북아메리카 원산이며 1890년경 일본인이 중국에서 묘목을 구해 인
천에 심은 것이 최초의 일이다. 일본에는 1877년에 들어왔으며 우

리나라에서 자라는 것은 일본 도쿄에서 들여왔다. 1897년에 월미도에, 1907년에 수원농과대학(당시 수원농림학교) 수목원에 아까시를 심은 기록이 있다.

한번 심으면 그 뿌리가 인근 주변으로 넓게 퍼져 나가기 때문에 제거하기가 힘들다. 마른 나무는 못을 박을 수 없을 정도로 단단하여 목재로 쓰기에 적당치 않으며, 다만 그 꽃이 꿀의 채취원이 되고 있을 뿐이다. 학계에서는 호주나 유럽에서 자라는 아카시아와 혼동을 피하기 위하여 아까시나무로 부르고 있다.

잘못 쓴 예 한반도 전역을 덮고 있는 아카시아는 일본인들이 개항 때부터 들여와서는 아름드리 소나무를 베어내고 그 자리에 심은 것이다.

▶▶ **양배추**

생성 시기 조선, 1883년(고종 20) 11월 20일.

유　　래 양배추는 서기전 400년경 그리스의 기록에 약용으로 쓰였다고 하였으나 유럽에서 실제로 재배된 것은 9세기경부터이다. 중국에서는 1578년에 비로소 『본초강목』에 간단한 설명이 첨가된 것이 나타난다. 우리나라에서는 1883년 친선사절단 수행원으로 미국에 다녀온(7월 인천항 출발, 9월 2일 샌프란시스코 도착, 이후 40여 일 체류) 최경석(崔景錫)이 조선 최초의 서양식 농장인 농무목축시험장을 만들었다. 그가 시험 재배하던 농산물 목록에 '가베지, 골라지, 결' 등이 보이는 것으로 미루어 이때부터 재배했음을 알 수 있다. 도입 날짜는 미국에 간 수행원들이 귀국한 1883년 11월 20일로 잡는다. 물론 씨앗만 들어왔을 뿐 실제 재배는 이듬해 봄에 이뤄졌을 것이다. 가베지는 캐비지(cabbage), 골라지는 콜라비(kohlrabi), 결은 케일(Kale)의 한글표기로 추정된다. 1930~1940년대에 약간 보급되기는 하였으나 6·25전쟁 이후 유엔군 공급용으로 재배가 크게 늘어났다.

잘못 쓴 예 구한말 당시 남대문 근처 상점에서는 양배추를 쉽게 구할 수 있었다.

▶▶ **양복/양장**

생성 시기 양복_ 조선, 1883년(고종 20) 3월.
양장_ 대한제국, 1899년(고종 광무 3).

유   래 1881년 일본에 수신사나 신사유람단으로 파견된 김옥균, 유길준 등이 1883년 3월 귀국할 때 양복을 사 입고 돌아와 사회적 관심과 물의를 일으킨 것이 그 최초이다. 양복은 한때 개화복으로 불리기도 했으며, 양복을 입고 거리에 나서면 수많은 구경꾼들이 몰려들어 좀체 길을 가지 못했을 정도라고 한다.

1899년 유학을 마치고 귀국한 김윤정(金潤晶)의 딸이자 윤치오(尹致昨) 부인인 윤고라(尹高羅)는 최초로 양장을 입은 여성으로 꼽힌다. 1899년에 촬영된 그의 인물 사진으로 볼 때 S자형의 옷, 비단양말, 굽 낮은 펌프슈즈, 리본과 새 깃털로 장식된 모자와 양산을 들었다. 서양처럼 남편의 성을 따서 김을 윤으로 바꿨으며, 이름 고라는 코리아를 의미한다고 한다. 한편 최초의 양장 여인은 고종의 황비 엄비(嚴妃)나 이토 히로부미의 수양딸 배정자라는 설도 있다.

잘못 쓴 예 한일수호조약 이후 첫 수신사로 파견된 김기수는 여러 가지 문물을 가져온 것은 물론이고 자신 또한 양복을 입고 돌아와 많은 사람들의 구경거리가 되었다.

▶▶ **양복점(洋服店)**

생성 시기 조선, 1896년(고종 건양 1).

유   래 1876년 한일수호조약과 함께 들어오기 시작한 외국인과 양복의 도래로 자연히 양복을 지어 입을 수 있는 상점이 필요하게 되었다. 우리나라 최초의 양복점은 1896년 광화문 우체국 앞의 하마다양복점으로 일본인이 운영했다.

잘못 쓴 예 박영효가 양복을 한 벌 맞추려 하자 김옥균이 하마다양복점을 소개해주었다.

▶▶ ## 양산(陽傘)

생성 시기 대한제국, 1907년(순종 융희 1).

유　　래 양산은 양장과 함께 우리나라에 들어왔다. 우리나라에서 양산을 처음 사용한 계층은 외교관 부인으로서 이들이 우리나라에 양산을 들여왔다. 현재 전하는 유물은 없고 영친왕의 모후인 엄귀비가 양장을 하고 흰 장갑을 낀 손에 양산을 든 사진만 전한다.

엄귀비는 몰래 고종의 사랑을 받았다는 이유로 명성왕후에 의해 쫓겨났다가 1896년 10월 8일 을미사변으로 명성황후가 시해된 5일 뒤 고종의 부름을 받고 다시 입궁하였다. 고종을 측근에서 보필하던 엄귀비는 1897년 10월 20일 영친왕을 낳았다. 엄귀비는 이 무렵부터 고종이 강제 퇴위된 1907년 7월 20일 사이에 양산을 들고 사진을 찍은 것으로 볼 수 있다. 따라서 양산이란 어휘 발생 시기는 일단 이 시기로 잡는다.

한편 초기에는 햇볕을 가리기 위한 기능보다는 양장에 구색을 맞추거나 얼굴을 가리기 위한 기능으로 사용되었다고 한다. 그 후 차차 양산이 보급되어 1960년대까지는 여자들이 외출할 때 양산을 지참하는 것이 일반적이었다.

잘못 쓴 예 우리나라에 양산이 들어온 것은 19세기 말로 일본에 유람하러 갔던 사람들이 가지고 들어온 것이 계기가 되어 널리 보급되었다.

▶▶ **여관(旅館)**

생성 시기 조선, 1880년대(고종 17년 이후).

유 래 우리나라의 전통적인 숙박시설로는 487년(소지왕 9) 신라에 등장한 역(驛)이라고 볼 수 있다. 역이 나라에서 관리하던 시설물이었던 데 비하여 객주나 여각, 주막 등은 개인이 운영하는 숙박시설이었다. 1880년대에 여관업이 생겨났고, 1910년 이후 근대식 여관이 도시의 번창과 함께 번성했다. 그 이후로 여관보다 규모가 작은 여인숙이 등장했다.

잘못 쓴 예 셔먼호 선원들 일부가 살아 있다는 소식을 듣고 1866년에 조선을 찾은 슈펠트 제독은 평양에 있는 여관에 여장을 풀고 생존 선원들에 대하여 알아봤으나 아무런 정보도 얻지 못했다.

▶▶ **열차(列車)**

생성 시기 대한제국, 1899년(고종 광무 3) 9월 18일.

유 래 18세기 중엽 산업혁명으로 비약적으로 증가하는 공산품의 수요를 해결하기 위하여 영국에서 발명된 것이 증기기관차이다. 1825년 영국의 스티븐슨이 만든 실용형 기관차가 최초의 영업용 열차이다. 우리나라에서는 1899년 9월 18일 노량진~제물포 사이에 개통된 33.2킬로미터 구간을 달리는 기차가 최초다. 1956년 디젤 기관차가 등장했고, 1973년에 전철이 등장했다. 1983년 이후로는 증기기관차가 사용되지 않았으며 지금은 전시용으로만 남아 있다.

잘못 쓴 예 대망의 20세기가 시작되는 1900년 1월 1일 아침에 김갑석은 인천에 가서 바다 구경을 하려고 서울역에서 기차를 탔다.

영화(映畵)

생성 시기 대한제국, 1903년(고종 광무 7).

유   래 19세기 말 미국의 에디슨, 영국의 폴, 프랑스의 뤼미에르 등에 의하여 거의 동시에 영화가 만들어졌다. 그중 오늘날의 영화와 그 형태나 형식이 가장 가까웠던 것은 뤼미에르의 시네마토그래프였다.

기록상으로 우리나라에서 처음 영화가 상영된 것은 1903년 동대문 내 전기회사 기계창에서 보여준 활동사진이었다. 그러나 당시의 신문기사를 보거나 사람들의 말을 들어보면 일반에게 공개되기 이전에 이미 외교관들의 모임이나 왕실 인사들을 중심으로 상영되었을 가능성이 많다. 영화를 상영하는 본격 영화관의 시작은 1906년 한미전기회사가 개관한 활동사진 관람소이다.

잘못 쓴 예 재작년 갑오년 개혁 이후에 단발을 하고 양복을 입은 이수일은 역시 마찬가지로 신여성의 한 사람인 심순애와 오늘 저녁 활동사진을 보기로 약속했다.

▶▶ **요일제(일월화수목금토)**

생성 시기 바빌로니아(메소포타미아 문명), 서기전 7세기경.

인도, 서기전 624년경.

로마, 서기전 321년 3월 7일(콘스탄티누스 황제의 '일요일 휴업령').

조선, 1894년(고종 31) 7월 27일(갑오개혁).

유   래 태양과 달을 앞에 두고 이어 5행성을 잇따라 두는 7요일제는 바빌로니아에서 발생하였다. 이후 유럽, 인도, 아시아로 퍼졌다.

인도의 경우 부처 출현 시기에 요일을 따진 기록이 있다. 지금도 부처 시대 불교 전통을 고수하는 미얀마 등지에서는 요일제를 굉장히 중시한다. 예를 들어 미얀마 등지에서는 부처가 태어난 날을 '음력 4월 15일 금요일'이라고 기록한다. 로마의 경우 서기전 321년 3월 7일에 콘스탄티누스 황제가 일요일에는 쉬라는 영을 내리면서 요일제가 시행되었다. 이후 전 유럽에 퍼졌다.

조선은 1894년 7월 27일 갑오개혁 때부터 요일제를 쓰기 시작했다. 1895년 4월 1일부터는 내각기록국 관보에도 매일매일 요일이 표기되었다.

한편 1792년 프랑스에서는 자기들이 발명한 미터법에 맞추어 10진법의 1주 10일제를 써보려다가 나폴레옹이 이를 폐지하여 7요일제로 돌아갔다. 1929년 소련은 1주 5일제를, 1932년에는 1주 6일제를 시도해보았으나 사람들의 호응을 얻지 못해 7요일제로 돌아갔다.

7요일제의 알파벳 표기는 라틴어가 아닌 고대 영어에서 유래했다.

일요일(Sunday)은 고대 영어 'day of sun'에서 유래했다. 해(日)에게 바쳐진 날이라는 뜻이다.

월요일(Monday)은 고대 영어 'day of moon'에서 유래했다. 달(月)에게 바쳐진 날이라는 뜻이다.

화요일(Tuesday)은 북유럽 신화에 나오는 전쟁의 신인 'Tyr'에서 유래했다. 고대 영어로는 'Tiw'로 표기한 것이 변한 것이다. 로마 신화에서 전쟁의 신은 마르스(Mars)이며, 마르스는 화성이다. 이런 까닭에 화요일이 되었다.

수요일(Wednesday)은 북유럽 신화에 나오는 폭풍의 신인 'Wodin'에서 유래했다. 행성으로 수성(水星; Mercury)에 해당하는 까닭에 수요일이 되었다.

목요일(Thursday)은 북유럽 신화에 나오는 천둥의 신인 'Thor'에서 유래했다. 로마 신화에서 천둥을 가진 신은 유피테르(Jupiter; 영어명은 주피터)이며, 유피테르는 목성이다. 이런 까닭에 목요일이 되었다.

금요일(Friday)은 북유럽 신화에 나오는 사랑의 신 'Friya'에서 유래했다. 로마 신화에서 사랑의 신은 베누스(Venus; 영어명은 비너스)이며,

베누스는 금성이다. 이런 까닭에 금요일이 되었다.

토요일(Saturday)은 로마 신화에 나오는 농업의 신 사투르누스(Saturnus; 영어명은 새턴)에서 유래했다. 사투르누스는 토성이며, 이런 까닭에 토요일이 되었다.

▶▶ **우체국(郵遞局)**

생성 시기 조선, 1884년(고종 21) 11월 17일.

유 래 우리나라 우체국의 효시는 1884년 3월 우정총국과 인천분국이다. 같은 해 11월 17일부터 우정 사무를 시작했다. 그러나 1884년 12월 4일 우정총국의 개업을 알리기 위한 축하연을 베푸는 자리에서 갑신정변이 일어나 개업한 지 19일 만에 문을 닫았고, 1894년 갑오개혁이 이루어지면서 우편 업무를 재개했다. 1895년 5월 농상공부의 통신국 밑에 24개의 우체사를 두었고, 1900년 7월 한성우체사를 총사로 승격시켜 전국의 우체사를 관장하도록 했다. 1959년 '지방체신관서 설치법' 공포에 따라 우체국으로 개칭되었다.

잘못 쓴 예 부산 제생의원에 있는 친구에게 편지를 부치려고 우정국 돌계단을 하나하나 걸어 올라가려니 지난해에 이 자리에서 일어났던 개화파들의 정변이 생각났다.

▶▶ **우체부(郵遞夫)/집배원(集配員)**

생성 시기 집배원_ 한국, 2004년 2월 10일.

유 래 1884년 갑신정변으로 중단되었던 우편 업무가 갑오개혁으로 10년 만에 재개되고, 이듬해인 1895년에 을미개혁으로 관제가 개편됨에 따라 우체부 8명을 선정하여 진고개에 있는 일본 우편국에서 우편 업무를 습득하게 하였는데, 이들이 바로 우리나라 우체부의 효시다.

2004년 2월 10일 우정사업본부는 앞으로 우체부를 집배원으로 불러달라고 공식 발표했으나 지금도 많은 사람들이 우체부와 집배원을 혼용하고 있다. 집배원이 공식 명칭이다.

잘못 쓴 예 "갑신년에 우체국이 생겼으니까 우체부가 생긴 지도 벌써 100년이 넘는구나."

▶▶ 우편엽서(郵便葉書)

생성 시기 오스트리아·헝가리제국, 1869년 10월 1일.
대한제국, 1900년(고종 광무 4) 5월 10일.

유   래 세계에서 처음 우편엽서를 발행한 곳은 오스트리아·헝가리제국으로 1869년 10월 1일이었다. 다만 실제 유통된 시점은 기록이 남아 있지 않아 확인하기 어렵다.
우리나라에서는 1884년 근대 우편제도가 처음 개설되었을 때 이른바 문위우표를 발행하였을 뿐 우편엽서에 대한 준비는 전혀 되어 있지 않았다. 1895년 농상공부훈령 '우체사무세칙'에 우편엽서 사용을 예정하고 있는 규정이 있으나, 실제로 우편엽서가 발행된 것은 1900년 5월 10일로서 국내용 1전 엽서가 최초의 것이었다. 대한제국 시대에는 우편엽서를 우체엽서라고 불렀다.

잘못 쓴 예 김옥균은 1883년 3월 일본에 유학하고 있던 서광범과 서재필에게 본국에 잘 도착하였다는 우편엽서를 보냈다.

▶▶ 우표(郵票)

생성 시기 영국, 1840년 5월 6일.
조선, 1884년(고종 21) 11월 18일.

우표가 등장하기 전에 유럽에서는 편지를 받는 사람이 우편요금을 부담하는 제도가 있었다. 다만 거리별, 무게별로 요금이 모두 달랐기 때문에 몹시 번거롭고 복잡했다. 이때 영국의 교육자 롤런드 힐(Rowland Hill)이 거리와 지역에 관계없이 보내는 사람을 부담자로 한다는 취지로 우편제도 개혁안을 제안, 1839년 영국 의회에서 채택된 후 빅토리아 여왕의 서명을 받아 1840년 1월 1일부터 정식 발효됐다.

하지만 최초로 붙이는 식의 우표를 구상해낸 사람은 롤런드 힐이 아닌 스코틀랜드의 한 책방 주인이자 인쇄업자였던 제임스 차머스(James Chalmers)였다. 이 제안을 받아들인 롤런드 힐은 1840년 5월 6일 빅토리아 여왕의 즉위식 기념 메달을 소재로 1페니짜리 흑색 우표를 만들어냈다. 이것이 바로 세계 최초의 우표 원페니(One Penny)이다. 이틀 후인 5월 8일에는 2펜스짜리 우표 투펜스(Two Pence)가 발행됐다.

최초로 우표를 탄생시킨 힐은 1846년부터 1864년까지 영국의 우편 업무를 총괄하는 직책을 수행하며 근대 우편제도를 정착시키는 데 크게 공헌하여 기사 작위를 받았다. 그는 또한 새로운 우편제도의 실시에 따른 우편 업무의 효율적인 운영을 위해 우편함을 설치하도록 했다.

우리나라 최초의 우표는 우정총국의 개국과 함께 발행된 문위우표(文位郵票)로서 액면 금액이 당시 화폐 단위인 문(文)으로 표시되어 그렇게 불렸다. 발행일은 1884년 11월 18일, 인쇄처는 일본 대장성 인쇄국이었다. 홍영식이 만든 것으로 5문짜리와 10문짜리 2종이었다.

그 후 갑신정변으로 인쇄 업무가 잠시 중단되었다가 1895년 미국에서 태극우표, 1897년 태극우표에 '大韓'과 '뎌한'을 가쇄(假刷)한 가쇄우표, 1900~1901년 오얏꽃과 태극이 도안된 이화(李花) 소형우표 등을 발행했다. 1884~1905년 사이에 우리나라에서는 보통우표 54종, 기념우표 1종 등 모두 55종의 우표가 발행되었다. 일제강점기에는 일본의 우표가 통용되었다.

8·25광복 후 일본에서 인쇄된 해방 조선 기념우표가 1946년 5월 1일 처음 발행되었고, 같은 해 광복 1주년 기념우표가 서울 정교사(精巧社)에서 인쇄되어 발행되었다. 1946년 이후 1992년 12월 말까지 발행된 우표는 모두 1707종이다. 현재 우리나라에서는 우정사업본부가 발행하고 한국조폐공사에서 인쇄한다.

잘못 쓴 예 1881년 5월 신사유람단을 파견하였을 때, 유길준은 유정수, 윤치호 등과 함께 어윤중의 수행원으로 따라갔다. 유길준은 유정수와 함께 후쿠자와 유키치가 경영하던 게이오의숙[慶應義塾]에 입학하였다. 그는 아버지를 비롯한 아내와 편지를 주로 주고받은 것으로 보이는데, 이때 우리나라에서 사용한 우표가 미국의 피보디박물관에 소장되어 있다.

▶▶ ## 운동회(運動會)

생성 시기 조선, 1896년(고종 건양 1) 5월 2일.

유   래 학교나 단체들이 운동경기를 통해 친선을 다지는 운동회가 우리나라에서 처음 열린 것은 1896년 5월 2일 평양의 영어 학교에서 개최한 화류회(花柳會)라는 운동회였다. 당시의 경기는 달리기, 멀리뛰기, 높이뛰기, 이인삼각, 공 던지기, 동아줄 끌기 등이었다. 일제강점기에는 이 운동회가 단순한 친목 도모에서 나아가 교육 구국운동의 일환으로 번져나갔다. 교육 구국의 의지를 분출시키는 민족투지의 광장으로 이용된 운동회에는 으레 '대한독립만세'라는 철자 경기와 '독립가'를 부르는 시간이 마련되곤 했다.

잘못 쓴 예 내일이 운동회라며 들떠 있는 아들을 바라보는 박영효의 머릿속은 앞으로 있을 우정국 거사 생각으로 가득 차 있었다.

▶▶ **원(元)/원(圓)/환(圜)/원**

생성 시기 환(圜)_ 1884년(고종 21)~1910년, 1953년 2월 15일~1962년 6월 9일.

원(元)_ 1894년(고종 31) 7월 11일~1905년.

환(圜)_ 1901년(고종 광무 5) 2월~1910년.

원(圓)_ 1910년~1953년 2월 14일.

원_ 1962년 6월 10일~2018년 현재.

유 래 1882년(고종 19) 7월 우리나라 최초의 근대식 화폐인 대동은전을 발행하였으나 은값 상승과 부유층 사재기로 발행된 지 9개월 만인 1883년(고종 20) 6월에 발행을 중단하였다. 이해에 법정 가치를 상평통보의 5배로 친 당오전을 발행하여 1895년(고종 32)까지 사용하였다.

1884년(고종 21)에 주석에 금과 은을 도금한 금화와 은화, 청동화를 발행하였으나 1888년 금값 상승으로 주조를 중단하였다. 금화의 화폐단위는 환(圜)이었고 은화는 양(兩), 청동화는 문(文)이었다. 1886년에는 태극장을 도안한 1환, 10문, 5문 주화를 발행하였으나 1환 주화를 1300여 매만 발행한 데다 10문과 5문도 적은 양을 만들어 대중적인 유통에 실패하였다. 1892년(고종 29)에 본위화폐로 1냥·5냥(은), 보조화폐로 1푼(황동)·5푼(적동)·2전5푼(백동) 화폐를 발행하였다. 특히 5냥은 외국과 무역을 하는 데 사용할 목적으로 발행하였는데, 당시 일본의 은화 1원(圓)이 5냥과 같은 가치를 지녔다. 1894년(고종 31) 7월 11일에 반포된 '신식화폐발행장정' 제7조에 본국 화폐와 외국 화폐를 혼용할 수 있다고 규정하여, 본위화폐인 5냥 은화와 동질·동량·동가의 외국 화폐로 중국의 원(元) 은화가 채택되어 조선의 화폐단위로 정식 사용되었다. 1원(元)은 100전(錢)이었고, 또한 1000리(厘)로 계산했다. 원래 원(圓)으로 써야 하지만 획수가 간편하다고 해서 원(元)으로 썼다고 한다.

1901년(고종 광무 5) 2월에 새로운 화폐조례를 제정하여 금본위제의 기틀을 마련하였다. 화폐단위는 환(圜)이었다. 한자 표기는 원(圜)이지만 '환'으로 발음했다. 원은 둥글다, 환은 돈다는 뜻이다. 발행할 화폐는 금화 20환·10환·5환, 은화 반환·20전·10전, 5전 백동화, 1전 및 반전 청동화였다. 당시의 조례에는 20환·10환·5환의 금화 3종류를 본위화폐로 정했으며, 보조화폐는 반환 은화와 20전 은화, 5전 백동화, 1전 청동화로 정했다. 하지만 조례에 의한 화폐는 러일전쟁의 영향으로 실현되지는 못했다. 아관파천 이후 입김이 강해진 러시아 영향으로 러시아의 국장인 독수리 문장을 새긴 반환 은화와 5전 백동화, 1전 청동화를 발행했으나 곧 일본이 득세하면서 전량 회수하여 일본으로 가져가 녹여버렸다.

러일전쟁에서 승리한 일본은 1904년(고종 광무 8) 대한제국과 제1차 한일협약을 체결하고 화폐정책에 압력을 가하기 시작했다. 재정고문으로 취임한 메가타는 대한제국이 2돈5푼 백동화를 남발하여 독자적으로 화폐정책을 정착시키기 힘들 것이라는 이유로 화폐의 주조를 맡아 보던 전환국을 폐쇄하고, 1905년 1월 18일에는 1901년에 제정한 화폐조례를 재정비한 '화폐조례 실시에 관한 건'을 공포하여 화폐 종류를 추가하고 보완하여 실행에 옮겼다. 이 시기에 10전 은화와 반전 적동화가 새로 제조되었으며, 기존의 주화는 크기가 작아졌다. 1905년과 1907년에는 화폐를 일본에서 주조해 들여옴으로써 화폐 발행권을 일본에 침해당했다.

1910년 국권 피탈 후에는 원(圜) 화폐가 발행되어 1953년 2월 14일까지 통용되었고, 1953년 2월 15일부터 1962년 6월 9일까지 환(圜) 화폐가 통용되었다. 1962년 6월 10일부터는 원(₩) 화폐가 발행되어 오늘에 이른다.

잘못 쓴 예 국내 선교자금으로 교인들이 1000원(元)을 모아 건네주자 김대건 신부(1822~1846)는 교인들의 정성에 감복하여 눈물을 흘렸다.

▶▶ **유도(柔道)**

생성 시기 일본, 1882년.

대한제국, 1906년(고종 광무 10).

유 래 유도는 두 사람이 맨손으로 메치기, 굳히기의 기술로 상대를 제압하여 승부를 겨루는 운동이다. 고대 유적에서 출토된 인형이나 그림을 보더라도 유도와 같은 맨손 투기의 역사는 꽤 오래전인 고대로 거슬러 올라간다. 그러나 오늘날과 같은 유도는 1882년 일본인 가노 지고로[嘉納治五郎]가 일본의 전통무술인 유술의 여러 유파 중 기술을 겨루는 승부법을 체계화하여 유도라 일컫은 데에서 비롯된다.

1906년 일진회 고문인 일본인 우치다 료헤이[內田良平]가 서울 명동에 우리나라 최초의 유도장을 개설했으며, 1909년에는 민족주의를 설파했던 월남 이상재 선생이 '장정 100명을 육성하라'고 제창하자 그 뜻을 받들어 우리나라 사람에 의해 황성기독청년회에 유도반이 문을 열었다.

잘못 쓴 예 유도는 그동안 있어왔던 한국 전통무술을 변형시킨 맨손 경기로서 월남 이상재 선생의 지도 아래 황성기독청년회에서 처음 실시되었다.(한국→일본)

▶▶ **유리창(琉璃窓)**

생성 시기 조선, 1883년(고종 20) 5월.

유 래 유리의 역사는 서기전 2500년경까지 거슬러 올라가는 데 비해 유리창의 역사는 제대로 밝혀진 것이 없다. 대표적인 유리창으로는 중세 유럽의 교회당을 장식했던 스테인드글라스를 드는데, 우리나라에는 일본을 통해서 들어왔다.

우리나라에서 최초의 유리창을 사용한 건물은 1883년 5월에 완공된 일본공사관 건물(지금의 종로 수운회관)로 당시 장안의 화제를 불러 모았다. 구한말에 일본인들이 충무로의 상권을 쉽게 장악하고 종로의 조선인 상권까지 위협할 수 있었던 것도 일본에서 들여와 상점 앞에 설치한 유리 진열장의 인기 때문이었다.

잘못 쓴 예 흥선대원군은 운현궁 유리창을 통해 대문 안으로 들어서는 일본 대신을 보며 어제 일어난 군란(1882)을 생각했다.

▶▶ **유성기(留聲機)**

생성 시기 영국, 1857년.
조선, 1868년(고종 5) 5월.

유   래 우리나라에 소개된 최초의 유성기는 1857년 프랑스인 에두아르 레옹 스콧 드 마르탱빌(Edouard–Leon Scott de Martinville)이 만든 포노토그래프[phonautograph; 자음기(自音機)]라고 할 수 있다. 1868년 5월 아산만에서 통상을 요구했던 독일인 오페르트가 현감을 비롯한 지방 관리들을 배에 초청하여 여흥을 베푼 자리에서 이 기계의 소리를 들려주었다고 한다. 한말에는 미국 공사로 활약했던 선교사 알렌이 정부의 대신들을 초청해 유성기를 공개하기도 했다.
우리나라에서 오디오 산업이 본격적으로 시작된 것은 100여 년 뒤인 1970년대이다. 이 당시에 국내에서 생산된 오디오 제품은 천일사의 별표와 성우전자의 독수리표, 그리고 청계천 아시아극장 1층 중간에 자리 잡고 조립품을 판매하던 위브(WAVE) 트랜지스터 정도였다.

잘못 쓴 예 1845년 영국 군함 사마랑호가 암태도에 잠시 머물렀을 때 마을 사람 몇몇이 군함에 잠입하여 여러 가지 신기한 것을 보고 돌아왔는데, 그중에 유성기도 포함되어 있었다.

▶▶ 유치원(幼稚園)

생성 시기 독일, 1840년 6월 28일.
대한제국, 1909년(순종 융희 3).

유 래 독일의 교육학자 프뢰벨은 1837년 놀이 위주의 '조그만 어린이 작업
소'를 세웠고, 1840년 6월 28일에는 놀이와 학습이 가능한 어린이동
산(Kindergarten)을 세웠는데, 이것이 유치원의 시작이다.
어린이를 위한 우리나라 최초의 유치원은 1909년 정토종포교자원
(淨土宗布敎資園)이 함경북도 경성군 나남읍에 설립한 나남유치원이
다. 이 유치원은 60여 명의 원아를 수용할 수 있었다. 물론 그 이전
인 1897년에 세운 부산유치원, 1900년에 세운 인천유치원과 경성유
치원 등이 있었으나 이는 일본인 자녀를 위한 것이었다. 1907년 유
치원 교육에 관한 사항을 학무국에서 다루면서부터 유치원 교육이
활성화되었으며, 1922년에 '조선교육령'에 기초한 '유치원 규정'이 공
포됨으로써 유치원에 관한 최초의 법적 근거가 마련되었다.

잘못 쓴 예 유치원에서 돌아온 아이를 씻기고 있는데 남편이 들어오더니 "여
보, 이준 선생이 헤이그에서 우리나라의 독립을 외치다가 자결을
했다는구려!" 하는 것이었다.

▶▶ 은행(銀行)

생성 시기 조선, 1878년(고종 15) 6월 21일.

유 래 우리나라에 근대적 은행제도가 도입된 것은 1878년 6월 21일 부산
에 일본 제일은행이 들어오면서부터이다. 이때부터 민족자본으로

생겨난 은행이 곳곳에 생겨났는데, 1897년의 한성은행(지금의 조흥은행), 1899년의 대한천일은행(지금의 상업은행) 등이 그것이다.

1909년 10월 우리나라 최초의 중앙은행인 한국은행이 설립되었다. 1911년 3월에는 명칭을 조선은행으로 바꾸고 제한된 중앙은행 업무와 일반은행 업무를 같이 하다가, 1950년 5월 현대적 중앙은행의 기능을 갖춘 한국은행으로 다시 문을 열었다.

다만 돈을 취급하는 주요 기관인 은행의 연원은 고대로 거슬러 올라간다. 철기문화 이후 화폐로 사용된 것 중 가장 가치 있고 널리 통용된 것은 대부분 은(銀)이었다. 금은 생산량이 부족하고 가치가 너무 높아 화폐로 통용시키기는 어려운 반면 은은 금보다 가치가 낮지만 생산량이 풍부하여 화폐로서의 안정성이 더 높았다. 이 때문에 은본위제도가 널리 자리를 잡게 되고 은 자체가 화폐와 동일시되었던 것이다. 그래서 돈을 다루는 기관을 돈(돈을 뜻하는 어떤 한자도 마찬가지)행이라고 하지 않고 은행이라고 부르는 것이다.

그렇다 하더라도 돈을 가리키는 말인 은(銀) 뒤에 왜 갈 행(行)이라는 글자가 붙었을까 하는 의문이 생긴다. 행은 예로부터 두 가지 뜻과 두 가지 발음으로 쓰였다. 직접 이리저리 다닌다는 뜻의 '다닐 행'과, 길 양쪽을 따라 쭉 늘어서 있는 가게들을 가리키는 '차례 항' '항렬 항'으로 쓰인 것이 그것이다. 중국에서도 우리와 같은 한자를 쓰지만, 가게를 나타내는 뜻임을 강조하기 위해서 '은항'으로 읽는다. 청나라 말엽에 일어난 태평천국의 난에서 재정개혁을 부르짖는 표어가 '은행(銀行)'을 부흥시키자'였는데 이것이 바로 '은행'이란 단어가 처음 쓰이게 된 기원이다. 이 말이 그대로 우리나라와 일본에 들어와 쓰이게 된 것이다.

잘못 쓴 예   명성황후는 한국은행을 설립하면서 민씨 일족을 은행 간부로 임명했다.(명성황후는 1895년에 사망, 한국은행은 1909년에 설립)

▶▶ **을씨년스럽다**

<u>생성 시기</u> 대한제국, 1905년(고종 광무 9) 11월 17일.

<u>유   래</u> 을씨년은 1905년 을사년에서 유래한 말이다. 우리나라의 외교권을
일본에 빼앗긴 을사조약으로 이미 일본의 속국이 된 것이나 다름
없었던 당시, 온 나라가 침통하고 비장한 분위기에 휩싸였다. 조약
이 체결된 1905년 11월 17일 이후로 몹시 쓸쓸하고 어수선한 날을
맞으면 그 분위기가 마치 을사년과 같다고 해서 '을사년스럽다'는
표현을 쓰게 되었다.

▶▶ **의사(醫師)**

<u>생성 시기</u> 조선, 1876년(고종 13) 11월 13일.

<u>유   래</u> 우리나라에 의사라는 직업이 알려진 것은 일본인들이 1876년 11월
13일 부산에 세운 제생의원을 통해서였다. 우리나라 최초의 의사는
1896년 6월 미국의 조지워싱턴대학교 의학부를 졸업한 서재필이며,
최초의 여성 의사는 1900년 미국에서 의사 자격을 얻고 귀국한 박
에스터이다. 한의원을 가리키는 의원(醫員)을 피하기 위해 의사라고
한 듯하다.

<u>잘못 쓴 예</u> 우리나라 최초의 의사는 종두법을 들여온 지석영이다.(지석영은 의사
가 아니라 관리였다)

▶▶ **이발사(理髮師)**

<u>생성 시기</u> 조선, 1895년(고종 32) 11월 15일.

<u>유   래</u> 1895년 11월 15일 김홍집 내각이 단발령을 내리면서 안종호라는 사

람이 왕실 최초의 이발사가 되었다. 이발사는 머리털을 자르고 다듬는 사람을 가리키는 말이지만, 서양에서는 외과의나 욕탕업을 겸하던 사람이었다. 오늘날 이발관을 표시하는 간판이 청·백·적색의 표시등으로 되어 있는 것도 이발사가 외과의를 겸하고 있었던 데서 비롯된 것이다.

이발사란 어휘 발생 시기를 단발령 공포일로 잡은 것은 이때부터 현대적인 의미의 이발이 널리 실시되었을 것으로 보기 때문이다.

잘못 쓴 예   1894년 갑오개혁과 더불어 단발령이 내려지자, 황실과 내각에서부터 모범을 보이기 위해 즉시 궁중에 전문 이발사를 고용하기 시작했다.

▶▶ 인력거(人力車)

생성 시기   일본, 1870년(고종 7) 3월.

조선, 1883년(고종 20) 1월 27일.

유   래   인력거는 1869년 일본인 다카야마 고스케[高山幸助]가 서양의 마차를 보고 응용해 만들었으며, 1870년 3월 정부 허가를 받아 처음으로 운행되었다.

인력거를 우리나라에 들여온 이는 박영효다. 그는 1883년 1월 27일(음력 1882년 12월 19일) 한성부판윤에 부임하자 벼슬아치들의 출퇴근에 교자(轎子) 대신 인력거를 이용하라고 권장하였다. 갑신정변으로 박영효가 일본으로 망명한 뒤 인력거 이용은 중지되었고, 그 뒤 일본 공사관이 인력거를 관용으로 이용하여 눈길을 끌었다.

1894년(고종 31)에는 인력거를 상업적으로 운행하기 시작했다. 일본인 하나야마가 10대를 수입하여 서울 시내 및 서울과 인천 사이를 운행했다. 처음에는 인력거꾼도 모두 일본인이었다. 1908년 인력거의 영업 허가, 인력거꾼의 자질, 운임, 속도, 정원, 두 대가 마주쳤을 때 길을 비키는 법 등을 정한 '인력거영업단속규칙'이 공포되었다. 1914년부터는 각 경찰서에서 인력거의 운행 감독을 맡아, 일정한 날짜에 차체 수리 상태와 인력거꾼의 복장 검사 등을 실시했다. 인력거는 1912년부터 등장한 임대승용차(택시)에 밀려 점차 사양길로 접어들었다. 서울에서는 광복 무렵부터 자취를 감추었으나 일부 지방 도시에서는 6·25전쟁이 끝난 뒤에도 운행되었다.

잘못 쓴 예 1884년 12월 4일 우정국 낙성식 축하연장은 아수라장이 되고 말았다. 개화당이 일으킨 정변에 수구파들은 걸음아 나 살려라 하고 밖으로 나와 거리를 지나던 인력거를 잡기에 바빴다.

▶▶ ## 자장면

생성 시기 산둥식 자장면_ 대한제국, 1905년(고종 광무 9).
한국식 자장면_ 한국, 1953년.

유   래 1882년 임오군란이 일어나자 조선은 청나라에 군대를 파견해줄 것을 요청했다. 이때 약 40여 명의 군역 상인이 청군을 따라 들어왔다. 이것이 우리나라에 화교가 출현한 계기다. 이듬해 통상조약이 체결되면서 인천공원(옛 자유공원) 인근 북성동 일대 5000여 평 대지에 화교 거주지가 형성되었다. 이곳을 청관거리라 하였고, 그들의 고급 음식을 청요리라고 했다. 1905년 이 청관거리에 국내 최초의 청요리 전문점인 산동회관(山東會館)이 문을 열었다. 이때 춘장에 국수를 말아 먹는 산둥식 자장면이 팔렸던 것으로 알려져 있다. 1912년 1월 15일 산동회관의 주인 우희광(于希光) 씨는 중화민국이 공화국으로 출범하는 것을 자축하여 공화춘(共和春; 근대문화재 제246호. 1984년 폐업)이란 상호로 바꾸었고, 6·25전쟁을 거치면서 오늘날과 같은 자장면을 개발했다. 우희광 씨의 외손녀 왕애주 씨는 "자장면을 처음 만들게 된 것은 1950년이 지나면서, 6·25전쟁 이후이다."라고 증언했다. 이전에 산둥 지방에서 춘장에 면을 말아먹던 '중국식 자장면'이 아니라 양파와 고기, 전분을 넣고 춘장을 좀 더 묽게 만들어 '한국식 자장면'으로 보급하게 된 것이 바로 이 무렵이라고 한다.

워낙 시대가 어렵다 보니 양도 많고 빨리 만들 수 있으며 값싸게 제공하기 위해서 지금의 자장면을 선택했다는 것이 왕씨가 전하는 말이다. 그렇게 시작된 자장면이 오늘날 한국인이 즐겨 먹게 된 자장면의 효시였다. 이에 따라 춘장에 단순히 국수를 말아 먹는 중국식 자장면은 1905년이 맞더라도 요즘처럼 양파, 고기, 전분 등을 넣어 볶는 자장면은 1953년이라고 보는 것이 타당하다.

한편 인천시는 지난 2005년에 '자장면 탄생 100주년' 축제를 열었는데, 이는 청관거리에 산동회관이 문을 연 1905년을 자장면 탄생 원년으로 보았기 때문이다. 물론 인천시는 공화춘이라고 주장하지만 한양대 양세욱 교수는 『짜장면뎐』(프로네시스)이란 책에서 공화춘은 1906년에 벌목된 목재로 지어진 집이라 1905년에 세워졌다는 건 맞지 않으며, 공화춘이 관리대장에 등록된 시기는 1948년이라는 것이다. 우희광 씨 측의 증언과 맞는 사실이다.

잘못 쓴 예   임진왜란 때 구원군으로 조선에 들어온 명군은 자장면을 즐겨 먹었다.

▶▶   **전등(電燈)**

생성 시기   미국, 1872년 12월 21일.
　　　　　　　조선, 1887년(고종 24) 3월 6일.

1872년 12월 21일 미국인 토머스 에디슨(Thomas Elva Edison)은 무명
실 필라멘트로 만든 전구를 40시간 연속 작동시키는 데 성공하여,
인류 최초로 실용적인 탄소 필라멘트 백열등에 대한 특허를 출원
하였다. 이것이 오늘날 사용하는 전등의 원형이다.

1879년에는 에디슨은 자신이 발명한 전구와 발전기를 보급하기 위
해 에디슨 전구회사(The Edison Illuminating Co.)를 세우고, 이때부터
소비자 전등 가격을 당시 사용 중이던 도시가스등 가격에 맞추어
시장에 내놓았다.

1882년 9월 4일 오후 3시를 기해 맨해튼에 있는 은행 제이피 모건
(J. P. Morgan)의 모든 사무실을 에디슨의 전등으로 밝혔고, 10년 후
전구의 미래성을 내다본 모건은 에디슨 전구회사를 증시에 공개해
GE(The General Electric)사로 바꾸게 했다. 이해 전등은 런던에 보급
되어 도시 전체를 밝혔다. 1885년에는 약 25만 개의 전구가 사용되
었고, 1902년에는 1800만 개의 전구가 도시를 밝혔다.

우리나라에서 최초로 전등이 켜진 것은 1887년 3월 6일이다. 이날
저녁 에디슨 전구회사의 전기기사 윌리엄 매케이(William McKay)가
경복궁 내 향원정에 3킬로와트 용량의 증기발전기 2대를 설치하여
건청궁 일대에 전등을 밝혔다. 1898년 1월 18일 미국인 콜브랜과 보
스트윅이 한성전기회사를 설립하면서 우리나라 전력 사업이 시작
되었다. 한성전기회사는 설립 다음 해인 1899년에 서울 서대문~홍
릉 간의 전차 개통식을 가졌으며, 그 이듬해인 1900년에는 종로에
서 우리나라 민간 전등의 시초인 전등을 점화했다.

고종이 즉위식을 하는 날, 궁궐에서는 방방이 환하게 전등을 밝
혔다.

▶▶ **전보**(電報)

생성 시기	조선, 1885년(고종 22) 8월 20일.

유   래   우리나라 최초로 전신이 가설된 때는 1885년 8월 20일로 서울과 인천이 전신으로 처음 연결되었고, 이를 관할하기 위하여 같은 해 9월 28일 한성전보총국(漢城電報總局)이 개국되어 업무를 시작했다.

잘못 쓴 예   1875년 조정에서는 최익현을 석방하라는 전보를 제주도로 보냈다. 그는 민씨 일족의 잘못을 비난하는 상소문을 올렸다는 이유로 유배 중이었다.

▶▶ **전차**(電車)

생성 시기   대한제국, 1899년(고종 광무 3) 5월 17일.

유   래   미국인 콜브랜과 보스트윅이 1898년 1월 18일 한성전기회사를 설립하고 그해 말에 정부로부터 전차, 전기, 전화 등의 사업권을 얻어 전차궤도를 개설한 후 1899년 5월 17일 개통식을 가졌다. 전차 구간은 처음에 서대문에서 청량리 사이였으며 이후 남대문과 용산까지 연장되었다. 1960년대까지 서울의 명물이었던 전차는 버스를 주축으로 한 대중교통수단이 본격적으로 도입되면서 '교통 장애'를 이유로 1968년 11월 29일 마지막 운행을 끝으로 사라졌다.

잘못 쓴 예   국민교육헌장 선포가 있었던 그해 말, 나는 여자친구와 보신각 제야의 종소리를 듣기 위하여 서울역에서 화신 앞까지 전차를 탔다.

▶▶ **전화**(電話)

생성 시기   미국, 1876년 2월 14일.

조선, 1882년(고종 19) 3월.

미국인 장애인학교 교장이던 알렉산더 그레이엄 벨(Alexander Graham Bell)은 1876년 2월 14일 전화를 발명하고 이를 특허청에 등록했다.

우리나라에는 이로부터 6년 뒤인 1882년 3월 중국 톈진 유학생 상운(尙雲)이 귀국할 때 전화를 가져왔다는 기록이 있는데, 전선 40장(丈; 약 100미터)까지 가져왔다는 내용이 있는 것으로 미루어 실제 통화를 위한 것으로 보인다. 1년 뒤인 1883년 11월에 조정은 총해관(總海關; 지금의 세관)에 "일본 도쿄에서 들여오는 전화기와 전료(電料) 등을 면세하라."는 지침을 내렸는데, 이때 궁내부(宮內府)에서 궁중 전용 전화를 가설하기 위해 이런 지시를 내렸을 것으로 보인다. 이 전화기는 다음 해인 1884년 1월 26일 인천항에 도착했고, 앞서 처음으로 전화를 도입했던 상운을 한성전보총국(漢城電報總局; 중국에서 대리 경영한 오늘날 중앙전신국의 전신)에 보내 실험하게 했다.

전화기가 도입되기 전에도 문헌상으로는 다리풍(telephone의 음역, 1880), 어화통(語話筒, 1882), 전어통(傳語筒) 등의 이름으로 소개되었으며, 1882년 2월에는 유학생을 인솔하고 간 김윤식(金允埴)이 톈진의 한 전기국(轉機局)을 시찰할 때 전화기를 처음 보고 실제로 통화하였다는 기록이 있다. 이 기록으로 볼 때 김윤식은 우리나라 사람 중에 처음 전화 통화를 한 사람이다.

전화가 보편화된 것은 1898년 초 궁중에서 각 아문과 연락을 취하고, 덕수궁에 전화를 가설해 통화를 하면서부터다. 1898년 1월 28일 인천항 감리가 전화로 "오후 3시 영국 범선 3척이 입항할 것이다."라는 내용을 외아문에 보고했다는 기록이 있다.

일설에 1896년 10월 2일에 이르러 서울~인천 간에 전화가 개통되었다는 자료가 있는데, 이 날짜는 김구가 사형을 면한 날이 '1896년 윤8월 26일로 전화가 개통된 지 3일째 되는 날'이라는 『백범일지』의 기록을 근거로 한 것이다. 그러나 김구의 사형 집행을 정지하라는 어명은 전화가 아닌 전신으로 내려졌다는 게 정설이므로 이 기록은 김구의 착각으로 보여 이 자료를 인용할 수는 없다.

1902년 3월에 한성~인천 간에 공중용 시외전화가 개통되었다. 당시의 전화 사업은 오늘날처럼 시내 교환 전화에서 시외전화로 발전해간 것이 아닌, 시외전화가 개설되고 난 다음에 시내 교환 전화가 개설되었다.

잘못 쓴 예   명성황후가 일본 낭인에 의하여 시해되었다는 소식이 전해지자 김홍집은 사건의 전말을 알아보고 사태를 숙의할 겸해서 중추원의장 어윤중에게 전화를 걸었다.

▶▶   **조끼**

생성 시기   대한제국, 1900년(고종 광무 4)을 전후한 시기.

유 래   오늘날의 한복 조끼는 1900년대 전후 서양의 복식제도를 수용하는 과정에서, 저고리 위에 입으면서부터 시작된 것으로 추정된다. 곧 양복에서 와이셔츠 위에 입는 조끼가 우리 옷의 저고리 위에 덧입는 배자와 비슷하고 우리 옷에 없는 주머니가 있어 아주 편리하게 되어 있으므로 처음에는 양복 조끼 그대로를 입어보았을 것이고, 그러다가 차츰 우리 옷에 맞게 고쳐가며 입게 되었을 것이다.

잘못 쓴 예   고려시대 원나라의 지배가 끝나고 나자 우리의 의복에도 많은 변화가 있었는데, 그 대표적인 예가 조끼의 착용이다.

▶▶ **짬뽕**

생성 시기   일본, 1899년.

대한제국, 1905년(고종 광무 9).

유   래   짬뽕은 일본 나가사키에 정착한 한 중국인이 만든 음식이 원조다.
메이지 시대에 중국 푸젠성에서 온 천핑순[陳平順; 1873~1939]은 1899
년 나가사키에 사해루(四海樓)라는 음식점을 차리고, 이 지역의 가
난한 중국 유학생들을 위해 중국 식당에서 쓰다 남은 채소와 고기
토막, 어패류 등을 볶고 거기에 중화면을 넣은 양 많고 영양도 넉
넉한 요리를 고안해냈는데 이것이 짬뽕이라는 이름으로 정착되었
다고 한다.

짬뽕의 원형은 푸젠성 요리인 탕육사면(湯肉絲麵)이다. 면을 주로
하여 돼지고기·버섯·죽순·파 등을 넣은 국물이 있는 요리인데, 이
를 바탕으로 천핑순이 식당에서 쓰다 남은 여러 가지 식재료를 이
용하여 짬뽕을 만들어낸 것이다.

짬뽕이라는 말은 중국어 'chi fan(吃飯; 밥을 먹는다)'에서 비롯되었다
는 설이 있다. 푸젠성 사투리로 '샤번' '셱본' 등으로 발음하기 때문
에 일본인들이 이를 짬뽕으로 들었다는 것이다. 그런데 일본에는
이미 서로 성질이 다른 물건이나 재료 등이 뒤섞이는 것을 뜻하는
짬뽕이라는 어휘가 있었다. 즉 후퇴를 알리는 징소리와 진군을 알
리는 북소리가 뒤섞이는 것을 짬뽕이라고 했다는 설이 있다.

한편 이 짬뽕은 중국 유학생은 물론 일본인들에게도 큰 인기를 얻
었으며 일본의 천왕까지도 즐겨 먹었다고 한다. 지금은 천핑순의
증손자가 그 자리에 '시카이로'라는 중식당을 운영하고 있으며 2층
에 짬뽕박물관이 있다.

나가사키식 짬뽕은 국물이 붉고 맵고 얼큰한 한국식 짬뽕보다 희
고 순한 맛을 내는 것이 특징이다. 한국식 짬뽕의 원형은 산둥성

음식 차오마찬으로, 야채를 볶아 국물을 넣고 맑게 끓인 국수라고 한다. 이후 일본에서 나가사키식 짬뽕이 들어오면서 이름도 짬뽕이 되고, 우리 식의 맵고 얼큰한 음식으로 변했다고 한다. 한국식 짬뽕이 만들어진 시기는 알 수 없고, 중국식 짬뽕이 들어온 시기는 자장면과 같은 1905년경으로 잡는다.

잘못 쓴 예 　박영효는 1882년 일본에 수신사로 가면서 인천에 들러 짬뽕을 먹었다.

▶▶ 　**초등학교/보통학교/소학교**

생성 시기 　소학교_ 1894년 7월 19일~1906년 7월.

보통학교_ 1906년 8월 27일~1937년 7월.

심상소학교_ 1938년 3월~1940년.

초등학교_ 1941년 4월~1996년 2월 28일.

초등학교_ 1996년 3월 1일~2018년 현재.

유　래 　1894년 7월 19일 조선의 학무아문 고시로 소학교 설립 계획이 발표되어 관립 소학교가 설립되었다. 1905년 통감부가 설치된 이후 일본인 어린이를 위한 소학교가 설립되었는데 명칭은 심상소학교였다. 이때 조선인 소학교 명칭은 모두 보통학교로 바뀌었다.

1938년 3월에는 보통학교가 심상소학교로 모두 바뀌었고, 1941년 4월에는 일본식 명칭인 국민학교로 바뀌었다. 1996년 3월 1일부터 일제의 잔재인 국민학교 대신 초등학교로 명칭을 바꾸어 오늘에 이른다.

잘못 쓴 예 　우리 아버지는 1939년에 소학교를 졸업했다.(소학교→ 심상소학교)

▶▶ **카메라(사진기)**

생성 시기　영국, 1839년 8월 12일.

조선, 1880년(고종 17) 12월.

유　래　세계 최초의 사진은 1827년 6~7월경 프랑스의 조제프 니세포르 니
엡스가 찍은 풍경사진이다. 그러나 노출 시간이 8시간 또는 20시간
이라는 자료로 보아 사진기로 촬영했다기보다 사진 촬영의 원리를
과학적으로 응용한 단계일 뿐 기계로서의 사진기를 이용했다고 보
기는 어렵다. 그래서 그의 사진은 사진이 아니라 '태양으로 그린 그
림'이라는 뜻으로 헬리오그라피(Heliography)라고 했다.

오늘날 사진을 가리키는 영어 포토그래피(Photography)는 1839년 영
국의 천문학자 허셜(Sir John Herschel)이 만든 것으로 알려져 있다. '빛
으로 쓴 글씨나 그림'이라는 뜻이다.

카메라의 어원은 라틴어인 '카메라 옵스큐라(camera obscura)'이다. '바
늘구멍으로 본 방'이라는 뜻이다. 정약용(丁若鏞; 1762~1836)도 「어두
운 방에서 그림 구경하기(漆室觀畵說)」란 글에서, 방을 어둡게 하고
바늘구멍 하나만 뚫어놓으면 반대편 벽에 바깥의 풍경이 거꾸로
비친다고 설명하고 있다. 바로 이 바늘구멍 방에서 방을 뜻하는 카
메라만 남아 사진기라고 쓰이게 된 것이다.

최초의 실용적인 사진술을 발명한 사람은 다게르(Louis Jacques
Mandé Daguerre)이다. 니엡스의 기술을 전수받아 이를 발전시킨 다게
르는 1837년에 사진 촬영의 전 과정을 기술적으로 완성하여 영상
을 영구적으로 고정시키는 데 성공했다. 1839년 8월 19일 프랑스 아
카데미는 다게르의 사진술을 공식적으로 발표했다. 하지만 프랑스
에서는 사진술에 대한 특허를 인정하지 않았기 때문에 그는 일주
일 전인 1839년 8월 12일 영국에 특허를 신청해 등록시켰다. 따라서
공식적인 사진술 및 사진기에 대한 특허는 1839년 8월 12일이 된다.

이 발명으로 다게르는 1년에 6000프랑의 연금을 받았고, 니엡스의
큰아들이 "아버지가 발명한 것을 발전시켰을 뿐."이라며 반발하자
프랑스는 그에게도 4000프랑의 연금을 지급했다. 따라서 이 기록에
따라 사진은 니엡스, 사진기는 다게르가 처음인 것으로 정하며, 사
진기의 경우 최초 발명국도 프랑스가 아닌 영국으로 정한다.

1888년 미국의 코닥 카메라, 1924년 독일의 라이카를 거쳐 1947년
미국에서 즉석에서 사진을 뽑을 수 있는 폴라로이드 카메라가 선
보이기 시작했다. 우리나라에는 1880년 12월 일본 사신이 우리 왕
실에 진상한 물품 목록 중에 '촬영갑 20장'이 있는 것으로 보아 이
미 1880년 이전에 카메라가 들어왔으리라고 추측할 수 있다. 당시
카메라는 귀족이나 부유층에서 극소수만이 가지고 있었으며 모두
외국에서 들여온 것들이었다. 1966년 대한광학공업주식회사에서
코비카 카메라를 제작·생산한 것이 국산 카메라의 효시다.

잘못 쓴 예   조선 측 전권대신 신헌과 일본 측 특명전권대신 구로다 사이에 병
자수호조약이 체결되는 강화도 연무당에는 조약이 체결되는 내내
궁궐에서 파견된 승정원 관리가 수동식 카메라를 조작해가며 열심
히 사진을 찍어댔다.

▶▶   **칸델라(kandelaar)**

생성 시기   조선, 1876년(고종 13).

유　래   칸델라는 본디 '호롱'을 뜻하는 말이었으나, 지금은 본디 뜻과는 달
리 함석 따위로 만든 호롱에 석유를 넣어 불을 켜 들고 다니는 등
을 일컫는 말로 쓰이고 있다. 우리나라에서는 일본에서 석유가 수
입된 1876년 이후 인화성이 강한 석유를 등유로 사용하면서, 심지
꽂이가 따로 붙은 형태의 사기로 만든 호형(壺形)과 탕기형(湯器形)

등잔이 생겨났다.

휴대용 칸델라는 오랫동안 철도·선박·광산 등에서 사용되었는데, 오늘날에는 카바이드(탄화칼슘의 상품명)에 물을 첨가하여 발생하는 아세틸렌가스를 연료로 쓴다.

잘못 쓴 예 1848년 개인이 인삼을 거래하는 행위를 금지하는 밀매금지법이 새로 제정되었는데, 이 당시 두만강 유역에서는 한밤중에 칸델라를 흔들어 신호를 주고받으며 인삼을 거래하는 밀무역이 성행했다.

▶▶ **커피(coffee)**

생성 시기 에티오피아, 6세기경.
아라비아, 10세기경.
유럽, 1651년.
조선, 1883년(고종 20) 11월 20일.

유   래 에티오피아 원산인 커피는 아라비아에 전해지면서 아라비아가 오랫동안 커피 산업을 독점했다. 에티오피아 원산의 커피가 아라비아로 전해진 시기는 10세기경으로 주로 이슬람 사원에서 수도승들이 졸음을 쫓는 음료로 이용했다.

커피가 유럽에 전해진 것은 1651년, 인도에는 17세기 초에 전해졌다. 인스턴트커피는 1900년대 초 미국에서 처음 시중에 유통되었고, 제2차 세계대전 당시인 1944년에는 군인들의 휴대용 커피로서 생산량이 크게 늘었다. 이후 인스턴트식품의 물결을 타고 널리 일반화되었다.

커피의 식물학상 학명은 Kaffa, 속명은 coffea다. 아랍어 카와(qahwa)에서 비롯되었으며 영어로는 coffee, 이탈리아어로는 caffe, 프랑스어로는 cafe, 독일어로는 kaffee다.

이 어휘의 뿌리는 에티오피아의 카파(caffa)라고 한다. 카파는 '힘'을 뜻하며, 동시에 커피나무가 야생하는 곳의 지명이기도 한 아랍어다. 이것이 아라비아에서 카와(qahwa), 터키에서 카베(kahve), 유럽으로 건너가 카페(cafe)로 불렸다. 영국에서 '아라비아 와인'으로 불리다가 1650년경 헨리 블런트 경이 커피라고 부른 것이 계기가 되어 오늘날과 같은 coffee가 되었다.

우리나라에는 1883년(고종 20) 11월 20일 이전에 들어온 것으로 잡는다. 이 당시 보빙사로 미국을 다녀온 사람들이 이날 고종에게 보고를 하는데, 여기에 참석한 퍼시벌 로웰(Percival Lawrence Lowell)은 저서 『고요한 아침의 나라 조선(Choson, the Land of the Morning Calm)』에 "궁중에 초대되어 조선의 귀한 수입품인 커피를 대접받았다."는 기록을 남겼다.

잘못 쓴 예 인조 임금의 맏아들 소현세자는 청나라 심양에 볼모로 가 있었는데, 귀국할 때에 서양 문물에 관한 서적과 지구의(地球儀), 커피 등을 가지고 왔다.

▶▶ **태극기**

생성 시기 조선, 1883년(고종 20) 3월 6일.

유　래 우리나라 국기는 1883년 3월 6일에 처음으로 제정하여 공식 사용했다.

그 이전에는 봉건국가 체제에서 국기가 아닌 왕기나 장수기를 사용했다. 장수기 등에서 단순한 형태의 태극이 사용된 적은 있었다. 그러다가 1882년 5월 14일 조미수호통상조약 당시 미국의 전권대사 슈펠트(Schufeldt) 제독은 만약 조선이 청나라의 '황룡기'와 비슷한 깃발을 게양한다면 조선을 독립국으로 인정하려는 자신의 정책에 위배되는 처사라고 생각해 조선 대표 신헌과 김홍집에게 '국기를 제정해 조인식에 사용할 것'을 요구했다.

이에 김홍집은 역관 이응준에게 국기를 제정할 것을 지시했고, 이응준은 5월 14일에서 22일 사이에 미국 함정인 스와타라(Swatara)호 안에서 국기를 만들었다. 그리고 이 '국기'는 마침내 5월 22일 제물포에서 열린 조인식에서 성조기와 나란히 게양됐다.

조미수호통상조약 체결 2개월 뒤인 7월 19일 미국 해군성 항해국이 제작한 문서『해상 국가들의 깃발(Flags of Maritime Nations)』에 태극과 4괘를 갖춘 태극기가 실렸다. 지금의 태극기와 4괘의 좌우가 바뀌어 있고 태극 모양이 약간 다를 뿐 전체적으로 흡사했다. 따라서 이때의 태극기가 곧 공식 제정된 태극기의 원형이라고 할 수 있다.

그 뒤 일본 수신사 박영효가 이응준이 만든 태극기의 4괘 위치를 바꾼 형태의 태극기를 게양했다. 박영효가 이응준이 만든 태극기에서 4괘 위치만 바꾼 새 국기를 만들어 게양한 것은 1882년 9월 25일이었다. 약 반년 뒤에 이 태극기는 조선의 공식 국기로 반포되었다.

잘못 쓴 예 신미양요(1871년 6월 10일) 때 조선군은 태극기를 진지에 걸고 용감히 싸웠다.

▶▶ **통조림**

생성 시기 대한제국, 1901~1905년경.

유   래 우리나라에서 통조림을 언제부터 만들기 시작했는지 확실하지 않으나 1901년에서 1905년경에 원산 앞바다에서 어획한 털게를 통조림으로 가공하여 생산하면서부터인 것으로 전한다. 일제강점기에는 일본인이 경영하는 몇몇 통조림업체가 있었고, 광복 후부터 1960년대 초까지는 주로 군납용으로 생산했다. 그 후 일반 소비가 늘고

대외 수출품목으로 부상하여 생산이 활성화하였으며, 국민소득
향상과 식생활의 변화에 따라 농산물과 수산물을 중심으로 더욱
다양하고 우수한 제품이 생산·수출되고 있다.

잘못 쓴 예 강화도조약(1876)이 체결되자마자 부산항에 수산물을 가공하는 통
조림 공장이 세워졌다.

▶▶ ## 특허(特許)

생성 시기 대한제국, 1908년(순종 융희 2) 8월 13일.

유   래 우리나라 특허제도는 1908년 8월 13일에 내각고시 제4호로 공포된
'대한제국특허령'에서 비롯되었다. 당시 우리나라 특허 제1호는 정인
호의 '말총모자'에 대한 발명 특허이다.

잘못 쓴 예 인력거는 1869년 일본인 다케야마 등이 개발하였으며, 1894년 일본
인 하나야마가 우리나라에 특허를 내고 처음 10대를 수입했다.

▶▶ ## 피아노(piano)

생성 시기 이탈리아, 1709년.
대한제국, 1907년(순종 융희 1).

유   래 피아노는 1709년경 이탈리아의 악기 제조공 크리스토포리가 최초
로 고안했다. 건반을 두드리는 세기에 따라 음량을 자유롭게 조절
할 수 있는 이 악기의 첫 이름은 '약하고 강하게'란 뜻이 포함된 '그
라베 쳄발로 콜 피아노 에 포르테'였다. 이것이 세월이 흐르면서 '피
아노'로 줄어든 것이다.
우리나라에 피아노가 들어온 시기를 알 수 있는 정확한 기록은 없
다. 다만 1907년 4월 『황성신문』에 "새문 밖 법인여관에서 피아니스

트 신나피아헌트 양이 한국인과 함께 음악회를 가졌다."는 내용의 기사가 실렸는데, 이것이 피아노와 관련된 최초의 기록이다. 이로 미루어 1907년경에 피아노가 들어왔다는 것을 알 수 있다.

우리나라에서 처음 피아노를 생산하기 시작한 것은 1956년으로, 지금의 영창악기 회장인 김재섭 씨가 외국에서 부품을 들여와 조립하여 생산하면서부터이다. 그 뒤 학교 음악 교육에서 피아노가 차지하는 비중이 커지자 피아노 산업은 급속도로 발달했으며, 오늘날 경제 사정이 웬만한 가정에서는 한 대씩 구비하고 있을 정도로 대중적인 악기가 되었다.

잘못 쓴 예 1886년 개교한 우리나라 최초의 여성 신교육 기관인 이화학당에서는 단 한 명의 여학생으로 개교하여 영어와 음악을 가르쳤다. 이 학교의 설립자인 스크랜턴은 이론과 실기 두 가지 모두를 중요하게 생각하여 이론은 물론이거니와 영어 회화와 피아노·바이올린 연주, 성악을 가르쳤다.

▶▶   **호텔(hotel)**

생성 시기 조선, 1889년(고종 26) 1월.

유   래 우리나라에 호텔이 생기기 시작한 것은 1880년대 서양인들의 내왕이 빈번해지면서부터이다. 우리나라 최초의 호텔은 1889년(고종 26) 1월에 일본인 호리 리키타로[掘力太郎]가 인천시 중구 중앙동에 세운 대불(大佛)호텔로, 11개의 객실을 갖춘 3층짜리 고급 호텔이었다. 이 때까지 경인선이 개통되지 않아서 인천에 도착한 외국인들이 대개 하루 이상 인천에 머물렀기 때문에 호텔이 가장 먼저 생긴 것이다. 1910년 더 많은 외국인이 왕래하게 되자 1912년 부산과 신의주에 각각 철도호텔을 개설하였는데 이것이 우리나라 국영 호텔의 시초이다. 그 후로 대도시의 역사 부근에 호텔들이 생겨났다.

| 잘못 쓴 예 | 1876년 인천항이 개항되자마자 인천에는 일급 호텔이 생겨서 많은 외국인들이 묵게 되었다. |

화랑(畫廊)

생성 시기	대한제국, 1900년(고종 광무 4).
유 래	우리나라 근대적 화랑의 시초는 1900년 상인 정두환(鄭斗煥)이 서울에 문을 연 서화포(書畫鋪)와 1908년에 최영년(崔永年)과 조석진(趙錫晉)이 영업을 목적으로 문을 연 한성서화관(漢成書畫館) 등을 들 수 있다.
잘못 쓴 예	조선 후기를 대표하는 화가인 장승업(1843~1897)은 녹청색 창의를 바람에 휘날리며 자신의 그림이 전시되어 있는 인사동의 화랑으로 발걸음을 옮겼다.

화투(花鬪)

생성 시기	대한제국, 1910년(순종 융희 4).
유 래	화투가 어디서 어떻게 만들어져 우리나라에 들어왔는지는 정확하게 알려진 바가 없다. 그러나 포르투갈에서 비롯된 '카르타(carta) 놀이딱지'에서 왔다는 것이 중론이다. 포르투갈 상인들이 일본에 무역하러 들렀을 때 전한 것을 일본인들이 본떠 하나후다[花札]라는 것을 만들어 놀이 겸 도박행위를 했다. 그것이 다시 개화기 또는 일제강점 이후에 우리나라로 들어와 현재에 이르렀다고 한다.
	화투가 일본에서 들어온 까닭으로 왜색이 짙다 하여 일제 말기와 광복 후 몇 년 동안은 거의 하지 않았으나 그 후 조금씩 사용되다가 현재는 성행하는 대중 놀이로 정착되었다.

생성 시기는 일제강점 시작 연도인 1910년으로 잡지만 그 이전인 1894년 갑오개혁 이후 사용되었을 가능성이 있다.

잘못 쓴 예　위화도에서 이성계의 출전 명령만을 기다리던 군사들은 장대같이 쏟아지는 빗속에서 오가도 못하고 있으려니 하도 답답하고 심심하여 상관들 몰래 삼삼오오 천막 속에 모여 화투를 쳤다.

06

일제강점기

1910~ **1945**

3·1운동 이후 문화정책을 표방한 일본의 식민 통치 아래서 소설, 영화, 음악 등에 관련된

예술 용어와 기계 문명의 영향으로 기계, 전자 용어가 많이 나타났다.

고무신

생성 시기　일제강점기, 1922년 8월 5일.

유　래　우리나라에 고무 공업이 시작된 시기는 1919년으로 대륙고무주식
회사가 그 효시이다. 우리나라에 고무로 만든 구두형의 신발이 들
어온 시기는 1921년 초이며, 1922년 8월 5일에 대륙고무주식회사가
첫 고무신을 생산하여 이 고무신이 왕에게 진상되어 순종 이척(李
坧)이 처음 신었다고 한다. 9월 21일자 신문 광고에 순종이 검정 고
무신을 신었다는 내용이 나온다.

잘못 쓴 예　만세 시위가 끝난 아우내 장터에는 주인 잃은 고무신짝과 패랭이,
갓이 마구 나뒹굴었다.

▶▶　**공중전화(公衆電話)**

생성 시기　일제강점기, 1926년.

유　래　우리나라 최초의 공중전화는 1926년 전화국과 우체국에 설치되었
다. 그 후 전화의 수요가 늘어남에 따라 길거리나 점포 등 이용도
가 높은 곳에는 건물 안팎을 가리지 않고 널리 설치되었다.

잘못 쓴 예　서울의 가회동 취운정에서 연금생활을 하던 유길준은 1892년 11월
에 석방되어 자유의 몸이 되었다. 그는 석방되자마자 생명의 은인인
포도대장 한규설에게 공중전화를 걸었다.

▶▶　**공항(空港)**

생성 시기　일제강점기, 1916년 9월.

유　래　1910년 초 서울 용산구 육군 연병장이 우리나라 최초의 비행장으

로 사용되었다. 하지만 비행장이 정식으로 개설된 시기는 1916년 9월이다.

당시 경기도 시흥군 여의도에 육군 간이 비행기 착륙장이 개설되었는데, 이것이 최초의 비행장이다. 뒤이어 평양·신의주·함흥·청진·대구 등지에 간이 비행장이 개설되었고, 1924년 4월 1일 이들 간이 비행장이 정식 비행장으로 승격되어 민간 항공기와 육군 항공기가 공동으로 이용했다. 1924년에는 경기도 김포군의 김포비행장, 부산의 수영비행장, 제주의 제주비행장 등이 육군 비행장으로 개설되었다.

광복 후 정치적인 혼란과 경제적인 어려움으로 항공산업은 침체 상태에 빠졌다. 다만 미군정청에 의하여 서울~대구~부산, 서울~광주~제주 간 비행기가 운항되었을 뿐이다. 1948년 서울의 여의도비행장과 부산의 수영비행장이 민간 비행장으로 운영되기 시작하였고, 1949년에는 강릉·광주·제주·옹진 등지에 비행장이 개설되었다. 이후 6·26전쟁으로 많은 변화가 있었다. 그때까지 국제공항을 대신하던 수영비행장이 폐지되고 여의도비행장이 국제공항이 되었다. 현재의 김포공항이 국제공항으로 승격된 것은 1958년이다.

1976년에는 수영비행장이 김해로 이전, 확장되었다. 2018년 현재 인천·김포·청주·대구·김해·제주·양양·무안국제공항과, 원주·포항·울산·군산·광주·여수·사천공항 등 15개 공항이 있다.

잘못 쓴 예 공항에 나와 눈물을 찍어대면서 울먹이던 어머니의 모습이 떠오르자 금녀는 괜히 떠나왔다는 후회가 들었다. 그것이 만세운동이 있었던 기미년 가을의 일이었으니 벌써 만 2년이 지난 일이었다.

광복군(光復軍)

일제강점기, 1940년 9월 17일.

유   래   광복군은 중화민국의 임시 수도 충칭[重慶]에서 창설된 대한민국 임시정부의 군대이다. 공식 명칭은 한국광복군이었다. 1937년에 창설 계획을 세웠으나 중일전쟁 발발로 지연되어 1940년에 비로소 광복군 총사령부가 창설되었다. 임시정부는 광복군을 창설한 이듬해인 1941년 11월에 '건국강령'을 발표하여 "자력으로 이민족의 전제를 전복한다."는 자주독립 노선을 내외에 천명했는데, 이 강령을 실천하려면 광복군의 본토 진격 작전이 실현되어야만 했다. 그런데 실현 직전에 일본이 항복하고 말았기 때문에 전후의 한국 독립 문제에 대하여 임시정부의 발언권이 없어지고 만 것이다. 광복군은 광복 후 미군정 당국의 요구에 따라 무장을 해제한 채 귀국하였으며, 1946년에 해체되었다.

잘못 쓴 예   1937년 중국과의 전쟁을 일으킨 일본이 난징에서 대학살을 자행하자 이에 격분한 우리 광복군은 곧바로 출정하여 혁혁한 전훈을 세웠다.

▶▶   **권투(拳鬪)**

생성 시기   일제강점기, 1912년 10월 7일.

유   래   우리나라에 권투가 최초로 소개된 것은 1912년 10월 7일에 단성사 주인 박승필(朴承弼)이 유각권구락부(柔角拳俱樂部)를 조직하면서부터다. 1916년 미국 선교사 질레트가 복싱 글러브를 가지고 온 뒤 1922년부터 조선중앙기독교청년회(지금의 YMCA)에서 연중행사로 거행되었다.

잘못 쓴 예　배재고보 학생회에서는 이준 열사의 의거를 기념하여 의거가 있은 이듬해인 1908년부터 매년 6월 자체적으로 학생 권투대회를 열었다.

생성 시기　일제강점기, 1919년 2월 8일.

유　　래　'그'나 '그녀'가 3인칭 대명사로 쓰이기 시작한 것은 최근세의 일이다. 그전까지는 그 대신에 궐자(厥者)를, 그녀 대신에 '궐녀(厥女)'라는 말을 썼는데, 신문학 초창기에 김동인 등이 그와 그녀라는 3인칭 대명사를 쓰기 시작했다. 그는 영어 'he'를 번역한 것인데, 'she'를 우리말로 번역해서 쓰기가 마땅치 않자 일본어 'かのじょ(彼女)'를 직역해서 쓴 것이 바로 그녀이다. 그녀의 뒤에 주격조사 '는'이라도 붙으면 '그년'이라는 욕과 발음이 비슷해지니 썩 마땅한 대명사는 아니다.

김동인은 "이광수조차 '이러라' '이더라' '하도다' '이로다' 등을 그대로 사용할 때 내가 주도한 『창조』 동인들이 이를 모두 '이다' '한다' 등으로 대체해버리고 '했다' '이었다' 같은 과거형 어미까지 만들어 사용했다. 게다가 조선말에는 없었던 He, She 등의 대명사를 쓰기 위해 '그'라는 대명사를 쓰기 시작했으니 이것은 모두 『창조』의 공으로 생각만 해도 통쾌한 일이 아닐 수 없다."고 밝혔다. 따라서 이 어휘가 꼭 김동인 혼자만 쓴 것은 아닐 것으로 본다.

이 어휘의 발생 시기는 그가 언급한 대로 1919년 2월 8일에 최초의 문학동인지 『창조』를 발간한 시점으로 본다.

김동인은 이 밖에도 언문일치를 실천한 작가로 알려져 있는데, 사실 우리나라 최초의 국한문 혼용체인 유길준의 『서유견문』 서문에 '언문일치' 주장이 처음으로 나타난다. 따라서 유길준 이후 이인직 등의 신소설과 최남선, 이광수를 지나 김동인에서 완성된 것이다.

단발머리

<table>
<tr><td>생성 시기</td><td>일제강점기, 1933년.</td></tr>
<tr><td>유 래</td><td>일본 유학을 마치고 돌아온 오엽주(吳葉舟)가 1933년 화신백화점에 미장원을 개업하여 단발머리를 유행시켰다.</td></tr>
<tr><td>잘못 쓴 예</td><td>명성황후는 이화학당(1887~1904) 학생들이 단발머리를 한 모습을 보고는 눈살을 찌푸렸다.</td></tr>
</table>

▶▶ **대하소설(大河小說)**

<table>
<tr><td>생성 시기</td><td>프랑스, 1912년.
일제강점기, 1939년 3월 11일.</td></tr>
<tr><td>유 래</td><td>이 명칭은 프랑스어의 '로망 플뢰브(roman-fleuve)'를 그대로 번역한 것이다. 뜻 그대로 강물이 흐르듯 많은 인물이 등장하고 많은 사건이 전개되는 소설 형태이다. 프랑스 소설가 로망 롤랑(Romain Rolland)이 1904년부터 1912년까지 그가 일하던 잡지 『반월수첩(半月手帖, Les Cahiers de la Quinzaine)』에 연재한 10권짜리 소설 『장 크리스토프(Jean-Christophe)』가 최초의 대하소설로 인정되고 있다.
1930년대와 1940년대 한국 문학에서는 대하소설이라는 용어보다는 '가족사, 연대기소설'이라는 용어가 더 많이 쓰였다. 우리나라에서 '가족사, 연대기소설'의 대두는 1930년대 후기의 장편소설 위기론과 그에 따른 새로운 방향 모색 결과로 나온 장편소설 개조론에서 비롯된다. 카프(KAPF)의 해산 이후 장편소설은 세태소설화 또는 통속소설화 경향을 띠었으므로 장편소설을 창작할 필요성이 다시 인식되었던 것이다.
우리나라 최초의 대하소설은 홍명희의 『임꺽정』으로 인정되는데, 이 작품은 1928년 11월 21일 『조선일보』에 연재를 시작하여 1939년 3</td></tr>
</table>

월 11일에 완성되었다. 따라서 대하소설의 어휘 발생 시점을 연재가 끝난 때로 잡는다.

잘못 쓴 예 이광수는 1917년에 우리나라 최초의 대하소설『무정』을 발표하여, 신문화 운동의 선구를 이루었다.(대하소설→장편소설)

▶▶ **대학(大學)**

생성 시기 대학_ 고구려, 372년(소수림왕 2).
현대식 대학_ 일제강점기, 1923년 5월 2일.

유   래 엄밀히 따지면 우리나라의 대학은 삼국시대부터 그 기원을 찾을 수 있다. 우리나라 최초의 대학은 고구려 소수림왕 2년(372)에 설립된 태학(太學)을 들 수 있다. 그 뒤 통일신라시대의 국학(國學), 고려시대의 국자감, 조선시대의 성균관이 우리나라 최고의 학부였다.

우리나라에서 근대적인 대학 교육이 실시되기 시작한 것은 19세기 말 문호 개방과 함께 근대식 학교제도가 들어옴에 따라서였다. 그러나 초기의 대학은 대학이라는 명칭을 쓰지 않았으며, 전문 인력 양성기관 같은 성격을 띠고 있었다. 수업 연한 3~4년 정도의 전문학교가 등장했으나, 1923년 5월 2일 문화정치를 표방한 일제가 '경성제국대학 설치에 관한 법률'을 반포하면서 지금과 같은 대학 교육이 시작되었다.

이 법률에 따라 1923년 5월 5일 대학 예과 건물(청량리 캠퍼스) 착공에 들어갔고, 1924년 처음으로 예과를 모집하였다. 예과 정원은 문과와 이과를 포함하여 160명 정도였으며, 입학에 성공한 조선인은 정원의 약 1/3 정도였다. 입학시험이 일본어로 치러지는 데다가 일본인 학생들에게도 난해한 일본 고대문학이 포함되어 있는 등 입학시험 자체가 조선인에게 매우 불리했기 때문이다. 정원의 2/3는 조선에 거주하는 일본인 학생과 일본에서 조선으로 유학 오려는 일본인 지원자들로 채워졌다.

잘못 쓴 예 3·1운동이 전국으로 확산되자 경성제국대학 학생들도 시위에 참여
했다.

▶▶   **댐(dam)**

생성 시기   방죽(堤)_ 백제, 330년경(비류왕 27).
댐_ 일제강점기, 1920년대 초.

유   래   우리나라 최초의 댐은 『삼국사기』에도 나오는 김제 벽골제(碧骨堤)
다. 서기 330년경 백제인들이 4.3미터 높이의 제언을 1800보(3240미터
로 추산)에 걸쳐 축조했다. 이러한 저수 댐 축조기술은 일본으로 전
해졌고, 일본 나라현에는 백제지(百濟池)라는 지명이 아직 남아 있다.
댐이라는 어휘가 쓰인 때는 일제강점기였다. 1912년 대동강 수계에
5개의 수위표를 설치하고 댐 건설을 위한 수문조사를 시작했다.
1915년부터 두 번에 걸쳐 전국 주요 하천을 대상으로 하천조사를
실시하여 역시 댐 건설 준비를 해나갔다. 이 무렵 북한 지방에는
자연 조건에 적합한 대규모 수력발전용 콘크리트 댐을, 남한 지방
평야 지대에는 소규모 관개용 댐인 흙 댐을 주로 건설했다.
우리나라의 근대적인 댐은 1920년대 초반부터 1940년대 사이에 주
로 건설되었다. 특히 1941년에 압록강 본류에 건설된 수풍댐은 높
이 106미터, 총저수량 112억 세제곱미터, 발전출력 70만 킬로와트로,
이는 댐 건설기술과 규모에 있어 세계적 수준이었다.
8·15광복 후 1960년대 초반까지 모두 200여 개의 관개용 댐을 건설
했으며, 1957년에는 우리 기술로 중력식 콘크리트 댐인 수력발전용
괴산댐을 건설했다. 1973년에 저수량 29억 세제곱미터에 이르는 동
양 최대의 다목적 댐인 소양강댐을 건설했다.

잘못 쓴 예 문우 이상(1910~1937)과 함께 압록강에 다다른 박태원은 수풍댐을 바라보며 "실제로 와서 보니 말로만 듣던 것보다 훨씬 더 웅장하군. 과연 우리나라 최초, 최고의 댐이라 불릴 만하네그려." 하면서 감탄사를 연발했다.

▶▶ **딸기**

생성 시기 일제강점기, 1940년.

유   래 우리나라에는 예부터 산딸기와 복분자딸기를 먹어왔으며, 요즈음 흔히 먹는 재배 딸기는 생긴 지가 오래된 품종이 아니다. 우리가 흔히 먹는 재배종 딸기인 Fragaria ananassa Duch.는 북아메리카 동부 지역 원산의 Fragariavirginiana와 남아메리카 칠레 원산의 Fragaria chiloensis를 18세기 무렵 유럽에서 교잡하여 출현한 것이다. 그 후 약 200년간 개인 육종가에 의해 딸기의 유전 개량이 진행되어왔다. 현재의 재배종 딸기는 소수의 유전형에서 비롯되었기 때문에 핵형 및 세포질이 다양하지 못하므로, 최근 야생유전형질을 통한 딸기 종의 재창출이 시도되고 있다.

재배종 딸기가 일본에 전래된 것은 19세기 초였으며, 국내로 들어온 것은 20세기 초로 추정된다. 기록으로는 1940년에 수원고등농림학교(1904년 9월 대한제국이 세운 농상공학교의 농과)에서 대학1호를 육성 재배한 것이 그 시초이다.

딸기는 전 세계적으로 기본 염색체수가 7개(2n=14)인 야생종이 17종이 있으며 그중 2배체 9종, 4배체 3종, 6배체 1종, 8배체 4종이 있다. 현재 재배되고 있는 Fragaria ananassa Duch.는 8배체에 속한다.

잘못 쓴 예 입덧이 심한 명성황후도 딸기만은 용케 되넘기지 않고 잘 먹었다.

▶▶ **라디오(radio)**

생성 시기   일제강점기, 1927년 2월 16일.

유 래   본래는 넓은 의미의 무선 전체를 가리키는 말이었으나 근래에는 전파에 의한 음성 방송과 이를 수신하는 기계, 즉 수신기를 가리키는 말이 되었다.

1895년 이탈리아의 마르코니가 무선통신기를 발명함으로써 라디오가 세상에 등장하게 되었다. 그 후 1906년에 미국인 리 디포리스트(Lee De Forest)가 삼극진공관을 발명한 것을 계기로 무선통신 기술은 매우 빠른 속도로 발전했다. 이를 바탕으로 세계에서 처음 방송 전파가 발사된 것은 1920년 1월 미국 워싱턴의 군악대 연주 방송이었다.

우리나라에는 1925년 11월 총독부 체신부 구내에 설치한 무선방송 실험실에서 출력 50와트로 최초의 무선 실험 방송이 실시되었다. 1926년 11월 31일에는 사단법인 경성방송국이 설립되어 이듬해인 1927년 2월 16일 출력 1킬로와트, 주파수 870킬로헤르츠로 첫 라디오 방송을 개시했다. 방송 초창기부터 무선기기 제작 기술과 지식이 거의 없던 당시 우리나라는 라디오 수신기 제작이란 거의 불가능했다. 1929년 말에 1만 대를 넘어선 수신기가 1937년 말에는 11만 2000여 대로 늘어났다.

제2차 세계대전 중에는 진공관 기술이 비약적으로 발전하여 수신기도 소형화되었다가 전쟁이 끝나자 다시 전지를 사용하는 휴대용 라디오가 등장하게 되었다. 일제강점 말기에 이르러서는 『동아일보』와 『조선일보』의 강제 폐간으로 세상 소식을 오직 방송에만 의존하였던 때이므로 역설적으로 수신기 보급은 큰 증가를 보였다.

잘못 쓴 예   이완용, 송병준 등의 을사오적은 순종의 악감정을 누그러뜨리려고 온갖 신문물을 갖다 바쳤는데, 그중에는 고무로 만든 구두는 물론

326

사람의 목소리가 나오는 라디오까지 있었다.

▶▶ 로봇(robot)

생성 시기 체코, 1921년 1월 25일.

유   래 인조인간을 가리키는 로봇이란 이 말은 본래 체코의 극작가 K. 차
페크의 희곡 『R·U·R―롯섬의 만능 로봇회사』에 나오는 주인공 이름
이다. 로봇이란 체코어 robota(강제노동)와 robotik(노동자)의 합성어이
다. 이 어휘의 발생 시기는 차페크의 희곡이 처음 공연된 1921년 1월
25일로 잡는다.

생활 속에서 '로봇'이란 말은 크게 두 가지 뜻으로 쓰인다. 첫째가
우리말의 꼭두각시에 해당하는 뜻으로 자기 주관 없이 남이 시키
는 대로만 행동하는 사람을 가리키는 것이며, 둘째가 단순하게 '기
계로 만든 인조인간'이라는 뜻으로 쓰이는 경우이다.

▶▶ 마라톤(marathon)

생성 시기 아테네, 서기전 490년.
일제강점기, 1920년 5월 16일.

유   래 마라톤의 기원은 서기전 490년 아테네와 페르시아 간의 전투에서
비롯된다. 아테네 군이 페르시아 군을 격파하자, 이 승전보를 알리
려고 필리피데스라는 아테네 병사가 마라톤 벌판에서 아테네까지
약 40킬로미터의 거리를 쉬지 않고 달려갔다. 그는 장거리를 종주한
뒤 "우리가 승리했다. 아테네 시민이여 기뻐하라."고 외친 후 죽고
말았다.

근대 올림픽 부활 당시 소르본대학의 언어학자 이셀 브레얼 교수가
이러한 고사를 쿠베르탱 남작에게 말한 데서 마라톤은 올림픽 경

기로 채택되었고, 1896년 제1회 근대 올림픽인 아테네 대회부터 마라톤 경주가 실시되었다.

우리나라 최초의 마라톤 대회는 1920년 5월 16일에 조선체육회 주체로 열린, 서울을 한 바퀴 도는 약 16킬로미터 대회로 조선 선수가 일본 선수를 제치고 1위(인력거꾼 최흥석), 2위, 3위를 차지했다. 같은 해에 경성일주 마라톤대회(25킬로미터)와 경인마라톤대회(40.2킬로미터)가 잇따라 열렸다. 1923년 6월에는 경성일보사 주최의 경인역전마라톤대회 등이 열림으로써 우리나라 마라톤은 급속히 발전하기 시작했다. 드디어 1936년 제11회 베를린 올림픽대회에서 손기정(孫基禎)이 올림픽대회 신기록인 2시간 29분 19초로 우승하였고, 남승룡(南昇龍)이 2시간 31분 42초 20으로 3위를 기록하여 우리나라 마라톤 역사의 한 획을 그었다.

잘못 쓴 예　일제강점이 시작되던 해에 배재학당에서는 극일 운동의 하나로 서울역에서 반환점인 뚝섬까지 뛰어갔다 오는 마라톤을 실시했다.

▶▶　**마지노선(Maginot線)**

생성 시기　프랑스, 1930년.

유　래　1930년 이후 프랑스가 라인강을 따라 동부 국경에 쌓은 강고한 요새선(要塞線)을 가리키는 말로서, 대독 강경론자인 육군 장군 마지노(A. Maginot)의 이름을 딴 것이다.

그러나 제2차 세계대전 중 1940년 6월 14일 독일 공군이 이 요새를 격파함으로써, 공군력 앞에는 아무리 견고한 요새라도 당해낼 수 없음을 실증하여 요새전에 대해 사실상의 종지부를 찍었다. 오늘날에는 버틸 수 있는 마지막 한계점이란 뜻으로 사용되고 있다.

▶▶　　**만화(漫畫)**

생성 시기　　일제강점기, 1923년 2월 25일.

유　　래　　서양에서는 사람이나 동물의 특징을 과장해서 그린 캐리커처와, 어떤 특정한 정치적·사회적인 풍조를 풍자하여 그린 한 장짜리 그림인 카툰과 줄거리가 있는 만화를 구분하여 생각한다. 하지만 우리나라에서는 카툰과 만화가 혼합되어 거의 한 개념으로 통용되고 있다.

우리나라에 시사만화가 등장한 것은 1909년 『대한민보』가 창간되면서부터였다. 이때 『대한민보』에 실린 시사만화를 '삽화(揷畫)'라고 불렀으며, 1920년에 창간된 『조선일보』에서는 '철필사진(鐵筆寫眞)', 『동아일보』에서는 '그림이야기'라고 표기하기도 했다. 그러나 1923년 2월 25일에 발행된 잡지 『동명』에 김동성이 「만화 그리는 법」을 연재하기 시작, 모두 11회에 걸쳐 발표하면서 만화라는 어휘가 굳어졌다. 대체로 우리나라와 중국, 일본 등 한자를 쓰는 나라에서는 희평(戱評), 희화(戱畫) 또는 풍자화(諷刺畫)라고 부르다가, 만연(漫然; 덮어놓고 되는대로)히 그린다는 뜻에서 만화로 굳어졌다.

잘못 쓴 예　　일제강점이 시작되던 1910년 9월 『대한민보』에 실리던 만화가 갑자기 중단되자 만화를 다시 게재하라는 독자들의 항의가 빗발쳤다.

▶▶　　**맥주(麥酒)**

생성 시기　　일제강점기, 1933년.

유　　래　　맥주 양조 기술은 서기전 6000년경부터 수메르와 바빌로니아에서 시작되었다. 서기전 2400년경의 이집트 무덤에도 제조법이 기록되어 있는데, 그 방법이 그리스에서 로마로 전해지고 다시 독일과 벨기에를 거쳐 영국으로 건너갔다. 초기의 맥주는 주원료인 보리에 물과 맥아를 넣고 자연 발효시키는 단순한 것이었다. 그 후 10세기경에 독일에서 홉을 넣어 쓴맛과 방향(芳香)이 강한 맥주를 개발하게 되었다. 오늘날 독일이 맥주의 본고장으로 알려져 있는 것도 이 때문이다.

처음에는 가정에서 만들기 시작했으며, 수도원에서는 비교적 대량으로 만들었다. 그러다가 소비가 늘어나고 기계 공업이 발달함에 따라 상업적으로 만들기 시작하였으며, 특히 18세기 말에는 맥주 공장이 많이 생겨났다.

우리나라에서는 1933년에 일본 맥주회사들이 들어와 삿포로맥주(지금의 조선맥주)와 쇼와기린맥주(지금의 동양맥주)라는 이름으로 맥주를 생산하기 시작했다. 두 회사는 8·15광복 후 미군정이 관리하다가 민간에 불하되어 조선맥주는 크라운맥주로, 쇼와기린맥주는 동양맥주로 바뀌었다. 이것은 다시 각각 하이트진로와 OB맥주가 되었다.

잘못 쓴 예 갑신정변이 일어난 우정국 낙성식 축하연 자리엔 깨진 맥주병과 넘어진 식탁들이 어지러이 널려 있었다.

▶▶ **목욕탕(沐浴湯)**

생성 시기 일제강점기, 1924년 6월 4일(평양).

유   래 시대에 따른 도덕률의 변천에 따라 우리나라의 목욕 문화도 변천해 왔다. 신라의 시조인 박혁거세와 그의 왕비 알영의 목욕이 문헌에 기록된 이후로 고려시대와 조선시대에는 목욕이 중시되었다. 대갓집에서는 나름대로 정방(淨房)이라는 목욕시설을 갖추고 있었으나 일반 서민층에서는 대개 부엌이나 헛간을 이용했다. 이후 개화기에 외국인들의 출입이 잦아지면서 목욕탕이 딸린 집들이 생겨났다. 그

러나 일반 대중들이 사용할 수 있는 것은 아니었고 외국인들이 드
나드는 호텔이나 여관에 몇 곳 설치한 정도였다.

일제강점기에 일본인들이 목욕 문화에 불편을 느껴 공중목욕탕을
설치하고자 하였으나 전통적인 도덕률을 가지고 있던 우리나라 사
람들의 거센 반대에 부닥쳤다. 1924년 6월 4일이 되어서야 평양에 우
리나라 최초로 대중목욕탕이 생겨났고, 이듬해인 1925년에는 서울
에도 목욕탕이 문을 열었다. 하지만 1925년 8월 2일자 『조선일보』에
"우리 조선 여자들은 1년에 한 번이나 두 번밖에는 으레 머리를 더
감지 않으려 합니다."라고 개탄하는 기사가 실릴 정도로 대중 목욕
문화가 자리를 잡지 못했다.

잘못 쓴 예 장안의 명물로 등장한 목욕탕에 깊숙이 몸을 누인 한석의 머릿속
은 엊그제 동경에서 있었다는 2·8독립선언에 대한 생각으로 가득
차 있었다.

▶▶ **몸뻬(もんぺ)**

생성 시기 일제강점기, 1940년 전후.

유   래 일본의 군국주의가 발악하던 일제 말기에 일본은 국민복 착용과
몸뻬 착용을 강요했다. 이때 전국에 보급된 몸뻬와 카키색 국민복
은 마치 모든 국민의 필수복처럼 되어버렸다.

잘못 쓴 예 6·25전쟁 이후에 미군부대에서 흘러나온 몸뻬는 활동하기가 매우
간편해서 일하는 여성들이 즐겨 입었고 그것이 여성들의 바지 문화
정착에 크게 기여했다.

▶▶ **미루나무**

생성 시기 일제강점기, 1923년.

1923년 5월 5일 서대문형무소에 일제가 사형장을 지으면서 미루나무 한 그루를 심었다는 기록이 있다. 그 이전에 기독교 선교사 등이 미루나무를 심었을 가능성이 있으나 기록을 찾을 수 없다. 이후 6·25전쟁 때 미군이 많이 심었고, 1962년 산림녹화사업 명목으로 많이 심었다.

▶▶ **미장원(美粧院)**

생성 시기 일제강점기, 1933년 3월 15일.

유   래 1895년(고종 32) 단발령으로 남성들의 머리 모양에는 큰 변화가 오기 시작했지만 여자들의 머리는 좀 더 오랫동안 옛 모양을 고수했다. 그러나 일본에 유학하고 돌아오는 사람들이 늘어나면서 여성의 머리 모양에도 많은 변화가 찾아오기 시작했다. 1933년 3월 15일 종로 화신백화점에 '오엽주 화신미장원'이 개업하였다.

일부 기록에 1920년으로 나오는데, 오엽주는 1904년생으로 평양서문고녀를 졸업한 뒤 교사 생활을 하고 일본에서 미용술을 배워 온 것으로 보아 1933년 설이 더 유력하여 이 날짜로 잡는다. 오엽주의 증언 중에 개업한 지 몇 년 안 되어 불이 났다는 말이 있는데 화신백화점 화재는 1935년 1월 27일 오후 7시 30분에 일어났다. 이후 곳곳에 미장원이 생겨났다.

이와 같은 미장원의 발생과 확산에는 당시의 이른바 신여성들이 선도적인 구실을 했다. 1930년대 중반에 들어 젊은 여성들 사이에 단발머리가 유행하고 1930년대 후반에 들어 파마머리가 유행하자 미장원의 수는 급증하게 되었다.

잘못 쓴 예 윤치호가 그의 아내와 더불어 머리를 자르고 양장을 한 채 귀국하자 그 소문이 일시에 장안에 퍼지면서 많은 여인네들이 그를 본떠 머리를 자르기 위하여 미장원을 찾았다.

▶▶ 방송(放送)

생성 시기 일제강점기, 1926년 11월 30일.

유   래 우리나라에 방송국이 생기기 전인 1920년대까지는 방송이란 말은 석방(釋放)과 같은 뜻이었다. 죄수를 감옥에서 풀어주거나 유배에서 풀어주는 것을 '방송을 명한다'는 영을 내려 시행했던 것이다. 그런데 죄수를 풀어준다는 의미를 가졌던 이 말이 전파를 송출해서 내보내는 통신용어로 바뀐 것은 1927년 경성방송국이 개국되면서부터이다. 제1차 세계대전 당시 일본군 장교가 처음으로 사용한 말이었는데, 후에 이것이 영어의 '브로드캐스팅(broadcasting)'을 번역한 말로 채택되어 쓰이기 시작했다.

따라서 이 어휘의 생성 시기는 방송이란 어휘가 현대적 의미로 쓰인 경성방송국 설립 허가 날짜인 1926년 11월 30일로 잡는다. 한편 경성방송국은 1927년 1월 20일에 시험 방송을 시작하고, 2월 16일에 본방송을 시작하였다.

이 시기부터 방송이란 어휘는 더 이상 범인을 석방한다는 뜻으로 사용되지 않게 되었다.

▶▶ 배구(排球)

생성 시기 미국, 1895년.
일제강점기, 1915년.

유   래 배구는 1895년 미국 매사추세츠주 홀리오크시의 YMCA 체육 지도자 윌리엄 모건(William G. Morgan)이 처음 고안해냈다. 우리나라에 배구가 처음 소개된 것은 1915년 이원용(李源容)이 '규칙서'를 번역해서 동료들과 더불어 코트를 만들어 12인제 배구를 한 것이 시초이다.

잘못 쓴 예 『한성순보』 기자가 이화학당을 방문했을 때 학생들이 운동장에서 배구를 하고 있는 모습이 눈에 뜨였다.

▶▶ **버스(bus)**

생성 시기 일제강점기, 1912년 7월 1일.

유   래 우리나라에서 승합자동차, 즉 버스는 서울보다도 지방에서 먼저 등
장했다. 1912년 7월 1일에 대구에 사는 일본인이 대구~경주~포항
간의 부정기 운행을 시작한 것이 처음이다. 대구호텔 주인이던 베이
무라 다마치로[米村玉次郎]가 일본에서 버스 4대를 들여와 영업을 시
작한 것이다. 여름철엔 오전 6시~오후 10시, 겨울철에는 오전 8시~
오후 7시까지 운행하였는데, 버스 요금이 전차보다 비싼 7전이라서
영업이 잘 안 되어 곧 경성전기주식회사로 운영권이 넘어갔다.

1928년 서울 종로구 견지동의 차부(자동차영업소)에서 한강리(한남동)
로 왕복하는 대형 승합의 정기 운행이 시작되었다. 그 당시 한강리
는 경기도 고양군에 속해 있었으므로 이 '버스'는 엄격한 의미로 '시
외버스'라고 하겠다. 차의 모양은 오늘날과 비슷하나 차체는 중형이
고 문은 하나였다. 운전사의 옷은 정해진 복장이 없이 자유롭게 입
었지만 모자만은 제모를 썼으며 차장은 전병 모자를 썼다.

잘못 쓴 예 우리나라에서 전차는 1898년 서울에 처음 등장하였는데, 1969년에
모두 철거되었다. 처음 개통할 때는 서대문에서 청량리 간을 운행
하다가 전차 이용 승객이 급속히 늘어나 전차 노선은 같은 해에 종
로에서 남대문으로 이어졌고, 1900년 1월에는 구용산(지금의 원효로
4가)까지 다시 연장되었다. 전차의 등장과 함께 대중교통 수단의 수
요가 늘어남에 따라 1900년대 초부터는 종로에서 한남동까지 버스
가 운행되기 시작했다.

▶▶ **변사(辯士)**

생성 시기   일제강점기, 1910년 2월 18일.

유   래   변사는 일본에서 온 속칭이며, 정식 명칭은 활동사진 해설가라고 한다. 미국이나 유럽 영화계에서도 변사가 등장하는 것을 볼 수 있었으나 그 존재가 큰 비중을 차지하게 된 것은 주로 일본과 우리나라에서였다. 주연 배우보다 급여가 더 많았다.

우리나라에 변사가 등장한 때는 1910년 2월 18일에 현재의 을지로2가 외환은행 본점 옆에 최초의 상설극장인 경성고등연예관이 개관되면서부터다. 경성고등연예관을 연 사람은, 영화배급사 K다이아몬드사와 관련 있던 가네하라 긴조[金原金藏]다. 내부는 여러 사람이 빙 둘러앉을 수 있는 기석(奇席)이라는 일본식 공간이 중앙에 있고, 2층은 다다미, 아래층 객석은 긴 의자로 배치하였다. 수용인원은 400~500명 정도였다. 이때부터 상설 영화관이 서울과 지방에 속속 생겨남으로써 변사의 직업적 기능이 확립되었다. 화려한 인기를 누리던 변사는 1935년에 최초의 발성영화 「춘향전」이 제작된 이후 무대에서 사라지기 시작했다. 그러나 변사의 활동은 발성영화 시대가 된 뒤에도 무성영화가 재상영될 때마다 이어져왔으며, 사실상 종말을 고한 것은 광복 이후에 만들어진 무성영화 「검사와 여선생」(1948)이 상영된 후였다.

잘못 쓴 예   1905년 『대한매일신보』 창간호에서는 당대의 서울 사람들의 모습을 상세히 보도한다는 취지하에 변사의 해설과 함께 상영되는 무성영화를 취재, 보도했다.

▶▶ **분(粉)**

생성 시기   일제강점기, 1918년 8월.

얼굴을 하얗고 뽀얗게 만들기 위한 분(粉)은 지금과 같은 형태는 아니더라도 고대부터 만들어 쓰기 시작했다고 볼 수 있다. 우리나라에서는 옛날부터 쌀이나 기장, 조를 가루로 내서 사용하거나 분꽃의 씨앗가루를 사용했다. 이 때문에 분꽃이란 이름이 붙게 된 것이다. 이런 식의 자연 화장품을 사용하다가 조선 후기부터 납을 섞어 쓰기 시작했다. 중금속인 납은 분말로 만들기도 쉽고 양이온계를 띠고 있어 음이온계인 피부와 결합력이 높아지는 특성이 있다.

국내 화장품 제조허가 1호로 생산된 박가분(朴家粉)은 1918년 8월 상표등록을 하여 정식으로 판매되었는데, 그 이전에는 포목점 단골들에게 덤으로 주는 끼워 팔기 상품이었다고 한다. 그런데 박가분의 인기가 치솟자 본업이 바뀌어 본격적으로 제조하여 판매에 나섰고, 하루에 5만 갑씩 팔린 적도 있다고 한다.

하지만 이 박가분에는 납 성분이 포함되어 있어 피부 괴사 현상을 일으키기 때문에 1950년대 이후 사용이 금지되었다. 박가분도 1937년 자진 폐업했는데, 이 박가분을 만든 이는 두산그룹 창업자 박승직의 부인 정정숙이다.

정정숙은 박가분 상표등록을 받은 1918년 8월보다 훨씬 이른 1915년에 아들 박두병과 먼 친척 할머니를 찾아갔다가 새로운 분 제조 방법을 알게 되었다. 조선시대 이후 써온 분은 대개 식물성 원료에 조개껍데기를 태운 가루, 곱돌 가루, 칡뿌리 가루 등을 섞은 것이었는데, 이 할머니는 납을 끓이면 생기는 서리 모양의 가루를 긁어 착색제로 썼다. 이 납가루는 착색률이 워낙 좋아 조금만 발라도 분이 잘 배었던 것이다. 이후 납을 끓여 만든 가루가 중독을 일으킨다는 사실이 알려지면서 이 원료를 쓰는 화장품은 사라졌다.

우리나라 최초의 화장품은 동동구리무이다. '동동구리무'라는 말은 크림 장수가 큰 통에 크림을 한 주걱씩 떠서 팔면서 북을 동동 쳤다는 데서 나온 말이다.

▶▶ 비행기(飛行機)

생성 시기 프랑스, 1678년 6월.

일제강점기, 1913년 8월 29일(일본인 나라하라 산지).

일제강점기, 1922년 12월 10일(한국인 안창남).

유   래 인류의 오랜 꿈이었던 하늘을 나는 일을 맨 처음 실현시킨 사람은
1678년 6월 기구 비행을 한 프랑스의 몽골피에(Montgolfier) 형제이다.
이 기구 비행에서 발전하여 1891년에는 독일의 오토 릴리엔탈(Otto
Lilienthal)이 글라이더 비행에 성공했고, 1903년에 미국의 라이트 형
제가 가솔린 엔진 비행기로 하늘을 날았다.

우리나라에서는 1913년 8월 29일 일본 해군 중위 나라하라 산지[奈
良原三次]가 용산연병장에서 짧게 비행한 것이 처음이다. 일제의 조
선 강점 3주년을 기념하는 일본인들의 자축 비행이었다. 1914년 8월
18일에는 일본인 다카소[高左右陸之]가 복엽기로 용산에서 남대문까
지 비행하여 서울 시민들이 크게 놀랐다.

이후 안창남이 1921년 5월에 일본에서 한국인 최초로 비행 면허시
험에 합격하고, 이듬해인 1922년 12월 10일 여의도비행장에서 모국
방문 비행을 실시하여 '떴다 봐라 안창남!'이란 말이 유행하기도 했
다. 1926년에 이기연(李基演)은 경성항공사업사를 설립했다. 한국인
자본에 의한 첫 민간항공 사업사였다. 그러나 그는 1927년 9월 10일
경북 점촌에서 곡예비행 시범을 보이다 엔진 고장으로 추락사했다.
1928년 5월 5일에는 '친일반민족행위자' 신용욱이 조선비행학교를
설립, 한국인 조종사를 양성하여 일본군에 입대시키는 일을 했다.
1936년 10월 13일 친일파 신용욱이 비행사를 양성해 일본에 보낼 목

적으로 설립한 조선항공사업사가 3인승 비행기 3대로 서울~이리 노선을 취항한 것이 최초의 민간 항공이었다.

잘못 쓴 예 이상이 경영하는 다방 '제비'의 문을 벌컥 열고 들어선 박태원은 이 번에 부산에 갈 때는 꼭 비행기를 타고 갈 것이라고 너스레를 늘어 놓았다.

▶▶ **비행장(飛行場)**

생성 시기 일제강점기, 1916년 3월.

유   래 1916년 3월 일본군이 경기도 고양군 용강면 여율리 여의도에 임시 건설한 간이착륙장이 우리나라 최초의 비행장으로서 일본~한국 ~만주를 잇는 항공 수송의 요지였다. 일제강점기에는 이 비행장을 경성항공사가 이용했으나 1953년부터는 국제공항으로 사용되었다. 그러나 장마 때마다 침수되어 비행장 사용이 불가능해지자 1958년 김포로 국제공항을 이전했다. 이후로 여의도비행장은 공군기지로만 사용되다가 1971년 2월에 폐쇄되었다.

잘못 쓴 예 6·25전쟁이 일어나자 서울에 있는 부자들은 벌써 패물을 비롯한 귀 중품들을 챙겨 들고 김포공항으로 향했다.(김포공항→여의도비행장)

▶▶ **상호(商號)/간판**

생성 시기 상호_ 고려, 1123년(인종 1).
　　　　　간판_ 일제강점기, 1922년 5월 16일.

유   래 『고려도경』 권3 '방시조(坊市條)'에 "왕성에는 백성들이 사는 방시를 따로 두지 않고 광화문에서 부민관에 이르는 길이 긴 행랑으로 이 어져 있는데, 이곳에 일반 백성들이 살았다. 낭간의 각 방문에는 현액(懸額; 상호)이 걸려 있는데, 영통(永通)·광통(廣通)·흥선(興善)·통상(通商)·존신(存信)·자양(資養)·효의(孝義)·행손(行遜) 등이다."라는 기록이 있다. 이 기록으로 보면 고려시대에 간판이 있었음을 알 수 있다. 따라서 상호의 사용은 『고려도경』 편찬자인 송나라 사람 서긍이 고려에 들어온 시기인 1123년으로 잡는다.

다만 현대적인 개념의 상호는 삼포개항 이후에 등장하기 시작한다. 1887년의 『삼항구관초(三港口關草)』에 따르면 외국인에 의한 상호와 상점 개설 현황을 보고하도록 되어 있다.

당시 인천항과 같은 개항장에는 조선인도 종래의 객주와는 다른 새로운 상점을 개설하여 각기 상호를 쓰는 상회(商會)를 열었는데, 상품 중계가 아닌 판매를 목적으로 하는 상점이었다. 대체로 1883년을 전후해서 근대적인 상업이 일어나게 되어 독립된 상호를 사용한 상회나 상사가 설립되기 시작했다.

이처럼 조선시대에는 현판·현액·액·방목 등의 어휘를 사용했으며, 1920년에 출간된 『조선말대사전』에도 간판이라는 어휘는 등장하지 않는다. 1920년대에 들어와 비로소 간판이란 말이 일본에서 들어왔다. 1922년 5월 16일자 『동아일보』에, 경기도 보안과가 '광고물단속규칙'을 만들었는데 미관풍치를 해할 염려가 있는 내용, 위험이 있는 것, 공안 풍기를 문란케 하는 내용의 광고는 허가하지 않으며, 서울·인천 시내의 공원·능묘 등의 지역에 광고 간판 설치를 규제하는 내용을 담고 있다는 기사가 실려 있다.

잡지 『별건곤(別乾坤)』 1927년 신년호에 김복진(金復鎭)·안석주(安碩柱) 두 사람의 대담으로 '경성각상점 간판품평회'라는 10면에 걸친 기사가 게재될 만큼 이 무렵에 간판은 널리 쓰였다.

잘못 쓴 예 홍경래(1771~1812)는 의주 고을 어귀에 있는 '만수(萬壽)'라는 간판이 붙은 객주에서 막걸리를 마셨다.

선술집

생성 시기 일제강점기, 1910년.

유   래   선술집은 목로라는 나무탁자를 두고 서서 간단히 마시는 술집이다.
일제강점기에 서울에서 선술집이 매우 번창하여, 일본 사람들도 '다
치노미'라 부르며 애용하였다. 따라서 이 어휘의 생성 시기는 일제강
점이 시작된 1910년으로 잡는다.

잘못 쓴 예   퇴근 후 포장마차에 같이 들른 김 회장이 "이 포장마차가 말이야,
옛날에 선술집 같은 곳인데 전쟁통에 피난민들로 북적거리는 부산
야시장에서부터 시작한 거라구." 하며 너스레를 떨었다.

▶▶   **수영복**

생성 시기   일제강점기, 1920년대.

유   래   양장의 등장과 함께 장갑·양산·수영복 등이 등장하기 시작했는데,
1920년대의 수영복은 종아리와 팔꿈치 아래만 노출시킨 것이었다.
1928년경에는 팔과 다리가 모두 노출되는 수영복이 등장했다.

잘못 쓴 예   고종 황제는 팔과 다리가 모두 드러난 여자 수영복이 나왔다는 소
리를 듣고는 "나라가 기울어지니 조선 여인들의 기품도 기울어지는
구나." 하며 혀를 끌끌 찼다.

▶▶   **수표(手票)**

생성 시기   세계, 1931년 3월 19일.
일제강점기, 1933년 12월 28일.

유   래   수표의 기원은 13세기경에 영국과 독일 등 유럽 여러 나라에서 귀

족이 그들의 회계 담당자나 채무자 앞으로 발행한 지급 명령서에서 비롯되었다고 한다. 그 후 14세기 이탈리아에서 일반 관청이나 개인이 은행에 지급 지시를 하게 됨으로써 수표가 본격적으로 발달하게 되었다. 그러나 수표가 상업적인 교환의 매개로서 중요한 비중을 차지하게 된 것은 19세기에 이르러서이다. 그 후 1931년 3월 19일에 제네바에서 국제적인 통일 수표 제정 조약이 성립되어 오늘날의 수표 형식을 갖추게 되었다.

일제에 강점당해 있던 우리나라에서는, 조선총독부가 일본 민법을 그대로 베껴 1932년 3월 18일에 조선민사령을 제정하여 4월 1일자로 시행하였다. 따라서 제네바 조약에 따른 수표 관련 법안도 이듬해인 1933년 12월 28일 조선민사령 7차 개정으로 일본 수표법을 그대로 추가하였다. (민사령, 형사령의 슈은 일왕의 칙령이란 뜻이다.)

광복 후 조선민사령이 그대로 쓰이다가 1962년 1월에 '수표법' 등이 제정되어 1963년 1월 1일부터 우리 상법이 시행되고 있다. (조선총독부가 정한 법률은 광복 후에도 그대로 썼다. 대한민국을 점령한 재조선미국육군사령부군정청은 법령 제21호로 일제의 법률을 그대로 시행한다고 규정하였다. 1960년 1월 1일 대한민국 법이 제정되면서 사문화되고, 1962년 1월 20일까지 '구법령 정리에 관한 특별조치법'에 따라 부분적으로 살아 있던 조항마저 완전히 효력을 상실했다.)

잘못 쓴 예　이완용은 일제강점에 제일 공로가 많은 것으로 인정받아 일본으로부터 수백만 원에 해당하는 수표를 건네받았다 한다.

▶▶　**신파극(新派劇)**

생성 시기　일제강점기, 1911년 11월 21일.

유　래　우리나라 신파극은 1911년 11월 임성구(林聖九)의 혁신단(革新團)에 의하여 처음 공연되었다. 남대문 밖 어성좌(御成座)에서 공연된 작품은 일본의 「뱀의 집념(蛇の執念)」을 번안한 「불효천벌(不孝天罰)」이었는데, 이 작품은 일본 신파극의 서투른 모방극이었다. 1911년 11월 21일자 『매일신보』에 첫 보도되었으므로 이 날짜로 잡는다.

당시 서울과 지방에는 일본 거류민들이 그들만의 것으로 극장을 세워둔 것이 있었는데, 1908년부터 일본 신파극단들의 한국 순회공연 기사가 보인다. 이로 미루어 1910년대에 한국 연극인들이 신파극을 공연하기 이전에 이미 많은 일본 극단들이 그들의 신파극을 가지고 상륙하였거니와 우리나라에 큰 영향을 끼치고 있었음을 확인할 수 있다. 대표적인 신파극으로는 「장한몽(이수일과 심순애)」과 「육혈포 강도」 등이 있는데 이것들은 모두 일본 번안극이었다.

잘못 쓴 예 일찍이 신문물을 접한 김옥균은 신파극을 좋아하여 어디에서 신파극이 공연된다 하면 빠지지 않고 가서 보았다.

▶▶ **십팔번(十八番)**

생성 시기 일본, 17세기.
일제강점기, 1910년 이후.

유　래 '애창곡' '장기'의 뜻으로 쓰이는 '십팔번'이란 말은 일본에서 건너온 말이다.

17세기 무렵 일본의 가부키 배우 중 이치가와 단주로라는 사람이 자신의 가문에서 내려온 기예 중 크게 성공한 18가지 기예를 정리했는데, 이것을 가부키 십팔번이라 불렀다. 이처럼 십팔번은 단주로 가문의 대표적인 희극을 가리키는 말이었는데 이 의미를 확대 사용함으로써 일상용어가 된 것이다.

이 어휘가 우리나라에 들어온 것은 일제강점기이므로 생성 시기는

1910년으로 잡는다. 요즘에는 이 말을 쓰지 않고 애창곡이라고 한다.

▶▶ **아나운서(announcer)**

생성 시기 일제강점기, 1927년 2월 26일.

유   래 우리나라 방송사상 최초의 아나운서는 이옥경(李玉慶)이다.

역시 최초의 방송국인 경성방송국은 1926년 11월 30일에 허가를 받고, 12월 9일에 무선전화 시설 허가를 받아 1927년 1월 20일부터 시험방송을 내보냈다. 이때부터 아나운서가 등장하였는데 한국어와 일본어를 구사하는 이옥경이 아나운서로 뽑혀 활동하기 시작했다. 1927년 2월 16일 공식 방송을 앞두고 마현경이 공채로 뽑힐 때까지 혼자서 아나운서 일을 맡았다. 당시 아나운서는 하루 2시간씩 휴식 시간 없이 방송하였다고 한다.

이 어휘의 등장 시기는 시험방송에서 이미 나오기는 했으나 실제 방송이 이뤄진 1927년 2월 26일로 잡는다.

잘못 쓴 예 1923년 관동대지진이 일어난 직후 조선인 대학살이 일어났음을 알리는 아나운서의 떨리는 목소리를 들으며, 손병희는 참혹하게 죽어갔을 동포들의 영령을 떠올리며 눈물을 흘렸다.

▶▶ **아파트(←apartment)**

생성 시기 일제강점기, 1932년.

유   래 우리나라의 아파트는 일제강점기인 1932년에 서울 충정로에 일본인 도요타가 세운 5층짜리 유림아파트(도요타아파트로도 불림)가 처음이었다.

그 후 조선총독부는 혜화동에 4층 목조아파트, 서대문에 풍전아파트, 적선동에 내자아파트 등을 세웠다. 8·15광복 후 정부는 종암아파트를 시작으로 아파트를 짓기 시작했고, 1962년 주택공사가 설립되면서부터 아파트 건축이 활발해졌다.

잘못 쓴 예 윤심덕이 아파트에 들어가 같이 살자고 하자 세상 사람들의 이목이 두려운 김우진이 난감한 표정을 지으며 말길을 다른 데로 돌렸다.

▶▶ 야시장(夜市場)

생성 시기 일제강점기, 1926년 6월 1일.

유   래 야시(夜市)가 공식 용어이지만 대중 용어는 야시장이다. 야시장은 1926년 6월 성대한 발대식을 가지면서 열렸다. 종로 보신각 앞에서부터 3가 네거리까지 전찻길 북쪽에 있었다. 기간은 6월 1일부터 10월 말일까지였다. 그 후 서대문 야시장은 네거리에서 교남동 공설시장까지의 사이에 있었다.

잘못 쓴 예 천재 시인 이상은 열두 살 때인 1921년 신명학교에 입학하였는데, 통인동에 살아서 종종 야시장 구경을 할 수 있었다. 가위, 참빗, 비누, 타월, 양말, 거울, 솔, 개량식 만년필, 책, 묵은 잡지 등을 보며 유년 시절의 이상은 그때부터 세상이 만화경처럼 보이는 것을 느꼈다.

▶▶ 야학(夜學)

생성 시기 일제강점기, 1919년 3·1운동 전후.

유   래 야간학교와는 달리 근로 청소년이나 정규교육을 받을 수 없는 학생들을 대상으로 민간단체나 개인이 운영하는 비정규 교육기관인 야학은 일제강점기에 크게 발달했다. 일제강점 초기부터 일어나기 시작한 야학운동은 그 공식명칭을 '사설학술강습회'라 했다. 본격적으로 야학이 발달하게 된 것은 3·1운동이 일어나고부터이다. 3·1운동 이후 민족 실력 양성운동이 일어나면서 교육열이 고조되어 전국적으로 퍼져 나가기 시작했다. 이와 같은 일제강점기의 야학운동은 교육시설의 부족과 생활의 빈곤으로 말미암아 정규교육을 받기 어려운 대상자들에게 초등 교육기관 구실을 톡톡히 했으며 국권 회복을 위한 민중 계몽에 크게 기여했다.

이때의 활발했던 야학운동이 오늘날에도 이어져 1970~80년대에는 노동자를 위한 노동 야학과 중등과정을 마치지 못한 학생들을 위한 검정고시 야학이 활발했다. 소련을 포함한 동구권이 무너지고, 대도시를 제외한 거의 모든 지역의 중학 의무교육이 실시된 1990년대에 들어서면서부터는 노동 야학과 검정고시 야학도 많이 없어져 지금은 서울 시내에서도 몇 개 남아 있지 않은 실정이다.

잘못 쓴 예　1876년 개항 이후 우리나라에는 본격적으로 기독교 선교사들이 입국하기 시작했다. 처음에 그들은 교회 내에 야학을 설치하여 우리 청소년의 교육 발전에 큰 공헌을 했다.

▶▶　　**양로원(養老院)**

생성 시기　일제강점기, 1907년 10월 1일.

유　　래　양로에 대한 역사적 배경은 삼국시대 이래로 환과고독(鰥寡孤獨; 홀아비, 과부, 자식 없는 늙은이, 고아)을 사궁(四窮)이라 하여 사회정책적으로 보호했다. 그러나 시설을 만들어 보호하는 양로원은 1907년 10월 1일에 기독교장로교회가 평양에 세운 평양양로원, 1918년 8월 1일에 예수교가 선천에 세운 선천창신양로원, 1927년 8월 1일에 불교 신자이자 여성 독지가인 이원식(李元植)이 종로구 청운동에 세운 경

345

성양로원이 그 시작이다. 특히 경성양로원은, 당시 서울 종로구 청운동에 있는 자기 집에 퇴궐 궁녀 6명을 보호하다가 국유지를 무상으로 임대받아 사재로 집을 짓고 경성양로원으로 허가를 받은 것이다.

잘못 쓴 예 독립지사들을 다수 배출한 충청도 사람들은 예로부터 나라에 충성하였거니와 부모에게 효도하는 데도 소홀하지 않았다. 한말에 충청도 사람들은 해외로 망명한 독립지사들을 위하여 후원회를 조직하여 그들의 부모가 임종할 때까지 편안한 여생을 보내도록 양로원을 마련했다.

▶▶ 어린이

생성 시기 일제강점기, 1920년 8월 25일.

유 래 1920년 8월 25일에 발간한 『개벽』 제3호에 방정환(方定煥) 선생이 번역 동시 「어린이 노래: 불 켜는 이」를 발표하였는데, 이것이 어린이란 말을 쓴 첫 사례다.
순우리말인 늙은이, 높은이, 착한이 같은 낱말에서 볼 수 있듯이 '이'라는 글자는 '높은 사람'이라는 뜻을 지니고 있다. 다만 어리석은 사람이라는 뜻의 '어린 이'는 훈민정음 창제 당시에도 쓰였을 것으로 추정한다.

잘못 쓴 예 고종은 어린이날을 맞아 고관들의 자녀를 대궐로 불러들여 잔치를 베풀었다.

▶▶ 언니

생성 시기 일제강점기, 1938년 7월 10일.

| 유 래 | 19세기 말까지의 우리 문헌에서는 언니라는 말은 찾아볼 수가 없다. 이 어휘가 처음 등장한 문헌은 1938년 7월 10일 간행된 문세영의 『조선어사전』이다. 그 뜻풀이는 '형과 같음'이라고 되어 있다.
하지만 언니는 옛날부터 사용해왔으며, 남녀가 다 같이 쓰던 말이라는 설도 있다. 일본어 兄의 발음이 ani인데, 이 어휘의 발생 시기가 훨씬 더 오래되었을 가능성도 있다. |

잘못 쓴 예 "언니, 엊그제 영종진에서 왜놈들이 우리 동포를 많이 죽이고 불을 질렀다는데 배 타는 우리 오빠 괜찮을까?" 막내가 걱정하는 소리로 물었다.(언니→형님, 오빠→오라버니)

▶▶ **영화배우(映畵俳優)**

생성 시기 일제강점기, 1923년 4월 9일.

유 래 우리나라의 배우의 기원은 삼국시대로 거슬러 올라간다. 4세기 중엽에 조성된 안악삼호분에 탈꾼과 같은 놀이꾼이 등장하고, 7세기경에는 백제의 기악(伎樂)이 일본에 전해지며, 9세기의 신라에서는 오기(五伎)와 같은 놀이가 성행했던 것으로 미루어 직업적 배우의 존재를 유추할 수 있다. 고려시대에는 직업 배우를 광대(廣大)로 불렀으며 전국적으로 많이 있었다.
그러한 전통이 개화기까지 내려와 신극이 시작되면서 서양에서와 같은 개념의 배우들이 등장하게 되었다. 그리하여 우리나라에는 탈꾼이나 소리꾼 같은 전통적인 배우들과 더불어 현대극의 연극, 영화배우들이 공존하게 된 것이다.
세계 영화사적으로도 영화배우의 출현은 영화가 등장한 1895년 이후의 일로서 사실상 직업적 의미에서 영화사에 등장한 것은 1905년 전후부터이다. 우리나라의 경우 1923년에 제작·발표한 「월하(月下)의 맹세(盟誓)」에 출연하였던 이월화(李月華)와 권일청(權日晴) 등이 선구자이며, 이어서 안종화(安鍾和)·이채전(李彩田)·나운규(羅雲奎)·복혜숙(卜惠淑) 등이 뒤를 이어 민중의 스타로서 확고한 명성을 얻었다. 다만 이 영화는 한국인이 만든 첫 영화라는 가치에도 불구하고 조선총독부가 목적을 갖고 자금을 댔다는 점이 아쉽다. 또한 이 영화에 출연한 여배우 이월화가 여자 주인공 역을 여자가 맡은 최초의 영화이기도 하다. 전에는 남성이 여성으로 분장했다.

잘못 쓴 예   "우리나라 최초의 남자 배우이자 영화감독인 나운규 선생이야말로 한국 영화의 선구자라 할 수 있습니다."(영화감독→영화배우)

▶▶   **오빠**

생성 시기   일제강점기, 1938년 7월 10일.

유   래   여자가 손위 남자 형제를 부르는 말로 오라버니와 같은 뜻이다. 조선시대의 문헌에 오라비, 오라버님 등으로 기록된 것을 볼 수 있다. 이 낱말이 쓰이기 시작한 때를 20세기로 보는 것은 1895년에 나온 최초의 필사본 국어사전인 『국한회어(國漢會語)』에는 오빠라는 낱말이 없기 때문이다. 1938년 7월 10일에 나온 문세영의 『조선어사전』에 비로소 '오빠'라는 낱말이 등장한다.

잘못 쓴 예   김옥균과 함께 일본 망명길에 오른 갑석의 눈에는 '오빠 오빠' 하며 따르던 하나뿐인 여동생 순덕의 얼굴이 겹쳐 떠올랐다.(오빠→오라버니)

▶▶   **올케**

생성 시기   일제강점기, 1938년 7월 10일.

유 래	여자 형제가 오빠나 남동생의 아내를 일컫는 말로서, 19세기 말까지의 문헌에서는 이 말을 찾아볼 수 없는 것으로 미루어 20세기 초에 등장한 것으로 추정한다. 1938년 7월 10일에 나온 문세영의 『조선어 사전』에 '올캐: 오라범댁과 같은 말'로 수록되어 있으나 1957년 한글학회에서 펴낸 『큰사전』 이후의 사전에는 모두 '올케'로 표기를 통일하고 있다.
잘못 쓴 예	조선시대에는 웬만한 사대부 집에서는 대대로 내려오는 내훈이 있었는데, 거기에는 '시부모님 봉양하는 법'에서부터 '시누이, 올케의 바른 위치' 등에 이르기까지 아녀자가 알고 지켜야 할 모든 것이 적혀 있었다.

▶▶ **운동화(運動靴)**

생성 시기	일제강점기, 1922년 8월 5일.
유 래	1921년에 우리나라에서 처음으로 선보인 운동화는 바닥만 고무로 만들고 신울(바닥에서 발등 쪽으로 감아올린 부분)은 가죽이나 천으로 만든 단순한 신이었다. 당시는 편리화·경제화라는 이름으로 불리다가 운동회 때는 모두 이 신발을 신게 되자 운동화라고 불리게 되었다. 운동화가 등장한 시기는 고무신과 거의 같을 것으로 보인다. 바닥은 고무이고 신울만 천이나 가죽으로 대는 것이기 때문에 특별한 기술이 필요한 것이 아니라서 고무신 생산 초기부터 함께 만들어졌을 것으로 본다. 이 어휘의 생성 시기는 대륙고무공업주식회사가 고무신을 생신한 1922년 8월 5일로 잡는다.
잘못 쓴 예	교복에 운동화를 신어서 멀리서도 그 모습이 눈에 띄는 배재고보 학생들은 고종의 인산(因山)을 맞아 모두들 종로통으로 나왔다.

▶▶ 유성영화(有聲映畫)

생성 시기 일제강점기, 1935년 10월 4일.

유   래 배우의 음성이 들어가는 유성영화가 나오기 전까지의 영화는 모두 음성이 들어가지 않는 무성영화였다. 우리나라 최초의 유성영화는 1935년 10월 4일 단성사에서 개봉한 「춘향전」이다.

잘못 쓴 예 이상이 자신이 경영하는 다방 '제비'에 멍하니 앉아 있는데, 박태원이 문을 힘껏 밀어젖히고 들어서더니 새로 나온 유성영화 「춘향전」을 보러 가자고 했다.

▶▶ 장구춤(장고춤)

생성 시기 일제강점기, 1942년 12월 6일.

유   래 장구춤은 장구를 어깨에 비스듬히 둘러메고 여러 가지 장단에 맞추어 장구를 치며 추는 춤을 말한다. 농악놀이 가운데 설장구를 일컫는 것으로 무용가 최승희(崔承喜)가 본격적인 무대예술 무용으로 새롭게 구성했다. 형식은 독무(獨舞)와 군무(群舞)가 있으며, 의상으로 여자는 치마저고리를, 남자는 흰 바지저고리를 입는다.
1942년 12월 6일부터 22일까지 일본 동경제국극장에서 최승희 공연이 이뤄졌는데, 이때 장구춤이 공식적으로 무대에 올랐다.

잘못 쓴 예 우리나라 최초의 옥내 극장인 협률사에서는 주로 판소리 다섯 마당과 장구춤, 노래극 등을 공연하였고, 이따금 청나라 사람들에게도 대여하여 경극이나 각종 곡예도 공연했다.

▶▶ 조종사(操縱士)

생성 시기   일제강점기, 1913년 8월 29일(일본인 나라하라 산지).

일제강점기, 1922년 12월 10일(한국인 안창남).

유 래   1913년 8월 29일 일본 해군 중위 나라하라 산지[奈良原三次]가 용산 연병장에서 일제의 조선 강점 3주년을 기념하는 자축 비행을 함으로써 우리나라 첫 비행 기록을 세우고, 이어 1914년 8월 18일에는 일본인 다카소[高左右陸之]가 복엽기로 용산에서 남대문까지 비행하여 서울 시민들이 크게 놀랐다.

이후 안창남이 1921년 5월에 일본에서 한국인 최초로 비행 면허시험에 합격하고, 이듬해인 1922년 12월 10일 여의도비행장에서 모국 방문 비행을 했다.

잘못 쓴 예   고종의 국장일에 동아일보사에서는 우리나라 비행사가 조종하는 비행기를 이용하여 공중에서 취재했다.

▶▶ 중국(中國)

생성 시기   중화민국, 1912년 1월 1일.

유 래   1911년 쑨원[孫文]의 신해혁명 후 1912년 1월 1일에 탄생한 중화민국(中華民國)의 약칭으로 처음 쓰였다. 이후 1949년에 건국된 중화인민공화국(中華人民共和國)을 가리키는 말이 되었다.

오늘날에는 하(夏)·상(商)·주(周) 시대부터 중화인민공화국에 이르는 모든 중원의 나라를 통칭하는 말이 되었다. 그 이전 사료에도 중국이라는 어휘가 보이기는 하나 수많은 나라 중 중원의 가운데에 있는 나라라는 뜻이었으므로 오늘날과는 전혀 다른 뜻이다.

지퍼(zipper, slide fastener)

생성 시기 미국, 1893년 5월 1일.

일제강점기, 1945년.

유   래 지퍼는 1893년 5월 1일부터 시카고에서 열린 컬럼비아 세계박람회 때 저드슨이 처음 소개하였다. 저드슨의 잠금쇠는 여닫이용 이동 걸쇠를 붙인 훅단추를 쭉 달아놓은 것이었다. 그 후 스웨덴의 순드 바크는 훅단추 대신 용수철 클립을 사용하였고, 1912년 훅이 없는 개량품을 개발해냈다. 1917년에 미 해군의 방풍 비행복에 이동 잠금쇠를 부착한 것을 필두로 1920년대 후반과 1930년대 초반에 평복에 부착했으며, 1923년 덧신에 단 이동 잠금쇠에 지퍼라는 이름을 처음 사용했다. 우리나라에서 '자크'라는 말이 지금까지도 사용되는 것으로 미루어 보아 일제강점기에 일본에서 들어온 것으로 보인다.

생성 시기는 일단 일제강점이 끝나는 1945년으로 잡는다.

잘못 쓴 예 1883년 민영익은 전권대사의 임무를 띠고 미국에 다녀왔는데, 이때 감색 양복을 입고 손에는 지퍼가 달린 검은 가죽 가방을 들고서 입국했다.

▶▶ **칫솔**

생성 시기 일제강점기, 1938년 2월 24일.

유   래 칫솔은 중국 당나라 때인 1500년경 돼지털을 대나무나 뼈에 박아 처음 만들어 쓰기 시작했다고 한다. 하지만 털이 자꾸 빠져 널리 쓰이지 못하고, 그나마 19세기 세균학자 루이 파스퇴르가 동물 털에는 세균이 많다고 발표하면서 이 돼지털 칫솔은 사라졌다. 그러다가 1938년 2월 24일 프랑스 태생의 미국 사업가 듀폰이 당시 최초로 발명한 나일론으로 맨 먼저 칫솔을 만들었다. 따라서 칫솔의 생성 시기는 현대적 개념의 나일론 칫솔이 발매된 시기로 잡는다.

우리나라에서는 고구려 때부터 버드나무를 쪼갠 나뭇조각으로 이를 관리했는데, 이 조각을 양지(楊枝)라고 했다. 이 단어가 일본으로 건너가 '요지'가 되어 일제강점기에 우리나라에 다시 들어왔다.

▶▶ **카네이션(carnation)**

생성 시기	일제강점기, 1925년 5월 8일.
유래	원종은 이미 2000년 전부터 재배하기 시작하였으며, 패랭이꽃 등과 교잡을 시켜 새로운 종을 만들어왔다. 1년 동안 두 계절만 꽃이 피던 것을 4계절 내내 필 수 있도록 개량한 이후로 널리 재배하게 되었다. 미국이 1914년 5월 둘째 일요일을 어머니날로 정하여 어머니가 살아 있으면 붉은 카네이션, 그렇지 않으면 하얀 카네이션을 다는 풍습이 생겼다. 이후 전 세계로 어머니날 문화가 퍼졌는데, 우리나라에서는 1925년 5월 8일을 첫 어머니날로 정해 이때부터 카네이션 문화가 보급되기 시작했다.
잘못 쓴 예	1910년 배화학당에 미국인 니콜스가 초대 교장대리로 부임함에 따라 곧바로 취임식이 열렸다. 이때 학생 대표가 니콜스 교장대리에게 카네이션을 꽂아주는 순서도 포함되어 있었던 것으로 알려져 있다.

▶▶ **타자기(打字機)**

생성 시기	일제강점기, 1914년.
유래	1913년 미국 특허청에 언더우드(Underwood)타자기회사를 대표하여

일제강점기

지
퍼
·
칫
솔
·
카
네
이
션
·
타
자
기

353

앨러드(J. Frank Allard)가 한글을 찍을 수 있는 타자기의 특허를 출원하여 1916년 승인을 받았다. (언더우드타자기회사 설립자 존 토머스 언더우드는 당시 조선에서 선교사로 활동하던 호러스 그랜트 언더우드의 형이다.) 재미교포 이원익은 1914년 무렵에 한글 타자기를 만들었다. 영문 타자기에 한글 활자를 붙인 것이다. 1929년에는 송기주가 네벌식 타자기를 만들었는데, 두 타자기 모두 세로쓰기였다. 1970년대까지 한국의 신문들이 세로쓰기였다는 점을 고려한다면 이상한 일도 아니다.

대한민국 정부 수립 후인 1949년 3월 조선발명장려회가 한글 타자기 현상 공모를 했는데, 이때 공병우의 세벌식 타자기가 1등 없는 2등, 김동훈의 다섯벌식 타자기가 3등으로 뽑혔다. 공병우 타자기는 세로쓰기가 아닌 가로쓰기 타자기였다.

그러나 한글 타자기는 한자를 섞어 쓰는 문화에 발목을 잡혀 크게 발전하지 못하다가 1950년 6월 25일에 전쟁이 나면서 빠른 정보 전달이 필요해지면서 널리 이용되기 시작했다. 북한 인민군은 공병우를 잡아다가 타자기 개발에 나서면서 더 적극적으로 한글 타자기를 사용하고, 1952년에는 남한 해군에서 손원일 제독의 지시로 공식 사용하고, 유엔사령부가 공병우타자기를 채택하여 정전협정문 한글본이 공병우타자기로 작성되었다. 정부는 1961년이 돼서야 모든 공문서를 타자기로 찍도록 제도화했다.

한글 타자기는 이원익이 처음 만든 1914년을 이 어휘의 생성 시기로 잡는다.

잘못 쓴 예 1년 동안 유럽을 돌아본 뒤 귀국한 유길준은 갑신정변의 주동자인 김옥균, 박영효 등과 친분관계가 있었다 하여 개화파의 일당으로 간주되어 체포되었다. 그러나 극형을 면하고 1892년까지 그의 집에서 『서유견문』을 집필하여 1895년에 출판했다. 이 『서유견문』의 원고는 우리나라 최초로 타자기로 집필되었다.

▶▶ **탁아소(託兒所)**

생성 시기 일제강점기, 1920년대.

유 래 만 1세부터 6세까지의 유아를 돌보는 탁아기관은 20세기에 들어서 산업이 발달하면서 직업을 가진 여성들이 늘어남에 따라 세계 각 국에 널리 설립되었다. 우리나라에도 1920년대부터 탁아소라는 이 름으로 유아를 맡아 돌보아주는 기관이 생겨났다. 당시 대구의 은 총탁아소와 부산에 공생탁아소가 있었다는 기록이 있다. 1939년 조사에 따르면 전국에 11개의 탁아소가 있었는데, 그중에서도 평양 의 전매국탁아소는 직장 탁아소라는 점에서 주목을 끌었다. 지금 은 탁아소라는 이름 대신에 유아원이란 이름으로 개칭해서 단순히 유아를 맡아 보는 역할뿐만 아니라 유아교육의 한 부분을 담당하 고 있다.

잘못 쓴 예 직장을 가진 신여성들이 늘어나자 대도시를 중심으로 탁아소가 생 겨나기 시작했는데, 거의 모두가 직장 내에 설치되어 있는 직장 탁 아소였다.

▶▶ **태풍(颱風)**

생성 시기 일제강점기, 1920년 8월 22일.

유 래 『동아일보』 창간 첫해인 1920년 8월 22일자 지면에 처음 등장한다. 『고종실록』 고종 19년(1882) 기사에는 구풍(颶風)으로 기록되어 있다. 일본에서 타이푼(Typoon)을 태풍(颱風)으로 번역한 것이 우리나라로 들어온 것으로 보인다.

일본은 남중국해에서 발생하는 타이푼은 태풍, 카리브해·멕시코만 등에서 발생하는 허리케인(hurricane)은 구풍, 인도양·아라비아해·벵

일제강점기

탁
아
소
·
태
풍

골만에서 발생하는 사이클론(Cyclone)은 기선(氣旋)으로 번역했다.

다만 다수학자들은 타이푼이 한자어 대풍(大風)의 광둥식 발음이 유럽으로 건너가 만들어진 어휘라고 보고 있다. 그 뒤 타이푼은 '대만의 바람'이라는 뜻으로 태풍(台風)이 되었다가 태풍(颱風)으로 변했다는 주장이 있다. '태(颱)'는 청나라 사람 왕사진(1634~1711)이 지은 『향조필기(香祖筆記)』에 처음 등장하지만 실제로 쓰인 문헌은 발견되지 않고 있다.

어쨌든 우리나라에서는 1920년 8월 22일 『동아일보』 기사에 최초로 쓰였으므로 이날을 이 어휘의 생성 시기로 잡는다.

잘못 쓴 예　여몽연합군의 일본 정벌은 때마침 불어닥친 태풍으로 실패했다.(태풍→구풍)

▶▶　**택시(taxi)**

생성 시기　일제강점기, 1912년 4월(임대 승용차).

　　　　　일제강점기, 1919년 12월(택시 명칭).

유　　래　우리나라에 영업용 승용차가 처음 등장한 것은 1912년 4월 이봉래(李逢來)가 일본인 2명과 함께 승용차 2대를 들여와 서울에서 임대 영업을 시작하면서부터이다. 당시의 요금은 시간당 요금으로, 매우 비싼 편이어서 일부 부유층이나 특수 직업을 가진 사람이 이용했다. 영업용 승용차를 오늘날처럼 '택시'라고 부른 것은 1919년 12월 우리나라 최초의 택시회사인 경성택시회사(대표 노무라 겐조)가 설립되면서부터이다. 이때 역시 시간제 요금이었다.

잘못 쓴 예　1887년 미국 공사 알렌은 인천항에 도착한 축음기를 옮기기 위하여 택시를 대절하려고 사람을 보냈다.

▶▶ **파마(←permanent)**

생성 시기   일제강점기, 1930년대 말.

유 래   1933년 종로 화신백화점 안에 오엽주(吳葉舟)가 운영하는 미장원이 생긴 뒤 한번 해두면 오래도록 가는 파마머리가 급속히 번졌다. 처음에는 이 말을 잘 몰라 '머리를 지진다'고 했다가 1930년대 말부터 '파마'라는 말이 널리 퍼져 일반화되었다.

본래 파마는 영어 '퍼머넌트 웨이브'가 줄어서 '퍼머넌트', 또다시 줄어서 '퍼머'로 된 것이 일본식 발음인 '파마'로 불리게 된 것이다. 그 후 일본이 태평양전쟁을 일으키고 나서 영어를 쓰지 못하게 하여 8·15광복 때까지 '전발(電髮)'이라고 부르기도 했다.

잘못 쓴 예   1910년 당시 신여성들 사이에서는 펌프도어라는 머리 모양과 파마머리가 유행했다.

▶▶ **하숙(下宿)**

생성 시기   일제강점기, 1924년경.

유 래   하숙의 등장은 1920년대 초로 볼 수 있다. 하숙의 발달은 도시의 발달과 함께 생각할 수 있다. 도시의 발달로 학생과 직장인들이 도시에 몰리게 되었으며, 특히 독신 봉급생활자들이 늘어나게 되었다. 이에 따라 장기간 집을 떠나 도시에서 생활해야 하는 학생들과 직장인들은 친척집에서 머무르는 수도 있었으나 대부분 하숙을 했다.

잘못 쓴 예   조선시대 성균관에서 공부하고 있던 유생들 중에는 하숙을 하던 이들도 있었다.

일제강점기

택시 · 파마 · 하숙 · 함바

357

▶▶ **함바**(はんば)

생성 시기   일제강점기, 1910년.

유   래   일제강점기에 토목 공사장이나 광산 등지에서 노동자들이 숙식을
하도록 임시로 지은 건물을 '함바'라고 불렀다. 함바는 본래 일본어
'한바[飯場]'에서 온 말인데 한자어 그대로 하자면 '밥을 먹는 장소'인
셈이다. 아직도 사라지지는 않았으나 주로 '현장 식당'이라고 쓴다.

07

광복 이후

1945~ 현재

각종 제도와 법령이 현대적으로 정비되고 새로운 과학문명을 흡수하면서 법적 용어와

새로운 발명품을 지칭하는 신조어가 많이 나타났다.

▶▶ **가구**(家口)

생성 시기 1955년.

유 래 1955년 내무부 통계국에서 실시한 제1회 간이인구조사에서 처음 사용된 말이다. 조선시대의 실록이나 호적에서 호당 인원을 뜻하는 말로 쓰였던 호구(戶口)도 비가족원을 포함하므로 가구와 유사한 개념이라 할 수 있다.

잘못 쓴 예 8·15광복 당시 우리나라의 총가구수는 200만이었다는 기록이 있다.(총가구수는→총호구수는)

▶▶ **경운기**(耕耘機)

생성 시기 1960년대 초반.

유 래 서양에서는 이미 1920년대에 정원용으로 이용되었고, 일본에서는 1950년대에 농업용으로 많이 보급되었다. 우리나라에는 1960년대 초반부터 보급되기 시작하여, 이제는 농가의 가장 일반적인 기계 장비로 자리 잡고 있다.

잘못 쓴 예 6·25전쟁 직후에 농사를 지을 일손이 달릴 때 경운기가 큰 몫을 해주었다.

▶▶ **계엄**(戒嚴)

생성 시기 1948년 10월 17일.

유 래 계엄 선포 요건은 전시나 사변 또는 이에 준하는 국가 비상사태에서 군사상의 필요에 의하여 병력을 투입하거나 공공의 안녕 질서를 유지할 필요가 있을 때에 법률이 정하는 바에 의하여 선포할 수 있다.

계엄은 경비계엄과 비상계엄으로 나뉜다. 경비계엄은 계엄사령관이 지역 내의 군사에 관한 행정과 사법 업무만을 관장하며, 비상계엄은 법률이 정하는 바에 의하여 영장제도, 언론·출판·집회·결사의 자유와 정부 및 법원에 특별한 조치를 취할 수 있다.

우리나라에서는 1948년 8월 15일 정부 수립 후 1991년까지 19회의 비상계엄과 7회의 경비계엄이 선포되었다. 정부 수립 후 최초의 비상계엄은 4·3사건이 일어난 제주도에 1948년 10월 17일을 기해서 선포되었는데, 이 당시는 우리 계엄법이 제정되기 전이었으므로 일본의 계엄법을 적용했다.

우리나라에서 계엄법이 제정된 것은 1949년 11월 24일이다.

6·25전쟁이 일어난 1950년 7월의 비상계엄을 시작으로 1963년 한일회담과 군사독재 반대 시위로 서울 지역에 비상계엄이 선포되었으며, 1972년 10월에 유신체제를 출범시키기 위하여 비상계엄이 선포되었고, 1979년 10월 18일 유신체제 반대 시위가 격화된 부산 지역을 대상으로 비상계엄이 선포되었다. 같은 해 10월 27일 박정희 대통령의 암살과 함께 제주도를 제외한 전국에 선포된 비상계엄은 1980년 5월 17일 제주도까지 확대되었으며, 이 비상계엄은 456일 동안 계속되어 1981년 1월 24일 해제되었다.

한편 현대적 개념의 계엄은 아니나 이 어휘는 조선시대에도 사용된 예가 있다.

잘못 쓴 예 제주도에서 좌우익 간의 정치적 갈등으로 무력 충돌까지 빚게 되자, 1948년 4월 3일을 기해서 제주도 일원에 계엄이 선포되었다.

고등학교(高等學校)

1949년.

일제강점기에는 중등교육기관의 명칭을 고등보통학교라고 불렀으
며, 수업 연한은 5년이었다. 지금과 같은 독립된 학제의 고등학교가
생긴 것은 1949년에 '교육법'이 공포되고부터이다. 이때는 중학교의
수업 연한을 4년으로 하고 고등학교를 2~4년으로 했는데, 이 4년
제는 광복 전의 전문학교와 성격이 비슷했다. 또 중학교는 오늘날
의 중학교와 고등학교를 합친 것과 같았다. 오늘날 고등학교 동창
회 등에서 1949년에서 1951년 사이에 졸업한 동문의 경우 '…중학교
및 …고등학교'라고 함께 표기하는 것은 이 때문이다. 물론 이때의
'중학교'는 중고등학교를 합친 개념의 1949~1951년 사이의 중학교를
말하는 것이지, 그 이후의 중학교는 포함하는 게 아니다.

그래서 학제의 혼란을 막기 위하여 1950년 3월에 고등학교를 현재
와 같은 3년제로 통일했다. 1951년에는 통합 운영되고 있던 중학교
와 고등학교를 완전히 분리하여 6·3·3·4제를 기본으로 하는 단선
형 학제가 완성되었다.

숙명여고에 다니던 언니는 해방되던 해에 고등학교를 졸업하자마자
곧바로 이화여전 가사과에 입학했다.(고등학교→고등보통학교)

고문관(顧問官)

1953년.

1945년 9월 8일 미군이 서울에 진주하고, 10월 10일에는 군정장관
아널드가 남한의 정부는 미군정뿐이라고 선언했다. 남한 지역에 진
주한 미군은 총사령관 하지 중장이 이끌던 제24사단, 제7사단, 제

40사단, 제6사단이었다. 미군은 9월에 서울에 진주한 것을 시작으로 11월 10일 제6사단 20보병연대가 제주도를 점령하면서 38선 이남에 대한 군사 점령을 마무리했다. 군사 점령을 마무리한 미군은 군정청을 설립하고 군정장관에 아널드를 임명하면서 남한 내의 유일한 권력으로서 활동했다.

미군정은 1947년 6월 3일 군정청을 '남조선 과도정부'로 개칭하였고, 한국인과 미국인의 양 부처장 제도를 실시하면서 한국인이 부장을 맡고, 미국인은 고문관으로 배치했다. 미군정은 1948년 5·10단독선거를 거쳐 8월 15일 대한민국 정부가 수립되면서 그 역할을 마감하였으나, 그 뒤 6·25전쟁이 일어나면서 한국군 내에 미군 고문관이 대거 배치되었다.

그런데 미국인 고문관들은 우리나라 실정이나 우리말에 익숙지 않아 굼뜬 행동을 많이 했다. 이후로 어리석거나 굼뜬 행동을 하는 사람을 일컬어 고문관이라 부르게 되었다. 이런 점에서 굼뜬 행동을 한다는 뜻의 고문관은 미군정 시절보다는 6·25전쟁 중에 생겼을 가능성이 더 많은 것으로 보인다. 따라서 이 어휘의 생성 시기는 6·25전쟁이 끝난 1953년으로 잡는다.

▶▶ **고속도로(高速道路)**

생성 시기   1968년 12월 21일.

유   래   우리나라에서는 1960년대 초부터 고속도로 건설이 논의되기 시작했다. 정부는 경제개발을 효과적으로 달성하기 위하여 수송 부문의 획기적인 개선이 필요함을 인식하고 전국적인 교통조사를 실시하였다. 이 조사에서 기존 철도·해운 부문의 수송 능력이 거의 한계점에 도달하였으며, 공중 도로에 대한 수요가 증가 추세에 있으며, 도시에 편중된 산업과 인구를 지방으로 분산하기 위해서는 기존 도로망의 정비와 고속도로 신설이 불가피하다는 점이 지적되었다. 우리나라 최초의 고속도로인 서울~인천 간 4차선 도로는 1967년 3월 24일에 착공되어 21개월 만인 1968년 12월 21일에 준공되었다.

잘못 쓴 예 6·25전쟁 후 이승만 대통령은 전쟁 후의 피폐한 국토를 시찰하기 위하여 경부고속도로를 통하여 부산으로 제일 먼저 내려갔다.

▶▶ 공해(公害)

생성 시기 1963년 11월 5일.

유 래 '공해'는 글자 그대로 대중에게 해로운 행위를 뜻하는 말이다. 1970년대에 우리나라에 자연보호 운동이 전개되면서 일본에서 '환경오염'의 뜻으로 쓰이던 이 말이 그대로 들어와 널리 퍼지게 되었다. 실제로 쓰인 사례는 1963년 11월 5일에 '공해방지법'이 제정되면서다.

▶▶ 광통신(光通信)

생성 시기 1977년.

유 래 우리나라에서는 1977년 처음 광섬유 개발에 착수하여 1979년 음성회선을 전송할 수 있는 광섬유 제작에 성공했다. 같은 해 서울중앙전화국과 광화문전화국 사이에 광섬유 케이블을 깔아 마침내 우리나라도 광통신 시대의 막을 열었으며, 1979~1980년에 서울과 부산에서 각각 현장 실험을 하였고, 1981년에는 구로전화국과 안양전화국 간 12킬로미터 구간에 24심의 광섬유 케이블을 설치함으로써 실용화 단계에 들어갔다. 1983년에는 서울과 인천 간의 30킬로미터, 당산과 화곡전신전화국 간의 6킬로미터 구간에 광통신 시스템이 깔려 상용화 단계가 시작되었다.

잘못 쓴 예　우리나라 전역의 전화는 모두 광통신 시스템으로 운영 중이다.

▶▶ **국제원자력기구(IAEA; International Atomic Energy Agency)**

생성 시기　1956년 10월 23일.

유　　래　1953년 12월 유엔 제8차 총회에서 미국의 아이젠하워 대통령이 제안하여 1956년 10월 23일 설립되었고, 1957년 7월 29일부터 법령이 시행되었다.

이 기구는 원자력의 평화 이용에 관한 정보 교환과 기술 원조, 핵연료의 제공과 중개 등을 목적으로 한다. 우리나라는 1956년 IAEA 창립총회에 참석하여 서명함으로써 창설 회원국으로 가입했다. 우리나라는 1957년 이래 지난 2011년까지 총 14회 이사국에 선출되었다.

잘못 쓴 예　우리나라는 고리원자력발전소 건설 이후 국제원자력기구에 가입했다.

▶▶ **기네스북(The Guinness Book of Records)**

생성 시기　영국, 1955년 8월 27일.
　　　　　한국, 2016년 10월 25일.

유　　래　기네스는 본래 영국의 맥주 및 증류주 회사의 이름이자 이 회사의 창업주인 아서 기네스(Arthur Guinness)의 이름이다. 1886년에 설립한 이 회사는 초기에 양조업에 뛰어들었다가 지금은 다방면에 걸친 사업을 하고 있다.

기네스 양조회사는 1955년 8월 27일 처음으로 『기네스북』을 펴냈는데, 이 책은 술집에서 사소한 내기나 논쟁이 벌어졌을 때 도움을 주기 위해 고안된 심심풀이용 책이었으나, 지금은 기록 경신 등록의 장으로 세계적인 흥미와 관심의 대상이 되고 있는 책이다.

기네스 양조회사 상무이자 사냥광인 휴 비버 경(1890~1967)은 1951년 11월 10일 아일랜드 강변에서 사냥을 하고 있었는데, 골든 플로비라는 물새가 워낙 빨라 한 마리도 사냥하지 못했다. 이때 이 새가 너무 빨라서 그렇다고 주장한 그는 유럽에서 가장 빠를지도 모른다고 주장했고, 이어 논쟁이 벌어지기 시작했다. 논쟁이 격화되자 그는 사실을 확인하고자 자료를 찾아보았으나 그 새에 대한 기록을 찾아볼 수가 없었다.

그는 골든 플로비뿐만 아니라 술자리에서 누가 빠르냐, 누가 최초냐 따위의 문제로 논쟁이 자주 일어나는 걸 보고 이에 대한 공식 기록을 남기기로 결심했다. 1954년 9월 12일 휴 비버 경은 옥스퍼드 대학 출신인 노리스 맥훠터 형제를 초대하여 이러한 기록을 모은 책의 편집을 의뢰했다. 편집과 제작은 맥훠터 형제가 맡고, 책이름은 기네스 양조회사의 이름을 따서 '기네스북 오브 월드 레코드(Guinness Book of World Records)'로 칭했다.

1955년 8월 27일 마침내 198페이지의 호화 양장본으로 영국 및 세계 최고기록들이 실린 『기네스북』이 출간되었고, 그해 성탄절이 되기 전에 영국 최고의 베스트셀러가 되었다. 이후 1959년 최초의 미국판 『기네스북』의 출간을 시작으로 세계 100여 나라에서 23개 언어로 출간되고 있다. 한국에서는 기네스협회와 공식 계약을 맺어 2016년 10월 25일에 『기네스 세계기록 2017』이란 제목의 초판본을 출간하였다.

한편 세상에서 가장 빨리 나는 새는 매로 알려져 있으며 평상시 속도는 시속 160킬로미터, 먹이를 사냥할 때 최고 속도는 시속 320킬로미터까지 낼 수 있다고 한다. 가장 높이 나는 새는 유럽고니, 가장 멀리 날아가는 새는 극제비갈매기라고 한다.

▶▶ **나일론(nylon)**

생성 시기	미국, 1938년 10월 27일. 한국, 1953년경.
유 래	미국 듀폰사의 월리스 캐러더스(Wallace H. Carothers)가 1937년 2월 16일에 최초로 개발한 폴리아마이드 계열의 합성섬유이다. 1938년 10월 27일 듀폰사는 이 섬유의 공업화를 발표하면서 '강철보다 강하고 거미줄보다 가늘고 비단보다 우수하다'는 설명으로 상표명 '나일론-66'을 선보였다. 이어 1939년 10월 24일 뉴욕 만국박람회에 나일론으로 만든 스타킹을 출품했고, 1940년 5월 15일 뉴욕시에서 나일론 스타킹을 처음 발매했는데 불과 몇 시간 만에 400만 켤레가 팔렸다고 한다. 제2차 세계대전을 거치면서 나일론은 군수용으로 많이 사용되었으며, 최근에는 산업용 섬유뿐만 아니라 엔지니어링 플라스틱으로도 많이 사용되고 있다. 우리나라에는 1953년경에 일본에서 처음 수입되었다. 당시 질기고 손이 덜 가는 장점 때문에 특히 한복을 손질하는 데 시달렸던 주부들의 환영을 받았다.
잘못 쓴 예	독립운동을 하다 돌아가신 할아버지의 유품 중에는 뒤꿈치를 기워 신었던 나일론 양말 한 켤레가 들어 있다.

▶▶ **냉장고(冷藏庫)**

생성 시기	미국, 1918년.

한국, 1964년 10월.

유　래 전기의 힘을 이용한 최초의 냉장고는 미국에서 발명하였는데, 이때의 냉장고는 압축기·응축기·제어장치 등이 냉장고의 캐비닛 위에 노출된 형태였다. 미국에서 생산된 최초의 가정용 냉장고는 캘비네이터(Kalvinator)로 1918년에 시판되기 시작하였다.

우리나라에서는 1964년 10월 주식회사 금성사에서 냉동실과 냉장실 일체형인 냉장고 'GR-120'을 처음 생산했다. 이는 직접 냉동방식 냉장고로 기술의 축적 없이 생산하여 냉동실에 두꺼운 성에가 끼었으며, 관리법을 잘 모르는 이용자는 칼끝 등으로 성에를 긁어내다가 냉동실에 흠집을 내기도 하였으며, 냉동실은 얼음 얼리는 데만 사용하였고 냉장실도 김치, 과일, 음료를 보관하는 정도로만 이용했다.

잘못 쓴 예 "6·25전쟁 통에 태어난 네 동생이 올해로 열 살이니 네 아버지를 못 본 지가 꼭 10년이 되었구나. 이 찌는 듯한 삼복더위에 어디서 무얼 하고 사실까? 지금이라도 나타나시면 냉장고에 얼린 시원한 수박화채라도 드리는 건데 말이다."

▶▶ **녹음기(錄音器)**

생성 시기 1965년경.

유　래 우리나라에서 초창기의 녹음기 이용은 방송국의 프로그램 제작, 교육기관의 어학 훈련, 자료 채취 등에 사용된 것이 대부분이었다. 국산품은 생산되지 않고 주로 미국이나 일본 등지에서 수입한 진공관식이었다.

1960년대 중반에 외국에서는 카세트 녹음기가 보급되어 있었고, 우리나라에서는 1965년 6월에 설립된 남성주식회사가 부품을 도입하여 카세트 녹음기를 조립생산하기 시작했다. 따라서 이 시기를 어휘 발생 시점으로 잡는다.

그 뒤 라디오가 대중화되면서 라디오와 결합한 라디오 카세트가 널리 보급되었다. 요즘은 반도체 소재의 발달과 관련 부품 소형화로 휴대가 간편하며, 대부분 디지털화되어 있어 이용범위가 다양하고 간편하다.

잘못 쓴 예　일제강점기에 조선어학회 회원들은 녹음기를 들고 다니며 각 지방의 방언과 민요를 채록하기도 했다.

다문화가족(多文化家族)

생성 시기　2008년 3월 21일.

유　　래　건강가정시민연대(공동대표 김숙희, 손봉호, 송길원, 허봉열)는 2004년 4월 27일 '개선해야 할 가정 용어'를 발표했는데 이 가운데 혼혈아를 다문화가정 2세로 고쳐 부르자고 제안했다.

이 단체가 제안한 가정 용어는 다음과 같다.

주인양반→남편, 집사람→아내, 불우이웃→나눔이웃, 딸 치우다→결혼시키다, 혼혈아→다문화가정 2세.

또한 이 단체는 '결손가정, 과부, 미망인, 홀아비, 홀어미, 새엄마, 새아빠, 계모'를 쓰지 말아야 할 가정 용어로 발표했다. 다문화라는 말은 이미 오래전부터 쓰이던 어휘로 혼혈을 대체하자고 제안한 것이다.

이에 따라 언론과 방송이 이 운동에 참여하기 시작하면서 다문화 2세, 다문화가정, 다문화가족 등의 여러 어휘가 섞여 쓰이다가 정부가 2008년 3월 21일에 다문화가족지원법을 제정하면서 '다문화가족'이 공식 어휘로 사용되기 시작했다.

다문화가족지원법 제2조에 이 어휘의 정의가 나와 있다.

1. '다문화가족'이란 다음 각 목의 어느 하나에 해당하는 가족을 말한다.

　가. '재한외국인 처우 기본법' 제2조 제3호의 결혼이민자와 '국적법' 제2조부터 제4조까지의 규정에 따라 대한민국 국적을 취득한 자로 이루어진 가족.

　나. '국적법' 제3조 및 제4조에 따라 대한민국 국적을 취득한 자와 같은 법 제2조부터 제4조까지의 규정에 따라 대한민국 국적을 취득한 자로 이루어진 가족.

2. '결혼이민자 등'이란 다문화가족의 구성원으로서 다음 각 목의 어느 하나에 해당하는 자를 말한다.

　가. '재한외국인 처우 기본법' 제2조 제3호의 결혼이민자.

　나. '국적법' 제4조에 따라 귀화 허가를 받은 자.

▶▶ **달항아리**

생성 시기 2011년 12월 23일.

유　래 달항아리는 숙종 말부터 영조와 정조 시기에 등장했다가 갑자기 사라진 도자기로 오직 조선에서만 제작되었다. 현재 국보로 지정된 달항아리는 모두 7점일 정도로 드물다. 백자는 고려시대인 9~12세기에 용인 서리에서 처음 제작되었는데 이때 이미 왕실 전용 기물로 지정되었으며, 아마도 조선 후기까지도 왕실 전용 기물로 엄격히 생산이 제한된 것으로 보인다. 달항아리는 18세기 중반부터 사옹원(司饔院) 분원 생산이 중지되었다(1884년 민영화 전환으로 공식 폐지됨).

'백자 달항아리'(국보 262·309·310호)의 원래 명칭은 백자대호(白瓷大

壺)였다. 1945년 광복 이후 화가 김환기(1913~1974)와 미술사학자 최순우(1916~1984) 등이 밤하늘에 둥실 떠 있는 보름달 같은 백자라 해서 '달항아리'라는 이름을 붙였다.

김환기 화백은 1949년 『신천지』에 실린 시 「이조 항아리」에서 "지평선 위에 항아리가 둥그렇게 앉아 있다. 굽이 좁다 못해 둥실 떠 있다. 둥근 하늘과 둥근 항아리와······."라고 읊었다.

김환기 화백과 평생 교유한 최순우 선생도 1963년 4월 17일 『동아일보』에 기고한 글에서 달항아리 예찬론을 펼쳤다.

"나는 신변에 놓여 있는 이조백자 항아리들을 늘 다정한 애인 같거니 하고 생각해왔더니 오늘 백발이 성성한 어느 노 감상가 한 분이 찾아와서 시원하고 부드럽게 생긴 큰 유백색 달항아리를 어루만져보고는 혼잣말처럼 '잘생긴 며느리 같구나' 하고 자못 즐거운 눈치였다."

그러나 달항아리란 어휘는 2000년대 초까지는 학술적이지 않다는 이유로 미술사학자들 사이에 잘 쓰이지 않았다. 일본 한자어에 익숙한 학자들이 많던 시대였기 때문이다. 그러다가 2005년 국립고궁박물관의 개관 첫 전시제목이 '백자 달항아리전'으로 잡혔다.

문화재청은 2011년 11월 9일자 예고를 거쳐 12월 23일에 '백자대호'에서 '백자 달항아리'로 명칭을 공식 변경하였다.

▶▶ ## 도우미

생성 시기 1993년.

유　래 1993년 초 대전 엑스포(EXPO) 조직위에서 자원봉사자를 새롭게 부를 명칭을 구한다는 공모를 통해 결정되었다. '도우(다)+미(여자)'의 짜임새를 갖고 있다. '도우-'는 '돕다'의 벗어난 줄기다(당시 조직위 홍보부장 송하성 증언). 이후 이 어휘가 널리 퍼져 행사를 진행하는 자원봉사자를 흔히 도우미로 부르게 되었다.

1994년 9월 22일자 『국민일보』에 당시 도우미로 활동했던 인물을 인터뷰한 기사가 있다.

"애초 꿈은 아나운서였어요. 우연히 엑스포 도우미로 활동하게 됐고 또 그 즈음에 리포터가 된 것이 방송 입문의 계기가 되었지요."

▶▶ **두유(豆乳)**

생성 시기 1968년.

유   래 두유는 고려시대까지는 두즙(豆汁)이라고 표기하였으며(『향약구급방』에 수록), 조선시대에 이르러 두유(豆乳)라고 쓰이기 시작해 오늘에 이르렀다.(『증보산림경제』에 수록)

다만 일반식품으로 자리를 잡은 것은 훨씬 뒤인 1968년이다. 이해에 의학박사 정재원이 소아과 의사로 재직 중 많은 아이들이 모유와 우유에 들어 있는 유당 성분을 소화하지 못하는 유당 분해효소 결핍증(Lactose Intolerance; 장점막의 유당 분해효소가 선천 또는 후천적으로 결핍되어 유당이 분해되지 않은 채 소화기관으로 내려가 발효성 또는 고삼투압성 설사가 일어나는 소화흡수 불량 증후군)으로 고통받는 모습을 보고 두유를 개발했다.

정재원의 정소아과에는 1968년부터 가내수공업으로 두유(상표명 베지밀)를 소규모로 생산해 공급을 시작했다. 그 뒤 공급이 달리자 1973년 7월 정식품을 창업하고 경기도 용인시 신갈에 1일 15만 병의 생산 규모를 갖춘 공장을 세워 본격적인 생산에 들어감으로써 우리나라 두유의 역사를 열었다.

잘못 쓴 예 1946년 우리나라에서 처음 크리스마스가 공휴일로 지정되어 경제적으로 여유가 있는 가정에서는 크리스마스 선물을 하는 것이 유행했는데, 어린아이가 있는 가정에는 곰인형·분유·두유 등을 선물했다.

라면

생성 시기   일본, 1958년 8월 25일.

한국, 1963년 9월 15일.

유 래   1958년 8월 25일 대만계 일본인인 안도 모모후쿠[安藤百福]가 최초
로 국수를 기름에 튀긴 라면을 개발했다.

중국의 건면(乾麵)에서 라면이 유래하였다는 설이 있는데 현재의 라
면과는 달랐을 것이다. 안도 모모후쿠가 라면을 개발할 당시 미군
구호품으로 들어온 밀가루가 매우 흔했으나 일본인들은 밀가루 음
식에 익숙하지 않아 잘 먹지 못했다. 이에 모모후쿠는 일본인 입
맛에 맞는 요리로 만들 수 없을까 궁리하다가 국수를 기름에 튀겨
국수의 수분을 제거하고, 이후 뜨거운 물에 넣으면 국수의 모양을
되찾는 라면을 개발한 것이다.

우리나라에서는 1963년 9월 15일 일본 기술을 도입한 삼양식품에서
처음 생산했다. 그 후 라면 산업은 급격히 발달하여 1970년대 중반
에는 국내 연간 생산량이 10억 개에 달하게 되었다. 1980년대에 종
래의 끓여먹는 제품에서 한 발 더 나아가 더운 물만 부으면 그대로
먹을 수 있는 즉석라면이 등장하여 즉석 식품의 주역이 되었다.

잘못 쓴 예   6·25전쟁 직후 부모와 집을 잃은 고아들은 미군부대에서 나누어
주는 우유 가루나 라면으로 하루 끼니를 때우곤 했다.

▶▶ **레크리에이션(recreation)**

생성 시기   미군정기, 1945년.

유 래   레크리에이션은 원시사회부터 있었다는 주장이 있다. 그러나 현대
적인 의미의 레크리에이션 운동은 19세기 말엽부터 시작되었으며,

그 중요성이 강조되면서 본격적으로 부각된 것은 비교적 최근의 일이다. 특히 현대 산업사회에서 노동 시간이 상대적으로 감소하면서 개인의 자유 시간이 길어졌다는 사실과 깊은 관련이 있다.

우리나라의 레크리에이션 운동은 1945년 광복 후부터 본격화되었으나 그 이전에도 YMCA 등을 통하여 스포츠 보급 운동이 전개되기도 했다. 최근에는 직장 레크리에이션 운동 및 지역 레크리에이션 운동도 활발하게 벌어지고 있다.

잘못 쓴 예　우리나라에서 레크리에이션이라는 말을 처음 사용한 사람들은 한말 개항 이후 입국한 외국인 선교사들로서, 그들은 교육 계몽 활동에 필요한 레크리에이션 지도자를 양성했다.

▶▶ **미네랄워터(mineral water)/광천수/생수/약수**

생성 시기　1980년대.

유　　래　용해된 광물이나 가스를 다량 함유하는 물을 가리키는 말이다. 천연 샘의 광천수는 보통 다량의 탄산칼슘, 황산마그네슘, 칼륨, 황산나트륨을 포함하는 물로 1970년대 중반 이후 음료수로서 이용이 증가했다. 프랑스를 비롯한 유럽 각국에서 생산되는 광천수는 용기에 담아 다량 수출하고 있다.

우리나라에서는 1980년대 들어서 광천수를 취수하여 용기에 담아 배달, 판매하는 상인들이 늘어나면서 이 말이 널리 쓰이게 되었다. 하지만 어떤 용어도 두드러지게 정착되지 못한 채 두루 쓰이고 있으며, 이외에도 여러 가지 신조어가 생겨나 어휘간 우열이 가려지지 않은 상태다.

잘못 쓴 예　1960년 4월 19일 약 3만 명의 대학생과 고등학생들이 거리로 쏟아져 나와 그 가운데 수천 명이 경무대로 몰려들었다. 몇몇 학생들은 경무대 안의 식당으로 들어갔는데, 대리석이 깔린 부엌 바닥 여기저기에 광천수 병이 뒹굴고 있었다.

▶▶ 미니스커트(mini skirt)

__생성 시기__   영국, 1966년 여름.

한국, 1967년.

__유 래__   1966년 영국의 디자이너 메리 퀀트(mary quant)가 발표하여 전 세계에 선풍적인 인기와 유행을 몰고 온 의상이다. 치마 길이가 무릎 위까지 올라오는 이 의상은 여성의 발랄함을 강조하는 특징 때문에 발표 이후로 오늘날까지 그 인기가 가시지 않고 있다.

우리나라에는 1967년 1월 6일 가수 윤복희가 미국에서 들어오면서 미니스커트를 가져왔다. 그는 귀국한 지 몇 개월 뒤 노라노(본명 노명자)가 디자인한 미니스커트를 패션쇼에서 직접 선보였고, 앨범 재킷에도 미니스커트를 입은 사진을 실어 우리나라에 미니스커트를 알렸다.

한편 윤복희가 당시 비행기 트랩에서 내릴 때 미니스커트를 입었다는 일부 자료는 1996년 신세계 기업 광고에서 의도적으로 연출한 데서 비롯된 오류다. 이 CF에서는 대역에게 미니스커트를 입혀 비행기 트랩을 내려오게 했는데, 이것이 마치 기록영상인 것처럼 화면을 구성해 시청자들이 혼란을 일으킨 것이라고 한다.(2008년 7월 12일 경인방송 OBS '김혜자의 희망을 찾아서'에서 윤복희 씨가 출연해 증언)

__잘못 쓴 예__   1980년대 중반에 한때 장발과 미니스커트가 풍기를 문란하게 한다는 이유로 경범죄 처벌 대상에 올라가 벌금형을 물기도 했다.(1980년대→1960년대 말)

미세먼지

생성 시기 2017년 3월 21일.

유   래   우리나라는 1995년부터 환경정책기본법에 따른 환경 기준을 마
련했는데, 환경부 기준 미세먼지 크기가 학계와 다르다는 이유로
2017년 3월 21일에 미세먼지와 부유먼지 크기가 새로 결정되었다.

> *초미세먼지: PM1.0 이하*
> *미세먼지: PM2.5(지름이 2.5㎛ 이하 입자상 물질)*
> *부유먼지: PM10(지름이 10㎛ 이하인 입자상 물질)*

전에는 미세먼지를 초미세먼지라고 했지만 이 기준이 바뀐 것이
다. 먼지라는 용어도 학계에서는 학술적으로 '입자상 물질(Particle
Matter, PM)' '입자' '에어로졸' 등으로 부르지만 그대로 먼지로 부르기
로 했다.

▶▶ **바코드(bar code)**

생성 시기   1988년.

유   래   이 코드는 제조 또는 유통업체가 제품의 포장지에 8~16개의 줄로
생산국, 제조업체, 상품 종류, 유통경로 등을 인쇄하여 판매대 계산
기에 설치된 스캐너를 통과하면 즉시 판매량, 금액 등 판매와 관련
된 각종 정보를 집계할 수 있다. 이 때문에 상품의 판매 시점 정보
관리, 즉 POS(Point of Sales)와 재고 관리가 쉽다. 바코드 체계는 유
럽과 아시아 지역에서 사용하는 EAN(유럽상품번호) 코드와 미국과
캐나다에서 사용하는 UPC(동일상품코드)로 나누어진다.
우리나라는 1988년부터 EAN으로부터 국별 코드인 KAN(한국상품

번호)을 부여받아 사용하고 있다.

잘못 쓴 예　1980년대 초부터 일부 개신교 교단에서는 바코드가 악마의 상징이라며 바코드 사용 중지 운동을 펴고 있다.

▶▶　**방송광고(放送廣告)**

생성 시기　1959년 4월 14일.

유　　래　우리나라에서 라디오 방송광고는 1959년 4월 14일 개국한 부산 문화방송국을 최초로, 1961년 12월 2일 서울 문화방송, 1963년 동아방송, 1964년 동양방송 등이 잇따라 시작했다. 한편 1956년에 미국 RCA사 후원으로 HLKZ-TV가 광고로 운영되는 상업방송의 형태로 출발했으나 오래가지 못하고 1959년에 문을 닫았다.

본격적인 텔레비전 시대가 열린 것은 1961년 5·16군사정변 이후다. 그해 12월에 KBS-TV가 개국하여 1963년부터는 텔레비전 광고를 시작했고, 1964년 TBC-TV, 1969년 MBC-TV 등 민간 상업방송이 개국하여 텔레비전이 광고의 핵심 매체로 부상했다. 1980년에는 정부에서 방송 통폐합 조치를 시행하면서부터 모든 텔레비전 방송이 방송광고를 시작했다.

잘못 쓴 예　박인환은 6·25전쟁이 일어나자 육군 소속 종군작가단에 참여하였는데, 전선에서 포성과 함께 잡음 섞인 라디오 방송광고를 들으며 '마리서사' 시절을 회상하고는 했다.

▶▶　**배드민턴(badminton)**

생성 시기　인도, 1820년경(푸나라고 함).
　　　　　　　영국, 1873년(배드민턴이란 이름이 정해짐).

한국, 1957년 11월 15일.

유   래　배드민턴은 1820년경 인도의 푸나(poona)에서 발생한 운동경기이다. 1873년경 인도 주둔 영국군 뷰포트 공작(Duke of Beaufort)이 이를 보고 영국으로 전했는데, 그의 영지인 배드민턴 지방에서 처음 시작하였다고 해서 배드민턴이라고 부른다. 또는 옛날 어린이들의 놀이인 배틀도어 셔틀콕에서 유래했다고도 한다. 도구가 경제적이고 간단하며, 장소의 구애를 크게 받지 않는 운동경기여서 가족 운동으로 널리 보급되었다. 1893년 영국배드민턴협회가 창립되면서 본격적으로 알려졌다.

우리나라에는 1957년 11월 15일 35명의 창립 발기인들이 모여 협회의 정관과 경기 규정을 제정하면서 대한배드민턴협회가 정식 출범했다. 12월에는 처음 전국 남녀배드민턴대회를 개최함으로써 널리 보급되기 시작했다.

잘못 쓴 예　배드민턴은 인도에서 발생한 운동으로서 우리나라에는 6·25전쟁 직후에 본격적으로 보급되기 시작했다.

▶▶　**버스토큰(bus token)/교통카드**

생성 시기　버스토큰_ 1977년 12월 1일.
교통카드_ 1999년.

유   래　버스 요금이나 자동판매기용으로 발행한 동전 모양의 주조물을 토큰이라 한다. 1977년 12월 1일 우리나라에서 처음 시내버스에 토큰제를 실시하였고, 교통카드를 사용하기 시작한 1999년부터 없어졌다.

잘못 쓴 예　파고다공원 앞에서 버스를 기다리고 있는데, 호외를 뿌리는 사람의 모습이 보였다. 검은 바탕에 하얀색으로 인쇄된 '7·4남북공동성명 발표'라는 굵은 글자가 잉크도 덜 마른 채 보도블록과 차도 위에 뿌려졌다. 그때 마침 기다리던 버스가 와서 올라탔다가 토큰이 없어서 다시 내리고 말았다.

잘못 쓴 예   서울올림픽 때 외국인 선수들은 교통카드를 쓸 줄 몰라 시내버스를 이용하는 데 큰 불편을 겪었다.

▶▶ **병아리 감별사**

생성 시기   1961년.

유 래   우리나라에 처음 닭이 들어온 시기는 정확히 알 수 없으나 석기시대의 유적에서 닭의 유골이 발견된 점으로 미루어 오래전부터 길러왔음을 알 수 있다. 20세기 초 재래종을 개량하고자 일본에서 개량종 닭을 수입해 장려하였으나 주로 부업이나 집에서 놓아기르는 형태였으므로 양계업은 널리 보급되지 못했다. 1961년 이후 정부의 적극적인 시책과 양계협회의 꾸준한 기술 강습 및 양계 기술지의 발간, 고도로 개량된 외국 닭의 도입으로 종전의 부업 형태에서 기업적인 양계로 전환하게 되었다. 따라서 병아리 감별사의 탄생도 이 시기를 출발점으로 하고 있다.

잘못 쓴 예   전쟁 직후 서울로 올라온 김씨는 일자리를 알아볼 겸 고향 친구를 찾았는데, 그의 직업은 병아리 감별사였다.

▶▶ **보호감호소(保護監護所)**

생성 시기   1981년 10월 2일.

유 래   1980년 12월 18일에 공포된 사회보호법에 따라 1981년 10월 2일 '교도소직제' 개정령으로 춘천교도소 내에 보호감호소가 설치되었다.

보호감호처분 대상자는 여러 가지의 형을 받거나 여러 가지의 죄를 범한 자(과실범은 제외), 심신장애자, 마약 중독자, 알코올 중독자로서 죄를 범한 자 등이다. 현재는 청송 제1보호감호소와 청송 제2보호감호소가 있다.

▶▶ **복권(福券)**

생성 시기   이탈리아, 1930년.
            미군정기, 1947년 12월(명칭은 올림픽 후원권).
            한국, 1956년 12월(처음으로 복권이라는 어휘 사용).

유   래   당첨금을 현금으로 지급하는 현재의 형태와 같은 복권은 1930년 이탈리아의 피렌체 지방에서 발행한 피렌체 복권이 시초라고 한다.
            우리나라에서는 광복 이후 1947년 12월에 발행된 올림픽 후원권이 최초의 근대적 복권이라 할 수 있다. 이 복권은 1948년의 런던 올림픽에 참가하는 선수들을 후원하기 위하여 발행했고 서울 지역에서만 판매했다.
            우리나라에서 복권이라는 어휘가 직접 사용된 것은 1956년 2월에 전쟁복구비 마련을 위해 발행한 애국복권이 그 시초다.
            한편 일제강점기인 1945년 7월 일본이 패색이 짙은 태평양전쟁 군수자금 마련을 위해 발행한 승찰(勝札)이라는 복권이 있었으며, 일제는 그 이전에도 군수자금 마련을 위한 복권을 더 발행했다. 하지만 복권이라고 하기에는 당첨금이 매우 낮은 착취 수준이었다.

잘못 쓴 예   해방이 되면 뭔가 될 것 같았는데, 두 해가 지나도록 여전히 일이 꼬여 돌아가자 복선은 복권이라도 사볼까 생각했다.

▶▶　　**볼링(bowling)**

생성 시기　독일, 1517년경.

한국, 1953년(6·25전쟁 직후).

유　래　서기전 7000년경의 이집트 고분에서 나무로 만든 볼과 핀이 발견됨으로써 볼링이 이때부터 있었을 것이라는 학설이 있다.

오늘날과 같은 형태의 볼링은 13세기에서 14세기 사이에 유럽에 등장했으나 점을 치는 용도였다고 한다. 이때 사용하던 것은 10핀 볼링이었는데 그 뒤 종교개혁가 마르틴 루터(Martin Luther)가 지금과 같은 9핀으로 고정시켜 게임으로 만들었고, 1517년 종교개혁 이후 옥외에서 성행했다고 한다.

우리나라에 볼링이 들어온 시점은 6·25전쟁 직후나 1967년 서울에 코리아볼링센터(KBC)가 생기면서 점차 보급되기 시작했다. 1969년 8월 대한볼링협회가 창설되면서 볼링 인구가 증가하였고, 1981년 9월에는 대한체육회의 산하 단체로 정식 가입했다. 얼마 전까지만 해도 고급 운동으로 여겨졌던 볼링이 이제는 대중 운동이 되었다.

잘못 쓴 예　볼링이나 한 판 신나게 쳤으면 좋겠다고 기지개를 켜는 현석을 바라보며, 복순은 6·25전쟁통에 피난지까지 와서 볼링 타령을 하는 현석이야말로 어쩔 수 없는 인간이라고 생각했다.

▶▶　　**볼펜(ball pen)**

생성 시기　미국, 1888년 10월 30일.

미군정기, 1945년.

유　래　볼펜은 1888년 10월 30일 미국의 엘 아우드라는 사람이 처음 발명하여 특허 등록한 것으로 전해진다. 그러나 만년필의 위세를 이기지 못해 그의 발명품은 그가 죽을 때까지 빛을 보지 못했다. 그 뒤 헝가리의 화가이자 언론인이었던 라데스라오 J. 피로가 그의 형인 화학자 게오르그와 함께 끈끈한 잉크를 사용하여 1943년 아르헨티나에서 특허를 취득했고, 프랑스의 BIC사가 사업화했다.

우리나라에는 1945년 광복과 함께 진주한 미군에 의하여 소개되었으며, 1963년에 국내 생산을 시작하여 1960년대 말에는 대중 필기구로 정착하게 되었다.

잘못 쓴 예 6·25전쟁 당시 종군기자단과 작가단에 취재 노트와 모나미 볼펜이 지급되었다.

▶▶ **분유(粉乳)**

생성 시기 독일, 1867년.
한국, 1953년(6·25전쟁 중).

유　래 약사였던 네슬레는 모유를 먹일 수 없었던 어머니들을 위해 모유 대신 유아의 영양을 보충해줄 수 있는 식품을 개발하기 위하여 소젖과 밀가루와 설탕을 다양한 방법으로 조합하는 실험을 시작했다. 영양실조로 인한 유아의 사망률을 낮추는 것이 목적이었다고 한다. 그는 신제품을 1867년에 개발하고 'Farine Lactee Henri Nestle' 라고 명명했다.

네슬레의 첫 번째 고객은 어머니의 모유나 종래의 대체품조차 견뎌내지 못하고, 의사들이 가망 없다고 단념하던 미숙아였다. 사람들은 네슬레가 개발한 분유가 불과 2~3년 만에 아이의 삶을 구하게 되자 이 신제품의 가치를 인정하게 되었고, 네슬레 제품은 유럽 대부분의 시장에서 판매되었다.

한편 '네슬레'는 독일어로 '작은 새 둥지'를 의미한다.

우리나라에서는 6·25전쟁 중 미국의 구호물자로 분유가 도입되어 우유죽을 배급하면서 보급되기 시작했고, 1965년에는 국내에서 생산하기 시작했다. 현재 국내 생산의 주종을 이루고 있는 것은 유아용 조제분유이다.

잘못 쓴 예 해방이 되면서 남한에 진주한 미군은 영양이 부족한 어린이들을 위해 분유를 제공했다.

▶▶ **비닐하우스(vinyl house)**

생성 시기 1954년경.

유 래 1954년경 비닐 필름을 농업에 이용하기 시작하면서 하우스나 터널 등이 눈부시게 보급되었다. 특히 비닐하우스는 그 발전이 두드러져 현재 가장 중요한 원예 시설로 전국에 걸쳐 이용되고 있다. 비닐하우스는 채소류를 재배하는 데 가장 많이 쓰이며, 그 밖에 화훼류와 과수류 재배에 이용되고 있다.

최근에는 비닐하우스 대신 유리와 철골 구조물 등을 이용하거나 컴퓨터를 이용한 첨단 환기선(換氣扇), 수경 재배 등 고도의 시설을 갖춘 농업 형태가 등장했다.

잘못 쓴 예 8·15광복 후 우리나라에는 원예 시설 방법이 많이 도입되었는데, 그중 비닐하우스는 6·25전쟁 직후부터 빠른 속도로 농가에 보급되었다.

▶▶ **비무장지대(非武裝地帶)**

생성 시기 1953년 7월 22일.

분유 · 비닐하우스 · 비무장지대

유　래 비무장지대는 조약이나 협정에 따라 무장이 금지된 완충지대를 말
하는데, 흔히 DMZ(demilitarized zone)로도 약칭된다.

우리나라의 비무장지대는 '한국휴전협정'에 따라 설치된 것으로,
휴전협정이 조인될 당시의 쌍방 군대의 접촉선을 군사분계선으로
정하여 이 선으로부터 남북으로 각각 2킬로미터씩 총 4킬로미터에
이르는 지역이다.

1951년 7월 10일 휴전회담이 시작되고, 그해 7월 26일 협상 의제와
토의 순서가 확정됨에 따라 7월 27일부터 군사분계선과 비무장지
대 설정 문제를 토의하기 시작했다. 그 후 휴전협정은 난항을 거듭
하다가 1953년 7월 22일 군사분계선이 다시 확정되고 이에 따라 비
무장지대가 설정되었다.

잘못 쓴 예 8·15광복 후부터 6·25전쟁이 일어나기 전까지 비무장지대에서는 간
혹 유엔군과 인민군 간에 총격전이 벌어지기도 했다.(비무장지대→삼
팔선)

▶▶　**비키니(bikini)**

생성 시기 프랑스, 1946년 7월 9일.
한국, 1961년.

유　래 아래위가 떨어진 여자 수영복을 가리키는 이 말은 본래 태평양의
작은 섬 이름에서 나왔다.

프랑스의 디자이너 루이 레아르가 1946년 7월 9일 파리에서 열린
패션쇼에서 처음 발표했다. 이 패션쇼가 있기 4일 전인 7월 5일에
미국이 태평양의 비키니섬에서 원자폭탄 실험을 했는데, 디자이너
는 이 수영복이야말로 패션의 원자폭탄과 같은 것이 될 것이라는
생각에 '비키니'라는 이름을 붙였다. 이 최초의 비키니 수영복은 신

문지를 도안해서 프린트한 면 수영복이었는데 당시에 선풍적인 화제가 되었다.

한국에서는 1961년에 ㈜한국샤크라인의 전신인 백화사가 상어표 수영복이란 브랜드로 수영복 시장을 열었다.

▶▶ **삐삐/무선호출기**

생성 시기   미국, 1950년(뉴욕).

한국, 1982년 12월 15일(서울).

유   래   미국에서는 1949년에 알프레드 그로스(Alfred J. Gross)가 특허를 얻고, 1950년 무선호출 서비스 업무를 개시한 이래 많은 도시에서 서비스가 실시되었다. 미국에서는 무선호출기를 일명 벨 보이(bell boy)라고 불렀다. 네덜란드에서는 1965년부터 무선호출기 시마폰을 출시하면서 무선호출 서비스를 시작했다.

우리나라에서는 1982년부터 무선호출 서비스를 시작하였으며 무선호출기는 일명 '삐삐'라고 불렸다. 2000년경부터 이동전화기의 보급으로 삐삐 사용자는 급격히 줄어들어 2015년 현재 3만여 명이 삐삐를 사용하고 있다.

잘못 쓴 예   1979년 12월 12일 전두환 합동수사본부장은 9사단 병력을 중앙청에 투입하라는 명령을 내리려고 노태우 사단장에게 삐삐를 쳤다.

▶▶ **사물놀이**

생성 시기   1978년 2월 21일.

유   래   사물놀이는 꽹과리, 징, 장구, 북 등 네 가지 농악기로 연주하도록 편성한 음악이나 합주단을 말한다.

원래 사물(四物)이란 불교의식에 사용되던 악기인 법고(法鼓), 운판
(雲板), 목어(木魚), 종(鐘)을 가리키던 말이었으나 뒤에 불교의식의
반주로 쓰이는 태평소, 징, 북, 목탁을 가리키는 말로 전용되었고,
다시 걸립패가 두드리는 꽹과리, 징, 장구, 북을 가리키는 말로 전
용되어 농악에 주로 쓰이다가 오늘에 이르렀다.

1978년 2월 21일 공간사랑 소극장에서 '사물놀이'가 처음으로 연주
되었는데 연주자는 김용배, 김덕수, 최태현, 이종대였다. 농악을 무
대용 음악으로 구성한 그들의 기량이 국내외적으로 상당한 반향
을 불러일으켰으며, 지금은 대학가를 비롯한 젊은 층에 널리 퍼져
있다.

잘못 쓴 예 일제의 극악한 쌀 공출로 시름에 잠긴 마을에 사물놀이패라도 들
어오면 사람들은 잠시나마 그 소리에 시름을 잊곤 했다.(사물놀이→
풍물 또는 사당)

▶▶　**사쿠라**

생성 시기 1961년(5·16군사정변 후).

유　래 변절자를 가리키는 이 말은 1961년 5·16군사정변 후 정계에서 유행
한 말이다.

어원은 일본어 '사쿠라니쿠'에서 비롯되었다. 사쿠라니쿠는 색깔이
벚꽃과 같이 연분홍색인 말고기를 가리키는 말로서, 쇠고기인 줄
알고 샀는데 먹어보니 말고기였다는 데서 나온 말이다. 즉 겉보기
는 비슷하나 사실은 다른 것이라는 뜻이다. 정치 환경이 바뀜으로
해서 종래의 자기 조직을 이탈하는 양상이 많아지자 변절한 옛 동
지를 비꼬는 말로 쓰였다.

이를 벚꽃으로 잘못 이해한 일부 정치인들이 사쿠라꽃이 만발했느
니, 사쿠라가 피었느니 하는 표현을 아직도 쓰고 있다. 이 말을 꼭

쓰고 싶다면 차라리 말고기라고 쓰는 게 낫다. (예: 홍길동 의원은 여당에서 보낸 말고기다.)

잘못 쓴 예 자유당 시절에 유달리 정치 사쿠라들이 많았는데 그들은 서로를 사쿠라라고 비난하면서 각종 정치 책임을 떠넘기기에 바빴다.

▶▶ 생활보호법(生活保護法)

생성 시기 1961년 12월 30일.

유 래 생활보호라는 것은 부양 의무자가 없거나 부양 의무자가 있어도 부양 능력이 없는 사람에게 국가 등이 생계비, 의료비 등을 지원하거나 시설 등에 수용하여 보호하는 것을 말한다. 이 법은 1961년 12월 30일 제정되고 1982년 12월 전문 개정된 법으로서, 9장 43조 및 부칙으로 되어 있다.

잘못 쓴 예 자유당 정권 시절에 생활보호 대상자는 전국적으로 20만 명가량 되었다는 정부 기록이 전한다.

▶▶ 샴푸(shampoo)

생성 시기 1967년 11월.

유 래 샴푸는 두피와 모발에 묻은 먼지나 기름, 땀 등의 더러운 물질을 씻어 내기 위한 세제의 하나다. 샴푸에는 계면활성제·향료·영양성분·보습물질 등이 들어 있으며, 크림·분말·고체·액체 형태가 있으나 대개 액상 샴푸가 널리 사용된다. 샴푸(shampoo)는 힌디어인 'champo'가 어원으로 '마사지하다' '누르다'라는 뜻이다.

우리나라에서는 6·25전쟁 후 미군부대에서 흘러나온 것이 유통되다가 1967년 11월 락희화학(LG의 전신)이 비누가 아닌 계면활성제를 사용한 국내 최초의 샴푸인 '크림샴푸'를 개발, 생산했다.

최초의 샴푸 발명자는 양털 세척업을 하던 일본인 여성 다케우치 고도에라고 알려졌으나 그 시기는 알 수 없다. 이 샴푸는 매우 조악한 상태였던 듯하며 특허 상품도 아니었던 듯하다.

잘못 쓴 예 1950년 6월 25일 새벽, 뜬눈으로 밤을 지새운 김일성은 세면대로 가서 샴푸를 하고 세수를 한 뒤 군복을 갈아입었다.

▶▶ ## 서머타임(summer time)

생성 시기 1948년 5월 31일.

유　래 해가 긴 여름의 일정 기간 동안 표준 시간을 한 시간씩 앞당기는 제도로 제1차 세계대전 기간에 영국과 독일에서 처음 실시했다. 우리나라에서는 1948년 5월에 처음 실시된 이후 1961년 5월 폐지되었다가 서울 올림픽 유치를 계기로 1987년 4월부터 대통령령 제12136호인 '일광절약시간제 실시에 관한 규정'에 따라 1988년까지 실시되었다. 이후 2018년까지 실시된 바가 없다. 다음은 우리나라에서 서머타임을 실시한 시기이다.

> 1948년 6월 1일 0시~9월 13일 0시(한 시간 앞당김. 별도 표시가 없으면 0시 기준이며 한 시간 앞당기는 것임).
> 1949년 4월 3일~9월 11일.
> 1950년 4월 1일~9월 11일.
> 1951년 5월 6일~9월 8일.
> 1955년 5월 5일~9월 8일(반 시간 앞당김).
> 1956년 5월 20일~9월 29일.
> 1957년 5월 5일~9월 22일.

1958년 5월 4일~9월 21일.

1959년 5월 3일~9월 20일.

1960년 5월 1일~9월 18일.

1987년 5월 10일 02시~10월 11일 03시.

1988년 5월 8일 02시~10월 9일 02시.

(출처; 한국과학기술정보원)

잘못 쓴 예 "1952년생이라. 그 당시는 서머타임이 실시되었던 때이니 자네가 태어난 시간에 한 시간을 더한 것이 맞는 시간일세."

▶▶ ## 서울

생성 시기 미군정기, 1945년 8월 15일.

유   래 서울이라는 명칭은 『삼국사기』『삼국유사』 등의 기록에 보이는 서벌(徐伐), 서나벌(徐那伐), 서라벌(徐羅伐), 서야벌(徐耶伐) 등에서 비롯되어 변천된 것으로, 이는 신라 초기 도읍의 지명인 동시에 국명이기도 하다. 서울의 본래 뜻에 관해서는 몇 가지 이설이 있지만 서(徐), 서나(徐那), 서라(徐羅)는 높고 신령하다는 우리말 '수리' '솔' '솟'의 음사(音寫)이고, 벌(伐)은 들판을 의미하는 우리말 '벌'의 음사이다. 따라서 서울, 즉 서벌, 서나벌, 서라벌은 상읍(上邑) 또는 수도(首都)라는 뜻으로 볼 수 있다. 이렇게 신라시대로 거슬러 올라가면 서울이라는 말의 나이는 약 1900살이 된다.

그러나 오늘날의 서울은 1945년 8월 15일 광복과 함께 일제가 쫓겨가고, 경성을 서울로 명명하면서 처음으로 서울이라는 명칭이 공식화되었다. 1946년 8월 15일에 '서울헌장'이 공포되고 경성부에서 서울시로 되어 경기도에서 분리되었다. 1948년 8월 대한민국 정부가 수립되면서 수도로 결정되었고 1949년 서울특별시로 승격되었다.

서울도 지방의 각 도와 마찬가지로 중앙정부의 직접 통제를 받다가 1962년 수도 서울에 관한 특별법이 제정되어 국무총리 직속이 되었다.

잘못 쓴 예 고려 말기인 공민왕, 우왕, 공양왕 때는 국내외 정세가 혼란하던 때라 왕조 멸망의 도참설이 유행하여 서울로 도읍을 옮기려는 논의가 일어났으나 실현되지 않았다고 한다.(서울로→한양으로)

▶▶ **선거(選擧)**

생성 시기 미군정기, 1948년 5월 10일.

유 래 중국 한나라 시대에 군수가 현량방정(賢良方正; 어질고 착한 사람)하고 효렴(孝廉; 효심이 깊고 청렴한 사람)한 사람을 관리로 추천하는 법이 있었다. 군수가 사람을 뽑는 것을 선발이라고 했고, 그다음에 조정에 올리는 것을 천거라고 했다. 그러면 조정에서 그 사람을 선발 천거, 즉 선거된 사람은 관리로 임명되었던 것이다.

그러나 오늘날과 같은 투표 방식의 선거는 훨씬 늦게 실시되었다. 유럽에서는 19세기까지 유권자의 재산과 납세액의 다과에 따라 제한된 선거가 이루어졌다. 20세기에 들어서 남자보통선거와 여성참정권이 확립되었다.

영국에서는 1832년 선거법 개정에 따라 부패선거구가 폐지되었고, 1884년에는 농업 및 광산노동자에게 선거권이 주어졌다. 1918년에는 남자보통선거제가 이루어졌으며 동시에 일부 여성에게도 참정권이 인정되었다.

미국에서는 19세기 중엽 각 주에서 점차 남자보통선거가 이루어졌다. 1870년에는 흑인에게, 1920년에는 여성에게 참정권이 인정되었다. 프랑스에서는 혁명 이후 재산 기준에 따른 제한선거가 이루어졌고,

1849년에 남자보통선거, 1945년에는 여성참정권이 인정되었다.

우리나라에서는 미군정청 관리하에 1948년 5월 10일 한국 최초의 의회를 구성하기 위한 선거가 실시되었다. 1구 1인의 소선거구제에 1인 1표의 단순투표제를 채택하였는데, 이것이 행정구획인 군(郡) 단위 정치권력 분산의 시작이었다. 선거구는 모두 200개였다. 이렇게 구성된 제헌의회는 이승만을 국회의장으로 선출하였고, 7월 12일에 '대한민국헌법'을, 10월 2일에 '국회법'을 제정하였으며, 오늘날의 '국회의원선거법'의 모체가 되는 '선거법'을 제정했다.

따라서 이 어휘의 생성 시기는 우리나라 제헌국회의원 선거를 치른 1948년 5월 10일로 잡는다.

잘못 쓴 예 해방이 되자마자 치른 선거에서 헌법을 만들 국회의원을 선출했다.

▶▶ **세탁기(洗濯機)**

생성 시기 미국, 1910년.

한국, 1969년 5월.

유   래 최초의 수동 세탁기는 1800년대 후반 미국에서 개발된 교반식으로, 손으로 핸들을 돌려야 하는 불편함 때문에 수요가 많지 않았다. 1910년에 전기를 이용한 실용적인 세탁기가 비로소 발명되었으며, 이후 개량을 거듭하여 1950년대에 드럼식, 소형 각반식, 진동식, 분류식 등이 개발되면서 세탁기가 실용화되었다. 1960년대에 이르러서는 오늘날의 원심탈수기가 부착된 2조식 세탁기의 등장과 함께 급격히 보급되었다.

우리나라에서는 1969년 5월 금성사에서 2조 수동식 1.8킬로그램급을 처음 생산하였다. 그러나 세탁과 헹굼, 배수와 급수 등을 할 때마다 사람이 조작해야 하고 값이 비싸 널리 보급되지는 못했다.

1970년대 후반에 이르러 국내 세탁기의 생산 실적이 크게 증가하여 전국적으로 보급되기 시작했다. 1977년 이후에는 2조식 자동 세탁기와 전자동 세탁기가 생산되면서부터 모든 가정의 필수품으로 자리 잡았다.

잘못 쓴 예 새로 나온 세탁기를 한 대 들여놨으면 좋겠다는 며느리의 말에 김 영감이 퉁명스레 한마디를 던졌다. "세월 좋아졌구나. 난리 끝난 지 이제 겨우 10년 남짓한데 벌써 빨래를 대신 해주는 기계가 나오다니 말이다."

▶▶ 셀카봉

생성 시기 1983년 1월 18일.

유   래 셀카봉은 영어로 셀피스틱(the selfie sticks)이다. 우리나라에는 2014년에 대대적으로 퍼졌는데 대개 중국산이다.

셀카봉의 역사는 1983년 1월 18일자로 일본에 등록된 실용신안이 그 시작이다. 미국 특허는 1984년 1월 17일이다. 따라서 미국 특허로 보아도 20년 만료일이 2004년 1월 17일이므로 이 특허는 풀렸기 때문에 특허 등록자들은 돈을 벌지 못했다. 너무 앞서간 탓이다.

▶▶ 슈퍼마켓(supermarket)

생성 시기 미국, 1929년.

한국, 1964년(한남동 한남슈퍼마켓, 외국인 전용).

한국, 1968년 6월 1일(서울 중구 중림동 뉴서울슈퍼마켓).

유   래 미국에서 처음 슈퍼마켓이 등장한 것은 1929년 대공황 이후 생활의 어려움을 덜어주는 박리다매 방식이 소비자들에게 좋은 반응을 얻은 뒤의 일이다.

우리나라의 슈퍼마켓은 1964년 외국인들이 집중적으로 거주하고 있는 서울 한남동에 외국인 전용 한남슈퍼마켓이 개점함으로써 첫 출발을 했다. 내국인용으로는 1968년 6월 1일 서울 중구 중림동 뉴서울슈퍼마켓이 처음 문을 열었으며, 이날 박정희 대통령과 육영수 여사 부부가 직접 쇼핑을 했다. 그러나 초기의 슈퍼마켓은 소비자들의 이해 부족과 관리 기술의 미숙 등으로 경영난에 부닥쳐 실패율이 높았다. 1980년대 들어와서야 점차 정상화되어 꾸준한 증가 추세를 보였다. 그러나 최근에는 곳곳에 편의점이 문을 열면서 슈퍼마켓이 도전을 받고 있다.

잘못 쓴 예 "신민당 창당대회(1967년 2월 7일) 때 사람들이 몰려드는 바람에 인근 슈퍼마켓의 음료수와 소주가 동이 났었다면서요?"

▶▶ **시험관아기**

생성 시기 영국, 1978년 7월 25일.
한국, 1988년 11월 4일.

유　　래 시험관아기는 산부인과 부문에서 시행되고 있는 불임증 해결의 한 방법으로, 여자의 난자를 떼어내어 시험관에 넣어 발육·출산시키는 방법을 말한다.
최초의 시험관아기는 1978년 7월 25일 영국에서 존과 레슬리 부부의 아기인 루이스 브라운이다. 우리나라에서는 1988년 11월 4일 동결수정란 이식에 의한 시험관아기가 동양 최초로 태어났다.

잘못 쓴 예 전두환 대통령은 첫 시험관아기를 낳은 부인에게 금일봉을 전달했다.

▶▶ 신용카드(credit card)

생성 시기   미국, 1920년.

한국, 1967년 7월.

유 래   1920년 미국에서 처음 사용되었고, 제2차 세계대전 이후 크게 증가했다. 오늘날처럼 다양한 가맹점에서 사용이 가능한 최초의 신용카드는 1950년 다이너스클럽사가 출시했다.

우리나라에서 신용카드가 발행되기 시작한 것은 1967년 7월 신세계백화점이 자사의 중역을 대상으로 통장식 신용 거래를 하다가 전 사원에게 이 방식을 확대한 카드식으로 전환하면서부터이다. 그후 1970년 조선호텔이 회원제를 도입해 플라스틱 카드를, 1974년 5월 미도파백화점이 신용카드 발행을 개시했다. 카드 발행을 전문으로 하는 회사는 1978년 9월 코리안익스프레스(1987년 7월 18일 럭키금성그룹이 인수한 엘지카드의 전신)가 최초이며, 2개월 뒤인 11월 한국신용카드(1988년 3월 30일 삼성그룹이 인수한 위너스카드의 전신)가 설립되었다. 은행계 카드는 1980년 9월 국민은행의 국민카드를 시작으로 1982년 6월 5개 시중은행의 연합체가 비시카드를 발행했으며, 한 은행이 개별적으로 카드를 발행하는 경우도 있다.

잘못 쓴 예   1961년 삼성물산 회장으로 취임한 이병철 씨는 그해 신세계백화점에서 발행한 신용카드 거래 실적을 보고받으며 흡족해했다.

▶▶ 신장이식(腎臟移植)

생성 시기   미국, 1954년.

한국, 1969년 3월 25일.

유 래   질병이나 그 밖의 원인으로 기능을 잃은 신장을 떼어내고 다른 생체의 신장을 이식하는 수술이다. 1954년에 미국 하버드대학의 말레

교수가 일란성 쌍생아 사이에 이식을 성공시킨 이래 세계적으로 널리 시술되고 있다.

우리나라에서는 1969년 3월 25일 가톨릭의대의 이용각 교수팀이 최초의 신장이식에 성공했다.

잘못 쓴 예   1968년 1월 21일 저녁, 남편에게 신장을 이식하기 위하여 수술대 위에 올라가 있는데 갑자기 불이 꺼지면서 삼청동 쪽에서 콩 볶는 듯한 총소리가 들려왔다. 나중에 알고 보니 김신조를 비롯한 북한 간첩들이 그곳까지 쳐들어왔었다.

▶▶ 씨팔(씹할)

생성 시기   미군정기, 1945년.

유 래   광복 이후 미군이 우리나라에 진주하면서 쓰이기 시작했다. 미군들이 쓰는 욕 'your mother fucking'을 우리식으로 바꾸면서 네미씹할 등으로 쓰다가 씨팔 또는 씹할로 단순하게 바뀌었다.

잘못 쓴 예   임꺽정은 관군이 몰려들기 시작하자 "씨팔."이라고 중얼거렸다.

▶▶ 아메리카노

생성 시기   1999년 7월 27일.

유 래   제2차 세계대전 때 미군들이 진한 유럽식 커피인 에스프레소에 뜨거운 물을 타서 마시는 걸 본 이탈리아 사람들이 이러한 커피를 '카페 아메리카노'라고 불렀다.

미국인들은 1773년 보스턴 차사건 이후 커피를 마시기 시작했는데, 이때 로스팅 기술이 없어 커피의 쓴맛을 줄이기 위해 물을 타서 연하게 마셨다. 이런 습관을 가진 미군 병사들이 이탈리아를 점령하면서 자연스럽게 물 탄 에스프레소를 마신 것이다.

이 어휘가 우리나라에 들어온 시기는 미국의 스타벅스가 한국의 이화여대 근처에 1호점을 낸 1999년 7월 27일이다. 스타벅스는 이때 물 탄 에스프레소를 카페 아메리카노보다 더 단순화하여 아메리카노란 명칭을 붙여 성공했다.

잘못 쓴 예   고종은 손탁의 권유를 받고 아메리카노를 즐겨 마셨다.(아메리카노
→커피)

▶▶ **약사(藥師)**

생성 시기   1953년 12월 18일.

유 래   전에는 약제사 또는 조제사라고 했다. 1953년 12월 18일 '약사법'이 제정되고 나서부터 약사라는 명칭을 사용하게 되었다. 원래 의료는 동서양을 막론하고 의사와 약사 직능의 분립이 없이 시작되었으며, 주로 약에 대한 지식과 경험이 풍부한 사람이 의료에 종사했다. 그러나 학문의 발달과 전문화 및 사회 직능의 분업화에 따라 의료도 의사와 약사의 두 직능으로 분리하게 되었다.

한말에 일본에서 약학을 전공하고 약제사 면허를 취득한 유세환(劉世煥)이 우리나라 최초의 약사라고 할 수 있으며, 그 후 우리나라의 약학 교육기관인 조선약학교를 1920년에 졸업하고 약제사 시험에 합격하여 약제사 면허 제1호를 획득한 이호벽(李浩壁)은 우리나라에서 배출된 약사 제1호라 할 수 있다.

잘못 쓴 예   갑신정변(1884) 후 선교 의사로 내한한 알렌은 고종으로부터 현대식 병원의 설립을 허가받았다. 그는 다수의 의사와 간호사, 약사 등을 직원으로 확보하고 서양 의료기기까지 갖춘 광혜원을 1885년 2월 왕립병원으로서 개원했다.

▶▶ **양궁(洋弓, Archery)**

생성 시기   영국, 1538년.
            한국, 1963년 7월 27일.

유   래   1538년 헨리 8세가 영국 전역에 양궁을 보급하면서 알려졌다.
        우리나라의 경우 1959년 당시 수도여고 체육교사 석봉근이 우연히
        고물상에서 양궁을 구해 수선한 뒤 국궁 연습장인 석호정에서 개
        인적으로 연습(화살이 없어 국궁 화살을 이용)하던 중, 1962년 3월경에
        주한미군에 근무 중이던 밀런 엘로트(Milan E. Elotte) 중령을 만나
        제대로 된 양궁을 구해 함께 연습하면서 국내 양궁 보급이 이뤄졌
        다. 이들은 1963년 9월 9일 국내 최초의 양궁대회를 열었는데, 이
        대회는 전국체육대회 궁도 예선을 겸해서 열린 시범경기였다.
        국제양궁연맹(FITA)에 가입한 것은 1963년 7월 27일이며, 대한궁도
        협회에서 독립하여 대한양궁협회가 창립된 것은 그로부터 20년 뒤
        인 1983년 1월 26일이다.

잘못 쓴 예   오늘날 우리 고유의 활은 미군정 때 들어와 보급된 양궁과 구별해
        국궁이라고도 불리고 있다.

▶▶ **어버이날**

생성 시기   미국, 1914년 5월 9일.
            한국, 1956년 4월 19일.

유   래   1956년 4월 19일 이승만 정부가 대통령령 제1145호로 '관공서의 공
        휴일에 관한 규정'을 제정하고 5월 8일을 어머니날로 처음 지정했다.
        1973년 3월 30일에는 '각종 기념일 등에 관한 규정'을 개정하여 명
        칭을 미국과 같은 어버이날로 바꾸었다. 공휴일로 지정되기 전에는

선교사들이 교회를 중심으로 행사를 가졌다.

미국에서는 1914년 국회가 5월 둘째 일요일을 '어머니주일(Mother's Sunday; 주일은 일요일을 가리키는 기독교 용어)'로 지정한 이래 지금까지 지켜지고 있다. 그 유래는 이러하다. 미국 버지니아주에 있는 웹스터 교회 주일학교에서 26년 동안 봉사한 자비스(Jarvis) 부인이 있었다. 그가 세상을 떠나자 제자들이 추도식을 가졌는데, 이 행사에 멀리 사는 자비스 부인의 딸을 초청했다.

뜻밖의 소식을 접한 자비스 부인의 딸 안나 자비스(Anna Jarvis)는 기쁜 마음으로 이 초대에 응했다. 추도식이 있던 날, 식순의 하나로 안나에게 어머니인 자비스 부인에 대하여 이야기할 기회를 주었다. 그때 안나는 자비스 부인이 주일학교 학생들에게 기독교의 제5계명인 '네 부모를 공경하라'는 성경 말씀을 가르치면서 어머니의 위대한 사랑에 감사할 수 있는 구체적인 방법을 늘 생각해보라고 했던 것에 대하여 말했다. 이때 안나는 어머니를 생각하며 카네이션 꽃을 추도식 제단에 바쳤다.

추도식에 모인 사람들은 자비스 부인의 가르침을 기억하고 실천하는 안나의 말에 크게 감동을 받아, 이 날을 어머니의 사랑을 기리는 날로 정할 것을 그 자리에서 결의하였다.

이를 계기로 시작된 어머니날 운동은 특히 부인들의 지지를 받으면서 다른 지역으로 퍼져나갔다. 백화점 왕으로 불리는 존 워너메이커도 이 운동의 취지에 적극 동의하여 그 활동을 도왔다. 그는 1908년 5월 둘째 일요일에 자신이 경영하는 백화점에서 어머니의 사랑에 감사하는 모임을 주최하기도 했다.

1914년 미국 국회는 5월 둘째 일요일을 어머니주일로 정하였고, 윌슨 대통령이 5월 9일을 첫 어머니주일로 선포하였다. 어머니 주일은 그 후에 가정에서 아버지의 역할 또한 중요함이 강조되면서 '어버이주일(Parent's Sunday)'로 바뀌어 현재에 이른다.

에어로빅(aerobic)

생성 시기	미국, 1968년.
	한국, 1974년.
유　　래	에어로빅의 개념은 미국의 내과의사인 케네스 쿠퍼(Kenneth Cooper)

생성 시기　미국, 1968년.
　　　　　　한국, 1974년.

유　　래　에어로빅의 개념은 미국의 내과의사인 케네스 쿠퍼(Kenneth Cooper)
가 처음 고안했으며, 그의 저서인 『에어로빅』(1968)과 『에어로빅의 요
령』(1977)으로 대중화되었다. 에어로빅은 초기에 NASA에서 우주비
행사들의 체력 향상을 위해 쓰였다.
　　　　　　우리나라에서는 1974년 2월에 YMCA가 초청한 쿠퍼 박사가 대학
교수와 체육 전문가들이 참가한 뉴 에어로빅 워크숍(New Aerobic
Work Shop)을 개최한 이후 보급되기 시작했다.

잘못 쓴 예　채플린의 「황금광 시대」가 조선극장과 지금의 국도극장인 황금관에
서 개봉된 것은 1927년이다. 그때 나는 채플린이 종종거리며 빙판 위
를 걷는 모습을 보며 마치 에어로빅을 하는 것 같다는 생각을 했다.

▶▶　**연립주택(聯立住宅)**

생성 시기　미군정기, 1945년.

유　　래　연립주택은 서기전 300년경 이집트의 '카훈'이라는 집단 주거에서 그
시원을 찾을 수 있다.
　　　　　　우리나라에서는 1945년 청량리·구장위동·신당동 일대에 처음 연립
단지가 조성되었고, 1963년 주택공사에서 수유동에 16평형 연립을
지으면서 본격적인 연립주택 건설이 시작되었다.

▶▶　**연탄(煉炭)**

생성 시기　미군정기, 1947년 5월 10일.

구멍 수에 따라 구공탄, 십구공탄 등으로 불리던 고체형 화력 연료이다. 1947년 5월 10일에 처음 연탄공장(대성연탄 전신)이 설립되어 보급되기 시작했고, 종전에 쓰던 목재 연료에 비하여 경제적이고 다루기 쉬운 이점 때문에 1950년대 이후에 가정 난방용으로 널리 쓰였다. 1970년대 이후 연탄 사용량이 계속 증가 추세를 보이다가 1990년대 들어 유류나 가스 연료의 보편화에 따라 사용량이 급격히 줄어들고 있다.

잘못 쓴 예 이상(李箱)이 운영하는 다방 '제비'에 들어서면 홀 중앙에 놓인 연탄 난로 위에서 구수한 엽차가 끓고 있었다.

▶▶ **연필(鉛筆)**

생성 시기 프랑스, 1795년.
미군정기, 1946년.

유   래 자연산 연필은, 16세기에 영국 배로우데일(Borrowdale)에서 엄청난 자연산 흑연광이 발견되면서 이 흑연을 그대로 쓴 것에서 시작된다.

오늘과 같은 연필은, 흑연광 수입이 막히자 프랑스 혁명정부의 카르노(Lazare Carnot) 장군 명령을 받은 프랑스 화가 콩테(Nicholas Jacques Conté; 1755~1805)가 1795년에 만들었다. 이때 그가 만든 것은 흑연가루와 찰흙을 섞은 연필심이었는데, 이 연필심이 발명되자 흑연을 그대로 쓰던 영국까지 이 기술을 도입하여 연필을 만들어 쓰기 시작했다.

우리나라에는 개항 이후 전래되었으나 1946년에야 국내에서 생산되기 시작했다. 초기에 나온 연필은 심이 약해서 잘 부러지고 심을 감싼 것도 결이 고르지 않은 나무와 종이 등이어서 사용에 불편함이 많았다. 지금은 결이 고른 향나무를 사용한 고급 연필이 주종을 이루고 있으며, 1970년대에 심만 따로 넣어서 쓰는 샤프펜슬이 등장하면서 재래식 연필의 사용이 급격히 줄어들었다.

잘못 쓴 예 엄귀비(嚴貴妃)가 명신여학교(1906)를 세우자 명성황후가 연필을 하사했다.

▶▶ ## 엿 먹어라

생성 시기 1964년 12월 9일.

유 래 1964년 12월 7일에 실시한 '1965년도 전기 중학 입시'의 공동출제 선다형 문제에서 유래한다. 이 문제는 다음과 같다.

> *엿기름 대신 넣어서 엿을 만들 수 있는 것은 무엇인가?*
> *① 디아스타제 ② 꿀 ③ 녹말 ④ 무즙*

이 문제의 답은 ①번 디아스타제였는데 ④번 무즙도 답이 된다는 것이 이 사건의 발단이 되었다.

무즙을 답으로 써서 한 문제 차이로 떨어진 학생의 학부모들은 난리가 났다. 학부모들은 이 문제를 법원에 제소하기로 하고, 먼저 입시 담당기관에 항의를 하였으나 항의가 제대로 받아들여지지 않았다.

학부모들은 무로 엿을 만들어 담당기관에 찾아가 엿을 들이댔다.

"엿 먹어라! 이게 무로 쑨 엿이다!"

결국 당시 김규원 서울시 교육감과 한상봉 문교부 차관 등이 사표를 냈고, 6개월 뒤 무즙을 답으로 써서 떨어진 학생 38명을 정원에 관계없이 경기중학교 등에 입학시키면서 이 사건은 마무리되었다. 이후 '엿 먹어라'가 '터무니없는 일'을 비난하는 욕으로 쓰이게 되었다. 이 말이 생긴 시기는 '엿 먹어라' 제목으로 신문 보도가 나간 1964년 12월 9일로 잡는다.

예비군(豫備軍)

생성 시기 1968년 4월 1일.

유   래 1948년 생업에 종사하면서 정규군에 편입할 수 있는 호국군이 편성되었는데, 이것이 오늘날과 같은 예비군의 성격을 띤 군대라고 할 수 있다. 1949년 8월 병역법 공포에 따라 호국군이 해체되고 11월 초에 예비군의 성격을 띤 청년방위대가 편성되기 시작하여 1950년 5월 말에 전국적인 조직을 완료했다. 6·25전쟁 중의 예비군으로는 국민방위군이 있었는데, 중간에 국민방위군의 부정부패 사건이 터지자 1951년 국회 결의에 따라 해산되었다. 1968년 1월 21일 무장공비 남파 사건과 1월 23일의 푸에블로호 납북 사건 등으로 북한의 도발 위험이 높아지자 자주적인 방위 태세를 공고히 하기 위하여 1968년 4월 1일 향토예비군이 창설되었다.

잘못 쓴 예 김신조 일당이 청와대 뒷산을 넘어 수도 서울로 잠입한 1월 21일 저녁, 서울 전역에 비상경계령이 떨어지고 향토예비군 총동원령이 내렸다.

▶▶ **오토바이(←auto bicycle)**

생성 시기 유럽, 1894년.
한국, 1962년 5월.

유   래 오토바이는 영어의 오토 바이시클(auto bicycle)을 줄여서 부르는 이름이며, 모터사이클(motorcycle)이라고도 한다. 우리나라의 도로교통법이나 도로운송차량법에서는 오토바이를 2륜 자동차라 부르고 있다.
모터사이클의 역사에 중요한 한 획을 그은 인물로는 힐데브란트 형제가 있다. 1894년 이들은 알리오스 볼프뮐러와 함께 네 개의 실린더와 4사이클 모터(1500㎤)를 장착한 금속 본체의 수냉식 오토바이 시리즈 개발에 성공하여 이듬해에 생산을 시작했다. 이 모터사이클은 공기 타이어를 사용했고, 최고 속도는 시속 40킬로미터 정도였다.

오토바이가 실용화된 것은 자동차보다 조금 늦은 1900년 전후이다. 그 후 경량 기관의 개발과 공기 타이어의 개량 등에 힘입어 순식간에 독일과 프랑스를 중심으로 전 유럽과 미국에 보급되었다. 이에 따라 제조회사의 수가 증가하고 대량생산이 가능해짐에 따라 가격이 저렴해지고 다루기도 수월하여 서민들에게도 많이 보급되었다.

우리나라에서는 1962년 5월에 삼천리 자전거를 생산하던 기아가 일본의 혼다로부터 부품을 수입하여 최초의 모터사이클인 C100을 생산했다. C100은 1967년까지 약 6년간 총 3676대가 판매되었다고 한다.

잘못 쓴 예 6·25전쟁 후 서울 거리에는 폐허 속에서도 재건의 바람이 불어 물자 수송업이 중요한 산업으로 자리 잡기 시작하여 자전거와 오토바이, 용달차 등이 거리를 누비고 다녔다.

▶▶ **오피스텔(←office hotel)**

생성 시기 1986년 8월 16일.

유   래 1985년 고려개발주식회사가 서울 마포구에 오피스텔로 지은 성지빌딩을 분양한 것이 효시이다. 이후 수요가 급격히 늘어 일반 건축업자는 물론 주택공사도 오피스텔 건설에 나서고 있다.

오피스텔이란 어휘가 공식 사용된 것은, 1986년 8월 16일 건축법 시행령 제51조에서 '주거용 오피스텔 건축 허용'이라는 조항이 생기면서부터다.

잘못 쓴 예 우리나라에서 1960년대 이후에는 경제개발 5개년 계획에 따른 도시 재개발 사업이 시행되면서 복덕방의 규모가 커져 주식회사의 형태를 띠기도 하였으며, 중계 대상도 주택과 임야뿐만이 아니라 공장,

상가, 빌딩, 오피스텔 등으로 확대되었다.

▶▶ 우루과이라운드(Uruguay Round)

생성 시기 1986년 9월 25일.

유　래 우루과이라운드는 가트(GATT; 관세무역일반협정) 규범을 새로운 무역 환경의 변화에 알맞도록 정하기 위하여 가트 회원국들이 벌여온 다자간 무역 협상을 가리키는 말이다. 1986년 9월 25일 남미 우루과이의 푼타델에스테에서 개최된 가트 각료회의에서 협상의 시작이 공식 선언되어 우루과이라운드라는 이름이 붙었다.

잘못 쓴 예 1981년 9월 30일 독일의 바덴바덴에서 열린 국제 올림픽위원회 총회에서 서울이 1988년 올림픽 개최지로 결정되었다는 사실이 언론에 보도되자, 경제정의실천협의회에서는 우루과이라운드 협정이 체결되기 전에 국가의 국제 경쟁력을 강화하여야 하는 문제가 발등에 떨어졌는데 올림픽을 개최하는 것은 국력을 낭비하는 일이라며 문제를 제기한 바 있다.

▶▶ 우편번호(郵便番號)

생성 시기 1970년 7월 1일.

유　래 1962년 3월 우편물의 구분 운송을 합리화하기 위하여 서독이 시작한 제도로, 현재는 미국과 유럽 각국 등 세계 14개국에서 실시되고 있다. 우리나라에서는 1970년 7월 1일부터 실시했다. 우편번호는 집배우체국의 배달 담당구역을 부호화한 것으로 처음에는 다섯 자리 숫자였다가 1988년 2월부터 여섯 자리 숫자로 바뀌었으며, 대형 빌딩과 우체국 사서함에도 우편번호를 부여했다.

잘못 쓴 예 | 정지용은 「향수(鄕愁)」 원고를 봉투에 넣고 나서 겉봉에 우편번호와 주소를 쓴 다음, 좀 더 크게 '조선지광 편집부장님 座下'라고 썼다.

▶▶ **원자력발전(原子力發電)**

생성 시기 | 미국, 1942년 12월 2일.
한국, 1978년 4월 29일.

유 래 | 1938년 핵분열 현상이 발견된 뒤 미국에서 '맨해튼 프로젝트' 중 1942년 12월 2일 핵분열 연쇄반응을 임의로 조정할 수 있는 원자로가 처음 개발되었고, 그 뒤 발전용 대형 원자로가 개발되었다.
우리나라는 1978년 4월 29일 부산 기장군 고리에 세운 원자력발전소가 준공된 이래 2018년 현재 총 24기 중 16기가 가동 중이다.

잘못 쓴 예 | 월성 원자력발전소는 우리나라 최초의 원자력발전소로서 유일한 가압중수형이다.(월성→고리, 가압중수형→가압경수형)

▶▶ **위성통신(衛星通信)**

생성 시기 | 소련, 1957년 10월 4일.
한국, 1967년 2월 24일.

유 래 | 1957년 10월 4일 소련이 인공위성 스푸트니크 1호를 발사하면서 위성통신의 역사가 시작되었다. 수많은 목적을 가진 인공위성 중에서도 통신위성은 지구를 하나로 만드는 역할을 수행하고 있다. 우리나라는 1967년 2월 24일 국제전기통신기구에 회원국으로 가입하면서 위성통신의 장을 열게 되었다.

잘못 쓴 예 | 1958년 김기수 선수가 제3회 도쿄 아시아 경기대회에서 금메달을 획득하는 장면이 각 가정의 안방에 통신위성으로 중계되었다.

유선방송(有線放送)

<u>생성 시기</u> 1986년 12월 31일.

<u>유   래</u> 우리나라의 유선방송은 1986년 12월 31일 제정·공포되고 1989년과
1990년 12월에 각각 개정된 유선방송관계법의 규제를 받으며 유선
방송관리 시행령에 따라 시행되고 있다.

<u>잘못 쓴 예</u> "지금까지 여러분께서는 대한민국 서울에서 방송해 드린 DBS 동아
방송을 들으셨습니다. ……여러분 안녕히 계십시오. 여기는 동아방
송입니다. HLKJ."
1980년 11월 30일 동아방송은 마지막 작별을 고했다. 그날 나는 자
정까지 이 방송을 듣고 있다가 잠이 오지 않아 유선방송이 나오는
쪽으로 채널을 돌려놓고 잠을 청한 기억이 난다.

▶▶ **유전공학(遺傳工學)**

<u>생성 시기</u> 1982년 3월 4일.

<u>유   래</u> 생명 현상을 결정하는 유전 물질의 구조와 기능을 알아내려는 시
도가 분자생물학을 낳았으며, 여기에서 유전공학이라는 새로운 기
술 용어가 탄생되었다.
우리나라에 유전공학이 실질적으로 도입된 것은 한국유전자공학
연구조합이 창립된 1982년 3월 4일부터 시작되며, 1985년 2월 1일에
한국과학기술원 부설 유전공학센터가 설립되었다.

<u>잘못 쓴 예</u> 영수는 유전자의 비밀을 밝혀내어 생명의 신비를 풀어보고자 하는
마음으로 유전공학을 전공으로 택했으나, 부산 미문화원 방화 사
건에 연루되어 쫓기는 신세가 되고 보니 앞길이 막막하기만 했다.

육군(陸軍)

생성 시기   1948년 9월 1일.

유   래   8·15광복 이후 자주국방의 중요성을 인식한 젊은이들이 전국 각지
에서 궐기하여 사설 군사단체와 유사 군사단체를 만들었다. 그러
던 중 1946년 1월 남조선 국방경비대가 창설되는데, 이것이 바로 육
군의 전신이다.

1948년 8월 15일 대한민국 정부가 수립되고 그해 9월 1일 미 군정청
으로부터 정권을 인수함에 따라 조선경비대는 비로소 대한민국의
정규군으로 정식 발족을 보게 되었다.

잘못 쓴 예   "이북에 북조선 인민위원회가 들어서고 엊그제는 이북을 오가는
것이 전면 금지되었다는데, 이런 때 당신이 육군에 들어가겠다니
도무지 마음이 놓이질 않는군요."

▶▶ **윤중제(輪中提)**

생성 시기   1968년 6월 1일.

유   래   1968년 6월 1일 서울시는 여의도에 방죽을 쌓은 후 그곳에 윤중제
란 이름을 붙이는 준공식을 가졌다. 이 윤중제는 일본어 '와주테이
(わじゅうてい)'를 그대로 우리 한자음으로 읽은 것이다. 그러므로 강
섬의 둘레를 둘러쳐서 쌓은 제방인 윤중제는 우리말 '방죽'으로 바
꿔 써야 한다.

▶▶ **의료보험/건강보험**

생성 시기   의료보험_ 1963년 12월 16일.

건강보험_ 2000년 1월 1일.

우리나라 의료보험의 역사는 1963년 12월 16일 의료보험법 제정으로 거슬러 올라간다. 그러나 실질적으로는 제4차 경제개발 5개년 계획의 일환으로 1977년 생활보호대상자 등에 대하여 의료사업이 실시되면서 500명 이상 사업장 근로자를 대상으로 실시된 것이 의료보험의 효시이다. 대기업 소속 근로자들을 대상으로 한 직장의료보험이 우리나라 의료보험의 시발이 되는 셈이다. 이후 꾸준히 적용 대상이 확대되어 1979년 공무원 및 사립학교 교직원과 300명 이상 사업장 근로자까지 의료보험 대상에 포함되었다.

1980년대 이후에는 전 국민 의료보험 확대 실시를 위한 기반이 조성되었다. 1981년에 강원도 홍천군, 전라북도 옥구군, 경상북도 군위군을 대상으로 지역의료보험 1차 시범사업이 실시되었고, 1982년에는 경기도 강화군, 충청북도 보은군, 전라남도 목포시를 대상으로 지역의료보험 2차 시범사업이 실시되었다.

직장의료보험의 대상은 꾸준히 확대되어 1982년에는 16명 이상 사업장까지, 1988년에는 5명 이상 사업장까지 의료보험 당연 적용 대상에 포함되었다. 1987년에는 한방 의료보험이 실시되어 그동안 의료보험 급여에서 제외되었던 한방 의료 서비스가 제공되었다. 1988년 농어촌 지역의료보험이 실시되었고, 1989년 7월에는 도시 지역의료보험이 실시됨으로써 의료보험제도 도입 후 12년 만에 전국 의료보험을 실현하게 되었다. 1989년 10월 약국 의료보험이 실시되어 한방에 이어 약국 의료 이용도 보험 급여에 포함되었다.

1999년 2월에 국민건강보험법을 제정하였고 2000년 1월 1일부터 시행하기로 하여, 이때부터 의료보험이란 어휘 대신 건강보험이란 어휘가 사용되고 있다. 2000년 7월에는 국민건강보험공단이 출범하였다. 2001년 7월에 5인 미만 사업장 근로자를 직장 가입자로 편입하였고, 2007년 노인장기요양보험법을 제정하여 이듬해 노인장기요양

보험을 실시하였다. 2011년에는 건강보험, 국민연금, 고용보험, 산재
보험을 사회보험으로 징수 통합하였다.

잘못 쓴 예 1961년 생활보호법이 제정되어 그 대상자가 정해지면서 그들에게
의료보험이 적용되었다.

▶▶ **인구시계탑(人口時計塔)**

생성 시기 1983년 7월 29일.

유   래 인구시계탑은 1983년 7월 29일을 기하여 우리나라의 인구가 4000만
을 돌파한 것을 계기로 대한가족협회가 경남 창원시청 앞에 처음
세웠다. 이어 충주시 공단 입구, 대구시민회관 앞, 인천시내 주안
역 앞과 서울 5개소(서울역, 청량리역, 한강대교, 여의도광장, 강남고속버
스터미널), 부산 2개소(수성동, 동래), 경기 2개소(수원시, 과천 서울대공
원), 춘천·대전·전주·광주·제주에 각 1개소씩 세웠다.

잘못 쓴 예 제1·2·3차 경제개발 계획과는 달리 제4차 경제개발 5개년 계획 때
에는 사회 개발의 필요성과 형평의 문제가 크게 부각되었다. 그러
자 당시 보건사회부 장관은 인구 문제를 해결하는 것이 제4차 경
제개발 계획 성공의 관건이라고 생각하고 인구 문제를 부각시키기
위하여 인구시계탑을 설치할 것을 박정희 대통령에게 건의했다. 이
건의를 받은 박 대통령은 매우 실효성이 높은 방안이라며 즉각 설
치할 것을 지시하여 곧바로 서울역, 청량리역, 여의도광장 등에 설
치되었다.

▶▶ **점보제트기(jumbo jet機)**

생성 시기 미국, 1970년 1월 21일.
한국, 1973년 5월 16일.

1960년대 후반에 접어들자 세계 여러 나라에서는 항공 수송 수요
가 급격히 증가했다. 그 해결책으로 초대형 항공기의 제작이 고려
되었다. 때마침 미 공군 전략수송기로서 대형기 C-5의 개발이 진
행되고 엔진을 비롯한 주요 부품이 개발되어 민간 항공에서도 점
보제트기를 사용하기 시작했다. 맨 먼저 선을 보인 것이 보잉 747형
(400인승)이며, 팬아메리카 항공이 1970년 1월 21일 대서양 항로에 처
음 취항했다.

우리나라에서는 대한항공이 1973년 B747-200B를 도입하여, 5월 16
일에 317명의 승객을 태우고 태평양 횡단 처녀 취항길에 올랐다. 보
잉제트기는 무게 350톤, 속도는 마하 0.9였다.

안창남은 1921년 5월 일본 항공국에서 실시한 제1회 비행사 면허
시험에 합격하여 점보제트기를 조종할 수 있는 1등 비행사 자격을
얻었다.

▶▶ **제야의 종(除夜- 鐘)**

조선, 1895년(고종 32) 9월 29일.
일제강점기, 1928년 12월 31일 자정.
한국, 1953년 12월 31일 자정.

서울 시장이 섣달 그믐날 종각의 종을 서른세 번 치는 풍습을 일
컫는 말이다. 종을 서른세 번 치는 것은 조선시대 서울 도성 안에
서 인정(人定) 이후 야간 통행을 금했다가 통행을 풀 시간인 5경 3
점에 큰 쇠북을 서른세 번 친 데서 유래한다.

그러다가 1895년 9월 29일부터 보신각종을 정오와 자정에 치도록
하였다. 이러한 범종 타종은 1908년 4월 1일부터 포(砲)를 쏘는 것
으로 대체되어 그 맥이 끊겼다.

그러던 중 일제강점기인 1927년 2월 16일에 첫 방송을 시작한 경성 방송국(호출부호 JODK)에서 특별기획으로 꾀꼬리 소리를 내보내려 했으나 살아 있는 꾀꼬리가 울지 않아 계속 실패, 1928년 12월 31일 자정에 서울 남산 아래에 있던 사찰 동본원사에서 범종을 빌려다 가 스튜디오에서 직접 쳐서 그 음향을 내보냈다.

1953년 6·25전쟁 중에 소실되었던 종각을 12월 10일에 중건하여 12 월 31일 자정에 처음으로 타종 행사를 가졌다. 제야의 종은 모두 서른세 번 타종하는데, 불교에서 상상의 하늘인 서른세 번째 하늘 (삼십삼천)에 나라의 태평과 국민의 무병장수와 평안을 기원한다는 의미다. 서른세 번 타종하는 것은 조선시대부터 이어져온 전통이다. 한편 제야의 종을 치는 날짜는, 묵은 어둠을 거둬내고(除夜) 새 빛 을 부른다는 의미가 있으므로 1월 1일이 아닌 12월 31일로 잡는다.

잘못 쓴 예 일제의 횡포가 날로 포악해져가는 1927년, 포석 조명희는 박성운의 파란만장한 생애와 비극적인 죽음을 통하여 일제강점기의 민족 해 방과 계급 운동의 한계를 탁월하게 그려낸 「낙동강」을 『조선지광』 7 월호에 발표하고 나서 소련 망명을 신중히 생각해보기에 이른다. 그 후 포석은 1927년을 마감하고 새로운 해가 시작됨을 알리는 제 야의 종소리를 듣고 망명 결심을 굳히게 된다.

▶▶ **주민등록증(住民登錄證)/도민증(道民證)/호패(號牌, 戶牌)**

생성 시기 호패_ 고려, 1354년(공민왕 3).

도민증_ 1950년 10월 1일.

주민등록증_ 1962년 5월 10일.

유 래 1962년 5월 10일 주민등록법을 시행함으로써 우리나라 국민은 주민 등록을 하게 되었다. 초기에는 주민등록증 발급이 의무 사항이 아니었다가, 1968년 5월부터 새 주민등록법에 따라 12자리의 주민등록번호가 생겨나면서 전국에 확대 실시되었다. 주민등록증 이전의 신분증으로는 6·25전쟁이 시작된 1950년에 긴급 실시된 도민증이 있었다. 이 도민증은 주민등록증이 의무 발급된 1968년 5월까지 사용되었다.

도민증 발급 목적은 북한 인민군에 부역한 사람들을 가려내는 목적으로 쓰여 발급 과정 중에 수많은 사람들이 희생되었다. 도민증 실시 시기는 1949년부터라는 기록이 있으나 실제로는 널리 발급된 적이 별로 없고, 1950년 서울시가 수복되어 도민증 발급 주무 기관인 서울시 경찰국이 복원된 1950년 10월 1일로 잡는다. (경찰국 중 가장 빨리 수복된 곳은 충남으로 9월 30일, 이어 서울·경기·충북·전북이 10월 1일, 전남이 빨치산 등의 영향으로 10월 3일, 강원도가 10월 4일에 수복되어 도민증 발급 업무가 전국적으로 시행되었다.)

전라도, 경상도, 충청도, 경기도, 강원도에서 발급되었는데 전쟁 중에 긴급히 실시된 제도라서 도마다 모양이 다르다.

조선시대에는 16세 이상의 남자들이 오늘날의 주민등록증에 해당하는 호패를 지니고 다녔다. 이 호패제도는 중국 원(元)나라에서 시작되었다. 우리나라에 들어온 것은 고려시대인 1354년(공민왕 3)으로, 이때는 전 백성에게 발급한 것이 아니라 수륙군정(水陸軍丁)에 한하여 실시했다. 조선시대에 들어와 전국으로 확대되었고 호적법의 보조 역할을 했다. 『속대전』의 규정에 따르면 2품 이상은 아패(牙牌), 3품 이하 잡과 입격자는 각패(角牌), 생원·진사는 황양목패(黃楊木牌), 잡직·서얼·서리는 소목방패(小木方牌), 공천·사천의 경우는 대목방패(大木方牌)를 사용했다. 이 제도는 1627년에 폐지되었다.

잘못 쓴 예 자유당 정권은 3월 15일의 선거를 부정한 방법으로 실시하고 나서는 3월 16일부터 불심검문을 강화했다. 4월 5일 아침, 나는 혜화동

로터리를 지나다가 경찰의 검문에 걸려 주민등록증 제시를 요구받
았고 가방 수색까지 당했다.(주민등록증→도민증)

▶▶ 지구촌(地球村)

생성 시기 미군정기, 1945년.

유   래 지구촌(global village)은 1945년 공상과학 소설가인 A. 클라크가 제시
한 지구의 미래상이다. 그는 인공위성을 통해 빛의 속도로 세계 각
지의 사람들이 동시에 통신을 할 수 있을 것이라고 예견했다. 이러
한 꿈은 1965년 4월 6일에 최초의 상업 통신위성인 '얼리버드(Early
bird)'가 발사됨으로써 현실화되었다. 결국 지구촌이란 지구 전체가
하나의 마을과 같은 성격을 가지는 것으로 사람들 모두가 서로를
알게 되고 모든 정보의 혜택을 누리게 되는 사회를 말한다.

▶▶ 지프(jeep)

생성 시기 미군정기, 1945년.

유   래 지프는 제2차 세계대전 당시 미국 육군 보급부대에서 개발하였으
며, 소련과 다른 연합국에 대한 중요한 대여 품목이었다. 차체가
매우 튼튼하고 높으며 4륜구동이기 때문에 거친 지형에서도 사용
할 수 있으며, 가파른 곳을 올라갈 수도 있다. 이 차량의 이름은
군사적 의미인 다목적(general purpose, GP) 차량에서 유래되었다. 제
2차 세계대전 이후에는 민간인들도 많이 사용하고 있다. 우리나라
에는 8·15광복 후 미군정 때 처음 보급된 것으로 추측된다.

잘못 쓴 예 김좌진 장군은 1930년 1월 24일 중동철도선 산시역(山市驛) 근처에
있는 자택 앞에서 지프에서 내리다가 괴한의 흉탄에 맞아 순국했다.

▶▶ 지하철(地下鐵)

생성 시기 영국, 1863년 1월 10일.

한국, 1974년 8월 15일.

유   래 세계 최초로 지하철을 개통한 도시는 영국 런던으로 1863년 1월 10일에 노선이 개통되어 증기기관차를 운행하는 지하철이 탄생되었다. 그 후 미국 시카고에 지하철이 개통되었으나 모두 증기기관차를 운행하는 바람에 승객들은 기관차에서 내뿜는 연기에 매우 곤혹스러워했다. 전기철도가 등장한 것은 1890년이었는데 역시 영국 런던에서였다. 이후 전기 지하철은 각국의 대도시에 잇달아 보급되어 2017년 현재 전 세계의 210여 개 도시에서 운행하고 있다.

우리나라는 1974년 8월 15일에 서울의 지하철 1호선이 개통된 후 1984년에 2호선이, 1895년 10월에 3·4호선이 개통되었다. 2018년 현재 서울은 9호선까지 개통되었으며 부산, 대구, 대전, 인천, 광주에도 지하철이 운영되고 있다.

잘못 쓴 예 그때 문익환 목사는 『사상계』 발행인인 장준하 선생과 함께 기독교연합회관에 가려고 제기동에서 지하철을 탔는데, 그 안에서 유신헌법(1972)이 공포되었다는 신문기사를 읽게 되었다.

▶▶ 철의 장막(鐵- 帳幕)

생성 시기 미국, 1946년 3월 5일.

유   래 1946년 3월 5일 영국의 수상 윈스턴 처칠(Winston S. Churchill)은 미국 미주리주 풀턴시에 있는 웨스트민스터대학교에서 명예박사 학위를 받으면서 한 연설에서 발트해의 슈테틴에서 아드리아해의 트리에스테까지 대륙을 가로질러 '철의 장막(iron curtain)'이 쳐졌다."고 말했다.

414

▶▶ **청양고추**

생성 시기   1983년.

유   래   중앙종묘(지금의 세미니스코리아)에서 개발한 고추의 상표명이다. 중앙종묘에서 밝힌 개발 경위와 상표명 제정 사유는 이러하다.

"1970년대 말에서 1980년대 초에는 소과종이 대과종보다 가격이 높고, 특히 국내 최대 주산지인 경상북도 북부의 청송·영양 지역에서는 소과종이 주로 재배되어 이 지역에 적합한 품종을 육성코자 함. (중략) 상기 육성 목적에 비교적 근접한 품종을 육성하여 청송의 '靑'과 영양의 '陽'자를 따서 '청양고추'로 명명하여 품종 등록함.(생산판매신고번호: 2-004-97-042) 모계(母系)는 열대 지방 재래종이며 부계(父系)는 국내 재래종이다."

따라서 이 말이 생긴 시기는 중앙종묘가 농림부에 종자등록을 한 1983년으로 잡는다.

상표명을 짓게 된 동기는 중앙종묘 홈페이지에 품종 개발자(유일웅)가 밝힌 내용이다.

▶▶ **청와대(靑瓦臺)/경무대(景武臺)/미군정 장관 관저/일제 총독 관저**

생성 시기   일제 총독 관저_ 1937년 5월 7일.
미군정 장관 관저_ 1945년 9월 8일.
경무대_ 1948년 8월 15일.
청와대_ 1960년 8월 13일.

유   래   1948년 8월 정부 수립 후 초대 대통령 이승만은 일제 총독 관저와 미군정 장관 관저로 쓰던 곳을 대통령 관저로 쓰면서, 조선시대에 그 자리에 있던 경무대의 이름을 따와 경무대라 명명하였다. 조선시대의 경무대는 왕이 군사훈련을 직접 점검하거나 연회를 베풀던 곳이다.

1960년 8월 13일 제2공화국의 대통령으로 선출된 윤보선(尹潽善)은 경무대라는 명칭에서 이승만의 독재가 연상된다고 하여 청와대로 이름을 바꾸었다. 이 명칭은 본관 건물이 청기와로 이어져 있는 데서 유래한 것이다.

청와대는 일제의 6대 총독 미나미 지로[南次郎]가 1937년 5월 7일에 지어 총독 관저로 이용했으며, 광복 이후 38선 이남을 분할 점령한 미군의 J. R. 하지 중장이 1945년 9월 8일부터 1948년 정부수립 전까지 군정장관 관저로 사용했던 곳이다.

잘못 쓴 예 1960년 4월 19일 약 3만 명의 고등학교 학생들이 물밀듯이 거리로 쏟아져 나왔는데, 그 가운데 수천 명이 청와대로 몰려갔었다.(청와대→경무대)

▶▶ **체육관(體育館)**

생성 시기 1963년 2월 1일.

유   래 우리나라 최초의 체육관은 1963년 2월 1일에 개관한 장충체육관이다. 그 후 전남체육관(1965), 인천체육관(1968) 등이 준공되어 현재는 각 시도에 1개동 이상의 공공체육관이 있다.

잘못 쓴 예 1962년 10월 9일 덕수궁 석조전 옆 잔디밭에 나뒹구는 신문지 쪼가리에 '장충체육관! 한국은행 팀이 일으킨 파란의 물결로 뒤덮이다'라는 기사가 눈에 띄었다.

▶▶ **치약(齒藥)**

생성 시기 미국, 1896년(콜게이트).

일본, 1889년(치분).

한국, 1950년(미국산 콜게이트 수입).

한국, 1954년 10월(국산 락희치약 개발).

유　래 1889년 일본 라이온사가 분말 형태의 치약을 처음으로 내놓았으며, 이 제품이 우리나라에도 들어왔다. 1950년 무렵에 이르러 미군부대를 통해 나오는 콜게이트치약이 시장을 점유하고 있었으며, 이 무렵 국산 다키치약이 동아특수화학에서 생산되고 있었다.

1990년대까지 치약의 대명사가 되다시피 했던 럭키치약(락희치약)은 1954년 10월에 개발하여 이듬해 9월에 출시했다.

잘못 쓴 예 1939년 김유영 감독은 유리창가에서 치약의 거품을 내며 오랫동안 이를 닦으면서 영화 「수선화」의 마지막 장면을 구상했다.

▶▶ **컴퓨터(computer)**

생성 시기 미국, 1946년 2월 14일.

한국, 1966년 10월 1일.

유　래 1946년 2월 14일 펜실베이니아대학교에서 최초의 전자계산기인 에니악(ENIAC; 전자식 수치 적분 계산기)을 완성했다. 이것은 당시로서는 경이적인 속도의 범용 계산기였다. 오늘날의 계산기는 모두 프로그램 기억 방식인데, 최초로 완성된 프로그램 기억 방식 계산기는 1949년 5월 6일에 케임브리지대학교에서 만든 에드삭(EDSAC)이다. 에드삭에서는 프로그램 작성을 쉽게 하는 연구가 이루어져 '초기 명령'이라는 것이 만들어졌다.

초창기에는 진공관을 주로 사용하다가 1957년경부터 반도체 소자인 트랜지스터로 전환되었다. 1965년경부터는 집적회로(integrated circuit, IC)를 위시한 반도체 설계 기술이 급속히 발전하여 응용 분

야가 널리 확산되고 있다. 범용 컴퓨터는 1960년대부터 미국의 IBM
이 선도적으로 개발하여 오늘에 이르고 있다. 컴퓨터 시스템의 개
발은 범용 컴퓨터와 특수용도 및 인공지능 컴퓨터로 크게 분류할
수 있다.

우리나라에서 최초로 이용한 컴퓨터는 1966년 10월 1일부터 실시된
'간이인구센서스' 때 사용된 IBM1401이다.

잘못 쓴 예 제3공화국에서는 경제개발 계획을 세우면서 보다 과학적인 통계자
료를 확보하기 위하여 컴퓨터를 이용하여 각종 조사 사업을 벌였다.

▶▶ **컴퓨터 바이러스(computer virus)**

생성 시기 미국, 1986년.
　　　　　 한국, 1988년.

유　　래 컴퓨터 바이러스는 병원체의 바이러스처럼 컴퓨터 안으로 침입하
여 소프트웨어나 기억 데이터를 파괴하는 일종의 나쁜 의도를 지
닌 프로그램이다. 이 용어는 코헨 박사가 1983년 11월 3일 개최된
보안 세미나에서 발표한 「컴퓨터 바이러스: 이론과 실험」이라는 논
문에서 처음 사용했다.

개인용 컴퓨터(PC)의 바이러스는 '(C)브레인'이 처음인데, 1986년에
파루크 엘비 형제가 만들었다. 이 바이러스는 우리나라까지 들어
왔다. 우리나라에서 컴퓨터 바이러스 감염은 대부분 디스켓의 복
제 행위에서 비롯되었는데, 1988년 초부터 프로그램 불법 복제의
산실인 청계천 일대의 상가에서 발견되기 시작했다.

잘못 쓴 예 86아시안게임 조직위원회에서 사용하고 있는 컴퓨터가 바이러스에
감염되었다는 사실이 여론에 공개될 것을 두려워한 관계자들은 밤
을 새워가면서 원인을 규명하는 데 진땀을 흘렸으나 단서가 될 만
한 사실은 한 가지도 발견하지 못했다.

컴퓨터 통신/인터넷

<u>생성 시기</u> 컴퓨터 통신_ 미국·영국, 1969년.
　　　　　　　　　한국, 1983년 3월 21일.
　　　　　인터넷_ 미국, 1988년.
　　　　　　　　　한국, 1990년.

<u>유　래</u> 미국 국방부 고등연구계획국(ARPA)에서 개발한 컴퓨터 네트워크 아르파넷(ARPAnet)이 군사 목적으로 실험을 시작하여, 1969년에 미국의 최첨단 연구조직을 연결한 프로젝트로 4개의 컴퓨터를 접속하는 데 성공했다. 이것이 컴퓨터 통신이 시작된 첫 사례다. 같은 시기에 영국은 자넷(JANET)을 구축했다.

1972년에는 미국 전역에서 40대의 컴퓨터가 접속하는 데 성공했다. 1973년 고등연구계획국은 국방고등연구계획국(Defence Advanced Research Project Agency, DARPA)으로 이름을 바꾸고, 'Internetting Project'라는 프로젝트를 시작했다. 이 프로젝트는 여러 가지 패킷 네트워크들을 서로 어떻게 연결할 것인가를 연구하기 위한 것이었는데, 이때 프로젝트명으로 사용된 'Internetting Project'가 발전하여 오늘날 흔히 쓰는 인터넷(Internet)이 되었다.

1982년 국방통신국(the Defense Communications Agency, DCA)과 국방고등연구계획국은 아르파넷을 사용하기 위해 TCP(Transport Control Protocol)와 IP(Internet Protocol)를 하나의 프로토콜족(Protocol Suite)으로 만들었다. 1983년에는 군사용으로 밀넷(MILNET), 연구 개발용으로는 같은 이름의 아르파넷이라는 두 개의 네트워크로 나누었다. 1986년 미국국립과학재단(NSF)에서 슈퍼컴퓨터를 먼 거리에서도 사용하며 연구할 목적으로 5대의 슈퍼컴퓨터를 아르파넷을 통하여 서로 연결하는 데 성공했다. 56Kbps 속도의 기간망(Backborne Network)을 만든 것이다. 이 망을 NSFnet이라고 한다. 1988년에

NSFnet이 T1(1.544Mbps)으로 업그레이드되면서 이해에 캐나다, 덴마크, 핀란드, 프랑스, 아이슬란드, 노르웨이, 스웨덴의 국가망이 NSFnet에 연결되었다. 따라서 이해를 국제 인터넷 어휘 생성 시기로 잡는다.

1989년에는 오스트레일리아, 독일, 이스라엘, 이탈리아, 일본, 멕시코, 네덜란드, 뉴질랜드, 푸에르토리코, 영국이 NSFnet에 연결되었다. 이때까지 NSFnet에 연결된 호스트는 모두 10만 대를 넘어서게 되었다. 1989년에 미국의 아르파넷까지 NSFnet에 자연 흡수되면서 이때부터 인터넷이라는 명칭이 정식 사용되기 시작했다.

1990년에는 한국, 아르헨티나, 오스트리아, 벨기에, 브라질, 칠레, 그리스, 인도, 아일랜드, 스페인, 스위스가 인터넷에 연결되었다. 1991년에 세른(CERN, 유럽입자물리연구소)의 팀 버너스 리(Tim Berners-Lee)가 개발한 월드와이드웹(World Wide Web, WWW)이 처음으로 발표되고, NSFnet은 T3(44.736Mbps)로 업그레이드되었다. 이해에 크로아티아, 체코, 홍콩, 헝가리, 폴란드, 포르투갈, 싱가포르, 남아프리카공화국, 타이완, 튀니지 등이 인터넷에 연결되었다.

우리나라에서는 미국보다 3년 늦은 1972년 11월 한국외환은행의 서울 본점과 부산 지점 사이에 전화회선을 이용한 온라인 시스템을 가동하면서 업무용 컴퓨터 통신을 시작했다. 1982년 3월에는 한국데이터통신주식회사가 창설되었고, 1983년 3월 21일 공중전화망의 개방으로 일반 전화를 이용하여 국민 누구나 컴퓨터 통신을 할 수 있게 되었다.

1982년 5월 15일에 국내 인터넷의 시초가 되는 SDN이 개통되었다. 서울대학교 컴퓨터공학과의 중형 컴퓨터와 구미의 전자기술연구소(지금의 한국전자통신연구원)의 중형 컴퓨터가 1200bps 전용선으로 연결되었으며, 1983년 1월에 한국과학기술원(KAIST)의 중형 컴퓨터가 SDN에 연결됨으로써 통신망으로서의 구색을 갖추게 되었다. 이

SDN에 연결된 컴퓨터와 컴퓨터 사이의 통신 프로토콜은 현재 인터넷에서 사용되는 TCP/IP가 사용되었다.

국제간의 컴퓨터 통신을 할 수 있는 인터넷이 가능해진 것은 1986년 7월로 이때 우리나라는 처음으로 IP 주소를 할당받았다. 1987년에는 .kr 산하의 2~3단계 도메인에 관한 규격이 설계되어 한국을 대표하는 국가 코드 도메인인 .kr이 공식 사용되기 시작했다. 그러나 일반 이용자가 인터넷을 쓰기 시작한 것은 1995년으로 이해부터 아이네트, 나우콤, 하이텔 인터넷 접속 서비스를 시작했다.

인터넷이란 어휘가 한국에서 생성된 시기는 한국이 NSFnet에 접속된 1990년으로 잡는다.

잘못 쓴 예 시인 김수영은 새벽같이 일어나서 닭장 청소를 하고 닭 모이도 주면서 바삐 움직였다. 그러고 나서 어머니, 아내, 아이들과 둘러앉아 아침을 먹고 있으려니 문득 '나도 생활인이 다 되었구나.' 하는 생각이 들었다. 아내가 끓여 온 커피를 마시며 이런저런 생각을 하다가 전통이 끊어져버린 조국에서 살아가는 지식인은 방황할 수밖에 없다는 생각을 하게 되었다. 잠시 후 아내가 생활비가 떨어졌다며 은행에 가서 온라인 통장에 원고료가 송금되었는지 알아보라고 재촉을 하는 바람에 그는 더 이상의 상념을 접어두고 집을 나서게 되었다.

▶▶ ## 콘도미니엄(condominium)

생성 시기 스페인, 1957년.
한국, 1981년 4월.

유   래 콘도미니엄(condominium)이란 용어는 Con(共同)+Dominate(소유, 지배하다)+Ium(라틴계 명사형 어미)의 합성어로 '일정한 토지가 두 나라 이상의 공동지배하에 있으며, 지배권의 행사 역시 두 나라 이상의 공동지배 통치 또는 공동소유권'을 의미하는 라틴어에서 유래했다. 서기전 6세기경 로마법에서는 '동일자산을 2인 이상이 공동 소유하는 소유권 형태'라고 규정짓고 있으며, 영어로는 'Joint dominion(공유)'이라고 한다. 현대적 의미의 콘도미니엄은 1957년 스페인의 코스타델솔 해안에 지은 171실 규모의 토레마르호텔이 시초다.

우리나라는 1979년 6월 ㈜한국콘도미니엄이 처음으로 회사를 설립, 1981년 4월 경주보문관광단지에 103실을 갖춘 25평형 경주콘도미니엄을 완공하여 운영한 것이 최초다.

우리나라에서 휴양 콘도미니엄의 개념은 관광진흥법 제3조에 '관광객의 숙박과 취사에 적합한 시설을 갖추어 이를 당해 시설의 회원, 공유자, 기타 관광객에게 제공하거나 숙박에 부수되는 음식, 운동, 오락, 휴양, 공연 또는 연수에 적합한 시설 등을 함께 갖추어 이를 이용하게 하는 업'이라고 규정되어 있다.

잘못 쓴 예 부산 해운대콘도미니엄을 예약하려고 전화를 거는데, 라디오에서 박정희 대통령의 서거를 알리는 뉴스가 흘러나왔다.

▶▶ **크리스마스(Christmas)**

생성 시기 로마, 336년 1월 6일 또는 12월 25일.
미군정기, 1946년 12월 25일.

유 래 크리스마스(Chistmas)는 '그리스도의 미사'라는 뜻의 고대 영어 'Cristes maesse'에서 유래한 말이다.
로마 역서(曆書)에 따르면 그리스도교의 크리스마스 축제는 336년경 로마에서 거행되었다고 한다. 그러나 로마제국의 동방 지역에서는 1월 6일에 하느님이 예수의 탄생과 세례 때 나타난 일을 기념했고, 예루살렘에서는 탄생만 기념했다. 4세기에는 동방 교회 대부분이 점차 12월 25일에 그리스도의 탄생을 기념하기 시작했다. 예루살렘에서는 오랫동안 크리스마스를 반대했으나 결국 받아들이게 되었다. 아르메니아 교회는 12월 25일 대신 1월 6일에 그리스도의 탄생을 기념했다. 동방 교회는 크리스마스를 12월 25일에 지키게 된 후 1월 6일은 예수의 세례를 기념하는 주의공현대축일로 지켰다. 서방의 주의공현대축일은 동방박사들이 아기 예수를 찾아온 날을 기념하는 축일이었다. 크리스마스를 12월 25일에 기념하는 이유는 불확실하지만, 초기 그리스도교들이 '정복당하지 않는 태양의 탄생일'이라는 로마의 이교(異敎) 축제와 같은 날에 기념하기를 원했기 때문이었다는 설이 있다. 이 축제는 낮이 다시 길어지기 시작하고 태양이 하늘 높이 떠오르기 시작하는 동지를 기념한 것이었다. 따라서 크리스마스와 관련된 전통 관습들은 이교도들이 한겨울에 벌이던 농사 및 태양 의식들과 그리스도의 탄생에 대한 기념이 합쳐져서 생겨났다.

우리나라에서는 미국 개신교 선교사에 의하여 크리스마스카드를 보내는 것이 보급되었다는 기록이 보이며, 미국 감리회 의료 선교사인 홀은 처음으로 크리스마스실(Christmas seal)을 발행했다고 한다. 우리나라에서 크리스마스가 법정 공휴일로 지정된 해는 미군정이 시작된 1946년이다. 이 어휘 생성 시기는 1946년 크리스마스인 12월 25일로 잡는다.

잘못 쓴 예 윤동주는 이번 크리스마스에는 반드시 방정환 선생을 찾아가야겠다는 생각을 했다.

▶▶ **탤런트(talent)**

생성 시기 1961년.

유   래 탤런트(talent)란 말은 고대 그리스의 화폐 단위 달란트에서 유래했
다. 일반적으로 탤런트라 하면 텔레비전 연기자만을 국한하여 말
하는 경우가 많다. 그러나 보다 정확한 의미는 텔레비전 연기자뿐
만이 아니라 가수, 코미디언, 사회자, 단골 출연자, 영화배우, 라디
오 연기자를 총칭하는 말이다.

우리나라에서 최초로 탤런트라는 직업이 생긴 것은 한국텔레비전
방송국(KBS-TV)이 개국한 1961년 말부터였다. 이때 방송사상 최초
의 텔레비전 배우 26명이 공모를 통하여 선발되었는데, 이 무렵 일
본에서는 텔레비전 배우를 '탈렌또'라고 불렀기 때문에 일부 방송
관계자들이 일본식 '탈렌또' 호칭을 들여와 배우란 말과 혼용했으
며, 1970년대부터 탤런트로 굳어졌다.

하지만 텔레비전 배우를 탤런트라고 불렀던 일본에서는 현재 텔레
비전 연기자만이 아니라 텔레비전에 나오는 각종 예능인과 유명인
전체를 일컫는 용어로 바뀌었다. 영어로는 텔레비전 액터(actor), 텔
레비전 액트리스(actress)라고 한다. 즉 텔레비전 연기자를 탤런트라
고 부르는 나라는 한국밖에 없다. 이런 점에서 이 어휘는 소멸될
가능성이 높다.

잘못 쓴 예 6·25전쟁이 발발한 지도 2년이 넘어 군의 사기가 떨어질 대로 떨어
지자 임시 수도였던 부산에서는 모든 탤런트를 비롯한 아나운서와
성우들이 발 벗고 나서서 종군예술단을 조직하여 위문 활동에 나
서기로 결의했다.

▶▶ **텔레비전(television)**

생성 시기 미국, 1925년 4월.
한국, 1956년 5월 12일.

실용적인 텔레비전을 처음으로 만들어낸 사람은 영국의 존 로지 베어드(John Logie Baird; 1888~1946)이다. 그가 만든 텔레비전은 지금과 같은 전자식이 아닌 기계식 텔레비전으로, 닙코프 원판을 1분에 600번 회전시켜서 동화상을 복원했다.

1925년 4월 런던의 셀프리지백화점 앞에서 최초의 텔레비전을 시험해본 그는 화질을 거듭 개선하여 다음 해 1월에 영국 왕립과학협회의 과학자 50여 명이 참석한 자리에서 텔레비전 공개 실험을 성공리에 마쳤다. 주사선 30개짜리 텔레비전 모델은 영국의 BBC 방송을 통해 1929년 9월 30일부터 1935년까지 시험 방송되었으며, 그때까지 영국 전역에 약 4대가량 보급되었다.

한편 러시아 출신 미국인 즈보리킨(Vladimir Kosma Zworykin; 1889~1982)은 1923년 전자식 텔레비전 촬영용 진공관인 아이코노스코프(Iconoscope)를 발명하여 전자식 텔레비전의 길을 열었으며, 1940년 무렵에는 이를 이용한 컬러텔레비전 실험을 했다. 그가 사용한 브라운관(CRT)은 독일의 물리학자 브라운(Karl Ferdinand Braun)이 이미 1897년에 발명한 것으로, 원래는 텔레비전에 쓰기 위한 것이 아니었다. 이 브라운관을 전자식 텔레비전에 쓰면 기계식 텔레비전에서 모터로 원판을 돌려 영상을 구현하는 닙코프 원판 방식보다 훨씬 낫다는 그의 스승 즈보리킨의 권유로 사용했다고 한다.

우리나라에서 텔레비전 수상기가 일반인에게 처음 선보인 것은 1954년 7월 30일이었다. 이날 종로에 자리 잡은 미국 RCA사 한국대리점(KORCAD)은 20인치 화면의 폐쇄회로 텔레비전 수상기(CCTV)를 공개했다. 당시 라디오도 귀중품으로 생각하던 서민들이었기에 이 텔레비전 수상기는 한동안 장안의 화젯거리가 되었다. 그로부터 2년이 지난 1956년 5월 12일에 우리나라에서 처음 텔레비전 방송이 시작되었다. 따라서 이 시점을 어휘 생성 시기로 잡는다.

그는 1945년 8월 15일 마침내 일본 천왕이 항복 문서를 낭독하는 장면을 텔레비전을 통하여 지켜보면서 복받쳐 오르는 환희를 느꼈다.

▶▶ 텔레비전 방송

생성 시기 미국, 1929년 9월 30일.
한국, 1956년 5월 12일.

유 래 1925년 런던에서 텔레비전을 공개 실험한 뒤 영국은 BBC 방송을 통해 1929년 9월 30일부터 방송을 시작했고, 독일에서는 1935년부터, 미국에서는 1939년부터 텔레비전이 정기 방송을 시작했다.

우리나라 최초의 텔레비전 방송은 HLKZ-TV가 1956년 5월 12일 시작했다. '활동사진 붙은 라디오가 나왔다'는 것이 HLKZ-TV 시험 방송을 본 시민들의 반응이었다. 상업 방송인 HLKZ-TV는 수입을 광고에 의지할 수밖에 없었으나, 당시에는 상업 텔레비전을 정상적으로 운영할 만한 여건이 마련되어 있지 않았다. 결국 HLKZ-TV는 1957년 5월 『한국일보』를 발행하던 장기영에게 양도되어 대한방송주식회사(DBC)로 개편되어 운영되다가 1959년 2월 화재로 시설이 전소되어 방송이 중단되었다. 비록 단명에 끝나기는 하였지만 이 HLKZ-TV는 우리나라를 세계에서 15번째, 아시아에서 4번째로 텔레비전 방송을 실시한 나라로 만들었다.

우리나라 최초의 텔레비전 방송은 HLKZ-TV였지만 텔레비전 방송 시대가 본격적으로 시작된 것은 1961년 12월 31일 한국텔레비전방송국이 개국되면서부터이다. 그 후 1964년 동양텔레비전방송주식회사(TBC)가 개국되고, 1966년 문화방송(MBC)이 텔레비전방송국을 설치함으로써 KBS, TBC, MBC의 3대 네트워크 시대가 시작되었다.

잘못 쓴 예 이승만 대통령은 텔레비전 수상기를 통하여 판문점에서 군사정전 위원회가 열리는 것을 지켜보다가 회의 진행이 공전을 거듭하자 답답하다는 듯 책상을 두드렸다.

▶▶ **트위스트(twist)**

생성 시기 미국, 1960년.

한국, 1964년 2월 29일.

유 래 1959년 흑인 기타리스트 H. 밸러드가 「더 트위스트」라는 곡을 만들어 레코드를 냈으나 당시에는 별로 유행하지 못했다. 1년 남짓 지난 1960년에 흑인 신인가수 C. 체커가 같은 곡을 레코드에 실었고, 텔레비전 사회자 D. 클라크가 이를 그의 프로그램에서 선전한 뒤부터 유행하기 시작했다. 이것이 파리로 전파되고, 파리에서 유행하자 미국에서도 1962년 본격적인 트위스트 붐이 일어났다.

트위스트 음악은 단순한 비트(박자)를 강조한 리듬앤드블루스와 허리를 비트는 것 이외는 비교적 자유로운 춤이다. 이에 젊은 층뿐만 아니라 중년층도 이 춤을 즐김으로써 미국의 트위스트 붐 규모는 크게 확대되었다. 손을 잡지 않고 출 수 있는 트위스트의 출현은 댄스의 역사를 바꾸어놓는 획기적인 계기를 마련했다.

우리나라에서는 트위스트 춤을 혼자 익힌 배우 김한섭이 워낙 춤을 잘 추어 신상옥 감독으로부터 '트위스트 김'이란 예명을 받았다. 트위스트 김은 1964년 2월 29일에 개봉한 영화 「맨발의 청춘」에서 열연, 이때부터 트위스트 춤이 한국에 널리 알려지게 되었다.

잘못 쓴 예 1954년 1월 1일부터 그해 8월 9일까지 『서울신문』에 연재된 장편소설 「자유부인」은 대학교수의 부인이 가정생활에 권태를 느끼고 양품점에 나가면서 남편의 제자에게 지르박·탱고·트위스트 등의 댄스를 배우고, 한편 남편은 미군부대의 타이피스트에게 아릇한 감정을 느낀다는 스토리 전개로 그 무렵의 세태 속에서 선풍적인 인기를 얻었다.

▶▶ **판탈롱(pantaloon)**

<u>생성 시기</u> 1970년 초.

<u>유 래</u> 판탈롱은 긴 바지를 뜻하는 프랑스어다. 16세기 중엽 이탈리아 희
극에 등장하는 어릿광대 판탈로네(Pantalone)가 좁고 기다란 바지를
입은 데서 유래한다.

이 말이 일반화된 것은 남자의 긴 바지가 보급되던 19세기 초이다.
여자의 경우 19세기 전반까지는 스커트 속에 입던 바지 형식의 속
옷을 판탈렛이라고 하였으며, 스포츠용으로 긴 바지를 입기 시작
한 것은 1930년대 이후이다.

우리나라에서 이 말이 보편화된 것은 미니스커트 유행이 퇴조하고 난
1970년 초쯤으로, 밑자락이 넓게 퍼진 여자용 긴 바지를 가리켰다.

<u>잘못 쓴 예</u> "1960년대에 판탈롱이 얼마나 유행했는지 아니? 미니스커트는 '저
리 가라'였단다."

▶▶ **패스트푸드 체인점(fast food chain店)**

<u>생성 시기</u> 미국, 1955년.
한국, 1979년 10월.

<u>유 래</u> 주문만 하면 즉석에서 가벼운 음식을 먹을 수 있는 패스트푸드 체
인점은 편리함과 신속함 때문에 젊은 층에게 큰 호응을 얻었다. 셀
프서비스로 운영되는 패스트푸드 체인점은 미국의 맥도널드 햄버
거 등이 그 모델이 되었다. 1955년 맥도널드의 창시자 레이 크록(Ray
Croc)이 맥도널드 점포를 일리노이주에 처음 연 것이 패스트푸드 체

인점의 시작이다.

우리나라 최초의 패스트푸드 체인점은 1972년 10월 소공동 1번지에 문을 연 롯데리아다.

잘못 쓴 예 나는 이화여고 2학년 때인 1971년 4월 12일 오전에 시청 앞 광장에서 열린 지하철 1호선 기공식에 참석하고 나서 친구들과 소공동으로 걸어가 롯데리아에서 햄버거와 코카콜라를 먹으며 수다를 떨었다.

▶▶ **편의점(便宜店)**

생성 시기 1989년 5월.

유   래 1989년 5월 주로 맞벌이 부부, 독신자 등 비교적 목적 구매 성향이 두드러진 고객과 신세대들의 활동시간 확대를 겨냥하여 우리나라에 상륙한 편의점은 편의를 추구하는 생활방식이 낳은 종합 소매업의 혁신적인 형태이다. 아파트 밀집 지역이나 사람과 차량 등의 통행이 많은 장소에서 소비자가 각종 생활용품을 쉽게 구입할 수 있도록 장시간 영업하는 방식을 택하고 있다. 편의점은 미국식의 시브이에스(CVS, convenience store)와 유럽식의 스파(SPAR)로 나뉘는데, 시브이에스가 24시간 영업 체제인 데 비하여 스파는 오전 7시에서 밤 11시까지 영업한다.

잘못 쓴 예 제5공화국 정부는 산업이 선진화되려면 유통 산업이 활성화되어야 한다는 유통업계의 건의를 받아들여 편의점 사업에 대한 규제를 완화하여 허가제가 아닌 신고제로 전환시켰다.

▶▶ **한류(韓流)**

생성 시기 타이완, 1997년.

중국, 2001년 2월 1일.

유　래 1997년경 타이완에서 처음 생겨난 말이다. 타이완에는 원래 '한파 주의보'를 뜻하는 한류(寒流)란 말이 있다. 그런데 이영애와 차인표 가 출연한 「불꽃」이란 TV 드라마가 타이완 사람들에게 인기를 끌 자, 한국 드라마의 경쟁력이 무서우니 타이완 연예계가 조심해야 한다는 취지에서 타이완 언론들이 '寒流' 어법에 맞춘 '韓流'란 신조 어를 만들어냈다.(주한 타이베이 대표부 신문조장 류밍량[劉明良] 증언)

이 한류라는 어휘가 본격 사용하게 된 계기는 2001년 2월 1일에 열린 HOT의 베이징 공연이 폭발적인 반응을 얻으면서부터다. 이 때 중국 언론이 한류라는 어휘를 다시 한 번 인용함으로써 굳어졌 다.(sm엔터테인먼트 대표 이수만 증언)

▶▶　**한의학(韓醫學)**

생성 시기　1986년 5월 10일.

유　래　한의학은 우리나라에서 발달한 고대 의약이 중국, 일본 등 한자 문 화권 지역의 의약과 교류되면서 연구, 전승되어온 민족 의학을 일 컫는 말이다. 단군신화에 등장하는 쑥과 마늘로 보더라도 옛날부 터 우리 민족에게 의학 문화가 있었음을 알 수 있다. 초기에는 이 론적이고 체계적이지 못한 단방약 수준이었던 우리 의학이 500년 경에 한나라에서 수입된 의학과 합쳐져서 비로소 민족 의학의 이 론화, 체계화 과정을 갖게 되었다. 그리하여 이 당시에 『백제신집방 (百濟新集方)』이라는 최초의 민족 의서가 나오기도 했다.

본래 한의학(漢醫學)이라 표기했던 것을 1986년 5월 10일(법률 제3825 호) 한의학(韓醫學)으로 바꾸었다. 이후 한의학(漢醫學)은 중국의 한 나라 때 형성된 의학이라는 좁은 의미로만 쓰이고, 현재 중국의 전통 의학은 주로 중의학(中醫學)으로 쓰인다. 일본에서는 한방(漢方)으로 쓰이고 있다.

한의학(韓醫學)의 기본적인 이론 체계와 임상의학의 제반 내용들은 지금도 한의학(漢醫學)에 뿌리를 두고 있다. 그럼에도 한의학(韓醫學)이라고 명명하는 데는 다음 두 가지 뜻이 있다.

첫째, 허준과 이제마가 우리 의학을 동의(東醫)라 했듯이 우리 의학의 독창성과 자주성을 발휘하여 우리나라에 알맞은 의학으로 변형되었음을 강조하기 위함이다. 둘째, 구한말 이후 침체된 전통 의학을 중국의 중의학이나 일본의 한의학과 차별화하여 현대적 수준으로 발전시킨 치료 기술을 드러내기 위함이다.

잘못 쓴 예   신라의 시조 박혁거세는 각종 제의를 주관함은 물론 한의학에도 조예가 깊어서 병자들을 손수 치료했다.

▶▶   **합성세제**(合成洗劑)

생성 시기   1966년 4월.

유 래   합성세제란 때를 없애기 위하여 사용되는 물질로 석유를 원료로 만든 세제의 총칭이다. 합성세제는 비누에 비해 물의 온도에 크게 영향을 받지 않으며 침투력이 커서 세척력이 좋다. 그러나 합성세제는 자연적으로는 분해되지 않으며 피부에 자극을 주는 등 인체와 자연환경에 부작용을 초래하고 있다.

우리나라 최초의 합성세제는 1966년 4월 시중에 나온 락희화학공업사(지금의 엘지생활건강)의 하이타이와 뉴힛트이다.

잘못 쓴 예   어머니는 삶은 빨래에 하이타이를 풀어 넣으시면서 "눈이 매운 걸 보니 또 한일협정 반대 데모가 있었나 보구나." 하셨다.

해우소(解憂所)

1953년.

유   래   경봉(鏡峰)스님(1892~1982)이 양산 통도사 극락암 호국선원 조실로
머물 때 해우소(解憂所)라고 써서 변소에 건 데서 유래되었다. 당시
소변보는 곳은 휴급소(休急所)라고 써서 달았는데 이 말은 널리 쓰
이지 않는다.
경봉스님은 1953년에 호국선원 조실로 추대되었는데, 아마 이 무렵
에 해우소란 명칭을 지었을 것으로 보인다. 따라서 이 말이 생긴 시
기는 1953년으로 잡는다.

잘못 쓴 예   서산대사 휴정은 평양성을 점령한 후에야 비로소 해우소에 들어갔
다.(해우소→정랑)

▶▶ **형광등(螢光燈)**

생성 시기   미국, 1938년.
한국, 1957년.

유   래   1879년 미국의 에디슨이 백열등을 발명한 이후 열에 강한 필라멘트
를 찾는 노력 끝에 텅스텐을 찾아냈고, 1938년 제너럴일렉트릭사의
연구원이던 인만(G. Inman)이 현재와 같은 형광등을 발명하여 실용
화에 성공했다.
우리나라에서는 1957년 지철근 박사의 도움으로 신광전기가 형광
등을 최초로 개발했다. 최초의 형광등은 사람의 입으로 불어 만든
유리관으로서 수명이 2시간에 불과했지만 대통령이 참관할 정도로
당시 기술로는 획기적인 사건이었다.

잘못 쓴 예   광복 10주년 기념 산업박람회장에서는 백열등보다 10배는 밝은 형

광등 불빛 아래 각종 산업물품들이 저마다의 모습을 뽐내고 있었다.

▶▶ **호빵**

생성 시기	1971년 10월 중순.

유   래   삼립식품 창업자 허창성이 만든 4계절 찐빵이다. 호빵이라는 브랜드는 현재 특허권이 설정되지 않아 일반명사처럼 사용되고 있다.
"1969년 말 당시 일본에 가서 찐빵 시장을 둘러본 후 아이디어를 얻어 탄생한 제품입니다. 개발 당시 아무도 근접할 수 없는 군인초소 같은 곳에서 최대한의 보안을 유지한 채 1년여에 걸친 실험 끝에 빛을 보게 되었습니다. 1970년 12월 2일에 개발하고, 1971년 10월에 최초로 시판된 호빵은 생산라인에 기능공 주임할 것 없이 우수 사원만으로 구성되고, 각종 지원을 아끼지 않았다고 합니다. 호빵이라는 네이밍은 임원회의에서 결정되었는데 '호호 분다'는 의미에서 쉽게 결정되었습니다. 최초 가격은 20원으로 당시 5원에 팔리던 다른 빵에 비해 4배 비싼 고가로 책정돼 가격저항감이 생기지 않을까 걱정했지만 출시 즉시 파죽지세로 인기 상승 가도를 달렸습니다. 10월 중순부터 이듬해 2월까지 판매액이 전체 매출의 15퍼센트를 차지했고, 겨울 3개월 동안에는 호빵 매출이 전체의 절반에 육박했습니다. 1986년에는 호이호이와 함께 미국, 중동, 캐나다에 이어 유럽 수출길에도 올라 그해 수출 목표는 20만 달러, 지금까지 최고 판매량은 일일 160만 개, 제품의 직경은 10센티미터, 중량 108그램으로 호빵 규격은 옛날이나 지금이나 변함이 없습니다."
삼립식품 창업자 허창성의 증언이다.

▶▶ 후천성면역결핍증(AIDS)

생성 시기 미국, 1981년.
한국, 1987년 2월 23일.

유   래 에이즈(AIDS)로 통칭되는 후천성면역결핍증은 인간 면역 결핍 바이러스에 의하여 면역 세포가 파괴됨으로써 인체의 면역 능력이 극도로 저하되어 병원체에 대하여 무방비 상태에 이르는 병이다. 최초 감염으로부터 증상이 나타나기까지는 평균 10년 정도 걸리며 사망률이 대단히 높아 '현대의 페스트'라고 불린다.

1981년 봄에 미국에서 공식 발견한 이래 점차 전 세계로 만연되는 추세여서 우리나라에서는 이의 예방을 위하여 1987년 2월 23일 에이즈를 지정 전염병으로 고시했다.

잘못 쓴 예 1982년 에이즈 양성 반응이 나타나 격리 수용되던 그는 전국적으로 통행금지가 해제된 지 만 하루 만인 1월 7일 자정을 기해 감시원들 몰래 담을 넘어 도망갔다.

부록

한자에서 태어난 우리말 240가지

한자어는 우리나라, 중국, 일본 3나라가 함께 쓰는 동양 고유의 문자다. 우리나라는 한자어와 더불어 한글을 발명해 쓰고 있고, 중국은 한자어와 더불어 간체자(簡體字)를 만들어 쓰고 있고, 일본은 한자어와 더불어 가나를 만들어 쓰고 있다.

오늘날 한자어는 백화(白話)로 말하고 간체로 쓰는 중국, 한글 위주로 쓰되 한자어를 섞어 쓰는 한국, 대부분의 문자를 한자로 쓰고 토씨 등 간단한 것만 가나로 쓰는 일본 등 세 나라에서 명맥을 유지하고 있다.

특히 우리나라는 남북한 모두 한자 표기 자체를 웬만하면 하지 않는 한글 문화가 자리를 잡고 있어 머지않아 한자가 사라질지 모르는 상황에 있다. 그렇더라도 한자를 어원으로 하는 우리말이 워낙 많기 때문에 뜻을 밝히고 가리려면 어원 및 해석이 정확해야 한다.

아래 소개하는 어휘들은 얼핏 보면 순우리말 같다. 하지만 한자에 뿌리를 두고 있는 우리말들이다. 오늘날 이 어휘들은 한자로 표기되지는 않지만 그 어원이 한자이기 때문에 이 어휘들의 깊은 맛을 이해하기 위해서는 생겨나고 쓰이게 된 까닭을 알아두는 것도 좋다. 또 누군가는 우리말의 역사를 기록하고 보전해야 한다는 뜻에서 이 어휘들을 부록으로 싣는다.

다만 한자어가 우리말을 덮어쓴 역사가 1000년이 넘다 보니 한자어에서 온 줄 알지만 막상 순우리말을 한자로 표기한 말도 있다. 아래 자료는 그러한 검증이 이뤄지지 않은, 사실상 검증이 매우 어려운 어휘들이다. 우리말 학자들이 찾아낼 때마다 가려내어 고치겠다.

우리 한자어와 중국 한자어는 같은 말인데 다음의 예처럼 글자가 앞뒤만 뒤바뀐 경우가 많다.

계단(階段)↔단계(段階)   시종(始終)↔종시(終始)

고통(苦痛)↔통고(痛苦)   식량(食糧)↔양식(糧食)

물품(物品)↔품물(品物)   언어(言語)↔어언(語言)

상호(相互)↔호상(互相)   연출(演出)↔출연(出演)

소개(紹介)↔개소(介紹)   제한(制限)↔한제(限制)

시설(施設)↔설시(設施)   평화(平和)↔화평(和平)

또 여기 적은 우리 한자어 중 상당히 많은 어휘가 일제강점기에 들어온 일본 한자어다. 역시 한자는 적지 않지만 그 유래는 기록해둬야만 한다. 앞에 나온 어휘라도 짧게 소개한다.

가게: 임시로 자그마하게 지어 물건을 팔던 집을 가가(假家)라고 했는데, 오늘날 가게로 발음이 바뀌었다.

가난: '어려울 간(艱)'과 '어려울 난(難)'을 합친 한자어 간난(艱難)이 가난으로 발음이 바뀌었다.

가량: 가량(假量). 어림짐작. 어떤 일에 대해 확실한 계산은 아니어도 얼마쯤 되는지 짐작해봄.

가령: 가령(假令). 예를 들면, 이를테면.

가지: 가짓과의 한해살이풀 가지이다. 한자어 가자(茄子)의 고음(古音)에서 왔다. '子'의 중국 발음은 '지'다. 한편 이 '지'는 북방어인 '치'와 관련이 있는 것으로 보인다. 갖바치, 조라치, 누르하치 등.

(나뭇)가지: 고유어라는 주장도 있으나 한자어 가지(柯枝)일 가능성이 더 높은 말이다. 나뭇가지를 한자어로 지가(枝柯)라고 한다.

가차 없다: 가차(假借)는 임시로 빌려오는 것. 그러므로 '가차 없다'는 임시로 빌려오는 것도 안 된다, 전혀 고려의 대상이 되지 않는다는 뜻이다.

간혹: 간혹(間或). 어쩌다가 한 번씩, 때때로.

감자: '달 감(甘)'과 '고구마 저(藷, 또는 사탕수수)'를 합친 감저(甘藷)가 감자로

바뀌었다.

갑자기: 한자어 급작(急作)에 접미사 '-이'가 붙어 급작이가 되었다가 갑작이
→갑자기로 바뀌었다.

강냉이: 중국의 강남(江南)은 장강(양자강)의 남쪽이라는 뜻이지만 우리나라
에서는 중국을 가리키는 대명사로 쓰이기도 한다. 중국에서 흘러 들어온 콩을
강남콩→강낭콩으로 일컫듯이 '강남+이'가 강냉이로 변하여 옥수수란 뜻으로
쓰인다.

거지: 걸지(乞子). '子'는 '자' 또는 '지'로 읽는다.

게: 거해(巨蟹)가 줄어 게가 되었다. 십각목의 갑각류를 말한다.

겨자: 개자(芥子)가 변한 말이다.

고단하다: 고단(孤單). 단출하고 외롭다. 몸이 지쳐서 나른하다는 뜻의 순우
리말이 있는지는 알 수 없다.

고로쇠: 골리수(骨利樹)가 변한 말이다.

고사하고: 고사(姑捨)에서 왔다. 고(姑)는 시어머니가 아니라 우선, 잠시, 먼
저라는 뜻이다.『맹자』「공손추」(상)에 고사시(姑捨是)라는 말이 나오는데 '우선
이들은 거론하지 말고 그냥 놔두어라'라는 뜻이다.

고추: 고초(苦椒)가 변한 말이다. 초는 산초나무 열매를 가리킨다. 왜 '매울
신(辛)'을 써서 신초라고 하지 않았는지 알 수 없다. 아마도 고(苦)에 고생한다,
힘들다는 표현이 있어 처음 매우 강한 매운맛을 보고 이렇게 지었는지도 모른다.

곤두박질: 근두박질(筋斗撲跌, 筋頭撲跌)이 변한 말이라고 한다. 북한에서 곤
두란 '거꾸로'라는 뜻으로 쓰인다.

골몰: '빠질 골(汩)'과 '잠길 몰(沒)'을 합친 말이다. 뭔가 깊이 생각하는 것을
뜻한다.

예) 그는 아들 문제에 지나치게 골몰한 나머지 얼굴이 핼쑥해졌다.

공연히, 괜히: 공연히의 '공연'은 '괜히, 괜스레'라는 뜻의 공연(空然)이다. 다
만 괜히의 경우에는 괴연(魁然)이 변한 말이라는 주장도 있다.

과녁: 옛날에는 화살의 표적을 가죽(革)으로 만들었기 때문에 관혁(貫革)이

라고 불렀다. 그것이 과녁으로 바뀐 것이다.

과연: 아닌 게 아니라는 뜻의 한자어 과연(果然)이다. 과시(果是), 과약(果若)과 같다.

과일: 과실(果實)이 변한 말이다.

과자: 밀가루나 쌀가루로 만든 음식 과자(菓子)다. 한편 과자(果子)는 과일이란 뜻이다.

귤: 귤(橘)나무의 열매다.

그냥: 기양(其樣). 그 모습 그대로, 그런 모양으로 줄곧, 그대로.

금방: 지금 바로란 뜻의 한자어 금방(今方)이다. 물론 지금(只今)도 한자어다.

금실: 금슬(琴瑟)이 변한 말이다.

예) 이웃집 부부는 참 금실이 좋다.

급기야: 급기야(及其也). 마침내, 마지막에 이르러서는.

끄나풀: '끈'에 접미사 '–아풀'이 더해진 말로 끈은 곧 '굳게 얽을 긴(緊)'이 변한 말이다. '–아풀'은 나부랭이와 비슷한 말이다.

기어이: 기어(期於)에 부사화 접미사 '–이'가 붙은 말이다. 따라서 기어코도 역시 한자어다.

기와: 개와(蓋瓦)에서 왔다. 원래 산스크리트어 가팔라(kapala)를 음역한 말이라고 한다.

기특하다: 행동이 특별해 귀염성이 있는 것을 일컫는 말이나, 본래의 뜻은 매우 특이함을 이른다. 한자로는 기특(奇特)이라고 쓴다. 기(奇)는 '괴상함, 진귀함, 뛰어남'의 뜻이고, 특(特)은 소의 수컷으로 '오직 하나, 특별히'라는 뜻이다. 그러므로 '기특하다'는 아주 드문 경우로서 행동이 별스러운 것을 뜻하지만, 지금은 칭찬받을 만한 행동을 했을 경우에만 국한해 사용하고 있다.

긴가민가: 기연(其然)가 미연(未然)가의 준말이다. '그러한가 그렇지 않은가'란 의미다.

김장: 침장(沈藏, 陳藏)이 변한 말이다.

김치: 침채(沈菜)가 변한 말이다.

꽁치: 정약용의 『아언각비(雅言覺非)』에는 "꽁치는 공치를 이르는데 아가미 근처에 일부러 침을 놓은 듯 작은 구멍이 있기에 구멍 공(孔)을 써서 공치라 부른다."고 기록되어 있다.

나사: 나사(螺絲). 소라처럼 모양이 비틀려 고랑이 진 쇠줄. 한자로 소라 같은 실이란 뜻인데 실제로는 나사못을 가리킨다.

나인: 내인(內人)이 변한 말이다. 궁궐에서 일하던 여인을 가리키는 말이다.

나발, 나팔: 금속 관악기인 나팔(喇叭).

나중에: '내종(乃終)에'가 변한 말이다.

예) 오늘은 바쁘니 나중에 찾아오세요.

낙지: 낙지는 발이 여덟 개다. 이런 뜻에서 '얽을 락(絡)'과 '발 제(蹄)'를 합쳐 낙제(絡蹄)로 표현했는데 낙지로 소리가 변하였다. 한국 한자어다.

낭자하다: '이리저리 흩어져 어지러움'을 뜻하는 말이다. '이리 랑(狼)+깔개 자(藉)'로 구성된 한자어 낭자(狼藉)다. 갯과에 속하는 이리는 성질이 사나워 가축을 해치는 일이 많은데, 이리가 자고 난 잠자리는 매우 어지럽다고 한다. 낭자는 여기서 나온 말로 직역하면 이리의 잠자리(깔개)가 되지만 매우 너저분하게 흩어져 널려 있는 것을 뜻하는 말로 쓰이고 있다.

노상: 노상(老常)의 노(老)에 '늘'이라는 뜻이 있다. 매상(每常), 항상(恒常)과 같은 한자어다.

예) 그 노인은 노상 곰방대를 입에 물고 다닌다.

능금: 임금(林檎)이 변한 말이다.

당신: 당신(當身). 부부가 상대편을 높여 이르는 2인칭 대명사. 말 상대를 얕잡아 이르는 2인칭 대명사. 어른을 높여 이르는 3인칭 대명사.

당연하다: 당연(當然). 마땅히 그러하다.

당장: 당장(當場). 바로 그 자리.

대관절: 대관절(大關節). '큰 요점만이란 말해서'라는 뜻이다. 도대체와 의미가 비슷한 한자어다. 도대체(都大體) 역시 한자어다.

대수롭다: 대사(大事)롭다가 변한 말이다. 대수롭지 않다도 마찬가지다. '-

롭다'는 접미사다.

대야: 세숫대야의 대야를 사전에는 大也로 써놓은 경우도 있어 이렇게 발음이 바뀌었다. 하지만 한자는 大㵓로 쓰는 게 맞다. '㵓'는 '그릇 이'자로, 옛사람들이 야(也)의 발음대로 잘못 읽은 것으로 보인다.

대추: 대조(大棗)가 변한 말이다. '棗'는 '대추 조'자다.

도대체: 대관절(大關節)과 비슷한 한자어 도대체(都大體)다.

도망치다: 피하거나 쫓겨 달아난다는 의미의 도망(逃亡)에서 온 한자어다. 도주(逃走)와 같다.

도무지: 도모지(塗貌紙)가 변한 말이다. 도모지는 물을 묻힌 한지를 얼굴에 몇 겹으로 착착 발라놓으면 종이의 물기가 말라감에 따라 서서히 숨을 못 쉬어 죽게 되는 형벌이다. 끔찍한 형벌인 도모지에 그 기원을 두고 있는 도무지는 그 형벌만큼이나 '도저히 어떻게 해볼 도리가 없는'의 뜻으로 쓰이고 있다.

예) 도무지 이 달 돌아오는 수표를 결제할 길이 없다.

도시: '생각할 것도 없이'란 뜻의 도시(都是)다. 많이 쓰던 말인데 현대에는 잘 쓰이지 않는다.

부록

도저히: '아무리 하여도'란 뜻의 부정어다. '도저(到底)하다'가 되면 '썩 좋다'는 긍정 의미가 된다.

돈: 전(錢)은 현재 '전'으로 발음하지만 옛 발음은 '돈'이었다고 한다. 열 푼의 10곱이 1돈인데, 이때 '돈'이 곧 '錢'이다. 한편 동몽골 지역에서는 조개를 돈이라고 하는데, 일부 학자들은 조개를 화폐로 쓰던 고대에 형성된 말이라고도 주장한다.

동네: 동리(洞里)가 변한 말이다.

동생: 동생(同生). 아우나 손아래누이.

라면: 라면(拉麵). 대만계 일본인이 만든 말린 밀가루 음식이다.

마고자: 저고리 위에 입는 방한복을 마고자라고 한다. 청나라를 세운 만주족들이 말을 탈 때에 입던 마괘자(馬掛子)가 변한 말이다.

마마: 몽골어 마마에서 왔다. 한자로 媽媽로 쓰는 건 나중에 붙인 것이다.

막무가내다: 막무가내(莫無可奈). 달리 어찌할 수 없다.

만만하다: 만만(滿滿)은 부족함이 없이 넉넉하다는 뜻이다. 그래서 뽐내는 기색이 가득한 것을 가리킨다. 만만한 대상이 아니라 만만하게 보는 주체를 가리킨다.

만약: 만약(萬若). 만일(萬一)과 같다. 혹시 있을지 모를 뜻밖의 경우.

만일: 만일(萬一). 있을지도 모르는 뜻밖의 경우를 나타내는 말로 만(萬) 가지 중에 하나가 있을까 말까 하다는 의미다. 만약(萬若)과 같다.

말: 마(馬)가 변한 말이다. 몽골어 '모린' 또는 '모리'를 중국에서 마(馬)로 표기했고, 우리나라에서는 한자어보다는 몽골어 영향을 받은 듯하다.

망나니: 망량(魍魎)은 본래 괴물을 지칭하는 말인데, 죄인의 목을 베던 회자수(劊子手)의 뜻으로 의미가 변했다. 뒤에 망냥이→망냉이→망나니로 변하여 쓰이게 되었다.

망태기: 한자어 망탁(網橐)이 본말이다. 발음이 바뀌어 망태기가 되었다.

매정하다: 무정(無情)하다가 변한 말이다.

예) 매정한 사람, 편지를 그렇게 보냈는데 답장조차 없구나.

맹랑하다: 맹랑(孟浪)은 파도쳐 오는 첫 물결을 가리킨다. 처리하기가 매우 어렵고 묘하다, 만만히 볼 수 없다, 보기에 생각하던 바와 같이 허망한 데가 있다.

먹: 묵(墨)이 변한 말이다.

모자: 모자(帽子).

무명: 목면(木棉)이 변한 말이다. 목화솜으로 짠 피륙을 가리킨다.

무려: 큰 수효의 앞에 써서 '넉넉히 그만큼은 됨'을 뜻할 때 "무려 얼마나 된다."라는 표현을 쓴다. '없을 무(無)+생각할 려(慮)'를 합친 말로 직역하면 '생각 없이'가 되지만, 한문에서는 보통 대략(大略), 거의, 모두 등의 뜻으로 풀이한다. "무려 10만 명이다."라는 말은 10만 명쯤 된다는 뜻으로 오늘날에는 '넉넉히 그만큼은 된다', 또는 강조하는 부사로 쓴다.

무심코: 무심(無心)은 마음이 비었다는 뜻이다. 마음이 없는 것처럼 뭔가 실

수할 때 이 말을 쓴다.

무척: '다른 것과 견줄 수 없이'란 뜻의 한자어 무척(無尺)이다. '자로 잴 필요 없이'란 뜻이다. 지나치게.

예) 이 칼은 무척 날카로우니 조심해야 한다.

물론: 대화 중에 "물론입니다."라고 하면 강한 긍정의 답이 된다. '말 물(勿)+ 논할 논(論)'의 형태다. '勿'은 '-하지 말라'의 금지도 되지만 '없다'의 뜻도 된다. 그러므로 물론(勿論)과 무론(無論)은 동의어다. '따질 필요가 없이 그러하다'는 의미다.

미련하다: '익숙하지 못하다'는 의미의 한자어 미련(未練)에서 온 말이다. '미련이 많다' '미련이 남다'로도 쓰인다.

미루나무: 미류(美柳), 즉 미국산 버드나무. 다만 미루나무가 표준어다.

미안하다: 미안(未安). 마음이 편하지 못하고 거북하다.

미역 감다: 목욕(沐浴)의 한자어가 '미역'으로 발음이 바뀌고, 다시 발음이 줄어 '멱'으로 변했다.

미음: 미음의 사전적 풀이는 '쌀이나 좁쌀을 푹 끓여 체로 거른 음식'이란 뜻이다. 한자로는 米飮이라고 쓴다. 직역하면 '쌀로 만든 마실 것'이라는 뜻이다.

반창고: 반창고(絆瘡膏). 연고나 붕대 따위를 피부에 붙이기 위하여, 점착성 물질을 발라서 만든 헝겊이나 테이프 따위.

방금: 방금(方今). 바로 지금, 바로 이제.

방죽: 물을 가두는 방축(防築)이다.

배추: 한자어 백채(白寀)에서 왔다.

뻔히: 번연(飜然)이 변한 말이다.

벼락: 한자어 벽력(霹靂)이 변한 말일 가능성이 있다. 발음이 비슷하다.

별안간: '갑작스럽고 짧은 동안'이란 뜻의 한자어 별안간(瞥眼間)이다.

보배: 보패(寶貝)가 변한 말이다. 옛날에 조개는 화폐로 쓰였기 때문에 귀하게 여겼다.

보통: 보통(普通). 뛰어나지도 않고 모자라지도 않는 중간.

부득이: '마지못하여 하는 수 없이' '아직 얻지 못하여'란 의미의 한자어 부득이(不得已)다.

불가사리: 불가살(不可殺)이 변한 말이다. 아무리 해도 죽일 수 없는 사람이나 사물이라는 뜻이다.

비단: 필단(匹段)이 변한 말이다. 다만, 단지란 의미다.

예) 비단 우리나라뿐만 아니라 모든 아시아 국가의 문제다.

사과: 한자어 사과(沙果)다. 사과(沙菓)로 적기도 한다.

사글세: 삭월세(朔月貰)가 변한 말이다.

사냥: 산행(山行)의 옛 발음이 변해 사냥으로 쓰이게 되었다.

사돈: 한자어 사돈(査頓)으로 쓰는데 원래는 몽골어 사둔을 한자로 적은 것일 뿐이다. 따라서 사돈은 한자에서 온 말은 아니다.

사량: '상대하여 생각하고 헤아리다'의 뜻인 사량(思量)이 변한 말이다.

사탕: 사탕(沙糖, 砂糖)이다.

산적: 산적은 쇠고기 따위를 꼬챙이에 꿰어서 구운 음식이다. 적(炙)은 '굽다'의 뜻으로 '적과 '자' 두 가지로 발음된다. 膾炙는 회적이 아니라 회자로 발음한다.

살림: 불교용어인 산림(山林)에서 유래했다. 산림은 절의 재산을 관리하는 일을 말하며, 이 말이 절의 재산관리만이 아니라 일반 여염집의 재산을 관리하고 생활을 다잡는 일까지를 가리키게 된 것이다.

상수리: 상실(橡實)이 변한 말이다. '상수리나무 상(橡)+열매 실(實)'로 구성된 한자어다.

상추: 과거 국어사전에는 '상치'가 표준어로, 새국어사전에는 한자어 상채(常菜)에서 변음된 것으로 되어 있다. 그러나 한자어 생채(生菜)에서 온 말일 가능성이 더 높으며, 날로 먹는 채소라는 뜻이다.

생쥐: 사향(麝香)쥐가 변한 말이라고 한다.

서랍: 한자어 설합(舌盒)이 변한 말이다.

서방: 남편을 일컫는 말로 한자어 서방(書房)에서 왔다. 사위를 가리키는 서

방은 '西房'이라는 설도 있다.

석연치 않다: 의심스러운 것이 시원스레 풀리지 않아 꺼림칙할 때 '석연치 않다'고 한다. 이와 반대로 마음이 환히 풀릴 때는 '석연하다'는 말을 쓴다. 주로 부정의 형태로 정착된 석연(釋然)은 '풀 석(釋)+그럴 연(然)'을 합친 한자어다. '釋'은 의심이나 오해가 풀린다는 뜻으로, '然'은 어떤 사물을 형용하는 데 붙는 어사(語辭)로 함께 쓰인 것이다.

설렁탕: 몽골어 슐루에서 왔거나 조선시대 선농단 행사 때 만든 쇠고기국인 선농탕(先農湯)이 어원이란 설이 있다.

설탕: 설당(雪糖).

섭씨: 섭씨(攝氏). 우리나라에서 쓰는 기온 단위. 1742년 스웨덴의 천문학자인 셀시우스가 정한 온도의 단위이다. 중국인들이 셀시우스의 이름을 섭이사(攝爾思)라고 번역하면서 한자로 섭씨(攝氏)라고 표기한 데서 유래한다.

썰매: 죽마(竹馬) 형태의 한자음인 설마(雪馬)가 바뀐 것이다.

성냥: 석류황(石硫黃)이 석류황→석뉴황→성뉴황→성냥의 형태로 변하면서 줄어든 말이다.

소매: 수메(袖袂)가 변한 말이다. '소매 수(袖)+소매 메(袂)'로 구성된 한자어다.

솔직하다: 솔직 역시 한자어다. 솔직(率直)에서 솔(率)은 여러 가지 뜻이 있다. '거느리다, 좇다, 소탈하다'의 뜻일 때는 '솔'로 읽지만 '비율'의 뜻일 때는 '율'로 읽는다.

수박: 원나라에 귀부한 고려인 홍다구가 중앙아시아에서 들여온 채소다. 한자로 수박(水朴)이다.

수작: '서로 술을 권하다, 술을 서로 갚다'는 뜻의 한자어 수작(酬酢)이다. 뜻이 변해 남의 말이나 행동을 얕잡아 이를 때 쓰인다.

예) 이 사람이 이게 무슨 수작이야?

수저: 시저(匙箸)가 변한 말이다. 숟가락과 젓가락을 통틀어 이르는 말이다.

수지니: '사람의 손으로 길들여진'이란 뜻의 수진(手陳)이 변한 말이다. 잘 길

들여진 매를 가리킨다.

술래: 순라(巡邏)가 변한 말이다. 순라는 야간에 도둑·화재 등을 경계하기 위해 인마의 통행을 감시하던 일이다. 발음이 바뀌어 '술래잡기'의 '술래'가 되었다.

숭늉: 찬물을 익힌 것이라는 뜻에서 '익힐 숙(熟)'과 '찰 냉(冷)'을 합친 한자어 숙랭(熟冷)이 숭늉으로 발음이 바뀐 것이다.

스님: 승(僧)에 접미사 '-님'이 붙어 만들어진 말이다.

쓸쓸하다: 슬슬(瑟瑟)하다가 변한 말이다. 적적하다와 같은데, 적적하다 역시 적적(寂寂)이란 한자어에서 온 말이다.

승냥이: 시랑(豺狼)에 접미사 '-이'가 붙어 생겨난 한자어 '시랑이'가 변한 말이다.

시금치: 채소 시금치는 한자어 적근채(赤根菜)의 근세 중국어 발음이 변한 것이다. 채(菜)는 우리말에서는 '김치, 상치, 배치' 등과 같이 거의 '치'로 변음되어 쓰인다.

시시하다: 세세(細細)하다가 변한 말이다. '사소(些少)하다, 사세(些細)하다, 미미(微微)하다'와 같은 뜻이다.

예) 시에서 축제를 벌인다고 해서 가보았더니 너무 시시하더라.

시방: 시방(時方). 지금.

심지어: 예를 들어 말할 때, '심하게는 이런 경우까지 있다'는 의미로 심지어란 말을 자주 쓴다. '심할 심(甚)+이를 지(至)+어조사 어(於)'의 형태다. 여기서 '於'는 '-에'로 풀이되는 전치사다. '심지어'를 한자 뜻 그대로 풀이하면 '심하게는 -에 이른다'는 말이다.

씩: 식(式)이 씩으로 변했다. 하나식, 둘씩.

아기(아기씨): 조선시대에는 막 태어난 아기를 아기씨(阿只氏)로 표기하였다. '아기'는 고려 말에 들어온 몽골어인데 왕실에서 먼저 쓰이다가 민간으로 퍼져 나갔다.

아까: 아기(俄旣)가 변한 말이다. '잠시 아(俄)'와 '이미 기(旣)'를 합친 한자어에

서 왔다.

아리땁다: '아려(雅麗)답다'가 변한 말이다.

야단법석: '야기사단 법회석중(惹起事端 法會席中)'의 준말로 야외에서 여는 불교 집회를 가리키는 말에서 왔다.

예) 동창회에 가보니 술판으로 야단법석이었다.

　아주 법석을 떨고 있군.

　왜 네가 야단이야?

약간: 약간(若干). 얼마 되지 않음, 슬쩍, 좀.

얌체: 한자어 염치(廉恥)가 변한 말이다.

양말: '말'은 '버선 말(襪)'자로, 오늘날 일반적으로 서양에서 들어온 버선의 형태를 신기 때문에 양말(洋襪)이라고 칭한다.

양재기: 양자기(洋磁器)가 변한 말이다.

양치: 양지(楊枝)가 변한 말이다. 양지는 버드나무 가지를 가리킨다. 고려시대에 버드나무 가지를 이쑤시개로 사용한 데서 생겨난 말이다.

예) 충치를 예방하려면 양치질을 잘 해야 한다.

앵두: 앵도(櫻桃)가 변한 말이다.

어색하다: 어색(語塞), 즉 말이 막히다.

어언: '어느덧'이란 의미의 어언(於焉)이다. 어언간은 '알지 못하는 동안에 어느덧'이라는 뜻이다.

예) 내가 초등학교를 졸업한 지 어언 40년이 되었다.

어중간: 거의 중간쯤에 있다는 의미의 한자어 어중간(於中間)이다.

예) 김 과장은 이번 노사 분규에서 어중간한 입장을 취했다.

어차피: '이렇게 하든지 저렇게 하든지'란 의미의 한자어 어차어피(於此於彼)다.

예) 난 어차피 떠날 사람이니 내가 나서서 말하겠다.

억수: 악수(惡水)가 변한 말이다.

억척: 악착(齷齪)이 변한 말이다.

예) 내가 태어난 지 얼마 안 되어 아버지를 사별한 어머니는 억척같이 일해서 우리

형제를 길렀다.

엄두: 염두(念頭)가 변한 말이다.

예) 혼자서 그 많은 일을 하자니 엄두가 나지 않는다.

엄연히: 명백하다는 의미의 한자어 엄연(儼然)이다.

예) 누가 봐도 엄연히 내 작품 아닌가?

여간: 부정적인 말과 함께 '보통으로 보아 넘길 만한 것'이라는 뜻의 한자어 여간(如干)이다. '여간하다'는 이만저만하거나 어지간하다는 뜻이다.

예) 생긴 건 우락부락한데 여간 상냥하지 않다.

여전하다: 전과 같다, 별 다른 게 없이 같다는 의미의 한자어 여전(如前)이다. 여구(如舊)하다, 여상(如常)하다와 같다.

예) 넌 나이를 마흔이나 먹은 놈이 여전히 천방지축이구나.

여하간: '하여간'이라는 의미의 한자어 여하간(如何間)이다. 물론 하여간(何如間)도 한자어다.

예) 여하간 이 일 한 건만 도와주면 내가 은혜는 꼭 갚겠네.

역시: 한자어 역시(亦是)다. 또한, 생각했던 대로, 예전과 마찬가지로. 역(亦), 과연(果然)과 같은 의미다.

열심히: 열심(熱心). 어떤 일에 온 정성을 다하여 골똘히.

영감: 영감(令監). 명령하고 감독하는 사람, 즉 벼슬아치를 일컫는 옛말. 정3품 이상에게만 이 호칭을 썼는데 나중에 노인을 존경하여 이르는 말로 그 뜻이 확대되었다. 법원에서 주로 검사, 판사를 부르는 말로 쓰였다.

영계: 연계(軟鷄)가 변한 말이다.

오랑캐: 「용비어천가」에 따르면 두만강 북쪽에 사는 유목민을 오랑캐(兀良哈)라고 칭한 데서 유래한 말이라고 한다. 실제로 우량카다이 부족이 있었고, 이를 한자로 표현한 말이라고 알려져 있다.

오징어: 오적어(烏賊魚)가 변한 말이다. '먹물을 뿜는 물고기'라는 뜻이다.

옥수수: 옥수수의 한자어인 옥촉서(玉蜀黍)의 '촉서(蜀黍)'는 본래 '수수'라는

의미다. 즉 중남미에서 중국을 통해 들어온 강냉이가 옥(玉)처럼 생겨서 '玉'자를 붙인 것이다.

요란하다: 요란(搖亂). 흔들리고 어지럽다. 시끄럽고 떠들썩하다.

용수철: 용수철(龍鬚鐵). 나선형으로 둥글게 감은 쇠줄.

우선: '먼저'라는 의미의 한자어 우선(于先)이다. 위선(爲先)이라고도 한다. 명사형으로는 특별 대우한다는 뜻의 우선(優先)이 있다.

예) 이삿짐이 너무 많으니 우선 책장부터 정리하자.

우악스럽다: 무식하고 난폭한 사람에게 '우악스럽다'고 표현한다. 이는 미련하고 불량스럽다는 뜻이다. 한자로는 '어리석을 우(愚)+나쁠 악(惡)'으로 우악(愚惡)이 되는데, 이때 '惡'은 도의적으로 질이 나쁜 것을 의미한다.

원두막: 원두는 밭에 심은 수박, 참외, 호박을 가리킨다. 즉 들에 있는 머리 모양의 것들이 원두(園頭)이고 이를 지키는 집이 막(幕)이다.

으레: 의례(宜例)가 변한 말이다. 두말할 것 없이, 마땅히.

예) 철수는 아버지를 찾아갈 때마다 으레 찹쌀떡을 사들고 간다.

은근히: 한자어 은근(慇懃)이다. '은근하다'로도 쓰인다. 은연(隱然)과 같은 의미다. 곰살맞다, 야단스럽지 않고 꾸준하다.

예) 이번 시장은 시정은 나 몰라라 하고 은근히 제 잇속만 챙긴다.

이불: 불교용어라는 설이 있다. 스님들이 잘 때 이불을 덮으면 음심이 생겨 불심(佛心)이 떠나간다고 '이불(離佛)'이라고 한 데서 유래된 말이라고 한다. 다만 고증이 확실한 어원이 아니다.

이왕: 이왕(已往). 지금보다 이전. 주로 '어차피 그렇게 할 바에는'의 뜻으로 쓰인다.

자두: 자도(紫桃)가 변한 말이다.

자자하다: 자자(孜孜), 꾸준하게 부지런하다. 자자(藉藉), 여러 사람의 입에 오르내려 떠들썩하다.

작두: 작도(斫刀)가 변한 말이다.

작정하다: 작정(酌定). 일의 사정을 잘 헤아려 결정하다. 일을 어떻게 하기로 결심하다는 뜻은 작정(作定)이다. 한자는 다르지만 우리말로 쓸 때는 결심하다로 쓴다.

잔잔하다: 일반적으로 고유어로 알고 있으나 '졸졸 흐를 잔(潺)'을 써서 만든 한자어 잔잔(潺潺)이다.

예) 오늘따라 물결이 잔잔하여 바다낚시하기에 안성맞춤이다.

잠깐: 잠간(暫間)이 변한 말이다. 잠시(暫時)와 같다. 얼마 되지 않는 짧은 동안.

잠자코: '잠잠(潛潛)하고'가 변한 말이다.

예) 말은 내가 할 테니 너는 잠자코 있어라.

잡동사니: 잡동산이(雜同散異)가 변한 말이다.

장구: 장고(杖鼓), 장고(長鼓). 국악 타악기다.

장난: 작란(作亂). 짓궂게 하는 못된 짓.

장님: 지팡이를 짚고 다니는 사람이란 뜻으로 '지팡이 장(杖)'을 쓴 것이다.

재미: 자미(滋味)가 변한 말이다.

예) 이 만화는 참 재미있다.

재주: 재조(才操)가 변한 말이다.

재촉: 최촉(催促)이 변한 말이다.

예) 요즘에 김진사 댁에서 빚을 갚으라는 재촉이 너무 심하구나.

쟁쟁하다: 쟁쟁(錚錚), 즉 징이 울리는 소리다. 여러 사람 가운데서 매우 뛰어나다. 쇠붙이 따위가 맞부딪쳐 울리는 소리가 맑다.

절구: '공이 저(杵)'와 '절구 구(臼)'를 합친 한자어 저구(杵臼)의 발음이 변한 말이다.

점심: 불교용어 점심(點心)이다. 참선하는 승려들이 먹는 간식. 마음에 점이나 찍는 기분으로 먹는 음식이란 의미다. 지금은 아침과 저녁 사이에 먹는 끼니를 가리킨다.

점점: 점점(漸漸)은 조금씩, 차차. 점점(點點)은 여기저기 흩어진 모습.

접시: '접시 접(楪)'에 접미사 '-자(子)'를 합친 접자(楪子)가 원말이다. '-자(子)'의

고어(古語) 발음은 '지'인데 '시'로 바뀌었다.

정녕: 정녕(丁寧) 혹은 정녕(叮寧)이다. 조금도 틀림없이.

제육: '돼지 저(猪)'와 '고기 육(肉)'을 합친 저육(猪肉)이 변한 말이다. '제육볶음'이라고 할 때의 제육이다.

조만간: '머지않아'란 의미의 한자어 조만간(早晩間)이다.

예) 조만간 우리 회사 수출 실적이 크게 올라갈 것이다.

조심하다: 조심(操心)하다. 원래 조(操)에는 '잡다' '부리다' 등의 뜻이 있는데, 조심(操心)에서 '操'는 '잡다(쥐다)'의 뜻으로, 직역하면 '마음을 잡다'는 뜻이 된다. 즉 조심은 마음을 함부로 놓아두지 않고 단속하는 것을 의미한다.

조용히, 조용하다: 한자어 종용(從容)이 '조용'으로 바뀌었다. 성격이나 태도가 차분하고 침착하다.

예) 그만 떠들고 조용히 해라.

졸지에: "졸지에 망해버렸다."고 할 때, '졸지에'란 '갑자기, 뜻밖에'의 의미로 쓰인 것이다. '갑자기 졸(猝)+땅 지(地)'로 이루어진 말 졸지(猝地)인데, 여기서 '地'는 어떠한 지경, 입장 등을 의미한다. 직역하면 '갑작스러운 판, 느닷없이 벌어진 상황'이라는 뜻이다. 여기에 부사형 어미 '-에'를 붙여 '느닷없이, 갑자기' 등의 부사로 쓰이게 된 것이다.

종지: 간장종지나 고추장 종지의 '종지'도 한자어 종자(鍾子)에서 온 말이다. 그러므로 쇠북 종(鐘)과 '술잔 종(鍾)'은 구분해야 한다. '子'의 중국 발음은 '지'다.

죄송하다: 죄송(罪悚). 죄가 두려워 당황스럽다.

주사위: 주사위는 당나라 때 현종이 양귀비와 주사위와 유사한 쌍륙(雙六)놀이를 할 때, 질 찰나에 '四'가 나와서 이겼으므로 '四'의 위치에 붉은색을 칠했기 때문에 주사위(朱四位)라 칭하게 되었다고 한다. 고증된 어원은 아니다. 또한 주사위가 발생한 정확한 시기나 국가도 알려져 있지 않다.

주전자: 물이나 술을 데우는 그릇 주전자(酒煎子)다.

주책: 주착(主着)이 변한 말이다.

예) 주책 좀 그만 부려라.

죽: 죽(粥).

지금: '지금 바로'란 뜻의 한자어 지금(只今)이다. 금방(今方)과 같은 뜻이다.

지렁이: 지렁이를 토룡(土龍)이라고도 하는데, '지룡(地龍)+이'가 지렁이로 변한 것이다.

질질: 질질(秩秩)은 관리들이 일을 자꾸 미루고 더디게 처리하는 데서 온 말이다. 질질은 원래 생각이 깊다, 질서정연하다는 뜻이었는데 지금은 '질질 끌다'로 굳어지면서 나쁜 뜻으로 변했다.

짐승: 모든 살아 있는 무리를 가리키는 불교용어인 중생(衆生)에서 비롯된 말이다. 나중에 많은 사람을 가리킬 때는 중생, 동물을 가리킬 때는 짐승으로 변했다.

짐작하다: 어림잡아 헤아린다는 의미의 한자어 짐작(斟酌)에서 왔다. '술 따를 짐(斟)+따를 작(酌)'의 형태로, 술잔을 주고받으면서 상대방의 잔이 비었는지 주량을 넘어섰는지를 잘 헤아리는 일이 짐작이다.

예) 그 어린아이가 날 속일 줄은 짐작하지도 못했다.

징: 쟁(錚). 사물놀이에 쓰이는 악기인 '쟁'이 변한 말이다.

차차: 차차(次次). 차츰, 점차.

착착: 착착(着着). 서슴지 않고 선뜻선뜻 행동하는 모양, 일이 거침없이 아주 잘 되어가는 모양, 질서가 정연하게 조화를 이루어 행동하는 모양을 가리킨다.

찰나: 지극히 짧은 시간, 눈 깜짝할 사이를 의미한다. 원래는 불교에서 나온 말로 손톱이나 손가락을 튕기는 정도의 짧은 순간을 뜻한다. 한자로는 '刹那'라고 쓰는데, 이는 산스크리트어인 크샤나(ksana)를 중국에서 소리 나는 대로 번역한 것이다.

창자: 장자(腸子)가 변한 말이다.

창피하다: 일반적으로 챙피로 발음하면서 고유어로 알고 있으나 '미쳐 날뛸 창(猖)'과 '나눌 피(披)'를 합친 한자어 창피(猖披)에서 비롯된 말로 '옷을 입고 띠를 매지 않은 흐트러진 모양'을 뜻한다.

처마: 한자어 첨아(檐牙)의 발음이 연음되어 처마로 바뀌었다. 첨하(檐下)로도 본다.

천둥: 중국 한자음에는 없는 말로서 뇌성(雷聲)의 한국 한자어 '天動'이 변한 말이다.

철부지: 철모르는 아이란 의미의 이 어휘는 절기를 나타내는 '절(節)'과 '부지(不知)'를 합친 한자어다.

철사: 철사(鐵絲). 쇠에서 뽑은 가는 줄. 쇠줄.

철쭉: 척촉(躑躅)이 변한 말이다.

초라하다: 초락(草落)하다가 변한 말이다.

초: 촉(燭).

초승달: 초생(初生)달이 변한 말이다.

총각: 본디 총각(總角)은 결혼 전의 사내아이가 머리를 묶는 형태를 가리키는 말이다. 그러다가 자연스럽게 결혼하지 않은 미혼 성년 남자를 일컫는 말로 쓰이게 되었다. 『시경(詩經)』에서 쓰인 말이다. 총각김치의 '총각' 역시 머리 모양을 가리킨다.

추접하다: 추잡(醜雜)하다가 변한 말이다.

패랭이: 신분이 낮은 사람이나 상주가 쓰던 갓의 일종을 폐양자(蔽陽子) 또는 평양자(平凉子)라고 하였다. 패랭이는 폐양(蔽陽), 평양(平凉)의 발음이 바뀐 뒤 접미사 '-이'가 덧붙은 말이다.

피리: 관악기의 하나인 피리는 한자어 필률(觱篥)의 중국식 발음인 '비리'에서 온 말이다.

피차: 피차(彼此). 저쪽과 이쪽, 저것과 이것, 너와 나.

토시: 투수(套袖)가 변한 말이다. 소매를 덮는 것이 토시다.

하필: '어찌 하(何)'와 '반드시 필(必)'을 합친 한자어 하필(何必)이 우리말처럼 변했다. 한자어에 한글 토씨가 붙어 우리 식으로 정착된 것으로 주로 '하필이면'의 형태로 쓰인다. 해필(奚必)과 같은 뜻이다. 달리 하지 않고 어찌하여 꼭.

예) 하필이면 왜 양반집 아들 녀석을 때렸단 말이냐?

헐값: 헐가(歇價).

호두: 호도(胡桃)가 변한 말이다.

호락호락: 홀약홀약(忽弱忽弱)이 변한 말이다.

호래자식, 후레자식: 호노자식(胡奴子息)이 변한 말이다. 오랑캐(특히 만주족)의 자식이란 뜻이다.

혹시: 혹시(或是). 그럴 리는 없지만 만일에, 어쩌다가 우연히. 혹시(或時)는 어쩌다가, 어떠한 때에.

화냥녀: 환향녀(還鄕女)가 변한 말이다. 화랑(花郞)에서 왔다는 주장도 있다.

화수분: 재물이 한없이 쏟아진다는 그릇을 뜻하는 하수분(河水盆)이 변한 말이다. 중국 진시황이 만리장성을 쌓을 때 군사 10만 명을 시켜 황하(黃河)의 물을 길어다 큰 구리로 만든 동이를 채우게 했다. 그 물동이가 얼마나 크던지 한번 채우면 아무리 써도 물이 없어지지 않았다고 한다. '황하의 물을 채운 동이'라는 뜻으로 '하수분'이라고 하던 것이 나중에 그 안에 온갖 물건을 넣어두면 새끼를 쳐서 끝없이 나온다는 보배 그릇을 뜻하게 되었다.

화씨: 화씨(華氏). 1724년 영국에서 쓰기 시작한 기온 단위. 중국에서 이 단위를 고안한 파렌하이트(Fahrenheit)를 화륜해특(華倫海特)이라고 음역하면서 화씨(華氏)라는 말을 쓰기 시작했다.

환장하다: 환심장(換心腸)의 준말 환장(換腸)이다. 환심(換心)으로 쓰기도 한다. 심장이 뒤집힐 정도로 마음이 홱 돌변하게 되다.

예) 범인이 하필 철수라니 참말로 환장하겠구나.

황당하다: 황당(荒唐)은 거칠고 터무니없는 것을 가리킨다.

후추: 호초(胡椒)가 변한 말이다. 초는 산초나무 열매를 가리킨다. '호(胡)'가 들어가면 대부분 중앙아시아 쪽에서 들어온 말이고, 일부 원나라나 청나라 등 중국을 차지한 유목국가에서 들어온 말도 있다.

흐지부지: 확실하지 않고 흐리멍덩하다는 한자어 휘지비지(諱之秘之)가 변한

말이다.

    희미하다: 희미(稀微). 드물고 작다, 흐릿하고 어렴풋하다.

    희한하다: 희한(稀罕). 드물고 신기하다.

불교에서 들어온 우리말 171가지

가사(袈裟): 스님들이 입는 옷. 가사의 색은 대체로 황적색을 띠는데, 이 말의 원어가 황적색을 뜻하는 것과도 연관이 있다. 본래 출가 수행자란 남이 쓰다 버린 옷 조각이나 못 쓰게 된 천 조각들을 주워서 꿰매어 만든 옷을 입을 만큼 무욕(無慾)과 무소유를 실천하였던 것에서 비롯된다. 가사를 입은 출가자는 자비를 실천하고 공덕을 쌓는 수행에 전념하기 때문에, 자비의(慈悲衣), 공덕의(功德衣)라고도 불린다.

가야: 나라이름이며 지명이다. 가야산의 지명에 관한 설은 이곳이 12세기경에 일어난 대가야국의 땅으로 신라 장수 이사부에 의해 점령당할 때까지 옛날 가야 지방이라는 역사 명칭에서 유래되었다는 것이 유력하다. 또 다른 주장은 인도의 불교 성지 부다가야의, 부처의 설법처로 신성시되는 가야산에서 유래했다는 주장이 있다. 산스크리트어에서 '가야'는 소를 뜻한다.

가책(呵責): 스님들이 수행을 하다가 잘못을 저지르면 여러 스님들 앞에서 죄를 낱낱이 고하고 거기에 합당한 벌을 받는 것을 가리킨다.

가피(加被): 부처나 보살이 자비를 베풀어 중생들을 이롭게 하는 것. 불보살이 법력과 자비의 마음으로 중생에게 영묘한 힘을 더해주는 것을 말한다. 불보살이 가피하는 힘을 가피력 또는 가위력이라 하고, 그 힘을 입어 설법하는 것을 가설(加設)이라고 한다. 가피는 현가(顯加)와 명가(冥加)로 나누는데, 현가는 눈으로 볼 수 있는 가피를 말한다. 이에 비해 명가는 명호 또는 명우(冥祐)라고도 하며 눈으로 볼 수 없는 가피다.

각색(脚色): 승려의 이력을 적은 문서인 각하색물(脚下色物)의 준말이다. 고쳐 쓸 수 있다는 의미가 있다.

각성(覺性): 각지(覺知)하는 성품, 곧 진리에 계합하여 이를 증득할 만한 소질. 깨어 정신 차린다는 각성(覺醒)과는 다르다.

각오(覺悟): 마치 잠에서 깨는 것처럼 지혜로써 무명(無明)을 깨치고 진리를 훤히 깨닫는 것을 말한다. 같은 말로 보리, 증오(證悟), 깨달음 등이 있다.

감로수(甘露水): 불교에서 말하는 육욕천(六慾天)의 둘째 하늘인 도리천에 있는 달콤하고 신령스런 액체를 감로라고 한다. 이 액체는 한 방울만 마셔도 온갖 괴로움이 사라지고 살아 있는 사람은 오래 살 수 있고 죽은 이는 부활한다고 한다.

감응(感應): 부처에 대한 진실한 믿음이 부처에게 통하여 거기에 따른 부처의 반응을 가리킨다.

강당: 인도에서 설법을 강(講)하던 장소로 현대에는 학교·관공서 등에서 많은 사람이 한 군데 모여 의식이나 강연 등을 들을 수 있는 큰 장소를 뜻한다.

개발(開發): 다른 사람을 깨닫게 하는 일을 가리킨다. 불성(佛性)을 열어 깨닫게 한다는 뜻이다.

개안(開眼): 지혜의 눈을 뜨다, 진리를 깨닫다. 새로 만든 불상이나 불화를 당우에 안치하고 공양할 때에 올리는 의식. 부처가 눈을 뜬다는 뜻으로 부처의 얼을 넣는 행위이다. 우리나라에서는 점안(點眼)이라 한다.

거사(居士): 출가 승려가 아닌 일반인이면서 부처를 믿고 일상생활에서 그 가르침을 배우고 수행하는 남성을 말한다. 산스크리트어 그라파티(grha-pati)에서 나온 말로 본래는 가장(家長) 또는 자산가란 뜻인데, 그라파티가 불교신자가 되면서 자금을 지원받는 일이 많아졌으므로 재가신자라는 의미로 뜻이 바뀐 것으로 보인다.

건달(乾達): 돈 없이 난봉을 부리고 다니는 사람을 일컫는다. 이는 금강굴에 살면서 제석천(帝釋天)의 음악을 맡아보는 건달파(乾達婆)라는 인도의 신이 향을 먹고 살면서 떠돌이 생활을 했던 데서 유래한 말이다.

걸망(乞網): 스님들이 발우, 목탁, 경전, 때로는 시주받은 공양물을 담아 등에 메고 다니는 일종의 배낭이다.

걸식(乞食): 건강과 목숨을 유지하기 위하여 밥을 얻어먹는 것을 보통 걸식한다고 한다. 스님을 걸사(乞士)라고 하는데 이는 밥을 빌어서 몸을 기르고, 법을 빌어 부처의 혜명(慧明)을 이어간다는 뜻에서 연유한 말이다.

결사(結社): 뜻을 같이하는 승속(僧俗)의 도반들이 이상적으로 추구하는 신앙을 실천하기 위한 결집체를 만들어 집단적으로 수행하는 불교 신앙운동의 한 형태다. 결사운동은 중국 동진의 승려 혜원(334~416)이 여산의 동림사에서 맺은 백련결사를 시초로 본다. 우리나라에서는 신라 통일기를 전후해 불교가 대중화되면서 결사운동이 활발해져 왕실과 귀족의 지원에 의한 화엄결사가 조직되기도 하고, 아미타신앙과 미륵신앙에 바탕을 둔 염불결사가 이루어지기도 했다.

결연(結緣): 불보살이 중생을 구제하기 위해 불교와 인연을 맺는 것을 말한다. 또는 불교에 관심이 없는 사람에게 관심을 가지게 하여 불법에 인연을 맺는 것을 뜻한다. 어떤 계기에 의해서건 부처의 가르침에 이끌려 불법의 수행을 시작하고자 하는 것을 결연이라고 한다.

고해(苦海): 삼계(三界)에는 괴로움이 가득하여 끝이 없으므로 바다에 비유하여 일컫는 말이다.

공덕(功德): 좋은 일을 하여 덕을 쌓는 일.

공부(工夫): 불교에서 유래되었다. 원래 주공부(做工夫)라고 하여 불도를 열심히 닦다, 참선에 진력하다는 뜻으로 썼였다. 중국 남송의 주자학자 여정덕(黎靖德)이 펴낸 『주자어류』에 "배우는 자가 공부를 하는 데는 마땅히 자고 먹는 것도 잊어야 한 단계 오른 공부를 할 수 있다."는 기록이 있다.

공허(空虛): 입적공허(立敵空虛)라고 한다. 허공에는 본래 꽃이 없지만 조현병이 있거나 눈병 있는 사람들이 혹시 이를 보는 일이 있다. 본래 실재하지 않는 것을 실재한 것이라고 잘못 아는 것을 비유한 말이다.

과거(過去), 현재(現在), 미래(未來): 불교에서 유래한 말이다. 중국 언어학의 대가 왕력(王力)의 명저 『한어사고(漢語史稿)』 제3권 55절 '아편전쟁 이전 한어에서의 차사(借詞; 음을 본뜬 말)와 역사(譯詞; 뜻을 옮긴 말)' 부분을 보면, 본래 불교에서 유래되었지만 그런 유래를 모를 정도로 이미 중국인의 일상 언어생활에 깊숙이 자리 잡은 말로 세계, 현재, 과거, 미래, 결과, 장엄, 마귀 등이 열거되어 있다.

과보(果報): 과거에 지은 업인(業因)에 따른 결과. 앞서 행동한 선한 행동으로 낙과(樂果)를 받고, 나쁜 행동으로 고과(苦果)를 받는다는 사상이다.

관념(觀念): 원래는 불교용어로 진리 또는 부처를 관찰사념(觀察思念)한다는 뜻이다. 줄임말이 관념이다. 현재는 사람의 마음속에 나타나는 표상, 상념, 개념 또는 의식 내용을 가리키는 말로 쓰인다.

관조(觀照): 일반화된 불교용어 중 대표적인 말이다. 5세기 무렵 인도의 승려 바수반두가 저술한 불교 경전인 『구사론(俱舍論)』에 따르면 본래의 뜻은 지혜로써 사리(事理)를 관찰하고 밝게 깨친다는 뜻이다. 그런 의미에서 예술 작품을 주관적인 견해 없이 관찰하거나 미술의 아름다움을 직접적으로 인식하는 지적인 미의식의 직관을 뜻하게 되었다. 더 나아가 '인생을 관조하다'와 같이 사색적인 뜻으로 많이 쓰이는 말이다.

광명(光明): 부처와 보살의 지혜를 가리킨다. 미망의 어둠을 깨뜨리고 진리를 나타내기 때문이다. 아미타불을 찬탄하여 무량광·무애광 등 12광으로써 말하는 것은 그 일례이다.

교만(橋慢): 자신을 높게 평가해 반성함이 없음. 『잡아함경』『출요경(出曜經)』『불소행찬(佛所行讚)』『유가론(瑜伽論)』『유마경』『무량수경』 등에서 자주 볼 수 있는 말이다. 뜻은 지금 쓰이는 것처럼 스스로를 높다고 생각하고 남을 깔보는 마음, 즉 잰 체하고 뽐내며 방자함을 일컫는 말이다.

교회(敎會): 부처의 가르침을 믿는 사람들이 예불하고 법문을 듣는 모임에서 나온 말이다.

근기(根機): 불교에서 말하는 진리인 반야를 듣고 닦아 얻는 능력과, 이러한 반야의 가르침을 받는 중생의 성능(性能)을 말한다.

금강(金剛): 깨달은 지덕이 굳고 단단하여 모든 번뇌를 깨뜨릴 수 있음을 표현한 말이다. 다이아몬드를 가리킨다.

금시조(金翅鳥): 불경에 나오는 상상의 큰 새로 산스크리트어인 가루라(karura, 迦樓羅)를 번역한 말이다. 새의 깃털이 금색이므로 이같이 부른다. 양쪽 날개의 너비는 360만 리나 되고 수미산에 서식하며 용을 잡아먹는다고 한다. 조류의 괴수. 독수리처럼 사나운 성질을 가진 새로 신격화한 것. 인도사람들이 상상하는 큰 새.

금언(金言): 영구히 변치 않는 진실한 성어(成語), 즉 부처의 말씀을 가리킨다.

기와: 산스크리트어 가팔라(kapala)를 음역한 개와(蓋瓦)가 변한 말이다.

기특하다: 부처가 이 세상에 오신 일, 곧 중생제도(衆生濟渡)의 측은지심을 지니고 무색계(無色界)의 천상에서 인간으로 내려오신 인류 구원의 사건을 기특(奇特)한 일이라고 했다.

나락(奈落): 지옥을 뜻하는 불교용어다. 산스크리트어 나라카(naraka)에서 온 말이다.

내색: 눈·귀·코·혀·몸으로 인식한 것이다. 모양·소리·냄새·맛·촉감은 외색(外色)이라고 한다. '내색하다'와 같이 쓴다.

내생(來生): 다음 세상, 죽은 뒤에 다시 태어날 세상으로 내세(來世)라고도 한다. 내생은 살아 있는 자는 갈 자격이 없다. 오직 죽은 자만이 갈 수 있는 곳이다.

내세(來世): 내생(來生)과 같다. 다음 세상, 죽은 뒤에 다시 태어날 세상이다. 내세는 살아 있는 자는 갈 자격이 없다. 오직 죽은 자만이 갈 수 있는 곳이다.

노파심(老婆心): 늙은 할머니의 마음. 나이가 많은 사람들은 자기의 경험으로 보아 아주 자잘한 일까지도 지나치게 걱정하는 경우가 많다.

늦깎이: 출가(出家)를 늦게 한 승려를 가리키는 말이다.

다반사(茶飯事): 원래 불교용어로 차를 마시거나 밥을 먹는 일을 말한다. 하지만 현재는 차를 마시거나 밥을 먹듯이 자주 일어나는 일을 뜻한다.

다비(茶毘): 불교계에서 시체를 화장(火葬)하는 일을 이르는 말이다.

단말마: '끊어질 단(斷)'과 급소를 뜻하는 '말마(末摩)'의 합성어다. 인간이 죽을 때 느끼는 최후의 고통을 뜻한다.

단위(單位): 선방에서 각자의 이름을 붙여 정한 자리. 함부로 고치지 못한다는 의미가 있다.

대중(大衆): 불교에서는 4부대중(四部大衆)이니 7부중(七部衆)이니 하는 말을 쓰는데, 4부대중은 비구·비구니·우바새·우바이 등 출가하였거나 출가하지 않은 남녀 신도를 통틀어 이르는 말이다. 현재는 여러 계층의 많은 사람을 일컫는 말로 쓰인다.

도구(道具): 도를 닦기 위하여 사용하는 도구. 염주, 범종, 목탁, 죽비 등을 가리킨다.

도락(道樂): 도(道)를 닦아 깨달음을 얻은 뒤 생기는 기쁨을 뜻하는 불교용어다. 식도락 등은 잘못된 사용이다.

동냥(動鈴): 승려들은 번뇌를 깨뜨리고 불심을 더 일으키기 위해 소리가 나는 방울인 금강령을 흔들었다. 이러한 행위를 동냥이라고 한다.

마(魔): 마(魔)는 불교용어인 마라(魔羅)에서 유래한 말이라고 한다. 마라는 '장애물' '훼방 놓다'란 뜻의 산스크리트어 마라(mara)를 음역한 것이다. 원래는 마음을 산란케 하여 수도를 방해하고 해를 끼치는 귀신이나 사물을 가리키는 용어였다.

말세(末世): 불교에서는 부처의 법이 퍼지는 때를 세 때로 나눈다. 부처의 가르침과 수행과 깨달음이 골고루 이루어지는 시기를 정법시(正法時), 가르침과 수행은 있으나 깨달음이 없는 시기를 상법시(像法時), 수행도 깨달음도 없고 교만만 있는 말법시(末法時)가 그것이다. 이 중에서 불법이 땅에 떨어지면서 오는 악독하고 어지러운 세상인 말법시를 말세라고 한다.

말세에는 다섯 가지 혼탁하고 악한 일이 일어난다. 전쟁·질병·기근 등이 일어나고, 사회 환경이 어지럽혀지며, 그릇된 사상이 만연되고, 인간의 자질이 저하되며, 수명이 짧아지게 된다는 것이다. 하지만 부패된 채로 세상이 끝나는 것이 아니라 미륵불이 나타나 중생을 구하는 미륵불의 시대가 도래한다.

망상(妄想): 산스크리트어 비칼파(vikalpa)의 음역이다. 분별과 같은 뜻이다. 이치에 맞지 아니한 망령된 생각을 함. 또는 그 생각.

면목(面目): 낯. 불교용어로 참사람의 참모습이란 뜻을 지녔다. 본래면목(本來面目)으로 자주 쓰인다. 민간에서는 항우가 자살할 때 '강동 사람들을 바라볼 면목이 없다'고 한 뒤로 쓰기 시작했다.

명복(冥福): 죽은 뒤에 저승에서 받는 복을 가리킨다. 염라대왕이 영혼을 심판하는 곳을 명부(冥府)라고 하는데 여기서 심판을 받으며 좋은 복을 받으라는 뜻이다. 주로 "고인의 명복을 빕니다."라는 꼴로 쓰인다.

명색(名色): 12연기의 하나. 이름만 있고 형상이 없는 마음과, 형체가 있는 물질을 이른다. 정신적인 것을 '명', 물질적인 것을 '색'이라고 한다.

묘(妙): 이치·방법 따위에서, 썩 빼어나고 교묘한 것.

무념(無念): 무아의 경지에 이르러 망상이 없다.

무사(無事): 사고가 생기지 않음을 의미하는 단어다.

무상(無常): '모든 것은 영원하지 못하다' '모든 것은 고정됨이 없다' '일체는 끊임없이 변모해간다'는 것이 무상의 정의다. 그러므로 변하는 것은 모두가 다 무상한 것이다.

무소유(無所有): 가진 것이 없이 모든 것이 존재하는 상태. 산스크리트어 시마티가(simatiga)를 음역한 말로 무소득(無所得)이라고도 한다. 단순하게 소유하지 않는 것이 아니라 번뇌의 범위를 넘어서 모든 것이 존재하는 상태를 말한다. 그래서 무소유처(無所有處)라고 하면 삼매의 경지를 뜻한다.

무심(無心): 마음이 텅 비다. 삼매에 이른 경지를 가리킨다.

무아(無我): 자기의 존재를 잊는 일. 불교의 근본교리로서 만물에는 고정불변인 실체로서의 나(實我)가 없다는 뜻이다.

무위(無爲): 진리의 다른 이름. 위(爲)는 조작(造作)의 뜻. 인연의 조작이 없는 것을 이른다. 또는 사상(四相), 즉 모든 사물이 생기고 머물고 변화하고 소멸하는 생주이멸(生住異滅)의 변천이 없는 것을 말한다.

무진장(無盡藏): 우리 마음에 무진장한 보배가 들어 있다 해서 마음을 일컫는 다른 이름이다. 닦고 닦아도 다함이 없는 부처의 법의(法義)를 가리킨다.

무참(無慚): 부끄러워하지 않는다, 부끄러움을 모른다는 뜻의 불교용어다. 즉 죄를 저지르고도 스스로 마음에 수치를 느끼지 않는다는 뜻이다. 흔히 '참'을 '慘'으로 쓰는데 '부끄러울 참(慚)'이 올바른 표기이다. '慚'은 '慙'과 같은 글자이다. 다만 심방변(心)의 위치가 다를 뿐이다. 무참(無慘)은 몹시 끔찍하고 참혹함을 뜻한다.

무학(無學): 불교에서는 더 배울 것이 없다는 뜻으로 쓰인다. 현대에는 배운 것이 없다는 뜻으로 쓰인다.

묵인(墨印): '먹으로 새겨두다'의 뜻으로, 먹으로 쓴 글로 전수받은 불법을 마음에 새긴다는 의미이다. 이는 부처에게서 친히 수지불망(受持不忘)하는 단계, 고승에게서 여러 승려들과 함께 수지불망하는 단계, 중생과 함께 많은 승려들에게서 듣는 단계 등으로 나뉜다.

밀어(密語): 현대의 밀어는 사랑하는 연인이 은밀하게 속삭이는 달콤한 말이거나 비밀을 지키기 위해 다른 이가 알아듣지 못하게 말하는 것을 뜻한다. 불가에서 밀어는 부처가 참된 진리를 중생이 알기 쉽게 설명한 말씀을 뜻한다.

바라지: 절에서 영혼을 위해 시식(施食)할 때 시식법사가 경을 읽으면 옆에서 그다음 송구(頌句)를 받아 읽거나 그 시식을 거들어주는 사람을 일컫는 말이다.

방생(放生): 사람에게 잡혀 죽게 된 생물을 놓아서 살려줌.

방편(方便): 부처나 보살이 중생을 제도하기 위하여 일시적으로 사용하는 묘한 방법을 가리킨다.

백팔번뇌(百八煩惱): 사람이 지닌 과거, 현재, 미래의 108가지의 번뇌.

번뇌(煩惱): 번뇌는 탐·진·치 삼독(三毒) 때문에 생기는 여러 가지 괴로움을 가리킨다. 불교에서는 모두 108가지로 분류한다.

범부(凡夫): 번뇌에 얽매여서 생사를 초월하지 못하는 사람.

보리(菩提): 불교에서 최상의 이상인 깨달음의 지혜 또는 깨달음의 지혜를 얻기 위한 수도 과정을 뜻하는 보리(菩提)의 본래 발음은 '보제'다. 산스크리트어 보디(bodhi)의 한자 음역이다.

보살(菩薩): 산스크리트어 보디사트바(bodhisattva)를 음역한 보리살타(菩提薩陀)의 준말이다. 이 말은 '깨달음을 추구하는 이' '깨달음에 이르는 것이 확정된 이'라는 뜻이다. 불교에서는 부처인 고타마 싯다르타가 깨달음을 얻기 전의 상태, 또는 내세나 현세에서 부처가 되도록 확정되어 있는 사람을 가리키는 말로서, 다른 이들의 고통을 덜어주기 위하여 자신의 목표인 열반을 연기하겠다는 서원(誓願)을 한 성인이다.

분별(分別): 산스크리트어 비칼파(vikalpa)의 음역어다. 망상과 같은 뜻이다.

불가사의(不可思議): 말로 표현하거나 마음으로 생각할 수 없는 오묘한 이치 또는 가르침을 뜻하는 불교용어다. 언어로 표현할 수 없는 놀라운 상태이기도 하다. 『화엄경』에 "부처의 지혜는 허공처럼 끝이 없고 그 법(法)인 몸은 불가사의하다."는 말이 나온다. 또 이 경전의 「불가사의품(不可思議品)」에 따르면 부처에게는 불국토(利土), 청정한 원력(淨願), 종성(種姓), 출세(出世), 법신(法身), 음성, 지혜, 신력자재(神力自在), 무애주(無碍住), 해탈 등의 열 가지 불가사의가 있다고 한다. 부처의 몸이나 지혜·가르침은 불가사의하여 중생의 몸으로는 헤아릴 수 없다는 말이다.

불퇴전(不退轉): 한번 도달한 수행의 지위에서 물러서지 않음. 또는 믿음(신앙)이 두터워 흔들리지 않음.

사랑하다: '상대하여 끊임없이 생각하고 헤아리다'는 뜻의 사량(思量)이 변한 말이다. 「용비어천가」(1447)에 생각하다는 뜻으로 처음 나온다. 『석보상절』(1449)에는 사랑이 애(愛)의 뜻으로 쓰였고, 『법화경언해』(1463)에는 사랑하다와 생각하다 두 가지 의미로 쓰였다.

사리(舍利, 奢利): 부처의 법신의 자취인 경전, 또는 승려가 죽은 뒤 나오는 구슬 모양의 물질을 이르는 말이다.

사물놀이: 사물이란 원래 절에서 불교의식 때 쓰인 법고(法鼓)·운판(雲板)·목어(木魚)·범종(梵鐘)의 네 악기를 가리키던 말이다. 뒤에 이것이 북·징·목탁·태평소로 바뀌고 지금은 다시 북·장구·징·꽹과리 등의 민속타악기로 바뀌어, 일반적으로 사물놀이라고 하면 이 네 종류의 악기로 연주되는 음악과 그 음악

에 의한 놀이를 가리키게 되었다.

삭신: 색신(色身)이 변한 말이다. 색신은 빛과 형상이 있는 몸이란 뜻으로 물질적 존재로서 형체가 있는 몸, 육안으로 보이는 몸, 즉 육신을 가리킨다.

산통(算筒): 국어사전에 '점치는 데 쓰는 산가지를 넣는 통'이라면서 '산통을 깨다'를 '다 된 일을 이루지 못하게 뒤틀다' 또는 '다 되어가는 일이 뒤틀리다'라는 부정적인 설명을 하고 있다. '산통 깨다'의 본래 의미는 '격렬한 논쟁'을 나타낸다. 산통은 강원(講院)에서 사용하는 물품으로 산(算)가지를 통(筒)에 넣은 것을 의미한다. 강원에서 강의할 때와 의견을 피력하는 발의(發議) 순서를 정할 때 이용하는 물건이다. 대중 가운데 소임자를 뽑고 대중의 의견을 정리할 때도 사용한다. 생과 사를 놓고 치열하게 공부하는 스님들 사이에 논쟁이 일어나면 격렬한 토론에 불이 붙는다.

산화(散華): 산화는 불교에서 치르는 의식으로 부처 앞에 꽃을 뿌려 공양하는 것을 가리킨다. 여러 경전에 산화에 대한 이야기가 나오는데, 당나라 승려 현장(玄奘)이 지은 『대당서역기』에 다음 구절이 나온다. "부처가 열반한 날이면 수십만 명의 대중이 보리수 아래 모여 꽃과 향을 뿌리고 등불을 밝히면서 음악을 연주하고 공양한다." 국어사전에도 불교의식이란 설명과 함께 '꽃다운 목숨을 전장(戰場) 등에서 잃는 것'이라 풀이하고 있다.

살림: 절의 재산을 관리하는 일을 가리킨다. 불교용어인 산림(山林)에서 유래했다. 산림은 절의 재산을 관리하는 일을 말하며, 이 말이 절의 재산관리만이 아니라 일반 여염집의 재산을 관리하고 생활을 다잡는 일까지를 가리키게 된 것이다. 절에서 살림을 맡은 승려는 원주라고 한다.

삼시(三時): 불교에서 석가모니가 입멸한 뒤의 시대를 정법(正法), 상법(像法), 말법(末法)의 세 시기로 구분한다. 석가가 입멸한 후 500~1년간을 정법시, 천년 이후를 상법시, 그 이후 이어지는 만 년은 말법시다. 정법시는 가르침과 실천, 법이 모두 갖춰진 시대로 완벽한 시대다. 상법시는 가르침과 실천만 있고, 말법시는 곧 말세로 가르침만 있을 뿐이다. 말세가 지나면 가르침마저 들을 수 없는 법멸(法滅) 시대가 온다는 게 불가의 가르침이다.

서울: 산스크리트어로 '수행하는 곳'이라는 뜻이다. 석가모니가 코살라 왕국 슈라바스티(Sravsti)라는 도시에서 불법을 포교했는데, 7세기 당나라의 명승 현장은 산스크리트어 발음에 가깝게 실라벌실저국(室羅伐悉底國)으로 적었다(사위성으로 적은 번역이 더 많다). 여기서 이 '실라벌'이 한반도로 넘어와 서라벌(徐羅伐)이 되었고 점점 음운 변화를 일으켜 셔블, 서울이 되었다.

선남선녀(善男善女): 선남자선여인(善男子善女人)의 줄인 말로 일반적으로 세 가지 의미를 지니고 있다. 첫째는 '선(善)'은 선인(善因)이니, 지난 세상에 지은 선사공덕(善事功德)이 현세에 나타나 부처의 교법을 듣고 믿는 이'라는 뜻을 담고 있다. 둘째는 '현생(現生)에서 불법을 믿고 선을 닦는 남녀'를 지칭한다. 마지막으로 '부처의 명호를 듣고 염불하는 남자와 여자'를 나타낸다.

선지식(善知識): 한국과 중국에서는 수행자들의 사표가 되는 고승을 선지식(善知識)이라 했다. 본래 박학다식하면서도 덕이 높은 스승을 이르는 이 말은 '좋은 친구'라는 뜻의 산스크리트어 칼리아니미트라(kalyamitra)에서 유래하여 선친우(善親友), 승우(勝友)라고도 번역한다.

성당(聖堂): 부처를 모신 법당, 불당을 달리 이르는 말이다. 공자를 모신 곳도 성당이다.

세계(世界): 국어사전에 나오는 '세계'의 여러 뜻풀이 가운데 '불교에서 이르는, 중생이 사는 이 현상계(세는 과거·현재·미래의 삼세, 계는 동서남북과 상하를 가리킴)'라는 내용이 있다. 부연하면 세계에서 세는 전세·현세·내세를 아우르는 시간적 개념이고, 계는 동서남북·상중하 등의 공간적 개념이다. 세계는 산스크리트어인 로카다투(loka-dhatu)의 번역어로 로카(loka)를 '世'로, 다투(dhatu)를 '界'로 번역한 것이다.

세속(世俗): 세상을 뜻한다.

수면(睡眠): 산스크리스어 미다(Middha)의 의역. 심소(心所)의 이름. 부정지법(不定地法)의 하나. 마음을 암매(闇昧)하게 하는 정신작용. 의식이 깊이 잠자는 것을 수(隨), 오식(五識)이 캄캄하여 작용하지 않는 것을 면(眠)이라 한다.

스승: 『훈몽자회』에 승려를 스승이라 하였다. 근세까지만 해도 승려를 높여

부르는 말로 스님이란 호칭을 사용했다. 스님은 곧 '사(師)님'이었고, 스승은 '사승(師僧)'에서 온 말이다. 이 말은 일찍이 불교가 왕성했던 고려시대부터 쓰인 말인데, 승려를 존경해서 부를 때 스승(師僧)이라는 호칭을 썼다. 이것이 변해서 스승이 된 것이다.

시달리다: 불교의 시다림(尸陀林)에서 나온 말이다. 시다림은 인도 중부에 위치한 왕사성 북쪽에 있는 숲으로, 사람이 죽으면 시신을 내다버리는 일종의 공동묘지였다. 도를 닦는 수행승들이 고행의 장소로 이곳을 즐겨 택하곤 했다. 수행자들은 이곳에서 시체 썩는 악취와 각종 질병과 각종 날짐승들을 견뎌내야 했다. 그러므로 이 시다림에 들어가는 것 자체가 곧 고행을 가리키는 것이었으며, 여기에서 '시달림'이라는 말이 나왔다.

시방(十方): 평면 방위 개념인 동서남북의 사면(四面)과 사우(四隅)를 더한 팔방(八方)에 상하(上下)를 포함해 입체화한 개념으로서의 불교용어인 시방세계다. 시방정토(十方淨土)에서 비롯된 것이다.

시설(施設): 부처가 법을 설함.

식당(食堂): 초기 불교 경전인 『아함경』을 중국어로 번역하면서 '식당'이란 단어가 등장했다. 부처가 설법자로 등장하는 부문에 집차식당(集此食堂), 즉 '이 식당으로 모이라'는 글이 나온다. 불교의 신앙 공간인 절은 7가지 요소를 갖춰야 하는데 바로 금당(金堂), 경당(經堂), 승당(僧堂), 종당(鐘堂), 탑(塔), 강당(講堂), 식당(食堂)이 그것이다. 탑도 예전에는 하나의 독립된 건물인 경우가 많아 당(堂)으로 봤다. 이러한 7가지를 갖춘 절은 칠당가람(七堂伽藍)으로 불렸다. 요즘 절에서는 식당이란 말이 일반 민간어로 나가면서 공양간이라는 새 어휘를 쓰고 있다.

실제(實際): 진여법성(眞如法性). 이는 온갖 법의 끝 간 곳이므로 실제라 하고 또 진여의 실리(實理)를 증득하여 그 궁극에 이르므로 이렇게 이른다.

심금(心琴): 진한 감동으로 설명할 수 없는 마음의 움직임을 이르는 말이다. '마음의 거문고'란 뜻을 지닌 심금은 부처의 제자 스로오나의 고행에서 비롯됐다. 스로오나는 깨달음을 얻기 위해 고행에 나선다. 밤낮없이 수행에 매진했으나 깨달음은 그에게 쉽게 허락되지 않았다. 몸은 지치고 마음이 조급해졌다. 이러한 상황을 지켜본 부처는 제자에게 "거문고를 타본 일이 있는가."라면서 "거문고는 줄이 너무 팽팽해도 너무 느슨해도 소리가 나지 않는다. 마찬가지로 수행이 너무 강하면 들뜨게 되고 너무 약하면 게을러진다. 이와 같이 몸과 마음이 어울려 알맞게 해야 한다."며 수행을 거문고 연주로 비유해 설했다. 부처의 가르침으로 스로오나는 마음을 바로잡아 자신에게 맞는 수행을 찾아 깨달음의 경지에 올랐다. 이처럼 공감할 수 있는 일을 보고 듣고 느꼈을 때 마음속에서 일어나는 걷잡을 수 없는 감정의 울림을 거문고 연주에 비유하여 심금이라 한 것이다.

아궁이: 인도의 베다 신화에 나오는 불의 신 아그니(Agni)에서 유래한 말이다.

아귀: 허겁지겁 많이 먹는 사람이나 식탐이 심한 사람을 아귀 같다고 한다. 불교에는 윤회라는 것이 있는데 여기에 아귀가 사는 세계가 있다. 이곳은 지옥과 비슷한 곳으로, 아귀들은 몸은 태산과 같이 큰데 목구멍은 바늘구멍 같아서 음식을 먹을 수 없어 항상 배가 고프다고 한다.

아비규환(阿鼻叫喚): 불교에서 아비지옥과 규환지옥을 아울러 이르는 말로 계속되는 심한 고통으로 울부짖는 것을 뜻한다. 아비지옥은 산스크리트어 아비치(avici)의 음역으로 무간지옥(無間地獄)이라고도 한다. 규환지옥은 산스크리트어 라우라바(raurava)의 의역이다. 이 지옥에 떨어진 죄인은 물이 펄펄 끓는 큰 가마솥에 들어가기도 하고 또 무거운 쇠집 속에 들어가 무서운 고통을 이기지 못해 울부짖는다. 살생, 도둑질, 음행, 술 먹는 죄를 범한 이들이 가는 지옥이다

아수라(阿修羅): 산스크리트 아수르(asur)의 음역이다. 아소라, 아소락, 아수륜 등으로도 표기한다. 약칭은 수라(修羅)라고 하는데 '추악하다'라는 뜻이다. 아수라는 본래 육도 팔부중(八部衆)의 하나로서 고대 인도 신화에 나오는 선신(善神)이었으나 후에 하늘과 싸우면서 악신(惡神)이 되었다고 한다. 그는 증오심이 가득하여 싸우기를 좋아하므로 전신(戰神)이라고도 한다. 그가 하늘과 싸

울 때 하늘이 이기면 풍요와 평화가 오고, 아수라가 이기면 빈곤과 재앙이 온다고 한다. 인간이 선행을 행하면 하늘의 힘이 강해져 이기게 되고, 악행을 행하면 불의가 만연하여 아수라의 힘이 강해진다. 아수라는 얼굴이 셋이고 팔이 여섯인 흉측하고 거대한 모습을 하고 있다.

아수라장: 아수라들이 모여 싸우는 곳을 뜻한다. 아수라장은 항상 전쟁이 끊이지 않는 곳이다.

아집(我執): 아(我)를 실재한 줄로 아는 소견. 법집(法執)의 반대. 이치의 시비 곡직에 표준이 없이 자기의 의견에만 집착하여 아를 고집하는 것.

안심(安心): 아미타불에 귀의하여 흔들리지 않음. 또는 그런 마음.

안양(安養): 불교에는 극락세계를 가리키는 말이 여러 가지 있다. 안락(安樂), 안양(安養), 서방(西方), 정토(淨土), 서찰(西刹), 서방정토, 무량광명토(無量光明土) 등이 바로 그것이다. 안양은 안양계(安養界), 안양보국(安養寶國), 안양세계(安養世界), 안양정토(安養淨土) 등으로도 쓰인다.

애착(愛着): 산스크리트어 라아(rāga)의 의역. 처자, 재물 등에 연연하여 끊기 어려운 정을 가리킨다. 애집(愛執), 애염(愛染), 애욕(愛慾)과 같다.

야단법석(野壇法席): 과거에는 큰 법회시에 장소가 좁은 관계로 대웅전 앞마당에 괘불이라는 탱화를 걸어놓고 법회를 보곤 했다. 사람이 많이 모이고 시끄러우니 지금은 시끄러운 곳이라는 의미로 많이 사용된다.

어발이: 어발우(御鉢盂)에서 유래한 말이다. 어발우는 큰 발우를 이르는 말이다. 어발우는 너무 커서 잘 움직이지 않기 때문에 일반적으로 굼뜨거나 행동이 재바르지 못한 사람을 가리킨다.

언어도단(言語道斷): 『화엄경』에 나오는 말이다. 언어동단(言語同斷)이라고도 쓰는데, 궁극의 진리는 언어의 도(道)로는 이를 수 없음을 이르는 말이다.

업(業): 미래에 선악의 결과를 가져오는 원인이 된다고 하는, 몸과 입과 뜻으로 짓는 선악의 소행.

여의주(如意珠): 용의 턱 아래에 있다고 하는 영묘한 구슬. 사람이 이것을 얻으면 변화를 마음대로 부릴 수 있다고 한다.

영접(迎接): 불보살이 염불행자의 임종 때에 공중으로 날아와서 정토(淨土)로 인도하는 것. 맞아 인도한다는 뜻.

영험(靈驗): 불보살이 중생에게 대하여 나타내는 신묘하고 부사의한 증험. 세속말로 영검. 제도하기 어려운 중생에게 불보살이 부사의한 일을 나타내어 필경에 귀의케 하는 세력.

외도(外道): 이 낱말이 처음 쓰인 것은 불교를 내도(內道)라 하고 불교 이외의 교(教)를 내도의 대칭으로 외도(外道)라 한 데서 비롯한다. 외교(外教), 외법(外法), 외학(外學)이라고도 하였다. 세월이 흐르면서 사법(邪法)의 의미를 나타내는 명칭으로 변하였다. 산스크리트어로는 티르타카(tirtaka)라 한다.

유명(幽冥): 사람이 죽어서 간다는 세계, 곧 저승. 어둠이나 괴로움을 비유하는 말.

유명무실(有名無實): 이름만 있고 영원한 실체가 없다는 뜻이다. 불교의 핵심을 고스란히 담은 말이다. 모든 물체는, 그 이름은 있되 인연이 다하면 그 이름조차 없어진다는 뜻이다. 부처의 말씀에 '인연가화합(因緣假和合)'이란 말이 있다. 이름은 있되 실체가 없다는 진리다.

윤회(輪廻): 산스크리트어로 삼사라(samsara)라고 한다. 이 말의 본뜻은 흐름, 순회함이다. 인간은 죽은 뒤에도 무엇인가의 형태로 존속한다는 보편적 신념의 한 형태가 윤회인데, 특히 인도에서 발전했다. 서기전 4세기에 인도 사회에 정착한 이후 지금에 이르기까지 인도 문화의 기본적 관념이 되어 사유 방법, 종교, 철학, 사회관습 등에 많은 영향을 끼쳤다. 불교에서는 아귀 또는 아수라 세계를 더한 오도(五道)와 육도윤회(六道輪廻)의 관념이 발달하여 동남아시아, 한국, 중국, 일본, 티베트 등의 불교도의 생활을 갖가지 형태로 규정하고 있다.

은어(隱語): 사물(事物)을 바로 말하지 않고 은연중(隱然中)에 그 뜻을 깨닫게 하는 말. 선가(禪家)의 격외담(格外談)을 말한다.

이심전심(以心傳心): 부처의 생애 중에 가섭존자와 관련된 대목에 나오는 말이다. 다른 말로는 삼처전심이라고 하는데, 부처와 가섭존자가 세 곳에서 마음을 나누었다는 이야기다. 첫 번째가 염화시중의 미소, 두 번째가 부처의 자리를 나누어 앉게 했다는 분반좌, 세 번째는 부처 열반 때 늦게 도착한 가섭에게 관 밖으로 발을 내보인 일이다.

이판사판(理判事判): 억불숭유정책을 쓴 조선시대에는 이판승이나 사판승이나 모두 마지막 신분계층이 되는 것이어서, 절에 들어가 승려가 된다는 것은 끝장이라는 의미에서 막다른 데 이르러 어쩔 수 없음을 뜻하는 말이다.

인도(引導): 사람을 이끌어 불도(佛道)에 들게 하는 일. 우리나라에서는 어산(魚山)하는 이, 즉 범패(梵唄)를 하는 이를 인도라고 한다.

인연(因緣): 불교에서는 생멸하는 모든 현상의 결과에는 반드시 그 원인이 되는 인연이 있기 때문이라고 본다. 내적으로 직접적인 원인이 되는 것이 인이며, 외적으로 간접적인 원인이 되는 것을 연이라 한다. 일체 존재는 모두 인연 도리로 나고 멸하므로 공(空)적 존재라는 의미를 제시하는데 이때의 인연이 곧 공의 이치이다.

일미(一味): 첫째가는 좋은 맛. 부처의 교설은 겉으로 보기에는 여러 가지인 듯하지만 그 뜻은 하나라는 말.

자업자득(自業自得): 이 말은 인과응보라는 불교의 교리사상에 바탕을 둔 말로서, 자신이 지은 업(業)에 따라 반드시 그 과보(果報)를 받게 된다는 뜻이다. 업이란 우리가 말(口)이나 생각 또는 행동으로 짓는 짓거리를 일컫는 말이다. 산스크리트어 카르마(karma)를 번역한 말로 '짓는다'는 뜻이다. 이 업은 선업과 악업으로 크게 나눈다. 인간은 어떤 일(상황)을 당해서 정신작용을 통해 뜻이 확정되면 그것이 외부로 표현되며(表業), 혹 외부로 표현은 되지 않더라도 마음 속에 계속 그 감정을 지니고 있는 경우(無表業)도 있다. 이러한 일련의 작용을 업이라 하고, 이 업이 선하든 악하든 반드시 결과가 있게 되므로 이를 업인(業因)이라고도 한다.

장광설(長廣舌): 길고 넓은 혀라는 뜻이다. 부처님의 32길상 중 하나를 의미한다. 훌륭한 가르침의 말씀, 거짓 없는 진실한 말을 하는 사람을 가리키는 말. 현대에는 쓸데없이 길게 늘어놓는 말을 가리킨다.

장로: 어떠한 모임이나 조직에서 나이가 지긋하고 덕이 높은 사람을 높여

부르는 말. 본래 불교에서 지혜와 덕행이 높고 나이가 많은 비구를 통칭하는 말이었다. 불교에서 장로의 호칭은 종파에 따라 차이가 있어서 선종에서는 주지를 가리키는 말이고, 율종에서는 한 종파의 주관자를, 화엄종에서는 소임에서 퇴임한 고승을 가리키는 말이다.

장로니: 장로와 같은 뜻으로 오래 수행한 원로 여승, 즉 비구니를 가리킨다.

장엄(莊嚴): 좋고 아름답게 국토를 꾸미고 훌륭한 공덕을 쌓아 몸을 장식하고 향과 꽃을 부처님께 올려 장식하는 것들. 『관무량수경』에 '모든 악업으로 스스로 장엄하다'고 한 것은 악한 업을 몸에 쌓아 모음을 말한다.

저승: 불교용어에서 온 저승은 사람이 죽은 뒤에 그 영혼이 가서 살게 되는 곳을 가리키는 말이다.

전도: 포교와 같은 뜻으로 쓰였다.

점심(點心): 선종(禪宗)에서, 배고플 때 조금 먹는 음식. 마음에 점을 찍는 듯이 가볍게 먹는다는 의미다.

정진(精進): 산스크리트어 비리야(Virya) 음을 따라 비리야(毘梨耶, 毘離耶)라고도 쓴다. 보살이 수행하는 육바라밀(六波羅蜜)의 하나. 순일하고 물들지 않는 (純一無染) 마음으로 부지런히 닦아 줄기차게 나아가는 것이다. 그러나 닦는 생각(能)과 닦는 것(所)이 있어서는 안 된다. 함이 없이 하는 것이 정진이다. 오늘날에는 게으름을 피우지 않고 끊임없이 노력하는 것을 말한다.

제호미(醍醐味): 불교어로는 우유를 정제하는 과정에서 최종적으로 유제품이 완성될 때까지의 맛을 5단계로 나눈 맛, 즉 유(乳)·낙(酪)·생수·숙수·제호의 5가지 맛 중 마지막 제호미를 최고의 맛으로 정하고 불가의 열반에 비유한다. 중국 천태종에서는 부처의 설법 내용을 얕은 데서 깊은 데까지 5단계로 나누고 이를 오미(五味)에 해당하도록 교판(敎判)을 만들었다.

주인공(主人公): 불교에서 주인공이란 낱말을 처음 사용할 때는 득도한 인물을 가리키는 말이었다. 주인공은 외부 환경에 흔들리지 않고 번뇌망상(煩惱妄想)에 흔들리지 않는 참된 자아, 즉 무아를 누리는 자아를 일컫는 말이었다.

줄탁동시(啐啄同時): 닭이 알을 깔 때, 껍데기 속에서 병아리 우는 소리를 줄(啐), 어미 닭이 쪼아 깨뜨리는 것을 탁(啄)이라고 한다. 즉 이 두 가지 일이 동시에 행하여져야 한다는 뜻으로, 놓쳐서는 안 될 좋은 시기(時機)의 비유. 선가(禪家)에서 두 사람의 대화가 상응하는 일을 가리킨다.

중도(中道): 쾌락과 고행의 두 극단을 떠난 바른 수행. 어느 한쪽으로 치우치지 않고 중심점을 바로 세운 마음. 서로 대립·의존하고 있는 개념을 부정함으로써 드러나는 진리를 나타내는 말. 마음 작용이 소멸된 상태. 집착과 분별이 끊어진 마음 상태.

지사(知事): 불교에서는 절의 용무를 맡아보는 것을 말한다. 지금은 어떤 분야의 일을 책임지는 직책 명으로 쓴다. 예) 도지사, 주지사.

지식(知識): 곧 '사람' 우리들 자신(自身)이다. 다시 말하여 지식(知識)은 아는 사람이니, 우리가 사랑하는 이웃이요 친구요 벗이다. 불교에서 선지식(善知識)은 '불법(佛法)을 갈구하는 착하디 착한 사람'을 가리키는 말이다.

짐승: 본디 중생(衆生)이 변한 말이다. 중생은 뭇 생명이란 뜻이다.

집착(執着): 불교에서는 모든 사물은 영원하지도 않으면서(無相) 변하지 않는 것도 없으며 실체가 없음(無我)에도 불구하고 자기 것으로 착각하고 내 것이라는 강한 소유욕을 갖는 것을 말한다. 이러한 것들로 인해 괴로움이 생기고 슬픔과 걱정이 생긴다고 말한다.

착안(着眼): 눈을 주의하라는 뜻이다. 즉 마음을 써서 주의하라는 것이다. 불교에서는 착(着)이라는 말을 많이 쓴다. 마음이나 사물에 집착하여 떨어지지 않는 것을 '착'이라고 한다. 애착, 집착, 탐측(貪着) 등. 『법화경』 「방편품(方便品)」에 "내가 성불한 이래로 갖가지 인연, 갖가지 비유를 들어 널리 설하여 가르치는 등 무수한 방편으로 중생을 인도하여 모든 '착'에서 떠나게 했다."고 했다.

찰나: 순간을 뜻하는 산스크리트어의 음역이다. 본래 시간을 나타내는 단위였는데 매우 짧은 시간으로 바뀌었다.

참괴(慚愧): 허물을 부끄러워하는 것. '참'은 자기가 지은 죄를 스스로 부끄러워하는 것, '괴'는 다른 사람들에게 대하여 부끄럽게 생각하는 것을 뜻한다.

참회(懺悔): 참회는 이성의 자각에서 지난날 감성과 본능에 지배되어 온갖 죄악을 범한 것을 뉘우치고, 그것을 깨끗이 씻고 다시 새로운 사람이 되겠다고 하는 정신 혁명과 인격적 개조를 뜻한다. 참회하는 마음은 부처님과 보살 앞에 진심으로 고백하여 죄책감을 느낌과 동시에 차후에는 다시 그런 죄를 범하지 않기로 맹세하는 자의식의 경계다. 그 의식으로 우리는 부처님과 불보살 앞에 예배하거나 경전을 독송하거나 부처님과 불보살의 이름을 부르고(念佛) 기도하면서 지성껏 그 용서를 비는 것이다. 『사십이장경』에 따르면 부처님께서는 "악이 있어도 잘못임을 알아서 과실을 고쳐 선을 행한다면 죄가 날로 사그라져 후일에 가서는 꼭 깨달음을 얻게 될 것이다."라고 참회의 효력을 말씀하셨다.

천안(天眼): 오안(五眼)의 하나. 천도(天道)에 나거나 선을 닦아서 얻는, 아주 작은 사물도 멀리 또는 널리 볼 수 있는 눈. 중생들의 미래도 미리 안다고 한다

천주(天主): 하늘나라의 임금. 3계(界) 16천(天)의 각각의 제왕을 가리킨다. 예를 들어 도리천의 천주는 제석천이다.

청정(淸淨): 나쁜 짓으로 지은 허물이나 번뇌의 더러움에서 벗어난 깨끗함. 자성청정, 이구청정의 2가지가 있다.

출세(出世): 불교에서는 아주 다른 뜻으로 쓰인다. 첫째, 불보살이 중생의 세계에 출현하여 중생을 교화하는 것을 뜻한다. 사람이 출세하여 많은 사람이 행복을 얻는다는 뜻을 감추고 있다. 둘째, 세상의 속연(俗緣)을 벗어나 불도 수행에 전념하는 것을 뜻한다. 출가(出家)와 같은 뜻이다. 셋째, 선종(禪宗)에서 학행(學行)을 마친 뒤에 은퇴장양(隱退長養)하는 사람을 가리킨다. 붓다 우트파다(Buddha-utpada), 로코타라(lokottara)를 의역한 말이다.

탈락(脫落): 빠지거나 떨어져 없어진다는 뜻이다. 심신탈락(心身脫落)으로 쓰인다.

통알(通謁): 새해 첫날 새벽예불을 마친 후 대중이 법당에 모여 제불보살과 신중에게 인사를 올리는 행위를 이르는 말이다. 통알이란 삼보의 은혜에 감사드리고, 중생들이 부처의 자비광명과 함께하기를 기원하는 의식이다. 통알은 불공의례인 축상작법(祝上作法) 후 부처에게 절을 올리고, 삼보·신중·산신·

스승·부모·일체 고혼에 삼배하고, 도반들과 대중들에게 삼배를 올리는 순서로 진행된다. 어른 스님에게 올리는 인사를 통알과 구별해 세알(歲謁)이라고도 한다. 통알이 끝난 후 대중들은 먼저 산중에서 가장 어른 되는 스님에게 절을 올리고, 밑으로 내려가며 절을 한다. 통알과 새해인사가 끝나면 사찰의 조사전이나 영각 등을 찾아 개산조와 중흥조, 역대 조사 스님에게 다례를 올린다.

투기(投機): 마음을 열고 몸을 던져 지혜를 얻으려 한다는 뜻이다. 사람들이 돈을 던져 기회를 잡는다는 뜻으로 바뀌었다.

평등(平等): 산스크리트어 사마냐(samnya)를 한역한 것이라고 한다. 부처님은 모든 법의 평등한 진리를 깨달아 아는 이라는 뜻으로 평등각(平等覺)이라 하는가 하면, 염라대왕은 사람을 차별 없이 재판하여 상과 벌을 공평하게 주는 왕이라는 뜻으로 평등왕(平等王)이라 부르기도 한다.

평상심(平常心): 평상시와 같은 차분한 마음. 또는 동요가 없이 잔잔한 마음.

포단(蒲團): 솜방석, 솜이불, 육아용 덮개. 불가에서는 여러해살이풀을 엮어서 만든 일종의 깔 자리, 방석(方席)을 뜻한다.

피안(彼岸): 사바세계의 저쪽에 있다는 정토.

필경(畢竟): 무슨 일이 마침내 성취되었을 때 이것을 필경에 성취했다고 한다.

해우소(解憂所): 근심 푸는 곳, 즉 화장실을 말한다. 경봉(鏡峰)스님이 지은 말이다.

해조음(海潮音): 파도 소리. 또는 밀물이나 썰물의 흐름소리. 부처나 관세음보살의 설법을 때를 어기지 않는 밀물과 썰물에 비유한 말이다.

행각(行脚): 수행승들이 마음 수련을 위해 산야와 계곡을 두루 돌아다니는 일. 현대에는 여기저기 돌아다닌다는 부정적인 뜻으로 쓰인다.

향수(香水): 향료를 알코올 등에 용해시켜 만든 향기로운 냄새가 나는 화장품. 원래 불상을 씻을 때에 뿌리는 향을 달인 물.

허공(虛空): 모양과 빛이 없는 상태. 아무것도 있지 않은 공간으로 비색(非色), 무견(無見), 무대(無對), 무루(無漏), 무위(無爲)의 특징을 지닌다.

현관(玄關): 건물의 입구. 불교에서는 깊고 묘한 이치에 통하는 관문이라는 뜻으로 쓰인다. 선종(禪宗)에서는 불교를 현문(玄門)이라고도 하는데, 주로 '부처의 가르침을 익히고 배우려는 첫 번째 관문'이라는 뜻으로 쓰인다.

현재: 본래 견재(見在)였다. 견재는 문자 그대로 '눈앞에 있다'는 뜻이다. 불경을 한역하던 중국인들이 자신들이 사용하던 말에서 번역어를 찾은 셈이다. '現'은 '見'이 지닌 '나타난다'는 의미를 더 강조하기 위해 고안된 글자다.

환희(歡喜): 불법을 듣고 믿음을 얻어 느끼는 기쁨.

횡설수설(橫說竪說): 불가에서 부처의 설법을 가리킨다. 부처는 듣는 사람의 수준에 맞게 말을 하여 불교를 전파하였다. 이처럼 잘 설명하는 것을 횡설수설이라고 한다. 중국은 지금도 이런 뜻으로 쓰는데 우리나라에서만 뜻 없는 말을 자꾸 늘어놓는다는 뜻으로 쓰인다.

훈습(薰習): 우리의 몸과 입으로 표현하는 선악의 말이나 행동, 뜻에 일어나는 선악의 말이나 행동, 뜻에 일어나는 선악의 생각 등이 일어나는 그대로 없어지지 않고 반드시 어떠한 인상이나 세력을 자신의 심체(心體)에 머물러 두는 작용. 마치 향이 옷에 배어드는 것 같은 데에 비유하는 것.

희사(喜捨): 아무 후회 없이 기쁜 마음으로 재물을 내놓는 일을 이르는 말이다. 어지간한 사람은 흉내도 내기 어려운 일이다. 그래서 불교에서는 보시(布施)를 수행덕목(육라바밀)의 첫째로 꼽는다. 보(布)는 '普'와 같은 '널리'라는 뜻이며, 시(施)는 '베푼다'는 뜻이다.

부록 3   우리말의 탄생과 진화

왜 우리나라 작가는 노벨상을 타지 못하나

어떤 언어든지 100년 이상 시로 읊어지고, 소설로 씌어지고, 연극 대사로 말해질 때 비로소 문학 언어가 된다. 그것도 기량이 뛰어난 작가와 시인이 많이 활동하고, 그 문학을 누리는 독자가 넉넉할 때 그렇다.

영어도 셰익스피어 같은 대문호가 출현하고, 이어서 걸출한 시인·작가들이 다투어 나와 좋은 시와 글을 써댔기 때문에 문학 언어로 자리를 잡았다. 스페인어, 독일어, 프랑스어가 대개 그러하다. 일본은 일본어로 문학 활동이 이루어진 역사가 매우 길어서 하이쿠의 경우 600년 역사를 자랑한다. 다만 중국의 백화문은 루쉰[魯迅]부터 따져 90년가량밖에 안 되어 상대적으로 문학 언어가 되기에 약하다. 하지만 문학인구가 워낙 많아 머지않아 문학 언어로 자리를 잡을 것이다.

하지만 우리말은 그렇지 못하다. 박지원 같은 훌륭한 작가가 있었다지만 그는 한문으로만 글을 썼기 때문에 한글 문학 발전에 티끌만 한 공도 세우지 못했다. 시조가 있었지만 한시에 밀려 널리 읽히지 못하고, 그나마 이를 즐기는 인구가 너무 적었다.

한글이 우리 문자가 된 지 불과 100여 년 간신히 넘었는데, 그것도 특정 종교에서 줄기차게 써준 덕분에, 또 선각자 몇 분이 간난신고의 노력 끝에 우리 문자가 되었지, 안 그랬다면 어쩌면 나도 한문소설을 쓰고 있을지 모른다. 멀리 볼 것도 없다. 1919년의 「독립선언문」을 읽어보면 우리 한글이 문학 언어가 되기에 얼마나 투박하고, 어지럽고, 체계가 없는지 알 수 있다. 엄격한 잣대를 들이대면 우리말이 문학 언어로 단련된 기간은 불과 50~60년밖에 안 되었다고 볼 수 있다. 그나마 작가·시인이 너무 적고 독자층이 두텁지 못하다.

그러다 보니 한글이 아직 문학 언어로 다듬어지지 못했고, 이것이 한 이유가 되어 우리 작가·시인이 노벨상을 타지 못한 것이다. 번역 탓이 아니다. 더 좋은 작가와 시인이 나와 우리말로 주옥같은 작품을 자꾸 만들어내야 하는데, 너무 투박한 한글에 갇혀 그러지 못하고, 그래서 그런지 독자가 될 만한 사람들은 다른 데로 관심을 돌린다. 그러는 사이 문법이고 작법이고 다 무시되는 언어가 인해전술로 인터넷과 드라마를 점령해버렸다. 이런 식으로 나가면 한글로 쓴 학술논문이 국제 기준 논문으로 인정받지 못하고, 국제회의에서 통용되는 공식 언어로 승격되지 못하고, 한글로 쓴 작품은 문학으로 인정받지 못하는 기간이 앞으로 한없이 계속될 것이다.

그럼 우리나라 문인이 노벨상을 타는 시기는 언제일까? 우리 돈 원화가 국제 결제 수단으로 인정받고, 더불어 한글로 쓴 논문이 국제 학계에서 인정받는 날이 아닐까 싶다.

이제 우리말이 탄생하고 진화한 흔적을 살피면서 그 가능성을 가늠해보자. 우리말도 빅뱅처럼 한꺼번에 수많은 어휘가 생겨나기도 하고, 또 무서리에 쓰러지는 초목처럼 갑자기 사라지기도 하고, 살아남기 위해 변신하기도 한다.

역사 속의 우리말

말을 보면 역사가 보인다

말은 정치세력이 변하거나 문명이 새로 일어날 때 여러 어휘가 한꺼번에 생겨나기도 하고 없어지기도 한다.

한글 창제 때 이미 모든 어휘가 완성된 것처럼 보는 것은 옳지 않다. 우리말 표기법인 자음·모음이 완성된 것이지 어휘가 완성된 건 아니다. 이도(李祹, 세종)가 만든 훈민정음은 언어학의 잣대로 볼 때 그 구조가 뛰어날 뿐 그 안에 담긴 소프트웨어인 당시 우리말은 미숙하기 짝이 없었다.

그도 그럴 것이 훈민정음이 창제될 때까지 누구 하나 우리말을 다듬으려 노력하지 않았다. 우리말 표기 능력이라곤 향찰(鄕札)이 전부일 만큼 우리말을 담는 데는 거의 쓸모가 없는 한문을 열심히 갈고닦아 조선인이 중국인보다 한문을 더 잘 쓰는 걸 큰 자랑으로 여기고, 우리말을 적지 못하는 걸 부끄러워하지 않았다. 훈민정음이 만들어진 이후에도 이런 의식은 500년간 별로 달라지지 않았다. 그래서 오늘날 우리말이 언제 어떻게 생겨나고, 바뀌고, 없어졌는지 알아낼 길이 아득하다.

우리말이 겪은 변화 중 가장 이른 시기는 신라의 백제강점기 같다. 그 이전에는 흉노, 투르크 등 북방민족의 흥망성쇠에 따라 생겨나는 말이 있기도 하고 없어지기도 했겠지만 역사자료가 없어 제대로 가늠할 수가 없다.

한반도 역사에서(만주를 비롯한 그 이북의 역사에서 우리말 흔적을 찾기 힘들다는 의미로) 우리말이 겪은 변화 중 최초의 사건은 아마도 신라어와 고구려·백제어의 충돌이었던 듯하다. 고구려·백제어는 비슷했을 것이라는 주장이 많은데, 아마도 이 시절에 고구려·백제어 중 상당수가 일본으로 흘러들어간 듯하다.

지금도 고구려·백제어의 원형을 찾으려면 일본어를 연구해야 한다고 한다.

신라어와 고구려·백제어의 충돌은 바로 신라가 당나라와 군사동맹을 맺어 백제를 정복한 시기에 일어났다. 신라 관리들이 점령지인 백제 땅에 파견되면 서, 또는 신라인들이 점령지인 백제 땅에 들어오면서 백제어는 차츰 사라지고 신라어가 널리 퍼지기 시작했으리라고 짐작할 수 있다. 당시 백제어로 표기되던 지명이 신라나 당나라식 지명으로 일제히 바뀐 것이다. 고랑부리라고 불리던 내 고향도 이때 청양(青陽)으로 바뀌고, 가까운 노사지는 유성(儒城)으로 바뀌었다. 또 소부리, 고사부리, 미동부리, 모량부리 같은 순우리말 지명이 마치 일제강점기에 창씨개명하듯이 일제히 한자의 옷으로 갈아입었다.

재미있는 것은 신라어가 밀려들 때 바뀐 지명 중 거의 대다수가 중국에도 있다는 사실이다. 중국 지도를 들여다보면 웬만한 우리나라 지명을 다 찾을 수 있다. 이를 근거로 미국 이주민들이 영국 지명을 따다 아메리카 대륙에 붙였듯이 백제가 중국 대륙에 존재했었다는 주장도 있고, 신라가 사대 정신에 입각해 중국 지명을 우리나라에 갖다 붙였다는 주장도 있다.

기본 수사(數詞) 중 밀(密=3), 우츠(于次=5), 나는(難隱=7), 덕(德=10) 등의 백제 어가 있었다는 기록이 있으나 오늘날에는 일본어에 그 흔적이 남아 있을 뿐 우리말에서는 사라졌다. 신라어가 밀려들면서 얼마나 많은 백제어가 사라졌을지 짐작할 만하다. 누군가는, 언젠가는 이때 사라진 백제어를 되살려내야만 한다.

고구려어는 다 어디로 갔을까?

일본어에서 청국장을 가리키는 미소, 된장을 가리키는 미순이 고구려어라 는 사실은 여러 문헌에 나온다. 미소와 미순은 우리말에서는 사라졌지만 일본어에는 그대로 남아 있다. 이처럼 한반도에서 미소와 미순이 사라질 때 무슨 일이 있었던 것일까.

고구려 중북부(지금의 중국 동북 지역)가 당나라에 강점된 후 고구려 남부인 한반도 북부에서 쓰던 고구려어는 신라어와 충돌하면서, 아마 된장과 간장과 청국장과 싸우다 없어진 듯하다. 고려 때까지는 고구려어가 상당수 살아 있던 흔적이 있는데, 조선시대 이후 한자 중심의 성리학 사회가 되다 보니 그나마 깡그리 없어진 듯하다.

일본어에 남아 있는 말 중에서 이쑤시개를 가리키는 요지도 실은 고구려에서 쓰던 한자어다. 양지(楊枝)라고 하던 말을 우리는 양치질이라는 다른 말로 바꾸어 쓰고, 일본은 양지를 일본식으로 발음해서 써왔는데, 그게 요지다. 이걸 일본어라고 하여 우린 이쑤시개로 바꿔 쓰는데, 결국 양지라는 말에서 이쑤시개와 양치질 두 어휘로 갈라진 셈이다. 이쑤시개라는 무지막지한 말보다는 양지가 나은데 다시 살려 쓰는 것도 좋을 것이다.

오늘날 일본어를 보면 우리말이 연상되는 어휘가 굉장히 많다. '아사히신문'의 경우 한자로는 조일(朝日)이라고 적으면서, 조(朝)는 아사로 읽고, 일(日)은 히로 읽는다. 아사가 아사달이나 아시라고 할 때의 그 아사요, 히가 해를 말한다는 것쯤은 금세 알 수 있다.

앞에서 적은 백제어 수사인 밀(密=3), 우츠(于次=5), 나는(難隱=7), 덕(德=10)은 고구려어와 똑같으면서 일본어에도 그대로 살아 있는 것이다.

그뿐 아니라 고구려어는 같은 북방계 언어인 몽골어와 통하고, 같은 고구려 백성이던 여진족이 쓰던 여진어 역시 고구려어와 상당히 밀접했을 것으로 추측할 수 있다. 그러므로 고구려가 당나라에 망한 뒤 비록 고구려어의 실체를 들여다보기 어렵다고는 하나 일본어, 여진어, 몽골어 등을 연구하면 그 흔적이라도 거둘 수 있으리라고 본다.

토끼는 고구려어로 '烏斯含(발음은 당시 한자음대로 읽어야 한다)'인데 일본어는 '우사기'다. 고구려어인 '매'는 고대 일본어 '미두'이다. 물을 가리키던 '買', 성(城)을 가리키던 '忽', 우두머리를 가리키던 '加'는 여진어나 몽골어와 비슷하다. 물은 퉁구스어인 'mu', 만주어인 'mu-ke'와 같으며 '買'의 발음도 이와 유사했을

481

것이다. '忽'은 오늘날의 '골'과 비슷하며, 몽골에서는 지금도 쓰인다. '加'는 말할 것도 없이 북방어인 칸이다. 이런 예는 수없이 많다.

그런데도 국어사를 연구한다는 학자들 중에 여진어, 몽골어, 거란어, 고대일본어 등을 파고드는 분들이 드물다는 것도 놀라운 일이다. 또 중국 동북 지방에 고구려의 후예들이 살고 있을 테니, 상상력을 갖고 더 살펴야 하지 않을까.

신라, 우리말을 한자로 덮어쓰다

우리나라 사람들은 단일민족이라는 신앙을 굳게 믿고 살지만 막상 우리말을 보면 그렇지 않다는 걸 알 수 있다. 단일민족이면 그 민족의 언어가 1000년, 2000년이 지나도 잘 변하지 않거나 조금만 변해서 그 과정을 알 수 있어야 하는데 우리말은 수백 년 단위로 큰 변화를 겪어왔다. 말이 변하는 정도가 아니라 완전히 바뀌는 것 말이다.

앞서 말한 대로 삼국시대 이전에도 우리말은 큰 변화를 겪었다. 고구려 세력이 남진하면서 들여온 고구려어를 백제 지역 원주민들에게 퍼뜨리고, 신라 쪽에서도 어쩌면 흉노 내지 선비족이 그네들 언어를 가지고 들어와 퍼뜨렸을지 모른다는 주장이 있다. 고구려, 신라, 백제가 각축전을 벌이면서 국경 부근에 사는 사람들은 고구려어, 신라어, 백제어를 수시로 바꿔 쓰지 않으면 안 되었을지도 모른다.

그래도 이 정도는 오늘 얘기할 한자 덮어쓰기에 비하면 큰 변화라고 보기는 어렵다. 삼국의 언어는 기본적으로 계통이 다르지 않기 때문에 어휘가 약간 다른 것 말고 큰 차이가 없기 때문이다. 고려 말에 여진족 세력을 이끌고 쿠데타를 일으킨 아기바토르 이성계와 우르스부카 이자춘, 퉁두란 이지란 등이 고려 사회에 적응하는 데 크게 어려움을 겪었다는 기록이 보이지 않는 것도 이런 주장을 반증하는 것이다.

그런데 신라가 백제를 강점한 이후 한반도 남부 지방에 휘몰아친 한자 덮어

쓰기는 우리말이 겪은 가장 참담한 일대 사건이었다. 우리말 지명은 모조리 한자 지명으로 바뀌고, 생활 어휘조차 대부분 한자어로 바뀌었다. 뼈대만 우리말이지 나머지는 거의 다 한자어로 뒤덮여버렸다.

이 사건이 얼마나 충격적이었으면 그로부터 1500여 년이 지난 지금 내가 쓰고 있는 이 글에서도 한자어가 한자리 버젓이 차지하고 있잖은가. 그러니 500년 전, 1000년 전의 우리말은 한자어가 없으면 거의 글이 되지 않는 수준이었을 것이다. 멀리 갈 것도 없이, 1919년에 발표된 「독립선언문」을 읽어보면 그 참상을 쉽게 볼 수 있다.

吾等은 茲에 我 朝鮮의 獨立國임과 朝鮮人의 自主民임을 宣言하노라. 此로써 世界萬邦에 告하야 人類平等의 大義를 克明하며, 此로써 子孫萬代에 誥하야 民族自存의 政權을 永有케 하노라.

불과 90년 전의 지성인들이 모여 머리 맞대고 썼다는 이 글조차 번역이 필요할 만큼 한자어로 어지럽고 일본식 문법으로 비틀려 있다.

수백 년 전으로 거슬러 올라가 선비들이 쓴 상소문이나 여러 가지 형식의 글을 읽어보면 한국 혼이 아니라 중국 혼이 물씬 느껴진다. 글만 보면 중국 어느 지방관의 넋두리인 줄 착각할 수도 있다.

이 출발점이 신라의 백제강점기다. 이때 덮어쓴 한자어가 오늘날까지 우리말의 세계화에 큰 장애가 되고 있다. 내가 일부러 『뜻도 모르고 자주 쓰는 우리 한자어 사전』을 지은 것도 이러한 한자어가 우리말 속에 너무 깊이 스며들어 무슨 암구호나 난수표처럼 은밀히 쓰이고 있기 때문이었다. 뜻이 뭔지 잘 모르고 쓰고, 읽고, 말하니 의미가 제대로 전달될 리가 없다.

한자어가 흘러넘치다

오늘날 쓰이는 우리말에는 몽골어, 여진어, 일본어, 영어, 프랑스어, 이탈리아어 등이 매우 다양하게 들어와 있다. 그러다 보니 광복절이나 한글날이 되면 일본어 잔재를 버려야 한다는 결기 있는 학자들의 외침이 끊이지 않는다.

하지만 일본어는 지금 우리말로 쓰기에 적절하지 않은 것은 거의 다 빠져나가고 우리말이 돼도 그다지 나쁘지 않은 것들만 남아 있는 편이다. 예를 들어 애창곡을 의미하는 일본어 숙어 '십팔번' 같은 경우는 남아 있어도 크게 나쁠게 없다. 난 우리 고유의 음식문화가 아닌 회에 관련된 일본어 정도는 용납해도 괜찮다고 생각한다.

이 정도로도 일제강점기를 사신 어른들은 화가 날 텐데, 하물며 우리말 속의 한자어를 제대로 살펴보면 그 충격은 백배 천배 더 클 것이다.

한자어는 이제 우리말이다, 한자는 중국만의 문자가 아니라 동방 문자다, 이렇게 우겨도 소용이 없다. 물론 한자어를 쓴다고 나쁘다는 건 아니지만 한자어 때문에 멀쩡히 있는 우리말이 치여 자꾸 사라지기 때문에 문제다. 마치 외래 식물이 들어와 우리 고유 수종이나 화훼를 밀어내는 것처럼 한자어가 좋은 우리말까지 몰아낸 경우가 많다. 이것은 우리말에 없어서 들어온 빵, 넥타이, 컴퓨터, 카드, 텔레비전 등과는 다른 경우다.

한자어는 일부 고집 센 유학자들의 열렬한 환호에 힘입어 좋은 우리말을 공격하거나 힘을 못 쓰게 덮어써버리는 경우가 적지 않았다.

그네→추천(鞦韆)	이름→성명(姓名)
동무→친구(親舊)	잔치→연회(宴會)
돼지고기→저육(豬肉)	젖먹이→유아(幼兒)
어린이→아동(兒童)	진달래→두견화(杜鵑花)
윷놀이→척사(擲柶)	할머니→노파(老婆)

일반 생활 어휘가 이럴 때 지명과 인명은 말할 것도 없이 '서울' 말고는 한자어가 거의 다 덮어써버렸다. 지금은 우리가 부르던 이름이 어땠는지 흔적을 찾는 것도 쉽지 않다. 마치 일제강점기에 우리 이름을 일본식으로 창씨개명한 것과 다르지 않다.

고랑부리→청양(靑陽)   미추홀→인천(仁川)
내혜홀→안성(安城)   비사벌→전주(全州)
달구벌→대구(大邱)   살매→청주(淸州)
매홀→수원(水原)   소부리→부여(夫餘)
무돌→광주(光州)   위례홀→한주(漢州)/한양(漢陽)

이에 비해 작은 마을은 오래도록 우리말 이름을 지켜왔지만 결국 문서로 기록될 때 한자어의 공격을 피하지 못했다. 목숨 걸고 싸우는 전쟁도 아닌데 우린 우리말조차 잘 지켜내지 못하고 있다.

까치재→작현(鵲峴)   새울→신탄(新灘)
돌다리→석교(石橋)   쇠울→금탄(金灘)
돌우물→석정(石井)   숯골→탄동(炭洞)
범골→호동(虎洞)   용머리→용두동(龍頭洞)

한자 발음, 첫 단추를 잘못 꿰다

한자가 도입된 이후 우리말 어휘가 풍부해지기도 했지만 한편으로 순우리말이 크게 위축되기도 했다. 이제 와서 한자어를 우리말에서 몰아낼 수도 없고, 그렇다고 한자 표기가 거의 사라져가는 지금 '의미 없는 발음'만 남은 한자어를 적극적으로 쓸 수도 없는 난감한 지경에 이르렀다.

한자를 적지 않은 '한자어 독음'은 당황스럽고 낯설다. 어떤 단체에서 내세우는 '초아의 봉사'란 게 뭔지, 법전에 나오는 몽리·저치·전촉·결궤·호창·분마·장리·삭도·정려를 외우는 고시생들은 무슨 비밀 전문을 보는 기분이 들지도 모르겠다.

한자어가 들어온 이후 우리말을 지키려는 노력도 적지 않았다. 이들은 이두(吏讀), 반절(反切), 향명(鄕名), 각운(脚韻), 향찰(鄕札), 구결(口訣) 등 갖은 방법으로 우리말을 표기하려 노력했지만 우리말을 제대로 표현하기 어렵다 보니 결과적으로 훈민정음이 창제되었던 것이다. 하지만 훈민정음이 공용 문자로 쓰이기 시작한 것은 조선이 멸망할 지경이 돼서야 겨우 가능해졌다.

이런 가운데 큰 공을 세운 것이 동식물의 이름을 이두로 표기한 향명이라고 할 수 있는데, 오늘날 살아남은 순우리말 동식물 어휘 중 대부분이 이 향명을 적는 기법으로 전해온 것이다. 향명을 적는 기법 중에 훈독자(訓讀字)라는 것이 있는데 한자의 뜻을 이용하여 순우리말을 적는다. 즉 '味'를 '맛'으로, '月'을 '달'로 읽는 것이다.

草: 풀   母: 어미   紛: 가루   皮: 껍질   畓: 논   太: 콩

그런데 한자어를 받아들일 때부터 중국 발음을 버리고 이처럼 우리말로 한자를 읽었더라면 얼마나 좋았을까. 그랬다면 큰 혼란 없이 우리말을 지켜낼 수 있었을지도 모른다. 경우에 따라 음독(音讀)을 하기도 하고, 굳이 그럴 필요가 없으면 훈독(訓讀)을 해 우리말을 지켜낼 수 있기 때문이다. 기왕 한자어의 사성(四聲)을 버렸으면 훈독을 할 일이지 왜 중국식도 아니고 우리식도 아닌 어정쩡한 발음으로 읽어 오늘날 이 같은 혼란을 일으켰는지 참 아쉽다.

예를 들어 '朝日'이라고 쓰고 '아침해'라고 읽는 것이 훈독이요, '조일'이라고 읽는 것은 음독이다. 그런데 우리나라에서는 향명 외에는 훈독을 하지 않고 오로지 음독만 해왔기 때문에 오늘날 우리말의 원형을 찾아보기가 매우 어렵다. 훈독을 했더라면 우리말 어휘는 굉장히 풍부해졌을지도 모른다. 한글 창

제 이전이라도 우리말을 얼마든지 한자로 표현할 수 있었을 것이기 때문이다.

'鹽田'이라고 적고 '염전'이라고 읽으면 중국인들도 알아듣지 못하고 우리말과도 전혀 상관이 없는 발음이 된다. 한자의 발음가가 한자 전래 시기의 중국음과 비슷할지는 몰라도 오늘날의 중국인들 발음과는 완전히 다르기 때문에 굳이 수천 년 전의 한자 발음을 우리가 지킬 이유가 없다. 그러니 쓰기는 '鹽田'이라고 써도 읽을 때 '소금밭'이라고 훈독하면 어린 학생들도 쉽게 알아차릴 수 있다.

그래서 이제부터라도 한자어를 읽을 때는 우리 뜻으로 읽고, 어쩔 수 없을 때에는 원래대로 발음을 하는 것도 괜찮을 것 같다. 그러면 우리말과 한문의 문법이 달라 말 순서가 전혀 다른 어휘, 완전히 한자어 발음으로 굳어진 어휘 등을 빼도 절반쯤은 우리말로 한자를 읽어낼 수 있을 것이다. 다음의 예를 보면 그것이 훈독자와 크게 다르지 않으며, 지금이라도 얼마든지 쓰일 수 있음을 알 수 있을 것이다.

大田: 큰(한)밭

家畜: 집짐승

櫻花: 앵두꽃

田畓: 논밭

國語: 나랏말

大路: 큰길

鷄卵: 달걀(닭알)

雨水: 빗물

上水: 윗물

下水: 아랫물

雨期: 장마철

桃園: 복숭아밭

草原: 풀밭

雨水: 빗물

힘들어도 노력해야 한다. 고사리, 솜다리 같은 우리 식물이 향명이란 이름으로 살아남은 게 바로 이 같은 훈독 덕이었다. 한자어를 훈독하는 운동이 일어나 우리말이 우리말다워지는 날이 어서 오기 바란다.

승려들을 따라 들어온 불교 어휘

언어는 기본적으로 주고받는 것이다. 따라서 우리 민족과 우리나라에서만 말이 생겨나고 쓰이는 게 아니다. 이웃 민족과 이웃 나라의 말이 들어오기도 하고 우리말이 넘어가기도 한다. 이웃나라에 있는 개념이 우리나라에 없으면 말과 함께 들어오고, 우리나라에 있는 것이 이웃나라에 없으면 말과 함께 넘어간다. 우리 김치는 '김치'라는 어휘와 함께 일본으로 들어가고, 미국의 컴퓨터는 'computer'란 어휘와 함께 우리나라로 들어오는 것, 이것이 말의 자연스러운 교류 현상이다.

더구나 새로운 문명이나 특별한 문화가 밀어닥치면 그에 따른 어휘가 밀려든다. 신라의 백제 병합 이후 신라말이 한반도 서쪽으로 밀물처럼 들어왔듯이 우리말에도 그런 일이 자주 있었다.

지금도 학자들 간에 의견이 분분하지만 백제의 지배층은 북방계열의 고구려어를 쓰고, 피지배층은 마한·변한 등이 쓰던 토착어를 그대로 썼을 것이라고들 한다.

아마도 우리말 역사에서 규모가 큰 어휘 증가 사례를 찾자면 '불교 전래'는 순위에서 크게 밀리지 않을 것이다. 불교 전래 외에 우리말이 겪은 변화를 보면 고려 전기의 유교 전래, 고려 후기의 여몽 연합, 조선 중기의 임진왜란과 병자호란, 조선 후기의 천주교와 기독교 전래, 서양 문물의 전래, 일제강점과 사회과학·자연과학 어휘 전래, 6·25전쟁과 미국 문화 전래, 컴퓨터 등 신기술의 유입 등 굵직굵직한 사건이 많다.

이처럼 고구려의 소수림왕, 백제의 침류왕, 신라의 법흥왕 때부터 우리나라에 불교가 전래되기 시작했고 불교 어휘가 대량으로 밀려들어왔다. 오늘날 쓰고 있는 불교 어휘의 대부분이 이 시기에 들어온 말이다. 지금도 불교 어휘임이 명백한 것도 있지만 어떤 것들은 일반명사로 굳어져 어원을 밝히지 않으면 잘 알아볼 수 없는 것도 많다.

그래서 오늘날에도 사찰에서만 쓰는 전문 어휘가 따로 있고, 민간으로 확산된 불교 어휘가 따로 있다. 불교에서 온 말일까 싶을 정도로 특이한 것들만 감상하자. 더 자세한 자료는 이 책의 '부록 2 불교에서 들어온 우리말 171가지'로 실었다.

강당	단도직입	선남선녀	장로
거사	단말마	세계(世界)	점심
건달	대중(大衆)	스승	중생
결망	도구(道具)	시달리다	짐승
결식	동냥	실상	지사(知事)
공부(工夫)	말세	아비규환	지혜
과거	망상	아사리판	착안(着眼)
현재	명복(冥福)	아귀	찰나
미래	명색(名色)	아수라	참회
관념	무심	야단법석	출세
교만	무진장	예배	탐욕
극락	밀어(密語)	외도	투기(投機)
노파심	방편	유명무실	행각(行脚)
누비옷	범부	이바지하다	현관(玄關)
늦깎이	분별	인연	
다반사	불가사의	자유자재	

<u>우리말의 보물창고 『훈몽자회』</u>

지금으로부터 약 500년 전 세조 이유(李瑈) 치세에 중인 가문에서 태어나 중종 이역(李懌) 치세에 정2품에 이른 고위 외교관리 최세진이 어린이 학습서를 펴냈다.

고려시대부터 아이들이라면 『천자문』부터 배우는 게 만고불변의 상식이었지만, 사실 『천자문』은 대과를 마친 이도 잘 모르는 고사(故事) 투성이의 난해한 책이다. 이런 걸 갓 젖을 뗀 어린이들에게 가르쳐봐야 큰 도움이 되질 않는다. 조선시대의 아동 교육이라는 게 중국 고전이나 달달 외는 앵무새를 만들어낼 뿐이었다.

그런 중에 중국어에 능통하며 중국어 교본인 『노걸대(老乞大)』와 『박통사(朴通事)』를 번역하고, 외교문서는 거의 도맡아 처리한 최세진이 실용 학습서를 썼으니 지금 생각해도 매우 특별하고 고마운 일이다. 전문 통역사 출신답게 그는 실용 언어에 관심이 많았다. 언어학에 조예가 있던 그가 지은 『훈몽자회』는 어린이 학습 말고도 한글 발전에 큰 기여를 했다. 우리말을 잘해야 외국어를 잘한다는 말이 이때 이미 실천된 것이다.

『훈몽자회』 서문을 보면 최세진의 지극한 마음을 엿볼 수가 있다.

무릇 시골이나 지방 사람들 가운데 한글을 모르는 이가 많다. 이제 한글 자모를 함께 적었으니 먼저 한글을 배운 다음 훈몽자회를 공부하면 밝게 깨우치는 데 이로움이 있을 것이다. 한자를 모르는 사람도 역시 한글을 배우고 나서 한자를 배우면, 비록 스승이 가르쳐주지 않더라도 한문에 통할 수 있을 것이다.

그는 우리말과 우리글을 먼저 배우고 그다음에 한문을 배우라고 권하고 있다. 그래서 『훈몽자회』에는 한글만 알면 혼자 배울 수 있도록 배려한 흔적이 곳곳에 보인다.

'시옷'의 '옷'을 적을 때는 실제로 옷을 가리키는 衣(발음은 '의'지만 뜻은 옷)라고 한다든지, 'ㅋ'을 표시할 때는 키를 가리키는 箕(발음은 '기'지만 뜻은 키)라고 하는 것이 그런 흔적이다. 간(艮)을 껌으로 적고, 갈(칼)을 刀로 적고, 갓(가죽)을 皮로 적은 것은 한글을 가르치려는 지극한 노력으로 보인다.

이때 최세진이 시도한 것처럼 한자를 순우리말로 읽었더라면 우리나라의 지식 문화 축적에 더 큰 도움이 되었을 것이다.

그가 어린이용으로 고른 한자는 모두 3660자다. 실제 생활에 쓰이는 어휘를 주로 고른 것이므로 대개는 순우리말로 표현되는 한자들이다. 게다가 그는 뜻이 비슷한 한자를 구분하는 법까지 친절하게 설명했다. 필자가 『뜻도 모르고 자주 쓰는 우리 한자어 사전』에 소개한 것처럼 우주(宇宙)의 '우'는 공간이요, '주'는 시간이라는 설명이 이 책에 나온다. 또 성신(星辰)이 별과 별무리를 가리키며, 절후(節侯)의 '후'란 12절기 중 한 달을 이루는 기본 요소인 5일 단위를 가리킨다는 등 매우 구체적인 쓰임새가 적혀 있다.

최세진의 공은 여기서 그치지 않는다. 3660자에 이르는 생활 한자에 해당하는 순우리말을 꼼꼼히 적어놓았다는 것이다. 『훈몽자회』는 순우리말을 쉬운 한자로 풀이한 최초의 '우리말 사전' 구실을 하고 있다. 여기 나오는 3660자만 알아도 조선시대 교양인으로 살아가는 데 아무 지장이 없었을 것이다.

본문에 소개한 『계림유사』도 고려어 355개 단어를 한자로 적어놓은 귀한 책이긴 하지만 어휘량이 너무 적어 서운했는데, 『훈몽자회』는 500여 년 전의 우리말을 풍부하게 실어놓았다. 어떤 말이 있었는지 보자. 당시 문화와 문명은 이 3660자 속에 다 들어 있었다. 본문 중 조선시대 편의 『훈몽자회』 수록 어휘들에는 더 많은 어휘가 실려 있다.

고기잡다: 漁	묏봉우리: 峯	열흘: 旬	활(가죽): 弓
눈망울: 眸	묏부리: 嶽	올챙이: 蝌	활(나무): 弧
담쟁이: 薜	무지개: 霓	우듬: 幹	흙: 泥
따오기: 鶖	벌레먹다: 蝕	우레: 雷	
머금다: 呑	보조개: 頰	자개: 貝	
모시: 苧	뻐꾸기: 鳲	초하루: 朔	
뫼: 山	썩다: 腐	파: 蔥	

『훈몽자회』를 읽다 보면 최세진은 세종 이도가 발명한 한글을 일반 백성들에게 보급하는데 가장 큰 공을 세운 조선인이라는 걸 알 수 있다.

송나라 사람이 기록한 고려시대 우리말

우리 선조들은 어떤 말을 쓰며 살았을까?

불과 100년 전의 문학작품만 해도 무슨 말인지 알 수 없는 경우가 많고, 수백 년 전의 한글 기록을 읽으려 해도 굉장히 어렵다. 그러니 시대를 더 내려가 한글 창제 이전의 고려시대나 삼국시대에 이르면 말할 것도 없다. 국어학자들이 아무리 애를 써도 풀리지 않는 수수께끼처럼 아득하기만 하다.

그런 중에 고려어를 한자로 기록한 책이 남아 있어 지금까지 전해온다. 『계림유사』다. 송나라 사람 손목이 사신을 따라 고려에 왔다가 보고들은 고려어를 고려 발음 그대로 적은 귀한 책이요, 고마운 책이다. 왜 남의 나라 사람은 고려어를 적어 기록으로 남기는데 정작 우리 조상들은 그러지 못했는지 참 아쉽다.

손목이 고려에 온 게 1103년이니 지금으로부터 900여 년 전 우리 조상들이 쓰던 말이 생생하다. 한글이 없을 때라 한자와 반절 기법으로 적어 아주 분명하게 읽히지는 않지만, 그나마 천만다행이지 않을 수 없다. 당시 송나라 발음만 알면 거의 음가를 구해낼 수 있으니 말이다.

다음의 몇 가지 예를 보자.

天:漢捺(하늘:하늘)   雨:霏微(비:비)

日:契黑隘切(해:해)   雷:天動(텬동:천둥)

月:姮(들:달)   雹:霍(확:우박)

雲:屈林(구룸:구름)   電:閃(섬:번개)

風:孛纜(ᄇᆞ름:바람)   霜露皆:率(서리:서리)

雪:嫩(눈:눈)   鬼:幾心(귀신:귀신)

왼쪽의 문자는 송나라 한자이고 콜론(:) 오른쪽에 적은 한자는 우리말을 손목이 송나라 발음으로 옮겨 적은 것이다. 괄호 속에 우리말로 뜻을 적었는데 왼쪽이 고려 발음이고 콜론 오른쪽이 현대 발음이다.

참고로 우리말에 해당하는 송나라 발음을 적은 한자 끝에 붙은 '切'이란 반절(反切)로서 앞에 나온 두 글자 중 앞에서 머리를 따고, 뒤에서 꼬리를 따라는 의미다. 즉 해를 가리키는 '黑隘切'이란 곧 흑에서 'ㅎ'을, 애에서 'ㅐ'를 따 '해'라는 한 글자가 된다는 의미다. 한글이 없던 시절에 이렇게라도 지혜를 써준 게 얼마나 고마운 일인가. (가나다순 정리는 본문에 있다.)

일본으로 건너갔다 1000년 만에 돌아온 우리말들

모든 언어가 대개 그러하듯이 우리말도 홀로 고고하게 발전해오지는 않았다. 정치적으로 단일민족을 주장한 적이 있지만 결코 사실일 수 없듯이 우리말만이 지상 최고의 언어요, 가장 과학적이라는 말은 성립되지 않는다. 이따금 한글을 지나치게 숭상하는 이들 중에서는 우리말을 세종 이도가 만든 것처럼 종종 사실 관계를 오해하는데, 이도는 표기법만 만든 인물이고 우리말은 수천 년간 한겨레가 쓰면서 다듬은 것이다. 이도가 태어나기 전부터 그의 부모들이 쓰던 말이 곧 우리말이다.

그러므로 우리말은 완성된 말이요, 완전무결하다는 맹신에서 벗어나 끊임없이 다듬고 새 어휘를 만들거나 들여다 고쳐 써야 한다.

그러자면 이웃 나라들과 교류하고 소통해야 하는데, 여기에 민족주의가 끼어들면 문제가 복잡해진다. 우리나라가 교류하는 상대국이란 미국·일본·중국 세 나라가 대표적인데, 중국은 사대주의라 하여 안 되고, 일본은 친일이라 하여 안 되고, 요즘은 미국마저 친미라 하여 안 된다는 목소리가 높다. 전에는 여진어·몽골어·거란어 등이 우리에게 큰 영향을 미쳤는데 그때는 오랑캐라고 깔봐서 못하고, 오늘날에는 교류가 없어 역시 무시되고 있다.

오늘날 남아 있는 세 나라 중 우리하고 매우 복잡한 관계를 맺고 있는 나라가 일본이다. 일본은 유전자 검사에서 우리 민족과 가장 가까운 혈통으로 밝혀졌다. (중국의 경우 막연히 국가 단위 유전자를 비교했을 뿐 여진족, 거란족, 묘족 등 소수민족과 한국인을 비교 연구했다는 기록을 아직 보지 못했다.) 동양인과 서양인은 유전자가 99.9% 동일하다는데, 한국인과 일본인은 이 차이 0.1%를 100으로 볼 때 불과 5.86%만 다르다고 한다.

지금까지 나온 연구 결과에 따르면 고대 한국어는 신라어·가야어·백제어·고구려어 네 가지로 크게 나눌 수 있는데, 학자들은 이중에서 가야어-백제어-고구려어 순으로 일본에 전파되었다고 한다. 말하자면 나라가 망할 때마다 그 유민들이 일본 열도로 집단 이주하면서 일본인과 일본어를 형성했다는 것이다. 그런데 안타깝게도 한반도에 남은 한국어는 신라어뿐이어서 일본어 속으로 스며든 가야어, 백제어, 고구려어의 원형을 찾아내기가 더 어려워졌다고 한다.

그런 중에도 1000년이 지난 뒤 고구려어 몇 개가 돌아와, 아직도 고국으로 돌아오지 못한 옛 우리말이 많이 있음을 보여주고 있다. 일본에서 요지라고 부르는 양지나 된장을 가리키는 미소가 그렇고, 또 백제어이자 고구려어인 밀(密=3), 우츠(于次=5), 나는(難隱=7), 덕(德=10)이 멀쩡히 살아 있다가 돌아왔다. 고구려어의 미에(水), 나(國), 탄(谷), 나머르(鉛)는 각각 고대 일본어의 미두, 나, 타니, 나마리라고 한다. 백제어의 고마(熊)와 키(城)는 고대 일본어의 쿠마와 키이며, 고대 한국어의 셤은 일본어 시마, 낟(鎌)은 나타, 밭은 파타, 바다는 와타로 살아 있었다는 기록이 있다.

일본에서는 우리말 멍텅구리를 봉구라라고 하는데, 여기서 더 나아가 회골(위구르), 꾸러기 등을 보면 '굴'이 얼굴을 뜻하는 우리 옛말이라는 실마리가 잡힌다.

일본어는 이제 친일이니 극일이니 하는 개념으로 볼 게 아니라 임진왜란 때 포로로 잡혀간 동포들을 되찾아오던 마음으로, 일제에 징용되어 나가 살던 사할린 동포들을 모셔온 것처럼 정성 들여 하나하나 확인해 돌아오게 해야 한다. 천년이 더 지난 만큼 옛 모습이 온전하지는 않겠지만 그래도 우리가 잃어버린 우리말이니 기어이 찾아오기는 해야 한다. 이처럼 일제강점기에 압록강과 두만강을 건넌 동포들을 따라 중국이나 러시아로 멀리 가버린 평안도와 함경도의 조선 후기어를 찾는 일도 중요하다. 이와 함께 고구려어와 거의 비슷했을 여진어를 복원시켜야 할 간절한 의무가 중국이 아닌 우리나라에 있음을 잊지 말아야 한다. 그들은 옛 조선의 백성이요, 고구려와 부여의 백성이었으니 여진어 속에 우리 고대어의 흔적이 적잖이 남아 있을 것이다. 말을 찾는 것은 우리 혼을 찾는 것이나 다름없다.

한글을 일으켜 세워준 『성경』 번역가들

한글은 1443년 세종 이도가 재위 25년째인 음력 12월에 만들었다. 그 뒤 해례본을 만들고 이어서 「용비어천가」와 『월인천강지곡』을 한글로 짓고, 『석보상절』, 『월인석보』, 『금강경언해』 등을 한글로 번역했다. 유교 경전도 번역했다.

하지만 유림과 모화주의자들의 강한 반발로 한글은 공용 문자로 쓰이지 못하다가, 1894년 7월 23일 친일 개혁파에 의해 강제로 이루어진 갑오개혁에서 "법률 칙령은 다 국문으로 본을 삼고 한문 번역을 붙이며, 또는 국한문을 혼용함."이라는 조칙이 발표되면서 겨우 우리 문자로 인정받게 되었다. 무려 450년간 사장되어 있던 한글이 쿠데타나 다름없는 개혁으로 겨우 빛을 본 것이다.

이듬해 1895년 미국 유학을 마치고 돌아온 유길준은 한글로 쓴 『서유견문』을 발표하고, 1896년에는 순한글 『독립신문』을 발간했다. 하지만 갑오개혁에도 불구하고 한문은 여전히 공용 문자와 생활 문자로 쓰였으며, 한글 쓰기를 주장하는 유길준 같은 선구자는 격렬한 저항과 반대에 부딪혔다.

이때 등장한 것이 기독교였다. 정조 이산(李祘) 시기부터 천주교가 들어왔지만 한문 번역본이나 현토본, 발췌본으로 보급되었기 때문에 한글과는 큰 관련이 없었다. 그러던 중 스코틀랜드 출신의 장로교회 목사 존 로스가 중국 선양에서 의주 사람 백홍준, 이응찬, 이성화를 만나 전도를 하면서 이들과 함께 『성경』 번역에 나섰다. 존 로스는 이들을 통해 조선의 지배계층은 비록 한문을 쓰지만 일반 백성은 한글을 쉽게 배우고 익혀 일상생활에 쓰고 있다는 사실을 알았다. 서상륜, 김청송 등 2명이 더 가담한 이 의주 사람들은 「누가복음」을 시작으로 「요한복음」, 「마태복음」, 「마가복음」까지 차례로 번역하기 시작했다.

존 로스 목사는 이듬해인 1874년에는 『한영회화집』을 만들고, 낱권으로 번역된 『성경』을 납활자로 각 3000권씩 찍어 이를 서간도(남만주) 일대 조선인들에게 배포했다. 이로써 서간도 조선인 75명이 기독교 신자가 되어 존 로스가 직접 세례를 주었다. 1887년에는 『신약전서』가 출판되었다.

이렇게 한글로 번역된 『성경』은 은밀하게 압록강을 건너 평안도 일대로 파고들었다. 한문을 읽을 수 없는 여성, 하층민들까지 이 한글 『성경』을 쉽게 읽을 수 있었다.

이후 여러 경로를 통해 『신약성경』 번역문이 다듬어지고, 1906년 공인 역본이 발간되어 조선에 널리 퍼져나갔다. 한글로 된 책이 퍼져나간 것이다. 1911년 3월에는 『구약성경』까지 번역이 완료되어 한글 최초의 『성경전서』가 발행되었다.

이 무렵까지 130만 자가 넘는 긴 분량의 책이 한글로 번역되어 널리 읽힌 사례가 없었다. 몇몇 신소설이 나와 읽혔지만 짧은 글이 대부분이었다. 기독교인들은 이 한글 『성경』을 읽기 위해 한글을 가르치고 배우고, 여기저기서 야학이 일어났다.

의주 출신 조선인들이 최초로 번역한 이 『성경』의 영향으로 오늘날 세계에서 가장 독특한 God 번역어인 '하나님'이 생겨났다. 원래 God는 중국에서 상제·천제, 일본에서 가미, 우리나라에서는 천주·신 등으로 번역되었지만 우리나라 최초의 『성경』 번역자들은 순우리말인 '하ᄂᆞ님'으로 적었다. 이들은 누구하고 의논할 필요도 없이 자신들이 쓰는 평안도의 입말을 그대로 적은 것이다. 이 무렵 서울에서는 아래아(·)가 탈락되었지만 초기 번역에서 '하ᄂᆞ님'으로 표기되던 이 어휘가 나중에 음가에 가장 가까운 '하나님'으로 정리된 것이다. 최초의 『성경』 번역자들이 만일 유식한 한학자들이었거나 지식인이었다면 천주교가 그랬듯이 God를 천주로 번역했거나 중국이 그랬듯이 천제쯤으로 번역했을지도 모른다.

이 초기 『성경』 번역자들이 『신약성경』 27권을 번역한 데 이어 『구약성경』 39권까지 총 66권이나 되는 방대한 분량의 『성경』을 한글로 번역해낸 사실은 한글 보급 측면에서 보면 비할 수없이 막중한 역할을 한 것이다. 이 66권의 책에 1800년대에 쓰이던 거의 모든 한글 어휘가 총망라되었으니 초기 『성경』은 곧 우리말 어휘 사전집이나 다름없다. 또 초기 『성경』 번역본이 보급되면서 맞춤법과 띄어쓰기의 필요성이 생기고, 이후 우리가 쓰는 현대 한국어로 다듬어지는 계기가 되었다.

이런 점에서 본인들은 미처 생각하지도 못하고, 깨닫지도 못했지만 존 로스와 의주 사람 백홍준, 이응찬, 이성화, 서상륜, 김청송은 한글 역사에 뜻하지 않은 큰 공을 세웠다.

부록

외부에서 들어온 우리말

칭기즈 칸, 고려 왕실에 몽골어를 보내다

우리말이 한자 덮어쓰기를 당한 이후 가장 큰 변화는 몽골의 침략 이후 고려가 몽골제국 원나라의 부마국이 되면서 일어났다.

큰 전쟁이 일어나면 이 전쟁에 참가한 사람들이 말을 갖고 들어오기 마련인데, 몽골족에 앞서 여진족이나 거란족의 침략이 있었지만 같은 북방계열이기도 하고 전쟁 기간이 짧아 큰 변화는 찾아보기 어렵다. 학문적으로 돋보기를 들이대면 우리말 속에 들어 있는 거란어나 여진어가 뭔지 가려낼 수 있겠지만 몽골어만큼 많이 들어오진 못했을 것이다.

당시 몽골제국을 지배하던 쿠빌라이의 친딸 쿠틀룩 켈미쉬(忽都魯揭里迷失, 제국대장공주)가 고려 충렬왕 왕심(王諶)에게 시집을 왔다. 쿠빌라이의 딸이 시집올 때는 노비, 위사, 통역사 등 많은 몽골인이 따라왔을 것이다. 후대의 공민왕이 「황조가」까지 부르며 그리워했다는 부인도 몽골인 보타시리(寶塔失里, 노국대장공주)다.

충렬왕부터 공민왕까지 고려 국왕 5명이 맞은 여인은 공주 7명을 포함한 15명의 몽골인 여성이었다. 충렬왕의 뒤를 이어 왕위에 오른 충선왕은 쿠빌라이가 외할아버지이고, 몽골어를 자유자재로 구사하여 원나라 황제를 옹립하는데 앞장설 정도였다. 이러한 상황에서 궁중 언어로 몽골어가 상당히 쓰였으리라는 것은 어렵지 않게 짐작할 수 있다.

오늘날 사극이 자주 방영되면서 궁중어 일부가 소개되기는 하지만 철저한 고증을 바탕으로 한 것은 아니다. 먼저 궁중어가 어디서 비롯되었는지 어원에 대한 고찰이 없다 보니, 이러한 궁중어가 민간으로 옮겨올 때 막연하게 따라 나오고 말아 어원 연구에 큰 장애가 되고 있다.

자신의 부인을 가리키는 마누라, 갓 태어난 유아를 가리키는 아기, 시집 안 간 처녀를 가리키는 아가씨 등이 바로 궁중어에서 흘러나온 말이다. 심지어 여성 애인을 가리키는 단어 '자기야'라는 어휘도 사실은 궁중어 '자가' 또는 '자갸'에서 온 것이라고 한다.

그런데 이 어휘들이 대부분 몽골어다. 호칭의 경우 중국에서 흘러온 것이 많은데 궁중어의 경우는 몽골어가 주류를 이룬다.

임금의 식사를 뜻하는 수라는 설렁탕과 같은 계열의 몽골어다. 몽골 고대어로 국을 실루 또는 실룬이라고 했다. 무수리는 몽골어로 소녀란 뜻이다. 어쩌면 지위가 낮은 사람을 가리키는 마고소리에서 왔을 가능성도 있다.

어떤 연구에서 궁중어로 쓰이는 조라치가 신라 때부터 전해져왔다고 단정하는 걸 보았는데 이 역시 몽골어다. 만일 신라 때부터 이 어휘가 있었다면 신라와 몽골 간에 언어의 친족관계가 가깝다는 의미다. 실제로 몽골어로 들어온 말 중 우리가 이미 쓰던 어휘도 있다.

박수 또는 박시, 박사가 그런 예다. 우리나라에서는 고대 남자 무당을 가리키는 꽤 오래된 어휘인데 고려시대에는 몽골에서 스승을 가리키는 용어로 쓰였다. 백제시대에 박사는 학식 높은 스승이란 의미로 쓰였다.

우리나라 궁중어를 깊이 연구하지 않은 일부 국어학자들 중에서는 명백한 몽골어 어원을 간과하고 한자어 어원으로 해석하는 경우가 더러 있다.

고유어가 된 몽골어

중세 영국 궁정에서는 궁중어로 프랑스어를 썼다. 궁중이란 일반 백성들이 사는 여염하고는 뭐가 달라도 달라야 하기 때문에 이처럼 언어를 구분했다.

연구에 따르면 백제 궁중어는 고구려어와 같았으나 일반 백성들은 궁중어와 달리 마한이나 변한 지역의 토속 언어를 썼다고 한다.

이처럼 고려시대 궁중어에는 몽골족 왕비들의 영향으로 몽골어가 대거 들어왔다. 이들 원나라 공주들과 결혼한 고려 국왕들도 몽골식 이름을 갖고, 몽골 풍습을 따르고, 아울러 몽골어를 구사했다. 충선왕의 경우는 원나라 수도 대도에서 국제정치를 하면서 차기 황제를 옹립하기도 했으니 말할 것도 없고, 공민왕도 왕이 되기 전에는 대도에 가서 원나라 황제의 숙위를 지냈으니 몽골어 정도는 자연스럽게 구사했을 것이다.

사정이 이러하니 당시 우리말 속에 침투한 몽골어가 얼마나 되는지는 가늠하기조차 어렵다. 기록과 자료가 부족하고, 또 몽골어와 여진어가 고구려어와 비슷한 계통이어서 오늘날 우리말 속에 숨어 있는 몽골어를 가려내는 일이 그리 쉬운 건 아니다.

조선의 21대 왕 영조 이금(李昑)의 어미는 무수리 출신이었다. 이때부터 무수리의 존재가 널리 알려졌는데, 무수리란 궁중에서 허드렛일을 하는 낮은 직급의 궁녀를 말한다. 몽골어로 소녀라는 뜻이다.

조선에서 금군삼청(禁軍三廳: 내금위, 겸사복, 우림위를 통틀어 이르는 말)의 하인을 가리켜 조라치라고 했는데 이 말은 마부를 가리키는 몽골어다. 몽골에서는 오늘날에도 운전기사를 조라치라고 부른다. 이처럼 '치'가 들어가는 말로는 홀치(왕을 지키는 위사), 반빗아치(반빗간에서 허드렛일을 하는 이)가 있다.

고려시대에는 궁중에 응방(鷹坊)을 두어 국왕들이 매사냥을 즐겼다. 송골매나 보라매 등 매를 부리면서 매사냥을 지휘하는 사람을 뜻하는 수할치, 매의 주인을 밝히고자 주소를 적어 매의 꼬리에 다는 시치미 등도 몽골어다.

조랑말의 경우 그간 어원을 잘 알지 못했는데 이 역시 동몽골산 말인 조리모리에서 왔으며, 어원을 따질 때 거의 노출되지 않던 사돈이란 어휘도 일가친척을 뜻하는 몽골어와 여진어 사둔에서 온 것이 밝혀졌다.

족두리는 원래 새의 깃털이나 낙타 목 부분의 긴 털을 가리키는 말이고, 「용비어천가」에 나오는 이성계의 이름 아기바토르(阿其拔都)의 '아기'는 황제나 귀족의 아들에게만 붙이는 '갓난애'란 뜻의 높임말이고, 흔히 '아가'라고 하는 말은 여성, 특히 처녀에 대한 경어로 사용되던 몽골어다.

이런 몽골어는 대부분 고려 왕실로 시집온 원나라 공주와 그 일행들이 궁중어로 퍼뜨린 것으로 보인다. 그러던 궁중어가 조선시대를 거치면서 일반 백성들에게 흘러나와 마치 우리 고유어인 듯이 굳어진 것이다.

배 타고 들어와 우리말로 귀화한 외국어들

옛날에 말(言)이 들어올 때는 말(馬)을 타거나 배를 탔을 것이다. 역관이나 사신들의 교통수단이 이 두 가지였기 때문이다. 신라나 백제는 수·당·송 같은 중국 왕조나 왜와 같은 일본 왕조와 통하기 위해 주로 배를 탔고, 고구려는 주로 말을 탔을 것이다. 특히 한자어의 이입 경로가 그럴 것이고, 우리말 역시 일본으로 전파될 때 배를 타고 갔을 것이다.

김수로왕 부인 허황옥은 중국 남부 또는 인도에서 배를 타고 들어올 때 인도어를 가져왔고, 신라의 처용이나 고려·조선의 아랍인들 역시 배를 타고 올 때 이 지역의 언어를 가지고 들어왔다.

배 타고 들어온 말 중 가장 오래된 것은 아마 쌀일 것이다. 인류 역사상 쌀이 처음 재배된 곳은 인도 동북부의 아삼 지방에서 중국 윈난 지방에 걸친 넓고 긴 지대라고 한다. 그러자니 중국의 쌀, 벼, 나락 등의 어휘는 배를 타고 들어와 경기도 해안가에 상륙했을 것으로 추정된다. 그래서 우리나라는 남부보다 중부 지방에서 벼농사가 더 먼저 시작되고, 이러한 역사와 전통에 힘입어 경기미라는 명성이 생긴 것이다.

한반도 각 지역에서 발굴한 탄화미 조사 결과 경기도 여주 흔암리는 약 2500~3000년 전, 경기도 고양 일산은 4340년 전, 경기도 김포 통진은 약 3000~4000년 전, 평안남도 평양의 대동강가는 약 2500~3000년 전, 충청남도 부여는 약 2600년 전, 전라북도 부안은 약 2200년 전, 경상남도 김해가 약 1900년 전으로 추정된다. 이로써 우리나라 벼농사는 한강이나 대동강 유역에서 시작되어 한반도 남부로 전파된 것임을 추정할 수 있다. 시대적으로는 고조선 후기에 벼농사가 시작된 것으로 보이나 수경재배의 어려움 때문에 백제 초기에 본격 재배되기 시작한 듯하다.

벼란 어휘는 인도어 '브리히'에서 왔으며, 같은 인도어 '니바라'가 나락의 어원이라고 한다. 또 쌀은 고대 인도어 '사리', 퉁구스어 '시라'가 변한 말로 추정한다.

충청도를 경계로 그 이북에서는 벼라고 부르며, 그 이남에서는 나락으로 불리는 경우가 많다. 이로 보아 나락과 벼는 들어온 경로와 시기가 저마다 다르다는 걸 알 수 있다.

배 타고 들어온 말 중 역사가 깊은 어휘로 차(茶)가 있다.

중국 동한(東漢) 시대의 『신농본초경(神農本草經)』을 비롯한 여러 문헌에서, 중국의 전설 시대에 신농씨가 하루에 72가지의 풀과 나뭇잎을 씹고 맛보다가 풀독에 중독이 되었으나 차로써 중독을 풀었다는 기록을 흔히 보게 되는데, 매사 이런 식으로 사대하던 시절은 조선왕조의 몰락과 함께 끝났다. 그러니 뭐든 황제니 신농이니 문왕이 했다고 하는 중국식 허풍은 그만뒀으면 좋겠다.

백제, 신라, 일본 등지와 해상 교역이 용이하던 광둥성에서는 차를 '차(cha)'라고 불렀고, 중국 북방과 육로로 연결되기 쉬우면서 한때 영국인들이 자리 잡았던 푸젠성에서는 '다(tay)'라고 불렀다. 그러니 차는 배 타고 들어오고, 다는 주로 말을 타고 들어온 듯하다. 그래서 한자 茶의 발음이 북방 정권인 당나라 때까지는 '다'가 되고 황하 이남으로 천도한 송나라 때부터는 '차'로 변한다. 우리나라에서 茶를 '다'로 읽는 것은 한자어가 주로 당나라 때인 후기 신라 때 들어왔기 때문이다.

이런 차이로 우리나라 남쪽에는 차 문화가 일찍 발달하고, 일본에도 차 문화가 발달했다. 일본어, 포르투갈어, 힌디어(허황옥이 가져온 것도 '차'다), 페르시아어, 터키어, 러시아어가 대개 이 계통에 속한다. 한편 영국 덕분에 푸젠성 발음으로 퍼져나간 '다'는 말레이어, 네덜란드어, 독일어, 영어, 프랑스어, 이탈리아어, 스페인어, 노르웨이어 등에 뿌리를 내렸다.

茶를 '다'로 읽는 것은 육로로 들어올 수 있는 우리나라 북방 문화 탓이며,

이 때문에 한자 표기에서 주로 '다'로 읽는다. 이와는 달리 우리말로 발음할 때는 '차'라고 하는데 배 타고 들어온 중국 광둥성 말이거나 인도어이기 때문이다.

다채로워진 우리말

거문고를 뜻하는 금슬(琴瑟)은 북방으로 들어온 말이지만 가야금은 남쪽 지방에서 만들어졌거나 남방으로 들어온 말이다. 그래서 거문고는 북방 악기가 되고 가야금은 남방 악기가 된다.

이처럼 우리말에는 남방계와 북방계가 있어 더 다양해졌다. 한반도 남부에 자리 잡은 백제, 신라, 가야는 북방의 고구려에 길이 막히면서 배를 이용해 외국과 교류했다. 이런 의미에서 사국시대와 삼국시대는 배 타고 들어오는 어휘가 많아 우리말이 풍부해진 시기로 볼 수 있다.

그 뒤 신라가 가야, 백제, 고구려 일부를 차례로 병합한 뒤 당나라와 국경이 닿으면서 중국 한자어의 대량 유입이 일어나 우리말은 엄청난 시련을 맞았다.

다행히 30여 년 만에 나당(羅唐) 국경을 가로막는 발해가 생기고, 이후 후백제와 후고구려, 거란의 요가 건국되면서 우리말이 치명적인 시련을 겪는 사태에 이르지는 않았다. 어쩌면 이런 상태가 수백 년 또는 1000년 정도 지속됐더라면 우리말 어휘는 한자어로 완전히 뒤덮였을지 모를 일이다. 우리말 차원에서 나당 국경이 빨리 닫힌 것은 그나마 다행스러운 일이고, 그 뒤 고구려 민족과 가까운 거란족이 세운 요나라, 고구려 민족인 여진족이 세운 금나라, 부여족과 가까운 몽골족의 원나라가 차례로 일어나면서 고구려·백제어와 같은 계통의 북방어와 중앙아시아어가 적잖이 들어와 우리말의 생명력이 되살아날 수 있었다.

이런 덕분에 한자어로 신음하던 우리말 중 궁중어가 풍부해지고, 민간 어휘는 문화 수준을 높일 수 있을 만큼 다양해졌다. 우리 민족에게는 시련기였지만 우리말로선 자양분을 넉넉히 흡수할 수 있던 좋은 시기였던 것이다.

부록

하지만 한자어를 쓰는 명나라가 서면서 한자어의 유입이 또다시 집중되는 위기를 맞았는데 뜻밖에도 임진왜란이 일어나 중국 남방어와 남방 문화가 명나라 수군을 따라 들어왔다.

이때 중국 남방과 일본 쪽을 향해 열린 뱃길로 감자, 강냉이(옥수수), 고추, 고구마, 담배, 안경 같은 어휘가 들어오기 시작했다. 이러던 것이 조선 후기 서구 열강이 거대한 군함이나 상선을 타고 나타나 '양(洋)'자로 시작되는 외래어를 비롯하여 새로운 어휘를 마구 뿌려놓기 시작했다.

양말	양복	양산	양장	양재기

이는 아마도 신라의 백제 강점으로 일어난 한자어 덮어쓰기 이후 가장 큰 사건이 아닌가 싶다. 고려 중기 이후 여진족, 몽골족 등의 대륙 정복으로 일어난 북방어 유입이나 임진왜란 때 들어온 중국 남방어와 일본어 정도는 매우 작은 변화라고 할 수 있다. 왜냐하면 어휘가 들어올 때는 문물이 함께 들어오는 법인데 특히 중국 명·청 시기에는 들어올 만한 문물은 이미 들어왔기 때문에 청군이나 일본군이 들여온 말 중에 우리말에 꼭 필요한 어휘는 그렇게 많지 않았다.

그런데 조선 후기 서양 열강의 상선을 타고 들어오기 시작한 어휘는 조선인들이 미처 경험해보지 못한 신문물, 신과학, 신학문과 함께 막 태어난 신선한 어휘들이었다. 한번 빗장이 열리면서 이러한 문명이 한창 꽃피던 서양에서 막 새로 태어난 어휘가 머지않아 배를 타고 우리나라로 들어왔다. 일본과 정기 뱃길이 열리면서 마침 유럽과 전면 교류를 시작한 일본을 경유한 새 어휘들이 날이면 날마다 쏟아져 들어온 것이다. 현지에서 생겨난 지 채 10년이 안 되는 생생한 어휘가 배를 타고 들어오는 경우도 흔했다.

간판	고무신	만화	방송	배구
고무	구두	미장원	박물관	백화점

버스	사진기(카메라)	우체국	자동차	택시
병원	상수도	우표	전구	통조림
보육원	상표	유리창	전기	포도
보험	서양화	유성기	전등	피아노
비누	성냥	유치원	전화	화장품
비행기	신문	은행	초등학교	
사진	영화	의사	커피	

우리말 관점에서만 보자면 개항과 조선의 멸망, 이 두 사건은 이도(세종)의 오랜 꿈이 실현되는 호기이자 우리말의 빅뱅을 알리는 신호탄이었다.

한국인의 공간 의식으로 파고든 중국 지명들

최초의 언어는 아마도 특정 공간을 나타내는 용도로 많이 쓰였을 듯하다. 수렵이든 어로든 목축이든 농경 이전의 인류 문화는 주로 집 밖에서 이루어졌을 것이고, 그러자면 공간을 인식하는 어휘가 잘 발달해야만 하기 때문이다.

우리말에 나타나는 공간 어휘는 삼국시대 이전만 해도 그리 다양하지 못했을 것이다. 고구려족과 부여족은 그들이 일어난 동북아시아가 세상의 전부인 줄 알았을 것이고, 한반도에 정착한 백제·신라·가야 역시 한반도가 천하의 중심인 줄 알았을 것이다.

순우리말에서 방위나 공간을 가리키는 어휘가 비교적 드문 것은 아마도 이런 사정 때문이었으리라고 생각한다. 물론 지금은 순우리말 공간 어휘가 한자어에 치여 그 흔적을 찾기 어려워졌지만 그리 풍부했으리라고는 볼 수 없다.

우리 민족의 공간 의식이 확대된 것은 그래도 한자어 덕분이다. 중국에 난립하던 수많은 씨족이 가(家)를 이루고 국(國)을 이루다가 마침내 진(秦)나라로 통일된 이후 우리 선조들은 중국의 공간 어휘를 받아들이기 시작했다.

동서남북을 해·하늬·마·높 정도로 쓰던 수준이었으므로 중국의 8방, 12방, 24방, 28방 등은 매우 구체적인 공간 어휘였다.

비록 한자어이긴 하지만 이런 공간 어휘를 놓고 굳이 외국어니 사대주의 문화니 하고 흘겨볼 필요는 없다. 도리어 우리 민족의 공간 의식을 확대시킨 공을 인정해야 할 것 같다.

예를 들어 불교가 유입되면서 극락, 서천, 지옥, 염라국, 도솔천, 도리천, 삼천대천세계 같은 상상의 공간 어휘가 들어오면서 우리의 의식이 구체적이고 다양한 하늘을 오르내릴 수 있게 되었다. 기독교의 천당, 하늘나라도 마찬가지다.

이처럼 한자어 역시 우리 민족이 그간 상상하지 못하던 공간 의식을 일깨워주기 시작했다. 한자문화권에서도 하늘을 아홉 가지로 나누어 불렀으니 중앙을 균천(鈞天), 동쪽을 창천(蒼天), 동북쪽을 변천(變天), 북쪽을 현천(玄天), 서북쪽을 유천(幽天), 서쪽을 호천(昊天), 서남쪽을 주천(朱天), 남쪽을 염천(炎天), 동남쪽을 양천(陽天)이라고 했다. 그러고도 계절별로 하늘을 구분하는데 봄의 창천(蒼天), 여름의 호천(昊天), 가을의 민천(旻天), 겨울의 상천(上天)이 그것이다.

이와 함께 많은 중국 지명이 우리의 공간 어휘로 들어오기 시작했다.

| 강남 | 등용문 | 북망산 | 삼신산 | 장안 |
| 낙양 | 무릉도원 | 불야성 | 여산 | 태산 |

이러한 공간 어휘에 붕새, 기린, 난조, 짐새, 현무, 백호, 주작, 청룡, 서왕모, 무녀, 맥, 낭패, 귀신, 또 『산해경』의 희한한 동물 등 상상 어휘까지 대거 들어오면서 우리 문화 소재가 풍부해졌다.

이처럼 처음에는 단순히 공간 어휘나 상상 어휘로 들어오던 한자어가 점차 우리 의식 깊이 뿌리를 내리면서 조금씩 변질되기도 했다.

중국에 대해 우리나라를 가리켜 극동(極東), 동국(東國), 동방(東邦), 동이(東夷), 방국(邦國), 청구(靑丘), 해동(海東), 향(鄕)이라고 부르는 거야 겸손이나 애교로 봐줄 수도 있다지만, 여기서 조금 더 지나치면 상황이 달라진다. 중국의 시가 신라로 오면 향가가 되고, 중국 가사(歌辭)가 조선에 오면 별곡(別曲)이 되고, 중국에서는 악인데 우린 향약이고, 중국에선 음악인데 우린 향악이고, 중국에선 역사인데 우린 동사(東史)가 된다.

멀쩡히 있던 우리 산도 송악산은 만수산, 지리산은 방장산, 백두산은 장백산, 금강산은 봉래산, 한라산은 영주산이 된다. 중국에 있는 명산으로 별칭을 삼아야 그럴듯하다고 생각하기 때문이다. 봉래산·방장산·영주산은 본디 신선이 산다는 중국의 3대 명산이고, 만수산은 베이징 서북쪽에 있다.

그러니 좀 소문이 난다 싶으면 장안에 나고, 책이 좀 팔리면 낙양의 종이값이 올라가고, 좀 괜찮은 집이면 아방궁이고, 높다 싶으면 태산이요, 죽으면 북망산 가고, 출세하려면 등용문을 올라야 하고, 잘 안 되면 백년하청이고, 가고 싶은 이상향은 무릉도원이고, 달나라에는 우리나라에 없는 계수나무가 자라고, 우리나라 제비들까지 강남으로 가야만 하고, 두견새는 울면서 귀촉도(촉나라로 들어가는 위험한 협곡)로 돌아가야 한다.

주자 주희의 「무이구곡도」가 있으면 율곡 이이의 「고산구곡도」가 생기는 등 중국의 공간 어휘는 항상 조선 선비들의 머릿속에 불균형 내지 비대칭으로 살아 있었다. 심지어 가보지도 못한 중국 남방의 산수를 즐겨 좀 솜씨가 있다 싶은 화가라면 조선 산수는 버려두고 계림 소주의 산수를 그리느라고 바빴다.

하지만 대량 유입된 중국 공간 어휘는 우리 선조들의 공간 개념을 깊고 넓게 확대시킨 긍정 효과도 크다.

부록

'호(胡)'자 표지 달고 사막을 건너온 중앙아시아어

우리말에는 뜻밖에도 중앙아시아에서 들어온 말이 매우 많다. 특정 지역의 어휘가 많이 들어오는 데는 두 가지 의미가 있다. 즉 그 지역 사람들과 왕래가 자주 있으며, 그 지역의 문화와 문명이 우리와 많이 다르다는 것이다. 만일 특정 지역 간에 사람들의 왕래가 없고 문화와 문명에 별 차이가 없다면 어휘 역시 주고받을 게 별로 없다.

예를 들어 우리 한반도와 일본 열도 간에 어휘를 주고받는 현상이 일어난 시기는 크게 두 번 있었다. 그 하나가 가야를 포함한 사국시대와 이후 삼국시대까지 열도에 정치집단이 생기는 과정에서 고구려어, 백제어, 신라어가 열도로 몰려 들어간 것이다. 또 하나는 일제강점기에 신문명으로 무장한 일본인들이 우리나라에 지배자로 나타나고, 조선인들이 일본에 유학하면서 자연스럽게 일어난 어휘 역전 현상이다.

이처럼 우리말에 특정 지역 어휘가 많이 보이면 그 이면에는 역사적 접점이 반드시 있었거나 있다는 의미다. 우리말에서 중국 한자어(보통화 이전의), 일본어, 미국어(영국 영어가 아닌) 어휘가 많이 보이는 것은 그만큼 이 세 나라와 우리나라의 역사적 교류가 깊었거나 깊다는 의미다.

그런데 우리가 흔히 놓치기 쉬운 게 중앙아시아 어휘다. 여기서 중앙아시아 어휘라고 하는 것은 우리말에 무슨 상표처럼 붙어 다니는 '호(胡)'자 돌림 어휘들 때문에 크게 묶은 말일 뿐 학술적인 의미가 있는 것은 아니다. 심지어 고조선과 고구려를 호(胡)로 지칭한 중국 문헌도 있기 때문이다.

'호'자 표지를 달고 들어온 어휘는 우리 주변에서 쉽게 찾아볼 수 있다. 그뿐 아니라 우리의 생활에 큰 변화가 일어난 생활 어휘가 아주 많다.

그런데 '호'자 돌림 어휘는 그 수량이 많은 만큼 원산지가 제각각이다. 우리나라에서는 단순히 오랑캐로만 번역하는데 우리말 '오랑캐'는 모호한 면이 너무 많다. 마치 파란색과 푸른색을 잘 구분하지 않고 아무 데나 쓰는 것처럼 '호' 역시 너무 폭넓게 쓰고 있다.

원래 중국 춘추전국시대의 '호'는 나라 이름이었다. 그러다가 이 호국이 망하면서 '호'는 서쪽의 티베트족(羌과 戎)과 북쪽의 몽골족(匈奴와 狄)을 가리키는 말로 쓰였다. 따라서 이때부터 한(漢)이 멸망할 때까지 '호'가 붙은 말은 대개 티베트계와 몽골계 유목민들을 가리키는 말이 되었다.

하지만 중국 대륙이 흉노(匈奴), 갈(羯; 흉노의 일파), 선비(鮮卑; 투르크족), 저(氐; 티베트족 일파), 강(羌; 티베트족 일파)의 이른바 5호가 잇달아 왕조를 수립하면서 '호'는 중국을 제외한 외국, 특히 유목민족을 가리키는 포괄적인 말로 변했다.

수·당 시기에는 중앙아시아의 소그드(Sogd)국이나 페르시아를 가리켜 호국이라고 했다. '소그드'란 명칭은 우즈베키스탄과 사마르칸트를 중심으로 하는 넓은 지역을 가리킨다. 호복(胡服)·호모(胡帽)·호선무(胡旋舞)·호희(胡姬)란 말이 대거 등장하는데, 이때의 '호'는 소그드를 말한다. 그러므로 전국시대와 한(漢)대의 '호'는 티베트계와 몽골계 유목민을 가리키고, 당 시기의 '호'는 소그드를 가리키는 것이다. 소그드가 무역으로 한창 위세를 떨칠 때를 제외하고는 천축 또는 서역으로 불린 인도가 '호'에 포함되었다.

이후 몽골제국 원(元) 시기에 '호'는 이 제국만큼이나 매우 포괄적인 용어로 쓰였다. 카스피해·흑해·지중해에 이르는 광범위한 서역 일대, 그리고 인도·파키스탄·아프가니스탄 등이 '호'라는 말 속에 포함된 것이다.

하지만 '호'가 원래 몽골을 가리키는 어휘였으므로 몽골 지배 아래서는 이 어휘 사용이 제한되어 이때 들어온 중앙아시아 어휘에는 '호'자 표지가 잘 붙지 않는다. 즉 수박·목화·무명 같은 경우가 여기 속하는데, 다른 중국 왕조라면 반드시 '호'자를 붙였을 테지만 이때는 그렇지 않다.

이 영향은 명(明) 왕조까지 계속되어 호는 중앙아시아와 동북아시아 유목민을 가리키는 광범위한 말이 되었다.

'호'자가 붙은 어휘들

그러다가 청나라 이후 중국도 오랑캐 범주에 들어가고(청나라가 여진족이 세운 나라이기 때문이다. 원래 '되'는 여진족의 일파인데 오늘날 중국인을 비하할 때 '되놈'이라고 쓴다), 구한말을 겪으면서 일본과 서양 역시 오랑캐로 통칭되고, 심지어 6·25전쟁 이후에는 우리와 같은 민족인 북한 동포도 오랑캐가 되었다. 그런 만큼 '호'자가 붙은 말이라고 해서 딱히 어느 지역에서 들어온 어휘라고 특정하기가 매우 까다롭게 되었다.

이런 의미에서 시기별로 '호'의 정체를 밝히는 연구가 역사만이 아닌 국어사 쪽에서도 있어야겠다. 이제 '호'자가 붙은 어휘들을 살펴보자.

호가(胡歌): 중앙아시아에서 들어온 노래를 이르는 말이다. 고려 말기에 유행했다.

호각(胡角): 유목민들이 부는 뿔피리다. 전투 시작을 알리는 신호로 쓰인다.

호감자: 황해도와 경기도에서 고구마를 가리키는 말이다. 청나라를 통해 들어와서 그렇다.

호객(胡客): 당나라 수도 장안에 거주하던 소그드 상인들을 가리키는 말이다.

호고추: 만주에서 생산되는 고추를 말한다.

호금(胡琴): 비파를 가리킨다. 당나라 때 중앙아시아에서 들어왔다.

호녀(胡女): 시대마다 달라진다. 전국시대와 한나라 시기에는 몽골이나 티베트계 여성, 수·당 시기에는 소그드인, 원나라 때는 위구르 등 중앙아시아 여자, 청나라 때는 여진족 여자를 가리킨다.

호두(胡桃): 호에서 온 복숭아란 의미이나 복숭아하고는 달리 쓰인다. 호두는 이란과 유럽이 원산지로 서아시아를 거쳐 원나라, 고려로 들어왔다.

호동(胡桐): 야라보. 동인도 원산의 물레나물과 상록교목을 가리킨다.

호떡: 청나라식 떡이다. 청나라는 여진족이 세운 나라라서 조선인들이 이렇게 지었다. 호떡의 기원은 중앙아시아로 알려져 있다.

호란(胡亂): 여진족의 나라 청국의 내습을 병자호란, 정묘호란이라고 했다.

호마(胡馬): 중국 북부와 만주에서 나는 말을 가리킨다. 한나라 시절에는 중앙아시아나 아라비아산 말을 가리킨다.

호마(胡麻): 참깨와 검은깨의 총칭이다. 원산지는 아프리카와 인도이며 중앙아시아를 통해 들어왔다.

호무(胡舞): 중앙아시아에서 노래, 악기와 함께 들어온 춤이다.

호미(胡米): 중국에서 나는 쌀을 가리킨다.

호밀: 중앙아시아 원산의 보리라는 의미로 호맥(胡麥)이라고 했는데, 우리나라에서 호밀로 바뀌었다.

호박(胡朴): 호박의 '호'는 일본이다. 멕시코 원산의 호박이 미국과 일본을 거쳐 1605년 조선으로 들어왔다.

호봉(胡蜂): 말벌이다. 이 '호'는 '대(大)'의 뜻이다.

호산(胡算): 수효를 기록하는 중국 특유의 부호를 가리킨다. 중앙아시아 상인들이 쓰던 방식이라 호산이라고 한다.

호산(胡蒜): 마늘. 대산(大蒜)이라고도 하며 '호(葫)'라고 적기도 한다. 중앙아시아 원산으로 지금도 수 킬로미터에 걸쳐 자라는 야생 마늘 군락지가 많다.

호상(胡床): 유목민들이 이동할 때 쓰는 접이식 의자다. 서쪽으로는 아라비아에서 동쪽으로 여진족에 이르기까지 다 같은 호상을 쓴다.

호상(胡商): 소그드 상인으로 실크로드 무역에 종사하던 대상(隊商)을 가리킨다.

호승(胡僧): 중앙아시아에서 온 승려를 가리킨다. 인도에서 중국 서부에 이르는 실크로드 국가들의 승려다.

호악(胡樂): 중앙아시아에서 들어온 음악이다. 고려 우왕은 대동강 부벽루에서 호악을 친히 연주하고 화원에서 호가를 즐겼으며, 때로는 자신이 직접 호적(胡笛)을 불고 호무를 추었다고 한다.

호인(胡人): 시대별로 다르다.(앞의 설명 참조)

호적(胡笛): 태평소다. 서남아시아에서 원나라를 거쳐 고려 말기에 들어왔다.

호주(胡酒): 청나라 말기, 즉 구한말에 들어온 고량주다.

호주머니(胡囊): 유목민 복장에 있는 주머니다. 원래 중국 전통 복식에는 주머니가 없었다.

호차(胡差): 청나라 사절이다. 호사(胡使)라고도 한다.

호콩: 땅콩이다. 브라질 원산으로 청나라를 통해 들어왔다.

호파: 만주에서 나는 파다.

호희(胡姬): 몽골이나 티베트 계열 여성은 대개 호녀로 불리는데, 수·당 시기에 호희라고 할 때는 소그드 여성을 가리키는 경우가 많다. 이백(李白)의 시에 나오는 호희는 소그드 여성이다.

후추(胡椒): 호(胡) 지역의 추(椒)란 뜻으로 원래 호추였다. 인도 남부 원산으로 아라비아 상인을 통해 중국으로 들어오고, 우리나라에는 고려 때 들어왔다.

조선 말기, 이양선을 타고 몰려든 외래어

새로운 문명과 문화가 밀려올 때는 반드시 그 문명어와 문화어가 앞장서 들이닥친다. 삼국통일 시기에 들어온 당나라어, 원나라의 부마국이 된 이래 들어온 몽골어처럼 조선 말기에 밀어닥친 열강은 외래어로 무장한 채 나타났다. 그들이 탄 배는 철선(鐵船)이자 군함이요, 그들이 입거나 신거나 들고 들어온 양복, 양말, 구두, 넥타이, 중절모, 망원경, 커피, 성냥, 램프 등 조선인의 눈에 비치는 그 모든 것이 새로운 말이었다. 말의 홍수요, 말의 쓰나미였다.

19세기 말에서 20세기 초에 조선은 쇄국정책에도 불구하고 앞문 뒷문이 다 열리고 말았다. 조선의 의지로 막아낼 수 있는 상황이 아니었다. 그러다 봇물 터지듯 외래어의 홍수 사태가 났다.

같은 시기에 흥선대원군 이하응과 달리 점진적이고 자주적인 개방을 실시한 일본은 그들에게 밀려드는 외래어를 하나하나 다듬어서 받아들이고, 이를 일본화했다. 그것이 조선 땅으로 날로 들어왔으니 이때부터 우리말은 대혼란에 빠진다.

일본에서 온 말

일본은 동양 3국 중에서 19세기 유럽의 신문물을 가장 적극적으로 받아들인 나라다. 미국과 유럽에 사람을 보내 신문물을 능동적으로 받아들인 것이다.

조선과 가까운 나라인 만큼 현해탄을 건너오는 여객선이나 군함마다 일본이 거르고 다듬은 일본식 외래어가 마구 쏟아져 들어왔다. 일본을 통해 들어온 어휘가 가장 많다는 것은 우리 역사의 한 단면을 보여주는 증거가 된다.

가마니	구두	마라톤	아까시	유리창
가발	단발머리	백화점	양복	은행
가방	대통령	병원	양복점	짬뽕
간판	대학	비행기	양산	통조림
고무	대학교	사이다	양장	호텔
고무신	댐	석유	우체국	화투
공중전화	동물원	성냥	우체부	
공항	딸기	식물원	우표	
광고	라디오	신문	유도	

부록

청나라에서 온 말

조선·일본·청은 다 같이 외세에 시달렸지만 일본은 서양 문물을 적극적으로 받아들이고, 청은 마지못해 받아들이고, 조선은 강제로 당하다시피 했다. 그런 만큼 청나라를 통해 들어온 외래어는 한자로 걸러졌을 뿐만 아니라 수적으로 일본을 통해 들어온 어휘에 미치지 못한다. 청일전쟁에서 청나라가 졌기 때문이다. 법국(프랑스), 덕국(독일), 화란(네덜란드), 아라사(러시아), 서반아(스페인) 등 나라 이름을 가리키는 대부분의 한자어는 이때 청나라를 통해 들어온 것이다.

극장	마고자	사과	사진기(카메라)
기자	바가지 쓰다	사진	자장면

미국에서 온 말

마침 신흥 강국으로 떠오르고 있던 미국은 일본을 개항시켜 신문물을 전하고, 그다음 목표로 조선에 나타났다. 군함과 함께 힘으로 들어온 기독교 선교사들이 큰 영향을 미쳤다. 이 선교사들은 뜻밖에도 조선을 강점하게 될 일본보다 더 큰 영향을 미쳤다.

권투	성경	영화	전차
노다지	서양음악	영화관	전화
레코드	선교사	의사	찬송가
상수도	시멘트	전구	
수도	양배추	전기	

프랑스에서 온 말

프랑스가 군함과 선교사를 통해 들여온 말은 고유 프랑스어와, 이탈리아 등 유럽 각국에서 쓰이는 주변국의 언어가 포함되어 있다. 주로 천주교 신부들에 의해 들어온 말이다. 청나라를 통해 들어온 신부들은 한자로 걸러진 프랑스어를 전하기도 했다.

고아원	보육원	성당	천주교(관련 어휘)	포도(머스캣)

영국에서 온 말

영국은 조선을 식민지화하려는 의지가 비교적 적은 유럽 강국이었다. 프랑스나 미국에 비해 접촉 빈도가 떨어지고, 그나마 대개 미국·청나라·일본을 통해 들어왔다.

간호부   보험   열차(기차)   유성기

네덜란드에서 온 말

네덜란드어는 일본을 거쳐서 왔기 때문에 수효가 적다.

비누   마도로스   빵(포르투갈)

러시아에서 온 말

러시아 외교관들이 들여온 말이 몇 가지 있다. 그만큼 양국 간의 접촉 빈도는 낮았다. 주로 공산주의에 관련된 어휘가 많다.

빨치산   커피

일제강점기, 한자의 탈을 쓰고 몰려든 일본어

한자가 들어오면서 없어진 순우리말이 많다. 하지만 경쟁력 있는 어휘들은 한자에 시달리며, 언어와 문자에 관련된 크고 작은 사건들을 견디며 굳세게 살아남았다.

선조들은 문자로 적지 못하는 우리말을 지키기 위해 이두(吏讀), 반절(反切), 향명(鄕名), 각운(脚韻), 향찰(鄕札), 구결(口訣)을 구사하는 등 갖은 노력을 기울였다. 이런 덕분에 중국에서 직접 들어온 한자 어휘들은 충분히 소화가 된 상태에서 우리말의 보조 표기 수단으로 자리를 잡았던 것이다.

하지만 조선 후기 격동의 시대와 일제강점기에 거의 무방비 상태에서 들어온 일본식 한자어는 아직도 큰 문제가 되고 있다. 한자어는 한자만 알면 무슨 뜻인지 알 수 있고, 그래서 우리말로 쉽게 바꿀 수도 있는데, 일본식 한자어는 그렇지 않다. 일본 사정에 맞게 고친 일본식 한자어는 우리로서는 너무 갑작스럽고, 낯설고, 무슨 뜻인지 알아내기가 쉽지 않다. 그냥 무늬가 한자니 한자어인가 보다 하지, 그게 정작 일본식 한자어라는 걸 알아차리기가 어렵다.

다만 이제 와서 이건 일본식 한자어고 저건 중국식 한자어라고 가려 쓸 여유는 없다. 한자어 자체를 줄여나가야 하는 마당에 굳이 일본식 한자어 먼저 버리고 중국식 한자어는 좀 살려두었다가 나중에 버릴 수도 없다.

일본은 한자어를 들여올 때 가나를 함께 표기하도록 해서 오늘날에도 한자어에는 가나 표기가 따라붙는다. 이 점에서는 우리보다 효율적이었다. 우리는 가나보다 훨씬 표기력이 좋은 한글을 갖고 있으면서도 수백 년간 한자어를 한글로 표기하지 못한 채 한자는 한자로 읽었다. 그러면서 작은 중국(小中華)이라는 엉뚱한 자부심을 가졌다(외래어를 알파벳 등 그 나라 문자로만 표기하려는 것과 같은). 그러는 사이 일본은 한자어를 들여와 빈약한 가나와 결합시키면서 문자 생활에 일대 혁명을 일으켰다. 우리도 한자가 들어오면서 철학을 알고, 역사를 알고, 다른 선진 문명을 알게 되었지만 일본은 가나와 한자어를 섞어 쓰면서 중국뿐만 아니라 영국·프랑스·미국·네덜란드 등의 선진 과학기술 문명을 급속히 받아들였다. 일본의 일반 백성들도 이러한 섞어 쓰기 덕분에 문자 생활을 어렵지 않게 할 수 있었기 때문이다.

이에 비해 우리나라는 오로지 한자어만으로 적다 보니 생활 문자로 자리 잡지 못하고 말았으며, 문명이라고는 오직 중국에서 받아들이는 것 말고는 알지도 못하고, 이 결과 구한말이라는 참담한 간섭과 외침을 당해 오랜 세월 모욕을 견디며 살아야 했다.

문자란 지식과 정보를 담는 도구다. 문명이란 이 문자를 이용해 지식을 주고받으며 이루어지는 것이다. 따라서 문자는 어떤 지식이나 정보도 모두 담을 수 있을 만큼 흡수력이 좋아야 한다. 그런데 한자는 다른 문자에 비해 흡수력이 떨어져 중국에서조차 옛 문자(古文)라고 낙인찍어 폐기처분하고 전혀 새로운 간체자를 만들어 쓰고 있으며, 컴퓨터나 휴대폰에서 한자를 검색할 때는 알파벳을 이용하고 있다. 일본어 역시 알파벳을 이용해 한자어와 가나를 검색한다.

그런데 한글은 흡수성이 워낙 뛰어나 어떤 외국어라도 자연스럽게 쓸 수 있다. 한자든 일본어든 영어든 우리말에서는 큰 어려움 없이 쉽게 소통된다. 이것이 우리나라가 IT 강국으로 일어선 배경이기도 하다.

이러다 보니 우리말은 어원이 복잡하기는 하나 어휘는 하루가 다르게 풍부해진다. 어휘가 풍부해지면 표현력이 높아지고 그만큼 정보를 저장하고 전달하는 능력이 높아지는 것이다.

다만 이렇게 뛰어난 흡수성을 가진 한글이라도 한자어가 아니면서 한자어인 것처럼 보이는 일본식 한자어가 많이 섞여 있으면 크고 작은 혼동을 일으킬 위험이 있다. 힘들어도 우리말로 고쳐나가야 한다. 너무 많아서 예를 들기도 쉽지 않고, 눈에 비쳐지면 잘 잊히지 않아 여기 적지는 않는다. 곱고 바른 우리말을 열심히 쓰다 보면 저절로 해결될 것으로 믿는다.

안 그러면 홍콩에서 활약하는 일본인 배우 金城武는 가네시로 다케시가 맞지만 어떤 이는 그를 금성무라고 부르고, 어떤 이는 진청우라고 부르는 일이 생긴다. 이렇게 되면 서로 어떤 소통도 없게 된다. 언어는 소통을 전제로 만들어진 도구인데 이런 경우에는 도리어 소통을 막는 구실을 한다.

우리 한글을 숯이나 스펀지처럼 흡수력이 강한 문자로 지켜나가자면 찌꺼기나 때는 말끔히 씻어내야 한다. 우리말을 찾아 쓰고 골라 쓰고 자주 쓰는 게 우리말을 잘 씻는 방법이다.

부록

미국어 홍수를 어떻게 견뎌야 하나?

전 같으면 영어라고 하면 으레 영국어인 줄 알았지만 오늘날에는 미국어가 더 영어 행세를 하게 되었다. 사투리가 표준어를 이긴 셈이다. 마치 오늘날 우리 한국어의 표준은 백제어가 차지했지만, 1000년 전에는 고구려어가 민족어의 표준이었던 것과 같다.

우리나라가 영어의 홍수에 파묻히기 시작한 것은 광복 이후 무정부 상태에서 군정청이 들어서고 6·25전쟁 때 연합군이 들어와 주둔하면서부터다. 전에는 일본을 통해 들어온 일본식 발음으로 뒤틀린 영어 어휘를 쓰는 정도였지만 이때부터는 영국어와 미국어가 직접 통용되기 시작했다.

6·25전쟁이라는 특수한 환경 때문에 우리나라는 외국어 중에서도 영어를, 영어 중에서도 미국어를 더 많이 배운 셈이다. 정치·군사 분야 말고도 경제, 과학, 예술 등에서도 미국의 영향력이 커지면서 미국어는 우리나라뿐만 아니라 전 세계의 공용어처럼 쓰이게 됐다.

이러다 보니 일제강점기에 일본 유학을 하거나 징용과 징병으로 나가 산 인구 못지않게 많은 유학생과 이민자들이 미국으로 나가 살고 있다. 우리말 차원에서 보자면 원나라에 들어가 유학하거나 이민한 고려인들, 일본에 들어가 유학하거나 징용·징병되거나 이민한 조선인들, 20세기부터 미국에 들어가 유학하거나 이민한 한국인들이 외래어를 들여오는 거대한 창구 노릇을 한다.

몽골어는 어휘만 따로 들어왔기 때문에 큰 문제가 되지 않았지만 일본어는 언어 자체가 들어와 공용어로 쓰임으로써 '나의 살던 고향은' 처럼 우리말 문법을 변형시키고, 이에 따라 갓 쓰이기 시작한 한글은 큰 시련을 겪었다.

그런데 미국어는 우리나라 공용어가 아님에도 불구하고 일본어가 우리말에 남긴 상처보다 더 큰 영향을 미치고 있다. 대통령부터 국회의원, 언론에 이르기까지 미국어를 거침없이 쓰고 있다. 정부의 정책·홍보 분야에서 미국어는 마치 준공용어 수준으로 쓰이고 있다. 조선시대에 고사성어나 한시 몇 줄쯤 외워야 지식인 행세 했듯이 요즘에는 영어 문장을 통째로 인용하는 일도 어렵지 않게 볼 수 있다.

청와대에서 대통령이 '비즈니스 프렌들리'니 하는 영어 문장을 남발하면서 정부 기관에서도 다투어 쓰고 있다. 지방자치단체도 걸핏하면 시민들이 알아듣지 못하는 문장형 영어 슬로건을 걸어놓는다. 언론, 방송, 광고에서는 말할 것도 없다.

우리말은 한글로 표기된 지 겨우 100년 남짓 되었다. 맞춤법은 아직도 완성되지 않아 실제 언어생활에서 불편한 일이 많다. 영어의 F는 한글로 적을 수도 없고 발음도 어정쩡하게 내고 있다.

한글을 닦아나가는 일은 벅차고, 우리말에서 한자어 독을 빼내고 일본어 독을 빼내는 일도 다 끝나지 않았고, 아직도 힘들다. 한글이 공용 문자가 된 1894년 이래 100여 년이 지났지만 한자어와 일본어가 많이 쓰이고 있기 때문이다. 그런데 엎친 데 덮친 격으로 영어 어휘가 홍수처럼 밀려들어 우리 생활 속으로 파고든다. 한자어와 일본어는 대부분 뜻글자(표의문자)인 한자로 돼 있어서 가려 쓰기나 쉽지 영어는 한글과 같은 소리글자(표음문자)라서 자칫하면 우리말에 뿌리를 내려 변형될 가능성이 많다. 꼭 필요한 외래어라면 얼마든지 언제든지 받아들여야 하지만 우리말로 표현이 충분한 분야에서도 영어가 쓰이니 문제다.

앞으로 100년 뒤 어원 연구자들은 영어에서 온 우리말을 정리하느라 바쁠 것이고, 미국 중심의 세상이 변한 뒤에는 또 우리말에서 영어 독을 뺀다고 시끄러울지도 모른다. 일제강점기 친일파들처럼 미국이 망하겠냐고 하는 사람들도 있겠지만, 더 큰 세계제국인 원나라도 망하고, 대일본제국도 망했다. 외래어를 슬기롭게 가려 써서 우리말을 잘 가꿔나가야 한다.

삶 속에서 만들어진 우리말

남사당놀이에서 온 말

요즘에는 방송·인터넷·신문 등의 매체 발달로 새로 생긴 말이 쉽게 퍼지고, 그래서 새로운 말이 쉼 없이 만들어진다. 그러다 보니 정돈이 되거나 검증되지 않은 채 확산되어 우리 언어문화가 그리 깔끔하지 못하다. 문법이 틀려도 어법이 맞지 않아도 방송이 되고, 신문에 나오고, 더 심한 욕설이나 속어 따위도 인터넷 댓글에 마구 달라붙는다.

물론 옛날이라고 해서 말이 새로 생기지 않은 건 아니다. 속도가 느릴 뿐 새로 생기기도 하고 들어오기도 했다. 그래도 요즘처럼 유행어, 신조어, 외래어가 마구 생겨나 며칠 만에 전국 어딜 가나 다 쓰는 현상은 없었다.

그래도 유행어를 만들어내고 이런 유행어를 전파하는 집단이 있었으니 그게 바로 남사당이었다. 수십 명에서 최대 100여 명에 이르는 남사당패들은 팔도를 돌아다니면서 기예를 펼치는 게 주요한 일이지만, 이들은 바로 말을 나르는 사람들이기도 했다. 이들이 사용하는 언어는 민중들의 가슴으로 파고들고, 그러면 너나없이 그들의 말을 따라 썼다. 조선시대에 남사당만큼 민중의 언어생활에 큰 영향을 미친 집단도 별로 없을 것이다.

우리나라에서 가장 유명한 남사당이라면 단연 안성 남사당을 들 수 있는데, 안성장이 삼남대로를 깔고 앉아 있어 한창 번성할 때는 적어도 두 팀 이상이 활동했다고 한다. 그러다 보니 남사당에서 직접 흘러나오는 유행어와 안성장에서 만들어진 어휘가 이들 남사당을 통해 전국으로 흘러나갔던 것이다. 그 예는 다음과 같다.

딴지 걸다: 씨름이나 태견에서, 발로 상대편의 다리를 옆으로 치거나 끌어 당겨 넘어뜨리는 기술을 딴지라고 한다. 남사당패들이 살판을 놀면서 자주 쓰는 기술이다.

엿 먹어라: 남사당패는 그들만이 쓰는 은어가 많았다. 그중에서 '엿'은 '뽁'과 함께 여자 성기를 뜻하는 은어였다.

살판나다: 남사당의 땅재주 놀음 중에 살판이라고 있다. 이들의 놀이는 매우 격렬하고 흥겹기 때문에 재주꾼들이 살판을 놀면 볼만했다는 뜻에서 '살판나다'는 재물이나 좋은 일이 생겨 생활이 좋아진다는 뜻으로 옮겨왔다.

얼른: 남사당패의 은어로 요술이나 마술을 가리키는 말이다. 요술이나 마술을 부리려면 손놀림이 매우 빨라야 하는데, 이런 뜻에서 '시간을 끌지 아니하고 바로'라는 의미의 부사로 쓰였다.

마련하다: 놋쇠를 만들기 위해 선별한 구리쇠 등의 1차 재료를 마련이라고 한다. 마련을 잘 가려야 높은 등급의 유기를 생산해낼 수 있다. 그래서 마련을 고르는 데 시간이 많이 걸리고 정성이 들었던 데서 '마련이 많다' '마련하다' 등의 말이 생겼다. 이후 마련이란 '헤아려서 갖춤' '어떤 일을 하기 위한 속셈이나 궁리'의 뜻으로 발전했다.

부질없다: 놋쇠를 만들려면 마련을 녹여야 하고, 그러기 위해 부질(불질)을 많이 해야 한다. 그런데 부질편수가 부질을 잘 못하면 놋쇠를 잘 만들 수가 없다. 여기에서 대수롭지 아니하거나 쓸모가 없다는 뜻의 '부질없다'란 말이 생겼다.

트집 잡다: 선비들이 갓을 쓰고 다니다 보면 구멍이 나기 쉽다. 갓은 원래 통영이 유명하지만 이를 수선하는 기술은 안성장 내 기술자들의 솜씨가 뛰어났던 듯하다. 특히 안성 도구머리(道基洞) 지역이 갓 수선으로 유명하여, 이들이 갓을 수선하면서 흠이 난 트집을 많이 잡아 수선비를 비싸게 타낸 데서 이 말이 나왔다고 한다.

이후 한 덩이가 되어야 할 물건이나 한데 뭉쳐야 할 일이 벌어진 틈을 '트집'

이라고 하고, 공연히 조그만 흠을 들추어내어 불평을 하거나 말썽을 부리는 것을 '트집 잡는다'고 하고, 트집 잡는 사람을 가리켜 '안성 도구머리에서 왔냐'라고 쓰였다.

안성맞춤: 경기도 안성 유기장에서 맞춘 유기 세트가 주문자의 요구에 썩 들어맞게 잘 만들어졌다고 해서 생긴 말이다. 이후 무엇이든 좋은 제품을 가리켜 안성에 주문한 유기 제품처럼 품질이 좋다는 뜻으로 '안성맞춤'이라고 부르기 시작했다.

안성장 윗머리냐: 안성장 내 소를 매매하는 쇠전에서 소의 이를 검사하여 튼튼한 소를 윗머리라고 했는데, 자연 그런 검사를 하는 사람을 가리키는 말로 바뀌었다. 이 때문에 윗머리는 소의 품질을 가르면서 자연히 말이 많기 마련이었으므로, 이를 가리켜 말 많고 자꾸 따지는 사람을 가리켜 '안성장 윗머리냐'라고 쓰이게 되었다.

독특한 남사당 언어

은어는 특정 집단에서만 은밀히 쓰이는 말이라서 그 집단이 없어지지 않는 한 꽤 오래간다. 일제가 패망하여 열도로 쫓겨간 지 70년이 넘어 우리 사회에서 대부분 일본어 잔재가 사라져가는 만큼 적어도 일본식 발음은 사라졌지만 아직도 일본어가 원음 그대로 쓰이는 곳이 더러 있다. 인쇄, 편집, 건설, 조폭 등과 같은 특정 집단에서 쓰이는 일본어는 마치 은어처럼 사용되기 때문에 잘 없어지지 않는다. 궁중어도 일종의 은어이며, 군대·첩보부대·경찰 등에서도 그들만이 쓰는 은어가 있기 마련이다.

이런 점에서 은어를 광범위하게 구사한 집단으로 주목할 만한 곳이 바로 남사당이다. 남사당 은어는 천민 계급에 속하는 자신들을 지키기 위한 암구호처럼 쓰였는데 상당수가 일반 어휘를 거꾸로 만든 것이다. 요강을 강요로, 영감을 감영으로, 대감을 감대로, 방구를 구방, 부자는 자부, 부적은 적부, 사주는 주사로 쓰는 식이다.

단골(무당)→골단	작두→두작	신당(神堂)→당신
광대→대광	전라도→라도절	눈치쟁이(눈치꾼)→치눈쟁이
국수→수국	창부(倡夫)→붓창	도적(도둑)→적도
담배→배담	환갑→갑환	도적질(도둑질)→적도질
도깨비→개비도	서방(신랑, 남편)→방서	박수(남자 무당)→쑤백이
병신→신병	과부→부과	보살→살보

남사당 은어 중에서 눈에 띄는 것은 숫자를 가리키는 말이다. 어떤 원칙이나 의미가 따로 있는지는 알 수 없으나 매우 독특하다.

1→제푼	3→우슨	5→조은	7→결연	9 →먹은
2→장원	4→죽은	6→업슨	8→얼른	10→맛땅

남사당이 사용한 주요 어휘를 보자. 이 중에서 앞에 적은 '민간으로 흘러간 어휘'는 빠져 있다.

가다, 나들이하다→출하다	굿, 무가→어정
가짜, 거짓말→석부	기생→생짜
가짜돈→석부이돌	기생→째생
개→서귀	꽹과리→구리갱
고기→사지	꾸지람하다→남소하다
고기장수→무야	나쁘다, 보기 싫다→거실리다
고기장수→사지장수	남자, 총각→남자동
군웅굿→능구굿	넋→진오귀(*지노귀굿과 관련 있다)

523

노름꾼→옴놀꾼

노름꾼→옴돌쟁이

노인, 할아버지→감냉이

눈→저울

달걀→춘이알

닭→춘이

대대로 내려오는 양반→대철지

도망가다→망도질하다

돈내다→이돌내다

동생→아랫마디

돼지고기→냉갈이사지

두루마기→웃버삼

떡→시럭

똥→구성

말→서삼질

매→타구리

머리→구리대

머리→글빡

머슴→섬사

목소리→설주

무당→지미

밉다, 나쁘다→거실하다

바보→여디

발(버선, 신발)→디딤

밥→서삼

방→지단

배→서삼통

벙어리→어리병

벼→까리

변소→구성간

보리→퉁이

북, 장고→타귀

불고기백반→사지서삼

비국악인→개비

비국악인→비개비

사랑하다, 좋아하다→지순다

살풀이→풀이살

선 굿→큰어정

성교하다, 먹다→챈다

(남자의) 성기→작숭이

(여자의) 성기→뽁

소고기→울자사지

소리→패기

소리꾼→패기꾼

손→육갑

손님→임소

수양아버지→영수버자

수양어머니→영수머녀

수양아들, 딸→속새

술→이탈

술→탈이

신부, 마누라→해주

쌀→미새

아버지→붓자(父子)

아이→삐리
아편→꼬챙이
아편→소낭
악사, 잽이→면사
안경→저울집
앉은 굿→앉은 구명
양반→철지
어머니→머녀
여자, 처녀→처녀동
예쁘다→뼈입하다
온다→실린다
옷→버삼
운다→앵도따이
웃다→뼈개다
월경→도경
음식→서금
이리 오다→이리실리다
이불→덮정
이빨→서삼틀
인사말→살인
일본 사람→왜짜
입→서삼집
작은 마누라→작은 해주
작은 무당, 선무당→더러니
잠→시금
잠자다→굽히다
재수굿→수재굿

점→꾸리뭇
점쟁이→꾸리뭇쟁이
접대부→탈이 파는 자동
젖→육통
주인→연주
죽다→귀사하다
죽음→귀사
죽음→사귀
중→몽구리
집→두럭
징→왱이
춤→발림
코→홍대
큰무당→큰지미
판수(장님)→사봉
푸닥거리→닥구리
필요 없는 사람→구정살
할머니→구망
할머니→허리벅
항문→구멍똥
형→웃마디
형사, 경찰→바리
홀애비→애비홀
화내다→절내다
환자→드러병

궁궐 담을 넘어온 고상한 말들

말에도 중력의 법칙이 작용하는 것 같다. 강한 집단에서 쓰이는 말이 그렇지 않은 다른 집단으로 흘러넘치기 때문이다. 일제강점기에 일본어는 우리나라로 들어왔지만 우리말은 일본으로 들어가지 못했다. 두 나라 간에 작용하는 중력이 어디가 큰지 이런 현상으로 미루어 알 수 있다. 미국과 우리나라 사이에도 영어는 우리에게 흘러오는데 우리말은 미국으로 잘 들어가지 못한다. 이것은 마치 우리나라에 비해 상대적으로 국력이 약한 나라들의 말이 우리나라로 들어오지 못하는 이치와 다르지 않다.

그렇다면 옛날에는 어떠했을까. 당연히 이런 이치로 중국 한자어는 우리나라로 들어오고, 우리말은 중국으로 들어가지 못했다. 수많은 몽골어가 고려로 들어왔지만 고려어는 몽골로 들어가지 못했다. 하지만 지금은 우리말이 한류란 이름으로 중국이나 몽골로 들어가고 있다. 오늘날 우리나라의 중력이 그만큼 강해졌기 때문이다.

옛날에 이러한 현상이 가장 크게 일어난 곳을 보자면 궁중과 민간 사이다. 궁중어와 민간어 역시 중력의 법칙이 작용하여 민간어는 궁중으로 잘 침투하지 못하지만, 궁중어는 궁궐 담을 넘어 민간으로 흘러나온다. 이런 문화 현상은 우리나라만의 특성의 아니다. 중국도 그렇고, 유럽도 그렇고, 대개 인간이 사는 국가와 사회에서는 비슷하다.

초기 한자어가 수입될 때 주나라, 한나라, 당나라 등의 왕실에서 쓰던 어휘가 우리나라 왕실로 들어오고, 그런 뒤 민간에서도 슬금슬금 쓰였다.

이처럼 우리말이든 한자어든 말의 원천은 주로 궁중인 경우가 많다. 궁중에서 쓰이는 말이야말로 인간들이 쓰는 말 중에서 가장 강력한 중력을 가진 사람들의 전용어기 때문에 백성들 입장에서는 그 말을 따라 쓰고 싶은 욕구가 생기는 것은 당연하다. 고대 중국의 왕실에서 흘러나온 말은 이러하다.

군(君): 왕자.

보모: 궁중 관직.

부인(夫人): 제후의 아내. 즉 왕의 아내는 후(后), 제후의 아내는 부인(夫人), 대부의 아내는 유인(孺人), 사(士)의 아내는 부인(婦人), 서민의 아내는 처(妻)라고 했다. 제사 지낼 때 지방에 '유인(孺人) 아무개'라고 적는 것은 대부의 아내를 가리키는 말이다. 부인(夫人)과 부인(婦人)이 다르다.

양(孃): 왕의 모후.

여사: 왕의 침실에 드는 비빈을 정하는 관리.

조선의 궁중의 관리나 궁녀들을 통해 민간으로 흘러나온 궁중어를 보자.

거덜(나다): 조선시대에 가마나 말을 맡아보는 관청인 사복시(司僕寺)에서 말을 맡아보던 하인.

구이: 왕이 먹을 고기나 생선을 군 것.

기미보다: 먼저 맛보다. 왕과 왕비가 드는 음식은 먼저 수라상 머리에서 임금이 수라를 들기 전에 반드시 상궁들이 시식(試食)을 하였다.

기별(奇別): 소식.

나: 왕이 왕비나 후궁에게 자신을 가리켜 부르는 1인칭 호칭.

나리: 왕자를 부르는 호칭.

납시다: 왕이 나오신다.

너비아니 구이: 왕이 먹을 불고기.

다(茶): 왕이 먹을 숭늉. 차(茶).

다방(茶房): 차(茶)를 담당하는 궁중 관청.

두발(頭髮): 왕의 머리칼.

듭시다: 왕이 들어가신다.

마누라: 세자빈에 대한 존칭어.

면(麵): 왕이 먹을 국수.

미안하다: 서운하다.

수건(手巾): 수건.

술래: 궁중 순라꾼.

시저(匙箸): 왕이 먹을 수저.

아니꼽다: 마음에 끌리지 않다.

적(炙): 왕이 먹을 누르미. 우육(牛肉, 쇠고기), 도라지, 파, 버섯, 등을 꼬치에 끼워서 타원형으로 부친 것. 이 형태의 빈자떡은 꼬치 없이 크게 부친 것.

지: 왕의 소변(小便). 또는 요강. 민간에선 아이의 오줌.

차비(를 하다): 궁중 잡역 노비.

청(淸): 왕이 먹을 꿀.

침(枕): 왕의 베개.

침채(沈菜): 왕이 먹을 김치.

탕(湯): 왕이 먹을 국.

편: 왕이 먹을 시루떡.

궁중 은어의 이동

궁중어 중에서는 일반인이 따라 쓰고 싶은 말이 있는가 하면 궁중이 아니면 전혀 쓰이지 않는 말도 있기 마련이다. 즉 담을 넘어올 만한 궁중어라면 대부분 일반 관리들에게 노출되는 것들이고, 나머지 궁중어는 외부인들에게 결코 노출될 수 없는 은밀한 말들이다. 이런 점에서 궁중어를 은어로 볼 수도 있다.

궁중어라면 고구려, 신라, 백제부터 있었겠지만 아쉽게도 오늘날 접할 수 있는 궁중어는 조선 궁중어밖에 없다. 이마저도 조선왕조가 무너지면서 궁녀나 내관들이 민가로 나오면서 알려진 것들이다.

고려 궁중어의 경우에는 오늘날까지 전해지는 어휘가 드물지만, 고려왕조의 멸망과 함께 궁궐 밖으로 나온 고려 궁중어 중 상당수는 민간으로 흘러나와 우리말과 뒤섞이거나 조선 궁중어로 옮겨갔을 것이다.

궁중어가 생긴 가장 큰 원인은 왕이라는 지존의 인물에 관련된 말을 특별하게 표현하기 위해서였다. 마치 신전(도관, 사찰, 성당, 교회, 신당 등)에서 신을 받들기 위해 쓰이는 종교어와 마찬가지로 궁중어 역시 왕권을 높이기 위해 의도적으로 만들어진 말이다.

현재까지 알려진 조선 궁중어를 살펴보면서 궁중 은어가 어떻게 쓰였는지 느껴보자.

가자(茄子): 가지.

각부(脚部): 왕과 왕비의 다리.

감자(柑子): 왕이 먹을 귤.

감(鑑)하다: 왕이 보시다.

건개: 건건이, 반찬.

계구릉(啓久陵): 왕의 시신을 천릉(遷陵)하기 위하여 능(陵)을 여는(掘) 행위.

계찬궁(啓欑宮): 왕의 시신을 산에 매장하기 위하여 빈전(殯殿)을 여는 행위. 빈소가 아니라 빈전임에 유의.

고장자(庫醬子): 궁중 장독간을 관리하는 우두머리 상궁.

곤전(坤殿): 왕이 왕비를 부르는 호칭. 후궁일 경우 ○○당(堂), ○○숙의(淑儀)와 같이 당호(堂號) 또는 작호(爵號)로 부름.

과거(過擧)하다: 왕이 실수하다, 지나친 행동을 하다.

과인(寡人): 공적인 자리에서 왕이 자신을 가리키는 1인칭 표현.

곽탕(藿湯): 왕이 먹을 미역국.

구순(口脣): 왕의 입술.

구이: 왕이 먹을 고기나 생선을 군 것.

구중(口中): 왕의 입, 입속.

기노(起怒/震怒)하시다: 왕이 노(怒)하시다.

기미보다: 먼저 맛보다. 왕과 왕비가 드는 음식은 먼저 수라상 머리에서 임금이 수라를 들기 전에 반드시 상궁들이 시식(試食)을 하였다.

기별(奇別): 소식.

기수: 왕의 이불.

기수 배설(排設)하다: 왕의 이부자리를 깔다.

기수잇: 왕의 이불잇.

나: 왕이 왕비나 후궁에게 자신을 가리켜 부르는 1인칭 호칭.

나리: 왕자를 부르는 호칭.

나인(內人): 궁궐 안에서 대전과 내전을 가까이 모시는 내명부의 총칭. 궁인, 궁녀.

납시다: 왕이 나오신다.

낭(囊): 왕의 엽낭(葉囊), 즉 복주머니.

내전(內殿): 왕이 왕비를 가리켜 부르는 3인칭 호칭. 후궁일 경우 ○○당(堂), ○○숙의(淑儀)와 같이 당호(堂號) 또는 작호(爵號)로 부름.

너른 봉지: 왕의 두 다리를 가른 단속곳.

너비아니 구이: 왕이 먹을 불고기.

다(茶): 왕이 먹을 숭늉. 차(茶).

다방(茶房): 다(茶)를 담당하는 궁중 관청.

다회(多繪): 왕의 궁중에서 짜는 끈. 또는 주머니 끈. 허리띠로도 함.

단니의(單裡衣): 왕비의 속치마.

대루리: 다리미.

대비전(大妃殿): 왕이 대비를 가리켜 말하는 2인칭 호칭.

대세수하오시다: 왕이 손을 씻다.

대자(帶子): 왕의 허리띠.

대전(大殿): 왕을 가리키거나 부를 때 쓰는 명칭.

대조: 왕의 옷고름.

대조(大朝): 왕을 가리키거나 부를 때 쓰는 명칭.

대조(大棗): 왕이 먹을 대추.

도어(刀魚): 왕이 먹을 갈치.

도청(都廳): 지밀(至密)을 제외한 5개 처소의 총칭.

도침(搗砧): 다듬이. 다듬이질은 도침질.

동달이: 왕의 동(저고리)을 왕의 고유색(노랑과 보라)이 아닌 다른 색으로 단어린아이 저고리. 왕의 저고리에는 독특한 색으로 표현하는데 이를 색동이라고 한다. 색동저고리는 이러한 왕의 복식에서 유래된 것이다.

동해부인(東海夫人): 왕이 먹을 홍합(紅蛤).

두굿겁다: 기쁘다.

두발(頭髮): 왕의 머리칼.

둥의대(胴衣襨): 왕의 저고리.

듭시다: 왕이 들어가신다.

마리: 왕의 머리.(예: 머리를 빗겨드리다→마리를 아뢰다)

마마1: 왕을 부르는 호칭.

마마2: 왕이 왕비를 부르는 호칭. 후궁일 경우 ○○당(堂), ○○숙의(淑儀)와 같이 당호(堂號) 또는 작호(爵號)로 부름.

마마3: 왕이 대비를 부르는 호칭.

매우(梅雨): 왕의 대변.

매우틀: 왕의 변기. 높이 30센티미터 남짓한 목제 상자로, 3면이 쓰레받기 모양으로 막히고 1면이 터졌으며, 그 밑에 구리 그릇을 넣었다. 양쪽의 발을 딛는 곳은 우뚝하게 나무를 괴어서 그 위를 빨간 우단으로 감쌌다. 이 매우틀은 침실, 편전(便殿), 정사(政事)를 보는 곳 3개소에 하나씩 놓아두었다고 한다. 이 매우틀을 전담하는 사람은 세수간(洗手間) 나인으로서 항상 이것을 반짝반짝 윤이 나게 닦았다.

매화(梅花): 왕의 대변. 매우와 같다.

매화틀: 왕의 변기. 매우틀과 같다.

메습쇼: (왕에게) 진지를 잡수십시오.

면(麵): 왕이 먹을 국수.

면부(面膚): 왕의 얼굴.

목주(木主)마마: 왕이나 왕비의 위패(位牌).

뫼어라: 왕을 모시어라, 가지고 오라.

무렴자: 솜을 두어 누빈 휘장.

문안(問安)이 게오시다: 왕이 편찮으시다.

물어주다: 왕이 하사(下賜)하다.

미령(靡寧)하시다: 왕이 편찮으시다.

미안하다: 서운하다.

밧집: 민가.

배자(褙子): 왕의 조끼.

백설고: 왕이 먹을 백설기.

법복(法服): 예복. 승가의 예복도 법복이라고 한다.

보경(寶經): 왕비의 월경.

보자(褓子): 보재기.

봉지: 왕이나 왕비의 바지.

부견주: 네 손잡이가 달린 발 없는 솥.

부정(不淨)한 곳: 화장실.

비수(鼻水): 왕의 콧물.

빈궁(殯宮): 왕세자나 왕세자비의 영안실.

빈전(殯殿): 왕이나 왕비의 유해를 안치해두는 전각.

빗(色): 궁중에서 허드렛일을 하는 사람들.

사색(辭色): 왕의 표정, 기분.

산진이: 산에서 야생하는 매.

상(常)없다: 버릇없다.

상감(上監): 왕을 가리키거나 부를 때 쓰는 명칭.

상실(上室): 사당(別宮)의 지밀(至密).

서과(西瓜): 왕이 먹을 수박.

성교(聖敎): 임금의 명령, 말씀. 교지(敎旨).

성궁(聖躬): 임금의 신상(身上).

성권(聖眷): 임금의 신임(信任).

성노(聖怒): 임금의 노여움.

성려(聖慮): 임금의 심려.

성명(聖明): 임금의 판단력. 총명.

성상(聖上): 왕을 가리키거나 부를 때 쓰는 명칭.

성심(聖心): 임금의 마음.

성은(聖恩): 임금의 은혜.

성의(聖意): 임금의 생각.

성체(聖體): 임금의 신체.

성학(聖學): 임금의 학문, 학식.

성후(聖候): 임금의 건강.

소고의: 왕비의 저고리.

소세 나오시다: 왕이 세수를 다 하셨다.

소세 듭시다: 왕이 세수하신다.

소신(小臣): 왕이 대비에게 자신을 가리켜 부르는 호칭.

소첩: 왕의 빗접(머리를 손질하는 도구를 넣는 함).

소화반: 소화제.(예; 소화제를 주십시오→소화반 하나만 물어주옵소서)

송송이: 깍두기.

수간: 수건(手巾).

수라(水剌): 임금의 진지.

수라 나아오시다: 왕이 진지를 잡수시다. 진어(進御)라고 이르기도 한다.

수라 듭시다: 왕이 진지를 잡수시다.

수라 잡수오너라: 왕에게 진짓상 올려라. 상궁이 아랫사람에게 명령하는 말.

수부수하오시다: 왕이 양치질하다.

수조(手爪): 왕의 손톱.

수지(手指): 왕의 손톱, 왕의 손가락.

수진이: 어린새끼를 잡아다가 집에서 길들인 매.

상(上): 왕을 가리키거나 부를 때 쓰는 명칭.

승하(昇遐): 왕이나 왕비의 별세(別世).

시저(匙箸): 왕이 먹을 수저.

씻오신다: 왕이 씻으신다.

아니꼽다: 마음에 끌리지 않다.

아모라타 없이: 왕이 측량할 길 없이.

안수(眼水): 왕의 눈물.

안정(眼精): 왕의 눈, 왕의 눈썹.

액상(額上): 왕의 이마.

어(御)하다: 왕이 집에 살다, 계시다.

어상(御床): 임금의 수라상.

어수(御手): 왕의 손.

어전(御前): 임금의 앞.

어정(御井): 임금이 마시는 우물.

어제(御製): 임금의 시문(詩文).

어제(御題): 임금이 내린 시(詩)의 제목.

어주(御酒): 임금이 권하는 술.

어진(御眞): 임금의 초상화나 사진.

어진(御進)하시다: 잡수시다.

어찰(御札): 임금의 편지.

어(御)하다: 왕이 행동하다.

엄색(嚴色): 왕이 화가 난 표정.

여(余): 왕이 신하들에게 글을 써 보일 때 자신을 가리키는 1인칭 표현.

예덕(睿德): 왕세자의 덕.

예질(睿質): 왕세자의 기질.

예학(睿學): 왕세자의 학문.

예후(睿候): 왕세자의 건강.

오목이, 오목다리: 왕의 버선목에 끈이 달린 어린아이 버선.

옥루(玉淚): 왕과 왕비의 눈물.

옥수(玉手): 왕의 손. 어수(御手)와 같이 사용.

왕대비전(王大妃殿): 왕의 어머니를 가리키거나 부를 때 쓰는 명칭.

요녀틀: 재궁(梓宮), 즉 왕과 왕비의 관을 옮길 때 쓰는 바퀴 달린 기구.

용금치(龍金赤): 용포(龍袍)에 다는 흉배(胸背)와 보(補).

용려(用慮)하다: 왕이 걱정하시다.

용루(龍淚): 왕과 왕비의 눈물.

용상(龍牀): 임금의 좌상(座牀). 또는 그 지위.

용안(龍顔): 왕의 얼굴.

용안(龍眼): 임금의 눈.

용포(龍袍): 임금의 예복. 임금의 소례복에 해당함. 앞뒤에 용을 수놓은 흉
배(胸背) 및 양어깨에는 역시 같은 모양의 보(補)가 달려 있어서 나온 말이다.

운혜(雲鞋): 왕의 신발.

웃전: 왕이 대비를 가리켜 말하는 2인칭 호칭.

의궤(儀軌): 궁중 행사의 기록.

의대(衣襨): 왕의 옷. 나중에 무당의 옷을 가리킴.

의대차(衣襨次): 왕의 옷을 지을 옷감.

이부(耳部): 왕의 귀.

이어(移御)하다: 왕이 거처를 옮기다.

인산(因山): 왕이나 왕비의 관을 산에 매장하는 것.

입시(入侍): 왕의 부름에 대비하여 가까운 데서 기다리다.

자작한다: 왕의 옷감을 재단한다.

자전(慈殿): 왕이 대비를 가리켜 말하는 2인칭 호칭.

장과: 장아찌.

장꼬방(醬庫房): 궁중 안에 장독대가 있는 곳.

장똑똑이: 왕이 먹을 섭산적을 만들어 3.5센티미터 길이의 4각형으로 잘라서 간장에 싱겁게 졸여서 그 간장에 띄운 것.

재궁(梓宮): 왕, 왕비, 왕대비, 세자, 세자빈의 관(棺).

재실(梓室): 세자, 세자빈의 관.

저(箸): 왕이 수라를 들 때 쓰는 젓가락.

적(炙): 왕이 먹을 누르미. 우육(牛肉, 쇠고기), 도라지, 파, 버섯, 등을 꼬치에 끼워서 타원형으로 부친 것. 이 형태의 빈자떡은 꼬치 없이 크게 부친 것.

전유아(煎油魚): 왕이 먹을 전야. 간(肝) 전야. 생선 전야.

젖국지: 왕이 먹을 김치.

조라치(詔羅赤/照羅赤): 궁중의 화부(火夫).

조리개: 장조림.

조니: 왕이 먹을 조림.

조보(朝報): 소식. 궁중에서 매일 발행한 신문 형태의 문서.

조치: 국물을 바특하게 만든 찌개나 찜 따위.

조치: 왕이 먹을 찌개.

족건(足巾): 왕의 버선.

족장(足掌): 왕의 발(발등, 발바닥 등 모두 쓰임).

주상(主上): 왕을 가리키거나 부를 때 쓰는 명칭.

주의(周衣): 왕의 편복(便服). 웃옷.

준시(蹲枾): 왕이 먹을 곶감. 건시(乾枾). 꼬챙이에 끼지 않고 말린 감.

줌치: 왕의 주머니.

중궁전(中宮殿): 왕비를 가리키거나 부를 때 쓰는 명칭.

중전(中殿): 왕비를 가리키거나 부를 때 쓰는 명칭.

지: 왕의 소변. 또는 요강.

진어(進御)하다: 왕이 잡수시다.

천추절(千秋節): 왕의 생일.

청(淸): 왕이 먹을 꿀.

청태(靑苔): 왕이 먹을 파래.

청포(淸泡): 왕이 먹을 묵.

초도(初度): 돌. 어린 왕자녀(王子女)의 생일.

초려(焦慮)하다: 왕이 몹시 걱정하시다.

치: 왕의 신. 또는 상투.

치사(致詞): 왕에게 드리는 축하문.

침(枕): 왕의 베개.

침수(寢睡): 왕의 잠.

침수 드오시다: 왕이 주무시다.

침채(沈菜): 왕이 먹을 김치.

탄일(誕日): 왕의 생신날. 왕비의 탄일은 '중전(中殿) 탄일'. 불가의 석탄일(釋誕日)과 같은 유형이다.

탕(湯): 왕이 먹을 국.

탕제(湯劑): 왕이 먹을 약.

통기(通氣): 왕의 방귀.

편: 왕이 먹을 시루떡.

편숙의: 왕이 먹을 떡국.

편침채(片沈菜): 왕이 먹을 나박김치.

프디: 왕의 요.

하저(下箸)하다: 왕이 수저를 드시다, 식사를 하시다.

한삼(汗衫): 왕의 적삼.

한우(汗雨): 왕의 땀.

행보(行步): 왕이 걷다.

혈(血): 왕이 흘리는 피.

환경(環經): 왕비의 월경(月經).

후(后): 왕비를 가리키거나 부를 때 쓰는 명칭.

후수(後水): 왕이 쓰는 뒷물.

휘건(揮巾): 왕이 음식을 먹을 때 무릎 위에 펴던 수건.

휘건치마: 행주치마.

한의학 등 생활 속에서 온 말

말은 생활 속에서 새로 생겨나고, 불편하거나 필요가 없어지면 사라진다. 20년 전 소설을 읽어보면 당시에는 별 거부감 없이 쓰이던 한자어가 더 이상 쓰이지 않는 걸 볼 수 있다. 그 이전 작품은 더하다. 상당히 많은 한자어가 우리말로 바뀌고 있기 때문이다.

이처럼 우리말에는 생활 속에서 만들어진 말이 아주 많다. 예를 들면 긴장감이 넘치는 노름판이나 부엌 같은 공간은 새로운 말이 만들어지기 아주 좋은 곳이다.

노름판에서 온 말: 땡잡다, 개평, 아삼륙, 곱살이끼다, 바가지 쓰다, 말짱 황이다, 뼁땅, 삼팔따라지, 왔다 등.

벼슬아치 때문에 나온 말: 거덜 나다, 감투, 알나리깔나리, 상피 붙다, 고과(考課), 수청, 영감, 좌천, 떼어논 당상 등.

부엌에서 생긴 말: (사람이) 싱겁다, 맵다, 짜다, 비비다 등.

형벌에서 온 말: 도무지, 경치다, 육시럴, 넨장맞을, 젠장할, 오살할 놈 등.

한의학에서 생겨난 말도 많다.

간(肝)이 붓다: 간은 한의학에서 목기(木氣)에 해당한다. 이는 곧 일을 새로 추진하거나 이끌어가는 추진력을 나타낸다. '간 큰 놈'이란 무모하게 일을 추진하는 사람을 가리킨다.

간담(肝膽)이 서늘하다: 간담은 간과 쓸개로, 한의학 이론을 따르면 깊이 간직한 '마음속'이라는 뜻이다.

감질(疳疾)나다: 감병(疳病). 젖이나 음식을 잘 조절하지 못하여 어린아이들이 많이 걸리는 병.

배알이 꼬이다: 배알은 창자의 순우리말이다. 줄임말로 '밸'이다. 곧 창자가 꼬여서 속이 아프다, 편치 않다는 뜻이다.

부아가 나다: 부아는 '폐'를 가리키는 순우리말이다. 화가 나면 숨이 가빠지고, 그러면 심호흡으로 가슴이 부풀어 오르기 때문에 생긴 말이다.

비위(脾胃) 맞추다: 소화액을 분비하는 비장(脾臟)과 음식물을 소화시키는 위장(胃臟)을 합쳐서 비위라고 한다. 비위를 맞춘다는 것은 곧 속에서 어떤 음식이든 받아들일 수 있는 조건을 갖추는 것을 말한다. '비위 좋다'고도 쓴다.

생때같다: 몸이 튼튼하고 아무 병이 없는 상태를 가리키는 순우리말이다.

부록

신물 나다: 과식을 했거나 먹은 음식이 체했을 때 넘어오는 시큼한 물을 신물이라 한다. 한번 체한 음식은 잘 먹지 않게 되는 데서 생긴 말이다.

쓸개 빠진 놈: 담(膽)이라고도 하는 쓸개는 한의학에서 대담한 용기를 내는 장부로 알려져 있다. '대담하다, 담대하다'로도 쓰인다. 그러므로 담이 크다는 것은 용기가 있다는 뜻이고, 쓸개가 빠졌다는 것은 용기가 없이 비겁하고 줏대가 없다는 말이다.

약방에 감초: 감초는 성질이 순하여 모든 약재와 잘 어울리며 약초의 쓴맛 등을 없애주기 때문에 웬만한 약방문에는 꼭 끼어 있다.

양(䑋)이 차지 않다: 양은 위(胃)를 뜻하는 한자어다. 더 먹어야 할 때 이 말을 쓴다.

염병(染病)할: 염병은 장티푸스다. 높은 고열에 시달리고 머리카락이 빠지는 장티푸스는 옛날에는 굉장히 무서운 전염병이었다. 염병할 놈은 염병을 앓아서 죽을 놈이란 뜻이다.

지랄하다: 뇌질환의 하나인 간질은 흔히 지랄병이라고 한다. 현대의학의 뇌전증 증상이다. 심한 발작을 일으키며 이 현상을 가리키는 말이다.

학을 떼다: 모기가 옮기는 여름 전염병인 말라리아를 학질이라고 한다. 학을 뗀다는 것은 죽을 뻔했던 학질에서 벗어났다는 뜻이다.

환장(換腸)하다: 환장은 환심장(換心腸)의 준 말로, 마음과 내장이 다 바뀌어 뒤집힐 정도라는 뜻이다.

참고문헌과 자료

김광언, 『김광언의 민속지』, 조선일보사, 1994

남광우, 『고어사전』, 일조각, 1971

박원기, 『한국식품사전』, 신광출판사, 1991

박창희 편저, 『사료국사』, 한국외국어대학교 출판부, 1983

신기철·신용철, 『새 우리말 큰 사전』, 삼성출판사, 1990

심괄, 『몽계필담』, 최병규 옮김, 범우사, 2003

심상용, 『약용 음식물 백선』, 보건신문사, 1990

여불위, 김근 역주, 『여씨춘추』, 민음사, 1997

유희경, 『한국복식사연구』, 이화여자대학교 출판부, 1980

윤덕노, 『브랜드 사주팔자』, 도서출판 진화, 1994

이경재, 『서울정도 육백년 1, 2, 3, 4』, 서울신문사, 1993

이규태, 『한국인의 생활구조 1, 2, 3』, 기린원, 1994

이만열 엮음, 『한국사 연표』, 역민사, 1990

이희승 편저, 『국어대사전』, 민중서림, 1994

일연, 최호 역해, 『삼국유사』, 홍신문화사, 1991

임재해 편, 『한국의 민속예술』, 문학과지성사, 1988

조용범, 박현채 감수, 『경제학 사전』, 풀빛출판사, 1990

조풍연, 『서울 잡학 사전–개화기의 서울 풍속도』, 정동출판사, 1989

중앙일보 『유레카 2–풀어쓰는 산업기술사』, 특집 시리즈 기사 중, 1994

최남인, 『과학·기술로 보는 한국사 열세마당』, 도서출판 일빛, 1994

한국민족문화연구원 편저, 『표준 만세력』, 계백출판사, 1993

『동아 원색 세계 대백과 사전』(전32권), 동아출판사, 1982

『백년이웃』, 두산그룹 홍보부, 1994. 11.

『브리태니커 세계 대백과사전』(전27권), 한국브리태니커회사, 1994

『한국 문화 상징 사전』, 동아출판사, 1992

『한국 민족 문화 대백과 사전』(전27권), 한국정신문화연구원, 1993

『한국현대사 119대 사건』, 조선일보사, 1993

『현대시사용어사전』, 동아일보사, 1994

『현대용어 백과사전』, 삼성출판사, 1971

인터넷 구글 검색, 2005, 2008

찾아보기

ㄴ

알아두면 잘난 척하기

영단어 하나로 역사, 문화, 상식의 바다를 항해한다

알아두면 잘난 척하기 딱 좋은 **영어잡학사전**

이 책은 영단어의 뿌리를 밝히고, 그 단어가 문화사적으로 어떻게 변모하고 파생되었는지 친절하게 설명해주는 인문교양서이다. 단어의 뿌리는 물론이고 그 줄기와 가지, 어원 속에 숨겨진 에피소드까지 재미있고 다양한 정보를 제공함으로써 영어를 느끼고 생각할 수 있게 한다.

영단어의 유래와 함께 그 시대의 역사와 문화, 가치를 아울러 조명하고 있는 이 책은 일종의 잡학사전이기도 하다. 영단어를 키워드로 하여 신화의 탄생, 세상을 떠들썩하게 했던 사건과 인물들, 그 역사적 배경과 의미 등 시대와 교감할 수 있는 온갖 지식들이 파노라마처럼 펼쳐진다.

김대웅 지음 | 인문 · 교양 | 452쪽 | 22,800원

본래 뜻을 찾아가는 우리말 나들이

알아두면 잘난 척하기 딱 좋은 **우리말 잡학사전**

'시치미를 뗀다'고 하는데 도대체 시치미는 무슨 뜻? 우리가 흔히 쓰는 천둥벌거숭이, 조바심, 젬병, 쪽도 못 쓰다 등의 말은 어떻게 나온 말일까? 강강술래가 이순신 장군이 고안한 놀이에서 나온 말이고, 행주치마는 권율장군의 행주대첩에서 나온 말이라는데 그것이 사실일까?

이 책은 이처럼 우리말이면서도 우리가 몰랐던 우리말의 참뜻을 명쾌하게 밝힌 정보사전이다. 일상생활에서 자주 쓰는 데 그 뜻을 잘 모르는 말, 어렴풋이 알고 있어 엉뚱한 데 갖다 붙이는 말, 알고 보면 굉장히 험한 뜻인데 아무렇지도 않게 여기는 말, 그 속뜻을 알고 나면 '아하!'하고 무릎을 치게 되는 말 등 1,045개의 표제어를 가나다순으로 정리하여 본뜻과 바뀐 뜻을 밝히고 보기글을 실어 누구나 쉽게 읽고 활용할 수 있도록 하였다.

이재운 외 엮음 | 인문 · 교양 | 552쪽 | 28,000원

철학자들은 왜 삐딱하게 생각할까?

알아두면 잘난 척하기 딱 좋은 **철학잡학사전**

사람들은 철학을 심오한 학문으로 여긴다. 또 생소하고 난해한 용어가 많기 때문에 철학을 대단한 학문으로 생각하면서도 두렵고 어렵게 느낀다. 이 점이 이 책을 집필한 의도다. 이 책의 가장 큰 미덕은 각 주제별로 내용을 간결하면서도 재미있게 설명한 점이다. 이 책은 철학의 본질, 철학자의 숨겨진 에피소드, 유명한 철학적 명제, 철학자들이 남긴 명언, 여러 철학 유파, 철학 용어등을 망라한, 그야말로 '세상 철학의 모든 것'을 다루었다. 어느 장을 펼치든 간결하고 쉬운 문장으로 풀이한 다양한 철학 이야기가 독자들에게 철학을 이해하는 기본 상식을 제공해준다. 아울러 철학은 우리 삶에 매우 가까이 있는 친근하고 실용적인 학문임을 알게 해준다.

왕잉(王穎) 지음 / 오혜원 옮김 | 인문 · 교양 | 324쪽 | 19,800원

딱 좋은 시리즈!

인간과 사회를 바라보는 심박한 시선

알아두면 잘난 척하기 딱 좋은 **문화교양사전**

정보와 지식은 모자라면 불편하고 답답하지만 너무 넘쳐도 탈이다. 필요한 것을 골라내기도 힘들고, 넘치는 정보와 지식이 모두 유용한 것도 아니다. 어찌 보면 전혀 쓸모없는 허접스런 것들도 있고 정확성과 사실성이 모호한 것도 많다. 이 책은 독자들의 그러한 아쉬움을 조금이나마 해소시켜주고자 기획하였다.

최근 사회적으로 이슈가 되고 있는 갖가지 담론들과, 알아두면 유용하게 활용할 수 있는 현실적이고 실용적인 지식들을 중점적으로 담았다. 특히 누구나 알고 있을 교과서적 지식이나 일반상식 수준을 넘어서 꼭 알아둬야 할 만한 전문지식들을 구체적으로 자세하고 알기 쉽게 풀이했다.

김대웅 엮음 | 인문 · 교양 | 448쪽 | 22,800원

신화와 성서 속으로 떠나는 영어 오디세이

알아두면 잘난 척하기 딱 좋은
신화와 성서에서 유래한 영어표현사전

그리스·로마 신화나 성서는 국민 베스트셀러라 할 정도로 모르는 사람이 없지만 일상생활에서 흔히 쓰이고 있는 말들이 신화나 성서에서 유래한 사실을 아는 사람은 많지 않다. '알아두면 잘난 척하기 딱 좋은 시리즈' 6번째 책인 『신화와 성서에서 유래한 영어표현사전』은 신화와 성서에서 유래한 영단어의 어원이 어떻게 변화되어 지금 우리 실생활에 어떻게 쓰이는지 알려준다.

읽다 보면 그리스·로마 신화와 성서의 알파와 오메가를 꿰뚫게 됨은 물론, 이들 신들의 세상에서 쓰인 언어가 인간의 세상에서 펄떡펄떡 살아 숨쉬고 있다는 사실에 신비감마저 든다.

김대웅 지음 | 인문 · 교양 | 320쪽 | 18,800원

지금까지 이런 한자어사전은 없었다

알아두면 잘난 척하기 딱 좋은 **우리 한자어사전**

이 책은 독자들의 꾸준한 사랑을 받고 있는 '알아두면 잘난 척하기 딱 좋은 시리즈' 중 우리말 시리즈 세 번째 책이다. 《알아두면 잘난 척하기 딱 좋은 우리 한자어사전》은 한자를 전혀 공부하지 않은 세대가 우리 한자어를 쉽게 이해하고 바르게 쓸 수 있는 방법을 궁리한 끝에 기획한 책이다. 국립국어원이 조사한 자주 쓰는 우리말 6000개 어휘 중에서 고유명사와 순우리말을 뺀 한자어를 거의 담았으며, 우리 조상들이 쓰던 한자어의 뜻을 제대로 새겨 더욱 또렷하게 드러내고자 애썼다.

한자가 생긴 원리부터 알려줌으로써 한자를 전혀 공부하지 않아도 우리말을 더욱 깊이 있게 이해할 수 있음은 물론, 그를 바탕으로 우리말을 한층 또렷하게 힘있게 하는 최고의 안내서이다.

이재운 외 엮음 | 인문 · 교양 | 728쪽 | 35,000원